Margaret Mitchell

Autant en emporte le vent

Tome I

TRADUIT DE L'ANGLAIS
PAR PIERRE-FRANÇOIS CAILLÉ

Gallimard

Titre original :

GONE WITH THE WIND

Margaret Mitchell, née en 1900, morte en 1949, a
connu ce destin, rare dans l'histoire de la littérature,
d'être l'auteur d'un livre unique, mais connu et aimé
dans le monde entier. Elle est née à Atlanta, en
Géorgie, le pays où se déroule l'action d'*Autant en
emporte le vent*. Sa famille sudiste compte des planteurs, des médecins, des ministres du culte méthodiste. Son père, un attorney, était président de la
Société d'Histoire d'Atlanta. Toute sa famille était
passionnée par l'histoire de la Guerre civile et son
enfance fut bercée par les récits héroïques de ce temps
lointain. Bien des traces de la guerre étaient encore
visibles en Géorgie, mais ce n'est qu'à l'âge de dix ans
que Margaret comprit soudain que les Sudistes
avaient été vaincus, et cette découverte la bouleversa.

Après des études de médecine interrompues par la
mort de sa mère, Margaret Mitchell se consacra au
journalisme dans sa ville natale. Un accident à la
cheville l'obligea à mener une vie plus retirée, et son
mari, John Marsh, lui suggéra d'écrire un livre. *Gone
with the wind* fut écrit en trois ans de travail ininterrompu ; mais il n'est pas exagéré de dire que l'auteur
mit sept ans à le concevoir et à le réaliser.

Le roman parut en juin 1936. A Noël, plus d'un
million d'exemplaires avaient été déjà vendus.
Depuis, chaque année, *Autant en emporte le vent* trouve

7

de par le monde des centaines de milliers de nouveaux lecteurs passionnés. Hollywood ne devait pas tarder à s'emparer d'une si belle histoire. Vivian Leigh devint à jamais Scarlett O'Hara et Clark Gable le cynique Rhett Butler.

A J.R. M.

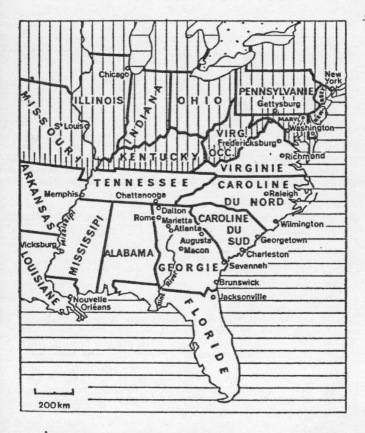

L'EST DES ETATS-UNIS AU MOMENT DE LA GUERRE
DE SÉCESSION.

NOTE

Gone with the wind, *que nous présentons aujourd'hui sous le titre* Autant en emporte le vent, *a remporté aux États-Unis un succès sans précédent. Cet ouvrage, dont l'édition américaine compte plus de mille pages, a paru en juin 1936 ; à la Noël de la même année, un million d'exemplaires en avaient été vendus. L'auteur, Margaret Mitchell, est née en Atlanta, Géorgie, d'une famille depuis bien longtemps établie dans le sud des États-Unis, où elle compte des planteurs, des notaires, des médecins, des ministres du culte méthodiste.*

Après des études de médecine interrompues par la mort de sa mère, Margaret Mitchell se consacra au journalisme dans sa ville natale. Un accident à la cheville l'obligea à mener une vie plus retirée, et son mari, John Marsh, lui suggéra d'écrire un livre. Gone with the wind *fut écrit en trois ans de travail ininterrompu ; mais il n'est pas exagéré de dire que l'auteur mit sept ans à le concevoir et à le réaliser.*

Toute l'enfance de l'auteur avait été bercée des récits de la guerre de Sécession dont bien des traces sont encore visibles en Géorgie ; mais ce n'est qu'à l'âge de dix ans que la petite fille comprit que les Sudistes avaient été vaincus, et cette découverte la bouleversa. Ce fait et quelques autres incidents de son enfance déterminèrent tout naturellement Margaret Mitchell à placer dans un cadre et à une époque qui lui étaient familiers un roman dont la profondeur et la tendresse ont bouleversé l'Amérique.

PREMIÈRE PARTIE

I

Scarlett O'Hara n'était pas d'une beauté classique, mais les hommes ne s'en apercevaient guère quand, à l'exemple des jumeaux Tarleton, ils étaient captifs de son charme. Sur son visage se heurtaient avec trop de netteté les traits délicats de sa mère, une aristocrate du littoral, de descendance française, et les traits lourds de son père, un Irlandais au teint fleuri. Elle n'en avait pas moins une figure attirante, avec son menton pointu et ses mâchoires fortes. Ses yeux, légèrement bridés et frangés de cils drus, étaient de couleur vert pâle sans la moindre tache noisette. Ses sourcils épais et noirs traçaient une oblique inattendue sur sa peau d'un blanc de magnolia, cette peau à laquelle les femmes du Sud attachaient tant de prix et qu'elles défendaient avec tant de soins, à l'aide de capelines, de voiles et de mitaines, contre les ardeurs du soleil de Georgie.

En ce radieux après-midi d'avril 1861, Scarlett O'Hara était assise entre Stuart et Brent Tarleton sous la véranda fraîche et ombreuse de Tara, la plantation de son père, et offrait une image ravissante. Les onze mètres de sa nouvelle robe de mousseline verte à fleurs bouffaient sur les cerceaux de sa crinoline et leur teinte s'harmonisait parfaitement avec celle des sandales de maroquin vert à talons plats que son père lui avait rapportées depuis peu d'Atlanta. La robe dégageait à ravir la taille la plus fine de trois comtés et son corsage très ajusté moulait une poitrine bien formée pour une jeune fille de seize ans. Malgré la façon pudique dont elle avait étalé ses jupes, malgré l'air réservé que lui donnaient ses cheveux lisses, ramenés en chignon, malgré l'immobilité de ses petites mains blanches croisées sur son giron, Scarlett avait peine à dissimuler sa véritable nature. Dans son visage, empreint d'une expression de douceur minutieusement étudiée, ses yeux verts, frondeurs, autoritaires, pleins de vie, ne correspondaient en rien à son attitude compassée. Elle devait ses bonnes manières aux réprimandes affectueuses de sa mère et à la discipline plus rigoureuse de sa mama [1], mais ses yeux étaient bien à elle.

De chaque côté d'elle, les jumeaux se prélassaient dans leurs fauteuils et, tout en riant et en bavardant, s'amusaient à regarder le soleil à travers leurs verres remplis de menthe. Ils avaient négligemment croisé leurs longues et lourdes jambes de cavaliers bottées jusqu'aux genoux. Agés de dix-neuf ans, hauts de six pieds deux pouces, les membres allongés et les muscles durs, le teint bronzé, les cheveux roux foncé, le regard enjoué et arrogant, vêtus de vestes bleues identiques et de culottes moutarde, ils se ressemblaient autant que deux balles de coton peuvent se ressembler.

Dehors le soleil déclinant envahissait le jardin et illuminait les cornouillers dont les fleurs blanches se détachaient en masses compactes sur un fond vert tendre. Les chevaux des jumeaux étaient attachés dans l'allée. C'étaient des bêtes robustes à la robe aussi rousse que la chevelure de leurs maîtres. Auprès d'eux, se disputaient les chiens maigres et nerveux qui

---

1. Nom donné au sud des États-Unis aux bonnes d'enfants de couleur. Ce terme affectueux s'applique en général à des négresses fort attachées à la famille de leurs maîtres (N. d. T.).

suivaient partout Stuart et Brent. Un peu à l'écart, ainsi qu'il convenait à un aristocrate, un dalmate moucheté de noir était couché, le museau sur les pattes, et attendait patiemment que les garçons rentrassent dîner chez eux.

Entre les chiens, les chevaux et les jumeaux existait une parenté bien plus profonde que celle établie par une fréquentation constante. Jeunes animaux insouciants, pleins de grâce et de fougue, ils débordaient tous de santé. Les garçons étaient vifs et ombrageux comme leurs montures, mais doux et dociles quand on savait les prendre.

Bien que les trois jeunes gens assis sous la véranda eussent été servis dès leur plus tendre enfance par des esclaves à genoux devant eux, bien qu'ils fussent habitués à la vie facile des planteurs, rien dans leur physionomie n'indiquait la mollesse ou l'indolence. Ils avaient la robustesse et la vivacité des gens de la campagne qui ont passé toute leur existence au grand air et s'embarrassent fort peu des fadaises contenues dans les livres. La vie en Georgie du Nord, dans le comté de Clayton, était encore fruste et, selon les principes en vigueur à Augusta, à Savannah et à Charleston, elle était même un peu primitive. Les Sudistes des régions plus paisibles et plus anciennes considéraient d'un œil ironique les Georgiens des hautes terres, mais là, en Georgie du Nord, peu importait qu'on ignorât les raffinements de la culture classique pourvu qu'on se montrât à la hauteur quand les choses en valaient la peine; or, faire pousser du coton de bonne qualité, bien monter à cheval, bien tirer au fusil ou au pistolet, bien danser, savoir tenir compagnie aux dames et boire en homme du monde, en gentleman, c'était surtout cela qui comptait.

Sous tous ces rapports, les jumeaux étaient des garçons accomplis et ils se faisaient également remarquer par leur incapacité notoire à se plonger dans l'étude d'un livre. Leurs parents étaient les personnes les plus riches du comté, c'étaient eux qui possédaient le plus grand nombre de chevaux et d'esclaves, mais

15

les deux jeunes gens étaient moins forts en grammaire que la plupart des paysans pauvres du voisinage.

C'était précisément pour cette raison qu'en cet après-midi d'avril Stuart et Brent paressaient sous la véranda de Tara. Ils venaient d'être renvoyés de l'Université de Georgie, le quatrième établissement de ce genre qui, en deux ans, les avait expulsés. Tom et Boyd, leurs frères aînés, étaient partis avec eux, car ils ne voulaient pas rester dans un endroit où l'on traitait si mal les deux jumeaux. Stuart et Brent considéraient leur dernière mésaventure comme une excellente plaisanterie et Scarlett, qui n'avait pas souvent ouvert un livre depuis qu'elle avait quitté, l'année précédente, l'Académie féminine de Fayetteville, prenait la chose aussi gaiement qu'eux.

— Je sais que vous deux et Tom vous vous moquez pas mal d'avoir été mis à la porte, dit-elle. Mais Boyd ? Il a envie de faire des études, lui, et vous l'avez obligé à quitter l'Université de Virginie, celle d'Alabama, celle de Caroline du Sud et maintenant celle de Georgie. A ce train-là, il ne finira jamais.

— Oh ! il pourra refaire son droit dans le cabinet du juge Parmalee, répondit Brent avec nonchalance. D'ailleurs ça n'a pas grande importance. De toute manière il aurait fallu que nous rentrions à la maison avant la fin de l'année scolaire.

— Pourquoi ?

— La guerre, petite dinde ! la guerre va éclater d'un jour à l'autre, et tu ne penses tout de même pas que l'un de nous aurait pu rester à l'Université à la veille d'une guerre, hein ?

— Vous savez bien qu'il n'y aura pas de guerre, fit Scarlett, agacée. Ce ne sont que des racontars. Tenez, pas plus tard que la semaine dernière, Ashley Wilkes et son père ont dit à papa que nos délégués à Washington arriveraient à... à... un accord amiable avec M. Lincoln au sujet de la Confédération. Et puis les Yankees ont trop peur de nous pour se battre. Il n'y aura pas de guerre et j'en ai assez d'en entendre parler.

— Il n'y aura pas de guerre ! s'écrièrent les jumeaux indignés comme si on les avait frustrés d'un bien.

— Mais si, mon chou, il y aura la guerre, dit Stuart. Les Yankees ont peut-être peur de nous, mais après le bombardement d'avant-hier et la façon dont le général Beauregard les a délogés du fort Sumter [1] ils seront bien forcés de se battre, sinon ils passeront pour une bande de lâches aux yeux du monde entier. Voyons, la Confédération...

Scarlett fit une moue dégoûtée.

— Si vous répétez encore une fois le mot « guerre », je vais m'enfermer dans la maison. Aucun mot ne m'a plus crispée si ce n'est celui de « sécession ». Papa parle de guerre matin et soir et tous les visiteurs qui viennent crient à m'en faire hurler quand ils abordent le chapitre du fort Sumter, les droits des États ou d'Abe Lincoln. Et les jeunes gens aussi s'en mêlent ! Ils ne parlent que de cela et de leur chère vieille troupe. On ne s'est amusé nulle part ce printemps-ci parce que les jeunes gens n'avaient pas d'autre mot à la bouche. Je suis joliment contente que la Georgie ait attendu la Noël pour se séparer, sans quoi toutes les réunions auraient été ratées. Si vous prononcez encore le mot « guerre », je rentre.

Scarlett aurait fait comme elle avait dit, car elle ne pouvait pas suivre longtemps une conversation dont elle n'était pas le principal objet. Pourtant elle sourit. Ses fossettes se creusèrent et ses cils noirs se mirent à battre aussi vite que des ailes de papillon. Ainsi qu'elle l'avait souhaité, les garçons furent ravis et se hâtèrent de lui demander pardon de l'avoir importunée. Ils ne lui en voulurent pas du tout de son manque d'intérêt. Au contraire. La guerre était affaire d'hommes, et ils prirent son attitude pour une preuve de sa féminité.

1. Le fort Sumter, construit dans la baie de Charleston, fut le théâtre d'un des premiers épisodes militaires qui opposèrent les Yankees aux Sudistes avant même que la guerre fut déclarée (*N. d. T.*).

Après avoir réussi à les détourner du sujet fastidieux de la guerre, elle reprit le débat sur la situation présente des deux frères.

— Qu'a dit votre mère en apprenant que vous étiez encore renvoyés ?

Les deux jeunes gens parurent mal à l'aise. Ils se rappelaient la façon dont s'était comportée leur mère trois mois auparavant, lorsqu'ils étaient revenus de l'Université de Virginie.

— Eh bien ! fit Stuart, elle n'a pas encore eu l'occasion de dire grand-chose.

« Ce matin, Tom et moi, nous avons quitté la maison de bonne heure. Elle n'était pas levée. Tom, lui, est allé faire un tour chez les Fontaine pendant que nous nous rendions ici.

— Elle ne vous a rien dit quand vous êtes rentrés hier soir ?

— Hier soir, nous avons eu de la chance. Avant notre arrivée, on a amené le nouveau pur-sang que maman a acheté au Kentucky le mois dernier. Toute la maison était sens dessus dessous. C'est un fameux cheval, Scarlett ; il faudra que vous disiez à votre père de venir le voir dès qu'il pourra... il a déjà mordu son palefrenier en chemin et il a piétiné deux des négros de maman qui étaient allés le chercher au train à Jonesboro. Juste avant que nous débarquions à la maison, il a presque démoli l'écurie et il a à moitié tué Strawberry, le vieux pur-sang de maman. Quand nous sommes arrivés, maman était dans l'écurie en train de le calmer à grand renfort de morceaux de sucre et, ma foi, elle n'y réussissait pas trop mal. Les négros en faisaient des yeux ! Ils avaient si peur qu'ils s'étaient accrochés aux poutres de l'écurie, mais maman parlait au cheval comme s'ils étaient, elle et lui, de vieilles connaissances, et lui donnait à manger dans le creux de sa main. Il n'y en a pas deux comme maman pour s'entendre avec un cheval. Lorsqu'elle nous a vus, elle a dit : « Au nom du Ciel, que venez-vous encore faire à la maison tous les quatre ? Vous êtes pires que les sept plaies d'Égypte ! » Sur ce, le cheval s'est mis à hennir et à ruer et maman a dit : « Sortez d'ici ! Vous ne voyez pas qu'il est nerveux, le pauvre mignon ! Je m'occuperai de vous demain matin ! » Alors nous sommes allés nous coucher. Ce matin, nous sommes sortis avant qu'elle puisse nous pincer et nous avons laissé Boyd se débrouiller avec elle.

— Pensez-vous qu'elle battra Boyd ?

Comme le reste du comté, Scarlett n'arrivait pas à s'habituer à la façon dont la petite Mme Tarleton corrigeait ses grands fils et au besoin leur administrait des coups de cravache sur le dos.

Béatrice Tarleton était une femme affairée. Elle avait sur les bras non seulement une vaste plantation de coton, une centaine de nègres et huit enfants, mais aussi la plus grande ferme d'élevage de chevaux de l'État. D'un caractère emporté et facilement mise hors d'elle par les fréquentes incartades de ses quatre fils, elle estimait qu'une petite volée de temps en temps ne faisait pas de mal aux garçons, ce qui ne l'empêchait pas d'interdire qu'on touchât à un cheval ou à un esclave.

— Mais non, elle ne battra pas Boyd. Elle ne l'a jamais beaucoup battu parce qu'il est l'aîné et que c'est l'avorton de la bande, dit Stuart, fier de sa haute taille. C'est pourquoi nous l'avons laissé à la maison s'expliquer avec elle. Grand Dieu ! maman devrait bien cesser de nous rosser. Nous avons dix-neuf ans, Tom en a vingt et un, elle se conduit comme si nous n'en avions que six.

— Votre mère viendra-t-elle demain sur le nouveau cheval au pique-nique [1] des Wilkes ?

— Elle en a envie, mais papa dit que c'est dangereux. Du reste les petites ne la laisseront pas faire. Elles disent qu'elles finiront bien par l'emmener au

1. Ce mot pique-nique reviendra souvent. C'est faute d'équivalent en français que nous nous en sommes servi pour traduire l'anglais « barbecue ». Le *barbecue* est en Amérique une fête champêtre où l'on mange du porc et du mouton rôtis dans des foyers creusés à même le sol (*N. d. T.*).

moins une fois à une réunion comme une vraie dame, en voiture.

— J'espère qu'il ne pleuvra pas demain, déclara Scarlett. Il a plu presque tous les jours depuis une semaine. Rien n'est pire qu'un pique-nique qui se termine entre quatre murs.

— Oh! demain, il fera beau et chaud comme au mois de juin, fit Stuart. Regarde-moi ce coucher de soleil. Je n'en ai jamais vu de plus rouge. On peut toujours prédire le temps d'après les couchers de soleil.

Leurs regards se posèrent sur l'immense étendue du domaine de Gérald O'Hara, les champs de coton fraîchement labourés et sur l'horizon rougeoyant. Maintenant que, derrière ces collines, par-delà la rivière Flint, le soleil se couchait dans une débauche de pourpre, la chaleur d'avril se transformait peu à peu en une fraîcheur légère mais bienfaisante.

Cette année-là, le printemps était venu de bonne heure, accompagné d'averses tièdes et brèves. Les fleurs roses des pêchers avaient éclos soudain et les cornouillers avaient semé d'étoiles blanches le marais sombre et les collines lointaines. Déjà, les labours étaient presque achevés et la gloire sanglante du couchant rehaussait la teinte des sillons récemment tracés dans la glaise rouge de Georgie. Retourné par les charrues, le sol humide et affamé attendait les graines de coton, rosissait sur le dos sablonneux des sillons, se colorait de vermillon, d'écarlate et de brun dans les creux où s'étiraient des lignes d'ombre. Le bâtiment de la plantation, avec ses murs de briques au crépi blanc, ressemblait à une île posée au milieu d'une mer rouge et déchaînée dont les lames déformées, sinueuses, tourbillonnantes eussent été pétrifiées au moment de déferler en rouleaux empanachés de rose. En cet endroit n'existaient pas les longs sillons tels qu'on en pouvait voir dans les champs d'argile jaune de la plate campagne au centre de la Georgie ou sur les terres noires et fertiles du littoral. En Georgie du Nord, les terres labourées qui ondu-

laient au pied des collines étaient creusées de milliers
de sillons en forme de croissants destinés à empêcher
le riche limon de glisser dans le lit des rivières.

C'était une terre sauvagement rouge, couleur de
sang après les pluies, brique pendant les sécheresses,
la meilleure terre à coton du monde. C'était un pays
aux maisons blanches, aux paisibles champs labourés,
aux cours d'eau lents et jaunâtres, mais un pays de
contrastes où la réverbération du soleil était la plus
aveuglante, où l'ombre était la plus dense. Les clai-
rières et les milles et les milles de champs de coton
appartenant à la plantation souriaient à un soleil
chaud, placide, complaisant. A leur lisière se dressaient les forêts vierges, sombres et fraîches même aux
midis les plus brûlants, forêts mystérieuses, un peu
sinistres, dont les pins bruissants semblaient depuis
des siècles monter une garde patiente et dans un
soupir formuler leur menace « Attention ! Attention !
Nous avons eu le dessus autrefois ! Nous pourrions
bien vous reprendre ! »

Aux oreilles des trois jeunes gens assis sous la
véranda parvenaient le bruit des bêtes martelant le
sol de leurs sabots, le cliquetis des traits, le rire pointu
et nonchalant des nègres qui rentraient des champs
avec leurs mules. De l'intérieur de la maison montait
la voix douce de la mère de Scarlett, Ellen O'Hara, qui
appelait la petite négresse chargée de porter son
panier de clés. La voix perçante de l'enfant répondait
« Oui, M'ame », et l'on entendait s'entrechoquer les
assiettes et tinter l'argenterie tandis que Pork, le
majordome de Tara, dressait la table pour le dîner.

Les jumeaux se rendirent compte qu'il était temps
de rentrer chez eux, mais ils n'avaient guère envie
d'affronter leur mère et ils s'attardèrent sous la
véranda dans l'espoir que Scarlett les retiendrait à
dîner.

— Écoute, Scarlett. A propos de demain, dit Brent.
Ce n'est pas notre faute si nous ignorions qu'il y aurait
un pique-nique et un bal demain soir. Tu danseras

21

bien avec nous ? Tu n'as pas promis toutes tes danses, au moins ?

— Mais si ! Comment aurais-je pu savoir que vous seriez revenus ? Je n'allais pas risquer de faire tapisserie uniquement pour vous attendre tous les deux !

— Toi, faire tapisserie !

Les garçons se mirent à rire bruyamment.

— Écoute, mon chou. Il faut que tu m'accordes la première valse, que tu réserves la dernière à Stu et que tu soupes avec nous. Comme au dernier bal, nous nous assoirons sur les marches de l'escalier et nous demanderons à Mama Jincy de nous dire la bonne aventure.

— Je n'aime pas que Mama Jincy dise la bonne aventure. Vous savez qu'elle a prédit que j'épouserai un monsieur aux cheveux d'un noir de jais et aux longues moustaches, et j'ai horreur des messieurs aux cheveux noirs.

— Tu les aimes quand ils ont les cheveux roux, n'est-ce pas, mon chou ? fit Brent en souriant. Allons, laisse-toi faire, promets-nous de nous accorder ces valses et de souper avec nous.

— Si tu nous fais cette promesse, nous te confierons un secret, déclara Stu.

— Lequel ? s'écria Scarlett avec une curiosité d'enfant.

— S'agit-il de ce que nous avons entendu raconter hier à Atlanta, Stu ? Si c'est cela, tu sais que nous avons promis de ne rien dire.

— Miss Pitty nous l'a bien dit.

— Miss qui ?

— Tu sais bien, la cousine d'Ashley Wilkes, celle qui habite à Atlanta, Miss Pittypat Hamilton, la tante de Charles et de Mélanie Hamilton.

— Oui, je sais, c'est la vieille dame la plus sotte que j'aie jamais rencontrée.

— Eh bien ! hier, quand nous étions à Atlanta à attendre notre train, sa voiture s'est arrêtée devant la gare. Elle en est descendue pour bavarder avec nous et

22

elle nous a confié que demain soir, au bal des Wilkes, on annoncerait un mariage.

— Oh ! je sais à quoi m'en tenir, dit Scarlett, déçue. On annoncera les fiançailles de son imbécile de neveu Charlie Hamilton et de Honey Wilkes. Tout le monde savait depuis des années qu'ils finiraient par se marier un beau jour, bien que Charles n'ait jamais eu l'air très enthousiaste.

— Tu le trouves idiot ? interrogea Brent. L'année dernière à Noël, tu l'as pourtant laissé pas mal tourner autour de toi !

— Je ne pouvais pas l'en empêcher, fit Scarlett en haussant négligemment les épaules. Mais, à mon avis, c'est une vraie poule mouillée.

— D'ailleurs ce ne seront pas ses fiançailles qu'on annoncera, déclara Stuart d'un ton triomphant. Ce seront celles d'Ashley et de la sœur de Charlie, Miss Mélanie !

Le visage de Scarlett ne changea pas d'expression, mais ses lèvres pâlirent comme celles d'une personne qui a reçu un coup aussi violent qu'inattendu et qui, sur le moment, ne comprend pas ce qui s'est passé. Elle regarda Stuart, et son visage était si impassible que le jeune homme, fort peu psychologue, pensa qu'elle était simplement surprise et très intéressée par cette révélation.

— Miss Pitty nous a dit qu'on ne voulait pas rendre la chose officielle avant l'année prochaine parce que Miss Melly n'était pas très bien portante, mais qu'avec toutes ces rumeurs de guerre les deux familles estiment qu'il vaut mieux hâter le mariage. C'est pour cela qu'on annoncera les fiançailles demain soir au milieu du souper. Scarlett, maintenant que nous t'avons révélé le secret, il faut que tu nous promettes de souper avec nous.

— C'est entendu, dit Scarlett comme une automate.

— Et tu nous accorderas des valses ?

— Toutes.

— Tu es gentille ! Je parie que les autres garçons en crèveront de jalousie.

23

— Qu'ils en crèvent, fit Brent. Écoute, Scarlett, tu resteras avec nous pendant le pique-nique?

— Quoi?

Brent renouvela sa requête.

— Bien sûr.

Les jumeaux se regardèrent. Ils jubilaient, mais ils étaient un peu étonnés. Ils avaient beau se considérer comme les plus favorisés des soupirants de Scarlett, jamais auparavant ils n'avaient obtenu aussi aisément d'elle une marque de faveur. D'habitude Scarlett les obligeait à la prier et à la supplier, les renvoyait aux calendes, refusait de leur répondre, riait quand ils boudaient, se renfrognait quand ils se mettaient en colère. Et, tout d'un coup, elle venait de leur promettre presque toute la journée du lendemain. Elle consentait à s'asseoir près d'eux au pique-nique, elle leur réservait toutes les valses (ils comptaient bien s'arranger pour qu'on ne dansât que des valses!); elle acceptait de souper avec eux. Ça valait bien la peine de s'être fait renvoyer de l'Université!

Gonflés d'un enthousiasme subit, ils ne se pressaient pas de partir. Ils parlaient du pique-nique, du bal, d'Ashley Wilkes et de Mélanie Hamilton. Ils se coupaient la parole; ils faisaient des plaisanteries, ils riaient, ils se livraient à des commentaires d'ordre général sur les invitations à souper. Il leur fallut un certain temps avant de s'apercevoir que Scarlett ne disait presque rien. L'atmosphère avait changé. Les jumeaux n'auraient su dire pourquoi, mais cette fin de journée avait perdu son charme délicieux. Bien que Scarlett répondît correctement à leurs questions, elle semblait ne prêter qu'une attention toute relative à la conversation. Devinant quelque chose qu'ils ne pouvaient comprendre, les jumeaux, déconcertés et ennuyés, tinrent bon quelque temps encore, puis ils se levèrent à contrecœur en consultant leur montre.

Le soleil descendait sur les champs labourés et de l'autre côté de la rivière les grands bois profilaient leur silhouette sombre. Des hirondelles traversaient la cour comme des flèches. Des poules, des canards et des dindons rentraient des champs à la débandade tout en se dandinant et en se pavanant.

Stuart lança un « Jeems ! » retentissant et, au bout de quelques instants, un grand nègre de l'âge des jumeaux fit en courant le tour de la maison et, hors d'haleine, se précipita vers les chevaux à l'attache. Jeems était le domestique des deux frères et, comme les chiens, il les accompagnait partout. Il avait partagé les jeux de leur enfance et on leur en avait fait cadeau le jour où ils avaient eu dix ans. A sa vue, les chiens couchés dans la poussière rouge se levèrent et guettèrent l'arrivée de leurs maîtres. Les jeunes gens s'inclinèrent, serrèrent la main de Scarlett et lui dirent qu'ils l'attendraient de bonne heure le lendemain matin chez les Wilkes. Puis ils s'éloignèrent au pas de course, sautèrent en selle et, suivis de Jeems, descendirent au galop l'avenue plantée de cèdres tout en agitant leurs chapeaux et en poussant des cris d'adieu.

Quand ils eurent tourné la route poussiéreuse et qu'ils eurent perdu Tara de vue, Brent arrêta son cheval sous un bosquet de cournouillers. Stuart l'imita et le jeune nègre immobilisa sa monture à quelques pas en arrière. Sentant qu'on leur lâchait les rênes, les chevaux allongèrent le cou et se mirent à brouter l'herbe printanière. Patients, les chiens s'allongèrent de nouveau dans la poussière molle et rouge et suivirent d'un œil distrait la ronde des hirondelles dans le crépuscule. Le large visage naïf de Brent trahissait l'embarras et une légère indignation.

— Écoute, fit-il, tu n'as pas l'impression qu'elle aurait dû nous demander de rester à dîner ?

— Je croyais qu'elle l'aurait fait, répondit Stuart. J'ai attendu qu'elle se décide, mais elle n'a pas bougé. Qu'en penses-tu ?

— Je n'en pense rien du tout. J'ai tout de même l'impression qu'elle aurait dû nous retenir. En somme, c'est la première journée que nous passons ici, elle ne nous a pas vus depuis longtemps et nous avons encore des tas de choses à lui dire.

— Il m'a semblé qu'elle était rudement contente de nous voir quand nous sommes arrivés.

— Moi aussi, je l'ai cru.

— Et puis, il y a environ une demi-heure, son entrain est tombé comme si elle avait été prise de migraine.

— J'ai remarqué cela, mais je n'y ai pas prêté attention sur le moment. D'après toi, qu'est-ce qui lui est arrivé ?

— Je n'en sais rien. Penses-tu que nous ayons dit quelque chose qui l'ait vexée ?

Ils réfléchirent tous deux une minute.

— Je ne vois pas. D'ailleurs lorsque Scarlett est vexée, personne ne l'ignore. Elle n'est pas renfermée comme certaines jeunes filles.

— Oui, c'est ce que j'aime en elle. Elle ne prend pas des airs pincés quand elle est en colère. Elle dit ce qu'elle pense. En tout cas, c'est quelque chose que nous avons dit ou que nous avons fait qui l'a rendue muette et lui a donné cet air bizarre. Je pourrais jurer qu'elle était ravie de nous voir et qu'elle comptait bien nous demander de rester dîner.

— Tu ne penses pas que c'est parce que nous avons été renvoyés ?

— Fichtre non ! Ne fais pas l'idiot. Elle a ri de bon cœur quand nous lui avons raconté cela. Du reste, Scarlett n'attache pas plus d'importance que nous à l'étude.

Brent se tourna sur sa selle et appela le nègre :

— Jeems !

— Missié ?

— Tu as entendu ce que nous disions à Mlle Scarlett ?

— Non, missié B'ent. Comment vous li c'oyez moi espionner li Blancs ?

— Espionner, mon Dieu ? Vous autres nègres, vous êtes au courant de tout ce qui se passe. Mais, espèce de menteur, je t'ai vu de mes propres yeux te faufiler le long de la véranda et te blottir sous la touffe de jasmins près du mur. Allons, nous as-tu entendus dire

26

quelque chose qui ait pu mettre Mlle Scarlett en colère... ou la froisser ?

Ainsi mis en demeure, Jeems renonça à prétendre qu'il n'avait pas surpris la conversation.

— Non, missié, dit-il en plissant son front noir, ji n'ai pas rema'qué que vous li avez dit quèque chose pou' la met' en colè'. Ji c'ois qu'elle a été heu'euse de vous voi' et que vous li avez manqué, et elle a été gaie comme un pinson jusqu'au moment où vous li avez pa'lé du ma'iage de missié Ashley et de Miss Melly Hamilton. Alo' elle a fait comme un oiseau quand l'épé'vier y tou'ne dans l'ai'.

Les jumeaux se regardèrent et hochèrent la tête en signe d'approbation. Pourtant, ils n'arrivaient pas à comprendre.

— Jeems a raison. Mais je ne vois pas pourquoi, dit Stuart. Mon Dieu, Ashley n'est qu'un ami pour elle. Elle ne l'aime pas. C'est nous qu'elle aime.

Brent approuva.

— Tu ne crois pas que c'est parce qu'Ashley ne lui a pas dit qu'on allait annoncer ses fiançailles demain soir et qu'elle a été furieuse qu'un vieux camarade comme lui ne la prévienne pas avant tout le monde ? Les jeunes filles tiennent tant à être informées de ces choses-là les premières.

— Peut-être bien. Mais qu'est-ce que ça peut faire qu'il ne lui ait pas dit qu'on rendrait ses fiançailles officielles demain, puisque ça devait être un secret et une surprise ? Un homme a bien le droit de garder ces choses-là pour lui, hein ? Nous n'en aurions rien su si la tante de Miss Melly n'en avait pas parlé. Enfin, Scarlett devait bien savoir qu'il allait épouser Melly un de ces jours. Voyons ! nous le savions depuis des années. Les Wilkes et les Hamilton se marient toujours entre cousins. Tout le monde savait qu'ils finiraient par se marier. Tout comme Honey Wilkes épousera Charles, le frère de Miss Melly.

— Flûte, moi j'y renonce. Je regrette tout de même qu'elle ne nous ait pas invités à dîner. Je te jure que je

27

ne tiens pas à rentrer à la maison, pour entendre maman nous faire une scène.

— A l'heure qu'il est, Boyd a peut-être trouvé le moyen de la calmer. Tu sais bien que cette petite fripouille n'a pas la langue dans sa poche. Tu sais qu'il a toujours réussi à calmer maman.

— Oui, il peut y arriver, mais ça lui prendra du temps. Il embrouille toujours tellement les fils que maman finit par ne plus s'y reconnaître ; alors, elle s'avoue vaincue et le supplie de ménager sa voix pour le jour où il sera avocat. Mais il n'a pas encore dû trouver le bon moment. Je parie que maman est si accaparée par ce nouveau cheval qu'elle oublie notre retour et qu'elle n'y pensera qu'en se mettant à table et en voyant Boyd. Et avant la fin du dîner elle aura déjà jeté feu et flammes. Et il faudra attendre dix heures du soir pour que Boyd arrive à lui démontrer qu'aucun de nous ne pouvait décemment rester à l'Université, étant donné le ton sur lequel le directeur nous a parlé, à toi et à moi. Enfin, à minuit, elle sera dans une telle colère contre lui qu'elle demandera à Boyd pourquoi il ne l'a pas tué. Non, nous ne pouvons pas rentrer à la maison avant minuit.

Les jumeaux échangèrent un regard gêné. Ils se moquaient pas mal de monter des chevaux sauvages, d'essuyer un coup de feu dans une bagarre ou d'exciter l'indignation de leurs voisins, mais ils avaient une sainte terreur des réflexions cinglantes de leur mère et de la cravache dont elle ne se faisait pas faute de leur administrer une volée.

— Écoute-moi, dit Brent. Allons chez les Wilkes. Ashley et les petites seront ravis de nous garder à dîner.

Stuart parut ennuyé.

— Non, n'y allons pas. Ils doivent être sur les dents avec le pique-nique de demain, et puis...

— Oh ! j'oubliais, se hâta de dire Brent. Non ! n'y allons pas...

Ils éperonnèrent leurs chevaux et trottèrent pendant un certain temps en silence. Stuart avait rougi sous son hâle. Jusqu'à l'été précédent il avait fait la cour à India Wilkes avec l'approbation des deux familles et du comté tout entier. Les gens du pays estimaient que la froide et réservée India Wilkes aurait peut-être une influence salutaire sur lui. En tout cas, c'était leur espoir le plus cher. Stuart aurait pu l'épouser si Brent n'avait pas manifesté son mécontentement. Brent avait de la sympathie pour India, mais il la trouvait joliment fade et il lui était purement et simplement impossible de s'éprendre d'elle pour tenir compagnie à Stuart. Pour la première fois, les jumeaux n'avaient pas eu le même goût et Brent en avait voulu à son frère de faire attention à une jeune fille qui, pour lui, n'avait rien de particulier.

Et puis, l'été précédent, au cours d'une réunion politique dans un petit bois de chênes à Jonesboro, tous deux s'étaient soudain rappelé l'existence de Scarlett O'Hara. Ils la connaissaient depuis des années et, dans leur enfance, elle avait été l'une de leurs compagnes de jeux préférées, car elle savait monter à cheval et grimper aux arbres presque aussi bien qu'eux. Mais maintenant, à leur grande surprise, elle s'était transformée en femme et était devenue la jeune fille la plus délicieuse du monde.

Pour la première fois, ils avaient remarqué la vivacité de ses yeux verts, ses fossettes, ses petites mains, ses petits pieds et sa taille fine. Leurs réflexions l'avaient fait rire aux éclats et, partant de l'idée qu'elle les considérait tous deux comme des êtres remarquables, ils s'étaient surpassés.

Ce fut une journée mémorable dans la vie des jumeaux. Par la suite, quand ils en reparlèrent, ils se demandèrent toujours pourquoi ils n'avaient pas découvert plus tôt le charme de Scarlett. Ils n'arrivèrent jamais à résoudre ce problème bien simple, cependant, car Scarlett avait décidé ce jour-là d'attirer l'attention des jumeaux. Elle était foncièrement incapable de supporter qu'un homme s'éprît d'une autre femme qu'elle, et la vue de Stuart et d'India Wilkes à cette réunion en avait été trop pour sa nature dominatrice. Stuart ne lui suffisait pas, elle avait également jeté son dévolu sur Brent et s'était acquittée de sa tâche avec une perfection qui les avait laissés pantelants.

Désormais ils s'étaient tous deux épris d'elle et le souvenir d'India Wilkes et de Letty Munroe, qui habitait Lovejoy et à qui Brent avait fait la cour sans grande conviction, était bien estompé dans leur mémoire. Les jumeaux ne se demandaient pas ce que ferait le perdant au cas où Scarlett accorderait sa main à l'un d'eux. Il serait bien temps de prendre alors une décision. Pour le moment, ils étaient tout à fait contents d'être de nouveau d'accord sur une jeune fille, car la jalousie n'existait pas entre eux. Cette situation intéressait les voisins et préoccupait leur mère, qui n'aimait pas Scarlett.

— Ce sera bien fait pour vous si cette fine mouche épouse l'un de vous, disait-elle. A moins qu'elle ne vous épouse tous les deux. Dans ce cas, vous serez obligés de transporter vos pénates dans l'Utah si les Mormons veulent de vous... ce dont je doute. La seule chose qui me tracasse, c'est qu'un beau jour vous allez vous monter la tête et devenir jaloux l'un de l'autre pour cette petite drôlesse, cette vaurienne aux yeux verts, et que vous finirez par vous tuer. Mais, au fond, ce ne serait peut-être pas si mal.

Depuis le jour de la réunion politique, Stuart s'était senti gêné en présence d'India, non pas qu'India, trop grande dame pour cela, lui eût jamais rien reproché ou lui eût montré du geste ou du regard qu'elle était au courant de son brusque changement envers elle, mais Stuart se sentait coupable. Il savait qu'il s'était fait aimer d'India. Il savait qu'elle l'aimait encore et, au fond de lui-même, il se reprochait son manque de loyauté. Il conservait toujours une vive affection pour elle et respectait ses bonnes manières distantes, sa culture et toutes ses solides qualités. Mais, au diable ! elle était si fade, si insignifiante dans sa monotonie à côté de la riche et attirante nature de Scarlett. On savait toujours à quoi s'en tenir avec India, tandis qu'avec Scarlett il y avait toujours de l'imprévu. Il n'en fallait pas plus pour tourner la tête à un homme, et cela avait une certaine saveur.

— Eh bien! allons dîner chez Cade Calvert. Scarlett a dit que Cathleen était revenue de Charleston. Elle a peut-être des nouvelles fraîches du fort Sumter.

— Pas Cathleen. Je te parie tout ce que tu voudras qu'elle ne savait même pas que le fort était construit là-bas dans le port et encore moins qu'il était plein de Yankees avant que nous ne forcions ceux-ci à déguerpir sous nos obus. Elle ne s'intéresse à rien d'autre qu'aux bals où elle va et aux galants qu'elle déniche.

— Oui, mais c'est amusant de l'entendre jacasser. Et puis ce sera toujours une bonne cachette en attendant que maman aille se coucher.

— Entendu! J'aime bien Cathleen, elle est drôle, et j'ai envie d'entendre parler de Carlo Rhett et des autres personnes que nous connaissons à Charleston. Mais que le diable m'emporte si je peux supporter un autre repas en présence de son espèce de Yankee de marâtre.

— Ne sois pas trop dur avec elle, Stuart. Elle est pleine de bonnes intentions.

— Je ne suis pas trop dur. Elle me fait pitié et je n'aime pas les gens que je suis obligé de plaindre. Et elle fait tant d'embarras, elle se donne tant de peine pour faire bien les choses et vous mettre à l'aise qu'elle finit toujours par dire et par faire ce qu'il ne faut pas. Elle me met les nerfs en boule. Et elle se figure que les Sudistes sont des barbares. Elle a même été jusqu'à le dire à maman. Elle craint les Sudistes; chaque fois que nous venons chez elle, elle a toujours l'air d'avoir une peur bleue. On dirait une poule décharnée sur une chaise. Elle roule des yeux brillants d'effroi. On a l'impression qu'elle est toute prête à battre des ailes et à glousser au moindre geste.

— Voyons, ce n'est pas à toi de la blâmer. Tu as blessé Cade à la jambe.

— J'étais complètement soûl, sans quoi je ne l'aurais pas fait, dit Stuart. D'ailleurs Cade ne m'en a jamais voulu. Cathleen non plus, ni Raiford, ni M. Calvert. C'est uniquement cette Yankee de belle-mère qui a poussé les hauts cris et a dit que j'étais un sauvage et que les honnêtes gens n'étaient pas en sûreté au milieu des Sudistes.

— Non, tu n'as pas le droit de la blâmer. C'est une Yankee et elle n'est pas très bien élevée. Après tout, tu as tiré sur Cade et c'est son beau-fils.

— Bon Dieu, ce n'est pas une raison pour m'insulter ! Tu as beau être le propre fils de maman, est-ce qu'elle a fait un drame quand Tony Fontaine t'a blessé à la jambe ? Pas du tout, elle s'est contentée d'envoyer chercher le vieux docteur Fontaine pour qu'il te panse et elle lui a demandé ce qui avait empêché Tony de mieux viser. Elle lui a dit qu'elle devinait que l'alcool lui faisait perdre son adresse. Tu te rappelles comme ça a rendu Tony furieux ?

Les deux garçons éclatèrent de rire.

— Maman est extraordinaire, dit Brent, tout attendri. On peut toujours compter sur elle pour faire ce qu'il faut et vous mettre à l'aise en face des gens.

— Oui, mais ce soir, quand nous rentrerons, elle sera fichtrement capable de ne pas nous mettre à l'aise en face de père et des petites, fit Stuart d'un air bourru. Dis donc, Brent, j'ai l'impression que ça va mal pour notre balade en Europe. Tu sais que maman a dit que si nous étions chassés d'une autre université nous ne ferions pas notre Grand Voyage !

— Zut ! On s'en fiche, hein ? Qu'est-ce qu'il y a à voir en Europe ? Je parie que ces étrangers n'ont rien à nous montrer que nous n'ayons ici en Géorgie. Je parie que leurs chevaux ne sont pas aussi rapides et leurs filles aussi jolies que les nôtres et je sais qu'ils n'ont pas de whisky de seigle qui puisse rivaliser avec celui de père.

— Ashley Wilkes prétend qu'ils ont des tas de théâtres et qu'ils donnent des tas de concerts. Ashley a aimé l'Europe. Il en parle tout le temps.

— Oui, oui... Tu sais comme sont les Wilkes. Ils sont entichés de musique, de bouquins et de théâtre. Mère dit que c'est parce que leur grand-père était de Virginie. Elle dit que les gens de Virginie s'intéressent beaucoup à ces choses-là.

— Ça les regarde. Donne-moi un bon cheval à monter, une bonne bouteille à vider, une brave fille pour lui faire la cour, une mauvaise pour m'amuser, et ils peuvent venir avec leur Europe... Qu'est-ce que ça peut .ous faire de rater ce voyage ? Suppose que nous soyons en Europe maintenant avec la guerre qui va éclater ? Nous ne pourrions pas revenir à temps. J'aime cent fois mieux aller me battre que d'aller en Europe.

— Moi aussi... Écoute, Brent. Je sais où nous pouvons aller dîner. Traversons le marais et allons chez Able Wynder lui dire que nous sommes revenus tous les quatre et que nous sommes prêts à reprendre l'entraînement.

— Ça, c'est une idée ! s'écria Brent avec enthousiasme. Il nous donnera toutes les nouvelles de la troupe et nous saurons quelle couleur on a fini par adopter pour les uniformes.

— Si on a choisi les mêmes couleurs que celles des Zouaves, que le diable m'emporte, mais je ne m'engagerai pas ! J'aurai l'air de quoi dans ces grandes culottes rouges en forme de sac ? Moi, ça me fait penser à des dessous de femme en flanelle rouge.

— Vous voulez aller chez missié Wynde' ? pa'ce que si vous y allez, vous n'avez pas beaucoup à dîner, fit Jeems. Leu' cuisinier, il est mo', et ils n'en ont pas acheté un aut'. C'est un' femme qui t'availle aux champs, qui fait li cuisine et li nèg' y m'ont dit que c'était la pi'e cuisiniè'e de l'État.

— Bon Dieu ! Pourquoi n'ont-ils pas acheté un autre cuisinier ?

— Comment li pauv' gueux li pouvoi' acheter des Noi' ? Jamais ils en ont eu plus de quat'.

Le ton de Jeems était empreint d'un franc mépris. Il occupait une situation sociale bien établie du fait que les Tarleton avaient une centaine de nègres et, comme tous les esclaves de gros planteurs, il n'avait que

33

dédain pour les petits fermiers qui n'en possédaient que quelques-uns.

— Je m'en vais te flanquer une raclée pour ça, s'écria Stuart d'une voix féroce. Ne t'avise pas de traiter Able Wynder de pauvre gueux ! Bien sûr, il est pauvre, mais ce n'est pas un gueux, et le diable m'emporte si je laisse quelqu'un, nègre ou Blanc, dire du mal de lui. Il n'y a pas un homme qui le vaille dans ce comté, ou alors pourquoi la troupe l'aurait-elle élu lieutenant ?

— Moi, j'ai pas comp'is ça, rétorqua Jeems sans se soucier de la mine menaçante de son maître. Ji c'oyais qu'on p'end'ait tous les officiers chez les missiés 'iches, au lieu de les p'end' chez les gueux du ma'ais.

— Ce n'est pas un gueux. Tu ne vas tout de même pas le comparer à des gens comme les Slattery. Able n'est pas riche, voilà tout. C'est un petit fermier, ce n'est pas un gros planteur, et si ses camarades l'ont eu assez en estime pour l'élire lieutenant, eh bien ! il n'appartient pas à un nègre de se moquer de lui. La troupe sait ce qu'elle fait.

Le corps de cavalerie avait été créé trois mois auparavant, le jour même où la Georgie s'était séparée de l'Union, et depuis on ne cessait de lever des recrues en vue de la guerre. Bien que les suggestions n'eussent point manqué, on n'avait pas encore donné de nom à ce corps. Sur ce point, chacun professait une opinion dont il ne voulait pas démordre, tout comme il avait ses vues personnelles sur la couleur et la coupe des uniformes. « Les Chats Sauvages de Clayton », « Les Mangeurs de feu », « Les Hussards de la Georgie du Nord », « Les Zouaves », « Les Fusiliers de l'intérieur » (quoique les troupes dussent être armées de pistolets, de sabres et de coutelas, mais non de fusils), « Les Gris de Clayton », « Les Sang et Tonnerre », « Les Expéditifs », toutes ces appellations avaient leurs partisans. Jusqu'à ce que les choses fussent mises au point, on se contenta d'appeler ce corps « la troupe » et ce nom lui resta.

Les officiers étaient élus par les hommes, car, en

dehors d'un petit nombre de vétérans des guerres du Mexique et des guerres séminoles[1], personne ne connaissait le métier des armes ; en outre, la troupe n'aurait jamais admis comme chef un vétéran qui n'eût pas joui de son affection et de sa confiance. Tout le monde aimait les quatre fils Tarleton et les trois fils Fontaine, mais, quoi qu'il en coûtât, on refusa de les élire parce que les Tarleton aimaient trop boire et faire les fous et que les Fontaine avaient un caractère trop emporté et trop brutal. Ashley Wilkes fut élu capitaine parce qu'il était le meilleur cavalier du comté et qu'on fondait de grands espoirs sur son calme pour maintenir un semblant d'ordre dans les rangs. Raiford Calvert fut nommé premier lieutenant parce que tout le monde aimait Raif ; quant à Able Wynder, fils d'un trappeur des marais, et lui-même petit fermier, il fut élu lieutenant en second.

Able était une espèce de géant illettré plein de bon sens et de réserve. Il avait bon cœur et, plus âgé que les autres jeunes gens, il se conduisait au moins aussi bien qu'eux en présence des dames. Le snobisme n'existait guère parmi les hommes de la troupe. Un trop grand nombre de leurs pères ou de leurs grands-pères avaient accédé à la richesse après avoir été petits fermiers. D'ailleurs, Able était le meilleur tireur de la troupe, un fin tireur qui, à soixante-dix mètres, pouvait crever l'œil d'un écureuil ; de plus, il connais-sait tous les secrets de la vie au grand air. Il savait allumer des feux sous la pluie, relever la trace d'un animal et découvrir les points d'eau. La troupe s'incli-nait devant le véritable mérite et, comme elle aimait Able, elle en fit un officier. Il accepta cet honneur avec une gravité digne et sans en tirer la moindre fierté, comme une chose qui lui était due. Pourtant, si les hommes parvenaient à oublier qu'Able était de basse extraction, ni les femmes des planteurs, ni les esclaves n'y réussissaient.

1. Les secondes guerres séminoles qui opposèrent de 1834 à 1842 les Américains aux Indiens de Floride (*N. d. T.*).

Au début, les recrues n'avaient été levées que parmi les fils de planteurs. Chaque homme était tenu de fournir son propre cheval, ses armes, son équipement, son uniforme et un domestique attaché à sa personne. Mais les riches planteurs n'étaient pas légion dans le comté récemment créé de Clayton, et, afin de grossir les rangs de la troupe, on avait été obligé de faire appel aux fils des petits fermiers, aux chasseurs qui vivaient dans les bois, aux trappeurs établis aux bords des marais et même, dans un petit nombre de cas, à de « pauvres blancs », pourvu qu'ils fussent d'un niveau supérieur à celui des gens de leur classe.

Les recrues de ces dernières catégories étaient aussi désireuses de se battre contre les Yankees que leurs riches voisins ; mais la délicate question financière se posa. Fort peu de petits fermiers possédaient un cheval. Ils exploitaient leurs fermes à l'aide de mules. Ils en avaient rarement plus de quatre et, comme ce nombre leur suffisait à peine, ils n'auraient pas été en mesure d'en disposer pour la guerre, même si elles avaient pu faire l'affaire de la troupe, ce qui était loin d'être le cas. Quant aux pauvres blancs, ils s'estimaient heureux d'avoir une seule mule. Les habitants des bois et ceux des marais n'avaient ni chevaux ni mules. Ils vivaient entièrement de gibier et du produit de leurs terres. En général, ils se livraient au troc et, durant toute l'année, n'avaient pas souvent cinq dollars en caisse. Fournir un cheval et un uniforme était au-delà de leurs moyens. Mais, dans leur dénuement, ils étaient d'une fierté aussi farouche que les planteurs dans leur opulence. Ils n'auraient jamais rien voulu accepter de leurs riches voisins qui eût ressemblé à une charité. Ce fut ainsi que, pour ménager les susceptibilités de chacun et doter la troupe de tout ce qu'il fallait, le père de Scarlett, John Wilkes, Buck Munroe, Jim Tarleton, Hugh Calvert, en fait tous les gros planteurs du comté, à l'exception d'Angus Mac Intosh, avaient versé des fonds pour compléter l'équipement de la troupe. Chaque planteur avait accepté d'équiper ses fils et un certain nombre d'autres jeunes gens, mais on s'y était pris de telle manière que les moins riches d'entre les recrues avaient pu recevoir des chevaux et des uniformes sans se sentir atteints dans leur honneur.

Deux fois par semaine, la troupe se réunissait à Jonesboro pour faire l'exercice et prier que la guerre commençât. On n'était pas encore arrivé à réunir un nombre suffisant de chevaux, mais ceux qui en possédaient accomplissaient dans un champ, derrière le tribunal, ce qu'ils imaginaient être des manœuvres de cavalerie, soulevaient des nuages de poussière, s'enrouaient à force de crier et brandissaient des sabres datant de la Révolution qu'on avait pris aux murs des salons. Ceux qui n'avaient pas encore de monture s'asseyaient sur le bord du trottoir en face des magasins Bullard et regardaient leurs camarades tout en chiquant et en racontant des histoires à dormir debout, quand ils n'organisaient pas des concours de tir. Il était inutile d'apprendre à tirer à ces hommes. La plupart des Sudistes étaient nés avec un fusil entre les mains, et leur vie entière passée à la chasse en avait fait des tireurs d'élite.

A chaque séance d'instruction, figurait tout un assortiment d'armes provenant des plantations ou des huttes construites auprès des marais. On voyait de longs fusils de chasse qui avaient été neufs lors du premier passage des Alleghanys, de vieux tromblons qui se chargeaient par le canon et qui avaient abattu plus d'un Indien au temps où la Georgie était encore dans son enfance, des pistolets d'arçon, mis en service en 1812 au cours des guerres séminoles et à Mexico, des pistolets de duel à montures d'argent, de courtes armes de poche, des fusils de chasse à canon double, de belles carabines anglaises toutes neuves dont le bois précieux étincelait.

Les exercices se terminaient toujours dans les bars de Jonesboro et le soir tant de rixes éclataient que les officiers avaient le plus grand mal à empêcher qu'il n'y eût des morts et des blessés avant que la troupe se mesurât avec les Yankees. Ce fut au cours d'une de ces bagarres que Stuart Tarleton tira sur Cade Calvert et que Tony Fontaine tira sur Brent. Renvoyés depuis peu de l'Université de Virginie, les jumeaux se trouvaient chez eux quand la troupe avait été organisée et ils s'y étaient joints avec enthousiasme. Mais, deux mois auparavant, à la suite de l'incident au cours duquel ils s'étaient signalés, leur mère les avait expédiés à l'Université de l'État avec ordre formel d'y rester. Pendant leur séjour là-bas, ils avaient souffert de ne plus connaître les joies de l'instruction militaire et cela leur eût été bien égal d'interrompre leurs études pourvu qu'on les laissât caracoler, hurler et tirer des coups de fusil en compagnie de leurs camarades.

— Eh bien ! allons chez Able en coupant à travers champs, suggéra Brent. Nous traverserons le vallon de M. O'Hara et le pré des Fontaine et nous serons là-bas en un rien de temps.

— On nous donne'a à manger que du opossum et di légumes, protesta Jeems.

— Toi, tu n'auras rien du tout, déclara Stuart en faisant la grimace. Tu vas retourner à la maison dire à maman que nous ne rentrerons pas dîner.

— Non, j'i'ai pas ! s'écria Jeems, alarmé. Non, j'i'ai pas ! Ça m'amuse pas plus que vous que ma'ame Béat'ice elle mi jette deho'. D'abo' elle me demand'a pou'quoi on vous a tous 'envoyés enco'. Et pis, pou'-quoi moi ji vous ai pas 'amenés chez vous ce soi' pou' qu'elle vous met' à la po'te. Et pis, elle se jette'a su' moi comme un cana' su' un hanneton, et, d'abo' moi ji sais qu'elle di'a que tout ça c'est ma faut'. Si vous m'emmenez pas chez missié Wynde' je 'este'ai dans les bois tout' la nuit et pit-êt' ji se'ai pincé pa' les pat'ouilles, pa'ce que j'aime cent fois mieux mi fai' pincer pa' les pat'ouilles plutôt que pa' ma'ame Béat'ice quand elle est en colè'.

Perplexes et indignés, les jumeaux regardèrent le jeune Noir.

— Il est assez bête pour se laisser prendre par une patrouille et maman en fera des gorges chaudes pendant des semaines. Je te jure, les nègres sont par trop assommants. Il m'arrive de croire que les abolitionnistes ont trouvé la bonne méthode.

— Ce ne serait pas bien d'exposer Jeems à une scène que nous voulons éviter. Il va falloir l'emmener avec nous. Mais, écoute-moi, espèce de nègre idiot et impudent, si tu prends tes grands airs avec les Noirs de Wynder et si tu leur laisses entendre que nous ne mangeons que du poulet rôti et du jambon pendant qu'ils n'ont rien d'autre que du lapin et de l'opossum, je... je le dirai à maman. Et puis, tu n'iras pas à la guerre avec nous.

— Mes g'ands ai'! Moi, je p'end'ai mes g'ands ai's avec li pauv' nèg'! Non, missié, ji suis bien élevé! Ma'ame Béat'ice m'a bien app'is les bonnes maniè' comme à vous tous, hein?

— Elle n'a pas eu beaucoup de succès avec nous trois, commenta Stuart. Allons, en route!

Il éperonna son grand cheval et lui fit sauter sans difficulté la barrière qui le séparait des champs de Gérald O'Hara. Le cheval de Brent suivit le sien ainsi que celui de Jeems, dont le cavalier était cramponné à sa crinière et au pommeau de la selle. Jeems n'aimait pas sauter les barrières, mais il en avait franchi de plus hautes que celle-ci pour pouvoir suivre ses maîtres.

La nuit tombait. Les cavaliers traversèrent les champs aux sillons rouges et descendirent à flanc de coteau vers la rivière.

— Écoute, Stu! cria Brent à son frère. Tu n'as pas l'impression que Scarlett aurait dû nous inviter à dîner?

— C'est mon avis, cria Stuart à son tour. Voyons, tu crois que...

II

Lorsque les jeunes Tarleton l'eurent laissée sous la véranda de Tara et que le bruit des chevaux au galop se fut évanoui, Scarlett regagna sa chaise comme une somnambule. Ses traits s'étaient durcis, et elle avait tant souri pour empêcher les jumeaux de découvrir son secret que sa bouche lui faisait mal. Elle s'assit d'un air las et ramena l'un de ses pieds sous elle. La douleur gonfla son cœur à tel point qu'il lui parut près d'éclater. Il battait à petits coups irréguliers. Ses mains étaient froides et un sentiment de désastre s'emparait d'elle. Son visage exprimait la souffrance et la perplexité, la confusion d'une enfant gâtée qui n'en a jamais fait qu'à sa tête et qui maintenant, pour la première fois, était aux prises avec les difficultés de la vie.

Ashley épouser Mélanie Hamilton !

Oh ! ça ne pouvait pas être vrai ! Les jumeaux s'étaient trompés. Ils lui avaient joué l'un de ces tours à leur façon. Ashley ne pouvait pas aimer Mélanie ! Personne ne pouvait aimer un petit échalas comme Mélanie ! Scarlett se rappelait avec mépris le corps fluet et enfantin de Mélanie, son visage sérieux et si dénué d'attraits qu'il en était presque laid. Et Ashley n'avait pas dû la voir depuis des mois. Il n'était pas allé plus de deux fois à Atlanta depuis la réception qu'il avait donnée l'année précédente aux Douze Chênes. Non, Ashley ne pouvait pas aimer Mélanie parce que... Oh ! elle ne pouvait pas se tromper... parce que c'était elle qu'il aimait... elle le savait bien !

Scarlett entendit Mama traverser le vestibule de son pas pesant. Elle rectifia sa tenue et tenta d'imposer à son visage une expression plus calme. Ce n'était jamais adroit de laisser Mama deviner que quelque chose n'allait pas. Mama estimait que les O'Hara lui appartenaient corps et âme, que leurs secrets étaient

40

les siens. Le moindre soupçon d'un mystère suffisait à la faire partir en chasse avec un acharnement de limier. Scarlett savait par expérience que si la curiosité de Mama n'était pas immédiatement satisfaite elle se mettait à jaser avec Ellen, et alors Scarlett serait obligée de tout dire à sa mère ou de forger quelque mensonge plausible.

Mama émergea du vestibule. C'était une vieille femme obèse aux petits yeux rusés pareils à ceux d'un éléphant. De pur type africain, elle était d'un noir luisant. Dévouée aux O'Hara jusqu'à la dernière goutte de son sang, elle était la terreur des autres domestiques. Mama était une négresse, mais les règles auxquelles elle obéissait et sa fierté valaient ou dépassaient celles de ses maîtres. Elle avait été formée chez Solange Robillard, la mère d'Ellen O'Hara, une Française au nez pointu, de caractère froid et difficile, qui infligeait un juste châtiment aussi bien à ses enfants qu'à ses domestiques pour toute atteinte à l'étiquette. Elle avait servi de bonne d'enfant à Ellen et avait quitté Savannah avec elle pour venir se fixer sur les hautes terres quand elle s'était mariée. Mama gourmandait ceux qu'elle aimait et, comme elle adorait Scarlett et qu'elle en avait un orgueil démesuré, elle passait pratiquement son temps à la réprimander.

— Les missiés ils sont pa'tis ? Pou'quoi ne leu' avez-vous pas demandé de 'ester dîner, mam'zelle Sca'lett ? J'ai dit à Po'k de met' deux couvè'ts de plus. Qu'est-ce que c'est que ces maniè' ?

— Oh ! j'en avais tellement assez de les entendre parler de la guerre que je n'aurais pas pu y tenir pendant le dîner, d'autant plus que papa aurait fait chorus avec eux et se serait mis à crier contre M. Lincoln.

— Vous n'avez pas plus de maniè' qu'un paysan, et, ap'ès tout li mal que Ma'ame Ellen et moi on s'est donné pou' vous. Et vous n'avez pas vot' châle ! Et la nuit qu'est f'oide ! Ji vous ai dit mille fois qu'on att'apait la fiè' quand on 'estait deho' le soi' sans 'ien su' les épaules. Rent'ez, mam'zelle Sca'lett !

Scarlett se détourna avec une nonchalance étudiée. Elle était heureuse que Mama eût été trop préoccupée par la question du châle pour remarquer son visage.

— Non, je veux rester ici pour le coucher de soleil. C'est si joli. Va vite chercher mon châle. Je t'en prie, Mama, je resterai ici jusqu'au retour de papa.

— Vous avez la voix dé quelqu'un qui s'en'hume, dit Mama d'un ton soupçonneux.

— Mais non, fit Scarlett, impatientée. Va chercher mon châle.

Mama regagna le vestibule et Scarlett l'entendit appeler durement une bonne qui se trouvait au premier.

— Rosa, lance-moi le châle de mam'zelle Sca'lett. (Puis, plus haut :) P'op' à 'ien, sale nég'esse ! Elle n'est jamais là où il faut. Maintenant, ji suis obligée de monter moi-même.

Scarlett entendit gémir l'escalier et se leva. Quand Mama reviendrait, elle ne manquerait pas de reprendre son sermon sur le manque d'hospitalité de Scarlett et celle-ci sentait qu'elle ne pourrait pas endurer une discussion sur un sujet aussi futile quand son cœur se brisait. Tandis qu'elle restait debout, hésitante, se demandant où elle trouverait à se cacher avant que sa douleur cédât un peu, elle eut une idée qui lui apporta un faible rayon d'espoir. Cet après-midi-là, son père était allé aux Douze Chênes, la plantation des Wilkes, pour offrir d'acheter Dilcey, la planureuse épouse de son valet Pork. Dilcey était intendante et sage-femme aux Douze Chênes, et depuis son mariage, six mois plus tôt, Pork, jour et nuit, n'avait cessé d'importuner son maître pour qu'il achetât Dilcey afin que le ménage ne fût pas séparé. Ce même jour, Gérald, n'en pouvant plus, était parti dans l'intention d'acquérir Dilcey.

« Papa saura certainement si cette horrible histoire est vraie, pensa Scarlett. Même s'il n'a rien entendu dire de précis, peut-être a-t-il remarqué quelque chose, a-t-il discerné une certaine effervescence chez les Wilkes. Si j'arrive à le voir tout seul avant le dîner,

42

peut-être apprendrai-je la vérité... peut-être saurai-je que ce n'est qu'une de ces plaisanteries grotesques des jumeaux. »

C'était l'heure à laquelle Gérald devait rentrer, et si Scarlett voulait avoir un entretien particulier avec lui, elle n'avait rien d'autre à faire qu'à aller au-devant de lui là où l'allée rejoignait la route. Elle descendit lentement les degrés du perron, en ayant bien soin de regarder derrière elle si Mama ne l'observait pas d'une des fenêtres du premier. S'étant assurée que le gros visage noir de Mama surmonté d'un madras neigeux n'était pas embusqué derrière les rideaux d'une fenêtre, elle releva hardiment sa jupe à fleurs et fila vers l'allée aussi vite que le lui permettaient ses sandales finement lacées.

De chaque côté de l'allée semée de gravier, des cèdres sombres joignaient leurs rameaux et formaient une longue voûte obscure. Dès que Scarlett se fut engagée sous les bras noueux des cèdres, elle jugea qu'on ne pouvait plus la voir de la maison et elle ralentit le pas. Elle haletait, car son corset était trop serré pour lui permettre de courir, mais elle n'en continua pas moins à marcher le plus vite possible. Elle ne tarda pas à atteindre l'extrémité de l'allée et à déboucher sur la route ; pourtant elle ne s'arrêta pas avant d'avoir dépassé un tournant qui mettait un nouvel écran d'arbres entre elle et la maison.

Les joues rouges et le souffle court, elle s'assit sur une souche en attendant son père. Il aurait déjà dû être rentré, mais Scarlett se réjouit qu'il fût en retard. Elle aurait ainsi le temps de reprendre sa respiration et de se composer un visage pour que son père ne se doutât de rien. A chaque instant, elle croyait entendre le galop de son cheval et le voyait déjà monter à fond de train la colline comme il le faisait toujours. Mais les minutes passaient et Gérald n'arrivait pas. Scarlett parcourut la route du regard. Son cœur se remettait à lui faire mal.

« Oh ! ça ne peut pas être vrai ! pensa-t-elle. Pourquoi ne vient-il pas ? »

Ses yeux suivirent les contours de la route devenue rouge sang après la pluie du matin. Elle s'en représenta le tracé. Elle descendait la colline, atteignait la Flint paresseuse, traversait les marais et remontait une autre pente pour aboutir aux Douze Chênes, là où habitait Ashley. La route ne signifiait plus rien d'autre maintenant. C'était la route qui menait chez Ashley, à la belle demeure aux colonnes blanches qui dominait le coteau comme un temple grec.

« Oh ! Ashley ! Ashley ! » pensa-t-elle et son cœur se mit à battre plus vite.

Elle parvint à oublier momentanément la sensation glaciale d'étonnement et de détresse qui l'avait accablée depuis que les Tarleton lui avaient rapporté leurs commérages et à sa place laissa monter la fièvre qui l'avait brûlée pendant deux années.

Elle trouvait étrange qu'Ashley ne lui eût jamais semblé aussi séduisant qu'aujourd'hui. Lorsqu'elle était enfant, elle l'avait vu aller et venir sans lui prêter la moindre attention. Mais depuis le jour où, deux ans plus tôt, Ashley, récemment rentré de son Grand Voyage de trois ans en Europe, s'était rendu à Tara pour y présenter ses devoirs, elle l'avait aimé.

Elle se tenait sur la véranda et il avait remonté la longue allée à cheval. Il portait des habits de drap fin uni et gris. Sa large cravate noire faisait ressortir à la perfection sa chemise à ruches. Même maintenant Scarlett pouvait se rappeler tous les détails de sa toilette : ses bottes si brillantes, le camée à tête de méduse piqué dans sa cravate, le large panama qu'il avait immédiatement ôté dès qu'il l'avait vue. Il avait mis pied à terre et avait lancé ses rênes à un négrillon. Il s'était arrêté pour la regarder. Ses yeux gris et rêveurs souriaient et le soleil se jouait, si lumineux, dans sa chevelure blonde, qu'on l'eût prise pour une couronne d'argent étincelant. Et il avait dit : « Mais vous êtes devenue grande, Scarlett ! » Et il avait gravi le perron d'un pas léger, il lui avait baisé la main. Et sa voix ! Elle ne pourrait jamais oublier le soubresaut de son cœur quand elle l'avait entendue, comme si elle découvrait cette voix un peu lente, bien timbrée, musicale.

Dès cet instant, elle avait eu besoin de lui aussi simplement, aussi inconsciemment qu'elle avait besoin d'aliments pour manger, de chevaux pour les monter, d'un lit moelleux pour s'y étendre.

Pendant deux ans, il l'avait accompagnée à travers le comté, au bal, à de petites réunions, à des pique-niques, à des parties de pêche, à des fêtes. Il ne la voyait jamais aussi souvent que les frères Tarleton, ou Cade Calvert, il n'était jamais aussi pressant que les plus jeunes des Fontaine, mais il ne se passait pas de semaine qu'il ne vînt rendre visite à Tara.

C'était vrai, il ne lui avait jamais fait la cour, ses yeux gris clair n'avaient jamais eu ce reflet chaud que Scarlett connaissait si bien chez les autres hommes. Et pourtant... pourtant... Elle savait qu'il l'aimait. Elle ne pouvait pas se tromper. Son instinct plus fort que sa raison, son expérience lui disaient qu'il l'ai-mait. Trop souvent elle avait vu s'animer son regard alors qu'il la fixait avec une profondeur et une tendresse qui la stupéfiaient. Oui, elle savait qu'il l'aimait. Pourquoi ne le lui avait-il pas dit? Elle n'arrivait pas à comprendre. Mais il y avait tant de choses en lui qu'elle n'arrivait pas à comprendre!

Il était toujours déférent, mais il restait distant. Personne ne pouvait dire ce qu'il pensait. Scarlett encore moins qu'une autre. Dans un pays où chacun savait exactement ce que pensait son voisin presque en même temps que lui, la réserve d'Ashley était exaspérante. Il ne le cédait en rien aux autres jeunes gens pour tout ce qui avait trait aux distractions ordinaires du comté. Il chassait, il jouait, dansait, discutait politique et était le meilleur cavalier d'entre eux : mais il différait de tous les autres en ce que ce genre d'activité n'était pas pour lui la fin et le but de sa vie. Et il demeurait le seul à s'intéresser aux livres, à la musique et à s'adonner avec passion à la poésie.

Oh! pourquoi était-il d'un si joli blond? pourquoi observait-il une réserve si courtoise? pourquoi était-il si ennuyeux avec ses discours sur l'Europe, les livres, la musique, la poésie et les choses qui n'intéressaient pas du tout Scarlett... et cependant pourquoi était-il si désirable ? Nuit après nuit, quand Scarlett allait se coucher après être restée assise auprès de lui dans la pénombre de la véranda, elle se retournait pendant des heures dans son lit et ne se consolait qu'à la pensée qu'il lui demanderait sa main à sa prochaine visite. Mais la prochaine visite venait, passait et n'apportait rien... rien, sauf un redoublement de la fièvre qui dévorait Scarlett.

Elle l'aimait, elle avait besoin de lui et elle ne le comprenait pas. Elle était aussi naturelle, aussi simple que le vent qui soufflait sur Tara, que la rivière jaune qui y serpentait et, jusqu'à la fin de ses jours, elle ne serait jamais capable de comprendre une complication. Et maintenant, pour la première fois de sa vie, elle se trouvait en présence d'une nature complexe.

Car Ashley était issu d'une lignée d'hommes qui occupaient leurs loisirs à réfléchir et non à agir, à poursuivre des rêves chatoyants qui ne portaient en eux aucune trace de réalité. Ashley se mouvait dans un monde intérieur plus beau que la Georgie et retrouvait la réalité de mauvaise grâce. Il regardait les gens en spectateur, sans les aimer ou les prendre en aversion. Il regardait la vie sans enthousiasme ou sans tristesse. Il prenait l'univers et la place qu'il y tenait pour ce qu'ils étaient et, haussant les épaules, il revenait à sa musique, à ses livres et à un monde meilleur.

Scarlett ne savait pas comment il avait fait pour l'asservir, alors que son esprit était si étranger au sien. Le mystère même qui était en lui avait piqué sa curiosité comme une porte qui n'a ni serrure ni clé. Les choses qui l'entouraient et auxquelles elle ne comprenait rien ne faisaient qu'augmenter son amour pour lui, et ses attentions singulières, ses réticences ne servaient qu'à l'ancrer davantage dans l'idée de l'avoir pour elle seule. Elle n'avait jamais douté qu'un jour il la demanderait en mariage. Elle était trop jeune et trop choyée pour avoir jamais connu une défaite. Et voilà que, comme un coup de tonnerre, elle avait appris l'affreuse nouvelle. Ashley épouser Mélanie ! Ça ne pouvait pas être vrai.

Voyons, rien que la semaine passée, tandis qu'ils revenaient à cheval de Fairhill au crépuscule, il avait dit : « Scarlett, j'ai quelque chose de si important à vous dire que je sais à peine comment m'exprimer. »

Elle avait modestement baissé les yeux, son cœur s'était mis à battre d'une joie farouche, elle croyait que l'instant bienheureux était venu. Puis il avait dit : « Pas maintenant ! Nous sommes presque arrivés, nous n'avons pas le temps. Oh ! Scarlett, quel lâche je fais ! » Et, éperonnant son cheval, il avait monté au galop la colline de Tara.

Assise sur la souche, Scarlett songeait à ces paroles qui l'avaient transportée et, tout d'un coup, elles prirent un autre sens, une horrible signification. Et si c'étaient ses fiançailles qu'il avait voulu lui annoncer !

« Oh ! pourquoi papa ne rentre-t-il pas ? » Elle ne pouvait plus supporter cette attente. De nouveau elle promena son regard sur la route et de nouveau elle fut déçue.

Le soleil avait disparu et la lueur rouge qui embrasait la limite du monde tournait maintenant au rose. Le ciel abandonnait lentement sa teinte azurée pour le gris-bleu des œufs de rouge-gorge et le calme surnaturel du crépuscule champêtre s'étendait furtivement autour de Scarlett. Des voiles d'ombre glissaient sur la campagne. Les sillons rouges et la balafre rouge de la route renonçaient à la magie de leur couleur sanglante et n'étaient plus que de simples lambeaux de terre brune. De l'autre côté de la route, dans le pré, les chevaux, les mules et les vaches demeuraient immobiles, la tête passée par-dessus la barrière, attendant le moment de rentrer à l'étable pour manger. Les bêtes n'aimaient pas la teinte foncée des fourrés qui bordaient le pré et, quand elles regardaient Scarlett, leurs oreilles tressaillaient comme si la compagnie d'un être humain leur était agréable.

Dans l'étrange pénombre, les grands pins au bord de la rivière, d'un vert si chaud en plein soleil, se dressaient tout noirs contre le ciel pastel et ressemblaient à une rangée impénétrable de géants chargés de dissimuler l'eau jaune et lente qui coulait à leurs pieds. Sur la colline dominant l'autre rive, les hautes cheminées blanches de chez les Wilkes s'estompaient peu à peu dans la masse des chênes touffus plantés alentour et seuls les petits points lumineux des lampes posées sur la table indiquaient qu'une maison se trouvait là-bas au loin. Tiède et moite, un souffle printanier apportait à Scarlett le délicieux parfum de la terre fraîchement remuée et de toutes les jeunes pousses vert tendre.

Le coucher du soleil, le printemps, toute cette verdure et ce renouveau n'étaient point un miracle pour Scarlett. Elle en acceptait la beauté sans y prêter plus d'attention qu'à l'air qu'elle respirait ou à l'eau qu'elle buvait, car elle n'avait jamais pris conscience de la beauté, sauf en voyant des visages de femmes, des chevaux ou des robes de soie. Cependant la pénombre paisible qui enveloppait les champs bien entretenus de Tara apporta un certain calme à son esprit tourmenté. Elle aimait tant cette terre sans le savoir, elle l'aimait comme elle aimait le visage de sa mère sous la lampe à l'heure de la prière.

Il n'y avait toujours pas trace de Gérald sur la route sinueuse. Pour peu que Scarlett fût obligée d'attendre encore, Mama ne manquerait pas de venir à sa recherche et de la faire rentrer à la maison en la grondant. Mais, tandis qu'elle s'épuisait à fixer la route qui s'assombrissait, elle distingua un bruit de sabots au bas du pré et vit se disperser les chevaux et les vaches effrayés. Gérald O'Hara, coupant à travers champs, rentrait chez lui au triple galop.

Il remontait la colline sur son cheval de chasse au corps massif et aux jambes fines. De loin on aurait pu le prendre pour un jeune garçon juché sur un cheval trop grand pour lui. Sa longue chevelure blanche flottait au vent. Il poussait son cheval à grand renfort de cris et de coups de cravache.

Bien qu'elle fût toute à son angoisse, Scarlett n'en observa pas moins son père avec un tendre orgueil, car Gérald était un excellent cavalier.

« Je me demande pourquoi il veut toujours sauter les barrières quand il a un peu bu, pensa-t-elle. Surtout après la chute qu'il a faite ici même l'an dernier, lorsqu'il s'est brisé la rotule. On aurait pu croire que la leçon avait porté. Et dire qu'il avait juré à maman de ne plus jamais sauter. »

Scarlett ne craignait nullement son père et se sentait plus près de lui que de ses sœurs. Sauter des haies, garder un secret en présence de sa femme causaient à Gérald une fierté juvénile, une joie coupable qui correspondait au plaisir qu'éprouvait sa fille à se jouer de Mama. Scarlett se leva pour mieux le voir.

Le gros cheval atteignit la barrière, prit son élan et s'enleva avec l'aisance d'un oiseau. Son cavalier poussait des cris d'enthousiasme, sabrait l'air de sa cravache et ses boucles blanches tressaillaient sur sa nuque. L'ombre des arbres empêcha Gérald de voir sa fille. Une fois sur la route, il s'arrêta et se mit à caresser l'encolure de son cheval.

— Il n'y en a pas deux comme toi dans ce comté ou dans cet État, déclara-t-il fièrement à sa monture avec cet accent irlandais qui ne l'avait pas quitté malgré un séjour de trente-neuf ans en Amérique.

Puis il remit hâtivement de l'ordre dans sa coiffure, rentra sa chemise trop bouffante et rajusta sa cravate qui avait glissé derrière une de ses oreilles. Scarlett savait que son père se livrait à ces préparatifs sommaires dans le seul but de paraître devant sa femme comme un monsieur qui s'en revient tranquillement chez lui après avoir rendu visite à un voisin. Elle savait aussi qu'elle allait l'aborder dans les meilleures conditions pour engager la conversation sans révéler le véritable motif de sa présence.

Elle éclata de rire et, ainsi qu'elle l'avait espéré, la

surprise fit sursauter Gérald. Alors il reconnut Scarlett et une expression mi-empruntée, mi-défiante se joua sur son visage rubicond. Il descendit de cheval avec quelque difficulté, car son genou était raide et, passant les rênes autour de son bras, il clopina vers sa fille.

— Eh bien ! petite dame, dit-il en lui pinçant la joue, on est en train de m'espionner et, comme ta sœur Suellen la semaine dernière, tu iras raconter du mal de moi à ta mère ?

Il y avait de l'indignation dans sa voix de basse un peu rauque où perçait en même temps une intonation câline. Pour taquiner son père, Scarlett claqua la langue contre ses dents tout en lui prenant sa cravate d'un geste preste. Il soufflait au visage de sa fille son haleine fortement imprégnée d'une odeur de whisky à laquelle s'ajoutait un faible parfum de menthe. Il sentait aussi la chique, le cuir bien huilé et le cheval, et Scarlett ne manquait jamais d'associer ces odeurs à son père et, d'instinct, aimait à les retrouver chez d'autres hommes.

— Non, papa, je ne suis pas rapporteuse comme Suellen, lui assura-t-elle en se reculant pour vérifier sa tenue d'un air entendu.

Gérald était petit. Il ne dépassait guère cinq pieds, mais il avait une telle carrure et le cou si épais que ceux qui ne le connaissaient pas le prenaient, quand il se tenait assis, pour plus grand qu'il n'était. Son corps massif était supporté par deux jambes courtes et robustes, toujours emprisonnées dans des bottes du cuir le plus fin et toujours largement écartées. La plupart des gens de petite taille qui se prennent au sérieux sont un peu ridicules ; mais dans la basse-cour on respecte le coq bantam, et il en était de même pour Gérald. Personne n'aurait eu la témérité de penser que la petitesse de Gérald O'Hara était ridicule. Il avait soixante ans et ses cheveux frisés étaient d'un blanc argenté, mais son visage usé n'avait aucune ride et ses petits yeux bleus et durs exprimaient l'éternelle jeunesse d'un être qui ne s'était jamais penché sur des problèmes plus ardus que celui de savoir combien de cartes il fallait écarter au poker. Sur toute l'étendue du territoire de sa mère patrie, qu'il avait quitté depuis longtemps, il eût été difficile de rencontrer visage plus spécifiquement irlandais que le sien avec ses contours arrondis, son teint vermeil, son nez court, sa bouche large et agressive.

Sous des dehors rébarbatifs, Gérald O'Hara cachait le plus tendre des cœurs. Il ne pouvait pas plus supporter de voir un esclave pleurnicher sous une réprimande, quel qu'en fût le bien-fondé, que d'entendre miauler un chat ou pleurer un enfant; mais il avait horreur qu'on s'aperçût de cette faiblesse. Il ignorait que tous ceux qui le rencontraient découvraient la bonté de son cœur au bout de cinq minutes; et son amour-propre eût été piqué au vif s'il s'en était rendu compte, car il aimait à penser que, quand il lançait ses ordres à pleins poumons, chacun tremblait et obéissait. Il ne lui était jamais venu à l'idée que la seule voix à laquelle on obéissait dans la plantation était la voix douce de sa femme Ellen. Il ne devait jamais apprendre ce secret, car, d'Ellen au plus borné des paysans, tout le monde conspirait tacitement pour continuer de lui faire croire que sa parole avait force de loi.

Scarlett était encore moins impressionnée qu'une autre par ses accès de colère et ses éclats de voix. Elle était l'aînée de ses enfants et, maintenant que Gérald savait qu'il n'y aurait point de fils pour remplacer les trois qui reposaient dans le cimetière familial, il avait pris l'habitude de la traiter en homme, ce qui lui plaisait au plus haut point. Elle ressemblait davantage à son père que ses sœurs cadettes Carreen et Suellen. La première, venue au monde sous le nom de Caroline Irène, était fragile et mélancolique; la seconde, Susan Ellinor, se piquait d'élégance et de belles manières.

En outre, Scarlett et son père étaient liés l'un à l'autre par un pacte de silence. Si Gérald la surprenait en train d'escalader une barrière au lieu de faire un demi-mille pour trouver une porte, ou s'il la découvrait à une heure indue sur le perron en compagnie d'un soupirant, il se chargeait lui-même de la corriger d'importance, mais il n'en disait rien à Ellen ou à Mama. Et lorsque Scarlett le voyait sauter des barrières après une promesse solennelle faite à sa femme ou qu'à travers les commérages du comté elle apprenait le montant exact de ses pertes au poker, elle s'interdisait d'y faire la moindre allusion au dîner à la manière de Suellen, passée maîtresse dans l'art des gaffes préméditées. Scarlett et son père s'affirmaient mutuellement que soulever de telles questions devant Ellen ne ferait que la peiner et, pour rien au monde, ils n'auraient voulu blesser sa tendresse.

Scarlett regarda son père dans le jour expirant et, sans savoir pourquoi, elle fut réconfortée par sa présence. Il y avait en lui quelque chose de primitif et de rude qui lui plaisait. Comme elle était dénuée de tout sens critique, elle ne se rendait pas compte que c'était parce qu'elle possédait aussi jusqu'à un certain point ces mêmes qualités, malgré seize années d'efforts de la part d'Ellen et de Mama pour les étouffer.

— Vous voilà très présentable maintenant, dit-elle, et je ne pense pas qu'on devine que vous avez encore fait des frasques à moins que vous ne vous en vantiez. Mais j'ai l'impression qu'après vous être brisé la rotule l'an dernier en sautant cette même barrière...

— Ah ça ! qu'on me damne si je laisse ma propre fille me dire ce qu'il faut que je saute ou pas ! s'écria-t-il en lui pinçant de nouveau la joue. Si je me casse le cou, ça me regarde. D'ailleurs, petite dame, que faites-vous ici sans châle ?

S'apercevant qu'il avait recours à des manœuvres familières pour éviter une conversation désagréable, Scarlett passa son bras sous le sien et dit : « Je vous attendais. Je ne savais pas que vous seriez si en retard. Je voulais simplement vous demander si vous aviez acheté Dilcey.

— Pour sûr, je l'ai achetée, et à un prix ruineux encore. Je l'ai achetée ainsi que sa petite donzelle de

52

Prissy. John Wilkes était sur le point de me les donner, mais je ne veux pas qu'il raconte que Gérald O'Hara profite de ses amitiés pour faire des affaires. Je l'ai forcé à accepter trois cents dollars pour elles deux.

— Au nom du Ciel, papa, trois cents dollars ! Et vous n'aviez pas besoin d'acheter Prissy !

— Va-t-on voir mes filles juger mes actions ? clama Gérald dans un bel élan. Prissy est une...

— Je la connais ! Elle est aussi fourbe que stupide, coupa Scarlett nullement troublée par les clameurs de son père. Et la seule raison qui vous a poussé à l'acheter, c'est que Dilcey vous l'a demandé.

Gérald sembla tout déconfit. Il en était toujours ainsi quand on obtenait une preuve de sa bonté, et Scarlett ne se cacha pas pour rire de sa découverte.

— Et puis, qu'a-t-on à y redire ? A quoi bon acheter Dilcey sans l'enfant, pour qu'elle passe son temps à se lamenter. C'est entendu, je ne laisserai plus jamais un nègre se marier en dehors de la plantation. Ça coûte trop cher. Allons, viens, ma chatte, rentrons dîner.

L'ombre s'épaississait ; le dernier reflet vert s'était effacé du ciel et la tiédeur printanière avait cédé la place à un léger froid. Mais Scarlett s'attardait. Elle se demandait comment aborder le sujet d'Ashley sans que Gérald suspectât ses intentions. C'était difficile, car Scarlett n'avait en elle aucune subtilité et Gérald lui ressemblait à tel point qu'il ne manquait jamais de pénétrer ses pauvres subterfuges au même titre qu'elle pénétrait les siens. Et il y mettait rarement du tact.

— Comment ça va-t-il, là-bas, aux Douze Chênes ?

— A peu près comme d'habitude. Cade Calvert y était et quand j'eus réglé l'affaire de Dilcey nous sommes tous allés nous asseoir sous la véranda pour prendre quelques toddies [1]. Cade revenait d'Atlanta. On est tout sens dessus dessous là-bas, on ne fait que parler de la guerre et...

1. « Toddy », boisson forte, mélange d'eau chaude et de liqueurs (*N. d. T.*).

Scarlett soupira. Si Gérald avait le malheur de se lancer sur le chapitre de la guerre et de la sécession, il en avait pour des heures avant de s'arrêter. Elle aiguilla brusquement la conversation sur une autre voie.

— A-t-on parlé du pique-nique de demain ?

— Tiens, oui, en effet, on en a parlé. Mademoiselle je ne sais comment... la jolie petite qui était ici l'année dernière, tu sais bien, la cousine d'Ashley... ah ! oui, Mlle Mélanie Hamilton... c'est ça... elle et son frère sont déjà arrivés d'Atlanta et...

— Ah ! elle est arrivée ?

— Oui, et c'est une petite bien gentille, bien gentille. Jamais elle ne parle d'elle-même. Une vraie femme, quoi ! Allons, viens, ma fille, ne te fais pas traîner. Ta mère va partir à notre recherche.

A cette nouvelle, le cœur de Scarlett se serra. Elle avait espéré contre toute espérance que quelque chose aurait retenu Mélanie Hamilton à Atlanta, et de voir que son père lui-même appréciait le caractère aimable et tranquille de Mélanie, si différent du sien, la poussa à brûler ses vaisseaux.

— Ashley était-il là aussi ?

— Oui.

Gérald lâcha le bras de sa fille, se tourna vers elle et la regarda droit dans les yeux.

— Si c'est pour cela que tu es venue au-devant de moi, pourquoi ne l'as-tu pas dit, au lieu de jouer à cache-cache avec moi ?

Scarlett ne trouva rien à répondre. Elle sentit son visage s'empourprer.

— Allons, parle.

Elle ne répondit toujours rien. Elle souhaitait qu'il fût permis de battre son père et de lui dire de se taire.

— Il était là et lui et ses sœurs m'ont demandé très aimablement de tes nouvelles. Il m'a dit qu'ils espéraient tous que rien ne t'empêcherait d'aller demain au pique-nique, ajouta finalement Gérald. Voyons, ma petite, que se passe-t-il entre Ashley et toi ?

— Il ne se passe rien, fit Scarlett en le tirant par le bras. Rentrons, papa.

— Alors, maintenant, c'est toi qui veux rentrer. Eh bien! moi, je ne bougerai pas d'ici avant d'avoir su à quoi m'en tenir. J'y pense maintenant, tu as été bien bizarre ces derniers temps. T'a-t-il manqué de respect ? T'a-t-il demandée en mariage ?

— Non.

— Et il ne te demandera pas.

Un accès de rage s'empara de Scarlett, mais Gérald l'apaisa d'un geste.

— Tâchez de tenir votre langue, petite fille! C'est John Wilkes qui m'a appris tantôt sous le sceau du secret qu'Ashley allait épouser Mlle Mélanie. On annoncera les fiançailles demain.

La main de Scarlett retomba inerte. C'était donc vrai! La douleur lui broya le cœur aussi cruellement que si une bête fauve l'avait tenu entre ses crocs. Elle put encore voir fixés sur elle les yeux de son père, un peu apitoyé, un peu ennuyé de se trouver aux prises avec un problème qu'il était incapable de résoudre. Il aimait Scarlett, mais il ne lui était pas agréable qu'elle le forçât à trancher pour elle ses difficultés d'enfant. Elle avait réponse à tout. Scarlett aurait dû lui confier ses ennuis.

— Alors, tu t'es donnée en spectacle, hein ?... tu nous as tous donnés en spectacle! hurla-t-il, enflant la voix comme il le faisait toujours quand il était ému. Alors, tu as couru après un homme qui ne t'aimait pas quand tu pouvais avoir ce qu'il y a de mieux dans le comté ?

La colère et la fierté blessée eurent un peu raison de la douleur.

— Je n'ai pas couru après lui... Ça... ça me surprend, c'est tout.

— Tu mens, dit Gérald, et, penché sur le visage bouleversé, il ajouta dans un élan de tendresse soudaine : Je suis navré, mon petit. Mais après tout tu n'es qu'une enfant, et il y a des tas d'autres jeunes gens.

55

— Maman n'avait que quinze ans quand elle vous a épousé, et moi j'en ai seize, dit Scarlett d'une voix éteinte.

— Ta mère était différente. Elle n'a jamais été volage comme toi. Allons, viens, ma petite, prends sur toi. Je t'emmènerai la semaine prochaine à Charleston voir tante Eulalie et avec tout le remue-ménage qu'il y a là-bas à cause du fort Sumter tu oublieras Ashley en huit jours.

« Il me prend pour une enfant, pensa Scarlett, étranglée par le chagrin et la fureur. Il se figure qu'il n'a qu'à me proposer un nouveau jouet pour que j'oublie le coup que j'ai reçu.

— Allons, ne fais pas ce menton menaçant, déclara Gérald. Si tu avais un grain de bon sens il y a longtemps que tu aurais épousé Stuart ou Brent Tarleton. Penses-y, ma fille, marie-toi avec l'un des jumeaux, les plantations seront réunies. Jim Tarleton et moi, nous te construirons une belle maison là où elles se touchent, dans ce grand bois de pins et...

— Avez-vous fini de me traiter en gamine ! s'écria Scarlett. Je ne veux pas aller à Charleston, je ne veux pas de maison, je ne veux pas épouser les jumeaux. Je veux seulement...

Elle s'arrêta, mais trop tard.

La voix de Gérald se fit étrangement calme et il se mit à parler lentement comme s'il empruntait ses phrases à un fonds de pensées dont il ne se servait pas souvent.

— C'est seulement Ashley que tu veux, et tu ne l'auras pas. Et s'il désirait t'épouser, ce serait avec appréhension que je donnerais mon consentement, et seulement au nom de la belle amitié qui existe entre John Wilkes et moi.

Et remarquant le regard surpris de Scarlett, il poursuivit :

— Je veux que ma fille soit heureuse, et tu ne serais pas heureuse avec lui.

— Oh ! si ! si !

— Non, mon petit. Il ne peut y avoir de bonheur

que dans un mariage entre personnes qui se ressemblent.

Scarlett eut soudain un désir de crier : « Mais vous avez été heureux, et maman et vous, vous ne vous ressemblez pas ! » Pourtant elle se retint de peur que son père ne la giflât pour son impertinence.

— Les gens de notre famille sont différents des Wilkes, reprit Gérald en cherchant ses mots. Les Wilkes sont différents de tous nos voisins... différents de toutes les familles que j'ai connues. Ce sont des êtres bizarres. Il vaut mieux qu'ils se marient entre cousins et qu'ils conservent leur bizarrerie pour eux.

— Mais, papa, Ashley n'est pas...

— Garde ta salive, ma chatte. Je n'ai rien dit contre ce garçon, car j'ai de la sympathie pour lui. Quand je dis bizarre, je ne veux pas dire fou. Sa bizarrerie n'a rien à voir avec celle des Calvert qui miseraient toute leur fortune sur un cheval, ou celle des Tarleton qui, à chaque nichée, donnent le jour à un ou deux ivrognes, ou celle des Fontaine qui sont de fières petites brutes capables d'assassiner un homme pour un affront imaginaire. Ce genre de bizarrerie est facile à comprendre, pour sûr, et sans l'aide de Dieu, Gérald O'Hara serait affligé de tous ces défauts. Je ne veux pas dire non plus qu'Ashley filerait avec une autre femme, si tu étais la sienne, ou qu'il te battrait. D'ailleurs tu serais plus heureuse dans ce cas-là parce qu'au moins tu saurais à quoi t'en tenir. Mais sa bizarrerie est d'un autre ordre et on ne peut pas arriver à la comprendre. J'ai de la sympathie pour lui, mais à mon sens la plupart des choses qu'il raconte n'ont ni queue ni tête. Allons, ma chatte, dis-moi la vérité, comprends-tu son charabia sur les bouquins, la poésie, la musique, la peinture à l'huile et toutes ces sornettes du même acabit ?

— Oh ! papa, s'écria Scarlett, impatientée, si je l'épousais, je changerais tout cela.

— Oh ! oui, je voudrais bien t'y voir, dit Gérald en lui lançant un regard pénétrant. Alors, tu ne sais pas grand-chose des hommes. Laisse donc Ashley tranquille. Aucune femme n'a réussi à changer le caractère de son mari. Tâche de ne pas oublier ça. Quant à changer un Wilkes... Ventredieu, ma fille. Toute la famille est comme ça : ils ont toujours été comme ça et le seront probablement toujours. Je te dis qu'ils sont bizarres de naissance. Regarde-moi le mal qu'ils se donnent pour aller à New York et à Boston entendre des opéras et voir des tableaux. Et ils commandent des livres français et allemands aux Yankees ! et ils restent là à lire et à rêver à Dieu sait quoi, alors qu'ils feraient bien mieux de passer leur temps à chasser et à jouer au poker comme devraient le faire des hommes dignes de ce nom.

— Personne dans le comté ne monte mieux à cheval qu'Ashley, dit Scarlett furieuse qu'on pût reprocher à Ashley d'être efféminé. Non, personne ne monte mieux que lui, sauf son père peut-être. Quant au poker, est-ce qu'Ashley ne vous a pas gagné deux cents dollars la semaine dernière à Jonesboro ?

— Les fils Calvert ont encore vendu la mèche, dit Gérald d'un ton résigné, sans quoi tu n'aurais pas su le montant de la somme. Mais oui, ma chatte, Ashley est le meilleur cavalier, le meilleur joueur de poker. Et ce n'est pas moi qui contesterai que quand il se met à boire il peut faire rouler sous la table les frères Tarleton eux-mêmes. Il est capable de tout cela, mais il n'y met pas d'âme. Voilà pourquoi je dis qu'il est bizarre.

Scarlett se tut, le cœur serré. Elle restait sans défense, car elle savait que son père avait raison. Ashley ne mettait aucune âme dans ces choses auxquelles il excellait ; tout ce que les autres considéraient comme primordial ne présentait pour lui qu'un intérêt relatif.

Interprétant parfaitement son silence, Gérald lui caressa le bras et dit d'un ton triomphant :

— Allons, Scarlett, tu admets que c'est vrai. Qu'aurais-tu fait d'un mari comme Ashley ? Les Wilkes sont tous toqués. (Puis, d'une voix plus tendre :) Si j'ai parlé des Tarleton il y a un instant, ce n'était pas pour les mettre en avant. Ce sont d'excellents garçons, mais si c'est sur Cade Calvert que tu jettes ton dévolu, eh bien! je n'y verrai pas d'objection. Les Calvert sont tous de braves gens, quoique le vieux ait épousé une Yankee. Et quand je m'en irai... chut, ma chérie, écoute-moi, je laisserai Tara à toi et à Cade...

— Je ne voudrais pas de Cade pour un empire, déclara Scarlett hors d'elle. Et j'aimerais bien que vous cessiez de m'en rebattre les oreilles! Je ne veux pas de Tara ni d'une autre plantation. Avoir une plantation ne compte pas quand...

Elle allait dire : « Quand on n'a pas l'homme qu'on veut », mais Gérald, indigné par la façon cavalière dont elle avait traité l'offre de Tara, qui était ce qu'il aimait le mieux au monde après Ellen, étouffa un rugissement.

— Dites donc, Scarlett O'Hara, vous n'allez pas me raconter que cette terre de Tara ne compte pas!

Scarlett secoua obstinément la tête. Elle avait bien trop de chagrin pour se soucier de la colère de son père.

— La terre est la seule chose qui compte! clama-t-il en faisant des gestes indignés de ses bras courts et épais. C'est la seule chose au monde qui dure. Tâche de ne pas l'oublier! C'est la seule chose qui vaille la peine qu'on travaille pour elle, qu'on se batte... ou qu'on meure!

— Oh! papa! fit Scarlett d'un air dégoûté. Vous parlez comme un Irlandais.

— Ai-je jamais rougi d'en être un? Non, j'en suis fier. Tâche de te souvenir, ma petite, que tu es à moitié Irlandaise! Et pour tous ceux qui ont une goutte de sang irlandais dans les veines la terre sur laquelle ils vivent est comme leur mère. J'ai honte de toi en ce moment. Je t'offre la plus belle terre qui soit au monde... excepté celle du comté de Meath là-bas au pays... et que fais-tu? Tu fais la grimace.

Gérald commençait à donner libre cours à une rage bruyante, bien faite pour lui plaire, quand il remarqua dans le visage pitoyable de Scarlett quelque chose qui l'arrêta.

— Allons tu es jeune. Ça te viendra, cet amour de la terre. Tu n'y échapperas pas puisque tu es Irlandaise. Tu n'es qu'une gamine et tu ne penses qu'à tes soupirants. Tu comprendras ce que c'est quand tu seras plus vieille... Allons, choisis Cade ou les jumeaux ou l'un des fils d'Evan Munroe et tu verras ce que je ferai pour toi !

— Oh ! papa !

Cette fois, Gérald en avait assez de la discussion, et il était fort ennuyé d'avoir à trancher le problème. En outre, il en voulait à Scarlett de n'être pas revenue à de meilleurs sentiments après s'être vu offrir la fine fleur des garçons du comté et Tara par-dessus le marché. Quand il faisait un cadeau, Gérald aimait qu'on battît des mains et qu'on lui sautât au cou.

— Allons, cessez de geindre, petite. Peu importe qui vous épouserez, à condition que vous choisissiez un homme qui ait les mêmes goûts que vous, et qui soit un gentleman, un Sudiste et un garçon digne. Chez les femmes, l'amour vient après le mariage.

— Oh ! papa, ça, c'est une idée de votre pays.

— Et elle a du bon. Oh ! là, là, quelle rage ont donc les Américains de vouloir faire des mariages d'amour comme les domestiques, ou les Yankees ? Les meilleurs mariages sont ceux où les parents choisissent pour la jeune fille. Comment une petite dinde comme toi saurait-elle distinguer un honnête homme d'une crapule ? Regarde-moi les Wilkes. Comment se fait-il que, de génération en génération, ils conservent leur force et leur dignité ? Mais c'est parce qu'ils se marient avec des gens qui leur ressemblent, qu'ils épousent les cousins que leur famille compte bien les voir épouser.

— Oh ! s'écria Scarlett, sa douleur ravivée par la terrible vérité contenue dans les paroles de Gérald.

Elle baissa la tête et Gérald, mal à l'aise, se dandina d'un pied sur l'autre.

— Tu ne pleures pas, j'espère ? interrogea-t-il en

essayant maladroitement de lui relever le menton tandis que ses traits s'altéraient devant le chagrin de sa fille.

— Non, lança Scarlett avec violence, tout en se dégageant.

— Allons, tu mens et j'en suis fier. Je suis heureux qu'il y ait de la fierté en toi, ma chatte. Et je veux que tu te montres fière demain au pique-nique. Je ne tiens pas du tout à ce qu'on raconte des histoires et qu'on se moque de toi dans le comté parce que tu te morfonds pour un homme qui n'a jamais eu pour toi que des pensées amicales.

« Oh ! je sais bien qu'il a eu d'autres pensées, se dit tristement Scarlett. Je pourrais le dire. Si seulement j'avais eu un peu plus de temps, je serais bien arrivée à lui faire dire... Oh ! si seulement les Wilkes n'étaient pas persuadés qu'ils doivent toujours se marier entre cousins ! »

Gérald lui prit le bras et le glissa sous le sien.

— Maintenant nous allons rentrer dîner et tout ceci restera entre nous. Je ne vais pas ennuyer ta mère avec ces histoires... et toi non plus. Mouche-toi, ma fille.

Scarlett se moucha avec son mouchoir déchiré et, bras dessus, bras dessous, le père et la fille remontèrent l'allée sombre, suivis du cheval qui avançait à pas lents. A proximité de la maison, Scarlett fut sur le point de se remettre à parler, mais elle aperçut sa mère dans la demi-obscurité de la véranda. Elle portait sa capeline, son châle et ses mitaines et, derrière elle, le visage lourd de menaces comme une nuée d'orage se tenait Mama portant le sac de cuir noir dans lequel Ellen O'Hara rangeait toujours les pansements et les médicaments dont elle se servait pour soigner les esclaves. Mama avait les lèvres fortes et pendantes, et sous l'empire de l'indignation, il lui arrivait de faire atteindre deux fois son volume normal à sa lèvre inférieure. C'était le cas à présent, et Scarlett savait que Mama était en train de ruminer quelque chose qui ne lui plaisait pas.

— Monsieur O'Hara, lança Ellen en voyant arriver le père et la fille.

Ellen appartenait à une génération de gens qui prenaient encore des formes après dix-sept ans de mariage et la venue au monde de six enfants. « Monsieur O'Hara, ça ne va pas chez les Slattery. Le petit d'Emmie est né, mais il se meurt et il faut qu'on le baptise. Je pars avec Mama voir ce que je peux faire. »

Sa voix se fit pressante, comme si la réalisation de son projet dépendait de Gérald. Ce n'était au fond qu'une simple formalité, mais Gérald y attachait un grand prix.

— Au nom du ciel, éclata-t-il, pourquoi des gueux vous feraient-ils sortir de chez vous à l'heure de votre dîner et au moment précis où je voulais vous entretenir de ce qu'on dit de la guerre à Atlanta ! Allez, madame O'Hara. Vous ne dormiriez pas sur vos deux oreilles si vous saviez qu'il y a des gens dans l'embarras et que vous n'êtes pas là pour les aider.

— Ça se'a jamais une façon di do'mi su' ses deux o'eilles d'aller se p'omener la nuit pou' soigner di nèg' et di pauv' Blancs qui peuv' pas se soigner tout seuls, monologua Mama en descendant les marches du perron et en se dirigeant vers la voiture qui attendait dans une allée latérale.

— Prends ma place à table, ma chérie, dit Ellen à Scarlett en lui caressant doucement la joue.

Malgré ses larmes qu'elle avait peine à contenir, Scarlett tressaillit sous la caresse de sa mère qui ne manquait jamais de l'émouvoir et, les narines palpitantes, aspira le délicat parfum de citronnelle qui émanait du sachet cousu à sa robe de soie froufroutante. Il y avait en Ellen O'Hara quelque chose qui bouleversait Scarlett, la dépassait, une sorte de miracle qui l'effrayait, la charmait et la calmait tour à tour.

Gérald aida sa femme à monter en voiture et donna l'ordre au cocher de conduire prudemment. Toby, qui depuis vingt ans s'occupait des chevaux de Gérald, fit une moue indignée en s'entendant donner des conseils. Toby et Mama assise à ses côtés offraient une illustration parfaite de la désapprobation chez les Noirs d'Afrique.

— Si je n'en avais pas tant fait pour ces misérables Slattery, bougonna Gérald, ils auraient été obligés d'aller tenter leur chance ailleurs. Ils m'auraient vendu leurs quelques arpents de marécage et ils auraient bien débarrassé le comté. (Puis, tout heureux à l'idée qu'il allait pouvoir se livrer à l'une de ses plaisanteries habituelles, il ajouta :) Viens, ma fille, allons dire à Pork qu'au lieu d'acheter Dilcey, je l'ai vendu, lui, à John Wilkes.

Il lança les rênes de son cheval à un petit négrillon et se mit à gravir les degrés du perron. Il avait déjà oublié la douleur de Scarlett et il ne pensait plus qu'à jouer un bon tour à son domestique. Les jambes lourdes, Scarlett monta lentement derrière lui. Elle se disait qu'en somme la bonne entente entre Ashley et elle ne serait pas plus extraordinaire que celle qui existait entre son père et Ellen Robillard O'Hara. Comme toujours elle se demandait comment son père, si vulgaire, si dénué de finesse, s'y était pris pour épouser une femme comme sa mère, car jamais deux êtres n'avaient été plus dissemblables de naissance, d'éducation et de formation intellectuelle.

III

Ellen O'Hara avait trente-deux ans et, pour l'époque, c'était déjà une femme entre deux âges. Elle avait donné le jour à six enfants et en avait enterré trois. Elle était grande et dépassait d'une tête son impétueux mari, mais il y avait tant de grâce paisible dans sa démarche, dans les lents mouvements de sa crinoline qu'on ne remarquait pas sa taille. Son cou, rond et mince, que dégageait le fourreau de taffetas noir de son corsage, était d'un blanc laiteux et semblait toujours légèrement attiré en arrière par le poids de sa chevelure luxuriante emprisonnée dans une résille. De sa mère, une Française dont les parents avaient fui Haïti lors de la révolution de 1791, elle tenait ses yeux noirs fendus en amande et ses cheveux noirs aussi. De son père, un soldat de Napoléon, elle tenait son nez droit et long et sa mâchoire carrée qu'adoucissait l'agréable contour de ses joues arrondies. Mais ce n'était qu'à la vie que le visage d'Ellen avait pu emprunter sa fierté sans morgue, son charme, sa mélancolie et son manque total de gaieté.

Elle eût été une femme d'une beauté surprenante s'il y avait eu le moindre éclat dans ses yeux, la moindre chaleur dans son sourire ou la moindre vivacité dans sa voix dont sa famille ou ses domestiques aimaient cependant le timbre harmonieux. Elle s'exprimait d'un ton traînant et doux comme les Georgiens du littoral, mouillant les syllabes, appuyant sur les consonnes et avec un imperceptible accent français. Elle n'élevait jamais la voix pour donner un ordre à un domestique ou gronder un enfant, mais à Tara on lui obéissait sur-le-champ, alors qu'on ne prêtait guère attention aux imprécations et aux vociférations de son mari.

Pour Scarlett, aussi loin que pouvaient remonter ses souvenirs, sa mère avait toujours été la même. Elle avait toujours employé le même ton mesuré soit pour prier, soit pour faire des observations : elle avait toujours fait ce qu'il fallait avec la même sérénité, malgré les soucis que lui imposait chaque jour la lourde charge d'une maison comme celle de Gérald O'Hara ; elle avait toujours conservé son calme et ne s'était jamais laissée aller, même à la mort de ses trois jeunes fils. Scarlett n'avait jamais vu sa mère s'appuyer au dossier de sa chaise. Elle ne l'avait jamais vue non plus s'asseoir sans prendre un ouvrage d'aiguille, sauf pendant les repas, quand elle soignait des malades ou qu'elle tenait la comptabilité de la plantation. Si elle recevait, elle prenait un délicat travail de broderie, mais autrement elle raccommodait les chemises déchirées de Gérald, faisait des robes à ses filles ou taillait des habits pour les esclaves. Scarlett ne pouvait pas se représenter les mains de sa mère sans un dé en or. Quand elle pensait à elle, elle entendait le froufrou de sa robe et la voyait parcourant la maison suivie de la petite négresse dont le seul rôle consistait à retirer les fils à bâtir et à porter de chambre en chambre la boîte de couture en palissandre, tandis que sa maîtresse surveillait la cuisine, la lessive et la confection des vêtements destinés à la plantation.

Elle n'avait jamais vu sa mère se départir de son austère tranquillité, non plus que de la plus entière correction, quelle qu'eût été l'heure du jour ou de la nuit. Lorsque Ellen s'apprêtait pour un bal ou pour recevoir ses invités, ou même pour aller à la fête de Jonesboro, il fallait souvent deux heures, deux femmes de chambre et Mama pour qu'elle finît par se trouver à son goût, mais la rapidité avec laquelle elle s'habillait en cas d'urgence était étonnante.

Scarlett, dont la chambre s'ouvrait sur le couloir face à celle de sa mère, connaissait depuis sa plus tendre enfance le bruit furtif que faisaient aux premières heures du jour les nègres en courant pieds nus sur le plancher, les coups hâtifs frappés à la porte de sa mère, les voix étouffées et inquiètes des Noirs qui parlaient tout bas de maladies, de naissances ou de morts survenues dans l'une ou l'autre des cases blanches qui leur étaient réservées. Lorsqu'elle était petite, elle s'était souvent levée pour aller coller son œil à la rainure de la porte et, de là, elle avait vu Ellen sortir de sa chambre sombre à la lumière vacillante d'une chandelle, sa boîte à pharmacie sous le bras, les cheveux bien peignés, le corsage bien boutonné, tandis que Gérald, indifférent, continuait de ronfler.

Scarlett s'était toujours sentie apaisée en entendant sa mère traverser le vestibule sur la pointe des pieds et murmurer, pleine de compassion : « Chut ! pas si fort. Vous allez réveiller M. O'Hara. Ils ne sont pas malades au point d'en mourir. »

65

Oui, c'était bon d'aller se coucher, de savoir qu'Ellen était sortie dans la nuit et que tout était bien ainsi.

Le matin, après avoir passé la nuit au chevet des accouchées ou des mourants, quand les deux docteurs Fontaine, le vieux et le jeune, avaient été appelés auprès de leurs malades et qu'on avait pu les joindre, Ellen présidait comme d'habitude au petit déjeuner. Ses yeux noirs étaient cernés, mais sa voix et ses gestes ne trahissaient aucune fatigue. Sous ces dehors aimables, il y avait en elle quelque chose de dur qui inspirait de la crainte aussi bien à ses domestiques qu'à ses filles et à Gérald, quoique ce dernier eût préféré mourir plutôt que de l'admettre.

Parfois, lorsque Scarlett se dressait sur la pointe des pieds pour embrasser sa mère et lui souhaiter bonne nuit, elle regardait sa bouche à la lèvre supérieure trop pincée, la bouche d'une femme que la vie avait dû blesser. Et elle se demandait si Ellen avait jamais ri sottement comme les autres jeunes filles ou si, le soir, à la veillée elle avait jamais confié ses secrets à ses amies. Mais non, ce n'était pas possible. Sa mère avait toujours été telle qu'elle était maintenant, colonne de force, source de sagesse, la seule personne qui eût réponse à tout.

Mais Scarlett se trompait, car, bien des années auparavant, Ellen Robillard de Savannah avait ri aussi sottement que n'importe quelle jeune fille de quinze ans dans cette charmante ville du littoral et avait passé de longues soirées à échanger des confidences avec ses amies, à leur livrer tous ses secrets sauf un. C'était l'année où Gérald O'Hara, de vingt-huit ans plus vieux qu'elle, était entré dans sa vie, l'année aussi où son jeune cousin, Philippe Robillard, en était sorti. Lorsque Phil, avec ses pétillants yeux noirs et ses manières fougueuses, avait quitté Savannah pour toujours, il avait emporté avec lui tout ce qui brûlait dans le cœur d'Ellen et n'avait plus laissé qu'un charmant coquillage vide au petit Irlandais qui devait épouser sa cousine. Mais Gérald n'en demandait pas plus, déjà comblé par la chance inouïe d'avoir obtenu celle qu'il désirait. Et si Ellen n'était plus la même, il n'eût jamais lieu d'en souffrir. Il était suffisamment intelligent pour comprendre que seul un miracle lui avait permis à lui, un Irlandais sans parents et sans fortune, de conquérir la fille d'une des plus riches et des plus fières familles du littoral. Car Gérald était un parvenu.

Gérald était venu d'Irlande en Amérique à l'âge de vingt et un ans. Ainsi que l'avaient fait ou que le firent plus tard bon nombre d'Irlandais meilleurs ou pires que lui, il avait quitté précipitamment son pays, n'emportant pour tous vêtements que ceux qu'il avait sur le dos. Outre l'argent de son passage il avait deux shillings en poche et sa tête était mise à prix pour une somme qui, selon lui, dépassait de beaucoup l'importance de son délit. Il n'y avait pas de ce côté-ci de l'enfer un seul orangiste dont le gouvernement anglais ou le diable lui-même eût donné deux cents livres ; mais, puisque le gouvernement se montrait si ému par la mort du régisseur d'un propriétaire anglais absentéiste, il était temps pour Gérald O'Hara de s'en aller, et de s'en aller au plus vite. Bien sûr, il avait traité le régisseur de « bâtard d'orangiste », mais cela, au point de vue de Gérald, ne conférait pas à cet homme le droit de l'insulter en sifflotant les premières mesures du *Boyne water* [1].

La bataille de la Boyne s'était déroulée plus de cent ans auparavant, mais pour les O'Hara et leurs voisins, elle aurait aussi bien pu avoir lieu la veille, leurs rêves et leurs espérances s'étant évanouis avec leurs terres et leur fortune dans le même nuage de poussière qui avait enveloppé la fuite d'un prince Stuart terrorisé, laissant Guillaume d'Orange et ses soldats détestés aux cocardes orange mettre en pièces les Irlandais partisans des Stuarts.

1. Chanson composée en Angleterre après la bataille de la Boyne (1690) où les orangistes écrasèrent les partisans des Stuarts (*N. d. T.*).

Pour cette raison et pour d'autres, la famille de Gérald n'aurait guère été disposée à prendre au sérieux l'issue fatale de sa querelle si elle n'avait comporté de graves conséquences. Pendant des années, les O'Hara avaient vécu en mauvais termes avec la police anglaise, qui les suspectait de se livrer à un certain genre d'activité contre le gouvernement, et Gérald n'était pas le premier O'Hara à prendre ses jambes à son cou et à quitter l'Irlande au petit jour. Ses deux frères aînés, James et Andrews, en avaient fait autant. Il se les rappelait à peine. Il se souvenait seulement que c'étaient des jeunes gens fort discrets qui allaient et venaient mystérieusement à n'importe quelle heure de la nuit et s'absentaient parfois des semaines entières tandis que leur mère se rongeait d'inquiétude. Ils étaient partis pour l'Amérique bien des années avant lui, à la suite de la découverte d'un petit arsenal de fusils enfoui sous la porcherie des O'Hara. Maintenant, ils étaient en passe de faire fortune dans le commerce à Savannah, « quoique le bon Dieu sache seul où cela peut être », comme le déclarait toujours leur mère quand elle parlait des deux aînés de ses rejetons mâles. Ce fut donc vers eux qu'on envoya le jeune Gérald.

Il quitta le toit de ses parents, emportant sur sa joue le baiser rapide de sa mère et, dans ses oreilles, ses bénédictions ferventes de catholique et la dernière recommandation de son père : « Rappelle-toi qui tu es, et ne dérobe rien à personne. » Ses cinq frères lui dirent au revoir en le gratifiant de sourires pleins d'admiration, mais un peu protecteurs, car Gérald était le benjamin et le plus petit d'une famille robuste. Son père et ses cinq frères mesuraient plus de six pieds et étaient larges en proportion, mais le petit Gérald, à vingt et un ans, savait que cinq pieds et quatre pouces et demi étaient tout ce que lui allouerait le Seigneur en sa sagesse. Ce fut bien de Gérald de ne jamais se consumer en vains regrets sur sa petite taille et de ne jamais considérer celle-ci comme un obstacle pour acquérir tout ce qu'il désirait. Au contraire, ce fut sa petitesse qui fit de Gérald ce qu'il était, car il avait appris de bonne heure que les hommes petits doivent être audacieux pour subsister parmi les grands. Et Gérald était audacieux.

Ses frères, garçons de haute taille, étaient calmes et moroses. Chez eux, l'ancienne tradition familiale des gloires à jamais éteintes se muait en une haine sourde et se manifestait par des accès de mauvaise humeur. Si Gérald avait été plus vigoureux, il aurait suivi les traces des autres O'Hara et, sans faire de bruit, il aurait imité les rebelles qui complotaient dans l'ombre contre le gouvernement. Mais, ainsi qu'aimait à le répéter sa mère, Gérald « avait la langue bien pendue et faisait le fendant ». D'un tempérament bouillant, il était prompt à jouer des poings et avait la tête très près du bonnet. Il se pavanait au milieu des O'Hara avec l'arrogance d'un bantam qui se promène dans un poulailler où il n'y a que des coqs géants de Cochin. Et tous l'aimaient. Ses frères le taquinaient gentiment pour le plaisir de l'entendre hurler et ne tapaient guère plus sur lui qu'il n'était nécessaire pour remettre le benjamin à sa place.

Si Gérald emmena en Amérique un bagage de connaissances plutôt maigre, il ne s'en rendit même pas compte ; et, le lui eût-on fait remarquer, il se serait contenté de hausser les épaules. Sa mère lui avait appris à lire et à écrire lisiblement et il était devenu assez fort en calcul. Là se bornait son savoir. En fait de latin, il ne savait que répondre la messe et, en fait d'histoire, il ne connaissait que celle des multiples déboires de l'Irlande. A part les poèmes de Moore, la poésie était pour lui lettre morte et il n'avait jamais entendu d'autre musique que des chansons irlandaises transmises à travers les âges. Tout en éprouvant un vif respect pour les gens plus savants que lui, il n'eut jamais à rougir de son ignorance. Et puis, à quoi auraient pu lui servir toutes ces choses dans un pays neuf où les Irlandais les plus incultes avaient édifié de grosses fortunes ? dans ce pays où l'on demandait uniquement à un homme d'être fort et de ne pas épargner sa peine ?

James et Andrews qui le prirent à leur magasin n'eurent pas davantage à se plaindre de son ignorance. Sa belle écriture, des calculs précis et son habileté en affaires forcèrent leur respect, alors que, si Gérald avait eu des connaissances littéraires et avait goûté la belle musique, ils auraient été les premiers à lui en vouloir et à le mépriser. Durant les premières années du siècle, l'Amérique avait été accueillante aux Irlandais. James et Andrews qui avaient débuté en transportant, dans des chariots bâchés, des marchandises de Savannah aux villes du centre de la Georgie possédaient maintenant un commerce florissant et Gérald partagea leur prospérité.

Il aima le Sud et ne tarda pas à devenir un Sudiste convaincu. Il y avait bien des choses du Sud et des Sudistes qu'il ne devait jamais arriver à saisir ; mais, grâce à sa nature tout d'une pièce il adopta les idées et les mœurs du pays telles qu'il les comprenait. Il se mit à jouer au poker et aux courses. Il se passionna pour le code en matière de duel, la politique et les droits des États, voua les Yankees aux flammes éternelles, s'avéra partisan de l'esclavage et de la culture intensive du coton, afficha son mépris pour les Blancs qui végétaient et se montra un peu trop galant avec les dames. Il apprit même à chiquer. Il n'eut pas besoin d'apprendre à boire du whisky, il savait cela de naissance.

Pourtant Gérald resta lui-même. Son genre de vie et ses idées se modifièrent, mais il ne voulut pas changer sa manière d'être, à supposer qu'il en eût été capable. Il admirait la distinction nonchalante des planteurs de riz ou de coton qui quittaient leurs domaines tapissés de mousse [1] et se rendaient à Savannah montés sur des pur-sang tandis que leurs élégantes

---

1. L'auteur fera plusieurs fois allusion à cette mousse qui, au sud des États-Unis, recouvre arbres et demeures de longues écharpes gris-vert (N. d. T.).

épouses les suivaient en voiture et leurs esclaves en chariot. Mais Gérald ne put jamais prétendre à la distinction. Le ton traînant des planteurs chatouillait agréablement son oreille, mais il ne réussit pas à se débarrasser de son fort accent irlandais. Il aimait la façon détachée dont ils traitaient une affaire importante en risquant une fortune, une plantation ou un esclave sur une seule carte, enregistrant leurs pertes avec une bonne humeur insouciante et sans plus de cérémonie que lorsqu'ils distribuaient des sous aux négrillons. Néanmoins Gérald avait connu la pauvreté et il ne sut jamais perdre son argent avec bonne grâce ou bonne humeur. Avec leurs voix douces, leurs accès de colère et leur charmante inconsistance, ces Georgiens du littoral formaient une race agréable, et Gérald les aimait bien. Mais, chez ce jeune Irlandais frais émoulu d'un pays où le vent était humide et froid, où les marais brumeux n'abritaient pas de fièvres, il y avait une ardente vitalité qui le séparait de ces gens policés rendus indolents par un climat semi-tropical et par la malaria.

Il apprit d'eux ce qu'il jugea indispensable et dédaigna le reste. Il trouva que le poker et l'usage du whisky pour ceux qui avaient la tête solide étaient les deux institutions les plus précieuses du Sud, et ce fut son penchant naturel pour les cartes et pour la liqueur d'ambre qui valut à Gérald deux des trois biens auxquels il tenait le plus, son valet et sa plantation. Le troisième était sa femme, et il ne pouvait en attribuer la possession qu'à la mystérieuse bonté du Seigneur.

Pork, son domestique, un nègre du plus beau noir, fort digne et rompu à toutes les pratiques de l'art vestimentaire, était le résultat d'une nuit blanche passée à jouer au poker contre un planteur de l'île Saint-Simons, dont l'audace à bluffer égalait celle de Gérald, mais qui ne résistait pas aussi bien que lui au rhum de La Nouvelle-Orléans. Bien que l'ancien propriétaire de Pork eût offert par la suite de le racheter au double de sa valeur, Gérald refusa obstinément, car la possession de son premier esclave, et d'un esclave

71

qui était « un sacré domestique, le meilleur du littoral », marquait aussi la première étape vers la réalisation de son plus cher désir. Gérald voulait posséder des esclaves et être un gentilhomme terrien.

Il avait décidé de ne pas passer toutes ses journées à marchander comme James et Andrews, ni toutes ses nuits à étudier de longues colonnes de chiffres à la lueur d'une chandelle. A l'encontre de ses frères, il ressentait vivement la flétrissure qui s'attachait à tous ceux qui « faisaient du commerce ». Gérald voulait être un planteur. Avec l'acharnement d'un Irlandais qui avait dû se contenter d'être métayer sur des terres dont sa famille avait jadis été propriétaire, il voulait jouir du spectacle offert par la surface verdoyante de ses propres champs. Animé par cet unique désir, il souhaita inlassablement de posséder une maison, une plantation, des esclaves et des chevaux bien à lui. Et là, dans ce pays neuf, à l'abri du double danger qui pesait sur la patrie qu'il avait quittée, les impôts mangeurs de récoltes et de fermes, et la menace perpétuelle d'une brusque confiscation, il résolut d'arriver à ses fins. Mais, avec le temps, il découvrit que ses ambitions et le moyen de les réaliser n'avaient rien de facile. La Georgie du littoral était trop jalousement gardée par une aristocratie bien défendue pour qu'il eût jamais l'espoir d'y occuper la place qu'il souhaitait.

Ce fut alors qu'un coup du destin et un coup de poker lui procurèrent la plantation que, par la suite, il appela Tara et, en même temps, l'amenèrent à quitter le littoral pour les Hautes Terres de la Georgie du Nord.

Cela se passa par une tiède soirée de printemps, dans un bar de Savannah, lorsque Gérald surprit la conversation d'un inconnu assis non loin de lui. L'inconnu, un homme de Savannah, venait de rentrer dans sa ville natale après un séjour de douze ans à l'intérieur du pays. Il avait gagné à la loterie foncière organisée par l'État pour partager le vaste territoire de la Georgie centrale cédé par les Indiens l'année qui avait précédé l'arrivée de Gérald en Amérique. Il y était allé et y avait installé une plantation; mais sa maison avait été détruite par un incendie et, comme il avait par-dessus la tête de ce « maudit patelin », il aurait été enchanté de s'en débarrasser.

Gérald, qui ne renonçait pas à l'idée de posséder une plantation, s'arrangea pour être présenté et s'intéressa de plus en plus à l'inconnu quand celui-ci eut raconté que la partie située au nord de l'État se peuplait rapidement de gens venus des Carolines et de la Virginie. Gérald avait vécu assez longtemps à Savannah pour épouser les idées du littoral, où l'on se figurait que tout le reste de l'État se composait de forêts et que derrière chaque fourré, se cachait un Indien à l'affût. Ses affaires pour la maison O'Hara Frères l'avaient déjà amené à Augusta, ville construite à cent milles en avant de Savannah sur la rivière de ce nom, et il avait également parcouru le pays plus à l'ouest, visitant les vieilles cités qui existaient dans cette région. Il savait que celle-ci était aussi tranquille que le littoral, mais, d'après la description de l'inconnu, il conclut que la plantation en question devait se trouver à plus de 250 milles au nord-ouest de Savannah et pas très loin de la rive sud du fleuve Chattahooche. Gérald n'ignorait pas qu'au nord de ce cours d'eau le pays était toujours aux mains des Cherokees et il fut bien étonné d'entendre l'inconnu éclater de rire quand il parla de démêlés possibles avec les Indiens et raconter sur quel rythme villes et plantations se développaient là-bas.

Une heure plus tard, lorsque la conversation commença à languir, Gérald proposa une partie de cartes avec une fourberie que démentait l'éclat de ses candides yeux bleus. A mesure que la nuit s'avançait, les verres circulaient plus nombreux. Puis vint le moment où, tous les autres joueurs renonçant à suivre le coup, Gérald et l'inconnu se trouvèrent face à face. Gérald relança, l'étranger suivit. Gérald insista, l'inconnu tint bon et sortit son titre de propriété. Gérald n'eut plus qu'à tirer son portefeuille. Si l'argent qu'il contenait appartenait à la maison O'Hara Frères, Gérald ne s'en repentit pas au point d'aller s'en accuser à confesse le lendemain matin. Il savait ce qu'il voulait et, quand Gérald voulait quelque chose, il n'y allait pas par quatre chemins. D'ailleurs il avait une telle confiance en son étoile et en un carré de valets qu'il ne se demanda pas un instant comment il rembourserait l'argent au cas où son adversaire abattrait un jeu supérieur au sien.

— Vous ne faites pas une bien belle affaire, et je suis heureux de ne plus avoir à payer d'impôts pour cette propriété, lui dit celui-ci tout en demandant une plume et de l'encre après avoir abattu un « full aux as ». Le bâtiment principal a brûlé il y a un an. Les champs se transforment en brousse, les pins y poussent à qui mieux mieux, mais tout ça vous appartient.

— Quand on joue au poker, il ne faut jamais s'aventurer à boire du whisky à moins qu'on ait pris de l'eau-de-vie irlandaise au biberon, déclara le même soir d'une voix sentencieuse Gérald à Pork qui l'aidait à se coucher.

Et le domestique, plein d'admiration pour son nouveau maître, répondit à celui-ci dans un mélange de Geechee et de patois du comté de Meath qui eût stupéfait tout autre que ces deux hommes.

La Flint bourbeuse, coulant silencieusement entre des murailles de pins et de chênes couverts de plantes grimpantes, s'enroulait comme un bras replié autour du nouveau domaine de Gérald et le baignait sur deux côtés. Monté sur le petit tertre où jadis se dressait la maison. Gérald contemplait avec plaisir cette haute barrière verte. Le pied posé sur les fondations noircies de la maison calcinée, il suivait du regard la longue allée plantée d'arbres conduisant à la route. Il n'arrêtait pas de pousser d'énergiques jurons, trop profondément heureux pour remercier Dieu d'une prière. Cette double rangée d'arbres sombres lui appartenait au même titre que la pelouse abandonnée où les herbes folles se jouaient sous les touffes blanches des magnolias sauvages. Semés de pins encore jeunes et couverts de broussailles, déployant à perte de vue leur manteau d'argile rouge, les champs en friche appartenaient à Gérald O'Hara et tout cela à cause de sa caboche d'Irlandais et de son audace à tout risquer sur un coup de poker.

Gérald ferma les yeux et, dans le silence des terres incultes, il eut l'impression d'être enfin chez lui. Là, à l'endroit même où il se tenait, s'élèverait une maison en briques crépies de blanc. De l'autre côté de la route se dresseraient de nouvelles clôtures contre lesquelles se presseraient des bestiaux bien gras et des pur-sang. Et les milles et les milles de terre rouge qui roulaient de la colline vers le vallon fertile se transformeraient en champs de coton blanc et duveteux sous le soleil. L'astre des O'Hara allait de nouveau briller.

Muni de son petit avoir personnel, nanti de ce qu'il avait pu emprunter à ses frères assez peu enthousiastes et d'une somme rondelette qu'il s'était procurée en hypothéquant son domaine, Gérald acheta ses premiers esclaves et s'en vint à Tara habiter tout seul la petite maison du régisseur en attendant que s'élevassent les murs blancs de sa plantation.

Il défricha les champs, y planta du coton et fit de nouveaux emprunts à James et à Andrews pour acheter d'autres esclaves. Les O'Hara avaient l'esprit de clan et se cramponnaient les uns aux autres dans la prospérité comme dans le malheur, non pas en vertu d'une affection exagérée, mais parce qu'ils avaient appris durant les années d'épreuves que, pour survivre, une famille doit affronter le monde avec une cohésion parfaite. Ils prêtèrent à Gérald de l'argent qui, par la suite, leur revint, grossi d'intérêts. Petit à petit, la plantation se développa, Gérald acquit de nouveaux champs attenants à son domaine et, de simple rêve, la demeure blanche devint une réalité.

Les esclaves l'avaient construite eux-mêmes. C'était une lourde bâtisse aux proportions maladroites. Elle couronnait le petit tertre d'où l'on voyait les prés verts descendre vers la rivière. Elle plaisait beaucoup à Gérald, car, même neuve, elle avait déjà l'air patinée par les ans. Les vieux chênes sous lesquels étaient passés les Indiens serraient de près la maison, et leurs frondaisons répandaient sur le toit leur ombre épaisse. Sur la pelouse le trèfle et le chiendent se mirent à pousser dru et Gérald veilla à ce qu'elle fût bien entretenue. Depuis l'allée bordée de cèdres jusqu'à la rangée de cases blanches occupées par les esclaves, il régnait à Tara une atmosphère de solidité, de stabilité et de permanence. Et chaque fois que Gérald, tournant la route au galop de son cheval, voyait son toit surgir à travers les branches vertes, son cœur s'enflait d'orgueil comme si c'était la première fois que pareil spectacle lui était offert.

C'était lui qui avait fait tout cela, le petit Gérald, le bouillant Gérald à la tête solide.

Gérald vivait en excellents termes avec tous ses voisins du comté, sauf avec les Mac Intosh dont la propriété touchait à la sienne sur la gauche et avec les Slattery dont le maigre champ flanquait les siens à droite, le long des marécages, entre la rivière et la plantation de John Wilkes.

Les Mac Intosh étaient moitié écossais, moitié irlandais, et orangistes par-dessus le marché. Eussent-ils compté parmi leurs ancêtres tous les saints du calendrier catholique, Gérald ne les en eût pas moins voués à la damnation éternelle. Ils avaient beau avoir passé soixante-dix ans en Géorgie et même avant ce temps avoir vécu dans les Carolines l'espace d'une génération, le premier membre de leur famille qui avait débarqué en Amérique venait de l'Ulster, et il n'en fallait pas plus à Gérald.

C'étaient des gens renfermés et très collet monté. Ils ne voyaient personne et n'épousaient que leurs parents des Carolines. Gérald n'était pas le seul à avoir de l'antipathie pour eux, car, dans le comté, on était accueillant et sociable et on ne supportait guère les gens qui ne déployaient pas ces mêmes qualités. On racontait d'eux qu'ils penchaient pour l'abolitionnisme et cela n'était pas fait pour augmenter leur popularité. Bien que le vieil Angos Mac Intosh n'eût jamais affranchi un esclave et eût même commis un manquement impardonnable aux usages en vendant un certain nombre de ses nègres à des marchands d'esclaves en route pour les champs de canne à sucre de la Louisiane, on n'en continuait pas moins à jaser.

« Il n'y a aucun doute, c'est un abolitionniste, confiait parfois Gérald à John Wilkes. Mais, chez un orangiste, quand un principe se heurte au caractère écossais, le principe est malade. »

Avec les Slattery, c'était une autre affaire. Étant des « pauvres Blancs » on ne leur accordait même pas le respect que ses voisins, malgré eux, avaient pour Mac Intosh et sa farouche indépendance. Le vieux Slattery, qui s'acharnait sur ses trois malheureux arpents de terrain en dépit des offres répétées de Gérald et de John Wilkes, était un être incapable et se lamentait continuellement. Sa femme, la tignasse toujours embroussaillée, avait un aspect maladif et, à la voir, on ne lui en aurait pas donné pour longtemps à vivre. Elle avait une ribambelle d'enfants hargneux et cha-fouins dont le nombre grandissait régulièrement cha-que année. Tom Slattery ne possédait point d'es-claves. De temps à autre, ses deux aînés et lui besognaient sur leurs quelques arpents de coton, tandis que la femme et les derniers-nés prodiguaient leurs soins à ce qui passait pour un jardin potager. Mais, sans qu'il fût possible de savoir pourquoi, le coton ne venait jamais bien, et en raison des gros-sesses successives de Mme Slattery le potager ne produisait jamais assez pour nourrir la horde.

La vue de Tom Slattery s'attardant sous les véran-das de ses voisins, mendiant des graines de coton ou une tranche de lard pour « l'aider à tenir le coup », était un spectacle familier à tous. Slattery consacrait le peu d'énergie dont il disposait à haïr ses voisins. Il devinait leur mépris sous leur amabilité et surtout il détestait « les nègres insolents des riches ». Les domestiques nègres du comté s'estimaient supérieurs au pauvre hère et leur dédain le piquait au vif d'autant plus qu'il enviait leur situation plus stable que la sienne. Alors qu'il traînait une existence misérable, eux étaient bien nourris, bien habillés et on les soignait quand ils étaient malades ou trop vieux. Ils avaient un soin jaloux de la réputation de leurs maîtres et, pour la plupart, étaient fiers d'appartenir à des gens qui constituaient l'élite du pays.

Tom Slattery aurait pu vendre sa ferme le triple de sa valeur à n'importe quel planteur du comté. Les acheteurs auraient volontiers mis le prix pour débarrasser la communauté de sa bête noire, mais Tom aimait mieux rester et vivre misérablement de ce que lui rapportait l'unique balle de coton de sa récolte annuelle et de la charité de ses voisins.

Dans tout le reste du comté, Gérald ne comptait que des amis ou même des intimes. Les Wilkes, les Calvert, les Tarleton, les Fontaine, tous souriaient de plaisir quand le petit bonhomme, perché sur son gros cheval blanc, remontait leurs allées au galop, tous souriaient et brandissaient les grands verres dans lesquels on avait versé une copieuse rasade de bourbon par-dessus une cuillerée de sucre en poudre et un brin de menthe pilé. Gérald inspirait la sympathie et, à la longue, ses voisins apprirent ce que les enfants, les nègres et les chiens avaient découvert du premier coup, à savoir que sous des dehors braillards et brutaux Gérald cachait un cœur d'or, toujours prêt à s'associer aux malheurs d'autrui, et qu'il ne tenait pas serrés les cordons de sa bourse.

Son arrivée déchaînait toujours un tumulte assourdissant d'aboiements et de clameurs poussées par les négrillons qui se ruaient au-devant de lui et se disputaient sous ses injures bienveillantes le privilège de tenir son cheval. Les enfants des Blancs criaient pour qu'il les fît sauter sur ses genoux pendant qu'il dénonçait aux grands les infamies des politiciens yankees ; les filles de ses amis lui confiaient leurs petites aventures sentimentales ; et les jeunes gens, redoutant d'avouer une dette d'honneur à leurs pères, trouvaient en lui un ami complaisant. « Alors, tu dois cette somme depuis un mois, jeune nigaud ! hurlait-il.

Mais, sacrebleu, pourquoi ne m'as-tu pas demandé cet argent plus tôt ? »

La verdeur de son langage était trop connue pour qu'on s'en offensât, et les jeunes gens n'avaient plus qu'à rire niaisement et à répondre :

— C'est que, monsieur, je ne voulais pas vous importuner et mon père...

— Ton père est un brave homme, je te l'accorde, mais il ne badine pas. Alors, prends-moi ça et n'en parlons plus.

Les femmes des planteurs furent les dernières à capituler. Mais un soir, après le départ de Gérald, lorsque Mme Wilkes, « une grande dame et discrète comme on l'est rarement », suivant la définition même de Gérald, eut dit à son mari : « Il est grossier, mais c'est un gentleman », Gérald fut définitivement un homme arrivé.

Il ne sut pas qu'il avait fallu dix ans pour arriver, car il ne se douta jamais que ses voisins l'avaient d'abord considéré d'un mauvais œil. Dès qu'il eut mis le pied à Tara, il se figura y avoir droit de cité.

Lorsqu'il atteignit quarante-trois ans, Gérald, si replet et si rougeaud qu'on aurait pu le prendre pour un gentilhomme détaché d'une gravure de chasse, commença à se dire que Tara, qui lui était pourtant chère, et ses voisins, qui lui ouvraient à la fois leur cœur et leur porte, ne suffisaient cependant pas. Il voulut prendre femme.

Le besoin d'une maîtresse de maison se faisait impérieusement sentir à Tara. La grosse cuisinière, jadis préposée à la basse-cour et élevée par nécessité à la dignité de cordon-bleu, ne préparait jamais les repas à l'heure ; quant à la femme de chambre, une ancienne esclave attachée aux champs, elle laissait la poussière s'accumuler sur les meubles et semblait ne jamais avoir de linge propre à sa disposition, si bien que l'arrivée des invités s'effectuait toujours au milieu des pleurs et des grincements de dents. Pork, le seul nègre bien stylé de la plantation, avait la haute main sur les domestiques, mais lui-même, après avoir été soumis pendant quelques années aux manières insouciantes de Gérald, était devenu indolent et peu soigneux. En tant que valet, il rangeait la chambre à coucher de Gérald et, en tant que majordome, il servait à table avec beaucoup de dignité ; seulement, par ailleurs, il laissait plutôt les choses aller leur train.

Avec leur infaillible instinct d'Africains, les nègres s'étaient tous aperçus que, si Gérald aboyait fort, il ne mordait pas, et ils profitaient sans vergogne de leur découverte. L'air était toujours saturé de menaces. On parlait constamment de vendre des esclaves à des marchands du Sud ou de châtiments épouvantables, mais, à Tara, on n'avait jamais vendu un esclave et on n'avait administré le fouet qu'une seule fois à un Noir qui n'avait pas pansé le cheval favori de Gérald, après une longue journée de chasse à courre.

De ses yeux bleus et pénétrants, Gérald notait la façon impeccable dont étaient tenues les maisons de ses voisins et avec quelle aisance les épouses aux cheveux bien lissés, aux robes de soie bruissantes, faisaient obéir leurs domestiques. Il ignorait que, du matin au soir, ces femmes devaient déployer une activité constante. Il ne savait pas que, sans trêve ni repos, elles étaient obligées de surveiller les cuisinières, les bonnes d'enfants, les couturières et les blanchisseuses. Il ne voyait que des résultats, et ces résultats l'impressionnaient fort.

Un matin qu'il s'habillait pour aller en ville assister à une fête locale, il eut conscience qu'il lui fallait absolument prendre femme. Pork lui apporta sa chemise à ruches préférée. Elle avait été si mal raccommodée par la femme de chambre qu'il ne lui resta plus qu'à en faire cadeau à son valet.

— Missié Gé'ald, dit Pork, radieux, en repliant la chemise tandis que son maître vitupérait, missié Gé'ald, y vous faut une femme, et une femme qui a eu plein de nèg' chez elle.

Gérald réprimanda Pork pour son impertinence, mais il savait qu'il avait raison. Il voulait une femme, il voulait avoir des enfants et, s'il ne se mariait pas, bientôt, il serait trop tard. Mais il ne voulait pas épouser la première venue comme M. Calvert, qui avait pris pour seconde femme la gouvernante yankee de ses enfants. Sa femme devait être une vraie dame, une fille de bonne famille, aussi aimable et distinguée que Mme Wilkes, aussi capable de faire marcher Tara que Mme Wilkes était capable d'administrer son propre domaine.

Mais en voulant s'allier à une des familles du comté, Gérald se heurtait à deux difficultés. D'abord il n'y avait guère de jeunes filles en âge de se marier. Ensuite, et c'était plus grave, Gérald était un « homme nouveau », bien qu'il eût presque dix ans de résidence dans le pays, et un étranger. Personne ne savait à quoi s'en tenir sur sa famille. En Georgie la société de l'arrière-pays avait beau être moins fermée que l'aristocratie du littoral, aucune famille ne se souciait de s'allier à un homme dont nul n'avait connu le grand-père.

Gérald savait qu'en dépit de la franche sympathie que lui témoignaient les hommes avec lesquels il chassait, buvait et parlait politique, il n'y en avait pour ainsi dire pas un dont il pourrait épouser la fille. Et il ne tenait pas du tout à ce qu'on racontât le soir, à table, que monsieur Untel avait eu le regret de refuser à Gérald O'Hara la permission de courtiser sa fille. Gérald ne se sentit pas pour cela diminué aux yeux de ses voisins. D'ailleurs rien ni personne n'aurait pu lui faire éprouver pareil sentiment. Il s'agissait simplement d'une curieuse coutume du comté qui voulait que les filles s'alliassent à des familles établies dans le Sud depuis bien plus de vingt ans, pourvues de terres et d'esclaves et adonnées depuis ce laps de temps aux seuls vices de bon ton.

— Prépare des bagages, nous partons pour Savannah, déclara Gérald à Pork. Et si j'entends encore une seule fois dire « La ferme » ou « Bon Dieu », je te revends, car il y a des mots que j'emploie rarement moi-même.

James et Andrews pouvaient être de bon conseil sur le chapitre matrimonial et, parmi leurs vieilles relations, il se rencontrerait peut-être des jeunes filles susceptibles à la fois de répondre à ses exigences et de l'agréer pour mari. James et Andrews prêtèrent une oreille patiente à son histoire, mais ils ne l'encouragèrent pas beaucoup dans son projet. Ils n'avaient pas à Savannah de parents auprès de qui trouver une aide ; quant aux filles de leurs amis, il y avait bel âge qu'elles étaient mariées et qu'elles consacraient leurs soins à leurs enfants.

— Tu n'es pas riche et tu n'appartiens pas à une grande famille, dit James.

— J'ai gagné de l'argent, et je suis de taille à me faire une grande famille. D'ailleurs, je ne veux pas épouser n'importe qui.

— Tu vises haut, remarqua sèchement Andrews.

Mais les deux frères firent tout ce qu'ils purent pour Gérald. James et Andrews étaient des hommes d'âge et ils occupaient un certain rang à Savannah. Ils avaient de nombreux amis et, pendant un mois, ils emmenèrent Gérald de visites en dîners, de dîners en sauteries et de sauteries en pique-niques.

— Il n'y en a qu'une qui me plaise, finit par déclarer Gérald, et elle n'était même pas née quand j'ai débarqué ici.

— Et qui est-ce ?

— Mlle Ellen Robillard, dit Gérald en cherchant à s'exprimer d'un air détaché, car les yeux sombres et légèrement bridés d'Ellen Robillard avaient fait plus que l'émouvoir.

Malgré un manque de vivacité surprenant chez une jeune fille de quinze ans, elle l'enchantait. En outre, il y avait en elle quelque chose de désespéré qui lui allait au cœur et le rendait plus affectueux avec elle qu'il ne l'avait jamais été pour quiconque.

— Dire que tu es assez vieux pour être son père !

— Moi, je suis dans la fleur de l'âge, s'écria Gérald, piqué au vif.

— Jerry[1], fit James sans élever le ton, il n'y a pas une jeune fille à Savannah que tu aies moins de chances d'épouser. Son père est un Robillard, et ces Français sont fiers comme Lucifer. Et sa mère, que Dieu ait son âme, c'était une très grande dame !

— Ça m'est égal, dit Gérald en s'échauffant. D'ailleurs, sa mère est morte et le vieux Robillard m'aime bien.

— Comme homme, oui, comme gendre, non.

— En tout cas, la petite ne voudrait pas de toi, intervint Andrews. Voilà un an qu'elle aime son cerveau brûlé de cousin Philippe Robillard, bien que sa famille du matin au soir s'efforce de la faire changer d'idée.

— Il est parti pour la Louisiane ce mois-ci, fit Gérald.

— Comment le sais-tu ?

— Je le sais, se contenta de répondre Gérald, qui ne se souciait pas de révéler que Pork lui avait fourni ce renseignement précieux, ni que Philippe était parti pour l'Ouest sur l'ordre exprès de sa famille. Je ne pense pas qu'elle l'ait aimé au point de ne pas l'oublier. Quinze ans, c'est trop jeune pour s'y connaître beaucoup en amour.

— Les Robillard aimeraient encore mieux leur cousin que toi.

James et Andrews furent donc aussi surpris que le reste de la ville quand on apprit que la fille de Pierre Robillard allait épouser le petit Irlandais des hautes terres. Savannah chuchota sous le manteau et se perdit en conjectures sur le départ de Philippe Robillard pour l'Ouest, mais tous ces commérages n'aboutirent à rien. Le mariage de la plus jolie des filles Robillard avec un petit bonhomme braillard et rubicond qui lui arrivait à peine aux oreilles demeura un mystère pour tous.

Gérald lui-même ne sut jamais très bien comment

1. Diminutif de Gérald.

tout cela s'était passé. Il sut seulement qu'un miracle s'était produit. Et, pour une fois dans sa vie, il fut rempli d'humilité quand Ellen, très pâle, mais très calme, posant une main légère sur son bras, lui dit : « Je vous épouserai, monsieur O'Hara. »

Les Robillard, frappés de stupeur, surent en partie à quoi s'en tenir, mais seules Ellen et sa Mama connurent l'histoire complète de cette nuit où la jeune fille avait sangloté jusqu'à l'aube comme une enfant au cœur brisé et s'était réveillée le matin, sa décision prise.

Forçant la consigne, Mama avait apporté à sa jeune maîtresse un petit paquet envoyé de La Nouvelle-Orléans par une personne dont l'écriture n'était pas familière. Il contenait une miniature d'Ellen, que celle-ci jeta par terre en poussant un cri, quatre lettres écrites par sa cousine à Philippe Robillard et un billet laconique d'un prêtre de La Nouvelle-Orléans annonçant que Philippe avait trouvé la mort au cours d'une rixe dans un café.

— Ce sont eux qui l'ont chassé, Papa, Pauline et Eulalie. Ils l'ont chassé. Je les déteste. Je les déteste tous, je ne veux plus jamais les revoir. Je veux m'en aller. Je veux m'en aller là où je ne les reverrai jamais plus, où je ne pourrai plus jamais revoir cette ville ni les gens qui me feront me souvenir de... de lui.

Et, vers la fin de la nuit, Mama, qui elle-même avait épanché toutes les larmes de son corps dans la chevelure sombre de sa maîtresse, avait protesté :

— Mais, ché'ie, vous pouvez pas fai' ça.

— Si, je le ferai. Il est très gentil. Je le ferai ou j'entrerai au couvent à Charleston.

En fin de compte, ce fut cette menace du couvent qui arracha son consentement à Pierre Robillard, accablé et meurtri. Bien que sa famille fût catholique, c'était un presbytérien convaincu et l'idée que sa fille pouvait se faire bonne sœur lui semblait pire que celle d'épouser Gérald O'Hara. Après tout, on ne pouvait rien reprocher à ce dernier, sinon son absence de famille.

Ainsi Ellen ayant renoncé à son nom de Robillard tourna le dos à Savannah pour ne plus y revenir et, en compagnie d'un mari entre deux âges, de sa Mama et de vingt serviteurs nègres, elle prit le chemin de Tara.

L'année suivante naquit leur premier enfant. Ils l'appelèrent Katie Scarlett, du nom de la mère de Gérald. Gérald fut déçu, car il aurait voulu un fils ; néanmoins il se réjouit assez de la venue au monde de sa fille aux cheveux noirs pour offrir du rhum à tous les esclaves de Tara et connaître lui-même une ivresse tonitruante.

Si Ellen regretta toujours sa brusque décision, personne ne le sut, en tout cas pas Gérald, qui manquait d'éclater d'orgueil chaque fois qu'il la regardait. Le jour où elle était partie de Savannah, elle avait banni de sa mémoire cette cité maritime, aimable et maniérée, ainsi que les souvenirs qu'elle y avait et, dès son arrivée dans le comté, la Georgie du Nord devint son foyer.

En quittant à jamais la demeure de son père, elle avait laissé derrière elle une maison aux lignes aussi belles, aussi épanouies que celles d'un corps de femme, une maison de stuc rose pâle construite dans le style colonial français, dressant très haut sa silhouette élégante, précédée d'un escalier à double révolution à la rampe de fer forgé comme de la dentelle, une maison luxueuse et charmante, mais un peu froide.

Elle avait non seulement quitté cette aimable demeure, mais en même temps tous les raffinements qu'elle abritait, et elle se retrouvait dans un monde aussi étranger, aussi différent que si elle avait traversé un continent.

Là, en Georgie du Nord, existait une région âpre détenue par de rudes maîtres. Du sommet du plateau dominé par les Montagnes Bleues, Ellen voyait onduler les coteaux rouges au flanc desquels affleuraient d'énormes roches granitiques, et se dresser les sombres bouquets de pins décharnés. Tout paraissait sauvage, indompté, à ses yeux habitués à la mer, à la beauté sereine des îles drapées dans la mousse grise et le vert enchevêtrement de leur jungle, aux longues étendues blanches des plages chauffées par un soleil semi-tropical aux perspectives uniformes d'une région sablonneuse semée d'aréquiers et de palmiers.

Là, en cette région du Nord, on connaissait la morsure de l'hiver aussi bien que la brûlure de l'été et, chez les habitants, il y avait une vigueur et une énergie étrangères à Ellen. C'étaient des gens aimables, courtois, généreux, remplis de bons sentiments, mais frustes, brutaux et facilement emportés. Les gens du littoral qu'Ellen avait quittés pouvaient se targuer de savoir prendre toutes les affaires, même leurs duels et leurs querelles, avec insouciance; mais ces Georgiens du Nord étaient tout imprégnés de violence. Sur la côte, la vie s'était affadie; là, elle était encore jeune et vigoureuse.

Tous les gens qu'Ellen avait connus à Savannah auraient pu être fondus dans le même moule, tant leurs façons de voir et leurs traditions étaient semblables, mais là, les gens étaient différents. Les colons de la Georgie du Nord provenaient des endroits les plus variés, des autres parties de la Georgie, des Carolines et de la Virginie, de l'Europe et du Nord. Certains, tel Gérald, étaient des hommes neufs, résolus à faire fortune. D'autres, comme Ellen, étaient des membres d'une vieille famille qui avaient trouvé la vie intolérable chez eux et qui étaient partis au loin en quête d'un havre de grâce. Un grand nombre n'avait obéi à aucun motif. Ils s'étaient mis en route uniquement parce que coulait encore dans leurs veines le sang des pionniers, leurs ancêtres.

Ces gens venus de tous les coins et dotés de mentalités si différentes conféraient à la vie du comté une simplicité qu'Ellen ignorait, une absence de rigueur à laquelle jamais elle ne s'habitua tout à fait. D'instinct elle savait comment se seraient comportés les habitants du littoral en certaines circonstances. Avec les Georgiens du Nord, on ne savait jamais quelles seraient leurs réactions.

Et, pour stimuler l'activité du comté, une vague de prospérité déferlait sur le Sud. Le monde entier réclamait du coton, et le sol vierge et fertile du comté en produisait en abondance. Le coton était pour cette région un cœur qui battait ; la plantation et la récolte, la diastole et la systole du sol rouge. La richesse naissait des sillons incurvés et, avec elle, un orgueil alimenté par la vue des touffes vertes et des arpents de touffes floconneuses. Si le coton pouvait enrichir les planteurs en une génération, quelle ne serait pas leur richesse à la suivante !

Cette certitude du lendemain donnait du piquant et de l'enthousiasme, et les gens du comté jouissaient de la vie avec un entrain qu'Ellen n'arrivait pas à comprendre. Ils avaient assez d'argent et assez d'esclaves pour prendre du bon temps et ils aimaient cela. Ils ne semblaient jamais assez occupés au point de ne pas abandonner leur ouvrage pour une partie de pêche ou pour une course de chevaux et il ne se passait guère de semaines sans pique-nique ou sans bal.

Ellen ne voulut ou ne put jamais leur ressembler. Elle avait laissé trop d'elle-même à Savannah, mais elle les respectait et, à la longue, elle apprit à admirer la franchise de ces gens sans détour qui jugeaient un homme à sa juste mesure.

Elle devint la femme la plus aimée du comté. C'était une maîtresse de maison accomplie et affable, une bonne mère et une épouse dévouée. Au lieu de consacrer à la religion son cœur brisé et son désintéressement, elle les reporta sur son enfant, sa maison et l'homme qui l'avait emmenée loin de Savannah et de ses souvenirs et qui ne lui avait jamais posé une seule question.

Lorsque Scarlett eut un an, alors que, de l'avis de Mama, elle était plus saine, et plus vigoureuse qu'un bébé n'en avait le droit, naquit le second enfant d'Ellen, Susan Ellinor, qu'on appela toujours Suellen, puis, aussitôt après vint Carreen inscrite dans la bible familiale sous le nom de Caroline Irène. Enfin survinrent trois garçons et tous trois moururent avant de savoir marcher... trois garçons qui reposaient désormais sous les cèdres noueux à cent mètres de la maison, dans le cimetière où trois dalles portaient le nom « Gérald O'Hara ».

A partir du jour où Ellen s'établit à Tara, le domaine se transforma. Ellen avait beau n'avoir que quinze ans, elle n'en était pas moins prête à endosser toutes les responsabilités d'une propriétaire de plantation. Avant le mariage, les jeunes filles devaient avant tout être douces, aimables, belles et décoratives, mais on escomptait surtout qu'après le mariage elles seraient en état de diriger des maisons comprenant cent personnes et plus, blanches et noires, et c'était vers ce but que tendait leur éducation.

A l'instar de toutes les jeunes filles bien élevées, Ellen avait donc ainsi été préparée au mariage, mais en outre elle pouvait compter sur Mama, fort capable de galvaniser le plus mou des nègres. Ellen apporta bientôt de l'ordre, de la dignité et de la grâce au foyer de Gérald et elle donna à Tara une beauté qu'elle n'avait jamais eue auparavant.

La maison avait été construite sans aucun plan et on y avait adjoint des pièces supplémentaires au hasard des nécessités. Mais, grâce aux soins et aux indications d'Ellen, son charme avait fini par compenser son défaut de proportion. L'allée de cèdres qui conduisait de la route au bâtiment principal, cette allée sans laquelle nulle demeure de planteur géorgien ne serait complète, entretenait une ombre fraîche et sa teinte sombre rehaussait le vert des autres arbres. La glycine qui recouvrait le toit des vérandas se détachait sur la brique crépie de blanc et aidait les touffes de myrte rose plantées près de la porte et les magnolias blancs de la cour à masquer les lignes maladroites du corps de logis.

Au printemps et en été, le chiendent et le trèfle des pelouses prenaient une teinte émeraude d'un si bel effet que les troupeaux d'oies et de dindons cantonnés en principe derrière la maison ne pouvaient résister à la tentation. Continuellement les plus entreprenants du troupeau se risquaient furtivement jusqu'aux abords de la pelouse, attirés par l'herbe verte et la promesse friande des parterres de jasmin et des massifs de zinnias. Pour lutter contre leurs dégâts, une petite sentinelle noire restait en faction auprès de la véranda. Armé d'un torchon en loques, un négrillon, assis sur les marches, faisait partie intégrante du tableau offert par Tara et son rôle était bien triste, car il lui était interdit de frapper les volailles ; il ne pouvait qu'agiter son torchon et pousser des cris pour les effrayer.

Ellen confia à des douzaines de petits gamins noirs ce poste, le premier qui, à Tara, comportât une certaine responsabilité pour un esclave mâle. Lorsque les négrillons avaient dépassé leur dixième année, on les mettait en apprentissage auprès du vieux Pépé, le savetier de la plantation, ou de Philipo, le vacher, ou de Cuffee, le muletier. S'ils ne montraient aucune aptitude pour l'un ou l'autre de ces métiers, on les employait aux travaux des champs et, de l'avis des nègres, ils perdaient du même coup toute prétention à occuper un rang social.

Ellen n'avait la vie ni facile ni heureuse, mais elle ne s'était pas attendue à mener une vie facile et, si son existence n'était pas heureuse, c'était là le lot des femmes. Le monde était fait pour l'homme et elle en acceptait l'ordonnance. L'homme était maître du domaine, la femme l'administrait. L'homme s'attribuait tout le mérite d'une bonne gestion, la femme louait l'habileté qu'il avait déployée. L'homme mugissait comme un taureau quand il s'était enfoncé une écharde dans le doigt, la femme étouffait les plaintes de l'enfantement de peur de le déranger. Les hommes étaient grossiers et s'enivraient souvent. Les femmes ignoraient les écarts de langage et mettaient les ivrognes au lit sans un mot de reproche. Les hommes étaient brutaux et ne cachaient pas leurs sentiments, les femmes étaient toujours aimantes, gracieuses et miséricordieuses.

Ellen avait été élevée dans la tradition des grandes

dames qui lui avaient enseigné à porter son fardeau tout en gardant son charme et elle entendait que ses trois filles fussent également de grandes dames. Elle réussit auprès de ses deux filles cadettes ; Suellen était si désireuse de plaire qu'elle prêtait une oreille attentive et docile aux enseignements de sa mère ; Carreen était timide et il était facile d'en faire ce qu'on voulait. Mais Scarlett, digne fille de Gérald, trouvait dur le chemin qui menait à la distinction.

A la grande indignation de Mama, ses camarades de jeux préférés n'étaient point ses sœurs pleines de réserve, ni les petites Wilkes si bien élevées, mais les enfants noirs de la plantation et les garçons du voisinage. Elle savait aussi bien qu'eux grimper aux arbres ou lancer une pierre. Mama était fort troublée de voir que la fille d'Ellen pouvait manifester de telles tendances et elle l'adjurait fréquemment « de se condui' comme une pitite dame ». Mais Ellen considérait la chose d'un œil plus tolérant et plus clairvoyant. Elle savait que les compagnons d'enfance deviennent des soupirants par la suite et que le premier devoir d'une jeune fille était de se marier. Elle se disait que l'enfant débordait simplement de vie et qu'on avait encore le temps de lui enseigner les artifices et les grâces qui séduisent les hommes.

Dans ce but Ellen et Mama joignirent leurs efforts et, à mesure qu'elle grandit, Scarlett se montra excellente élève sur ce chapitre, bien que ce fût au détriment des autres sciences. Malgré de multiples gouvernantes et deux ans passés loin de Tara à l'Académie féminine de Fayetteville, son éducation demeura fragmentaire, mais aucune jeune fille du comté ne dansait avec plus de grâce qu'elle. Elle savait sourire pour creuser ses fossettes, marcher sur la pointe des pieds pour imprimer aux larges cerceaux de sa crinoline de séduisants balancements, regarder un homme bien en face, puis baisser les yeux et battre rapidement des paupières afin de paraître toute frémissante d'émotion. Surtout, elle apprit à cacher aux hommes une intelligence aiguë sous un visage aussi aimable et doux que celui d'un bébé.

Ellen, à force d'affectueuses remontrances, et Mama, à force de criailleries, finirent par lui inculquer les qualités qui feraient d'elle une épouse vraiment désirable.

— Il faut être plus affable, ma chérie, plus calme, apprit Ellen à sa fille. Il ne faut pas interrompre les gentlemen quand ils parlent, même si tu crois en savoir plus qu'eux. Les gentlemen n'aiment pas les jeunes filles qui se mettent en avant.

— Les demoiselles qui font les g'os yeux et qui lèvent li menton et qui disent « Moi, j' veux » et « moi, j' veux pas », eh ben, pou' la plupa't elles t'ouvent pas de ma'is, prophétisa Mama d'un air lugubre. Les demoiselles, elles doivent baisser les yeux, et di' « bien, missié, comme vous voulez, missié ».

A elles deux, elles lui enseignèrent tout ce qu'une jeune fille de qualité devait savoir, mais Scarlett n'apprit que les manifestations extérieures de la bonne éducation. Les apparences suffirent, car elles lui valurent d'être fêtée partout et c'était ce qu'elle désirait. Gérald prétendait qu'elle était la reine de cinq comtés et il n'avait pas tellement tort, puisque presque tous les jeunes gens du voisinage avaient demandé sa main, sans compter ceux d'endroits plus éloignés comme Atlanta et Savannah.

A seize ans, grâce à Mama et à Ellen, Scarlett paraissait douce, charmante et frivole, alors qu'en réalité elle était volontaire, orgueilleuse et têtue. Elle tenait de son père irlandais un tempérament emporté et n'avait de la douceur et de la patience de sa mère qu'un vernis superficiel. Ellen ne se rendit jamais très bien compte de la fragilité de ce vernis, car Scarlett se montrait toujours à sa mère sous son meilleur jour. Elle lui cachait ses escapades, se dominait et faisait tout pour paraître docile en présence d'Ellen, qui pouvait d'un seul regard la faire pleurer de honte.

Mais Mama ne nourrissait aucune illusion sur son compte et s'attendait continuellement à ce que le vernis craquât. Mama avait des yeux plus perçants qu'Ellen, et Scarlett ne se souvenait pas d'avoir pu lui jouer bien longtemps la comédie.

Ces deux tendres mentors ne déploraient pourtant pas l'entrain, la vivacité et la séduction de Scarlett. Au contraire, ces femmes du Sud étaient fières de ces traits de caractère. Mais, ce qui les préoccupait, c'était de retrouver en Scarlett la forte tête et les manières impétueuses de Gérald, et parfois Ellen et Mama redoutaient que Scarlett ne fût incapable de dissimuler ces fâcheuses qualités avant d'avoir trouvé un beau parti. Mais Scarlett voulait se marier et se marier avec Ashley, aussi était-elle toute disposée à se tenir tranquille, à être docile et étourdie si c'était là ce qui plaisait aux hommes. Elle ne savait d'ailleurs pas pourquoi les hommes étaient comme ça. Elle savait simplement que ces méthodes-là réussissaient. La chose ne l'intéressa jamais au point de lui en faire chercher la raison. Elle ignorait tout du fonctionnement de la pensée humaine, même de la sienne. Elle savait seulement que, si elle disait ceci et cela, les hommes ne manqueraient pas de lui adresser les compliments correspondants. C'était comme une formule mathématique et pas plus difficile à appliquer car les mathématiques étaient la seule science que Scarlett avait assimilée sans peine durant son séjour à l'école.

Si elle ne savait pas grand-chose de la mentalité des hommes, elle en savait moins encore de celle des femmes, qui ne l'intéressaient pas. Elle n'avait jamais eu une seule amie et cela ne lui avait jamais manqué. Pour elle, toutes les femmes, y compris ses deux sœurs, étaient des ennemies naturelles lancées à la poursuite de la même proie, l'homme.

Toutes les femmes, à l'exception de sa mère.

Ellen O'Hara était différente et Scarlett la considérait comme un être sacré, étranger à tout le reste de l'humanité. Étant enfant, Scarlett avait confondu sa mère avec la Sainte Vierge, et maintenant qu'elle était plus âgée elle ne voyait pas pourquoi elle changerait d'opinion. Pour elle, Ellen représentait la sécurité totale que seuls le Paradis ou une mère peuvent donner. Elle savait que sa mère était l'incarnation de la justice, de la vérité, de la tendresse aimante, d'une profonde sagesse, bref, qu'elle était une grande dame.

Scarlett souhaitait beaucoup ressembler à sa mère. La seule difficulté était qu'à vouloir être juste, franc, tendre et dévoué on passait à côté de la plupart des plaisirs de l'existence et, à coup sûr, d'un grand nombre de soupirants, et la vie était bien trop courte pour qu'on se privât de ces plaisirs. Un jour, quand elle aurait épousé Ashley et qu'elle serait vieille, un jour qu'elle aurait le temps, elle se promettait de ressembler à Ellen. Mais, en attendant...

IV

Ce soir-là, au dîner, Scarlett, en l'absence de sa mère, s'acquitta de ses fonctions de maîtresse de maison, mais, bouleversée par la terrible nouvelle qu'elle avait apprise au sujet d'Ashley et de Mélanie, elle n'arriva pas à retrouver son calme. La mort dans l'âme, elle attendit que sa mère revînt de chez les Slattery, car, sans elle, elle se sentait seule et désemparée. De quel droit les Slattery et leurs sempiternelles maladies arrachaient-ils Ellen à son foyer au moment précis où elle, Scarlett, avait tant besoin d'elle ?

Tout au long du triste repas, la grosse voix de Gérald gronda à ses oreilles à tel point qu'elle faillit se croire incapable de la supporter davantage. Il avait complètement oublié la conversation qu'il avait eue avec elle vers la fin de l'après-midi et, ponctuant ses propos de coups de poing sur la table et de gestes désordonnés des bras, il ne cessa d'épiloguer tout seul sur les dernières nouvelles du fort Sumter. Pendant les repas, Gérald tenait à diriger la conversation et, d'habitude, Scarlett, plongée dans ses propres pensées, l'entendait à peine ; mais, ce soir-là, elle ne réussissait pas à neutraliser le fond de sa voix en dépit de ses efforts pour surprendre le bruit des roues qui signalerait le retour d'Ellen.

Bien entendu, elle n'avait pas l'intention de confier à sa mère ce qui lui pesait si lourd sur le cœur. Ellen serait choquée et attristée de savoir qu'une de ses filles voulait épouser un homme fiancé à une autre femme. Pourtant, au cœur de la première tragédie avec laquelle elle était aux prises, elle avait besoin du réconfort que lui apporterait sa mère. Elle s'était toujours sentie en sûreté à côté d'Ellen. Par sa seule présence, Ellen en adoucissait les pires chagrins.

Scarlett se leva brusquement de sa chaise en distinguant un grincement de roues dans l'allée, puis elle se rassit. La voiture faisait le tour de la maison pour gagner la cour. Ce ne pouvait être Ellen. Elle serait descendue de voiture devant le perron. Alors, de la cour, monta un murmure confus. Des nègres s'agitaient, parlaient et riaient d'un rire pointu. Scarlett regarda par la fenêtre. Elle vit Pork, qui avait quitté un instant plus tôt la salle à manger, brandir une torche de résine, tandis que des silhouettes indécises se glissaient hors d'une carriole. Bruits agréables, bruits familiers et insouciants, sons gutturaux et doux, voix musicales et criardes, les rires et les propos fusaient et se taisaient tour à tour dans la nuit. On entendit un petit groupe monter à pas traînants l'escalier de la véranda qui donnait sur la cour, s'engager dans le passage menant au logis principal et s'arrêter enfin dans le vestibule juste en face de la salle à manger. Il y eut un bref conciliabule à voix basse et Pork entra. Il avait renoncé à sa dignité habituelle. Il roulait des yeux tout ronds et découvrait ses dents brillantes.

— Missié Gé'ald, annonça-t-il, le souffle court et le visage illuminé d'un orgueil de jeune marié, vot' nouvelle femme est a'ivée !

94

— Ma nouvelle femme ? Je n'ai pas acheté de nouvelle femme, déclara Gérald en feignant la colère.

— Si donc, missié Gé'ald. Si donc : et la voilà deho' maintenant à vouloi' vous pa'ler, répondit Pork, plein d'émoi, en ricanant et en se tordant les mains.

— Allons, fais venir la mariée, dit Gérald.

Et Pork, se retournant, fit signe à sa femme qui, fraîchement arrivée de chez les Wilkes pour servir à Tara, attendait dans le vestibule. Elle entra, et derrière elle, presque entièrement dissimulée par son ample jupe de calicot, suivait sa fillette âgée de douze ans.

Dilcey était grande et ne perdait pas un pouce de sa taille. Son impassible visage de bronze était si peu ridé qu'on aurait pu lui donner n'importe quel âge entre trente et soixante ans. En elle le sang indien contrebalançait les caractéristiques négroïdes. La couleur rougeâtre de sa peau, son front haut et étroit, ses pommettes saillantes et son nez busqué dont l'extrémité s'aplatissait sur ses lèvres épaisses de négresse indiquaient nettement le mélange de deux races. Elle avait beaucoup de tenue et sa dignité dépassait même celle de Mama, car Mama avait acquis la sienne tandis que celle de Dilcey était innée.

Lorsqu'elle parlait, sa voix n'était pas aussi confuse que celle de la plupart des Noirs et elle s'exprimait avec plus de recherche.

— Bonsoi', mes jeunes demoiselles. Missié Gé'ald, moi je suis t'iste de vous dé'anger, mais je voulais veni' vous 'eme'cier de m'avoi' achetée avec l'enfant. Des tas de missiés ils voulaient m'acheter, mais ils voulaient pas acheter ma P'issy pou' m'empêcher d'avoi' du chag'in et je vous 'eme'cie. Moi je fe'ai tout ce que je pou'ai pou' vous et pou' vous mont'er que moi j'oublie pas.

— Hum... hum..., dit Gérald en s'éclaircissant la gorge. Il était fort gêné d'être pris en flagrant délit de bonté.

Dilcey se tourna vers Scarlett et l'ombre d'un sourire plissa le coin de ses paupières.

— Mam'zelle Sca'lett, Po'k m'a dit que vous aviez demandé à missié Gé'ald de m'acheter. Aussi je vais vous donner ma P'issy pou' êt' vot' femme de chamb'.

Elle attira la fillette plus près d'elle et, d'une secousse, la poussa en avant. C'était un petit être tout brun aux jambes grêles comme celles d'un oiseau. La multitude de ses mèches crépelées soigneusement tressées avec de la ficelle se dressaient toutes raides autour de sa tête. Elle avait des yeux perçants, des yeux malins à qui rien n'échappait, et son visage était empreint d'une expression de bêtise étudiée.

— Merci, Dilcey, répondit Scarlett, mais je crains que Mama n'ait son mot à dire. Elle est à mon service depuis que je suis née.

— Mama se fait vieille, rétorqua Dilcey avec un calme qui eût mis Mama en fureur. C'est une bonne Mama, mais vous voilà une dame maintenant et vous avez besoin d'une bonne femme de chamb' et ma P'issy est la femme de chamb' de Mam'zelle India depuis un an déjà. Elle sait bien coud'e et elle sait coiffer tout comme une g'ande pe'sonne.

Houspillée par sa mère, Prissy fit une brusque révérence et adressa à Scarlett un sourire que celle-ci fut obligée de rendre.

« Une jolie petite peste », pensa Scarlett, qui ajouta tout haut :

— Merci, Dilcey, nous verrons cela quand Mama rentrera.

— Me'ci, mam'zelle. Je vous souhaite la bonne nuit, fit Dilcey en se retirant avec sa fille, tandis que Pork restait au garde-à-vous.

Une fois la table desservie, Gérald reprit le fil de son discours, mais sans en éprouver beaucoup plus de plaisir que son auditoire qui n'en éprouvait aucun. Il avait beau prédire la guerre d'une voix de stentor et employer toutes les fleurs de sa rhétorique pour savoir si le Sud tolérerait plus longtemps d'être insulté par les Yankees, il n'éveillait que de faibles « Oui, papa » et « Non, papa » prononcés d'un ton exaspéré. Assise sur un pouf au-dessous de la grande lampe, Carreen était plongée dans le récit des aventures d'une jeune fille qui avait pris le voile après la mort de celui qu'elle aimait, et tout en versant des larmes silencieuses elle s'imaginait avec délices coiffée de la blanche cornette. Suellen, occupée à broder ce qu'elle appelait en riant « son trousseau », se demandait si le lendemain, au pique-nique, il lui serait possible de détacher Stuart Tarleton de sa sœur et de le subjuguer par les exquises qualités féminines qu'elle possédait et dont Scarlett était dépourvue. Quant à Scarlett, ses pensées tumultueuses revenaient sans cesse vers Ashley.

Comment son père pouvait-il parler du fort Sumter et des Yankees lorsqu'il savait que son cœur se brisait ? Ainsi qu'il arrive toujours chez les êtres très jeunes, elle était stupéfaite que l'égoïsme des gens leur fît oublier sa propre douleur et que la terre continuât de tourner malgré ses tortures.

Il lui semblait qu'un ouragan avait dévasté son esprit et elle trouvait étrange que la salle à manger fût si tranquille, si pareille à ce qu'elle avait toujours été. La table et les buffets d'acajou massif, la lourde argenterie, les tapis aux teintes vives jetés sur le plancher brillant étaient tous à leurs places habituelles comme si rien ne s'était passé. C'était une pièce sympathique et confortable. D'ordinaire Scarlett aimait les heures paisibles que la famille y coulait après le dîner, mais ce soir elle en avait horreur et, si elle n'avait pas craint les questions indiscrètes de son père, elle se serait glissée dehors, aurait traversé le vestibule sombre, gagné le petit bureau d'Ellen et, allongée sur le vieux sofa, elle aurait pleuré tout son soûl.

Ce petit bureau était la pièce préférée de Scarlett. Là, chaque matin, Ellen s'asseyait devant son grand secrétaire pour tenir les comptes de la plantation et écouter les rapports de Jonas Wilkerson, le régisseur. La famille s'y réunissait également pour y flâner tandis que la grosse plume d'Ellen grinçait sur les registres. Gérald prenait le vieux rocking-chair tandis

97

que ses filles s'emparaient des coussins défraîchis du sofa, trop abîmé pour figurer dans les pièces du devant. Maintenant Scarlett brûlait de se trouver seule avec Ellen dans le petit bureau, de poser la tête sur ses genoux et de pleurer tout à loisir. Sa mère n'allait-elle donc jamais rentrer ?

Alors on entendit des roues grincer sur le sable de l'allée et le doux murmure de la voix d'Ellen congédiant le cocher emplit la pièce. Elle entra. Le père et les filles relevèrent vivement la tête. Les cerceaux de sa crinoline se balançaient. Elle avait l'air triste et fatigué. En même temps qu'elle, entra le léger parfum de citronnelle de son sachet, parfum qui semblait toujours monter des plis de sa robe et que Scarlett associa toujours à l'image de sa mère. La trousse de cuir à la main, la lèvre en bataille, le front plissé, Mama suivait à quelques pas. Elle n'arrêtait pas de bougonner et faisait bien attention d'émettre ses réflexions à voix basse pour qu'on ne les entendît pas, mais assez haut cependant pour qu'on remarquât son mécontentement.

— Je suis désolée d'être si en retard, dit Ellen en faisant glisser son châle et en le tendant à Scarlett, dont elle caressa la joue au passage.

Dès l'arrivée de sa femme, le visage de Gérald s'était illuminé comme par magie.

— Le marmot est-il baptisé ? demanda-t-il.

— Oui, et il est mort, le pauvre petit, répondit Ellen. J'ai eu peur qu'Emmie ne mourût elle aussi, mais je crois qu'elle vivra.

Surprises, ses filles se tournèrent vers elle comme pour l'interroger. Gérald, lui, hocha philosophiquement la tête.

— Bah ! ça vaut sûrement mieux qu'il soit mort, pauvre petit bât...

— Il est tard. Si nous faisions nos prières tout de suite, interrompit Ellen avec tant de douceur que, si Scarlett n'avait pas bien connu sa mère, elle ne se serait aperçue de rien.

Il eût pourtant été intéressant de savoir qui était le

père du petit d'Emmie Slattery, mais Scarlett savait qu'elle n'apprendrait jamais la vérité à ce sujet, si elle ne comptait que sur sa mère. Scarlett soupçonnait Jonas Wilkerson, qu'elle avait souvent vu descendre la route en compagnie d'Emmie le soir au crépuscule. Jonas était yankee et célibataire et ses fonctions de régisseur le condamnaient à tout jamais à n'avoir aucun rapport avec la société du comté. Il ne pouvait prétendre s'allier à aucune famille convenable et il ne pouvait fréquenter que des gens comme les Slattery ou la racaille de leur espèce. Étant donné que son éducation était de plusieurs coudées au-dessus de la leur, il n'était que trop naturel qu'il ne voulût pas épouser Emmie, en dépit de la fréquence de ses promenades avec elle à la tombée de la nuit.

Scarlett soupira, car elle était fort curieuse. Sa mère était toujours témoin de choses auxquelles elle ne prêtait pas la moindre attention. Ellen avait l'art d'ignorer tout ce qui heurtait son sens des convenances et s'efforçait d'inculquer ses principes à Scarlett, mais sans grand succès.

Ellen s'était approchée de la cheminée sur laquelle était posée la petite cassette de marqueterie qui renfermait son chapelet quand Mama l'arrêta d'un ton énergique.

— Mam' Ellen, il faut manger què'que chose avant de fai' la p'iè'e.

— Merci, Mama, je n'ai pas faim.

— Je vais vous fai' vot' dîner moi-même et vous le p'end'ez, insista Mama d'un air indigné tout en sortant dans le vestibule pour aller à la cuisine.

— Po'k, lança-t-elle, dis à la cuisiniè' de pousser le feu. Mam' Ellen est 'ent'ée.

Tandis que les lames du plancher gémissaient sous son poids, sa voix s'enfla de plus en plus et la famille réunie dans la salle à manger put entendre clairement le petit discours qu'elle se tenait à elle-même depuis son arrivée.

« J'y ai dit comme ça mille fois que ça valait 'ien de s'occuper de ces gueux de Blancs. Y sont les plus pi's

99

égoïstes, les plus sans cœu' de tous. Et Mam' Ellen c'est pas son affai'e de s'é'einter à soigner des gens qui s'ils valaient au moins la co'de pou' les pend'e au'aient des nèg' pou' les soigner. Et j'y ai dit... »

Le bruit de sa voix s'estompa. Elle s'était engagée dans le long passage uniquement recouvert d'un toit qui menait à la cuisine. Mama avait une méthode particulière de faire connaître à ses maîtres la nature exacte de ses opinions. Elle savait que leur dignité empêchait les Blancs de qualité de prêter la moindre attention aux propos qu'une négresse comme elle marmonnait entre ses dents. Elle savait que, pour conserver cette dignité, les Blancs devaient faire la sourde oreille, même si elle s'était presque mise à crier à tue-tête dans une pièce voisine. Elle était ainsi à l'abri de tout reproche et en même temps personne ne pouvait avoir de doute sur la façon dont elle envisageait les divers problèmes de l'existence.

Pork entra dans la salle à manger. Il portait une assiette, de l'argenterie et une serviette. Sur ses talons marchait Jack, un petit Noir de dix ans, qui achevait précipitamment de boutonner d'une seule main une veste de toile blanche et qui, de l'autre, tenait un chasse-mouches fait de fines bandes de papier découpées dans des journaux et fixées à une tige de roseau plus grande que lui. Ellen possédait un superbe chasse-mouches en plumes de paon mais on ne s'en servait qu'en des circonstances très spéciales et encore après une lutte épique avec Pork, car la cuisinière et Mama étaient persuadées que les plumes de paon portaient malheur.

Elle s'assit sur la chaise que lui avança Gérald, et aussitôt commença un quadruple assaut de questions.

— Maman, la dentelle de ma nouvelle robe de bal ne tient pas, et je voudrais pourtant bien la porter demain soir aux Douze Chênes. Pourrez-vous me l'arranger, s'il vous plaît ?

— Maman, la nouvelle robe de Scarlett est plus jolie que la mienne et je suis affreuse en rose. Pourquoi

ne serait-elle pas en rose ? Moi, je porterais sa robe
verte. Le rose lui va très bien.

— Maman, est-ce que je pourrai assister au bal
demain soir ? J'ai treize ans maintenant...

— Madame O'Hara, le croiriez-vous ?... Taisez-
vous, les petites, sinon gare à ma cravache ! Cade
Calvert était à Atlanta ce matin. Il dit... Allez-vous
vous tenir tranquilles, on ne s'entend pas... il dit qu'on
est sens dessus dessous là-bas, qu'on ne parle que de
guerre, d'exercices de la milice, de rassemblement de
troupes. Et il dit que, d'après les nouvelles de Charleston, on ne tolérera plus de se laisser insulter par les
Yankees.

Au milieu de ce tumulte, Ellen eut un sourire las et
répondit d'abord à son mari comme il se devait à une
bonne épouse.

— Il y a des gens très bien à Charleston, et s'ils sont
de cet avis je suis sûre que nous ne tarderons pas à
penser comme eux, déclara-t-elle, car elle avait la
conviction profonde qu'en dehors de Savannah, sur
tout le continent, on ne rencontrait guère de vraie
noblesse ailleurs que dans ce petit port, et les gens de
Charleston partageaient largement son point de vue.

— Non, Carreen, l'année prochaine, ma chérie. A ce
moment-là, tu pourras aller au bal. Tu porteras des
robes de grande personne et quel bon temps prendront mes bonnes petites joues roses ! Ne boude pas,
ma chérie. Tu iras au pique-nique, ne l'oublie pas, tu
assisteras au dîner aussi, mais pas de bal avant
quatorze ans.

« Donne-moi ta robe, Scarlett, j'arrangerai cette
dentelle après la prière.

« Suellen, ma chérie, je n'aime pas ce ton-là. Ta
robe rose est charmante et te va très bien au teint,
exactement comme celle de Scarlett convient au sien.
Mais tu pourras porter mon collier de grenats demain
soir. »

Derrière le dos de sa mère, Suellen gratifia d'une
grimace triomphante Scarlett qui avait projeté de
porter le collier. Scarlett lui tira la langue. Suellen

était insupportable avec ses pleurnichements et son égoïsme, et, si Ellen n'y avait pas mis le holà, Scarlett lui aurait fréquemment crêpé le chignon.

— Maintenant, monsieur O'Hara, racontez-moi encore ce que M. Calvert vous a dit de Charleston, fit Ellen.

Scarlett savait que sa mère ne s'intéressait nullement à la guerre ni à la politique qu'elle considérait comme des affaires d'hommes inaccessibles à l'intelligence d'une femme. Mais Gérald aimait à exposer ses vues et Ellen cherchait sans cesse à faire plaisir à son mari. Pendant que Gérald pérorait, Mama disposait devant sa maîtresse des assiettes contenant des biscuits dorés, des blancs de poulet rôti et une igname, ouverte et fumante, ruisselante de beurre fondu. Mama pinçait le petit Jack et il s'appliquait de nouveau à agiter lentement les rubans de papier au-dessus d'Ellen. Mama se tenait à côté de la table et surveillait le trajet de chaque bouchée comme si, au premier signe de relâchement, elle avait eu l'intention de faire manger Ellen de force. Ellen s'appliquait à manger, mais Scarlett s'apercevait qu'elle était trop fatiguée pour savoir ce qu'elle portait à sa bouche. Seul le visage implacable de Mama la contraignait à s'exécuter.

Lorsque le plat fut vide et alors que Gérald en était encore au beau milieu de son développement sur la malhonnêteté des Yankees qui voulaient affranchir les nègres sans verser un sou pour payer leur liberté, Ellen se leva.

— Allons-nous dire les prières ? questionna son mari à contrecœur.

— Oui. Il est si tard... tenez, il est dix heures juste. (Toussotant, ferraillant, l'horloge sonnait ses dix coups.) Carreen devrait être au lit depuis longtemps. La lampe, Pork, je vous prie. Mon livre de prières, Mama.

Sur les injonctions de Mama, Jack posa son chasse-mouches dans un coin et desservit, tandis que Mama fouillait le tiroir d'un buffet pour trouver le vieux livre de prières d'Ellen. Dressé sur la pointe des pieds, Pork atteignit un anneau accroché à la chaîne de la suspension et descendit lentement la lampe jusqu'à ce que le dessus de table fût inondé de lumière et que le plafond se perdît dans les ténèbres. Ellen étala sa jupe et s'agenouilla sur le plancher, posa le livre de prières sur la table en face d'elle, l'ouvrit et joignit les mains. Gérald s'agenouilla à côté d'elle ; de l'autre côté de la table Scarlett et Suellen retrouvèrent leurs places habituelles et ramenèrent sous leurs genoux leurs amples jupons afin de moins sentir le contact du plancher. Carreen, qui était petite pour son âge, ne pouvait pas s'agenouiller confortablement devant la table, aussi s'agenouillait-elle devant une chaise, les coudes appuyés au siège. Elle aimait cette position, car elle manquait rarement de s'endormir pendant les prières et, dans cette posture, sa mère ne s'en apercevait pas.

Les domestiques emplissaient le vestibule du bruit de leurs pas traînants ou d'un frou-frou d'étoffe et venaient s'agenouiller devant le seuil de la pièce. Mama se baissait en gémissant. Pork restait droit comme une baguette de tambour ; gracieuses, Rosa et Teena, les femmes de chambre, étalaient autour d'elles leurs jupes de calicot aux teintes vives, la cuisinière était maigre et jaune sous un madras d'un blanc neigeux et Jack, abruti de sommeil, se tenait aussi loin que possible de Mama pour éviter ses pinçons. Leurs yeux noirs brillaient d'impatience, car, pour eux, prier avec les maîtres était un des événements de la journée. Les phrases antiques et colorées de la litanie aux évocations orientales étaient pour eux vides de sens, mais éveillaient néanmoins quelque chose dans leur cœur, et ils se balançaient toujours de droite et de gauche en chantant les répons : « Seigneur, ayez pitié de nous, Christ, ayez pitié de nous. »

Ellen fermait les yeux et se mettait à prier. Sa voix s'enflait, puis retombait, berçante et apaisante. Les têtes s'inclinaient à l'intérieur du cercle lumineux, et

Ellen remerciait Dieu d'accorder santé et bonheur à son foyer, à sa famille et à ses nègres.

Quand elle avait achevé ses prières pour ceux qu'abritait le toit de Tara, pour son père, sa mère, ses sœurs, ses trois enfants morts et « toutes les pauvres âmes du purgatoire », elle serrait son chapelet blanc entre ses longs doigts et commençait le Rosaire. Pareilles au souffle d'un vent léger, les voix des Noirs et celles des Blancs lui répondaient : « Sainte Marie, mère de Dieu, priez pour nous, pauvres pécheurs, maintenant et à l'heure de notre mort. »

Son cœur avait beau lui faire mal, elle avait beau souffrir d'avoir refoulé ses larmes, comme toujours, à cette même heure, Scarlett se sentit envahie par un profond sentiment de calme et de sérénité. Faisant place à l'espérance, ses désillusions de la journée et la terreur qu'elle avait du lendemain s'évanouirent en partie. Ce n'était pas l'élan de son cœur vers Dieu qui lui apportait ce baume, car, pour elle, la religion se bornait à marmonner des prières. C'était la vue du visage serein de sa mère tourné vers le trône de Dieu, vers ses Saints et ses Anges, d'Ellen priant pour que le Seigneur bénît ceux qu'elle aimait. Quand Ellen intercédait auprès du Ciel, Scarlett était certaine que le Ciel l'entendait.

Ellen acheva de dire son chapelet et Gérald, qui ne trouvait jamais le sien au moment de la prière, se mit à compter furtivement ses dizaines sur ses doigts. Au son de la voix monotone les pensées de Scarlett se mirent à vagabonder malgré elle. Elle savait qu'elle aurait dû faire son examen de conscience. Ellen lui avait appris qu'à la fin de chaque journée elle avait le devoir d'examiner à fond sa conscience, de reconnaître ses fautes nombreuses et d'implorer de Dieu son pardon et la force de ne plus retomber dans ses errements. Mais Scarlett faisait son examen de cœur.

Elle appuya son front sur ses mains jointes de façon que sa mère ne pût voir son visage, et ses pensées la ramenèrent tristement vers Ashley. Comment pouvait-il bien se proposer d'épouser Mélanie quand c'était elle, Scarlett, qu'il aimait ? Et surtout quand il savait combien elle l'aimait ? Comment pouvait-il délibérément lui briser le cœur ?

Tout d'un coup une idée nouvelle lui traversa l'esprit comme une comète.

« Mais, voyons, Ashley ne se doute pas que je l'aime ! »

Elle s'attendait si peu à cette découverte qu'elle faillit laisser échapper un soupir. Le souffle lui manqua. Toute vie s'arrêta en elle, puis ses pensées reprirent leur cours précipité.

« Comment pourrait-il le savoir ? Avec lui j'ai toujours tellement joué à la dame et à la sainte nitouche qu'il se figure sans doute n'être qu'un ami pour moi. Mais oui, c'est pour cela qu'il ne s'est jamais déclaré ! Il s'imagine que son amour est sans espoir. Voilà pourquoi il a eu l'air si... »

Sa mémoire la ramena promptement à ces instants où elle avait surpris son regard posé sur elle d'une manière étrange, où ses yeux gris qui d'ordinaire servaient si bien d'écran à ses pensées avaient semblé se dilater, se dépouiller de tout mystère et ne plus refléter que la souffrance et le désespoir.

« Il a le cœur brisé parce qu'il croit que j'aime Brent, ou Stuart, ou Cade. Et il estime probablement que, ne pouvant m'avoir, il n'a plus qu'à épouser Mélanie pour faire plaisir aux siens. Mais s'il savait que je l'aime... »

Son esprit versatile passa d'un trait de l'abattement le plus complet à un bonheur délirant. Elle venait de trouver la clé des réticences d'Ashley, de sa conduite bizarre. Il ne savait pas ! Sa vanité vola au secours de son désir de croire et transforma sa croyance en certitude. S'il savait qu'elle l'aimait, il courrait la rejoindre. Elle n'avait qu'à...

« Oh ! pensa-t-elle avec ravissement, tout en se labourant le front de ses doigts, faut-il que je sois sotte pour n'avoir pas pensé à cela plus tôt ! Il faut que je trouve le moyen de lui faire connaître mes sentiments.

Il n'épousera jamais Mélanie s'il sait que je l'aime. Comment le pourrait-il ? »

Elle sursauta en s'apercevant que Gérald avait terminé son chapelet et que sa mère avait les yeux fixés sur elle. Elle se mit immédiatement à égrener une dizaine comme une automate, mais sa voix était si altérée que Mama ouvrit les yeux et lui décocha un regard soupçonneux. Dès qu'elle eut fini ses dizaines et que Suellen, puis Carreen eurent commencé les leurs, elle laissa son esprit la ramener à la pensée grisante qu'elle avait découverte.

Même maintenant il n'était pas trop tard ! Le comté avait été trop souvent scandalisé par des enlèvements lorsque l'un ou l'autre des participants se trouvait au pied de l'autel en compagnie d'une tierce personne ! Et les fiançailles d'Ashley n'avaient même pas été annoncées ! Mais oui, il était encore temps !

Si Ashley et Mélanie ne s'aimaient pas, s'il n'y avait entre eux qu'une promesse échangée depuis long-temps, ne serait-il donc pas possible qu'il rompît son engagement et épousât Scarlett ? Bien sûr, c'est ce qu'il ferait quand il saurait qu'elle l'aimait. Il fallait qu'elle trouvât le moyen de lui faire connaître ses sentiments. Il le fallait, et alors...

Scarlett s'arracha brusquement à son beau rêve, car elle avait sauté un répons et sa mère la regardait d'un air de reproche. Tout en rattrapant son oubli, elle rouvrit les yeux et jeta un coup d'œil rapide autour de la pièce. Les corps agenouillés, le reflet de la lampe, la pénombre qui enveloppait les nègres aux lents mouve-ments, même les objets familiers dont la vue une heure auparavant lui avait causé tant d'aversion prirent en un instant la teinte de ses propres émotions et, de nouveau, la salle à manger lui sembla un endroit plein de charme. Elle ne devait jamais oublier ce moment ni cette scène.

« Vierge très Fidèle », psalmodia sa mère. Les lita-nies de la Vierge venaient de commencer et docile-ment Scarlett répondit : « Priez pour nous » tandis que de sa voix douce de contralto Ellen glorifiait les attributs de la Mère de Dieu.

Comme toujours depuis son enfance c'était pour Scarlett un moment où elle adorait bien plus Ellen que la Vierge. Elle commettait peut-être là un sacrilège, mais au fur et à mesure que tombaient les phrases anciennes, Scarlett, les yeux mi-clos, voyait le visage de sa mère et non celui de la Sainte Vierge. « Santé des Infirmes, Trône de la Sagesse, Refuge des Pécheurs, Rose Mystique... », c'étaient des mots magnifiques parce qu'ils correspondaient aux attributs d'Ellen. Mais ce soir-là, à cause de l'exaltation de son esprit, Scarlett trouva dans le déroulement de la cérémonie, dans les mots prononcés à mi-voix, dans le murmure des répons une beauté qui dépassait tout ce qu'elle avait connu auparavant. Et son cœur monta vers Dieu, sincèrement reconnaissant qu'un sentier se fût ouvert sous ses pas pour lui permettre de sortir de sa détresse et de courir tout droit dans les bras d'Ashley.

Lorsque eut retenti le dernier *Amen* tous se levèrent, un peu engourdis. Pork prit une longue mèche sur la cheminée, l'alluma à la lampe et gagna le vestibule. En face de l'escalier tournant se dressait un buffet en noyer, trop grand pour être placé dans la salle à manger, et sur lequel étaient rangées plusieurs lampes et toute une théorie de chandelles dans leurs chandeliers. Pork alluma une lampe et trois chandelles et, avec la pompe d'un premier chambellan de la Chambre Royale éclairant la marche d'un roi et d'une reine vers leurs appartements, il prit la tête du cortège qui s'engageait dans l'escalier en tenant la lumière très haut au-dessus de sa tête. Au bras de Gérald, Ellen monta derrière lui, suivie de ses trois filles portant chacune un bougeoir.

Scarlett entra dans sa chambre, posa son bougeoir sur une haute commode et alla fouiller à l'aveuglette dans un placard pour y chercher la robe de bal qui avait besoin d'être recousue. Elle la prit sous son bras et traversa le couloir sans se presser. La porte de la chambre de ses parents était entrebâillée et, avant qu'elle y eût frappé, elle entendit parler Ellen d'une voix assourdie, mais sévère.

— Monsieur O'Hara, il faut renvoyer Jonas Wilkerson.

Gérald éclata.

— Et où trouverai-je un autre régisseur qui ne me volera pas ?

— Il faut le renvoyer sans délai, demain matin. Le grand Sam est un bon régisseur et il peut le remplacer jusqu'à ce que vous en ayez engagé un autre.

— Ah ! ah ! fit la voix de Gérald. Ça y est, je comprends. Ainsi l'inestimable Jonas a engrossé...

— Il faut le renvoyer.

« C'est donc lui le père du petit d'Emmie Slattery, pensa Scarlett. Eh bien ! que peut-on attendre d'autre d'un Yankee et d'une va-nu-pieds ? »

Puis, après une pause discrète qui donna à Gérald le temps de se calmer, Scarlett frappa à la porte et tendit la robe à sa mère.

Dans le temps que Scarlett mit à se déshabiller et à souffler sa chandelle, elle élabora dans les moindres détails un plan pour le lendemain. C'était un plan fort simple, car, en digne fille de Gérald, qui ne s'encombrait pas de vaines considérations, elle ne quittait pas son but des yeux et ne songeait qu'à la manière la plus directe de l'atteindre.

D'abord, elle aurait une attitude « fière », ainsi que Gérald l'avait ordonné. Dès son arrivée aux Douze Chênes, elle se montrerait sous son jour le plus gai, le plus spirituel. Personne ne pourrait se douter que son cœur avait été bouleversé à cause d'Ashley et de Mélanie. Elle serait coquette avec tous les hommes qui seraient là. Ce serait cruel pour Ashley, mais il n'en ferait que la désirer davantage. Elle n'écarterait aucun homme en âge de se marier, depuis le vieux Frank Kennedy, le soupirant de Suellen, aux favoris d'un blond roux, jusqu'au timide et rougissant Charles Hamilton, le frère de Mélanie. Ils tourneraient tous autour d'elle comme les abeilles autour d'une ruche et Ashley ne manquerait pas de se détacher de Mélanie pour se joindre au cercle de ses admirateurs. Puis elle s'arrangerait bien pour rester seule quelques minutes avec lui, loin de la foule. Elle espérait que tout marcherait suivant cet ordre, car autrement ça deviendrait plus difficile. En tout cas, si Ashley ne faisait pas les premiers pas, ce serait à elle de les faire.

Lorsqu'ils seraient enfin seuls, Ashley aurait toute fraîche à la mémoire l'image des autres hommes se pressant autour d'elle, il serait encore impressionné à la pensée que tous ces hommes la désiraient et ses yeux auraient de nouveau cette expression de tristesse et de désespoir. Alors, elle lui rendrait la joie en lui laissant découvrir que, malgré les succès qui pouvaient la griser, elle le préférait à tous. Et une fois qu'elle aurait admis cela avec une grâce pleine de modestie, son attitude serait encore bien plus éloquente. Naturellement elle se conduirait d'un bout à l'autre en femme du monde. Il ne lui venait même pas à l'idée de lui dire crûment qu'elle l'aimait... ce n'était pas une chose à faire. Mais la façon dont elle lui parlerait n'était qu'un accessoire qui ne la troublait pas du tout. Elle s'était déjà sortie de situations analogues et elle s'en sortirait encore.

Allongée sur son lit, baignée par le clair de lune, elle se représenta toute la scène. Elle vit l'expression de surprise et de bonheur qui se peindrait sur le visage d'Ashley quand il se rendrait compte qu'elle l'aimait pour de bon et elle entendit les mots qu'il prononcerait en lui demandant d'être sa femme.

Naturellement il lui faudrait dire alors qu'elle ne pouvait songer à épouser un homme fiancé à une autre jeune fille, mais il insisterait et finalement elle se laisserait persuader. Ensuite ils décideraient de s'enfuir à Jonesboro l'après-midi même et...

Comment! le lendemain à la même heure, elle pourrait être Mme Ashley Wilkes!

Elle s'assit sur son lit, les mains aux genoux, et, pendant un long moment de bonheur, elle « fut » Mme Ashley Wilkes... la femme d'Ashley! Alors un léger froid se glissa dans son cœur. Et si tout ne se passait pas de cette manière? Et si Ashley ne la suppliait pas de s'enfuir avec lui? Résolument elle bannit cette idée de son esprit.

« Je ne veux pas penser à cela maintenant, se dit-elle avec énergie. Si j'y pense maintenant, je serai dans tous mes états. Il n'y a aucune raison pour que les choses ne se passent pas comme je le désire... s'il m'aime. Et je sais qu'il m'aime. »

Elle releva le menton et ses yeux pâles frangés de noir étincelèrent au clair de lune. Ellen ne lui avait jamais dit que le désir et la réussite étaient deux choses bien différentes; la vie ne lui avait pas appris que la course n'était pas gagnée par le plus rapide. Elle reposait dans l'ombre argentée, son courage grandissait et elle formait les projets que forme une jeune fille de seize ans lorsque la vie lui a été si clémente qu'elle ne peut envisager la défaite et qu'une jolie robe et un teint frais sont ses meilleures armes pour forcer le destin!

V

Il était dix heures du matin. Il faisait chaud pour avril et, à travers les rideaux bleus des larges fenêtres, le soleil doré pénétrait à flots dans la chambre de Scarlett. La lumière éclaboussait les murs de couleur crème, les hauts meubles d'acajou avaient des reflets de lie de vin, et sauf aux endroits où les tapis jetaient leurs notes gaies, le plancher miroitait comme du verre.

On pressentait déjà l'été, cet été géorgien qui naît au moment où le printemps, dans tout son éclat, cède à regret devant une température accablante. Un souffle tiède et délicieux, lourd de senteurs aromatiques, tout imprégné du parfum des vergers en fleur, des arbres aux parures neuves, de la terre rouge et humide fraîchement remuée, parcourait la chambre. Par la fenêtre Scarlett voyait la double rangée de jonquilles qui bordait l'allée sablée se livrer à une débauche de couleurs éclatantes et les masses dorées des jasmins étaler sur le sol leurs touffes fleuries et gracieuses comme des crinolines. Poussant des cris stridents, rageurs, roucoulant d'une voix plaintive, les geais et les moqueurs continuaient à se disputer la possession du magnolia sous la fenêtre.

En général, ces matins radieux attiraient Scarlett à sa fenêtre. Elle s'accoudait au large rebord et se laissait imprégner par tous les sons et tous les parfums de Tara. Mais ce jour-là la vue du soleil et du ciel bleu ne lui inspirèrent qu'une pensée hâtive : « Dieu merci, il ne pleut pas ! » Soigneusement pliée dans un carton, la robe de soie vert pomme avec ses flocons de dentelle écrue était posée sur le lit et attendait qu'on l'emportât aux Douze Chênes pour que Scarlett la revêtît au moment du bal ; mais, après y avoir jeté un coup d'œil, celle-ci haussa les épaules. Si ses plans réussissaient, elle ne porterait pas cette robe-là. Bien avant le commencement du bal, elle et Ashley se dirigeraient vers Jonesboro pour se marier. Une seule question embarrassante se posait : quelle robe porter au pique-nique ?

Dans quelle parure serait-elle plus à son avantage et aurait-elle le plus de chance de paraître irrésistible à Ashley ? Depuis huit heures elle avait essayé et écarté un certain nombre de robes et, maintenant, elle restait là, découragée, furieuse, en pantalon de dentelle, en cache-corset de toile et la taille ceinte d'un triple jupon de linon et de dentelles. Amas de couleurs vives, rubans épars, les toilettes dont elle n'avait pas voulu gisaient autour d'elle, sur le plancher, sur le lit, sur les sièges.

La robe d'organdi rose à la longue ceinture ton sur ton lui allait bien, mais elle l'avait déjà portée l'été dernier lorsque Mélanie était venue aux Douze Chênes. Elle se la rappellerait sûrement et risquait d'être assez mauvaise langue pour le dire. Sa robe de basin noire aux manchettes bouffantes et au col de dentelle princesse mettait admirablement en valeur sa peau blanche, mais elle la vieillissait un peu. Scarlett étudia anxieusement dans une glace son visage comme si elle craignait d'y découvrir des rides et des muscles relâchés. Il ne fallait pour rien au monde faire vieux auprès de Mélanie si jeune. La robe de mousseline aux rayures lavande était magnifique avec ses larges entre-deux de dentelles et de filet, mais elle n'avait jamais convenu à son type. Elle irait à ravir au profil délicat de Carreen et à son expression fade, mais Scarlett estimait que cette robe lui donnait l'air d'une écolière auprès de Mélanie si réservée. La robe de taffetas écossais vert, toute garnie de volants légers dont chacun était bordé d'un ruban gris-vert était des plus seyantes. En fait, c'était sa robe préférée, car elle donnait à ses yeux une teinte plus profonde, une nuance d'émeraude. Malheureusement, au beau milieu du corsage, il y avait une tache de graisse. Bien entendu, Scarlett pouvait épingler sa broche juste au-dessus, mais Mélanie avait le regard perçant. Il ne restait plus que des robes de coton multicolores que Scarlett ne touvait pas assez habillées, des robes de bal et la robe de mousseline verte à fleurs qu'elle avait portée la veille. Pourtant c'était une robe d'après-midi. On ne pouvait pas la mettre à un pique-nique, elle n'avait que de toutes petites manches bouffantes et elle était assez décolletée pour servir de robe de bal. Mais Scarlett n'avait pas le choix, elle serait bien obligée de la porter. Après tout, elle n'avait honte ni de son cou, ni de ses bras, ni de sa gorge, même s'il n'était pas convenable de les montrer dès le matin.

Tout en se campant devant la glace de façon à se voir de profil, elle pensa qu'il n'y avait absolument rien dans son corps qui pût lui faire honte. Son cou était court, mais arrondi, et ses bras potelés étaient agréables à regarder. Ses seins bien soutenus par le corset étaient fort jolis. Jamais, comme la plupart des jeunes filles de seize ans, il ne lui avait fallu coudre de

112

petites ruches de soie dans la doublure de ses corsages pour leur donner le galbe et la plénitude voulus. Elle se réjouissait d'avoir hérité les mains fines et blanches d'Ellen et ses pieds menus. Elle aurait bien voulu être aussi grande qu'Ellen, mais sa propre taille ne lui déplaisait pas du tout. Quel dommage qu'on ne pût montrer ses jambes, songea-t-elle en retroussant ses jupons et en considérant d'un air apitoyé ses mollets aux lignes nettes et renflées sous le pantalon. Elle avait de si jolies jambes. Ses camarades de Fayetteville elles-mêmes avaient été obligées d'en convenir. Quant à sa taille... eh bien ! il n'y avait pas une jeune fille à Fayetteville, à Jonesboro ou dans les trois comtés qui en eût une aussi fine.

Ces considérations sur sa taille la ramenèrent aux choses pratiques. La robe de mousseline ne faisait que quarante-trois centimètres de tour de taille et Mama l'avait corsetée pour porter la robe de basin qui faisait quarante-cinq centimètres. Mama n'aurait qu'à la lacer plus serré. Elle ouvrit la porte et distingua dans le vestibule du rez-de-chaussée le pas lourd de la négresse. Nerveuse, elle appela Mama de toutes ses forces. Elle savait qu'elle pouvait crier à sa guise car Ellen était dans la réserve en train de distribuer à la cuisinière des provisions pour la journée.

« Y a des gens qui s'imaginent que j' peux voler », bougonna Mama en montant lourdement l'escalier. Elle entra en soufflant. Elle tenait entre ses grosses mains noires un plateau sur lequel fumaient deux énormes ignames couvertes de beurre, une pile de galettes de blé noir ruisselantes de sirop et une belle tranche de jambon nageant dans la sauce. Avisant le fardeau de Mama, Scarlett changea d'expression. Sa légère irritation fit place à un sentiment plus belliqueux. Dans l'émoi de ses essayages successifs, elle avait oublié les principes inflexibles de Mama, qui voulait absolument qu'avant d'aller à une réception les demoiselles O'Hara fussent si bien gavées chez elles qu'elles se trouvassent dans l'incapacité de manger la moindre friandise au cours de la réunion.

— Rien à faire. Je ne mangerai pas. Tu peux tout remporter à la cuisine.

Mama posa le plateau sur la table et, les poings sur les hanches, se campa devant Scarlett.

— Si, mam'zelle. Vous li mange'ez. Ji tiens pas que ça 'ecommence comme au de'nier pique-nique quand moi j'étais t'op malade pou' vous appo'ter un plateau avant que vous pa'tiez. Vous allez me fai' le plaisi' de tout manger.

— Non ! Allons, viens ici, et lace-moi plus serré. Nous sommes déjà en retard. J'ai entendu la voiture.

Mama prit un ton conciliant.

— Voyons, mam'zelle Sca'lett. Soyez gentille, mangez un p'tit mo'ceau. Mam'zelle Ca'een et mam'zelle Suellen ont bien tout mangé.

— Ça ne m'étonne pas, fit Scarlett avec mépris. Elles n'ont pas plus d'idée qu'un lapin. Mais, moi, je ne prendrai rien. Je ne toucherai plus à ces plateaux, je ne suis pas prête à oublier le jour où j'ai pris tout un plateau et où je suis allée chez les Calvert. Ils avaient apporté des glaces de Savannah et je n'ai pu en prendre qu'une cuillerée. J'ai bien l'intention de m'amuser et de manger tout ce qui me plaira.

Devant un tel défi aux règles établies, Mama, indignée, fronça les sourcils. Pour elle, il y avait autant de différence entre ce qui était permis à une jeune fille et ce qui lui était défendu qu'entre le blanc et le noir. Il n'était pas question de trouver un moyen terme. Entre ses mains puissantes, Suellen et Carreen se laissaient pétrir comme de l'argile et se conformaient respectueusement à ses injonctions. Mais il lui avait toujours fallu lutter pour apprendre à Scarlett que la plupart de ses désirs n'étaient point ceux d'une personne distinguée. Les victoires que Mama avait remportées sur Scarlett ne l'avaient pas été sans mal et représentaient un déploiement de ruses inconnues des Blancs.

— Si ça vous est égal, ce qu'ils disent les gens de vot' famille, moi ça me chag'ine, gronda-t-elle. Moi je veux pas entend' tout le monde à la 'eunion di' que vous ne vous tenez pas bien. Je vous ai dit cent fois qu'on peut di' qu'une dame est une v'aie dame quand elle mange comme un oiseau. Et moi, je veux pas vous emmener chez missié Wilkes pou' que vous mangiez comme une esclave des champs et vous gaviez comme un go'et.

— Maman est une dame et elle mange, riposta Scarlett.

— Quand vous se'rez ma'iée, vous pou'ez manger aussi. Quand mam'zelle Ellen avait vot' âge, elle mangeait 'ien chez les aut', ni vot' tante Eulalie, ni vot' tante Pauline. Et elles se sont toutes ma'iées. Les demoiselles qui mangent beaucoup en géné'al elles ne t'ouvent pas de ma'is.

— Je ne le crois pas. A ce pique-nique, quand tu avais été malade et que je n'avais rien pris avant de partir, Ashley Wilkes m'a dit qu'il aimait les jeunes filles qui avaient bon appétit.

Mama secoua la tête d'une façon inquiétante.

— Ce que les missiés y disent et ce qu'ils pensent, ça fait deux. Et j'ai pas 'ema'qué que missié Ashley y vous ait demandé en ma'iage.

Scarlett se renfrogna davantage et fut sur le point de se fâcher, mais elle se reprit. Il était inutile de discuter avec Mama. Devant l'air buté de Scarlett, Mama reprit le plateau et, avec la fourberie aimable, propre à sa race, elle changea de tactique. Tout en se dirigeant vers la porte, elle poussa un soupir.

— Eh bien! c'est pa'fait, mam'zelle. Je disais à la cuisinié' pendant qu'elle p'épa'ait ce plateau qu'on pouvait 'econnaît' une dame à ce qu'elle ne mangeait pas, et je disais à la cuisinié' : « J'ai jamais vu une dame blanche manger moins que mam'zelle Melly Hamilton la de'niè' fois qu'elle était chez missié Ashley... je veux di' chez mam'zelle India. »

Scarlett lui décocha un regard plein de méfiance, mais le large visage de Mama exprimait seulement l'innocence et le regret que Scarlett ne fût pas une dame comme Mélanie Hamilton.

— Repose ce plateau et viens me corseter, dit

Scarlett d'une voix irritée. Après, j'essaierai de manger un peu. Si je mangeais maintenant je ne pourrais pas être lacée assez serré.

Triomphante, mais sans rien en laisser paraître, Mama reposa le plateau.

— Qu'est-ce qui va po'ter, mon petit agneau ?

— Ça, répondit Scarlett en désignant la masse vaporeuse de la mousseline verte à fleurs.

Aussitôt, Mama monta sur ses grands chevaux.

— Non, vous po'te'ez pas ça. C'est pas fait pou' le matin. Vous pouvez pas mont'er vot' go'ge avant t'ois heu' et cet' 'obe elle a ni col ni manches. Et puis, vous allez att'aper des taches de 'ousseur. Moi je tiens pas à ce que vous att'apiez des taches de 'ousseur ap'ès tout le petit lait dont je vous ai enduit' tout l'hive' pou' fai' pa'ti' celles que vous aviez p'ises à Savannah su' la plage. J'vais l' di' à vot' maman.

— Si tu lui dis un seul mot avant que je sois habillée, je ne mangerai rien, dit Scarlett d'un ton glacial. Une fois que je serai habillée, maman n'aura plus le temps de m'envoyer changer de robe.

Se voyant battue, Mama poussa un soupir résigné. Il valait encore mieux que Scarlett portât une robe d'après-midi le matin et ne se gavât point comme un goret.

— Ag'ippez-vous à què'que chose et 'etenez vot' souffle, ordonna-t-elle.

Scarlett obéit. Elle s'empêcha de respirer et se cramponna à l'une des colonnes du lit. Mama tira vigoureusement sur les cordons ; le corselet garni de baleines se rétrécit et, dans les yeux de Mama brilla une lueur de fierté et de tendresse.

— Pe'sonne n'a une taille comme mon p'tit agneau, dit-elle en guise d'approbation. Chaque fois qu'en se'ant mam'zelle Suellen j'a'ive au-dessous de cinquante centimèt'es, elle tou'ne de l'œil.

— Peuh ! haleta Scarlett qui avait peine à parler. Moi, je ne me suis jamais évanouie.

— Ça ne vous fe'ait pas d' mal d'êt' su' le point de vous évanoui' de temps en temps. Vous êtes pa'fois si ha'die, mam'zelle Sca'lett. Je voulais vous di' que c'est pas bien de pas tou'ner de l'œil quan'd vous voyez des se'pents ou des sou'is. Je veux pas di' quand vous êt' chez vous, mais quand vous êt' en société. Et je voulais vous di'...

— Oh! presse-toi, ne parle pas tant. Mais oui, je dénicherai bien un mari. Tu verras ça, je n'aurai pas besoin de crier et de m'évanouir. Ça y est, mon corset est serré. Enfile-moi ma robe.

Mama fit glisser avec précaution les dix mètres de mousseline verte par-dessus les volumineux jupons et agrafa dans le dos le corsage ajusté et échancré.

— Vous ga'de'ez vot' châle su' vos épaules quand vous se'ez au soleil, et n'allez pas enlever vot' chapeau quand vous au'ez chaud, recommanda-t-elle. Sans ça, quand vous 'ent'e'ez vous se'ez noi' comme la vieille madame Slattery. Allons, venez manger, mon chou, mais ne mangez pas t'op vit'.

Scarlett s'exécuta et s'assit devant le plateau. Elle se demandait si, après avoir pris la moindre chose, il lui resterait encore assez de place pour respirer. Mama prit une large serviette sur la toilette et la noua autour du cou de Scarlett en ayant soin de bien en étaler les plis blancs sur son giron. Scarlett s'attaqua au jambon parce qu'elle l'aimait et se mit en devoir de l'avaler.

— Oh! fasse le Ciel que je sois mariée, dit-elle en se servant d'ignames à contrecœur. J'en ai assez de ne jamais être moi-même et de ne jamais faire ce qu'il me plaît. J'en ai assez de faire celle qui mange comme un oiseau, de marcher quand je veux courir et de dire après une valse que la tête me tourne alors que je pourrais danser deux jours sans me lasser. J'en ai assez de dire : « Que vous êtes merveilleux ! » à des imbéciles qui sont moitié moins intelligents que moi et j'en ai assez de prétendre que je ne sais rien pour permettre aux hommes de me raconter des tas de choses et de faire les malins pendant que... Je ne peux plus manger.

— Essayez enco' une galette bien chaude, fit Mama, inexorable.

— Pourquoi faut-il donc qu'une jeune fille soit si bête pour dénicher un mari ?

— Moi, je c'ois c'est pa'ce que les jeunes missiés ils savent pas ce qu'ils veulent. Ils savent juste ce qu'ils c'oient qu'ils veul'. Et de leu' donner ce qu'ils c'oient qu'ils veulent ça sauv' des tas d' femmes de la misè' et ça les empêche de deveni' vieilles filles. Ils c'oient qu'ils veulent des p'tit' filles toutes mignonnes avec des goûts d'oiseaux et pas un g'ain de ce'velle. Ça donne pas envie à un jeune missié d'épouser une dame s'il devine qu'elle est plus maligne que lui.

— Tu ne crois pas qu'après leur mariage les hommes sont tout étonnés de voir que leurs femmes ne sont pas sottes ?

— Eh bien, alo' c'est t'op tâ'. Ils sont mariés. D'ailleu' les missiés ils espè' bien que leu' femmes elles sont pas sottes.

— Un de ces jours, je ferai et je dirai tout ce qui me passera par la tête et si les gens n'aiment pas ça, je m'en moque.

— Non, vous fe'ez pas ça, dit Mama d'un air sombre. Pas tant que je 'espi'e'ai. Mangez vos galettes. T'empez-les dans la sauce, mon chou.

— Je ne pense pas que les jeunes filles yankees soient obligées d'être aussi bêtes. Quand nous étions à Saratoga, l'année dernière, j'en ai vu des quantités qui, même devant les hommes, se comportaient en femmes intelligentes.

Mama ricana.

— Des jeunes filles yankees ! Oui, mam'zelle, elles savent peut-êt' fai' de belles ph'ases, mais j'en ai pas vu beaucoup qu'on demandait en ma'iage à Sa'atoga.

— Mais il faut bien que les Yankees se marient. Ils ne poussent pas tout seuls. Ils doivent se marier pour avoir des enfants. Il y en a tant.

— Les hommes épousent les filles yankees pou' leu' a'gent, conclut Mama d'un ton ferme.

Scarlett trempa la galette dans la sauce et la porta à

sa bouche. Il y avait peut-être du vrai dans ce que disait Mama. Il devait y avoir du vrai car Ellen disait la même chose en termes différents et plus délicats. En fait, les mères de toutes ses amies inculquaient à leurs filles la nécessité d'être des créatures incapables de se tirer d'affaire toutes seules et d'avoir l'air de biches aux abois. Peut-être avait-elle été trop « garçon » ? Il lui était arrivé de discuter avec Ashley et d'exposer librement son opinion. Cela et le goût qu'elle montrait pour la marche et les promenades à cheval l'avaient peut-être détourné d'elle et poussé vers la frêle Mélanie. Peut-être, si elle changeait de tactique... Mais elle sentait que si Ashley succombait à des roueries féminines préméditées, elle n'aurait plus jamais pour lui le même respect que maintenant ; tout homme assez sot pour se laisser prendre à un sourire, à un évanouissement ct à un « oh ! que vous êtes merveilleux » n'était pas digne qu'on l'épousât. Mais ils semblaient tous aimer cela.

Si, dans le passé, elle avait employé une mauvaise tactique avec Ashley... eh bien ! c'était le passé, on n'en parlait plus. Aujourd'hui, elle emploierait une autre méthode, la bonne. Elle voulait Ashley et elle ne disposait que de quelques heures pour en venir à ses fins. Si de s'évanouir faisait l'affaire, elle s'évanouirait. Si de sourire, de faire la coquette ou de montrer qu'elle avait une cervelle d'oiseau plaisait à Ashley, elle ferait de bon cœur la coquette et serait encore plus stupide que Cathleen Calvert. Et si des mesures plus hardies s'imposaient, elle les prendrait. Aujourd'hui, c'était le grand jour !

Il n'y avait personne pour dire à Scarlett que sa personnalité, tout inquiétante qu'elle fût par son débordement de vie, était bien plus séduisante que tous les déguisements qu'elle pourrait revêtir. Si on le lui avait dit, elle en eût été ravie, mais elle n'en aurait rien cru. Et le monde civilisé auquel elle appartenait serait resté sceptique lui aussi, car jamais avant ou depuis on n'avait attaché si peu de prix au naturel chez la femme.

Tandis que la voiture descendait la route rouge qui menait à la plantation des Wilkes, Scarlett éprouvait un sentiment de plaisir coupable à la pensée que ni sa mère ni Mama n'étaient de la partie. Il n'y aurait personne au pique-nique pour contrarier son plan d'action en relevant délicatement les sourcils ou en faisant la moue. Bien entendu, Suellen ne manquerait pas de jaser le lendemain, mais si tout se passait comme Scarlett le souhaitait l'émoi des siens à l'idée qu'elle était fiancée à Ashley ou que celui-ci l'avait enlevée ferait plus que compenser leur mécontentement. Oui, elle était ravie qu'Ellen eût été retenue chez elle.

Ce matin-là Gérald ayant bu un peu trop de cognac avait donné son congé à Jonas Wilkerson et Ellen était restée à Tara pour vérifier les comptes de la plantation avant son départ. Scarlett avait embrassé sa mère dans le petit bureau où était assise devant le grand secrétaire aux casiers bourrés de papiers. Le chapeau à la main, le visage jaune et anguleux, Jonas Wilkerson se tenait à côté d'elle. Il avait pensé à dissimuler la haine furieuse qu'il ressentait d'être chassé sans cérémonie du meilleur poste de régisseur du comté. Et tout cela pour s'être amusé un peu. Il n'avait cessé de répéter à Gérald qu'une douzaine d'hommes pouvaient au même titre que lui être le père du petit d'Emmie Slattery — opinion que d'ailleurs Gérald partageait — mais aux yeux d'Ellen son cas était demeuré le même. Jonas détestait tous les Sudistes. Il détestait la courtoisie distante avec laquelle ils le traitaient et leur mépris pour sa condition sociale que recouvrait justement si mal leur politesse. Il détestait par-dessus tout Ellen O'Hara, qui incarnait pour lui tout ce qu'il haïssait chez les Sudistes.

Intendante de la plantation, Mama était restée pour aider Ellen et c'était Dilcey qui, une longue boîte contenant les robes des jeunes filles sur les genoux, avait pris place à côté de Toby. Juché sur son gros cheval, échauffé par le cognac, et ravi d'avoir réglé si vite la désagréable affaire de Wilkerson, Gérald chevauchait à hauteur de la voiture. Il s'était déchargé de toutes ses responsabilités sur Ellen et il ne lui venait même pas à l'idée qu'elle pouvait regretter de ne pas aller au pique-nique où elle eût rencontré des amies. Il faisait une belle journée de printemps, les champs étaient magnifiques, les oiseaux chantaient et il se sentait trop jeune et d'humeur trop folâtre pour songer à quelqu'un d'autre qu'à lui-même. De temps en temps il entonnait *Peg s'en va-t-en voiture* et d'autres chansons irlandaises ou la complainte plus lugubre de Robert Emmet : *Elle est loin de la terre où dort son jeune héros.*

Il était heureux, tout guilleret à la perspective de passer la journée à tonner contre les Yankees et à parler de la guerre. Il était fier de ses trois jolies filles dont bouffaient les crinolines chatoyantes et qu'abritaient d'amusantes petites ombrelles de dentelle. Il ne pensa pas un instant à la conversation de la veille avec Scarlett, car elle lui était complètement sortie de l'esprit. Il pensait seulement qu'elle était jolie, qu'elle lui faisait grand honneur et que, ce jour-là, ses yeux étaient aussi verts que les collines d'Irlande. Cette comparaison portant quelque chose de poétique en soi, il en fut ému et gratifia les jeunes filles d'un *La couleur verte* vibrant et un peu faux.

Scarlett le regarda avec ce mépris affectueux qu'ont les mères pour leurs petits garçons fanfarons et devina qu'à la nuit tombante il serait ivre. Revenant chez lui dans le soir, il voudrait, comme d'habitude, sauter toutes les barrières entre les Douze Chênes et Tara, et Scarlett espérait que, grâce à la Providence divine et au jugement de son cheval, il ne se romprait pas le cou. Il ferait fi du pont, traverserait la rivière à la nage avec son cheval et, vociférant, rentrerait à Tara où Pork qui, en ces occasions, attendait toujours dans le vestibule avec une lampe, irait le coucher sur le sofa du bureau. Son costume neuf, en drap gris, serait perdu et, le lendemain matin, il proférerait d'horribles jurons et raconterait tout au long à Ellen comment, dans l'obscurité, son cheval était tombé du pont. Grâce à ce mensonge qui ne tromperait personne mais que tous accepteraient, il aurait l'impression d'avoir déployé beaucoup d'astuce.

« Papa chéri, pensa Scarlett dans un élan de tendresse pour lui, quel délicieux égoïste vous faites. On ne peut vous tenir rigueur de rien. » Elle se sentait si émue, si heureuse ce matin-là qu'elle englobait le monde entier dans son affection au même titre que Gérald. Elle était jolie et elle le savait. Elle aurait Ashley pour elle toute seule avant la fin de la journée. Le soleil répandait une chaleur délicieuse et le printemps géorgien déployait ses fastes devant elle. En bordure de la route, les buissons de mûres cachaient sous une parure du vert le plus tendre les ravines rouges creusées par les pluies d'hiver et les blocs de granit qui crevaient le sol rouge drapaient leur nudité dans un manteau tout neuf de roses sauvages et se laissaient cerner par des touffes de violettes délicatement empourprées. De l'autre côté de la rivière, sur les collines couronnées de bois, les fleurs blanches des cornouillers scintillaient comme de la neige qui n'aurait pas voulu fondre au milieu de tout ce vert. Les pommiers s'épanouissaient dans une débauche de teintes allant du blanc le plus diaphane au rose le plus foncé et, sous les arbres où le soleil éclaboussait les aiguilles de pin, le chèvrefeuille étalait son tapis écarlate, orange et rose. La brise était imprégnée d'un parfum discret d'arbrisseaux sauvages et le monde sentait si bon que l'eau en venait à la bouche.

« Je me rappellerai jusqu'à ma mort la beauté de ce jour, se dit Scarlett. Ce sera peut-être le jour de mes noces. »

Et, le cœur battant, elle pensa qu'elle et Ashley ce même après-midi ou cette nuit, au clair de lune, s'en iraient dans cette féerie de fleurs fraîchement écloses et de jeunes pousses vers Jonesboro et vers un pasteur. Bien entendu, il lui faudrait faire bénir son union par un prêtre d'Atlanta, mais ça, c'était l'affaire d'Ellen et de Gérald. Elle trembla un peu en pensant à la honte d'Ellen quand elle apprendrait que sa fille s'était enfuie avec le fiancé d'une autre, mais elle savait qu'Ellen lui pardonnerait quand elle verrait son bonheur. Quant à Gérald, il gronderait et tempêterait, mais malgré tout ce qu'il lui avait dit la veille sur Ashley, il se réjouirait au-delà de toute expression d'une alliance entre sa famille et celle des Wilkes.

« Mais je penserai à tout cela après mon mariage », se dit-elle, bien décidée à écarter toute cause de soucis.

Le soleil tiède, le printemps, les cheminées des Douze Chênes qui commençaient à apparaître sur la colline de l'autre côté de la rivière faisaient qu'il était impossible d'éprouver autre chose qu'une joie débordante.

« Je passerai là toute ma vie. Je verrai une cinquantaine de printemps comme celui-ci, davantage peut-être, et je dirai à mes enfants et à mes petits-enfants combien ce printemps était délicieux, plus beau que ceux qu'ils verront jamais. »

Cette dernière pensée la rendit si heureuse qu'elle reprit le dernier refrain de *La couleur verte* et s'attira les applaudissements bruyants de Gérald.

— Je ne sais pas pourquoi tu es si heureuse ce matin, fit Suellen de mauvaise humeur, car elle ne cessait de se répéter qu'elle serait bien plus jolie dans la robe verte de Scarlett que sa propriétaire légitime. (Pourquoi Scarlett ne voulait-elle jamais prêter ses affaires ; pourquoi Mama faisait-elle toujours chorus avec elle en déclarant que le vert n'allait pas à Suellen ?) Tu sais aussi bien que moi qu'on annoncera ce soir les fiançailles d'Ashley. Papa l'a dit ce matin. Et moi, je sais que tu lui fais les yeux doux depuis des mois.

— C'est tout ce que tu sais ! répondit Scarlett en tirant la langue à sa sœur.

Elle ne voulait pas laisser entamer sa bonne humeur et songea à la tête que ferait Suellen le lendemain matin à cette même heure.

— Susie[1], tu sais bien que ce n'est pas vrai, protesta Carreen choquée ; c'est à Brent que pense Scarlett.

Scarlett tourna un visage souriant vers sa plus jeune sœur et se demanda comment on pouvait être aussi gentil. Toute la famille savait que l'élu de ce cœur de treize ans était Brent Tarleton, qui n'aurait jamais fait attention à Carreen si elle n'avait été la sœur de Scarlett. Lorsque Ellen n'était pas là, les petites O'Hara la taquinaient au sujet de Brent à l'en faire pleurer.

— Chérie, Brent m'est tout à fait indifférent, déclara Scarlett, assez heureuse de faire preuve de générosité. Et je lui suis tout à fait indifférente aussi. Voyons, il attend que tu grandisses !

Le petit visage rond de Carreen s'empourpra tandis que sa satisfaction essayait de l'emporter sur son incrédulité.

— Oh ! vraiment, Scarlett ?

— Scarlett, tu sais que Mama a dit que Carreen était encore trop petite pour penser aux garçons. Et voilà que tu lui montes la tête.

— Jacasse tant que tu voudras, ça m'est bien égal, riposta Scarlett. Tu veux retenir la petite parce que tu sais que, d'ici un an, elle sera plus jolie que toi.

— Vous allez tâcher de vous tenir correctement aujourd'hui, sans quoi gare à la cravache, avertit Gérald. Maintenant, chut. J'entends bien une voiture ? Ça doit être les Tarleton ou les Fontaine.

Comme ils approchaient de l'endroit où la route rejoignait celle qui descendait de Mimosa et de Fairhill à travers les bois, ils purent distinguer un bruit de sabots et un grincement de roues. Derrière le rideau d'arbres s'élevèrent d'agréables voix de femmes. Gérald se porta en avant, immobilisa son cheval et fit signe à Toby d'arrêter la voiture au croisement de deux routes.

1. Sue et Susie, diminutifs de Suellen.

— Ce sont les dames Tarleton, annonça-t-il à ses filles, le visage rayonnant, car, en dehors d'Ellen, il n'y avait aucune dame dans le comté qu'il aimât mieux que Mme Tarleton, avec ses cheveux rouges.

« Et c'est elle qui tient les guides. Ah ! ça c'est une femme qui sait conduire les chevaux ! Quelles mains ! légères comme la plume, fermes comme une cravache et malgré tout cela encore assez belles pour qu'on les embrasse. Grand dommage qu'aucune de vous n'ait ces mains-là, ajouta-t-il en lançant à ses filles un regard affectueux mais chargé de reproches. Carreen a peur des pauvres bêtes, Sue a des mains de beurre dès qu'elle touche une rêne et toi, ma chatte...

— En tout cas, moi, je n'ai jamais été désarçonnée, s'écria Scarlett indignée. Mme Tarleton est jetée à bas de son cheval à chaque chasse à courre.

— Et elle se casse la clavicule en homme, dit Gérald. Pas d'évanouissement, pas de drames. Allons, assez, la voilà !

Il se dressa sur ses étriers et salua d'un geste tandis que débouchait l'attelage conduit par Mme Tarleton en personne comme l'avait dit Gérald et bondé de jeunes filles vêtues de robes brillantes, emmitouflées de voiles flottants et armées d'ombrelles. Avec les quatre demoiselles Tartelon, leur Mama et leurs cartons qui encombraient la voiture, il n'y avait pas de place pour le cocher. D'ailleurs, quand elle n'avait pas un bras en écharpe, Béatrice Tartelon n'aimait guère que l'on conduisît ses chevaux. Menue, les membres grêles, si blanche de peau qu'on eût dit que sa chevelure flamboyante avait accaparé toute la couleur de ses joues, elle n'en possédait pas moins une santé débordante et une énergie inlassable. Elle avait mis au monde huit enfants, aussi rouges de cheveux et aussi exubérants qu'elle-même. On disait dans le comté qu'elle avait fort bien réussi à les élever parce que, malgré sa tendresse, elle avait pratiqué avec eux la même méthode qu'avec ses poulains et les avait laissés pousser en liberté tout en les soumettant à une discipline sévère. « Pliez-les, mais ne les

125

brisez pas », telle était la devise de Mme Tarleton.

Elle aimait les chevaux et en parlait constamment. Elle les comprenait et savait les prendre mieux que n'importe quel homme du comté. Les poulains grouillaient dans l'enclos ménagé sur la prairie, devant la maison, exactement comme les huit enfants grouillaient dans la demeure pleine de coins et de recoins, perchée au sommet de la colline et, quand elle faisait un tour dans la plantation, ses poulains, ses fils, ses filles et ses chiens se précipitaient tous sur ses talons. Elle prétendait que les chevaux, et surtout Nellie, sa jument feu, étaient aussi intelligents que les hommes. Et, si les soucis domestiques l'empêchaient de sortir à l'heure de sa promenade quotidienne à cheval, elle confiait un sucrier à un petit nègre et disait : « Donnes-en une poignée à Nellie et dis-lui que j'arrive bientôt. »

Sauf en de rares occasions, elle portait toujours son costume de cheval, car, qu'elle montât ou non, elle était toujours prête à sauter en selle ; aussi s'habillait-elle en amazone dès son lever. Tous les matins, qu'il pleuve ou qu'il fasse beau, Nellie était harnachée et tournait devant la maison en attendant que Mme Tarleton pût lui consacrer une heure de loisir. Mais la plantation de Fairhill n'était pas commode à diriger et les loisirs y étaient rares. Le plus souvent, Nellie se promenait pendant des heures sans sa cavalière, tandis que Béatrice Tartelon passait sa journée la jupe relevée sur son bras, les jambes emprisonnées jusqu'aux genoux dans des bottes étincelantes.

Ce jour-là, avec sa robe de soie noire unie, étroite et démodée, elle avait encore l'air d'être en costume de cheval tant sa toilette était de coupe sévère, et son petit chapeau noir à longue plume, rabattu sur son œil brillant et sombre, était la réplique du vieux chapeau déformé qu'elle portait à la chasse.

Elle brandit son fouet en voyant Gérald et arrêta ses deux chevaux à robe feu qui caracolaient. Les quatre jeunes filles entassées à l'arrière de la voiture se penchèrent au-dehors et poussèrent de telles clameurs que les bêtes, alarmées, commencèrent à se cabrer. On aurait pu croire que les demoiselles Tarleton n'avaient pas vu les O'Hara depuis des années, alors qu'elles s'étaient encore rencontrées deux jours auparavant. Mais c'étaient des jeunes filles fort sociables et elles aimaient leurs voisins, surtout les petites O'Hara. C'est-à-dire qu'elles aimaient Suellen et Carreen. A l'exception peut-être de l'écervelée Cathleen Calvert, aucune jeune fille du comté n'aimait vraiment Scarlett.

En été, dans le comté, il ne se passait guère de semaines sans un pique-nique et un bal, mais pour les rousses demoiselles Tarleton, qui avaient une énorme capacité d'amusement, chaque pique-nique et chaque bal était un événement comme si c'était le premier auquel elles assistaient. Jolies, bien potelées, elles étaient si entassées toutes les quatre dans la voiture que leurs crinolines et leurs volants débordaient tandis que leurs ombrelles s'entrechoquaient au-dessus de leurs capelines garnies de roses et de rubans de velours noir noués sous le menton. Sous ces chapeaux se jouaient toutes les teintes de cheveux roux : Hetty était franchement rousse, Camille blonde avec des reflets roses, Randa avait des cheveux châtain clair avec des reflets cuivrés et la petite Betsy une tignasse couleur carotte.

— Joli essaim de jeunes filles, madame, dit Gérald avec galanterie en s'approchant de la voiture, mais elles auront bien du mal à battre leur mère.

Mme Tarleton roula les yeux, se mordit comiquement la lèvre inférieure en signe d'appréciation, et les jeunes filles crièrent : « Maman, cessez de faire ces yeux-là ou nous le dirons à papa ! — Parole d'honneur, monsieur O'Hara, elle ne nous laisse jamais la moindre chance, quand il y a un bel homme comme vous auprès d'elle. »

Scarlett rit comme les autres à ces boutades, mais la liberté avec laquelle les Tarleton traitaient leur mère la choquait toujours. Elles se comportaient comme si elle était l'une d'elles et n'avait pas plus de seize ans. A la seule idée qu'elle aurait pu dire de pareilles choses à sa mère, Scarlett avait presque l'impression de commettre un sacrilège. Et pourtant... pourtant... il y avait quelque chose de charmant dans les relations des petites Tarleton avec leur mère et elles l'adoraient pour toutes les critiques, toutes les rebuffades et toutes les taquineries dont elles l'accablaient. Non qu'elle préférerait une mère comme Mme Tarleton à Ellen, s'empressa loyalement de se dire Scarlett, mais enfin ce serait amusant de faire un peu la folle avec sa mère. Elle savait que cette pensée même était un manque de respect envers Ellen et elle en eut honte. Elle savait que les quatre toisons flamboyantes n'avaient jamais abrité de pensées aussi pénibles et, comme toujours, quand elle se sentait différente de ses voisines, elle éprouva une impression de confusion et de gêne.

— Où est Ellen ce matin ? demanda Mme Tarleton.

— Nous avons congédié notre régisseur et elle est restée pour vérifier ses comptes avec lui. Où sont donc votre mari et les garçons ?

— Oh ! ils sont partis pour les Douze Chênes il y a longtemps. Ils voulaient goûter le punch pour voir s'il était assez fort. Ils auront pourtant jusqu'à demain matin pour ça. Je m'en vais demander à John Wilkes de les héberger cette nuit, même s'il doit les faire coucher à l'écurie. Cinq hommes en état d'ébriété, c'est trop pour moi. Jusqu'à trois, je m'en tire très bien, mais...

Gérald s'empressa de changer la conversation. Il devinait le ricanement de ses filles qui se rappelaient dans quel état il était revenu du dernier pique-nique de chez les Wilkes, l'automne précédent.

— Pourquoi n'êtes-vous pas venue à cheval, aujourd'hui, madame Tarleton ? Vous sans Nellie, ce n'est plus vous. Vous êtes un vrai stentor.

— Un stentor ! s'écria Mme Tarleton en imitant son accent irlandais. Vous êtes la crème des ignorants. Vous voulez dire un centaure. Stentor était un homme dont la voix vibrait comme un gong de cuivre.

— Stentor ou centaure, ça n'a pas d'importance,

déclara Gérald sans se laisser démonter. Vous pouvez bien être un stentor, votre voix vibre assez, madame, quand vous excitez les chiens à la chasse.

— Attrapez ça, maman, dit Hetty. Je vous ai toujours dit que vous criiez comme un Comanche[1] chaque fois que vous voyez un renard.

— Non, je ne crie pas aussi fort que toi quand Mama te lave les oreilles, riposta Mme Tarleton. Et dire que tu as seize ans. Allons, vous voulez savoir pourquoi je ne suis pas à cheval, eh bien ! c'est parce que Nellie a mis bas ce matin, de bonne heure.

— Vraiment ! s'exclama Gérald franchement intéressé.

On pouvait lire dans ses yeux brillants sa passion irlandaise pour les chevaux. De nouveau Scarlett compara sa mère à Mme Tarleton et éprouva le même sentiment de gêne.

Pour Ellen, les juments ne mettaient jamais bas, les vaches ne vêlaient pas. C'est à peine si les poules pondaient. Ellen ignorait complètement ce genre de choses, mais Mme Tarleton n'avait pas de telles réticences.

— Est-ce une petite pouliche ?

— Non, un beau petit étalon, avec de belles jambes longues. Il faudra venir le voir, monsieur O'Hara. C'est un vrai cheval Tarleton. Il est aussi rouge que les boucles de Hetty.

— Et il a beaucoup de Hetty aussi, dit Camille qui disparut aussitôt en hurlant sous un déluge de jupes, de pantalons et de chapeaux tandis que Hetty, qui avait le visage allongé, se mettait à la pincer.

— Mes pouliches ont pris un peu trop d'avoine ce matin, dit Mme Tarleton. Elles n'ont cessé de faire un raffut de tous les diables depuis qu'elles ont entendu parler d'Ashley et de sa petite cousine d'Atlanta. Comment s'appelle-t-elle ? Mélanie. Qu'elle soit heureuse ! c'est une brave petite, mais je n'arrive jamais à

1. Indien du Texas (*N. d. T.*).

me rappeler son nom ni son visage. Notre grosse cuisinière est la femme du majordome des Wilkes. Il était chez nous hier soir et il a raconté à Cookie qu'on annoncerait les fiançailles ce soir. Cookie nous l'a répété ce matin. Les petites en font toute une affaire. Je ne vois vraiment pas pourquoi. Tout le monde savait depuis des années qu'Ashley l'épouserait à condition qu'il ne se marie pas avec l'une de ses cousines Burr de Macon. Tout le monde s'attend aussi à ce que Honey Wilkes épouse Charles, le frère de Mélanie. Voyons, dites-moi, monsieur O'Hara, serait-il défendu aux Wilkes de se marier en dehors de leur famille ? Parce que si...

Scarlett n'entendit pas le reste de la phrase qui fut prononcé en riant. Pendant un court moment, il lui sembla que le soleil s'était caché derrière un nuage et que tout s'était obscurci. Les feuilles vert tendre, les cornouillers, les pommiers, d'un si beau rose un instant auparavant, eurent l'air de se flétrir et de perdre leur couleur. Scarlett enfonça les doigts dans le capitonnage de la voiture et son ombrelle vacilla. C'était déjà bien assez de savoir qu'Ashley était fiancé sans entendre les gens en parler d'une manière aussi désinvolte. Puis, tout son courage lui revint, le soleil se remit à briller et le paysage retrouva son éclat. Elle savait qu'Ashley l'aimait. C'était certain. Et elle sourit en pensant à la surprise de Mme Tarleton lorsqu'elle s'apercevrait qu'on n'annonçait pas de fiançailles ce soir-là, à son étonnement s'il y avait un enlèvement. Et elle dirait à ses voisins que Scarlett devait être bien fine mouche pour l'avoir écoutée parler de Mélanie sans broncher tandis qu'elle et Ashley... Cette pensée l'amusa tellement que ses fossettes se creusèrent et que Hetty, qui n'avait cessé de guetter l'effet produit par les paroles de sa mère, se renfonça sur son siège, la mine assez intriguée.

— Vous direz ce que vous voudrez, proclamait Mme Tarleton avec emphase, ça n'a rien de bien ces mariages entre cousins. Ce n'est déjà pas si bien qu'Ashley épouse cette gamine, mais que Honey épouse ce pâlot de Charles Hamilton...

— Honey ne trouvera jamais personne d'autre si elle n'épouse pas Charlie, déclara Randa cruelle et sûre de ses succès. Elle n'a jamais eu d'autres soupirants en dehors de lui. Et ils ont beau être fiancés, il ne s'est jamais montré très empressé avec elle. Scarlett, tu te rappelles comme il a tourné autour de toi à Noël...

— Ne faites pas la sotte, mademoiselle, lui dit sa mère. Des cousins ne devraient pas se marier entre eux, même des cousins issus de germains. Ça affaiblit la race. Ce n'est pas comme avec les chevaux. On peut accoupler une jument et son frère ou un cheval et sa fille et obtenir de bons résultats quand on sait à quelle race ils appartiennent, mais avec les gens, ça ne marche plus. On obtient peut-être de beaux échantillons, mais ils ne sont pas solides. Vous...

— Là, madame, je ne vous suivrai pas ! Pouvez-vous me citer des gens mieux que les Wilkes ? Et ils se marient entre eux depuis des éternités.

— Il est grand temps qu'ils s'arrêtent, car ça commence à se voir. Oh ! pas tellement chez Ashley, c'est un joli garçon, quoique même lui... mais regardez-moi les deux petites Wilkes. Elles ne tiennent pas debout, les pauvres ! Ce sont de gentilles petites, bien sûr, mais, je le répète, elles ne tiennent pas debout. Et regardez la petite Mélanie. C'est gros comme une rampe d'escalier, c'est si fragile qu'on dirait que le premier coup de vent va l'emporter. Et pas fine, par-dessus le marché ! Aucune idée à elle. « Non, madame. Si, madame ! » C'est tout ce qu'elle sait dire. Vous voyez ce que j'entends par là ! Cette famille a besoin de sang neuf, d'un beau sang riche comme celui de mes têtes rouges ou de votre Scarlett. Voyons, comprenez-moi. Les Wilkes sont des gens très bien dans leur genre et vous savez que je les aime beaucoup, mais soyez franc. N'est-ce pas qu'ils ne sont pas au point ? Ils feraient merveille sur terrain sec, sur une piste rapide, mais, suivez-moi bien, je ne crois pas que

131

les Wilkes puissent courir sur terrain lourd. Je crois que l'éducation a tué tout ce qu'il y avait d'énergique en eux et, en cas de danger, je ne pense pas qu'ils sachent se montrer à la hauteur des circonstances. C'est de la race pour temps sec. Parlez-moi d'un bon cheval capable de courir par tous les temps. A force de se marier entre eux, ils sont devenus différents des gens qui habitent par ici. Toujours à pianoter, toujours plongés dans un livre. Je suis persuadée qu'Ashley aime mieux lire que chasser à courre. Parole d'honneur, monsieur O'Hara, j'en suis certaine ! Et regardez-moi les os qu'ils ont ! C'est bien trop grêle. Ils ont besoin d'un bon croisement.

— Hum, Hum, fit Gérald gêné en se rendant soudain compte que la conversation, si passionnante pour lui, ne serait pas du goût d'Ellen.

Il savait qu'elle serait à jamais blessée si elle venait à apprendre que ses filles avaient entendu des propos aussi libres. Mais, comme à l'ordinaire, rien n'arrêtait Mᵐᵉ Tarleton quand elle était lancée sur son sujet favori, l'élevage, que ce fût celui des chevaux ou des êtres humains.

— Je parle en connaissance de cause, parce que j'ai eu des cousins qui se sont mariés entre eux et je vous garantis que leurs enfants ont eu les yeux en boules de loto, les pauvres. Moi, quand mes parents ont voulu me marier à l'un de mes cousins issu de germains, j'ai rué comme un poulain. J'ai dit : « Non, maman. Je ne veux rien savoir. Mes enfants auraient la pousse et les éparvins. » Maman s'est évanouie en m'entendant parler d'éparvins, mais j'ai tenu bon et ma grand-mère était de mon avis. Vous comprenez, elle aussi s'y connaissait en chevaux et elle a dit que j'avais raison. C'est elle qui m'a aidée à partir avec M. Tarleton. Voyez mes enfants. Tous forts et bien portants. Pas un gringalet parmi eux. Quoique Boyd ne mesure qu'un mètre soixante-dix. Les Wilkes, eux...

— Ça ne vous ferait rien de changer de conversation, madame, interrompit Gérald, car il avait remarqué le regard intrigué de Carreen et la curiosité peinte

132

sur le visage de Suellen et il redoutait que ses filles ne posassent à Ellen des questions embarrassantes qui auraient révélé qu'il n'était point un chaperon idéal.

Il fut heureux de constater que sa fille aînée se comportait en dame et semblait avoir l'esprit ailleurs. Hetty Tarleton l'aida à se tirer d'affaire.

— Grand Dieu, maman, laissez-nous partir ! s'écria-t-elle avec impatience. Ce soleil me cuit et je sens que mon cou se couvre de taches de rousseur.

— Une minute, madame, avant que vous ne vous remettiez en route, dit Gérald. Vous êtes-vous décidée à nous vendre des chevaux pour la troupe ? La guerre peut éclater d'un jour à l'autre et les garçons voudraient bien être fixés. Il s'agit de recrues du comté de Clayton et ce sont des chevaux du comté de Clayton que nous voulons pour elles. Têtue comme vous êtes, vous en êtes encore à refuser de nous vendre vos belles bêtes.

— Il n'y aura peut-être pas de guerre, fit Mme Tarleton pour gagner du temps. Elle avait complètement oublié les Wilkes et leurs étranges coutumes matrimoniales.

— Voyons, madame, vous ne pouvez pas...

— Maman, interrompit de nouveau Hetty, M. O'Hara et vous ne pourriez-vous pas aussi bien parler de chevaux aux Douze Chênes qu'ici ?

— C'est ça, mademoiselle Hetty, dit Gérald, je ne vous retiendrai plus qu'une minute. Nous serons bientôt aux Douze Chênes et là-bas tous les hommes, jeunes ou vieux, voudront savoir à quoi s'en tenir sur ces chevaux. Ça me brise le cœur de voir une dame aussi bien que votre mère être si avare de ses bêtes ! Voyons, madame Tarleton, que faites-vous de votre patriotisme ? La Confédération serait-elle lettre morte pour vous ?

— Maman ! s'écria la petite Betsy, Randa est assise sur ma robe, je vais être toute chiffonnée.

— Eh bien, envoie promener Randa et tais-toi, Betsy. Maintenant, écoutez-moi, monsieur O'Hara, poursuivit-elle en se mettant à battre des paupières, n'allez pas me jeter la Confédération au visage. La Confédération compte autant pour moi que pour vous. Moi, j'ai quatre garçons engagés, vous, vous n'en avez aucun, mais mes garçons sauront se tirer d'affaire tout seuls, pas mes chevaux. Je serais heureuse de donner mes chevaux gratuitement si je savais qu'ils dussent être montés par des garçons que je connais, par des habitués aux pur-sang. Non, je n'hésiterais pas un instant. Mais laisser monter mes belles bêtes par des forestiers ou des paysans habitués aux mulets, ça, non, monsieur. J'aurais des cauchemars à la pensée que leurs selles pourraient les écorcher ou qu'ils ne seraient pas pansés soigneusement. Croyez-vous que je laisse des novices monter ces petits trésors chéris si sensibles au mors, leur mettre la bouche en sang et les battre jusqu'à les rendre idiots. Tenez, rien que d'y penser, ça me donne la chair de poule. Non, monsieur O'Hara, vous êtes très gentil de penser à mes chevaux, mais vous feriez mieux d'aller acheter des vieilles carnes à Atlanta pour vos rustauds. Ils ne s'apercevront même pas de la différence.

— Maman, je vous en prie, est-ce que nous pouvons nous en aller ? demanda Camille aussi impatiente que ses sœurs. Vous savez très bien que vous finirez quand même par céder vos petits chéris. Quand papa et les garçons se mettront à vous dire que la Confédération a besoin d'eux, vous fondrez en larmes et vous les laisserez partir.

Mme Tarleton fit la grimace et secoua ses guides.

— Je n'en ferai rien, dit-elle en effleurant les chevaux du bout de son fouet.

— C'est une femme merveilleuse, déclara Gérald en remettant son chapeau et en allant reprendre sa place derrière la voiture. En route, Toby. Nous en viendrons à bout et nous aurons les chevaux. Bien sûr, elle a raison. Si un homme n'est pas un monsieur, il n'a rien à voir avec un cheval. Sa place est dans l'infanterie. Mais voilà l'ennui, il n'y a pas assez de fils de planteurs dans le comté pour former un corps entier. Que dis-tu, ma chatte ?

— Papa, marchez derrière nous ou devant nous. Vous soulevez tellement de poussière que nous sommes asphyxiées, répondit Scarlett qui se sentait incapable de continuer à bavarder. Parler la détournait de ses pensées et elle tenait beaucoup à mettre de l'ordre dans ses idées et à se composer un visage charmant avant d'arriver aux Douze Chênes. Gérald obéit. Il éperonna son cheval et détala dans un nuage de poussière rouge à la poursuite de la voiture des Tarleton afin de pouvoir reprendre sa discussion sur les chevaux.

VI

La voiture traversa la rivière et gravit la colline. Avant même d'apercevoir les Douze Chênes, Scarlett vit un nuage de fumée paresseusement accroché à la cime des grands arbres et huma les odeurs confondues d'un feu de bois et des quartiers de porc et de mouton rôtis.

Les foyers creusés à même le sol où, depuis la veille au soir, lentement, se consumaient les bûches de noyer devaient ressembler maintenant à de longues auges remplies de braises au-dessus desquelles tournaient sur des broches les viandes dont le jus s'écoulait goutte à goutte et grésillait en tombant dans le feu. Scarlett savait que ces senteurs portées par la brise légère venaient du petit bois de chênes planté derrière la maison. C'était toujours là que John Wilkes donnait ses pique-niques. On s'installait le long de l'agréable pente qui menait à la roseraie. Il y régnait une ombre délicieuse et on y était bien mieux que chez les Calvert par exemple. Mme Calvert n'aimait pas ce qu'on mangeait aux pique-niques et déclarait qu'après sa maison sentait le graillon pendant plusieurs jours ; aussi les invités allaient-ils étouffer à un quart de mille de chez elle, en un endroit bien plat où il n'y avait pas un pouce d'ombre. Mais John Wilkes, renommé dans tout l'État pour son hospitalité, savait vraiment ce que c'était qu'un pique-nique.

Les longues tables soutenues par des tréteaux et recouvertes de ce que les Wilkes avaient de plus beau en fait de linge étaient toujours dressées là où l'ombre était la plus dense. De chaque côté s'alignaient des bancs sans dossier et, pour ceux qui ne les aimaient point, on disposait au hasard dans la clairière des chaises, des poufs et des coussins. Assez loin de là pour que la fumée ne gênât pas les invités, étaient creusés les foyers où cuisaient les viandes et, auprès d'eux, étaient posées les grosses marmites d'où montaient de succulentes odeurs de sauce et de ragoût. Chez M. Wilkes, il y avait au moins une douzaine de nègres qui, armés de plateaux, ne cessaient d'aller et venir en courant pour servir les convives. Derrière les granges était toujours creusé un autre foyer. Là, les domestiques de la plantation, les cochers et les femmes de chambre des invités se régalaient de galettes, d'ignames, de tripes de porc, ce plat dont les nègres sont si friands et, la saison venue, de pastèques dont ils avaient à profusion.

Les narines palpitantes, Scarlett, gourmande, aspira la bonne odeur de porc frais et croustillant, tout en souhaitant avoir faim lorsqu'il serait cuit à point. Pour le moment, elle avait tellement mangé, elle était si fortement sanglée dans son corset qu'elle avait tout le temps peur d'être malade. Ce serait un désastre, car seuls les vieux messieurs et les vieilles dames pouvaient l'être sans encourir la réprobation des témoins.

La voiture arriva en haut de la côte et la blanche demeure offrit à Scarlett ses proportions parfaites. Ses hautes colonnes, ses larges vérandas, son toit plat lui conféraient une beauté de femme, de femme belle si sûre de son charme qu'elle peut prodiguer à tous sa grâce et sa générosité. Scarlett aimait encore plus les Douze Chênes que Tara, car ils avaient une beauté majestueuse, une dignité douce que ne possédait point la maison de Gérald.

L'allée, qui décrivait une large courbe, était encombrée de chevaux de selle et de voitures. Les invités mettaient pied à terre et interpellaient leurs amis. Des nègres, énervés comme toujours quand il y avait une réception, conduisaient en souriant les bêtes à l'écurie pour leur ôter leurs harnais ou leurs selles. Des nuées d'enfants, blancs et noirs, poussaient des cris, se poursuivaient sur la pelouse au gazon frais poussé, jouaient à la marelle ou aux quatre coins et annonçaient à l'avance les prouesses qu'ils allaient accomplir à table. Le vaste vestibule qui traversait la maison dans toute sa largeur grouillait de gens et, au moment où s'arrêta la voiture des O'Hara, Scarlett vit des jeunes filles en crinoline, chamarrées comme des papillons, monter et descendre l'escalier en se tenant par la taille. Elles s'arrêtaient, se penchaient pardessus la rampe délicate, riaient aux éclats et appelaient les jeunes gens restés en bas.

Par les baies vitrées larges ouvertes, Scarlett aperçut les dames plus âgées assises au salon. Sérieuses dans leur robe de soie noire, elles jouaient de l'éventail, s'entretenaient de leurs bébés, parlaient de maladies et de mariages. Portant un plateau d'argent, Tom, le majordome des Wilkes, se faufilait entre les groupes, s'inclinait, souriait et présentait de grands verres à des jeunes gens en jaquette mastic et pantalon gris.

Sur le devant de la maison, la véranda ensoleillée était pleine d'invités. Scarlett pensa que tout le comté était là. Les quatre fils Tarleton et leur père étaient appuyés contre les hautes colonnes. Inséparables comme toujours, les deux jumeaux, Stuart et Brent, se tenaient côte à côte, Boyd et Tom demeuraient auprès de leur père, James Tarleton. M. Calvert ne quittait pas son épouse yankee qui, même après quinze ans de séjour en Georgie, ne semblait jamais se trouver bien là où elle était. Tout le monde était très poli et très aimable avec elle parce qu'on la plaignait, mais personne ne pouvait oublier qu'elle avait aggravé le défaut initial de son origine en étant la gouvernante des enfants de M. Calvert. Les deux Calvert, Raiford et Cade, étaient là avec leur sœur, la blonde et sémillante Cathleen, et s'amusaient à taquiner Joe Fontaine, au visage basané, et Sally Munroe, sa jolie fiancée. Alex et Tony Fontaine glissaient à l'oreille de Dimity Munroe des paroles qui soulevaient son hilarité. Des familles avaient fait le voyage de Lovejoy, d'autres de Fayetteville et de Jonesboro, d'autres étaient même venues d'Atlanta et de Macon. La maison semblait trop petite pour ses hôtes. Sans cesse s'élevait et retombait un murmure confus fait de propos hachés, de cris, d'appels et de rires pointus de femmes.

Sur le perron, John Wilkes, la chevelure argentée, la taille bien droite, répandait autour de lui un charme paisible et prodiguait les trésors de son hospitalité comme, en été, le soleil de Georgie prodigue sa chaleur. A ses côtés, Honey Wilkes se trémoussait et étouffait de petits rires niais en disant bonjour à chacun des nouveaux venus.

Honey affichait un peu trop son besoin maladif de plaire à tous les hommes et son attitude contrastait vivement avec le maintien si parfait de son père. Scarlett pensa qu'après tout il y avait peut-être du vrai dans les paroles de Mme Tarleton. A coup sûr, chez les Wilkes, les hommes étaient bien mieux que les femmes. Les cils dorés et épais qui frangeaient les yeux gris de John Wilkes se retrouvaient clairsemés et décolorés chez Honey et chez sa sœur India. Honey avait un curieux regard de lapin ; quant à India, le seul mot de laide suffisait à la dépeindre.

On ne voyait India nulle part, mais Scarlett savait qu'elle était probablement à la cuisine en train de donner ses dernières instructions aux domestiques. « Pauvre India, pensa Scarlett, elle a eu tant de mal à tenir la maison depuis la mort de sa mère qu'elle n'a jamais pu avoir de soupirant, sauf Stuart Tarleton, et ce n'est certainement pas ma faute s'il m'a trouvée plus jolie qu'elle. »

John Wilkes descendit le perron pour offrir le bras à Scarlett. Au moment précis où elle mettait pied à terre, elle vit Suellen faire des grâces et elle devina que sa sœur avait aperçu Frank Kennedy dans la foule.

« On n'a pas idée de ne pas choisir un soupirant un peu mieux que cette vieille fille en culottes ! » se dit-elle tout en gratifiant John Wilkes d'un sourire de remerciement.

Frank Kennedy accourait vers la voiture pour aider Suellen, qui se rengorgea au point que Scarlett eut envie de la gifler. Frank Kennedy avait beau être le propriétaire le plus riche du comté et avoir fort bon cœur, cela ne l'empêchait pas d'être frêle et nerveux et d'avoir quarante ans, une petite barbiche blond roux et des allures de vieille fille affairée. Néanmoins, Scarlett se rappela son plan. Elle prit sur elle, adressa à Frank Kennedy un tel sourire qu'il s'arrêta court, les bras tendus vers Suellen et, agréablement surpris, se mit à rouler des yeux en regardant Scarlett.

Tout en échangeant de menus propos avec John Wilkes, Scarlett essaya de découvrir Ashley, mais il n'était pas sous la véranda. Une douzaine de voix lui crièrent bonjour et Stuart et Brent Tarleton se portèrent au-devant d'elle. Les petits Munroe se précipitèrent pour admirer bruyamment sa robe et elle fut bientôt le centre d'un cercle de gens qui parlaient tous plus fort les uns que les autres afin de se faire entendre par-dessus le vacarme. Mais où était donc Ashley ? Et Mélanie, et Charles ? Tout en s'efforçant de ne pas se trahir, elle chercha autour d'elle et plongea son regard dans le vestibule où discutait un groupe joyeux.

Tandis qu'elle bavardait, riait et n'arrêtait pas de regarder à la dérobée tantôt à l'intérieur de la maison, tantôt dans la cour, ses yeux se posèrent sur un inconnu. A l'écart, dans un coin du vestibule, il la dévisageait avec une insolence qui lui procura en même temps ce plaisir qu'éprouve toute femme remarquée par un homme et la sensation gênante que sa robe était trop décolletée par-devant. Il avait l'air vieux ; il portait au moins trente-cinq ans. Il était grand, bâti en force. Scarlett pensa qu'elle n'avait jamais vu d'épaules si larges, si musclées qu'elles en étaient presque trop fortes pour appartenir à un homme du monde. Lorsque ses yeux rencontrèrent les siens, il sourit et découvrit des dents dont la blancheur animale était rehaussée par une moustache noire coupée court. Il avait le teint hâlé d'un pirate, le regard conquérant et sombre d'un boucanier jaugeant le galion qu'il va aborder ou la jeune fille qu'il va enlever. Il souriait avec une telle effronterie, sa bouche avait une telle expression d'ironie cynique que Scarlett en eut le souffle coupé. Elle se disait que son attitude aurait dû l'offenser et elle s'en voulait de ne pas ressentir cette offense. Elle ignorait qui il pouvait bien être, mais quelque chose dans son visage indiquait qu'il était de bonne naissance. Cela se voyait dans le nez mince et busqué au-dessus de ses lèvres rouges et pleines, dans le front haut et les yeux bien fendus. Elle détourna les yeux sans lui rendre son sourire et lui-même fit volte-face en entendant appeler « Rhett ! Rhett Butler. Viens ! Je veux te présenter le cœur le plus dur de toute la Georgie. »

Rhett Butler ? Ce nom disait quelque chose à Scarlett, il s'y mêlait le souvenir d'une histoire scandaleuse et amusante, mais comme elle ne pensait qu'à Ashley, elle passa outre.

— Il faut que je grimpe là-haut pour me redonner un coup de peigne, dit-elle à Stuart et à Brent qui tentaient de l'entraîner hors de la cohue. Vous autres, les garçons, attendez-moi et ne vous avisez pas de filer avec une autre jeune fille, sans quoi je fais une scène.

Elle pouvait voir que Stuart ne serait pas facile à prendre ce jour-là pour peu qu'elle s'avisât de flirter avec quelqu'un d'autre. Il avait bu et Scarlett savait que, quand il avait sa mine arrogante et belliqueuse, les choses risquaient de s'envenimer. Elle s'arrêta dans le vestibule pour parler à des amis et dire bonjour à India qui, la chevelure en désordre, de petites gouttes de sueur au front, sortait de la cuisine.

Pauvre India! C'était déjà bien assez d'avoir les cheveux et les cils filasse et le menton en galoche des caractères têtus, sans avoir, par-dessus le marché, à vingt ans, déjà l'air d'une vieille fille. Elle se demanda si India lui en voulait beaucoup d'avoir détaché Stuart d'elle. Quantité de gens prétendaient qu'elle continuait de l'aimer, mais on ne pouvait jamais dire à quoi pensaient les Wilkes. Si elle lui en voulait, elle n'en laissait jamais rien paraître et traitait Scarlett avec la même réserve et la même affabilité que jadis.

Scarlett échangea quelques mots aimables avec elle et se dirigea vers le grand escalier. Elle ne s'y était pas encore engagée qu'elle s'entendit appeler d'une voix timide et, se retournant, elle vit Charles Hamilton. C'était un joli garçon. Ses cheveux noirs bouclaient en mèches folles sur son front blanc et ses yeux brun foncé étaient francs et doux comme ceux d'un chien de berger écossais. Bien pris dans son pantalon moutarde et sa jaquette noire, il portait une chemise plissée et la plus large et la plus élégante des cravates noires. Il rougit légèrement, car il n'était guère hardi avec les femmes. Pareil à la plupart des timides, il admirait beaucoup les jeunes filles vives et toujours à leur aise comme Scarlett. Jusque-là, celle-ci ne lui avait jamais témoigné qu'une amabilité de commande et il manqua perdre le souffle en voyant son sourire radieux et les deux mains qu'elle lui tendait.

— Tiens! mais c'est vous, Charles Hamilton, c'est vous! Je parie que vous avez fait le voyage d'Atlanta rien que pour venir briser mon pauvre cœur?

Les petites mains tièdes de Scarlett dans les siennes, Charles faillit bafouiller tant il était ému. C'était ainsi que les jeunes filles parlaient aux autres jeunes gens, mais pas à lui. Il ne savait pas pourquoi, mais les jeunes filles le traitaient toujours en frère cadet et, si elles étaient très gentilles, elles ne prenaient jamais la peine de le taquiner. Il souhaitait toujours rencontrer des jeunes filles pour flirter et folâtrer avec lui comme elles le faisaient avec les jeunes gens beaucoup moins bien et moins gâtés par la fortune. Mais les rares fois

141

où cela lui arrivait, il ne savait jamais que dire et sa gaucherie le mettait au supplice. Alors, la nuit, les yeux grands ouverts, il pensait aux galanteries charmantes qu'il aurait dû débiter, mais il n'avait pour ainsi dire jamais l'occasion de placer ses compliments, car les jeunes filles le laissaient tranquille après un ou deux essais.

Même avec Honey, il restait sur la défensive et ne disait rien, et pourtant il était question de les marier à l'automne, quand il aurait atteint sa majorité. Parfois il lui arrivait de nourrir le sentiment peu aimable que les coquetteries d'Honey et sa façon de le traiter avec désinvolture ne s'appliquaient pas spécialement à lui. Elle avait la tête tellement tournée par les hommes qu'elle risquait de se comporter ainsi avec le premier venu pour peu qu'elle en eût l'occasion. Ce projet de mariage ne souriait pas beaucoup à Charles, car Honey ne soulevait en lui aucune de ces émotions qui, à en croire ses livres préférés, étaient le propre des amants passionnés. Il avait toujours rêvé de l'amour d'une créature magnifique, malfaisante et ardente.

Et, tout d'un coup, Scarlett O'Hara lui reprochait, pour le taquiner, de vouloir lui briser le cœur !

Il essaya de trouver quelque chose à dire et n'y parvint pas, mais en lui-même il bénit Scarlett d'entretenir toute seule un bavardage qui lui évitait de parler. C'était trop beau pour être vrai.

— Alors, attendez ici que je revienne. Je veux être avec vous au pique-nique. Et n'allez pas faire la cour à une autre, parce que je pourrais bien vous faire une scène de jalousie.

Les lèvres rouges encadrées de leurs fossettes avaient prononcé ces paroles incroyables et les cils noirs s'étaient modestement rabattus sur les yeux verts.

— Non, finit-il par murmurer dans un souffle sans pouvoir se douter que Scarlett trouvait qu'il ressemblait à un veau attendant le boucher.

Elle lui donna sur le bras une petite tape de son éventail et, en se retournant, elle vit l'homme qu'on appelait Rhett Butler. Il se tenait à quelques pas de Charles et il avait dû surprendre toute la conversation car il adressa à Scarlett un sourire malicieux de matou. Et, une fois de plus, il l'enveloppa d'un regard totalement dépourvu du respect auquel elle était habituée.

« Cornebleu ! se dit Scarlett indignée en empruntant le juron favori de Gérald. On dirait... on dirait qu'il m'a déjà vue sans chemise », et, relevant la tête, elle monta l'escalier.

Dans la chambre à coucher où l'on avait déposé les cartons des robes, elle trouva Cathleen Calvert qui se rajustait devant la glace et se mordait les lèvres pour qu'elles parussent plus rouges. Des roses piquées dans sa ceinture rappelaient le teint de ses joues, et ses yeux couleur de bluet brillaient de plaisir.

— Cathleen, lui dit Scarlett en s'efforçant de remonter son corsage, quel est ce vilain monsieur qu'on appelle Butler ?

— Comment, ma chère, tu ne sais pas ? murmura Cathleen en surveillant du coin de l'œil la pièce voisine où Dilcey et la mama des Wilkes papotaient. Je ne crois pas que M. Wilkes ait beaucoup tenu à le recevoir, mais il se trouvait chez M. Kennedy à Jonesboro pour une affaire de coton, je crois, et, bien entendu, M. Kennedy l'a amené avec lui. Il ne pouvait pas venir ici et le laisser tout seul.

— Mais qu'est-ce qu'on lui reproche donc ?

— Ma chère, il n'est pas reçu dans le monde !

— Sérieusement ?

— Je t'assure.

Scarlett se tut et réfléchit. Jamais auparavant elle ne s'était trouvée sous le même toit qu'une personne qu'on ne recevait pas. C'était passionnant.

— Qu'a-t-il donc fait ?

— Oh ! Scarlett. Il a une réputation épouvantable. Il s'appelle Rhett Butler. Il est de Charleston. Ses parents sont parmi les gens les mieux de là-bas, mais ils se refusent même à lui adresser la parole. Caro Rhett m'a parlé de lui l'été dernier. Ils ne sont pas parents, mais elle sait exactement à quoi s'en tenir sur son compte ; tout le monde, d'ailleurs. Il a été mis à la porte de West Point [1]. Pense donc ! Et encore, pour des choses si laides que Caro n'a même pas pu savoir ce que c'était. Et puis il a eu une histoire avec une jeune fille qu'il n'a pas épousée.

— Raconte-moi cela, je t'en prie !

— Tu ne sais donc rien, ma chérie ? Caro m'a tout raconté l'été dernier et sa mère en mourrait si elle savait que Caro se doute même de ces choses-là. Eh bien ! ce M. Butler a emmené une jeune fille de Charleston en buggy. Je n'ai jamais su qui c'était, mais je devine. Elle ne devait pas être très comme il faut, sans quoi elle ne serait pas sortie avec lui vers la fin de l'après-midi sans chaperon. Et alors, ma chère, ils ont passé presque toute la nuit dehors. Enfin ils sont rentrés à pied et ils ont prétendu que le cheval s'était emballé, qu'il avait brisé la voiture et qu'ils s'étaient perdus dans les bois. Et devine ce qui s'est passé...

— Je donne ma langue au chat. Continue, fit Scarlett qui, transportée d'aise, s'attendait au pire.

— Il a refusé de l'épouser le lendemain.

— Oh ! fit Scarlett, ses espoirs déçus.

— Il a dit que... heu... qu'il ne lui avait rien fait et qu'il ne voyait pas pourquoi il l'épouserait. Alors, naturellement, le frère est venu lui demander des explications et M. Butler a dit qu'il préférait être tué plutôt que d'épouser une pie stupide. Ils se sont battus en duel et M. Butler a tué d'une balle le frère de la jeune fille. Alors M. Butler a dû quitter Charleston et maintenant personne ne le reçoit, conclut Cathleen, triomphante, à l'instant précis où Dilcey entrait dans la chambre pour surveiller la toilette de Scarlett.

— A-t-elle eu un bébé ? demanda Scarlett à l'oreille de Cathleen.

Cathleen fit un non énergique de la tête, « mais elle

1. Académie militaire des États-Unis (N. d. T.).

144

a tout de même perdu sa réputation », répondit-elle d'un ton sifflant.

« Je voudrais bien qu'Ashley me compromette, pensa soudain Scarlett. Il serait bien trop homme du monde pour ne pas m'épouser. » Mais, malgré elle, elle ne put se défendre d'un sentiment de respect pour Rhett Butler qui avait refusé de se marier avec une sotte.

Derrière la maison, à l'ombre d'un gros chêne, Scarlett était assise sur une ottomane de palissandre. Les volants et les ruches de sa robe bouillonnaient autour d'elle et découvraient de ses sandales de maroquin vert juste ce qu'une dame pouvait montrer tout en restant une dame. Elle tenait à la main une assiette à laquelle elle avait à peine touché et sept cavaliers l'entouraient. Le pique-nique battait son plein. L'air tiède était tout imprégné de rires et de bavardages, du cliquetis des couverts d'argent contre la porcelaine, des senteurs riches et lourdes des viandes rôties et des sauces. Parfois, lorsque la brise tournait, des bouffées de fumée s'échappaient des foyers et se rabattaient sur l'assistance. Les femmes feignaient d'avoir peur et agitaient violemment leurs éventails en feuilles de palmiste.

La plupart des autres jeunes filles avaient pris place sur les bancs devant les tables, mais Scarlett, comprenant que dans ces conditions il n'était possible d'avoir qu'un seul cavalier de chaque côté de soi, avait cherché une place à l'écart afin de réunir autour d'elle un plus grand nombre d'hommes.

Les femmes mariées s'étaient installées sous la tonnelle où leurs robes sombres mettaient une note grave au milieu de ce déploiement de coloris et de gaieté. Elles formaient toujours un groupe à part, loin des jeunes filles aux yeux brillants, loin des galants et des rires, car, dans le Sud, la coquetterie leur était refusée. De la vieille Mme Fontaine, qui profitait du privilège de l'âge pour cracher à sa guise jusqu'à Alice

Munroe qui, à dix-sept ans, luttait contre les nausées d'une première grossesse, elles prenaient toutes part à d'interminables discussions qui roulaient sur la généalogie ou les accouchements et rendaient ces réunions à la fois agréables et instructives.

Scarlett leur lançait des regards méprisants et trouvait qu'elles ressemblaient à une bande de corneilles bien grasses. Les femmes mariées ne s'amusaient jamais. Il ne lui venait même pas à l'idée que, si elle épousait Ashley, elle serait du même coup reléguée aux tonnelles et aux grands salons avec elles, qu'il lui faudrait prendre un air posé, porter des robes ternes et ne plus rire ni faire la folle. Comme la plupart des jeunes filles, son imagination ne la conduisait pas plus loin que l'autel. D'ailleurs, elle était trop malheureuse pour s'abandonner à des pensées abstraites.

Elle avait les yeux rivés sur son assiette et croquait un biscuit avec une élégance et un manque d'appétit qui lui eussent attiré les félicitations de Mama. Elle avait beau avoir plus de soupirants qu'il ne lui en fallait, elle ne s'était jamais sentie aussi désemparée. Sans qu'elle ait pu comprendre pourquoi, les plans qu'elle avait élaborés au cours de la nuit avaient complètement échoué, tout au moins en ce qui concernait Ashley. Elle avait attiré dans ses filets des admirateurs à la douzaine, mais pas Ashley, et toutes ses craintes de la veille lui revenaient. Tour à tour son cœur s'affolait et cessait presque de battre, ses joues s'empourpraient et blêmissaient.

Ashley n'avait point cherché à se joindre à ceux qui faisaient cercle autour d'elle. Du reste, depuis son arrivée elle n'avait pas pu lui dire un seul mot en particulier et même elle ne lui avait pas parlé du tout depuis qu'ils s'étaient dit bonjour. Il était venu au-devant d'elle quand elle était entrée dans le jardin derrière la maison, mais il donnait le bras à Mélanie, à Mélanie qui lui arrivait à peine à l'épaule.

C'était une jeune fille petite et frêle. Elle faisait penser à une enfant qui se serait déguisée avec l'énorme crinoline de sa mère, illusion que complétait l'expression timide, presque effrayée de ses yeux bruns trop grands. Ses cheveux noirs, bien que flous et ondulés, étaient si impitoyablement serrés dans une résille qu'aucune mèche rebelle ne s'en échappait et la longue pointe qu'ils dessinaient au milieu de son front accentuait la ressemblance de son visage avec un cœur. Les pommettes trop écartées l'une de l'autre, le menton trop pointu, elle avait une figure douce et timide, mais elle n'était pas jolie et n'avait recours à aucune ruse féminine pour faire oublier son manque d'attraits. A la voir, on savait qu'elle était simple comme la terre, bonne comme le pain, limpide comme une eau printanière. Cependant, en dépit de son peu de beauté et de sa petite taille, il y avait dans ses gestes une dignité tranquille et touchante qui lui donnait bien plus que ses dix-sept ans.

Sa robe grise en organdi, avec sa ceinture cerise, dissimulait sous ses volants et ses fronces la minceur enfantine de son corps et son chapeau jaune aux rubans cerise eux aussi avivait l'éclat de sa peau laiteuse. De lourdes boucles d'oreilles à la longue frange d'or se balançaient presque au niveau de ses yeux bruns ; ces yeux dont le reflet paisible faisait penser à une mare l'hiver, en forêt, lorsqu'à travers l'eau calme on voit luire les feuilles brunes.

Elle avait eu un sourire timide et plein de gentillesse pour Scarlett et elle lui avait dit que sa robe verte était jolie, mais Scarlett avait eu bien du mal à lui répondre poliment, tant elle avait envie de parler seule à Ashley. Depuis ce moment-là, Ashley, assis sur un tabouret aux pieds de Mélanie, à l'écart des autres invités, n'avait cessé de bavarder tranquillement avec elle et de sourire de son sourire nonchalant qu'aimait Scarlett. Ce qui aggravait les choses, c'était que son sourire avait allumé une petite flamme dans les yeux de Mélanie et que Scarlett elle-même avait dû reconnaître qu'elle paraissait presque jolie. Quand Mélanie regardait Ashley, son visage s'éclairait comme si un feu intérieur brûlait en elle, et si jamais cœur aimant

147

s'était reflété sur un visage, il se reflétait maintenant sur celui de Mélanie Hamilton.

Scarlett essayait de détacher ses yeux du couple, mais elle n'y parvenait pas, et après chaque regard elle redoublait de gaieté avec ses cavaliers, riait avec eux, tenait des propos risqués, les taquinait, hochait la tête quand ils lui adressaient un compliment et secouait ses boucles d'oreilles. Elle répéta plusieurs fois « Turlututu », déclara qu'aucun d'eux n'était sincère et jura qu'elle ne croirait jamais ce que les hommes lui raconteraient. Pourtant Ashley ne semblait pas du tout faire attention à elle. Il levait continuellement les yeux vers Mélanie et bavardait tandis que Mélanie abaissait son regard vers lui avec une expression qui révélait à tous qu'elle lui appartenait.

Ainsi, Scarlett était malheureuse.

Pour ceux qui jugeaient d'après les apparences, jamais jeune fille n'avait eu moins sujet de se sentir malheureuse. Elle était incontestablement la reine de la fête, le centre de toutes les attentions. En d'autres temps, l'enthousiasme qu'elle soulevait chez les hommes et la rage qu'elle allumait au cœur des autres jeunes filles lui eussent infiniment plu.

Charles Hamilton, enhardi par son attitude, restait fermement posté à sa droite, malgré les efforts conjugués des jumeaux Tarleton pour le déloger. D'une main il tenait l'éventail de Scarlett, de l'autre l'assiette de viande rôtie à laquelle elle n'avait pas touché et se refusait obstinément à regarder Honey qui semblait sur le point de fondre en larmes. A sa gauche, Cade, allongé avec beaucoup de grâce sur le sol, tirait sur sa robe pour attirer son attention et lançait à Stuart des coups d'œil furibonds. L'air était chargé d'électricité entre lui et les jumeaux et ils avaient déjà échangé des grossièretés. Avec des allures de poule qui a perdu ses poussins, Frank Kennedy n'arrêtait de courir entre le chêne et les tables à la recherche de friandises destinées à Scarlett, comme s'il n'y avait pas eu une douzaine de domestiques pour cela. Suellen en oubliait qu'une dame se devait de dissimuler sa rage et regardait Scarlett d'un air menaçant. La petite Carreen avait envie de pleurer, car, malgré les paroles encourageantes de Scarlett, Brent s'était contenté de lui dire : « Bonjour, la mioche » et de faire sauter le ruban qui retenait ses cheveux avant de se consacrer entièrement à sa sœur. D'ordinaire, il était si gentil et avait tant d'égards pour elle qu'elle se sentait soudain plus grande et rêvait en secret au jour où, relevant ses cheveux et allongeant ses robes, elle pourrait lui accorder le titre de soupirant. Et maintenant, il semblait que Scarlett l'avait accaparé. Les petites Munroe ne voulaient pas laisser voir combien elles étaient peinées de la défection des fils Fontaine et n'appréciaient guère la façon dont Tony et Alex cherchaient à se maintenir non loin de Scarlett.

Il leur suffit de relever délicatement les sourcils pour informer Hetty Tarleton qu'elles désapprouvaient la conduite de Scarlett. Avec un ensemble parfait, les trois jeunes personnes brandirent leurs ombrelles de dentelle, dirent qu'elles avaient assez mangé et, posant des doigts légers sur le bras des hommes qui se trouvaient le plus près d'elles, elles demandèrent doucement à visiter la roseraie, la source et le jardin. Cette retraite stratégique en bon ordre n'échappa à aucune des femmes présentes, mais aucun homme n'y prit garde. Scarlett ricana en voyant qu'on voulait mettre trois hommes à l'abri de ses charmes sous le prétexte d'aller explorer les lieux que les jeunes filles connaissaient depuis leur enfance et lança un regard furtif à Ashley pour voir s'il s'était aperçu du manège. Mais il souriait et jouait avec les bouts de la ceinture de Mélanie. Le cœur de Scarlett se serra de douleur. Elle sentit qu'elle aurait plaisir à enfoncer ses dents dans la peau ivoirine de Mélanie jusqu'à ce que le sang coulât.

Comme elle détournait la tête, elle surprit le regard de Rhett Butler qui, à l'écart de la foule, devisait avec John Wilkes. Il avait dû l'observer et, quand elle le regarda, il se mit à rire. Scarlett éprouva une sensation de gêne à la pensée que cet homme qu'on ne recevait pas était la seule personne qui sût à quoi s'en tenir sur sa gaieté débordante et qu'il en tirait un plaisir sardonique. Lui aussi, elle l'aurait mordu avec joie.

« Si je peux résister jusqu'à cet après-midi, se dit-elle, toutes les autres jeunes filles monteront faire une sieste afin d'être reposées pour ce soir et moi je resterai en bas et je m'arrangerai pour parler à Ashley. Il a sûrement remarqué le succès que j'avais. » Elle se berça d'un nouvel espoir. « Bien entendu, il faut qu'il s'occupe de Mélanie parce que, en somme, c'est sa cousine et qu'elle n'a aucun succès. S'il ne se consacrait pas à elle, les hommes la laisseraient bien tranquille. »

Ainsi réconfortée, elle redoubla d'attention envers Charles qui la dévorait de ses yeux bruns. C'était une journée merveilleuse pour Charles, une journée de rêve, et il était tombé amoureux de Scarlett sans le moindre effort. Devant ce nouveau sentiment, Honey s'effaça dans une brume confuse. Honey n'était qu'un moineau à la voix pointue, Scarlett un colibri éblouissant. Elle le taquinait, il était son favori. Elle lui posait une foule de questions auxquelles elle répondait elle-même, si bien qu'il paraissait fort spirituel sans avoir à dire un mot. Les autres jeunes gens étaient intrigués et ennuyés de voir l'intérêt qu'elle lui portait, car ils savaient que Charles était trop timide pour prononcer deux paroles à la file et ils étaient obligés de faire appel à toute leur politesse pour cacher leur fureur grandissante. Tous brûlaient d'amour pour elle et, sans Ashley, Scarlett eût connu un véritable triomphe.

Lorsque la dernière bouchée de porc, de poulet et de mouton eut été avalée, Scarlett espéra que l'instant était venu où India se lèverait et proposerait aux dames d'aller se reposer à la maison. Il était deux heures et le soleil était chaud, mais India, fatiguée par trois jours de préparatifs, était trop contente de rester assise sous la tonnelle et de parler à l'oreille d'un vieux monsieur sourd de Fayetteville.

Une torpeur paresseuse s'abattit sur l'assistance. Les nègres, sans se presser, desservirent les longues tables sur lesquelles les mets s'étaient entassés. Les rires diminuèrent, les conversations perdirent de leur entrain, de-ci, de-là, des groupes se turent. Tous attendaient que leur hôtesse signalât la fin de ces premières réjouissances. Les éventails s'agitaient plus mollement et un certain nombre de vieux messieurs, accablés par la chaleur et la chère trop riche, dodelinaient de la tête. Le pique-nique était terminé et tous étaient contents de pouvoir se détendre pendant les heures les plus chaudes de la journée.

Entre les réjouissances de la matinée et le bal, la foule des invités respirait le calme et la paix. Seuls les jeunes gens conservaient cette ardeur qui, peu de temps auparavant, avait animé l'assemblée. Circulant de groupe en groupe, s'exprimant d'une voix douce et traînante, ils étaient aussi beaux que des pur-sang et aussi dangereux. La chaleur de l'après-midi avait vaincu les convives, mais sous cette apparente langueur sommeillaient des passions meurtrières qu'un rien pouvait allumer, qu'un rien pouvait éteindre. Hommes et femmes étaient beaux et sauvages, tous étaient assez primitifs sous leurs dehors aimables et à peine civilisés.

Le soleil devenait de plus en plus chaud et Scarlett et les autres regardèrent de nouveau India. Les conversations se mouraient quand, au beau milieu de l'accalmie, chacun put entendre la voix de Gérald s'élever en accents furieux. Il se tenait à quelque distance des tables desservies et était plongé dans une vive discussion avec John Wilkes.

« Cornebleu, mon vieux ! Souhaiter un règlement pacifique avec les Yankees ? Après avoir tiré sur ces crapules au fort Sumter ? Pacifique ? Le Sud devrait montrer les armes à la main qu'il ne se laisse pas insulter et que, s'il quitte l'Union, ce n'est pas grâce à une faveur de l'Union, mais bien parce qu'il est sûr de sa force ! »

« Oh ! Mon Dieu ! pensa Scarlett. Ça y est, il a soulevé ce lièvre ! Maintenant nous en avons jusqu'à minuit à rester ici. »

En un instant la foule paresseuse secoua sa somnolence et une sorte de courant électrique se mit à circuler dans l'air. Les hommes se levèrent brusquement de leurs bancs ou de leurs chaises. Des bras tendus décrivirent de grands gestes, des voix réclamèrent le droit de se faire entendre par-dessus le tumulte. Pendant toute la matinée, personne ne s'était risqué à parler politique ou à faire allusion à la guerre qui menaçait, car M. Wilkes avait demandé qu'on n'importunât point les dames. Mais Gérald venait de lancer le nom de « Fort Sumter » et tous les hommes en oublièrent du même coup la requête de leur hôte.

« Bien sûr, nous nous battrons. — Yankees voleurs...
— Nous les écraserons en un mois. — Voyons, un Sudiste vaut vingt Yankees. — Donnez-leur une leçon qu'ils ne soient pas près d'oublier. — Pacifiquement ? Ils ne nous laisseront pas partir en paix. — Non, voyez la façon dont M. Lincoln a insulté nos délégués ! — Oui, il les a traînés en longueur pendant des semaines... et il avait juré de faire évacuer le fort Sumter ! — Ils veulent la guerre, nous les en dégoûterons de la guerre... » Et, dominant toutes les voix, grondait celle de Gérald, qui ne cessait de répéter « les droits des États, bon Dieu ! ». Gérald s'amusait beaucoup, mais il n'en était pas de même pour sa fille.

La sécession, la guerre... Depuis longtemps, ces mots exaspéraient Scarlett à force d'être prononcés devant elle, mais maintenant elle les exécrait. Les hommes allaient rester là à discuter pendant des heures et il lui serait impossible d'accaparer Ashley. Bien entendu, il n'y aurait pas de guerre et les hommes le savaient tous, mais ils aimaient à parler et à s'écouter parler.

Charles Hamilton ne s'était pas levé comme les autres et, se trouvant relativement seul à côté de

Scarlett, il se rapprocha d'elle pour lui glisser un aveu avec la hardiesse d'un amour tout neuf.

— Mademoiselle O'Hara... je... j'ai déjà décidé que si nous devions nous battre, j'irais m'engager en Caroline du Sud. On dit que M. Wade Hampton [1] y organise un corps de cavalerie et naturellement je voudrais bien partir avec lui. C'est un homme merveilleux, c'était le meilleur ami de mon père.

« Que faut-il faire ? pensa Scarlett. Battre un ban ? » car l'expression de Charles indiquait qu'il lui livrait là les secrets de son cœur. Elle ne trouva rien à dire et se contenta de le regarder en se demandant pourquoi les hommes avaient la sottise de croire que les femmes s'intéressaient à ces choses-là. Il prit son attitude pour une muette approbation et, enhardi, reprit aussitôt :

— Si je partais... en... en auriez-vous du chagrin, mademoiselle O'Hara ?

— J'inonderais tous les soirs mon oreiller de mes larmes, répondit Scarlett pour badiner, mais lui interpréta sa déclaration dans un tout autre sens et rougit de plaisir.

La main de Scarlett était enfouie dans les plis de sa robe et Charles, écrasé par sa propre hardiesse et par la docilité de la jeune fille, s'en empara prudemment et la serra dans la sienne.

— Prierez-vous pour moi ?

« Quel sot ! » songea Scarlett avec amertume en jetant des regards furtifs à droite et à gauche dans l'espoir que quelqu'un viendrait l'arracher à cet entretien.

— Le ferez-vous ?

— Oh !... oui, je le ferai, monsieur Hamilton. Trois rosaires tous les soirs, au moins !

Charles lança un coup d'œil rapide autour de lui et aspira une large bouffée d'air. Scarlett et lui étaient pratiquement seuls. Pareille occasion ne s'offrirait

1. Héroïque officier de cavalerie qui s'illustra encore par son rôle politique après la guerre (*N. d. T.*).

peut-être plus jamais et, même si elle se représentait, il n'aurait peut-être pas le courage d'en profiter.

— Mademoiselle O'Hara... j'ai quelque chose à vous dire. Je... Je vous aime !

— Hein ? fit Scarlett d'un air absent, car, à travers la foule des hommes occupés à discuter, elle cherchait à distinguer l'endroit où Ashley continuait de bavarder aux pieds de Mélanie.

— Oui ! murmura Charles, transporté d'aise en constatant que Scarlett n'avait ni ri, ni crié, qu'elle ne s'était pas évanouie comme il s'était toujours imaginé que le faisaient les jeunes filles en ces circonstances-là. Je vous aime ! Vous êtes la plus... la plus..., et pour la première fois de sa vie il trouva ses mots : La plus belle jeune fille que j'aie jamais connue, la plus douce, la plus gentille. Vous avez les plus exquises manières. Je vous aime de tout mon cœur. Je ne peux pas espérer que vous puissiez aimer une personne comme moi, mais, chère mademoiselle O'Hara, si vous pouvez me donner un encouragement quelconque, je ferai n'importe quoi pour que vous m'aimiez. Je...

Charles s'arrêta. Il ne trouvait rien d'assez difficile à accomplir pour prouver vraiment à Scarlett la profondeur de ses sentiments, alors il dit tout uniment :

— Je veux vous épouser.

Scarlett retomba brusquement sur terre en entendant le mot « épouser ». Elle venait juste de penser au mariage et à Ashley et elle regarda Charles avec une irritation assez mal contenue. Pourquoi fallait-il que ce nigaud choisît exprès ce jour-là pour se mêler de sa vie sentimentale alors que la douleur était sur le point de la rendre folle ? Elle regarda les yeux bruns qui l'imploraient et n'y vit aucune des beautés du premier amour tremblant d'un jeune homme, de l'adoration d'un idéal enfin réalisé, ou du bonheur délicat et de la tendresse qui dévoraient Charles comme une flamme. Scarlett avait l'habitude d'être demandée en mariage par des hommes bien plus séduisants que Charles Hamilton et trop fins pour se déclarer un jour de pique-nique où elle avait bien d'autres choses en tête.

Elle ne vit qu'un garçon de vingt ans, rouge comme une tomate et qui avait l'air fort niais. Elle avait bonne envie de lui dire combien il paraissait bête. Mais les mots qu'Ellen lui avait appris à dire dans ces cas-là lui vinrent d'eux-mêmes aux lèvres et, réussissant à baisser les yeux, grâce à une longue pratique, elle murmura :

— Monsieur Hamilton, je n'ignore pas l'honneur que vous me faites en me demandant d'être votre femme, mais tout cela est si imprévu que je ne sais que dire.

C'était là un moyen radical pour rabattre un peu la vanité d'un homme et tenir en même temps celui-ci en haleine. Charles mordit à l'hameçon comme si cette ruse était nouvelle et qu'il fût le premier à s'y laisser prendre.

— Je saurai attendre toute ma vie ! Je ne voudrais pas vous épouser à moins que vous ne soyez tout à fait sûre de vos sentiments. Je vous en prie, mademoiselle O'Hara, dites-moi que je peux espérer.

— Hum ! fit Scarlett dont les yeux perçants venaient de remarquer qu'Ashley, qui ne s'était pas levé pour prendre part à la discussion sur la guerre, souriait à Mélanie.

Si seulement ce sot qui lui pétrissait la main pouvait se tenir tranquille un instant, peut-être parviendrait-elle à entendre ce que disait le couple. Elle voulait entendre, savoir ce que Mélanie pouvait bien dire à Ashley pour l'intéresser à ce point.

Charles parlait et l'empêchait de suivre la conversation qu'elle s'efforçait de surprendre.

— Oh ! chut ! lui dit-elle d'un ton méchant en lui pinçant la main sans même le regarder.

Surpris, Charles perdit d'abord contenance et rougit, puis voyant que Scarlett avait les yeux fixés sur sa sœur, il sourit. Scarlett avait peur qu'on n'entendît ce qu'il lui disait. Naturellement elle était gênée, intimidée. Charles éprouva un sentiment de fierté masculine qu'il n'avait jamais connu, car c'était la première fois qu'il intimidait une jeune fille. C'était grisant. Il prit un petit air détaché qu'il crut parfaitement réussi et, à son tour, pinça Scarlett afin de lui montrer qu'il avait assez d'expérience de la vie pour comprendre et accepter son reproche.

Scarlett ne sentit même pas qu'il la pinçait parce que maintenant elle entendait distinctement la voix douce de Mélanie, son plus grand charme. « J'ai peur de ne pouvoir être d'accord avec vous sur les œuvres de M. Thackeray. C'est un cynique. Je crains qu'il ne soit pas aussi homme du monde que M. Dickens. »

« Quelle chose stupide à dire à un homme », pensa Scarlett, prête à ricaner et à pousser un soupir de soulagement. « Allons ! Mélanie n'est qu'un bas-bleu et tout le monde sait ce que les hommes pensent des bas-bleus... Pour éveiller et retenir l'intérêt d'un homme il faut d'abord lui parler de lui-même, puis, peu à peu, amener la conversation sur soi... et ne pas l'en faire dévier. » Scarlett aurait ressenti quelque sujet d'alarme si Mélanie avait dit : « Que vous êtes merveilleux » ou : « Comment pensez-vous donc à toutes ces choses ? Ma pauvre petite tête éclaterait s'il m'arrivait d'y songer ! » Mais quoi ! elle avait un homme à ses pieds et elle lui parlait aussi sérieusement que si elle était à l'église ! L'avenir parut plus brillant à Scarlett, si brillant même qu'elle tourna vers Charles un visage radieux et que la joie la fit sourire. Ravi par cette marque d'affection, Charles s'empara de son éventail et l'agita avec une telle frénésie que les cheveux de Scarlett s'ébouriffèrent.

— Ashley, nous n'avons pas eu le plaisir d'entendre votre opinion, dit Jim Tarleton en se détachant du groupe des hommes qui discutaient.

Ashley s'excusa auprès de sa compagne et se leva. Scarlett remarqua la grâce de sa pose négligée, la façon dont le soleil caressait ses cheveux et sa moustache dorés et songea qu'il était bien le plus bel homme de l'assistance. Les vieux eux-mêmes se turent pour l'écouter.

— Voyons, messieurs, fit-il, si la Georgie se bat, je me battrai aussi. Pourquoi alors me serais-je engagé ?

Ses yeux gris grands ouverts avaient perdu leur expression alanguie et brillaient avec un éclat que Scarlett ne leur avait jamais vu.

— Mais, comme mon père, j'espère que les Yankees nous laisseront nous retirer en paix et qu'on ne se battra pas...

Il leva la main et sourit en entendant les fils Fontaine et Tarleton se récrier : « Oui, oui, je sais qu'on nous a insultés, qu'on nous a menti... mais si nous nous étions trouvés à la place des Yankees et qu'ils aient essayé de quitter l'Union, comment nous serions-nous comportés ? A peu près comme eux. Nous n'aurions pas beaucoup aimé ça. »

« Ça y est, il recommence, se dit Scarlett. Il veut toujours se mettre à la place des autres. » Pour elle, il n'y avait qu'une opinion qui comptât dans une discussion et il lui arrivait parfois de ne pas comprendre Ashley.

— Ne nous montons pas trop la tête et évitons la guerre. La plupart des malheurs du monde ont été causés par les guerres. Les guerres, personne n'a jamais su pourquoi elles avaient éclaté.

Scarlett fit la grimace. Heureusement pour Ashley, sa réputation de courage était à l'abri de toute attaque, sans quoi les choses auraient pu se gâter. A peine Scarlett avait-elle formulé cette pensée qu'un concert de voix indignées, furieuses, accueillit les propos d'Ashley.

Sous la tonnelle, le vieux monsieur sourd de Fayetteville se mit à donner de petits coups à India.

— Qu'est-ce qui se passe ? Que disent-ils ?

— La guerre ! hurla India penchée à son oreille, la main en éventail. Ils veulent se battre contre les Yankees.

— Ah ! oui, la guerre, s'écria-t-il, en cherchant partout sa canne autour de lui.

Puis il s'arracha à son fauteuil avec une énergie qu'il n'avait pas déployée depuis des années.

— Je vais leur en parler de la guerre, moi. J'y suis allé.

157

Ce n'était pas souvent que M. Mac Rae avait l'occasion de parler de la guerre, étant donné la façon dont les femmes de sa famille lui imposaient silence.

Clopinant, brandissant sa canne, criant à pleins poumons, il rejoignit rapidement le groupe et, comme il ne pouvait entendre ce qu'on disait, il ne tarda pas à s'assurer une maîtrise incontestée du terrain.

— Écoutez-moi, vous autres, jeunes fiers-à-bras. Ne souhaitez donc pas vous battre. Moi, je me suis battu et je sais à quoi m'en tenir. J'ai fait la guerre séminole et j'ai été assez bête pour faire aussi celle du Mexique. Aucun de vous ne sait ce que c'est que la guerre. Vous croyez que ça consiste à monter un beau cheval, à se faire lancer des fleurs par les jeunes filles et à rentrer chez soi comme un héros. Eh bien ! ce n'est pas ça. Fichtre, non ! On crève de faim, on attrape la rougeole et la pneumonie, à force de dormir à l'humidité. Et si ce n'est pas la rougeole ou la pneumonie, c'est vos tripes. Oui, messieurs, vous ne savez pas dans quel état la guerre met les boyaux d'un homme... la dysenterie et des choses dans ce goût-là.

Les dames rougissaient. Comme la grand-mère Fontaine, avec ses quintes de toux gênantes, M. Mac Rae rappelait une époque plus fruste, une époque que chacun aurait aimé oublier.

— Cours vite chercher ton grand-père, souffla une des filles du vieux monsieur à une jeune fille qui se trouvait là. Il devient de pis en pis, déclara-t-elle aux jeunes mariées réunies autour d'elle. Croiriez-vous que ce matin il a dit à Mary, et elle n'a que seize ans : « Voyons, ma petite... » et la voix se perdit dans un chuchotement tandis que la petite-fille de M. Mac Rae se faufilait au milieu du groupe pour tâcher de faire comprendre à son grand-père qu'il ferait mieux de revenir prendre sa place à l'ombre.

De tous ces gens qui tournaient en rond sous les arbres, de ces jeunes filles énervées qui souriaient, de tous ces hommes qui échangeaient des propos enflammés, une seule personne semblait conserver son calme. Le regard de Scarlett s'était posé sur Rhett

Butler. Adossé à un arbre, les mains enfoncées dans les poches de son pantalon, il était resté seul depuis que M. Wilkes l'avait quitté et il ne s'était pas mêlé à la conversation qui s'animait de plus en plus. Sous sa courte moustache, ses lèvres rouges avaient un pli désabusé et, dans ses yeux noirs, brillait une lueur de mépris comme s'il se fût amusé à écouter des gamins hâbleurs. Il resta silencieux jusqu'à ce que Stuart Tarleton, sa chevelure rouge ébouriffée et l'œil en feu, répétât : « Voyons, nous les écraserons en un mois ! Les messieurs se battent toujours mieux que la canaille. Un mois... pourquoi pas une bataille... »

— Messieurs, dit Rhett Butler avec un accent qui trahissait son origine charlestonienne et sans changer de position ni même ôter les mains de ses poches, puis-je placer un mot ?

Le groupe se retourna vers lui et lui réserva l'accueil poli qu'on doit toujours à un étranger.

— L'un de vous, messieurs, a-t-il jamais songé qu'il n'y avait pas de manufacture de canons au-delà de la ligne Macon-Dixon ? a-t-il songé au petit nombre de fonderies qu'il y a dans le Sud ? au petit nombre de filatures de laine et de coton, au petit nombre de tanneries ? Avez-vous pensé que nous n'aurions pas un seul vaisseau de guerre et que la flotte yankee pourrait faire le blocus de nos ports en une semaine, si bien que nous ne pourrions plus vendre notre coton à l'étranger ? Mais naturellement, messieurs, vous avez pensé à tout cela ?

« Allons, bon, il prend tous les garçons pour une bande d'imbéciles ! » pensa Scarlett dont les joues s'empourprèrent d'indignation.

Évidemment elle n'était pas la seule à avoir eu cette idée, car plusieurs jeunes gens se mirent à avancer le menton. John Wilkes vint reprendre sa place auprès de l'orateur comme s'il voulait bien faire comprendre à tous les assistants que cet homme était son hôte et que, de plus, il y avait des dames.

— Ce qui est ennuyeux avec nous autres Sudistes, poursuivit Rhett Butler, c'est soit que nous ne voya-

geons pas assez, soit que nous ne profitons pas assez
de nos voyages. Bien entendu, messieurs, vous avez
tous beaucoup voyagé. Mais qu'avez-vous vu ? L'Europe, New York, Philadelphie, et naturellement les
dames sont allées à Saratoga [1]. (Il s'inclina légèrement
vers le groupe réuni sous la tonnelle.) Vous avez vu les
hôtels, les musées, vous êtes allés au bal, dans des
cercles, et vous êtes rentrés chez vous convaincus que
rien ne valait le Sud. En ce qui me concerne, je suis de
Charleston, mais j'ai passé ces dernières années dans
le Nord. (Un sourire découvrit ses dents blanches,
comme s'il se rendait compte que tout le monde savait
pourquoi il n'habitait plus Charleston et comme s'il
s'en moquait complètement.) J'y ai vu bien des choses
qu'aucun de vous n'a vues. Les milliers d'émigrants
qui seraient trop heureux de se battre pour les
Yankees contre le vivre et quelques dollars, les usines,
les fonderies, les chantiers navals, les mines de fer et
de houille... toutes ces choses que nous n'avons pas.
Voyons, tout ce que nous avons, c'est du coton, des
esclaves et de la morgue. C'est eux qui nous écrase-
raient en un mois.

Pendant un moment, le silence régna. Rhett Butler
sortit de la poche de sa jaquette un fin mouchoir de
batiste et épousseta négligemment un grain de poussière sur sa manche. Puis un murmure lourd de
menaces s'éleva de la foule et, de la tonnelle monta un
bourdonnement aussi caractéristique que celui d'une
ruche qu'on vient de déranger. Scarlett avait beau
être sous l'empire de la colère, quelque chose dans son
esprit lui indiqua que cet homme avait raison et que
ses paroles étaient marquées au coin du bon sens.
C'était vrai, elle n'avait jamais vu d'usines et ne
connaissait personne qui en eût vu. Mais, même si cela
était vrai, il fallait ne pas être un homme du monde
pour raconter des choses pareilles au cours d'une fête
où tout le monde s'amusait.

1. Ville d'eaux fort à la mode aux États-Unis (*N. d. T.*).

Stuart Tarleton, les sourcils froncés, s'avança suivi de Brent. Bien entendu, les jumeaux Tarleton étaient trop bien élevés pour faire un éclat à un pique-nique, même si on les avait poussés à bout. Cependant, toutes les dames ressentirent une émotion agréable, car il leur était rarement donné d'assister à une scène ou à une bataille. D'habitude, elles n'en recueillaient que les échos les plus lointains.

— Monsieur, fit Stuart d'une voix puissante, que voulez-vous dire ?

Rhett lui adressa un regard poli, mais moqueur :

— Je veux dire, répondit-il, ce que Napoléon... vous en avez peut-être entendu parler ?... a remarqué un jour : « Dieu est du côté du bataillon le plus fort », puis, se tournant vers John Wilkes, il ajouta avec une courtoisie qui n'était pas feinte : Vous m'avez promis de me montrer votre bibliothèque, monsieur. Serait-ce trop vous demander que d'y aller maintenant ? Je crains d'être obligé de retourner de bonne heure cet après-midi à Jonesboro, où des affaires m'appellent.

Face à la foule, il fit un ou deux pas en avant, claqua les talons et s'inclina comme un maître à danser. Son salut fut plein de grâce pour un homme d'une telle carrure, mais aussi insolent qu'un soufflet en plein visage. Alors, la tête haute, il traversa la pelouse en compagnie de John Wilkes. Les échos de son rire désagréable parvinrent jusqu'à ceux qui étaient restés près des tables.

Il y eut un silence surpris et de nouveau s'éleva le murmure confus des conversations. India, d'un air fatigué, quitta son fauteuil sous la tonnelle et se dirigea vers Stuart Tarleton bouillant de colère. Scarlett ne put entendre ce qu'elle lui dit, mais la façon dont elle le regarda lui causa une sorte de remords. C'était le même regard de possession qu'avait Mélanie quand elle fixait Ashley, seulement Stuart ne s'en aperçut pas. Ainsi, India l'aimait. Scarlett pensa un instant que si, un an auparavant, à cette réunion politique, elle n'avait pas tant flirté avec Stuart il aurait pu l'épouser depuis longtemps. Mais le

161

remords s'effaça devant la pensée réconfortante que ce n'était pas sa faute si les autres jeunes filles ne savaient pas garder les hommes qu'elles avaient choisis.

Stuart finit par sourire malgré lui à India et secoua la tête, en signe d'approbation. India avait probablement obtenu de lui qu'il ne suivît pas M. Butler et ne fît point de scène. On entendit sous les arbres le brouhaha des convives qui se levaient en secouant les miettes de leur giron. Les femmes mariées appelèrent leurs bonnes et leurs petits enfants et réunirent leur progéniture avant de s'en aller. Des groupes de jeunes filles, riant et pérorant, se dirigèrent vers la maison pour papoter dans les chambres à coucher des étages supérieurs et faire la sieste.

Toutes les dames se retirèrent et abandonnèrent aux hommes l'ombre des chênes et de la tonnelle, sauf Mme Tarleton, retenue par Gérald, M. Calvert et ceux qui voulaient obtenir sa réponse au sujet des chevaux destinés à la troupe.

Un sourire pensif et amusé aux lèvres, Ashley s'approcha lentement de l'endroit où se tenaient Scarlett et Charles.

— Quel type arrogant, hein ? remarqua-t-il en suivant des yeux Butler qui s'éloignait. Il ressemble à l'un des Borgia.

Scarlett eut beau faire, elle ne put se rappeler aucune famille du comté, d'Atlanta et de Savannah qui répondît à ce nom.

— Je ne les connais pas. Il est leur parent ? Qui sont ces gens-là ?

Une expression étrange se peignit sur le visage de Charles en qui l'incrédulité et la honte luttaient contre l'amour. L'amour l'emporta quand il comprit qu'il suffisait à une jeune fille d'être gracieuse et belle, et il s'empressa de répondre :

— Les Borgia étaient des Italiens.

— Oh ! fit Scarlett dont l'intérêt diminua aussitôt. Des étrangers !

Elle adressa son plus joli sourire à Ashley, mais,

pour on ne sait quelle raison, il ne la regarda pas. Il regardait Charles et l'on voyait sur son visage qu'il comprenait et ressentait un peu de pitié.

Scarlett s'avança sur le palier et se pencha prudemment au-dessus de la rampe pour regarder dans le vestibule. Il était vide. Des chambres à coucher situées à l'étage supérieur s'échappait un murmure continuel de voix assourdies, ponctué d'éclats de rire et de « Allons, ce n'est pas vrai, tu ne l'as pas fait ! » et de « Alors, qu'a-t-il dit ? » Après avoir ôté leur robe et desserré leur corset, les jeunes filles, les cheveux dans le dos, se reposaient sur les lits ou les canapés des six grandes chambres. La sieste était une coutume du pays, jamais plus nécessaire qu'en ces longues réjouissances qui, commençant tôt le matin, se terminaient par un bal. Pendant une demi-heure les jeunes filles allaient rire et bâiller, puis, leurs bonnes tireraient les persiennes et, dans la demi-obscurité moite, les bavardages se transformeraient en chuchotements pour expirer dans un silence rompu seulement par le rythme de respirations calmes et régulières.

Avant de se glisser dans le couloir et de s'engager dans l'escalier, Scarlett s'était assurée que Mélanie reposait sur un lit en compagnie de Honey et de Hetty Tarleton. Par la fenêtre du palier, elle voyait des hommes discuter sous la tonnelle et vider de grands verres, et elle savait qu'ils resteraient là jusque vers la fin de l'après-midi. Elle eut beau chercher, elle ne découvrit pas Ashley parmi eux. Alors, elle prêta l'oreille et reconnut sa voix. Comme elle l'avait espéré, il était encore dans l'allée à dire au revoir aux dames et aux enfants qui s'en allaient.

La gorge serrée, elle descendit rapidement l'escalier. Que se passerait-il si elle rencontrait M. Wilkes ? Quelle excuse invoquerait-elle pour rôder dans la maison alors que toutes les autres jeunes filles faisaient la sieste ? Eh bien ! c'était un risque à courir.

Au moment où elle atteignit le bas de l'escalier, elle

entendit dans la salle à manger les domestiques enlever sous les ordres du majordome la table et les chaises pour le bal. De l'autre côté du vestibule, la porte de la bibliothèque était ouverte. A pas rapides et silencieux, Scarlett s'y dirigea. Là elle pourrait attendre qu'Ashley eût fini de dire au revoir, puis elle l'appellerait quand il rentrerait.

Il faisait à peine jour dans la bibliothèque, car on en avait fermé les volets à cause du soleil. La pièce sombre avec ses hauts murs entièrement recouverts de livres l'impressionna. Ce n'était pas l'endroit qu'elle aurait choisi pour un rendez-vous. La vue d'un grand nombre de livres la déprimait toujours, comme la déprimaient les gens qui aimaient beaucoup lire. C'est-à-dire, tous les gens, sauf Ashley. Les meubles massifs semblaient se dresser vers elle dans la demi-clarté, fauteuils au dossier démesuré, au siège profond, aux larges bras, fauteuils à la taille des hommes de chez les Wilkes ; moelleuses petites chaises basses en velours pour les jeunes filles. Tout au fond de la longue pièce, juste en face de la cheminée, l'énorme sofa, le siège préféré d'Ashley, bombait le dos, pareil à quelque gros animal endormi.

Scarlett referma presque la porte et s'efforça d'apaiser les battements de son cœur. Elle essaya de se rappeler ce qu'elle avait projeté de dire à Ashley la nuit précédente, mais elle ne se souvint de rien. Avait-elle pensé à quelque chose qu'elle avait oublié ou bien, dans son plan, était-ce Ashley qui devait lui parler ? Elle n'arrivait pas à savoir et une brusque frayeur s'empara d'elle. Si seulement son cœur cessait de battre, peut-être trouverait-elle ce qu'il fallait dire. Mais le rythme sourd et précipité ne fit que s'accentuer quand Scarlett entendit Ashley lancer un dernier au revoir et pénétrer dans le vestibule.

Elle ne pouvait penser qu'à une chose, c'était qu'elle l'aimait, qu'elle aimait tout en lui, depuis sa façon altière de relever sa tête dorée jusqu'à ses bottes noires et fines, qu'elle aimait son rire, même quand il se moquait d'elle, qu'elle aimait ses silences surpris.

164

Oh ! qu'il entre et vienne la prendre dans ses bras pour lui éviter la peine de parler ! Il devait l'aimer... Peut-être si je priais... elle ferma les yeux et se mit à marmonner précipitamment : « Sainte Marie, pleine de grâce... »

— Tiens ! Scarlett !

La voix d'Ashley couvrit le bourdonnement de ses oreilles et la plongea dans la plus extrême confusion. Par la porte entrebâillée, Ashley la regardait, un sourire railleur aux lèvres.

— Qui fuyez-vous ? Charles ou les Tarleton ?

Elle faillit s'étrangler. Il avait donc remarqué son succès auprès des hommes ! Comme elle le trouvait beau avec ses yeux brillants qui semblaient ne pas voir combien elle était émue. Elle ne put parler, mais elle tendit la main et attira Ashley dans la pièce. Il entra intrigué et intéressé. Il y avait en Scarlett une intensité, dans ses yeux une lueur qu'il n'avait jamais vues auparavant et malgré le demi-jour il s'aperçut qu'elle avait les joues rouges. Machinalement il referma la porte et prit la main de Scarlett.

— Qu'y a-t-il ? fit-il presque à voix basse.

Au contact de sa main, Scarlett se mit à frissonner. Le moment était arrivé. Tout allait se passer comme elle l'avait rêvé. Un millier de pensées incohérentes lui traversaient l'esprit et elle était incapable d'en exprimer une seule. Elle se contentait de trembler et de dévisager Ashley. Pourquoi ne parlait-il pas ?

— Qu'y a-t-il ? répéta-t-il. Vous avez un secret à me confier ?

Brusquement, elle retrouva l'usage de la parole, et tout aussi brusquement il ne resta plus rien de ce qu'on lui avait inculqué pendant des années. L'âme irlandaise, l'esprit sans détours de Gérald parla par la bouche de sa fille.

— Oui... un secret, je vous aime.

Pendant un instant régna un silence si lourd qu'on eût dit que ni Ashley ni elle ne respiraient. Enfin, Scarlett cessa de trembler. La joie et l'orgueil lui inondèrent le cœur. Pourquoi n'avait-elle pas eu recours à ce moyen plus tôt ? C'était tellement plus simple que tous les stratagèmes de femme du monde qu'on lui avait appris. Alors ses yeux cherchèrent ceux d'Ashley.

Ils avaient une expression de consternation, d'incrédulité, il y avait même en eux quelque chose de plus... qu'est-ce que c'était ? Oui, Gérald avait eu cette expression le jour où son cheval favori s'était cassé une jambe et où il avait dû l'abattre. Pourquoi fallait-il qu'elle songeât à cela maintenant ? C'était une pensée si bête. Et pourquoi Ashley avait-il l'air si bizarre et ne disait-il rien ? Alors Ashley se couvrit le visage d'une sorte de masque bien étudié et ébaucha un sourire plein de galanterie.

— Il ne vous suffit donc pas d'avoir séduit tous les autres hommes aujourd'hui, d'avoir moissonné tous les cœurs ? dit-il de sa voix d'autrefois caressante et taquine. Vous voulez qu'il ne vous en manque pas un ? Mais mon cœur vous a toujours appartenu, vous savez. C'est sur lui que vous vous êtes fait les griffes.

Quelque chose n'allait pas... Ce n'était pas là ce qu'elle avait prévu. Parmi tant d'idées qui dansaient une ronde folle dans son esprit, une seule commençait à prendre corps. Elle ne savait pas pourquoi, mais Ashley se comportait comme s'il s'imaginait qu'elle ne faisait que badiner avec lui. Il savait pourtant que ce n'était pas ça.

— Ashley... Ashley... dites-moi... Vous devez... oh ! ne me taquinez pas maintenant ! Votre cœur m'appartient-il ? Oh ! cher, je vous...

Il lui posa vivement la main sur les lèvres. Il avait abandonné son masque.

— Il ne faut pas dire ces choses-là, Scarlett ! Il ne faut pas. Vous ne parlez pas sérieusement. Vous vous en voudrez de les avoir prononcées et vous m'en voudrez de les avoir écoutées !

Elle rejeta la tête en arrière. Elle se sentait emportée par un courant rapide et chaud.

— Je ne pourrais jamais vous en vouloir. Je vous dis

que je vous aime et je sais que vous m'aimez parce que...

Elle s'arrêta. Elle n'avait jamais vu un visage aussi bouleversé.

— Ashley, vous m'aimez... vous m'aimez, n'est-ce pas ?

— Oui, dit-il sourdement, je vous aime.

S'il lui avait dit qu'il la détestait, elle n'en eût pas été plus effrayée. Elle lui agrippa le bras, incapable de parler.

— Scarlett, fit-il, séparons-nous et oublions que nous avons prononcé ces mots-là.

— Non, murmura-t-elle, je ne peux pas. Que voulez-vous dire ? Vous ne voulez pas... m'épouser ?

— Je vais épouser Mélanie, répondit-il.

Sans savoir comment, elle se retrouva sur l'une des chaises basses en velours. A ses pieds, assis sur un tabouret, Ashley retenait fermement ses deux mains prisonnières dans les siennes. Il n'arrêtait pas de lui dire des choses... des choses qui n'avaient aucun sens. Son esprit était absolument vide maintenant et les paroles d'Ashley ne lui faisaient pas plus d'effet que la pluie sur le verre. Il avait beau lui murmurer des mots tendres et pleins de compassion, comme ceux d'un père à son enfant meurtri, elle n'entendait pas.

Dans son inconscience, elle distingua le nom de Mélanie et elle regarda Ashley. Elle surprit dans ses yeux de cristal gris, cette expression lointaine qui l'avait toujours déconcertée.

— Père annoncera nos fiançailles ce soir. Nous devons nous marier bientôt. J'aurais dû vous le dire, mais je croyais que vous étiez au courant. Je croyais que tout le monde le savait... s'en doutait depuis des années. Il ne m'était jamais venu à l'idée que vous... Vous avez tant de soupirants. Je pensais que Stuart...

La vie, la sensibilité, la compréhension commençaient à reprendre possession de Scarlett.

— Mais, vous venez de me dire que vous m'aimiez.

Ses mains moites broyèrent les siennes.

— Chère, voulez-vous me pousser à dire des choses qui vous blesseraient ?

Son silence l'incita à continuer.

— Comment puis-je vous faire comprendre ces choses ? Vous êtes si jeune, si étourdie, que vous ne savez pas ce que signifie le mariage.

— Je sais que je vous aime.

— L'amour ne suffit pas, quand deux êtres sont aussi différents que nous. Vous exigeriez tout d'un homme, Scarlett, son corps, son cœur, son âme, ses pensées... Et si vous ne les aviez pas, vous seriez malheureuse. Moi, je ne pourrais vous donner tout de moi. Je ne pourrais pas tout donner de moi à qui que ce fût. Et moi, je ne réclamerais pas tout votre esprit et toute votre âme. Vous en seriez ulcérée et vous en arriveriez à me haïr... avec quelle âpreté ! Vous auriez en horreur les livres que je lirais et la musique que j'aimerais parce qu'ils m'éloigneraient de vous ne fût-ce qu'un instant. Et moi peut-être... je...

— L'aimez-vous ?

— Elle me ressemble, nous sommes du même sang et nous nous comprenons. Scarlett ! Scarlett ! N'arriverai-je donc pas à vous faire comprendre qu'il ne peut y avoir de sérénité dans le mariage à moins que les deux époux ne se ressemblent.

Quelqu'un d'autre avait dit : « Il ne peut y avoir de bonheur que dans un mariage entre personnes qui se ressemblent. » Qui était-ce donc ? Scarlett avait l'impression d'avoir entendu prononcer cette phrase des milliers d'années auparavant, mais elle n'en comprenait toujours pas le sens.

— Pourtant vous avez dit que vous m'aimiez.

— Je n'aurais pas dû vous le dire.

Quelque part dans son esprit couvait un incendie et la colère commençait à tout balayer devant elle.

— Eh bien ! puisque vous avez été assez mufle pour le dire...

Il blêmit.

— Oui, j'ai été un mufle de le dire puisque je vais épouser Mélanie. Je n'aurais pas dû dire cela, car je savais que vous ne comprendriez pas. Comment pourrais-je m'empêcher de vous aimer... vous qui avez cette passion de la vie que je n'ai pas? Vous qui pouvez aimer et haïr avec une violence dont je suis incapable. Vous êtes un élément comme le feu, le vent, les choses sauvages, et moi...

Scarlett pensa à Mélanie et revit soudain ses calmes yeux bruns au regard lointain, ses petites mains sages dans leurs mitaines de dentelle noire, ses silences charmants. Alors sa colère éclata, une colère semblable à celle qui avait poussé Gérald au meurtre et ses autres ancêtres irlandais à des actes qui leur avaient valu le gibet. Il ne restait rien en elle des Robillards si bien élevés qu'ils pouvaient supporter en silence n'importe quel affront.

— Pourquoi ne le dites-vous pas, espèce de lâche! Vous avez peur de m'épouser! Vous aimez mieux vivre avec cette petite imbécile qui n'ouvre la bouche que pour dire oui et non, vous aimez mieux élever une nichée de mauviettes comme elle! Allons...

— Vous ne devriez pas parler de Mélanie comme cela!

— Je ne devrais pas! Voyez-moi ça! De quel droit m'empêcheriez-vous? espèce de lâche, de mufle, de... Vous m'avez fait croire que vous alliez m'épouser...

— Soyez sincère, implora-t-il. Ai-je jamais...

Elle ne voulait pas être sincère, bien qu'elle reconnût la justesse de ses paroles. Pas une seule fois il n'avait dépassé avec elle les limites de l'amitié et cette pensée attisa sa colère, la colère de la fierté et de la vanité féminines blessées. Elle avait couru après lui et il la repoussait. Il lui préférait une petite sotte au teint blafard comme Mélanie. Oh! comme elle eût mieux fait de suivre les préceptes d'Ellen et de Mama et de ne jamais lui révéler qu'elle avait même de la sympathie pour lui. Tout aurait mieux valu que de connaître cette honte cuisante.

Elle se leva d'un bond, les poings serrés. Ashley se leva à son tour. Il la dominait de toute sa taille. Son visage exprimait la douleur muette de quelqu'un qui ne peut se soustraire à la plus triste des réalités.

— Je vous haïrai jusqu'au jour de ma mort, espèce de lâche... être abject... abject...

Quel mot voulait-elle employer ? Elle n'en trouvait pas d'assez laid.

— Je... je vous en prie...

Il tendit la main vers elle, et au même moment elle le frappa de toutes ses forces en pleine figure. Dans la pièce silencieuse, la gifle claqua comme un coup de fouet. Soudain, la rage de Scarlett tomba et la détresse envahit son cœur.

On voyait distinctement la marque rouge sur le visage pâle et défait d'Ashley. Il ne dit rien, mais il prit la main que Scarlett avait laissée retomber, la porta à ses lèvres et la baisa. Puis, sans donner à Scarlett le temps de parler, il s'en alla et referma doucement la porte sur lui.

Elle se rassit brusquement. La colère lui avait coupé les genoux. Ashley était parti et le souvenir de son visage giflé devait la hanter jusqu'à la mort.

Elle entendit décroître le bruit assourdi de ses pas dans le vestibule et elle prit peu à peu conscience de la monstruosité de ce qu'elle avait fait. Elle avait perdu Ashley pour toujours. Désormais il la détesterait et chaque fois qu'il la verrait il se rappellerait la façon dont elle s'était jetée à sa tête alors qu'il ne lui avait donné aucun encouragement.

« Je ne vaux pas mieux que Honey Wilkes », pensa-t-elle tout d'un coup, et elle se rappela combien tout le monde, elle-même plus que les autres, avait tourné en dérision la conduite de Honey avec les garçons auxquels elle essayait de se cramponner. Un nouvel accès de rage s'empara de Scarlett, de rage contre elle-même, contre Ashley, contre le monde entier. Parce qu'elle se détestait, elle détestait tous les autres avec la fureur d'un amour de seize ans qu'on a contrarié et humilié. Un peu de véritable tendresse s'était seulement mêlé à son amour. La vanité, une confiance complaisante en la vertu de son charme en avaient surtout fait le fond. Maintenant elle avait perdu la partie, et par-dessus le sentiment de son échec grandissait la peur de s'être donnée en spectacle. S'était-elle rendue aussi ridicule que Honey ? Est-ce que tout le monde se moquait d'elle ? Son tremblement la reprit.

Elle posa la main sur un guéridon à côté d'elle et se mit à jouer avec un petit vase fragile que surmontaient deux chérubins railleurs. Il régnait un tel calme dans la bibliothèque que Scarlett faillit hurler pour rompre le silence. Il fallait qu'elle fît quelque chose sous peine de devenir folle. Elle prit le vase et le lança rageusement à l'autre extrémité de la pièce. Il effleura le haut dossier du sofa et alla se briser en mille morceaux contre le marbre de la cheminée.

— Ah ! en voilà assez ! déclara une voix montant des profondeurs du sofa.

Jamais Scarlett n'avait connu pareille stupéfaction et pareille terreur. Sa bouche se dessécha au point qu'il lui fut impossible d'articuler le moindre son. Les jambes coupées, elle se cramponna au dossier de sa chaise tandis que Rhett Butler se levait du sofa où il était étendu et la saluait avec une politesse exagérée.

— C'est déjà bien assez d'avoir été arraché à ma sieste par une tirade comme celle que j'ai été forcé d'entendre sans que je laisse mettre mes jours en danger.

C'était bien lui ! ce n'était pas un fantôme ; mais que les saints nous protègent, il avait tout entendu ! Scarlett rallia ses forces pour se composer une attitude à peu près digne.

— Monsieur, vous auriez dû faire savoir que vous étiez là.

— Vraiment ? (Ses dents étincelaient, et il lui décocha un regard moqueur.) Mais, c'était vous l'intruse. J'étais obligé d'attendre M. Kennedy et, estimant que je n'étais peut-être pas *persona grata* au jardin, j'ai eu l'idée ingénieuse de dissimuler ma fâcheuse présence en cet endroit où j'espérais n'être point dérangé. Mais, hélas !

Il haussa les épaules et se mit à rire doucement.

Scarlett sentit se ranimer sa colère à la pensée que ce personnage grossier et impertinent avait tout entendu... avait entendu des choses dont elle était maintenant si honteuse qu'elle eût préféré être morte plutôt que de les avoir prononcées.

— Vous écoutez aux portes..., commença-t-elle furieuse.

— Ceux qui écoutent aux portes apprennent souvent des choses très divertissantes et très instructives. A force de pratiquer l'art d'écouter aux portes, je...

— Monsieur, vous n'êtes pas un homme du monde !

Il avait l'air de trouver Scarlett très amusante, car il se remit à rire doucement.

— On n'est plus une femme du monde quand on a dit et fait ce que j'ai entendu. Pourtant, les femmes du monde ont rarement beaucoup d'attrait pour moi. Je sais ce qu'elles pensent, mais elles ne sont jamais assez braves ou assez mal élevées pour le dire. Et cela, à la longue, devient insipide. Mais vous, ma chère mademoiselle O'Hara, vous êtes une jeune fille d'un caractère rare, d'un caractère admirable et je vous salue bien bas. Je n'arrive pas à comprendre quel charme peut avoir l'élégant M. Wilkes pour une nature bouillante comme la vôtre. Il devrait remercier Dieu à deux genoux de lui envoyer une jeune fille avec votre... comment a-t-il troussé cela ?... avec votre « passion de la vie », mais comme c'est une pauvre loque...

— Vous n'êtes même pas digne de cirer ses bottes ! éclata Scarlett.

— Tiens, je croyais que vous deviez le haïr toute votre vie !

Il se laissa retomber sur le sofa et Scarlett entendit son rire.

Si elle avait pu le tuer, elle l'aurait fait. Au lieu de cela, elle sortit de la bibliothèque avec toute la dignité dont elle fut capable et claqua la porte.

Elle remonta si vite l'escalier qu'en arrivant sur le palier elle crut qu'elle allait s'évanouir. Elle s'arrêta et se cramponna à la rampe. Son cœur battait si fort sous l'effet de la colère, de l'insulte et des émotions, qu'il lui sembla près d'éclater. Elle essaya de respirer à fond, mais Mama l'avait trop serrée. Si elle allait s'évanouir et qu'on la retrouvât sur le palier, que penserait-on d'elle ? Oh ! que ne penseraient pas Ashley et cet ignoble Butler et ces filles malveillantes qui étaient si jalouses ! Pour une fois dans sa vie, elle souhaita d'avoir des sels comme les autres jeunes filles, mais elle n'avait jamais possédé de flacon. Non, c'était impossible, elle ne pouvait pas s'évanouir maintenant !

Peu à peu le malaise disparut. Dans une minute elle se sentirait tout à fait d'aplomb et se glisserait dans le petit cabinet de toilette attenant à la chambre d'India. Là, elle délacerait son corset et, sur la pointe des pieds, elle irait s'allonger sur un lit entre les jeunes filles endormies. Elle essaya de réprimer les battements de son cœur et de se composer un visage plus calme, car elle savait qu'elle devait avoir l'air d'une folle. Si l'une des jeunes filles était éveillée, elle se douterait que quelque chose n'allait pas, et tout le monde devait ignorer ce qui venait de se passer.

Par la large baie du palier, elle vit les hommes paresseusement assis dans leurs fauteuils à l'ombre des arbres ou de la tonnelle. Comme elle les enviait ! Que c'était donc merveilleux d'être un homme et de n'avoir jamais à connaître les épreuves qu'elle venait de traverser. Tandis qu'elle les contemplait les yeux brûlants et les tempes bourdonnantes, elle entendit le galop rapide d'un cheval, dans l'allée, le crissement du gravier et la voix d'une personne bouleversée qui posait une question à l'un des nègres. Puis le gravier vola de nouveau sous les sabots d'un cheval et elle vit un cavalier traverser la pelouse verte et se diriger vers le petit bois.

Un invité en retard, mais pourquoi coupait-il à travers la pelouse dont India était si fière ? Elle ne

173

pouvait le reconnaître, mais quand il sauta à bas de son cheval et saisit le bras de John Wilkes, elle remarqua que tout son être trahissait l'agitation. Abandonnant leurs verres et leurs éventails sur les tables, les assistants s'empressèrent autour de lui. Malgré la distance, Scarlett distingua un brouhaha confus et devina la fièvre qui s'emparait des hommes. Alors, dominant le tumulte, Stuart Tarleton poussa un « Iou-là-iou ! » triomphant comme s'il était à la chasse. Et, pour la première fois, Scarlett entendit sans le savoir le cri des rebelles.

Suivis des Fontaine, les quatre Tarleton se détachèrent du groupe et se précipitèrent vers l'écurie en hurlant : « Jeems. Eh ! Jeems ! selle les chevaux ! »

« Il doit y avoir le feu chez quelqu'un », pensa Scarlett. Mais, incendie ou non, il importait qu'elle rentrât dans la chambre à coucher avant qu'on découvrît son absence.

Maintenant son cœur battait moins fort. Sur la pointe des pieds elle acheva de monter l'escalier et s'engagea dans le couloir silencieux. Une torpeur lourde et moite régnait partout comme si la maison, elle aussi, se reposait en attendant la nuit, la musique et l'éclat des bougies pour resplendir de beauté. Scarlett ouvrit avec précaution la porte du cabinet de toilette et entra. Elle n'avait pas encore lâché la poignée qu'à travers la porte entrebâillée de la chambre à coucher elle entendit Honey Wilkes murmurer quelque chose à voix basse.

« Je trouve que Scarlett s'est on ne peut plus mal tenue aujourd'hui. »

Scarlett sentit son cœur reprendre sa course folle et machinalement elle y porta la main comme s'il lui suffisait d'une pression pour le rendre plus docile. « Ceux qui écoutent aux portes apprennent souvent des choses très instructives », omit de lui redire sa mémoire. Allait-elle sortir de nouveau ? ou bien allait-elle révéler sa présence pour confondre Honey comme elle le méritait ? Mais elle se retint. Une couple de mulets n'aurait pas réussi à la faire changer de place quand elle reconnut la voix de Mélanie.

— Oh! Honey, non! Ne sois pas méchante. Elle est seulement gaie et vive. Moi je la trouve délicieuse.

« Oh! se dit Scarlett en s'enfonçant les ongles dans son corsage, laisser cette petite chipie prendre ma défense! »

C'était plus pénible que d'entendre les rosseries de Honey, Scarlett n'avait jamais eu confiance en aucune femme et, à l'exception de sa mère, n'avait jamais prêté aux femmes que des mobiles égoïstes. Mélanie savait qu'Ashley était bien à elle et il ne lui était pas difficile de faire montre de tant de charité chrétienne. Scarlett pensait que c'était bien de Mélanie de faire étalage de sa conquête et en même temps de tirer profit de sa bonté. Scarlett elle-même avait eu souvent recours à ce procédé en parlant aux hommes des autres jeunes filles et les pauvres sots, convaincus de sa bonté et de son désintéressement, s'y étaient toujours laissé prendre.

— Voyons, ma petite, dit Honey, en élevant le ton, il faut que tu sois aveugle.

— Tais-toi, Honey, fit Sally Munroe, on va t'entendre dans toute la maison!

Honey baissa la voix, mais n'en continua pas moins : « Allons, vous avez toutes vu la façon dont elle se comportait avec tous les hommes sur qui elle pouvait mettre la main... même M. Kennedy, et c'est le soupirant de sa sœur! Je n'ai jamais vu ça! Et puis elle avait sûrement jeté son dévolu sur Charles, pouffa Honey. Et vous savez, Charles et moi...

— Vous l'êtes pour de bon? chuchotèrent des voix.

— Ne le dites à personne, mes petites... pas encore.

On rit sous cape. Le lit grinça quand quelqu'un voulut faire taire Honey. Mélanie déclara combien elle serait heureuse d'être la sœur de Honey.

— Eh bien! moi, je ne serai pas ravie d'avoir Scarlett pour sœur, parce que c'est une dévergondée comme je n'en ai jamais vu, affirma Hetty Tarleton d'un ton agressif. Mais elle est pratiquement fiancée à

Stuart. Brent prétend qu'elle se moque pas mal de lui, mais, bien entendu, Brent est fou d'elle, lui aussi.

— Si vous voulez mon avis, fit Honey mystérieuse et importante, il n'y a qu'une personne qui l'intéresse. C'est Ashley !

Tandis que redoublaient les chuchotements, que les questions s'entrecroisaient fébriles, Scarlett fut glacée d'effroi et d'humiliation. Honey était une folle, une imbécile, elle était grotesque avec les hommes, mais avec les femmes elle avait une intuition que Scarlett avait sous-estimée. La blessure d'orgueil qu'Ashley et Rhett Butler lui avaient infligée dans la bibliothèque n'était que piqûre d'épingle à côté de cela. On pouvait se fier aux hommes pour tenir leur langue, même à des hommes comme Butler, mais avec Honey Wilkes, bavarde comme une pie, le comté entier saurait à quoi s'en tenir avant six heures du soir. Et rien que la veille Gérald avait dit qu'il ne voulait pas qu'on se moquât de sa fille dans le comté. Comme les gens allaient se moquer d'elle maintenant ! Des gouttes de sueur froide commencèrent à lui couler des aisselles le long des côtes.

Mesurée, paisible, un peu sévère, la voix de Mélanie s'éleva par-dessus celles des autres jeunes filles.

— Honey, tu sais que ce n'est pas vrai, et c'est si méchant.

— C'est pourtant vrai, Melly, et si tu ne passais pas ton temps à chercher le bien chez des gens qui en sont dépourvus tu t'en apercevrais. Et je suis heureuse qu'il en soit ainsi. C'est bien fait pour elle. Scarlett O'Hara n'a jamais fait que mettre la brouille partout et chercher à chiper les amoureux des autres. Tu sais très bien qu'elle a chipé Stuart à India, et qu'elle ne veut pas de lui. Aujourd'hui, elle a essayé de prendre M. Kennedy, Ashley et Charles...

« Il faut que je rentre à la maison ! pensa Scarlett. Il faut que je rentre. »

Si seulement elle pouvait par magie être transportée à Tara, où elle serait en sûreté ! Si seulement elle pouvait se trouver auprès d'Ellen, rien que pour la

176

voir, se blottir dans ses jupes, pleurer et lui confier toute son histoire ! Encore un mot et elle se précipiterait sur Honey, elle lui arracherait à pleines mains sa tignasse pâle, elle cracherait sur Mélanie pour lui montrer ce qu'elle pensait de sa charité. Mais elle avait déjà eu une conduite assez vulgaire comme cela, elle s'était comportée comme ces Blancs qu'on méprisait... et c'était là que gisait toute la difficulté.

Elle plaqua ses mains contre ses jupes pour les empêcher de bruire et elle sortit à reculons aussi furtivement qu'un animal. « A la maison, se dit-elle, en suivant d'un pas rapide le couloir, en passant devant les portes fermées des chambres silencieuses, il faut que je rentre à la maison. »

Elle avait déjà atteint la véranda quand une nouvelle pensée la fit s'arrêter brusquement... Elle ne pouvait pas partir chez elle ! Elle ne pouvait pas s'enfuir ! Il lui faudrait assister à toute la fête, supporter toutes les railleries des jeunes filles, supporter sa propre humiliation, rester là le cœur brisé. Se sauver ne ferait que fournir de nouvelles armes à l'ennemi.

Elle martela de ses poings fermés les hauts piliers blancs. Elle aurait voulu être Samson pour renverser les Douze Chênes et détruire tous ceux qui s'y trouvaient. Elle allait leur faire payer cela. Elle allait leur montrer ce dont elle était capable. Elle ne voyait pas très bien comment elle s'y prendrait, mais ça n'avait pas d'importance. Elle allait leur faire plus de mal qu'ils ne lui en avaient fait.

Pour elle, en ce moment, Ashley n'était plus Ashley... Il n'était plus le grand garçon nonchalant qu'elle aimait, mais il faisait partie intégrante des Wilkes, des Douze Chênes, du comté..., elle les avait tous en horreur parce qu'ils se moquaient d'elle. A seize ans, la vanité est plus forte que l'amour, et dans son cœur brûlant il n'y avait place que pour la haine.

« Je ne retournerai pas à la maison, se dit-elle. Je resterai ici et ils me le paieront. Je n'en dirai jamais rien à maman. Non, je n'en dirai jamais rien à personne. »

Elle s'apprêta à rentrer, à remonter l'escalier et à aller s'allonger dans une autre chambre.

Elle se retourna et à l'autre extrémité du long vestibule elle aperçut Charles. Lorsqu'il la vit, il se précipita vers elle. Il avait les cheveux en désordre et, sous le coup de l'émotion, ses joues avaient la teinte des géraniums.

— Savez-vous ce qui arrive? s'écria-t-il, avant même d'être parvenu jusqu'à elle. Avez-vous entendu? Paul Wilson vient de nous apporter la nouvelle de...

Arrivé à la hauteur de Scarlett il s'arrêta, hors d'haleine. Scarlett le regarda sans rien dire.

— M. Lincoln a appelé des hommes sous les drapeaux, des soldats... je veux dire des volontaires... Il en a appelé 75 000!

Encore M. Lincoln! Les hommes ne pensaient-ils donc jamais à des choses qui en valussent la peine? le jeune nigaud avait-il donc la prétention de l'émouvoir avec les histoires de M. Lincoln alors qu'elle avait le cœur brisé et qu'elle était pratiquement perdue de réputation?

Charles la regarda fixement. Elle avait le visage blanc comme une feuille de papier, ses yeux brillaient comme des émeraudes.

— Je suis si maladroit, fit-il. J'aurais dû vous dire cela avec plus de ménagements. Je ne me suis pas souvenu de la sensibilité des femmes. Je suis navré de vous avoir causé cette émotion. Vous n'allez pas vous évanouir, n'est-ce pas? Faut-il aller vous chercher un verre d'eau?

— Non, répondit Scarlett en s'efforçant de sourire.

— Voulez-vous que nous nous asseyions sur un banc? proposa-t-il en lui prenant le bras.

Elle fit oui de la tête. Charles l'aida à descendre les marches du perron. Ils traversèrent la pelouse et s'assirent sur un banc de fer placé sous le plus gros chêne en face de la maison. « Que les femmes sont donc fragiles et délicates, pensa Charles. La seule mention de la guerre et un peu de brutalité les fait s'évanouir. » Il prit de nouveau conscience de sa supériorité d'homme et redoubla de prévenances envers Scarlett. Elle avait une expression si étrange, son visage blême était empreint d'une telle beauté farouche que son cœur se mit à faire des bonds désordonnés. Se pouvait-il qu'elle fût bouleversée à l'idée qu'il risquait de partir à la guerre ? Non, il aurait fallu être trop vaniteux pour y croire. Mais pourquoi le dévisageait-elle ainsi ? Pourquoi ses mains tremblaient-elles tout en froissant son mouchoir de dentelle ? Et ses cils, ses cils qui battaient comme ceux des jeunes filles dans les romans qu'il avait lus, qui battaient de timidité et d'amour.

Trois fois il s'éclaircit la gorge pour parler et trois fois il resta muet. Il baissa les yeux pour ne pas voir ces yeux verts qui semblaient le regarder sans le voir.

« Il a beaucoup d'argent, songeait Scarlett, tandis qu'un plan se formait dans son esprit. Il n'a pas de parents pour m'ennuyer et il habite Atlanta. Si je l'épouse tout de suite, ça montrera à Ashley que je me moquais pas mal de lui... que je faisais seulement la coquette. Et Honey en mourra. Elle ne trouvera plus jamais, jamais d'autre soupirant. Tout le monde se tordra de rire en pensant à elle. Cela blessera Mélanie parce qu'elle aime tant Charles. Cela blessera aussi Stuart et Brent. » Scarlett ne savait pas très bien pourquoi elle voulait faire du mal aux jumeaux, si ce n'est parce qu'ils avaient des sœurs méchantes. « Et ils seront tous furieux quand je viendrai ici en visite dans une belle voiture, avec des tas de beaux habits et une maison à moi. Jamais, jamais ils n'oseront se moquer de moi. »

— Bien entendu, nous serons obligés de nous battre, déclara enfin Charles, après plusieurs autres efforts infructueux. Mais, prenez patience, mademoiselle Scarlett, ce sera fini en un mois et nous leur ferons rendre gorge. Oui, parfaitement ! rendre gorge ! Pour rien au monde, je ne voudrais manquer cela. J'ai bien peur qu'on ne danse pas beaucoup ce soir, car la troupe va se rassembler à Jonesboro. Les fils Tarleton sont partis annoncer la nouvelle. Je sais que les dames seront désolées.

— Oh ! fit Scarlett, faute de mieux, mais cela suffit.

Elle recouvrait peu à peu son calme et commençait à mettre de l'ordre dans ses idées. Une sorte de givre semblait recouvrir ses émotions et elle pensa qu'elle ne ressentirait plus jamais aucune chaleur. Pourquoi ne pas prendre pour mari ce joli garçon rougissant ? Il en valait un autre et cela d'ailleurs lui était bien égal. Non, même si elle vivait jusqu'à quatre-vingt-dix ans, plus rien ne compterait pour elle.

— Je ne sais pas encore si je partirai avec la Légion de la Caroline du Sud de M. Wade Hampton ou avec la Garde d'Atlanta.

— Oh ! fit de nouveau Scarlett.

Leurs yeux se rencontrèrent et cette fois ce fut Charles qui battit des cils.

— Attendrez-vous mon retour, mademoiselle Scarlett ? ce... serait divin de savoir que je vous retrouverais quand nous les aurions écrasés !

Retenant son souffle, il guettait ses paroles, il observait la façon dont ses lèvres se retroussaient. Pour la première fois, il remarqua une ombre aux coins de ses lèvres et se demanda ce qui se produirait s'il les embrassait. La main moite de Scarlett se glissa dans la sienne.

— Je ne voudrais pas vous faire attendre, dit-elle, et ses yeux se voilèrent.

La bouche grande ouverte, il tenait la main de Scarlett. Celle-ci l'étudiait, les paupières mi-closes, et se disait qu'il ressemblait à une grenouille. Il bafouilla à plusieurs reprises, ferma la bouche et la rouvrit tandis que ses joues retrouvaient leur teinte géranium.

— Se peut-il que vous m'aimiez ?

Elle ne dit rien, mais elle baissa la tête et de nouveau Charles fut plongé dans l'extase et la perplexité. Un homme ne devait peut-être pas poser une telle question à une jeune fille. Il n'était peut-être pas convenable qu'elle répondît. N'ayant jamais eu assez de courage pour se trouver dans une situation analogue, Charles ne savait plus quel parti prendre. Il aurait voulu crier, chanter, embrasser Scarlett, gambader sur la pelouse et aller dire à tous, Blancs et Noirs, qu'elle l'aimait. Mais il se contenta de lui presser la main au point de lui enfoncer ses bagues dans la chair.

— Vous m'épouserez bientôt, mademoiselle Scarlett ?

— Hum ! fit-elle en arrangeant un pli de sa robe.

— Nous marierons-nous en même temps que Mel...

— Non, répondit vivement Scarlett en lui décochant un regard menaçant.

Charles comprit qu'il avait commis une nouvelle sottise. Bien entendu, une jeune fille voulait avoir un mariage pour elle toute seule... elle ne voulait pas de gloire partagée. Comme elle était bonne de ne pas s'appesantir sur ses bévues. Si seulement il faisait noir, l'ombre lui donnerait de l'audace, il lui embrasserait la main et lui murmurerait des choses qu'il brûlait de lui dire.

— Quand puis-je parler à votre père ?

— Le plus tôt sera le mieux, dit-elle dans l'espoir qu'il lui lâcherait la main avant que la douleur ne l'obligeât à le lui demander.

Il se leva d'un bond. Scarlett crut qu'il allait faire la cabriole. Il la contempla d'un air radieux. Tout son cœur simple était dans ses yeux. Personne n'avait jamais regardé ainsi Scarlett, et nul homme ne devait plus jamais le faire ; pourtant, elle était si étrangement indifférente à tout qu'elle pensa seulement qu'il ressemblait à un veau.

— Je m'en vais chercher votre père, dit-il le visage illuminé d'un sourire. Je ne peux pas attendre. Voulez-vous m'excuser... chérie ?

Il eut bien du mal à prononcer ce mot tendre, mais une fois qu'il l'eut dit, il le répéta avec une joie évidente.

— Oui, répondit Scarlett. Il fait bon et frais ici.

Il s'éloigna, traversa la pelouse et disparut derrière

la maison. Scarlett resta seule sous le chêne bruissant. Des écuries sortait un flot continuel de cavaliers, suivis de domestiques noirs qui galopaient ferme ventre à terre en brandissant leurs chapeaux. Les Fontaine et les Calvert descendirent la route en poussant des cris. Les quatre Tarleton traversèrent la pelouse au grand trot, passèrent à côté de Scarlett et Brent lança : « Maman va nous donner les chevaux ! Iou-là-iou ! » Des mottes de terre volèrent sous les sabots des bêtes. Les Tarleton étaient partis. Scarlett resta de nouveau seule.

La blanche demeure dressait ses hautes colonnes devant Scarlett et semblait s'écarter d'elle avec une réserve pleine de dignité. Désormais ce ne serait jamais sa maison. Jamais elle ne serait la fiancée qu'Ashley porterait dans ses bras pour lui faire franchir son seuil. Oh ! Ashley, Ashley ! Qu'ai-je fait ? Plus fort que sa vanité ou que son égoïsme naissait en elle une émotion de femme. Elle aimait Ashley, elle savait qu'elle l'aimait et elle ne s'en était jamais aussi bien rendu compte qu'au moment où elle avait vu Charles tourner l'allée sablonneuse et disparaître.

VII

Deux semaines après, Scarlett était mariée, deux mois plus tard elle était veuve. Elle fut vite délivrée de liens qu'elle avait noués avec tant de hâte et si peu de réflexion, mais elle ne devait plus jamais connaître l'insouciante liberté du temps où elle était jeune fille. Le veuvage avait suivi de près le mariage, mais, à son grand désespoir, survint aussi la maternité.

Plus tard, lorsqu'elle évoqua ces derniers jours d'avril 1861, Scarlett ne put jamais très bien s'en rappeler les détails. Le temps et les événements se précipitèrent, se confondirent comme dans un cauchemar. Jusqu'au jour de sa mort, elle devait être incapable ae donner aux souvenirs de ces journées-là une suite logique. Il ne lui resta de l'époque qui sépara le jour où elle avait agréé la demande de Charles de celui de son mariage qu'une idée confuse. Deux semaines ! D'aussi courtes fiançailles eussent été impossibles en temps de paix. En temps normal, l'étiquette eût exigé un intervalle d'un an ou d'au moins six mois. Mais le brasier de la guerre ravageait le Sud, les événements se déroulaient comme s'ils eussent été chassés par un vent impétueux et la lente cadence des jours anciens était perdue. Ellen s'était tordu les mains et avait conseillé qu'on attendît pour permettre à Scarlett de réfléchir davantage. Mais Scarlett, le visage fermé, demeura sourde à ses prières. Elle voulait se marier ! et tout de suite. En deux semaines. Apprenant que le mariage d'Ashley avait été avancé au premier mai pour permettre au jeune homme de rallier son corps dès qu'il serait appelé, Scarlett désira qu'on célébrât son mariage un jour avant le sien. Ellen protesta, mais Charles plaida la cause de Scarlett avec une éloquence persuasive, car il était impatient de s'en aller en Caroline du Sud rejoindre la Légion de Wade Hampton, et Gérald prit le parti des deux jeunes gens. La fièvre de la guerre s'était emparée de lui et il était ravi que Scarlett eût trouvé un si beau parti ; d'ailleurs, il n'était pas homme à contrarier des amours juvéniles quand il y avait la guerre. Tiraillée des deux côtés, Ellen finit par céder comme cédaient toutes les mères dans le Sud. Leur univers tranquille avait été bouleversé de fond en comble et leurs supplications, leurs prières, leurs conseils ne pouvaient rien contre les forces qui les balayaient.

Le Sud était ivre d'enthousiasme et d'exaltation. Tout le monde savait qu'il suffirait d'une seule bataille pour mettre un terme à la guerre et les jeunes gens se hâtaient de s'enrôler avant que les hostilités prissent fin... ils se hâtaient d'épouser celles qu'ils aimaient avant de se ruer en Virginie pour porter un coup mortel aux Yankees. Dans le comté on célébrait par douzaines les mariages de soldats et l'on n'avait guère le temps de pleurer au moment des adieux, car tous étaient trop accupés, trop exaltés pour nourrir des pensées graves ou verser des larmes. Les femmes confectionnaient des uniformes, tricotaient des chaussettes, roulaient des bandes. Les hommes faisaient l'exercice et s'exerçaient au tir. Chaque jour des trains chargés de troupes traversaient Jonesboro et remontaient vers le Nord, vers Atlanta et la Virginie. Certains détachements arboraient de gais uniformes écarlates et bleu pâle, d'autres, des uniformes verts des sections spéciales de milice. De petits groupes portaient des vareuses grossières et la casquette de raton ; d'autres, qui n'étaient point en uniforme, étaient vêtus de drap et de linge fins. Tous, à demi exercés, à demi armés, déliraient d'enthousiasme comme s'ils s'étaient rendus à un pique-nique. La vue de ces hommes sema la panique parmi les jeunes gens du comté ; ils eurent peur que la guerre ne fût finie avant leur arrivée en Virginie, et l'on poussa l'entraînement de la troupe en vue de son départ.

Au milieu de cette effervescence se poursuivirent les préparatifs du mariage, et presque avant d'avoir pu s'en rendre compte Scarlett, habillée de la robe et du voile de mariée d'Ellen, descendit le large escalier de Tara au bras de son père et se trouva en présence d'une foule d'invités qui emplissaient la maison. Puis, comme dans un rêve, elle se rappela le reflet des centaines de bougies sur les murs, le visage affectueux, un peu inquiet de sa mère, ses lèvres ébauchant une prière silencieuse pour le bonheur de sa fille, Gérald enflammé par le cognac et l'orgueil de voir sa fille épouser à la fois de la fortune et un nom... enfin, au bas des escaliers, Ashley et Mélanie à son bras.

Quand elle l'aperçut, elle se dit : « Ça ne peut pas être vrai. C'est impossible. C'est un cauchemar. Je vais me réveiller et je verrai bien que ce n'est qu'un cauchemar. Il ne faut pas que j'y pense maintenant sans quoi je vais me mettre à hurler devant tous ces gens. Il ne faut pas que j'y pense. J'y penserai plus tard, quand je serai plus forte... ; quand je ne verrai plus ses yeux. »

Ce fut bien comme dans un rêve, ce passage entre deux haies de gens souriants, le visage écarlate de Charles, ses bredouillements, ses propres réponses si claires, si froides. Et ensuite, les félicitations, les embrassements, les discours et le bal... tout cela comme dans un rêve, comme dans un cauchemar. Même le baiser d'Ashley sur sa joue, même ce que lui chuchota doucement Mélanie : « Maintenant nous voilà vraiment sœurs », même l'émotion causée par l'évanouissement de la plantureuse et sensible tante de Charles, Mlle Pittypat Hamilton.

Mais, lorsqu'on eut fini de danser et de porter des toasts, lorsque l'aube pointa, que tous les invités d'Atlanta qu'on avait réussi à entasser à Tara et dans la maison du régisseur furent allés se coucher sur des lits, des sofas ou des matelas posés à même le plancher et que les voisins furent rentrés chez eux afin d'être dispos pour le mariage du lendemain aux Douze Chênes, alors le rêve se brisa comme du cristal et fit place à la réalité. La réalité, ce fut Charles tout rougissant émergeant du cabinet de toilette en chemise de nuit, évitant le regard stupéfait que lui lança Scarlett par-dessus son drap ramené très haut.

Bien entendu, elle savait que les époux partageaient le même lit, mais elle ne s'était jamais arrêtée à cette pensée. Cela lui paraissait tout naturel pour sa mère et pour son père, mais elle n'avait jamais songé qu'elle pourrait se trouver dans ce cas-là. Pour la première fois depuis le jour du pique-nique, elle se rendit compte exactement de ce à quoi elle s'était exposée. L'idée que ce garçon qu'elle connaissait à peine, qu'elle n'avait pas vraiment voulu épouser, allait se glisser dans son lit alors que le regret de son geste hâtif la torturait et qu'elle était désespérée d'avoir perdu Ashley à jamais, fut plus qu'elle n'en put supporter. Comme il hésitait à s'approcher du lit, elle se mit à lui parler d'une voix étouffée :

— Je crie si vous approchez de moi. Je crierai ! je

crierai de toutes mes forces ! Allez-vous-en. N'essayez pas de me toucher !

Ainsi, Charles Hamilton passa sa nuit de noces dans un fauteuil. Il ne fut pas trop malheureux, car il comprenait ou croyait comprendre la délicatesse et la pudeur de sa jeune femme. Il était tout disposé à attendre que ses frayeurs s'apaisassent, seulement... seulement... — et il soupirait en se tournant dans tous les sens afin de trouver une position confortable — il allait si vite partir pour la guerre.

Si le mariage de Scarlett fut pour elle un cauchemar, celui d'Ashley fut encore pire. Dans le salon des Douze Chênes où brillaient des centaines de bougies, où se pressait la même foule que la veille, Scarlett vêtue de sa robe vert pomme de « lendemain de noces » vit resplendir de beauté le petit visage pour elle insignifiant de Mélanie devenue Mélanie Wilkes. Maintenant Ashley s'était éloigné à jamais. Son Ashley. Non, il n'était plus son Ashley désormais. L'avait-il jamais été ? Tout cela était si confus dans son esprit, et son esprit était si las, si égaré ! Il avait dit qu'il l'aimait, mais qu'est-ce qui avait bien pu les séparer ? Si seulement elle pouvait se souvenir ! En épousant Charles, elle avait empêché le comté de jaser, mais qu'est-ce que cela pouvait bien faire maintenant ? Cette chose qui lui avait paru si importante ne présentait plus du tout d'intérêt. Tout ce qui comptait, c'était Ashley. Maintenant, il était parti et elle avait épousé un homme que non seulement elle n'aimait pas, mais pour lequel elle avait un franc mépris.

Oh ! combien elle regrettait tout ce qui s'était passé ! Elle avait entendu dire que les gens étaient souvent les artisans de leur propre malheur, mais jusque-là elle avait cru que cette phrase était une simple figure de rhétorique. Maintenant elle savait ce qu'on entendait par là. Tout en éprouvant un désir frénétique de se débarrasser de Charles et de retourner à Tara reprendre sa vie de jeune fille, elle était forcée de se reconnaître comme la seule coupable.

186

Ce fut ainsi que, plongée dans une sorte d'hébétude, elle dansa toute la nuit du mariage d'Ashley, parla machinalement, sourit et s'étonna de la bêtise des gens qui la croyaient une jeune mariée heureuse et ne s'apercevaient pas du déchirement de son cœur. Dieu merci, ils ne pourraient s'en apercevoir !

Ce soir-là, après que Mama l'eut aidée à se dévêtir et se fut retirée, après que Charles fut sorti timidement du cabinet de toilette en se demandant s'il allait passer une seconde nuit sur le fauteuil, elle fondit en larmes. Elle pleura jusqu'à ce que Charles se glissât dans le lit à ses côtés et essayât de la consoler. Elle pleura en silence jusqu'à ce qu'elle n'eût plus de larmes, et que, secouée de sanglots, elle posât la tête sur l'épaule de son mari.

Sans la guerre, la semaine se serait passée en visites dans le comté, accompagnées de bals et de pique-niques en l'honneur des deux jeunes ménages, avant leur départ en voyage de noces pour Saratoga ou White Sulphur. Sans la guerre, Scarlett aurait porté différentes toilettes de « lendemain de noces », aux réceptions offertes pour elle par les Fontaine, les Calvert et les Tarleton. Mais il n'était plus question de réceptions ou de voyage de noces. Une semaine après son mariage, Charles partit rejoindre le colonel Wade Hampton, puis, deux semaines plus tard, ce fut au tour d'Ashley, et leur départ laissa tout le comté dans l'affliction.

Durant ces deux semaines, Scarlett ne vit jamais Ashley seul. Même au moment terrible de son départ, quand il s'arrêta à Tara avant de se rendre à la gare, il lui fut impossible d'avoir un entretien particulier avec lui. Coiffée d'une capote, un châle sur les épaules, Mélanie, consciente de sa nouvelle dignité d'épouse, ne lâcha pas le bras de son mari.

Mélanie dit : « Il faut embrasser Scarlett, Ashley. C'est ma sœur, maintenant. » Ashley, le visage crispé, se baissa et lui effleura la joue de ses lèvres glacées. Scarlett put à peine se réjouir de ce baiser qu'avait ordonné Mélanie. En partant Mélanie la serra dans ses bras à l'étouffer.

— Vous viendrez chez moi à Atlanta, vous viendrez aussi chez tante Pittypat, n'est-ce pas ? Oh ! chérie, nous serons si heureuses de vous voir ! Nous voulons faire plus ample connaissance avec la femme de Charles.

Cinq semaines passèrent. De la Caroline du Sud, Charles écrivit des lettres timides, extasiées, aimantes, dans lesquelles il disait son amour, bâtissait des projets d'avenir, exprimait son désir de devenir un héros et sa vénération pour son chef, Wade Hampton. La septième semaine, parvint un télégramme envoyé par le colonel Hampton en personne, puis une lettre de condoléances empreinte de dignité et de délicatesse, Charles était mort. Le colonel aurait télégraphié plus tôt, si Charles, pensant que sa maladie serait bénigne, n'avait refusé d'alarmer les siens. Le malheureux garçon avait été non seulement frustré de l'amour qu'il croyait avoir conquis, mais aussi de l'honneur et de la gloire dont il rêvait de se couvrir sur le champ de bataille. Il était mort lamentablement d'une pneumonie consécutive à une rougeole, sans avoir approché les Yankees.

Le moment venu, le fils de Charles naquit et, comme il était de bon ton de donner aux garçons le nom des officiers sous lesquels servaient leurs pères, on l'appela Wade Hampton Hamilton. Scarlett avait versé des larmes de désespoir et aurait voulu mourir en apprenant qu'elle était enceinte. Cependant, sa grossesse se passa dans les meilleures conditions ; elle accoucha sans trop de peine, et se remit si vite que Mama lui déclara que c'était là une façon affreusement vulgaire de se comporter et que les dames devaient souffrir davantage. Elle éprouva peu de tendresse pour son enfant. Elle ne l'avait pas désiré, et elle lui en voulut d'être venu au monde. Il lui semblait impossible qu'il fût d'elle, qu'il fût une partie d'elle-même.

Elle eut beau se remettre très vite de la naissance de

Wade, moralement elle n'en resta pas moins déprimée. Elle languissait malgré les efforts de tous ceux qui vivaient à la plantation et qui voulaient lui faire reprendre goût à l'existence. Ellen allait et venait, le front soucieux ; Gérald jurait plus souvent que d'habitude et lui rapportait de Jonesboro d'inutiles cadeaux. Après lui avoir ordonné un reconstituant à base de soufre, de plantes et de mélasse, le vieux docteur Fontaine lui-même dut reconnaître son embarras. Il prit Ellen à part et lui confia que, si Scarlett était à la fois irritable et abattue à ce point, c'était qu'elle avait le cœur brisé. Mais, si Scarlett avait voulu parler, elle aurait révélé qu'elle était atteinte d'un mal bien différent et beaucoup plus complexe. Elle ne dit pas que c'était l'ennui, la stupéfaction d'être mère et surtout l'absence d'Ashley qui la mettaient dans cet état.

Elle s'ennuyait à périr. Depuis le départ des combattants le comté ne connaissait plus aucune distraction, plus la moindre vie mondaine. Partis tous ceux qui lui étaient sympathiques... les quatre Tarleton, les deux Calvert, les Fontaine, les Munroe, et tous ceux de Jonesboro, de Fayetteville et de Lovejoy, tous ceux qui étaient jeunes et séduisants. Seuls restaient les vieillards, les infirmes et les femmes, et tous passaient leur temps à tricoter et à coudre, à cultiver coton et blé, à élever porcs, moutons et vaches pour l'armée. On ne voyait aucun homme digne de ce nom, sauf quand les intendants militaires, sous les ordres de Frank Kennedy, le soupirant de Suellen, venaient chaque mois prendre livraison des fournitures. Les officiers de l'intendance n'étaient pas beaux et la cour timide que Frank faisait à sa sœur exaspérait Scarlett au point qu'il lui était difficile d'être polie avec lui. Si seulement Suellen et lui voulaient se décider !

Même si les officiers de l'intendance avaient été plus intéressants, ils n'auraient pu lui être d'aucun secours. Elle était veuve et son mari avait emporté son cœur dans sa tombe. Tout au moins, tout le monde s'imaginait qu'il en était ainsi et s'attendait à ce qu'elle se conduisît en conséquence. Cela l'agaçait, car elle avait beau faire, elle ne se rappelait de Charles que cette expression de mouton bêlant qu'il avait eue en demandant sa main. Et ce souvenir lui-même s'estompait. Pourtant elle était veuve et elle devait se surveiller. Les amusements des jeunes filles n'étaient plus pour elle. Il fallait qu'elle restât grave. Ellen lui avait expliqué cela tout au long après avoir surpris le lieutenant de Frank poussant Scarlett assise sur la balançoire du jardin et la faisant rire aux éclats. Profondément peinée, Ellen lui avait dit avec quelle facilité une veuve prêtait à la médisance. Une veuve devait se conduire avec deux fois plus de circonspection qu'une femme mariée.

« Et Dieu sait que les femmes mariées n'ont aucune distraction », pensait Scarlett en écoutant d'une oreille docile sa mère lui parler de sa voix douce.

En somme, il aurait mieux valu être morte que veuve. Une veuve devait porter de hideuses robes noires sans la moindre garniture pour les égayer. Elle n'avait droit ni aux fleurs, ni aux rubans, ni aux dentelles, ni même aux bijoux, à l'exception de broches de deuil en onyx ou de colliers faits avec les cheveux du défunt. Et puis il fallait que le voile de crêpe noir fixé à sa capote lui tombât jusqu'aux genoux, et ce n'était qu'au bout de trois ans de veuvage qu'on pouvait le raccourcir et ne le faire descendre qu'à hauteur des épaules. Une veuve ne pouvait jamais bavarder avec entrain ni rire tout haut. Même lorsqu'elle souriait, il lui fallait arborer un sourire triste sinon tragique. Ce qu'il y avait de plus terrible, c'était qu'elle ne pouvait d'aucune manière manifester un intérêt quelconque en compagnie des hommes. Et, si l'un d'eux était assez mal élevé pour montrer qu'il trouvait un intérêt en elle, elle devait le refroidir à l'aide d'une allusion digne mais bien choisie à feu son mari. « Oui, se disait Scarlett tristement, il arrive bien que les veuves se remarient quand elles sont vieilles et racornies. On se demande cependant comment elles s'y prennent avec leurs voisins qui les épient. Et puis, en général, elles épousent un horrible veuf avec une grosse plantation et une douzaine d'enfants. »

Le mariage, ce n'était pas déjà tellement agréable, mais le veuvage... alors, la vie était à jamais finie ! Que les gens étaient donc bêtes quand ils lui parlaient du réconfort que serait pour elle le petit Wade Hampton maintenant que Charles était mort. Que c'était donc stupide de prétendre qu'elle avait désormais une raison de vivre ! Tout le monde lui disait combien il devait être doux d'avoir ce gage posthume de son amour, et naturellement elle ne détrompait personne. Mais cette pensée était la dernière à laquelle elle s'arrêtait. Elle s'intéressait fort peu à Wade et parfois elle avait du mal à se rappeler qu'il était vraiment son fils.

Tous les matins, après son réveil, elle restait plongée pendant un certain temps dans une demi-torpeur et elle était de nouveau Scarlett O'Hara. Le soleil caressait le magnolia sous sa fenêtre, les oiseaux moqueurs chantaient, la bonne odeur du jambon frit parvenait jusqu'à elle. A nouveau elle était jeune et insouciante. Alors elle entendait les cris rageurs de l'enfant affamé, et elle avait toujours un mouvement de surprise. « Tiens, se disait-elle, mais il y a un bébé dans la maison. » Puis elle se rappelait qu'il était à elle. Tout cela était bien déconcertant.

Et Ashley ! Pour la première fois de sa vie, elle en arrivait à détester Tara, à détester la longue route qui descendait le long du coteau et conduisait à la rivière, à détester les champs rouges où verdissaient les cotonniers. Chaque pouce de terrain, chaque arbre et chaque ruisseau, chaque chemin, chaque sentier cavalier lui rappelait Ashley. Il appartenait à une autre femme et il était parti à la guerre, mais au crépuscule son fantôme continuait de hanter les routes, continuait de lui sourire de ses yeux gris et langoureux dans l'ombre de la véranda. Elle n'entendait jamais le galop d'un cheval sur la route qui venait des Douze

Chênes sans penser pendant un instant délicieux...
Ashley !

Elle détestait les Douze Chênes maintenant après
les avoir tant aimés. Elle les détestait, mais elle y était
attirée. Elle pouvait y entendre John Wilkes et ses
filles parler de lui... et lire ses lettres de Virginie. Elles
lui faisaient mal, mais il fallait qu'elle en entendît la
lecture. Elle n'aimait ni India qui était trop guindée,
ni Honey qui parlait à tort et à travers, mais elle ne
pouvait s'en séparer. Et chaque fois qu'elle rentrait
des Douze Chênes elle allait s'étendre sur son lit et
refusait de se lever pour le dîner.

C'était ce refus de manger qui ennuyait Ellen et
Mama par-dessus tout. Mama avait beau lui apporter
des plats appétissants sur son plateau et insinuer que
maintenant qu'elle était veuve elle avait le droit de
manger autant qu'il lui plaisait, Scarlett n'avait pas
faim.

Lorsque le docteur Fontaine dit à Ellen d'un ton
grave que les peines de cœur menaient fréquemment
les femmes au tombeau, Ellen pâlit, car c'était la
crainte qu'elle portait au fond de son cœur.

— N'y a-t-il rien à faire, docteur ?

— Un changement d'atmosphère serait ce qu'il y
aurait de mieux pour elle, répondit le praticien trop
heureux de se débarrasser d'une malade aussi peu
satisfaisante.

Ce fut ainsi que Scarlett, emmenant son enfant, s'en
alla sans enthousiasme rendre d'abord visite aux
parents des O'Hara et des Robillard à Savannah, puis
aux sœurs d'Ellen, Pauline et Eulalie, à Charleston.
Pourtant elle rentra à Tara un mois plus tôt qu'Ellen
ne s'y attendait et sans fournir d'explication. On avait
été fort aimable pour elle à Savannah, mais James et
Andrews et leurs femmes étaient vieux et aimaient
parler d'un passé qui n'intéressait point Scarlett. Il en
était de même chez les Robillard, et Scarlett trouva
Charleston une ville épouvantable.

Tante Pauline et son mari, un petit vieillard forma-
liste et cassant, habitaient une plantation située en

bordure d'un fleuve et bien plus isolée que Tara. Leurs voisins les plus proches étaient à une vingtaine de milles de chez eux et pour y aller il fallait emprunter des routes sombres à travers une jungle de cyprès et de chênes dont les pieds baignaient dans des marécages. Les chênes avec leurs rideaux de mousse grise ondulant au vent donnaient la chair de poule à Scarlett et la faisaient immanquablement évoquer les histoires de Gérald sur les fantômes irlandais qui rôdaient dans le brouillard. Il n'y avait rien d'autre à faire qu'à tricoter à longueur de journée et le soir à écouter l'oncle Carey lire à haute voix les œuvres édifiantes de M. Bulwer Lytton. Dans sa grande demeure de la Batterie, à Charleston, à l'abri des regards indiscrets, Eulalie n'était pas plus gaie. Elle menait une vie plus mondaine que tante Pauline, mais Scarlett n'aimait pas les gens qui venaient la voir avec leurs grands airs, leurs traditions et leur façon de s'appesantir sur les liens de famille. Elle savait parfaitement que tous la considéraient comme l'enfant d'une mésalliance et se demandaient comment une Robillard avait bien pu épouser un Irlandais nouveau venu dans le pays. Scarlett devinait que tante Eulalie s'excusait derrière son dos de l'avoir pour nièce. Cela la mettait en colère car elle n'attachait pas plus d'importance que son père à ces considérations familiales. Elle était fière de Gérald et de ce qu'il avait accompli par la seule force de son esprit matois d'Irlandais.

Et les Charlestoniens étaient si farauds de ce qui s'était passé au fort Sumter ! Bonté divine, ne se rendaient-ils donc pas compte que s'ils n'avaient pas été assez sots pour tirer le coup de feu qui avait déclenché la guerre d'autres eussent été assez fous pour le faire à leur place ? Accoutumée au parler rapide de la Haute Georgie, le ton monotone et traînant des gens des basses terres lui semblait affecté. Elle se dit qu'elle ne pourrait jamais, plus jamais entendre prononcer sans hurler « pâlme » pour « palme », « mâman et pâpa » pour « maman et papa ». Cela l'irritait tellement qu'au cours d'une visite elle se mit à imiter l'accent irlandais de Gérald au grand désespoir de sa tante. Puis elle repartit pour Tara. Mieux valait être assaillie par les souvenirs d'Ashley que d'entendre l'accent de Charleston.

Ellen, occupée nuit et jour à doubler les ressources de Tara pour venir en aide à la Confédération, fut terrifiée quand sa fille aînée revint de Charleston maigre, pâle et d'humeur méchante. Elle avait su elle-même ce que c'était que les chagrins d'amour, et, nuit après nuit, étendue à côté de Gérald qui ronflait, elle s'efforça de trouver un remède aux maux de Scarlett. La tante de Charles, Mlle Pittypat Hamilton, lui avait écrit à plusieurs reprises pour lui demander d'autoriser Scarlett à venir passer un assez long moment à Atlanta et, pour la première fois, Ellen envisagea sérieusement cette solution.

Mélanie et elle vivaient seules dans une grande maison et, écrivait Mlle Pittypat, sans protection masculine maintenant que ce cher Charlie est parti. « Bien entendu il y a mon frère Henry, mais il n'est pas installé chez nous. Peut-être Scarlett vous a-t-elle parlé d'Henry. La délicatesse m'empêche d'en dire davantage par écrit. Melly et moi nous nous sentirions tellement plus tranquilles, tellement plus en sûreté si Scarlett était avec nous. Trois femmes seules valent mieux que deux. Et peut-être la chère Scarlett trouve-rait-elle un dérivatif à son chagrin, comme le fait Melly, en soignant nos braves jeunes gens dans les hôpitaux d'ici... et bien entendu Melly et moi nous avons hâte de voir le cher bébé... »

De nouveau, on emplit la malle de Scarlett de vêtements de deuil, et en compagnie de Wade Hamilton et de sa nurse Prissy, Scarlett partit pour Atlanta, la tête farcie de recommandations d'Ellen et de Mama, et avec cent dollars en billets des États confédérés que lui avait remis Gérald. Elle ne tenait pas particulièrement à aller à Atlanta. Elle trouvait que tante Pitty était la plus sotte des vieilles dames et l'idée d'habiter sous le même toit que la femme d'Ashley lui était odieuse. Cependant elle avait trop de souvenirs dans le comté qui lui en rendaient le séjour impossible et un changement, quel qu'il fût, était le bienvenu.

DEUXIÈME PARTIE

VIII

En ce matin de mai 1862, tandis que le train roulait vers le Nord, Scarlett se disait qu'Atlanta ne pouvait pas être une ville aussi ennuyeuse que l'avaient été Charleston et Savannah. C'est pourquoi, malgré son aversion, pour Mlle Pittypat et pour Mélanie, elle éprouvait une certaine curiosité envers cette ville qu'elle n'avait pas revue depuis l'hiver avant la déclaration de guerre.

Atlanta l'avait toujours intéressée plus qu'aucune autre ville, car, lorsqu'elle était enfant, Gérald lui avait dit qu'elle et Atlanta avaient exactement le même âge. En grandissant, elle s'était aperçue que Gérald avait un peu triché avec la vérité comme il avait coutume de le faire pour donner plus de sel à ses histoires. Cependant Atlanta n'avait que neuf ans de plus qu'elle et cela ne lui en conférait pas moins une surprenante jeunesse par rapport aux autres villes dont elle avait entendu parler. Savannah et Charleston étaient d'âge respectable. L'une en était à son second siècle d'existence, l'autre allait entrer dans son troisième. Scarlett les avait toujours considérées comme de vieilles grands-mères jouant tranquillement de l'éventail au soleil. Mais Atlanta appartenait à sa génération. Elle avait tout le sans-gêne de la jeunesse, elle était aussi forte tête et aussi impulsive qu'elle-même.

L'histoire que Gérald lui avait racontée était basée sur le fait qu'elle et Atlanta avaient été baptisées la même année. Durant les neuf années qui avaient précédé la naissance de Scarlett, la ville avait d'abord été appelée Terminus, puis Marthasville et n'était devenue Atlanta que l'année où Scarlett avait vu le jour.

Lorsque Gérald était allé s'installer en Georgie du Nord, Atlanta n'existait pas. A l'endroit où devait s'élever la ville, il n'y avait même pas un semblant de village et le désert s'étendait à perte de vue. Mais l'année suivante, en 1843, l'État avait autorisé la construction d'une voie ferrée nord-ouest à travers le territoire cédé depuis peu par les Cherokees. On savait d'une manière précise que la voie ferrée s'en irait vers le Tennessee et les régions de l'Ouest, mais son point de départ demeura incertain jusqu'à ce que, un an plus tard, un ingénieur enfonçât un poteau dans l'argile pour marquer l'extrémité de la ligne. Atlanta, née Terminus, avait commencé sa carrière.

En ce temps-là, il n'y avait point de chemin de fer en Georgie du Nord et même fort peu ailleurs. Mais, avant que Gérald épousât Ellen, le minuscule hameau, à vingt-cinq milles au nord de Tara, se transforma peu à peu en village et la voie remonta lentement vers le nord. Ensuite s'ouvrit réellement l'ère des chemins de fer. Une deuxième ligne, partie de l'antique cité Augusta, s'allongea vers l'ouest et traversa l'État pour rejoindre la nouvelle ligne du Tennessee. De la vieille ville de Savannah, on lança un troisième tronçon d'abord jusqu'à Macon, en plein cœur de la Georgie, puis jusqu'à Atlanta, en passant par le pays de Gérald, pour donner au port de Savannah une voie de pénétration vers l'ouest. Enfin, de la jeune Atlanta devenue nœud de communications, on construisit une quatrième ligne qui, piquant au sud, atteignit Montgomery et Mobile. Née d'une ligne de chemins de fer, Atlanta grandit à mesure que se développèrent ses voies ferrées. Les quatre lignes achevées, Atlanta fut reliée à l'Ouest, au Sud, à la côte, et, par Augusta, au Nord et à l'Est, et le petit village s'ouvrit à la vie.

Scarlett avait dix-sept ans et il n'avait guère fallu plus de temps à Atlanta pour, d'un simple pieu fiché en terre, devenir une cité prospère de dix mille habitants et attirer sur elle toute l'attention de l'État. Les villes plus anciennes et plus tranquilles la considéraient avec l'étonnement d'une poule qui a couvé un canard. Pourquoi donc était-elle si différente des autres villes de Georgie ? Pourquoi avait-elle poussé si vite ? En somme, elle n'avait rien pour elle, à part ses voies ferrées et une poignée de citoyens qui savaient jouer des coudes.

Les gens qui avaient fondé la ville et l'avaient successivement appelée Terminus, Marthasville, puis Atlanta, savaient fort bien jouer des coudes. Gens énergiques, infatigables, venus des parties plus anciennes de la Georgie et d'États beaucoup plus éloignés, ils avaient été attirés par cette ville qui grandissait autour de ses embranchements. Ils s'y rendirent avec enthousiasme. Ils construisirent des magasins près de la gare, là où se croisaient aussi cinq routes boueuses et rouges. Ils élevèrent leurs belles demeures en bordure des rues Whitehall et Washington, puis tout le long de cette haute levée de terre sur laquelle d'innombrables générations d'Indiens chaussés de mocassins avaient fini par tracer un chemin appelé la Piste du Pêcher. Ils étaient fiers de leur ville, fiers de sa croissance, fiers d'avoir contribué à son développement. Les vieilles villes pouvaient bien traiter Atlanta comme bon leur semblait. Atlanta s'en moquait.

Scarlett avait toujours aimé Atlanta pour les raisons mêmes qui avaient poussé Savannah, Augusta et Macon à la condamner. Comme elle, la ville était un mélange de ce qu'il y avait de vieux et de neuf en Georgie, mélange dans lequel le vieux en conflit avec le neuf, volontaire et vigoureux, était souvent relégué à la seconde place. D'ailleurs, pour Scarlett, il y avait quelque chose de passionnant dans une ville qui était née, ou tout au moins avait été baptisée l'année même de son propre baptême.

La tempête avait fait rage et il avait plu à torrents toute la nuit, mais, lorsque Scarlett arriva à Atlanta, un chaud soleil brillait et se mettait en devoir de sécher les rues tortueuses, transformées en fleuves de boue rougeâtre. Sur le terre-plein, autour de la gare, le sol avait si bien été labouré et bouleversé par le flux et le reflux incessant du trafic qu'il ressemblait à une énorme bauge. De-ci, de-là, des véhicules étaient embourbés jusqu'au moyeu des roues. Une ligne ininterrompue de fourragères et de voitures d'ambulance amenait des marchandises aux trains, en ramenait des blessés, creusait de nouvelles ornières, s'enlisait, repartait. Les conducteurs juraient, les mules pataugeaient, la boue giclait de tous côtés.

Ravissante dans ses vêtements de deuil, le visage pâle sous son voile de crêpe, Scarlett posa le pied sur la dernière marche du wagon. Peu soucieuse de salir ses mules et le bas de sa jupe, elle hésita et chercha des yeux Mlle Pittypat dans l'inextricable fouillis de fourragères, de buggies et de voitures. Il n'y avait nulle trace de cette personne rose et joufflue et Scarlett, dont l'inquiétude grandissait, allait reprendre ses investigations quand un vieux nègre, à favoris grisonnants, traversa le bourbier et, plein de dignité, se dirigea vers elle, le chapeau à la main.

— C'est ma'ame Sca'lett, n'est-ce pas ? Je suis Pete', le cocher de mam'zelle Pitty. Ne descendez pas dans cette boue, ordonna-t-il d'une voix sévère tandis que Scarlett retroussait déjà sa jupe. Vous valez pas mieux que mam'zelle Pitty, elle est comme un enfant pou' se mouiller les pieds. Laissez-moi vous po'ter.

Il prit Scarlett dans ses bras avec aisance, malgré sa fragilité apparente et son âge, puis, apercevant Prissy qui se tenait sur la plate-forme du wagon avec le bébé, il s'arrêta :

— C'est-y la bonne de vot' enfant ? Ma'ame Sca'lett, elle est t'op jeune pou' s'occuper du fils de missié Cha'les. Mais nous ve'ons ça plus ta'. Vous, la petite, suivez-moi et n'allez pas lâcher ce bébé.

Scarlett se laissa faire et accepta humblement les critiques que l'oncle Peter, le brave cocher nègre, avait formulées d'un ton péremptoire sur elle et sur Prissy. Le petit groupe se mit en route dans la boue. Prissy fermait la marche et ne cessait de bougonner. Avant d'atteindre la voiture, Scarlett eut le temps de se rappeler ce que Charles lui avait dit de l'oncle Peter.

« Il a fait toute la campagne du Mexique avec père. Il l'a soigné quand il a été blessé... bref, il lui a sauvé la vie. L'oncle Peter nous a pratiquement élevés, Mélanie et moi, car nous étions très jeunes quand mon père et ma mère sont morts. Vers cette époque-là, tante Pitty s'est brouillée avec son frère, l'oncle Henry, et elle est venue habiter avec nous. C'est l'être le plus incapable qui soit. C'est une grande enfant très gentille et l'oncle Peter ne la considère pas autrement. Si sa vie était en jeu, elle serait hors d'état de prendre la moindre décision, aussi est-ce l'oncle Peter qui prend toutes les décisions à sa place. C'est lui qui a déclaré qu'il fallait me donner plus d'argent de poche quand j'ai eu quinze ans et qui a insisté pour que j'aille faire ma licence à Harvard alors que l'oncle Henry voulait que je continue mes études à l'université. C'est lui qui a décidé que Melly était assez âgée pour relever ses cheveux et aller dans le monde. Il dit à tante Pitty quand il fait trop froid ou trop humide pour rendre des visites et quand elle doit porter un châle... C'est le Noir le plus intelligent que j'aie jamais vu et aussi le plus dévoué. Le seul ennui, c'est qu'il nous gouverne tous les trois, corps et âmes, et qu'il le sait. »

Peter monta sur le siège, prit le fouet, et les paroles de Charles furent confirmées.

— Mam'zelle Pitty est dans tous ses états pa'ce

qu'elle est pas venue au-devant de vous. Elle a peu'
que vous la comp'eniez pas, mais moi je lui ai dit
qu'elle et ma'ame Melly, elles se'aient couve'tes de
boue et qu'elles abîme'aient leu' nouvelles 'robes, et
que moi je vous explique'ais. Ma'ame Sca'lett, vous
fe'iez mieux de p'end'e ce petit. Cette petite nég'il-
lonne, elle va le laisser tomber.

Scarlett regarda Prissy et soupira. Prissy n'était pas
la bonne d'enfants rêvée. Sa récente promotion lui
avait tourné la tête. Elle avait quitté trop vite ses
jupes courtes et ses papillotes pour la longue robe de
calicot et le turban blanc empesé. Elle n'aurait jamais
atteint si tôt cette situation si les exigences de la
guerre et celles de l'intendance n'avaient empêché
Ellen de se séparer de Mama et de Dilcey et même de
Rosa ou de Teena. Prissy ne s'était jamais éloignée des
Douze Chênes ni de Tara de plus d'un mille, auparavant, et le voyage en chemin de fer, joint à son
élévation au rang de nurse, en était presque trop pour
sa petite cervelle enfermée dans son crâne noir. Les
vingt milles du trajet de Jonesboro à Atlanta l'avaient
énervée au point que Scarlett avait dû s'occuper tout
le temps du bébé. La vue d'un si grand nombre de gens
et de bâtiments acheva de griser Prissy. Elle n'arrêta
pas de regarder à droite et à gauche, de montrer du
doigt les objets qui la frappaient, de se trémousser et
de secouer si bien le bébé qu'il se mit à crier lamentablement.

Scarlett aurait bien voulu que la vieille Mama le
berçât entre ses gros bras. Mama n'avait qu'à toucher
un enfant pour qu'il se calmât aussitôt. Mais Mama
était à Tara et Scarlett était désarmée. Il était inutile
qu'elle enlevât le petit bébé à Prissy. Il criait aussi fort
quand c'était elle qui le tenait. D'ailleurs il se serait
cramponné aux rubans de son chapeau et sans aucun
doute aurait chiffonné sa robe. Aussi Scarlett feignit-
elle de n'avoir pas entendu la suggestion de l'oncle
Peter.

« Un jour, je saurai peut-être comment m'y prendre
avec les enfants, se dit-elle rageusement, tandis que la

voiture cahotait et s'arrachait à grand-peine au bourbier. En tout cas, je ne saurai jamais les amuser. »
Puis, comme Wade devenait écarlate à force de hurler, elle ajouta à haute voix et cette fois en colère :

— Donne-lui cette sucette en sucre qui est dans ta poche, Prissy. Tout pourvu qu'il se taise. Je sais bien qu'il a faim, mais je ne puis rien pour lui maintenant.

Prissy sortit la sucette que lui avait remise Mama le matin même et le nourrisson s'arrêta de hurler. Son calme recouvré, distraite par un spectacle nouveau, Scarlett se dérida un peu. Lorsque l'oncle Peter eut réussi à sortir la voiture des ornières et à s'engager dans la rue du Pêcher, elle sentit grandir en elle un intérêt qu'elle n'avait pas connu depuis des mois. Comme la ville s'était développée! Un an à peine s'était écoulé depuis qu'elle y était venue pour la dernière fois, et il lui parut impossible que la petite Atlanta qu'elle se rappelait ait pu changer à ce point.

Pendant cette année-là, Scarlett avait été si absorbée par ses propres chagrins, si exaspérée par tout ce qui se rapportait à la guerre, qu'elle ignorait que, depuis le début des hostilités, Atlanta s'était transformée. Ces mêmes voies ferrées qui en temps de paix avaient fait de la ville un centre commercial, présentaient maintenant une importance stratégique de premier plan. Éloignée du théâtre des opérations, la ville et ses lignes servaient de trait d'union entre les deux armées de la Confédération, l'armée de Virginie et l'armée de Tennessee et de l'Ouest. Pour les mêmes raisons, Atlanta était en outre le point de contact entre les deux armées et le reste du Sud d'où elles tiraient leurs approvisionnements. Afin de faire face aux besoins de la guerre, Atlanta était devenue un centre manufacturier, une base d'hôpitaux et l'un des principaux entrepôts du Sud pour les vivres et le matériel destinés aux armées en campagne.

Scarlett chercha des yeux la petite ville dont elle se souvenait si bien. Elle n'existait plus. La ville qui s'offrait maintenant à sa vue donnait l'impression

203

d'un enfant qui, en l'espace d'une nuit, se serait mué en une sorte de géant débordant de vitalité.

Atlanta bourdonnait comme une ruche. Jalouse du rôle qu'elle jouait auprès de la Confédération, elle travaillait nuit et jour à transformer une région agricole en une région industrielle. Avant la guerre, on ne rencontrait pas beaucoup de filatures de coton ou de laine, d'arsenaux ou d'ateliers de constructions mécaniques au sud du Maryland et tous les Sudistes en étaient fiers. Le Sud donnait naissance à des hommes d'État et à des soldats, à des planteurs et à des docteurs, à des avocats et à des poètes, mais certainement ni à des ingénieurs ni à des mécaniciens. Bon pour les Yankees d'embrasser d'aussi basses professions. Mais maintenant les ports du Sud étaient bloqués par les canonnières yankees. La quantité de produits venus d'Europe malgré le blocus était infime et le Sud essayait par tous les moyens de fabriquer lui-même son matériel de guerre. Le Nord avait à sa disposition les ressources et les soldats du monde entier. Des milliers d'Irlandais et d'Allemands grossissaient les rangs de l'armée de l'Union, attirés par les primes offertes par le Nord. Le Sud ne pouvait compter que sur lui-même.

A Atlanta, les ateliers de constructions mécaniques livraient au ralenti les machines nécessaires à la fabrication du matériel de guerre, et pour cause. Dans le Sud il y avait fort peu de machines sur lesquelles on pût prendre modèle et il fallait faire presque tous les rouages et tous les engrenages en s'inspirant de plans expédiés par l'Angleterre au mépris du blocus. Maintenant on voyait nombre de visages étrangers dans les rues d'Atlanta et les citoyens qui, un an auparavant, eussent dressé l'oreille en reconnaissant un accent de l'Ouest, ne prêtaient plus la moindre attention aux diverses langues parlées par les Européens, qui, forçant le blocus, étaient venus construire des machines à fabriquer des munitions pour les Confédérés. Des hommes habiles, ces Européens ! et sans eux la Confédération aurait eu bien du mal à faire des revolvers, des fusils, des canons et de la poudre.

On aurait presque pu entendre battre le cœur de la cité au travail pour alimenter en armes les deux fronts de bataille. A toute heure du jour et de la nuit, les trains traversaient la ville en grondant. Les usines nouvellement construites déversaient des torrents de suie sur les maisons blanches. La nuit, les fourneaux continuaient de rugir et les marteaux de résonner bien après que les citadins étaient allés se coucher. Là où un an auparavant s'étendaient des terrains vagues s'élevaient maintenant des manufactures de harnais, de selles et de chaussures, des arsenaux d'où sortaient des fusils et des canons, des laminoirs et des fonderies qui produisaient des rails et des fourgons pour remplacer ceux que détruisaient les Yankees, enfin toutes sortes d'industries pour la fabrication des éperons, des mors, des boucles, des tentes, des revolvers et des sabres. Les fonderies commençaient déjà à se ressentir du manque de fer, car le blocus n'en laissait guère passer et les mines de l'Alabama travaillaient au ralenti tandis que les mineurs étaient au front. A Atlanta, on ne trouvait plus ni clôtures de fer, ni serres, ni grilles, ni même de statues sur les pelouses, car tout cela n'avait pas tardé à prendre le chemin des creusets.

Dans la rue du Pêcher et dans les rues adjacentes les services de l'armée avaient établi leurs quartiers généraux. Les bureaux grouillaient d'hommes en uniformes appartenant à l'intendance, au corps de signalisation, au service des postes, à celui des transports par voies ferrées, à la prévôté. Aux abords de la ville, on avait établi les dépôts de remonte où chevaux et mulets étaient parqués dans de vastes enclos. Enfin, il y avait des hôpitaux. D'après ce que l'oncle Peter lui en dit, Scarlett eut l'impression qu'Atlanta devait être une ville de blessés. On n'y comptait plus les hôpitaux généraux, les hôpitaux de contagieux, les hôpitaux de convalescents, et chaque jour les trains déversaient de nouveaux malades et de nouveaux blessés.

La petite cité n'existait plus et la ville qui prenait rapidement de l'extension était animée d'une énergie et d'une ardeur jamais en défaut. Scarlett, fraîchement arrachée à la vie calme et nonchalante des champs, faillit perdre le souffle à la vue d'une telle effervescence, mais elle n'en fut pas moins charmée. Il régnait dans la ville une atmosphère fiévreuse qui lui fit l'effet d'un véritable coup de fouet.

La voiture avançait avec peine le long de la rue bourbeuse et Scarlett eut le temps de s'intéresser aux constructions et aux visages nouveaux pour elle. Les trottoirs étaient encombrés d'hommes en uniformes portant les insignes de tous les grades et de tous les corps. La rue étroite était remplie de véhicules les plus divers, de voitures, de buggies, d'ambulances, de fourgons militaires dont les conducteurs malhabiles injuriaient les mulets qui piétinaient dans les ornières. Des estafettes vêtues de gris portaient au galop des ordres et des dépêches d'un quartier général à l'autre et faisaient voler la boue sous les sabots de leurs chevaux. Des convalescents généralement encadrés de deux dames charitables se promenaient, appuyés sur des béquilles. Des champs de manœuvre où l'on transformait les recrues en soldats montaient des appels de clairon, des roulements de tambour, des commandements lancés à pleins poumons. Et, la gorge serrée, Scarlett vit pour la première fois l'uniforme yankee quand l'oncle Peter lui eut montré du bout de son fouet un détachement de soldats en tenue bleu marine qu'une escouade de Confédérés, baïonnette au canon, emmenait à la gare prendre le train pour le camp de prisonniers.

« Oh ! pensa Scarlett qui, pour la première fois, depuis le jour du pique-nique, éprouvait une joie véritable, je vais me plaire ici. C'est si vivant, si passionnant. »

Atlanta était encore plus vivante qu'elle ne le croyait, car de nouveaux bars s'y étaient ouverts par douzaines. A la suite de l'armée, les prostituées avaient envahi la ville et les mauvais lieux regorgeaient de jeunesse, à la grande consternation des bien-pensants. Tous les hôtels, toutes les pensions de famille et les maisons particulières étaient bondés de personnes venues à Atlanta pour être auprès de leurs parents blessés soignés dans les hôpitaux. Chaque semaine, il y avait des réunions, des bals, des ventes de charité, d'innombrables mariages de soldats. Les mariés en permission arboraient d'étincelants uniformes gris et or, les mariées d'élégantes toilettes importées malgré le blocus. Les couples passaient sous une voûte d'épées, on buvait du champagne, on se disait adieu en sanglotant. La nuit, les rues plantées d'arbres sombres résonnaient du pas des danseurs, on entendait jouer du piano dans les salons où les voix de soprano se mêlaient à celles des militaires pour chanter des airs charmants et mélancoliques comme *Les Clairons sonnent la trêve* et *Votre lettre est venue, mais elle est venue trop tard*, plaintives ballades qui faisaient pleurer de beaux yeux pourtant peu habitués aux larmes.

La voiture descendait la rue gluante de boue, et Scarlett n'arrêtait pas de poser des questions à Peter qui, fier d'étaler son savoir, répondait en pointant son fouet à droite et à gauche.

— Ça, c'est l'a'senal. Oui, ma'ame, c'est là qu'y a des canons. Non, ma'ame, c'est pas des magasins, c'est des bu'eaux de blocus. Quoi, ma'ame Sca'lett, vous savez pas ce que c'est ? C'est des bu'eaux où il y a des ét'angers qui nous achètent le coton confédé'é et l'expédient de Cha'ston et de Wilmin'ton et nous 'amènent de la poud'e. Non, ma'ame, je sais pas d'où ils so'tent. Mlle Pitty elle dit qu'ils sont des I'landais, mais pe'sonne il comp'end un mot de ce qui disent. Oui, ma'ame, ça fume fo't et la suie elle abîme les 'ideaux de soie de Mlle Pitty. Ça vient des fond'ies et des laminoi's. Et ce b'uit qu'ils font la nuit. Pe'sonne il peut do'mir. Non, ma'ame, moi je peux pas m'a'êter pou' que vous 'ega'diez, j'ai p'omis à Mlle Pitty de vous 'amener tout d'oit à la maison... Saluez, ma'ame

Sca'lett. C'est ma'ame Mé'iwether et ma'ame Elsing qui vous disent bonjou'.

Scarlett se souvint vaguement que deux dames répondant à ces noms étaient venues d'Atlanta à Tara pour assister à son mariage et elle se souvint en même temps que c'étaient les deux meilleures amies de Mlle Pittypat. Elle se tourna vivement vers l'endroit que désignait l'oncle Peter et s'inclina. Les deux dames étaient assises dans une voiture arrêtée devant un magasin de tissu. Les bras chargés de pièces de cotonnades, le propriétaire et deux employés se tenaient sur le trottoir. Mme Merriwether était une femme grande et forte si bien sanglée dans son corset que son buste saillait comme la proue d'un navire. Sa chevelure gris fer était complétée par une fausse frange ondulée qui s'enorgueillissait de sa couleur brune et se souciait fort peu de ne pas être en harmonie avec le reste de la coiffure. Elle avait un visage rond, haut en couleur, qui exprimait à la fois la bonhomie, la finesse et l'habitude de commander. Mme Elsing était plus jeune. C'était une femme menue et frêle. Jadis, elle avait été une beauté et il lui restait encore un certain éclat joint à un air impérieux et distingué.

Avec Mme Whiting, ces deux dames faisaient la pluie et le beau temps à Atlanta. Elles régentaient les trois paroisses auxquelles elles appartenaient, le clergé, les enfants de chœur et les paroissiens. Elles organisaient les ventes de charité, présidaient des comités de couture, servaient de chaperons dans les bals ou les pique-niques, savaient qui était un beau parti et qui ne l'était pas, qui s'enivrait en secret, qui allait avoir un enfant et à quelle date aurait lieu l'événement. Elles faisaient autorité en matière de généalogie, savaient à quoi s'en tenir sur tout ce qui portait un nom en Georgie, en Caroline du Sud et en Virginie sans s'embarrasser des autres États, car, pour elles, toute personne respectable ne pouvait venir d'ailleurs que de ces trois-là. Elles savaient ce qui était convenable et ce qui ne l'était pas et ne manquaient jamais de faire connaître leur opinion. Mme Merriwether clamait la sienne de toutes ses forces. Mme Elsing exprimait ce qu'elle pensait d'un ton mourant des plus élégants, quant à Mme Whiting, elle prenait un air désespéré et parlait tout bas pour montrer combien elle avait horreur d'aborder de tels sujets. Ces trois dames se détestaient et se méfiaient aussi cordialement l'une de l'autre que les premiers Triumvirs de Rome, et leur étroite alliance procédait sans doute de la même raison.

— J'ai dit à Pitty que je voulais vous avoir à mon hôpital, lança Mme Merriwether avec un sourire. N'allez pas faire de promesses à Mme Meade ou à Mme Whiting.

— Non, non, répondit Scarlett, qui n'avait pas la moindre idée de ce que voulait dire Mme Merriwether, mais qui fut tout émue de voir qu'on l'accueillait si bien et qu'on la recherchait. J'espère vous revoir bientôt.

La voiture poursuivit son chemin et s'arrêta pour laisser passer deux dames qui tenaient dans leurs bras des paniers remplis de pansements. Au même moment le regard de Scarlett fut attiré par une femme qui marchait sur le trottoir. Elle portait une robe de couleurs vives, trop vives pour la rue, et un long châle dont les franges lui descendaient jusqu'aux talons. Grande et belle, elle avait un visage hardi et une masse de cheveux roux, trop rouges pour être naturels. C'était la première fois que Scarlett voyait une femme qui avait, à coup sûr, « fait quelque chose à ses cheveux » et, fascinée, elle la dévora des yeux.

— Oncle Peter, qui est-ce ? murmura-t-elle.

— Moi je sais pas.

— Si, vous le savez, j'en suis persuadée. Qui est-ce ?

— Elle s'appelle Belle Watling, dit l'oncle Peter, qui se mit à faire la moue.

Scarlett remarqua aussitôt qu'il n'avait point fait précéder le nom de la personne en question de « mademoiselle » ou de « madame ».

— Qui est-ce ?

— Ma'ame Sca'lett, répondit Peter d'un air sombre tout en donnant en léger coup de fouet au cheval surpris, mam'zelle Pitty elle aime'a pas que vous posiez des questions qui sont pas vot' affai'. Y a maintenant dans cette ville des tas de 'ien du tout qui valent pas la peine qu'on pa'le d'eux.

« Grands dieux, pensa Scarlett contrainte de garder ses réflexions pour elle, ça doit être une femme de mauvaise vie. »

Elle n'avait jamais vu de femme de mauvaise vie auparavant, et, tournant la tête, elle suivit celle-là des yeux jusqu'à ce qu'elle se fût perdue dans la foule.

Maintenant les magasins et les bâtiments édifiés pour les besoins de la guerre s'espaçaient et étaient séparés par des terrains vagues. Enfin, l'attelage quitta le quartier des affaires et, poursuivant sa course, s'engagea dans la partie la plus élégante de la rue du Pêcher. Là s'élevaient un certain nombre de maisons particulières que Scarlett retrouva comme de vieilles amies. Elle reconnut la demeure digne et imposante des Leyden, celle des Bonnel avec ses petites colonnes blanches et ses volets verts, la maison en briques rouges de la famille Mac Lure. La voiture avait ralenti, car, des vérandas, des jardins et des trottoirs, des dames appelaient Scarlett. Elle en connaissait vaguement quelques-unes, mais la plupart lui étaient totalement étrangères. Pittypat avait à coup sûr annoncé son arrivée à tous les échos. Il fallut mainte et mainte fois tenir le petit Wade à bout de bras afin que les dames pussent s'extasier sur lui. Toutes demandèrent à Scarlett de se joindre à elles pour coudre et tricoter, d'entrer dans leurs comités d'hôpitaux et Scarlett fit à droite et à gauche de téméraires promesses.

Comme la voiture passait devant une maison verte construite tout de guingois, une petite négresse postée sur le perron s'exclama « la voilà ! » et le docteur Meade, sa femme et leur petit garçon de treize ans, Phil, sortirent en poussant des cris joyeux. Scarlett se souvint qu'eux aussi avaient assisté à son mariage.

Mme Meade monta sur une borne et allongea le cou pour voir le bébé, mais le docteur, faisant fi de la boue, s'avança en pataugeant jusqu'à la voiture. C'était un homme grand et maigre, avec une barbiche grise en pointe. Ses vêtements flottaient sur son corps décharné comme si une bourrasque les y avait accrochés. On le considérait à Atlanta comme la source de toute force et de toute sagesse, aussi ne fallait-il pas s'étonner qu'il partageât dans une certaine mesure la conviction de ses concitoyens. Pourtant, malgré sa manie de rendre des oracles et ses allures légèrement solennelles, c'était l'homme le plus serviable de la ville.

Après avoir serré la main de Scarlett et avoir pincé le ventre de Wade, le docteur annonça que tante Pittypat avait juré que Scarlett n'entrerait dans aucun autre hôpital ni dans aucun autre comité que ceux de Mme Meade.

— Oh! mon Dieu! mais je me suis déjà engagée auprès d'un millier de dames! fit Scarlett.

— Il y a du Mme Merriwether là-dessous, je parie! s'écria Mme Meade, indignée. Que la peste soit de cette femme. Je suis sûre qu'elle va à l'arrivée de chaque train.

— Je me suis engagée auprès d'elle parce que je n'avais aucune idée de ce dont il s'agissait, avoua Scarlett. A propos, qu'est-ce que c'est que ces comités d'hôpitaux?

·Le docteur et sa femme parurent tous deux un peu choqués de son ignorance.

— Naturellement, vous étiez enterrée à la campagne, et vous ne pouviez pas savoir, déclara Mme Meade en s'excusant pour elle. Nous avons des comités d'infirmières pour différents hôpitaux. Nous soignons les hommes, nous aidons les médecins, nous faisons des bandes et des vêtements, et lorsque les blessés vont assez bien pour quitter l'hôpital, nous les prenons chez nous en convalescence jusqu'à ce qu'ils soient en état de retourner aux armées. Et puis nous nous occupons des femmes et des familles de ceux qui sont gravement atteints... ou, pire que gravement atteints. Le docteur Meade travaille à l'hôpital de l'Institut où fonctionne mon comité et tout le monde dit qu'il fait merveille et...

— Allons, allons, madame Meade, dit le docteur d'un ton affectueux. Ne chantez donc pas mes louanges devant les gens. Je ne rends pas tellement de services, puisque vous n'avez pas voulu que je m'engage.

— Par exemple! s'exclama Mme Meade. Moi? C'est la ville qui n'a pas voulu, vous le savez bien. Tenez, Scarlett, quand on a entendu dire qu'il voulait partir pour la Virginie comme chirurgien militaire, toutes les dames ont signé une pétition pour qu'il reste ici. C'est évident, la ville ne pourrait pas se passer de vous.

— Allons, allons, madame Meade, dit le docteur, qui, manifestement, n'était point insensible à cet éloge. Un garçon au front, ça suffit peut-être pour le moment.

— Et moi aussi, j'irai l'année prochaine, s'écria le petit Phil en sautant sur place. Je partirai comme tambour. Je m'exerce maintenant. Voulez-vous m'entendre? Je vais chercher mon tambour.

— Non, pas maintenant, fit Mme Meade en attirant son fils contre elle, tandis que son visage se crispait brusquement. Tu ne partiras pas l'année prochaine, mon chéri. L'année d'après peut-être.

— Mais la guerre sera finie! protesta Phil en échappant à l'étreinte de sa mère. Et puis, vous me l'avez promis!

Par-dessus sa tête, les deux parents échangèrent un regard que surprit Scarlett. Darcy Meade était en Virginie, et son père et sa mère s'attachaient davantage au petit garçon qui leur restait.

L'oncle Peter se racla la gorge.

— Mam'zelle Pitty, elle était sens dessus dessous quand je suis pa'ti et si je 'ent'e pas tout de suite elle va s'évanoui'.

— Au revoir. J'irai vous voir cet après-midi, lança

Mme Meade. Et dites bien à Pitty que, si vous n'entrez pas dans mon comité, ça ira encore plus mal pour elle.

La voiture repartit et descendit l'avenue boueuse. Scarlett se renversa sur les coussins et sourit. Elle se sentait mieux qu'elle ne s'était sentie depuis des mois. Avec ses foules, son agitation, son atmosphère grisante, Atlanta était bien plus agréable, bien plus gaie, bien plus sympathique que la plantation solitaire des environs de Charleston, où le cri des alligators troublait le calme de la nuit ; bien mieux que Savannah, avec ses rues larges bordées d'aréquiers et sa rivière limoneuse. Oui, pour le moment, Atlanta était même préférable à Tara, quelle que fût la place que Tara tenait dans le cœur de Scarlett.

Il y avait quelque chose de captivant dans cette ville aux rues étroites, encerclée par des collines rougeâtres, quelque chose de primitif et de rude qui correspondait chez Scarlett à un fond sauvage qu'Ellen et Mama avaient seulement recouvert d'un beau vernis. Scarlett se rendit compte soudain qu'elle était faite pour vivre là et non pas dans ces vieilles cités tranquilles, paisiblement allongées au bord de leurs eaux jaunâtres.

Maintenant les maisons étaient de plus en plus espacées. Et, se penchant au-dehors, Scarlett aperçut les murs de briques rouges et le toit d'ardoises de la demeure de Mlle Pittypat. C'était presque la dernière maison au nord de la ville. Au-delà, la rue du Pêcher se rétrécissait et serpentait sous de grands arbres avant d'aller se perdre au cœur d'un bois touffu et silencieux. La clôture, bien régulière, venait d'être repeinte en blanc et, en face de la maison, le petit jardin dont elle délimitait le pourtour était tout semé des dernières jonquilles de la saison. Sur le perron se tenaient deux femmes en noir. Derrière elles, les mains à plat sur son tablier, une grosse femme à peau jaune souriait de toutes ses dents. Fort émue, la corpulente Mlle Pittypat se trémoussait sur ses petits pieds et pressait d'une main sa vaste poitrine afin de comprimer les battements de son cœur. Scarlett vit Mélanie à

213

ses côtés et se dit que son plaisir allait être gâché par cette petite femme en robe de deuil qui avait bien tiré ses boucles rebelles pour avoir l'air plus dame et qui l'accueillait par un sourire radieux sur son visage en cœur.

Lorsqu'un Sudiste prenait la peine de faire sa malle et d'accomplir un trajet de vingt milles pour aller rendre une visite, celle-ci ne durait guère moins d'un mois et même en général se prolongeait bien au-delà. Les Sudistes aimaient aussi passionnément à être reçus qu'à recevoir, et il n'y avait rien d'extraordinaire à ce que des gens venus passer la Noël chez des parents demeurassent chez eux jusqu'en juillet. Souvent, lorsque de jeunes mariés accomplissaient la tournée habituelle de visite de noces, ils s'attardaient sous quelque toit accueillant et y restaient jusqu'à la naissance de leur second enfant. Fréquemment, de vieux oncles et de vieilles tantes venus dîner le dimanche chez leurs neveux ne s'en allaient que bien des années plus tard pour être conduits au cimetière. La question des visites ne posait aucun problème, car les maisons étaient spacieuses, les domestiques nombreux et le fait d'avoir à nourrir plusieurs bouches supplémentaires n'entrait pas en ligne de compte sur cette terre d'abondance. Peu importait l'âge ou le sexe. Tout le monde faisait des visites. Jeunes mariés dans leur lune de miel, jeunes mères qui venaient présenter leurs derniers-nés, convalescents, personnes qui se trouvaient trop seules, jeunes filles que leurs parents désiraient soustraire aux dangers d'une union mal assortie, jeunes filles qui avaient coiffé la Sainte-Catherine et qui, espérait-on, finiraient par découvrir un beau parti sous l'égide de parents établis en d'autres lieux. Les visiteurs apportaient du piment et de la variété dans la vie ralentie du Sud et ils étaient toujours les bienvenus.

Ainsi Scarlett était partie pour Atlanta sans savoir combien de temps elle y resterait. Si son séjour menaçait d'être aussi lugubre qu'à Savannah et à Charleston, elle rentrerait chez elle au bout d'un mois. S'il se révélait agréable, elle le prolongerait indéfiniment. Cependant, à peine fut-elle arrivée que tante Pitty et Mélanie se mirent en campagne pour l'inciter à s'établir d'une manière permanente auprès d'elles. Elles lui fournirent tous les arguments possibles et imaginables. Elles tenaient à elle pour elle-même parce qu'elles l'aimaient. Elles vivaient seules et avaient souvent peur la nuit dans leur grande maison, et Scarlett était si brave qu'elle leur donnait du courage. Elle avait tant de charme qu'elle les consolait de leurs chagrins. Maintenant que Charles était mort, sa place et celle de son fils étaient avec les siens. D'ailleurs, d'après les dispositions testamentaires de Charles, la moitié de la maison lui appartenait. Enfin, la Confédération avait besoin de toutes les bonnes volontés pour coudre, tricoter, rouler des bandes et soigner des blessés.

L'oncle de Charles, Henry Hamilton, un célibataire qui habitait à l'hôtel d'Atlanta, près de la gare, aborda lui aussi ce chapitre avec Scarlett. L'oncle Henry était un vieux monsieur trapu et bedonnant, au visage rose, aux longs cheveux argentés. Fort irascible, il ne pouvait pas supporter les femmes craintives et sujettes aux vapeurs. C'était pour cette dernière raison qu'il adressait à peine la parole à sa sœur, Mlle Pittypat. Dès l'enfance ils avaient été aux antipodes l'un de l'autre et le fossé s'était élargi entre eux quand Henry avait commencé à reprocher à sa sœur la façon dont elle avait élevé Charles... « faisant une sacrée poule mouillée du fils d'un soldat ! ». Plusieurs années auparavant, il avait gravement offensé Mlle Pitty et la malheureuse ne parlait plus de lui qu'en étouffant de tels soupirs et en faisant de telles réticences qu'un étranger aurait pu se figurer que l'honnête avocat était pour le moins un assassin. Cela s'était passé un jour où Pitty avait voulu prélever cinq cents dollars sur ses biens, dont Henry avait la charge, pour les placer dans une mine d'or qui n'existait pas.

Il avait refusé de se prêter à l'opération et avait déclaré avec chaleur que sa sœur n'avait pas plus de cervelle qu'un hanneton et qu'il avait des fourmis dans les jambes quand il passait plus de cinq minutes en sa compagnie. Depuis ce jour, Pitty ne le voyait plus qu'une fois par mois lorsque Peter la conduisait à son bureau retirer l'argent nécessaire à l'entretien de sa maison. A la suite de ces courtes visites, Pitty passait toujours le reste de la journée au lit à pleurer et à respirer des sels. Mélanie et Charles, qui étaient en excellents termes avec leur oncle, lui avaient offert de la délivrer de ce supplice, mais Pitty, pinçant ses lèvres poupines, avait toujours énergiquement refusé. Henry était sa croix et elle avait le devoir de le supporter. Charles et Mélanie en étaient arrivés à conclure qu'elle prenait un vif plaisir à ces émotions renouvelées, les seules de sa monotone existence.

L'oncle Henry éprouva tout de suite de la sympathie pour Scarlett parce que, dit-il, en dépit de ses simagrées stupides, il pouvait voir qu'elle avait quelques grains de bon sens. Il était chargé de gérer non seulement la fortune de Pitty et de Mélanie, mais encore celle que Charles avait laissée à Scarlett. Scarlett eut la surprise de constater qu'elle était désormais une jeune femme fort à l'aise, car, outre la moitié de la maison de tante Pitty, Charles lui avait légué des fermes et des immeubles en ville. Et les magasins et les entrepôts en bordure de la voie ferrée qui faisaient partie de son héritage avaient triplé de valeur depuis le début de la guerre. Ce fut lorsque l'oncle Henry fit avec elle l'inventaire de ses biens qu'il se mit à lui parler de son établissement à Atlanta.

— A sa majorité, Wade Hampton sera riche, déclara-t-il. Au train où se développe Atlanta, ses propriétés vaudront dix fois plus dans vingt ans et il est juste que le garçon soit élevé là où se trouvent ses biens afin d'apprendre à les gérer... oui, à les gérer, et à gérer aussi ceux de Pitty et de Mélanie. D'ici peu il ne restera plus que lui pour porter le nom de Hamilton, car, moi, je ne serai pas éternel.

Quant à Peter, il ne mettait pas en doute que Scarlett était venue s'établir à Atlanta. Il ne pouvait concevoir que le fils unique de Charles fût élevé là où il lui serait impossible de surveiller son éducation. Devant tous ces arguments, Scarlett sourit, mais ne dit rien. Elle ne voulait prendre aucun engagement avant de savoir si elle aimerait Atlanta et la vie en commun avec sa belle-sœur. Elle savait aussi qu'il lui faudrait obtenir l'approbation de Gérald et d'Ellen. De plus, maintenant qu'elle était loin de Tara, la plantation, les champs rouges, les vertes pousses de coton et les silences si doux des crépuscules lui manquaient terriblement. Pour la première fois, elle commençait à se rendre compte de ce qu'avait voulu dire Gérald en lui déclarant qu'il avait l'amour de la terre dans le sang.

Scarlett, déployant toutes ses grâces, évita donc de répondre d'une manière précise aux questions qu'on lui posa sur la durée de son séjour et s'adapta très facilement à la vie de la maison de briques rouges qui s'élevait à l'extrémité de la rue du Pêcher, si calme en cet endroit.

La vie en commun avec les parents de Charles lui permit de mieux comprendre le garçon qui avait fait d'elle une épouse, une veuve et une mère en un si bref espace de temps. Il lui fut facile de découvrir pourquoi il avait été si timide, si peu rompu aux roueries du monde, si idéaliste. En admettant que Charles eût hérité un tant soit peu des qualités de son père, soldat austère, intrépide et emporté, son enfance passée dans une atmosphère de gynécée avait dû se charger de les étouffer. Il s'était dévoué corps et âme à la puérile Pitty et, plus que ne le font les frères, à sa sœur Mélanie, les deux femmes les plus exquises et les moins armées pour l'existence qu'il eût été possible de rencontrer.

Soixante ans auparavant, tante Pittypat avait reçu à son baptême le nom de Sarah Jane Hamilton, mais, depuis le jour lointain où son père qui l'adorait l'avait gratifiée de ce surnom à cause de ses petits pieds toujours en mouvement, personne ne l'avait appelée autrement. Par la suite, les changements qui s'étaient opérés en elle avaient rendu ce surnom comique. De l'enfant remuant qu'elle avait été, il ne restait plus désormais que deux pieds minuscules, sans aucun rapport avec son poids et une propension à rire et à babiller à tout propos. Elle était forte, avec des joues roses et des cheveux argentés. Elle serrait si bien son corset qu'elle était toujours un peu essoufflée et ses petits pieds, emprisonnés dans des chaussures trop étroites, étaient incapables de la porter au-delà des quelques maisons voisines. A la moindre émotion, elle avait des palpitations et, pleine de sollicitude pour son cœur, elle s'évanouissait pour un oui pour un non. Tout le monde savait que ses faiblesses n'étaient en général que simples ruses de femme, mais on l'aimait assez pour s'empêcher de le dire. Tout le monde l'adorait, la gâtait comme une enfant et refusait de la prendre au sérieux... tout le monde excepté son frère Henry.

Elle préférait encore les commérages aux plaisirs de la table et, pendant des heures s'abandonnant à un babillage inoffensif, elle s'entretenait des affaires d'autrui. Elle n'avait ni la mémoire des noms, ni celle des dates ou des lieux et il lui arrivait souvent de confondre les acteurs d'un drame d'Atlanta avec ceux d'un autre, ce qui d'ailleurs ne trompait personne, car personne n'était assez fou pour prendre ses paroles au sérieux. Personne ne lui disait jamais rien de choquant ni de scandaleux, car il fallait respecter son état de vieille fille en dépit même de ses soixante ans, et ses amis conspiraient gentiment pour la préserver du mal et la choyer comme un enfant.

Par bien des côtés, Mélanie ressemblait à sa tante. Elle en avait la timidité, les rougeurs soudaines, mais elle était douée de bon sens... « D'un certain genre, je l'admets », se disait Scarlett à contrecœur. Comme tante Pitty, Mélanie avait le visage d'un enfant candide qui n'avait jamais rencontré que la simplicité et la bienveillance, la franchise et l'amour, d'un enfant

218

qui ignorait le mal et ne le reconnaîtrait pas s'il se trouvait en sa présence. Parce qu'elle avait toujours été heureuse, elle voulait que tout le monde fût heureux autour d'elle, ou tout au moins content de soi. Il n'y avait point de servante, si bornée fût-elle, en qui elle ne trouvait un trait de loyauté ou de bonté, point de jeune fille si laide et si désagréable en qui elle ne découvrait un élément de charme ou de noblesse de caractère, point d'homme si dénué de valeur ou si insipide en qui elle ne voyait ce qu'il pourrait être plutôt que ce qu'il était.

A cause de ces qualités issues spontanément de son cœur généreux, tout le monde l'entourait. Qui peut résister, en effet, à l'attrait de celui ou de celle qui découvre chez autrui d'admirables qualités dont personne n'a même osé rêver pour soi ? Elle avait plus d'amies qu'aucune autre fille de la ville et plus d'amis aussi, bien qu'elle eût fort peu de soupirants, car elle manquait de cet esprit calculateur et de cet égoïsme si utiles pour prendre les hommes au piège.

Ces deux femmes que Charles aimait par-dessus tout ne lui avaient nullement trempé le caractère, ne lui avaient rien appris de la vie et le toit sous lequel il avait atteint l'âge d'homme était un nid douillet, une demeure si tranquille, si vieillotte et si douce par rapport à Tara ! Pour Scarlett, cette maison avait un grand besoin d'être imprégnée des odeurs masculines, du cognac, du tabac et de l'huile de Macassar. Elle eût aimé y entendre proférer quelque juron d'une voix rauque, y trouver des fusils, des selles, des guides et des chiens. Et puis, à Tara, dès qu'Ellen avait le dos tourné, tout le monde se querellait. Mama prenait Pork à partie, Rosa se chamaillait avec Teena, Suellen et elle se disaient des choses désagréables. Gérald grondait et menaçait, et le bruit de ces voix rageuses lui manquait. Il ne fallait pas s'étonner que Charles fût devenu une poule mouillée dans cette demeure où l'on ignorait l'agitation, où chacun se rangeait gentiment à l'opinion des autres, où en fin de compte le despote noir, aux cheveux grisonnants, tirait toutes les ficelles du fond de sa cuisine. Scarlett, qui avait espéré avoir davantage la bride sur le cou en échappant au contrôle de Mama, découvrit avec douleur que Peter avait des idées encore plus strictes que Mama sur la manière dont devait se comporter une dame en général et la veuve de « missié Cha'les » en particulier.

Sous ce toit, Scarlett recouvra son équilibre sans presque s'en apercevoir. Elle n'avait que dix-sept ans. Elle jouissait d'une santé magnifique, débordait d'énergie, et les parents de Charles s'efforçaient de la rendre heureuse. S'ils n'y parvenaient pas tout à fait, ce n'était pas leur faute, car personne ne pouvait arracher du cœur de Scarlett la douleur qui l'étreignait chaque fois qu'on prononçait le nom d'Ashley ! Et Mélanie le prononçait si souvent ! Pourtant Mélanie et Pitty passaient leur temps à chercher un moyen d'adoucir le chagrin dont elles la croyaient rongée. Pour la distraire, elles reléguaient leur propre chagrin au second plan. Elles se donnaient beaucoup de mal pour lui composer des menus, l'obliger à dormir l'après-midi et à faire des promenades en voiture. Non seulement, elles déliraient d'admiration pour elle, pour son entrain, sa taille, ses pieds menus, ses petites mains, sa peau blanche, mais elles le lui disaient fort souvent et ponctuaient leurs appellations affectueuses de caresses et de baisers.

Scarlett se souciait peu des caresses, mais elle ne restait pas insensible aux compliments. Personne à Tara ne lui avait jamais dit d'aussi jolies choses. En fait, Mama n'avait cessé de lutter contre sa suffisance. Le petit Wade n'était plus une gêne, car toute la famille, les Noirs et les Blancs, ainsi que les voisins, l'idolâtraient et chacun se disputait le plaisir de le prendre sur ses genoux. Mélanie surtout en raffolait. Même au beau milieu des pires accès de rage du bébé, elle disait qu'il était adorable et ajoutait : « Oh ! mon petit trésor ! Je voudrais tant que tu sois à moi ! »

Parfois Scarlett avait bien du mal à masquer ses sentiments. Elle considérait toujours tante Pitty comme la plus sotte des vieilles dames et son inconstance, ses vapeurs l'irritaient au plus haut point. Elle éprouvait envers Mélanie une aversion jalouse qui grandissait chaque jour et elle était obligée de s'en aller brusquement quand Mélanie, rayonnante d'amour et de fierté, se mettait à parler d'Ashley ou à lire ses lettres à haute voix. Cependant, étant donné les circonstances, la vie était aussi agréable que possible. Atlanta était plus intéressante que Savannah, Charleston ou Tara, et la guerre offrait des passe-temps si imprévus que Scarlett n'avait guère le loisir de réfléchir ou de se laisser aller aux idées noires. Mais, après avoir soufflé sa bougie et s'être enfoui la tête dans l'oreiller, il lui arrivait de soupirer et de songer : « Si seulement Ashley n'était pas marié ! Si seulement je n'étais pas infirmière dans ce maudit hôpital ! Si seulement je pouvais avoir quelques soupirants ! »

Dès le début, Scarlett avait pris en horreur son métier d'infirmière, mais elle n'avait pas la possibilité de se soustraire à ce devoir, car elle faisait partie à la fois du comité de Mme Meade et de celui de Mme Merriwether. Cela se traduisait par quatre matinées passées dans un hôpital étouffant et empesté, avec une serviette sur la tête pour retenir ses cheveux et un tablier épais qui la recouvrait du cou jusqu'aux pieds. Vieilles ou jeunes, toutes les femmes mariées d'Atlanta étaient infirmières et remplissaient leur rôle avec un zèle qui semblait à Scarlett voisin du fanatisme. Ces femmes ne doutaient pas un instant que Scarlett était animée de la même ardeur patriotique et elles eussent été indignées d'apprendre combien peu elle se souciait de la guerre. En dehors de la pensée obsédante qu'Ashley risquait d'être tué, la guerre ne l'intéressait pas du tout et, si elle soignait les malades, c'était uniquement parce qu'elle ne savait pas comment s'y prendre pour ne plus aller à l'hôpital.

Le métier d'infirmière n'avait à coup sûr rien de romantique. On n'entendait que gémir et délirer, on côtoyait la mort, on ne respirait que de mauvaises odeurs. Les hôpitaux étaient remplis d'hommes sales, mal rasés, couverts de vermine, qui sentaient terriblement fort et dont le corps portait des blessures assez hideuses pour chavirer le cœur d'un chrétien. L'atmosphère des hôpitaux était empuantie par l'odeur de la gangrène qui assaillait Scarlett bien avant qu'elle eût atteint les portes des salles, odeur douceâtre, nauséabonde, qui imprégnait ses mains et ses cheveux et la poursuivait dans ses rêves. Des nuées de mouches et de moustiques tournoyaient en bourdonnant au-dessus des lits tandis que les malades, au supplice, juraient et poussaient de faibles sanglots. Tout en grattant ses piqûres de moustiques, Scarlett agitait des éventails en feuilles de palmier jusqu'à en avoir mal à l'épaule et à souhaiter la mort de tous ces hommes.

Par contre, Mélanie ne paraissait pas tenir compte des odeurs, des blessures ni de la vue des corps nus. Et Scarlett trouvait cela étrange pour une personne qui avait toujours été la plus craintive et la plus pudique des femmes. De temps en temps, en passant des cuvettes ou des instruments au docteur Meade, qui tranchait à même les chairs putréfiées, Mélanie devenait très pâle. Et une fois, à la suite de ces opérations, Scarlett la surprit dans la lingerie en train de vomir tranquillement dans une serviette. Mais, tant que les blessés pouvaient la voir, elle conservait sa gentillesse et sa gaieté, aussi les hommes l'appelaient-ils un ange de bonté. Scarlett eût aimé qu'on lui décernât également ce titre, mais il lui aurait fallu toucher des hommes grouillant de poux, promener les doigts sur la gorge de malades évanouis pour voir s'ils n'avaient pas avalé leur chique, panser des moignons et chercher des vers dans les chairs pourries. Non, elle n'aimait pas le métier d'infirmière !

Peut-être l'eût-elle trouvé supportable si on lui avait permis d'exercer ses charmes sur les convalescents dont un grand nombre étaient jolis garçons et de bonne famille, mais son état de veuve l'empêchait de tenir ce rôle. Les jeunes demoiselles de la ville qu'on n'autorisait pas à prodiguer leurs soins de peur qu'elles ne vissent des spectacles inconvenants pour des yeux de vierges avaient pour mission de s'occuper des convalescents. N'étant ni mariées ni veuves, elles avaient toute latitude et faisaient des ravages parmi leurs protégés. Scarlett remarqua, non sans mélancolie, que même les moins séduisantes d'entre elles n'avaient aucune difficulté à trouver un fiancé.

En dehors des mourants et des hommes grièvement blessés, Scarlett ne fréquentait que des femmes et cela lui était fort pénible, car non seulement elle se méfiait des représentantes de son sexe, mais encore elle s'ennuyait à périr en leur compagnie. Cependant, trois après-midi par semaine, il lui fallait se rendre aux cercles de couture et aux comités des amis de Mélanie. Les jeunes filles qui, toutes, avaient connu Charles, étaient très aimables et très prévenantes avec elle, surtout Fanny Elsing et Maybelle Merriwether, les filles des douairières de la ville. Mais elles la traitaient avec déférence en vieille femme dont l'existence eût été finie, et comme elles ne cessaient de parler de réunions dansantes et de leurs soupirants, Scarlett finit par être jalouse de leurs plaisirs que lui interdisait son veuvage. Voyons, elle était trois fois plus séduisante que Fanny et que Maybelle ! Oh ! que la vie était donc injuste ! Comment les gens pouvaient-ils donc croire que son mari avait emporté son cœur avec lui dans la tombe alors que ce n'était pas vrai ? Son cœur était en Virginie, avec Ashley !

Pourtant, en dépit de ces inconvénients, Atlanta lui plaisait beaucoup et, à mesure que les semaines s'écoulaient, son séjour se prolongeait.

IX

Un matin d'été, Scarlett, le cœur gros, regardait de sa fenêtre passer des chariots et des voitures remplis de soldats, de jeunes filles avec leurs chaperons. Tous descendaient joyeusement la rue du Pêcher et s'en allaient dans les bois chercher des branchages pour la vente de charité qui devait avoir lieu ce soir-là au bénéfice des hôpitaux. Les arbres se rejoignaient en berceau au-dessus de la chaussée et l'ombre de leurs feuilles dessinait un damier sur le sol rouge. De leurs sabots, les bêtes, en trottant, soulevaient de petits nuages de poussière rouge aussi. En tête venait un chariot monté par quatre grands nègres armés de haches pour couper les branches. A l'arrière de ce même chariot s'entassaient des bourriches recouvertes de linge blanc, des paniers à provisions et une douzaine de pastèques. Deux des nègres avaient un banjo et un harmonica et interprétaient à leur manière : *Si tu veux prendre du bon temps, engage-toi dans la cavalerie.* A la suite du chariot s'étirait la joyeuse cavalcade. Les jeunes filles en robes de coton à fleurs portaient des écharpes légères, des capelines et des mitaines pour se protéger du soleil et tenaient de petites ombrelles au-dessus de leur tête. De vieilles dames souriaient tranquillement aux plaisanteries qu'on échangeait de voiture à voiture. Des convalescents étaient coincés entre de grosses dames et de frêles jeunes filles aux petits soins pour eux. Des officiers à cheval trottaient sans se presser à la hauteur des attelages. Les roues grinçaient, les éperons cliquetaient, l'or des uniformes scintillait, les ombrelles oscillaient, les éventails s'agitaient, les nègres chantaient. Tout le monde s'en allait cueillir des branchages et déjeuner sur l'herbe. « Tout le monde, se dit Scarlett morose, tout le monde sauf moi ! »

En passant devant Scarlett, chacun lui fit signe et lui cria bonjour, et Scarlett s'efforça de répondre avec grâce, mais c'était difficile. Elle sentit une petite douleur lui étreindre le cœur, remonter lentement à sa gorge. Elle savait qu'elle n'allait pas tarder à pleurer. Tout le monde se rendait au pique-nique sauf elle, et tout le monde irait à la vente de charité sauf elle, Pittypat, Mélanie et toutes les autres malheureuses

224

qui étaient en deuil. Mais Melly et Pittypat n'avaient pas l'air de le regretter. Il ne leur était même pas venu à l'idée d'aller à la fête, tandis que Scarlett avait une envie folle d'y assister.

Ce n'était vraiment pas juste. Elle avait travaillé deux fois plus dur que n'importe quelle autre jeune fille à tricoter des chaussettes, des bonnets d'enfant, des dessus-de-lit et des gants, à faire des mètres et des mètres de dentelle et à peindre divers objets de toilette en porcelaine. Elle avait brodé le drapeau confédéré sur une demi-douzaine de coussins (à vrai dire les étoiles étaient un peu irrégulières, certaines étaient presque rondes, d'autres avaient six ou sept branches, mais l'effet était excellent). La veille, elle s'était épuisée à tendre d'étamine jaune, rose et verte les comptoirs qui s'alignaient le long des murs. Ce n'était pas amusant du tout de peiner sous la direction des dames du comité de son hôpital. D'ailleurs ce n'était jamais drôle de se trouver avec Mmes Merriwether, Elsing et Whiting qui vous menaient comme des nègres, ni de les entendre raconter les succès de leurs filles. Enfin, pour comble de malheur, elle s'était fait deux ampoules aux doigts en aidant Pittypat et la cuisinière à confectionner des gâteaux pour la tombola.

Et maintenant qu'elle avait travaillé comme une esclave des champs, il lui fallait se retirer dans sa dignité juste au moment où l'on allait commencer à s'amuser. Oh! ce n'était pas juste qu'elle fût veuve, qu'elle eût un bébé qui hurlait dans la pièce voisine, qu'elle fût tenue à l'écart de tout ce qui était agréable. Un peu plus d'un an auparavant, elle portait des robes de couleurs vives au lieu de vêtements de deuil, et elle était pratiquement fiancée à trois garçons. Elle n'avait encore que dix-sept ans et ses pieds ne demandaient qu'à danser. Non, ce n'était pas juste. Au bruit des éperons, au son du banjo, la vie défilait devant elle, le long d'une avenue ombreuse, tout imprégnée de chaleur estivale, la vie en uniformes gris, en robes d'organdi à fleurs. Elle s'efforça de mesurer ses gestes,

225

de ne pas sourire aux hommes qu'elle connaissait le mieux, à ceux qu'elle avait soignés à l'hôpital, mais elle avait bien du mal à empêcher ses fossettes de se creuser, bien du mal à conserver l'attitude d'une femme dont le mari avait emporté son cœur dans la tombe...

Elle s'arrêta brusquement de saluer et de dire bonjour. Essoufflée comme toujours d'avoir monté l'escalier, Pittypat venait d'entrer dans la chambre et de l'arracher au spectacle qui la retenait à la fenêtre.

— Aurais-tu perdu la tête, ma chérie ? On n'a pas idée de faire signe à des hommes par la fenêtre de sa chambre à coucher. Je t'assure, Scarlett, j'en suis choquée ! Que dirait ta mère ?

— Voyons, ils ne savent pas que je suis dans ma chambre...

— Oui, mais ils pourraient s'en douter, et ça n'en est pas mieux. Il ne faut pas faire des choses comme ça, chérie, ou tout le monde va jaser et dire que tu te tiens mal... et puis Mme Merriwether sait bien que c'est ta chambre.

— Et je parie qu'elle va le raconter à tous les garçons, la vieille chipie !

— Chut, mon chou ! Dolly Merriwether est ma meilleure amie !

— Ça ne l'empêche pas d'être une chipie... Oh ! je suis navrée, ma tante, ne pleurez pas ! J'avais oublié que c'était la fenêtre de ma chambre. Je ne le ferai plus ; je... voulais seulement les voir passer. Je voudrais bien y aller.

— Mon chou !

— Oui, c'est vrai. J'en ai assez de rester à la maison.

— Scarlett, promets-moi de ne plus dire de choses pareilles. Les gens en feraient des gorges chaudes. Ils diraient que tu ne sais pas respecter la mémoire du pauvre Charlie...

— Oh ! tante, ne pleurez pas !

— Oh ! voilà que je te fais pleurer aussi ! dit Pittypat entre deux sanglots, tout en cherchant son mouchoir dans la poche de sa jupe.

La petite douleur qu'elle avait déjà ressentie empoignait maintenant Scarlett à la gorge et elle se lamenta tout haut, non pas à cause du pauvre Charles, comme le pensait Pittypat, mais parce qu'on n'entendait déjà presque plus les éclats de rire et le grincement des roues. Mélanie quitta sa chambre dans un bruissement de soie et entra à son tour, une brosse à la main, un pli soucieux au front. Elle ne portait pas sa résille et la masse bouclée de ses cheveux, si bien peignés d'ordinaire, bouffait autour de son visage.

— Que se passe-t-il, mes chéries ?

— Charlie ! sanglota Pittypat en s'abandonnant au plaisir que lui causait son chagrin et en blottissant sa tête contre l'épaule de Melly.

— Oh ! fit celle-ci dont la lèvre se mit à trembler. Sois courageuse, chérie. Ne pleure pas ! Oh ! Scarlett !

Scarlett s'était jetée sur son lit et pleurait toutes les larmes de son corps. Elle pleurait sa jeunesse perdue et les plaisirs qui lui étaient refusés. Elle sanglotait d'indignation avec le désespoir d'une enfant qui, jadis, pouvait obtenir tout ce qu'elle voulait par ses larmes et qui sait que, désormais, ses larmes ne lui serviront plus. La tête enfouie dans l'oreiller, elle pleurait et battait rageusement des pieds son édredon duveteux.

— Autant être morte ! lança-t-elle d'un ton farouche.

Devant un tel déploiement de douleur, Pittypat sécha ses larmes et Melly s'élança au chevet de sa belle-sœur pour la consoler.

— Chérie, ne pleure pas ! Essaie de penser combien Charles t'aimait et que cela te soit un réconfort. Essaie de penser à ton bébé chéri.

Indignée d'être si mal comprise, désespérée d'être tenue à l'écart de tout, Scarlett fut incapable de proférer un son. Ce fut heureux, car, si elle avait pu parler, elle aurait dit tout ce qu'elle avait sur le cœur, à la manière de Gérald, sans mâcher ses mots. Mélanie lui caressa l'épaule et, traversant lourdement la pièce sur la pointe des pieds, Pittypat alla baisser les persiennes.

— Ne faites pas ça! éclata Scarlett, sortant de l'oreiller un visage cramoisi et boursouflé. Je ne suis pas assez morte pour que vous baissiez les persiennes, quoique je n'en vaille guère mieux. Oh! allez-vous-en et laissez-moi tranquille!

Elle s'abîma de nouveau dans l'oreiller et, après s'être consultées à voix basse, la tante et la nièce se retirèrent discrètement. Scarlett entendit Mélanie chuchoter quelque chose à Pittypat tandis qu'elles s'engageaient toutes deux dans l'escalier.

— Tante Pitty, je voudrais bien que tu ne lui parles par de Charles. Tu sais combien ça la bouleverse. La pauvre petite, elle a son regard étrange et je sais qu'elle va prendre sur elle pour ne pas pleurer. Il ne faut pas augmenter son chagrin.

Dans sa rage impuissante, Scarlett continua de battre l'édredon et s'efforça de trouver quelques gros mots à dire.

— Sacrebleu! s'écria-t-elle enfin, et elle se sentit un peu soulagée.

Comment Mélanie pouvait-elle se contenter de rester à la maison, ne jamais se distraire et continuer à porter le deuil de son frère alors qu'elle n'avait que dix-huit ans? « Mais elle est si bûche, pensa Scarlett en labourant l'oreiller de ses poings. Et puis, elle n'a jamais eu autant de succès que moi. Les choses qui me manquent ne lui manquent pas. Et... et, d'ailleurs, elle a Ashley, et moi... moi, je n'ai personne! »

Cette constatation raviva sa douleur et elle se mit à sangloter bruyamment.

Elle resta dans sa chambre jusque vers le milieu de l'après-midi. La vue des promeneurs qui revenaient du pique-nique dans leurs attelages chargés de branches de pin, de plantes grimpantes et de fougères ne la réconforta point. Tout le monde avait l'air fatigué, mais ravi. Scarlett répondit tristement aux saluts qu'on lui adressa. La vie était désespérante et ne valait certainement pas la peine d'être vécue.

Le salut se présenta sous la forme à laquelle elle s'attendait le moins. Alors que toute la maison faisait la sieste, Mme Merriwether et Mme Elsing arrivèrent en voiture. Surprises de recevoir une visite à pareille heure, Mélanie et tante Pitty se levèrent, agrafèrent leur corsage en hâte, lissèrent leurs cheveux et descendirent au salon.

— Les enfants de Mme Bonnel ont la rougeole, annonça Mme Merriwether à brûle-pourpoint, tout en laissant bien voir qu'elle tenait Mme Bonnel pour personnellement responsable.

— Et les petites Mac Lure ont été appelées en Virginie, dit Mme Elsing de sa voix mourante, tout en s'éventant avec langueur, comme si, pour elle, cet événement ne comptait pas beaucoup plus que le reste. Dallas Mac Lure est blessé.

— C'est terrible, firent leurs hôtesses en chœur. Est-ce que le pauvre Dallas...

— Non. Simplement une balle qui lui a traversé l'épaule, dit Mme Merriwether sèchement. Mais ça ne pouvait pas plus mal tomber. Les petites vont le chercher pour le ramener chez lui. Mais, ciel! nous n'avons pas le temps de rester à bavarder. Il faut que nous retournions vite à l'arsenal compléter la décoration. Pitty, nous avons besoin de vous et de Melly ce soir pour prendre la place de Mme Bonnel et des petites Mac Lure.

— Oh! mais, Dolly, nous ne pouvons pas y aller.

— Ne me dites pas à moi qu' « on ne peut pas », Pittypat Hamilton, déclara Mme Merriwether avec force. Nous avons besoin de vous pour surveiller les Noirs préposés aux rafraîchissements. C'était le rôle assigné à Mme Bonnel. Quant à toi, Melly, il faut que tu tiennes le comptoir des petites Mac Lure.

— Oh! mais c'est impossible... avec le pauvre Charles qui est mort il n'y a que...

— Je comprends vos sentiments, mais il n'y a pas de trop grands sacrifices pour la Cause, coupa d'une voix douce Mme Elsing, qui voulait mettre les choses au point.

— Oh! nous aimerions tant vous aider, mais...

pourquoi ne trouveriez-vous pas quelques jolies jeunes filles pour tenir les comptoirs ?

Mme Merriwether eut un rire méprisant.

— Je ne sais pas ce qu'a la jeunesse aujourd'hui. Elle n'a aucun sens des responsabilités. Toutes les jeunes filles qui n'ont pas déjà accepté de tenir un comptoir ont plus d'excuses à leur disposition que vous n'en pourriez inventer. Oh ! je ne m'y laisse pas prendre. Elles veulent tout simplement être libres de tourner autour des officiers. Et puis elles ont peur qu'on ne voie pas leurs robes derrière les comptoirs. Je paierais cher pour que ce forceur de blocus... comment s'appelle-t-il donc ?

— Le capitaine Butler, intervint Mme Elsing, secourable.

— Je voudrais bien qu'il apportât un peu plus de matériel d'hôpital et un peu moins de crinolines et de dentelles. Ce n'est pas une, mais vingt robes importées par lui que j'ai vues aujourd'hui. Le capitaine Butler... j'ai les oreilles rebattues de ce nom-là. Allons, Pitty, je n'ai pas le temps de discuter. Il faut venir. Tout le monde comprendra. Quant à toi, Melly, tu ne seras pas trop en vue. Le comptoir des petites Mac Lure est tout au bout et, comme il n'est pas bien joli, personne ne fera attention à toi.

— Je crois que nous irons, dit Scarlett en s'efforçant de réprimer son impatience et de conserver un visage aussi sérieux que possible. C'est le moins que nous puissions faire pour l'hôpital.

Ni l'une ni l'autre des visiteuses n'avait mentionné son nom. Toutes deux se tournèrent vers elle et lui décochèrent un regard acéré. Même au plus fort de leur embarras elles n'avaient pas envisagé de demander à une veuve d'un an à peine de figurer dans un rôle mondain. Les yeux écarquillés comme ceux d'un enfant, Scarlett soutint leur regard.

— Je crois que nous pourrons aller à la vente et contribuer toutes à en faire un succès. Je crois que je pourrai tenir le comptoir avec Melly parce que... oui, je crois que ce serait mieux d'être deux. Qu'en penses-tu, Melly ?

— Eh bien, commença Melly à court d'arguments.

L'idée de paraître à une réunion mondaine alors qu'elle était en deuil était si extraordinaire qu'elle en était toute désorientée.

— Scarlett a raison, dit Mme Merriwether en observant des signes de fléchissement. (Elle se leva et, d'une secousse, remit sa crinoline en place.) Il faut venir toutes les deux... non, toutes les trois. Allons, Pitty, vous n'allez pas recommencer. Pensez plutôt que l'hôpital a besoin d'argent pour acheter des lits et des médicaments. Et je sais que Charlie sera content que vous aidiez la Cause pour laquelle il est mort.

— Eh bien, murmura Pitty, désarmée comme toujours en présence d'une personnalité plus forte que la sienne, si vous croyez que les gens comprendront...

« Trop beau pour être vrai ! trop beau pour être vrai ! » chantait le cœur ravi de Scarlett quand elle se glissa discrètement derrière le comptoir tendu de rose et de jaune qu'auraient dû occuper les sœurs Mac Lure.

Elle retournait enfin dans le monde ! Après un an de réclusion, de crêpe et de chuchotements étouffés, après avoir failli devenir folle d'ennui, elle assistait enfin à une réunion, à une vraie réunion, la plus grande qu'Atlanta eût jamais connue. Elle voyait des gens, des lumières, elle entendait de la musique, contemplait les belles dentelles, les robes et les jabots que le fameux capitaine Butler avait ramenés avec lui à son dernier voyage en forçant le blocus.

Elle se pelotonna sur l'un des petits tabourets derrière le comptoir et parcourut des yeux la longue salle qui, jusqu'à cet après-midi-là, n'avait été qu'un hangar nu et laid où l'on faisait l'exercice. Comme les dames avaient dû travailler à la dernière minute pour la rendre aussi belle ! C'était ravissant. Toutes les bougies et tous les bougeoirs d'Atlanta devaient se trouver là. Il y avait des chandeliers d'argent à douze branches, des chandeliers de porcelaine ornés de charmantes figurines, de vieux bougeoirs de cuivre, roides et dignes. Tout cela supportait des bougies de toutes tailles et de toutes couleurs, parfumées au laurier. Il y en avait sur les râteliers qui couraient tout au long de la salle, sur les tables couvertes de fleurs, sur les comptoirs, même sur l'appui des fenêtres où le souffle tiède de l'été avait juste assez de force pour en faire vaciller la flamme.

Au milieu de la salle, la grosse lampe hideuse, suspendue au plafond par des chaînes, était complètement transformée sous des touffes de houx et de vigne que, déjà, la chaleur flétrissait. Les murs étaient décorés de branches de pin qui dégageaient des senteurs épicées et formaient, dans les angles, de jolis berceaux de verdure où les vieilles dames pouvaient s'asseoir. De longues et gracieuses guirlandes de houx, de vigne et de liserons dessinaient leurs festons sur les murs, encadraient les fenêtres et les sortes de niches tapissées d'étoffes vives où l'on avait installé les comptoirs. Et partout, au milieu des plantes vertes, sur les drapeaux et les cartouches, flamboyaient, sur fond bleu et rouge, les étoiles de la Confédération.

L'estrade réservée aux musiciens était décorée d'une manière suprêmement artistique. Elle disparaissait sous un amoncellement de plantes vertes et de drapeaux. Scarlett savait que toutes les plantes en pots ou en caisses de la ville étaient là, coléus, géraniums, hortensias, lauriers-roses, bégonias et même les trésors de la serre de Mme Elsing, auxquels on avait réservé la place d'honneur.

En face de l'estrade, à l'autre extrémité de la salle, des dames s'étaient surpassées. Au mur étaient accrochés deux grands tableaux, l'un du Président Davis, l'autre du « Petit Alec » Stephens de la Georgie, vice-président de la Confédération. Au-dessus d'eux pendait un énorme drapeau, au-dessous, sur de longues tables, s'accumulait le butin provenant des jardins de la ville : fougères, monceaux de roses cramoisies, jaunes et blanches, gaines orgueilleuses de glaïeuls dorés, masses de capucines multicolores. Parmi les fleurs, des bougies brûlaient, sereines comme les cierges d'un autel. Les deux portraits contemplaient la scène, visages aussi différents que possible pour des hommes chargés tous deux de guider un pays en un moment redoutable. Davis avait les joues creuses, le regard froid d'un ascète. Ses lèvres minces et fières traçaient une ligne ferme. Stephens avait les yeux sombres et brûlants, profondément enfoncés au creux des orbites, le visage d'un homme qui n'avait jamais connu que la maladie et la douleur, mais qui en avait triomphé grâce à sa volonté et à son énergie.

Les dames les plus âgées du comité, auxquelles on avait confié toute l'organisation de la fête, parcouraient la salle aussi majestueusement que des voiliers portant toute leur voile. Leurs robes bruissaient, elles poussaient derrière leurs comptoirs les jeunes femmes en retard ou les jeunes filles qui ricanaient. Puis elles s'engouffraient dans des pièces latérales où l'on préparait les rafraîchissements, et tante Pitty, hors d'haleine, se précipitait vers elles.

Les musiciens montèrent sur l'estrade. Noirs, souriants, leurs grosses joues luisant déjà de sueur, ils se mirent à accorder leurs violons et à donner de grands coups d'archet comme pour montrer à l'avance leur importance. Le vieux Levi, le cocher de Mme Merriwether, qui, depuis l'époque où Atlanta s'appelait Marthasville, dirigeait les orchestres à chaque fête de charité et à chaque mariage, frappa son pupitre de son bâton. Il y avait encore fort peu de monde en dehors des dames investies d'un rôle, mais tous les yeux se tournèrent vers lui. Alors, les violons, les violoncelles, les accordéons et les banjos attaquèrent *Lorena* sur un rythme lent, trop lent pour la danse. On danserait plus tard, quand il n'y aurait plus rien sur les comptoirs. Scarlett sentit son cœur battre plus vite en reconnaissant la valse langoureuse :

Les ans coulent lentement, Lorena!
La neige est de nouveau sur l'herbe.
Le soleil est bas à l'horizon, Lorena...

Un, deux, trois — un, deux, trois, trois... tournez...
Un, deux, trois... La belle valse! Scarlett avança
légèrement les mains, ferma les yeux et suivit, en se
balançant, le rythme triste et obsédant. Il y avait dans
la mélodie tragique et dans l'amour perdu de Lorena
quelque chose qui s'apparentait à ses propres émotions et qui la prit à la gorge.

Alors, comme si la musique les avait attirés, des
sons s'élevèrent dans la rue baignée par le clair de
lune. On entendit piaffer des chevaux et grincer les
roues des voitures. Les rires fusèrent dans l'air tiède,
les nègres se querellèrent pour ranger leurs attelages.
L'escalier retentit d'un joyeux tumulte. Les voix
fraîches des jeunes filles se mêlèrent aux voix graves
de leurs cavaliers. On s'interpella gaiement, on poussa
des cris de joie en reconnaissant des amis qu'on avait
quittés l'après-midi même.

Soudain, la salle déborda de vie et s'emplit de
jeunes filles dont les robes à énormes crinolines, sous
lesquelles dépassaient des pantalons bordés de dentelles, chatoyaient comme des papillons; jeunes filles
montrant leurs petites épaules blanches, rondes et
nues, découvrant, sous un feston de dentelle, la naissance de leur gorge doucement renflée, portant négligemment un châle sur le bras et, retenu au poignet par
un mince ruban de velours, un éventail pailleté ou
peint ou bien un éventail en plumes de cygne ou de
paon; jeunes filles aux cheveux noirs ramenés en
chignon si lourd qu'elles rejetaient insolemment la
tête en arrière; jeunes filles à la nuque encadrée de
boucles blondes épousant le rythme de leurs boucles
d'oreilles à frange d'or; dentelles, soieries, rubans
d'autant plus précieux qu'ils avaient tous été importés
en dépit du blocus; parures arborées avec d'autant
plus d'orgueil qu'elles étaient un nouvel affront infligé
aux Yankees.

Les fleurs de la ville n'avaient pas toutes été offertes en hommage aux chefs de la Confédération. Les jeunes filles s'étaient réservé les plus petites et les plus parfumées : roses-thé piquées derrière une oreille, jasmins et boutons de roses tressés en guirlande autour d'une tête bouclée, fleurs d'arbres fruitiers pudiquement enfouies dans l'échancrure d'un corselet de satin, fleurs qui, avant la fin de la nuit, seraient données en souvenir et iraient se cacher dans la poche d'un uniforme gris.

Il y avait tant d'uniformes dans la foule... tant d'uniformes portés par tant d'hommes que Scarlett connaissait, qu'elle avait rencontrés sur un lit d'hôpital, dans la rue ou au champ de manœuvres. Ils étaient superbes, ces uniformes, si élégants avec leurs boutons scintillants, si éblouissants avec leur double rangée de galons dorés au col et aux manches, avec leurs bandes rouges, jaunes ou bleues au pantalon suivant les armes, couleurs qui mettaient si bien le gris en valeur. De-ci, de-là, on découvrait une écharpe écarlate ou dorée : les sabres brillaient et cliquetaient contre les bottes étincelantes, les éperons sonnaient.

De si beaux hommes ! pensa Scarlett, le cœur gonflé d'orgueil tandis que ceux qu'elle admirait faisaient des signes à leurs amies ou s'inclinaient très bas pour baiser la main des dames âgées. Tous paraissaient si jeunes malgré leurs longues moustaches blondes ou leurs barbes noires, si beaux, si hardis avec leurs bras en écharpe ou leurs têtes enveloppées de pansements dont la blancheur contrastait étrangement avec leurs visages bronzés. Certains s'appuyaient sur des béquilles. Que les jeunes filles étaient donc fières de les accompagner ! Avec quelle sollicitude elles ralentissaient le pas pour leur permettre de les suivre en sautillant ! Parmi les hommes en uniforme, un zouave de Louisiane, le bras passé dans une écharpe de soie noire, portait le pantalon bleu bouffant à bandes blanches, les guêtres crème et la petite veste rouge très ajustée. Il tranchait sur le reste de la foule comme un oiseau des tropiques et jetait une note éclatante qui faisait pâlir les robes vives des jeunes filles. C'était un petit homme noiraud, grimaçant comme un singe, le soupirant attitré de Maybelle Merriwether, René Picard. Tous les blessés de l'hôpital devaient être là, du moins tous ceux qui pouvaient marcher, ainsi que tous les soldats en permission ou en congé de convalescence. Il devait y avoir aussi tous les hommes qui, d'Atlanta à Macon, servaient dans les chemins de fer, les postes, l'intendance ou les hôpitaux. Comme les dames du comité allaient être contentes ! Leur hôpital allait recueillir des sommes considérables !

Dans la rue, on entendit un roulement de tambour, le bruit d'une troupe marchant au pas cadencé, les cris d'admiration des cochers. Un clairon sonna et une voix de basse lança l'ordre de rompre les rangs. Un instant après, gardes locaux et miliciens, en brillant uniforme, gravirent l'escalier étroit, puis, s'inclinant, saluant, serrant des mains, se répandirent dans la salle. La garde locale se composait de tout jeunes gens, fiers de jouer au soldat et jurant de se trouver en Virginie l'année suivante, à condition que la guerre durât jusque-là. Elle se composait aussi de vieux à la barbe blanche. Ces derniers auraient bien voulu être plus jeunes, mais ils étaient heureux de se promener en uniforme et d'emprunter un peu de gloire à leurs fils qui étaient au front. Dans la milice, il y avait nombre d'hommes entre deux âges et quelques autres plus vieux encore ; néanmoins ce corps comprenait pas mal de garçons en âge de servir sous les drapeaux et qui n'adoptaient point un air aussi conquérant que leurs aînés ou leurs cadets. Déjà des murmures commençaient à s'élever et on se demandait pourquoi ils n'étaient pas avec Lee.

Comment allaient-ils faire pour tenir tous dans la salle ? Celle-ci avait paru si grande quelques minutes auparavant, et maintenant elle était pleine à craquer. Il faisait chaud. On respirait tous les parfums de la nuit d'été, mêlés à ceux des sachets, de l'eau de Cologne, de la pommade pour les cheveux, des bougies qui dégageaient une odeur de laurier. Les fleurs embaumaient. Une fine poussière s'élevait du plancher vétuste. Le brouhaha empêchait de distinguer quoi que ce fût et, comme s'il eût ressenti la joie et l'émotion de cet instant, le vieux Levi s'arrêta net au beau milieu d'une mesure de *Lorena*, frappa un coup sec de son bâton et l'orchestre attaqua *Le Beau Drapeau bleu*.

D'une centaine de poitrines, le chant jaillit comme une acclamation. Le clairon de la garde locale escalada l'estrade et enchaîna avec les musiciens au moment précis où débutait le chœur. Les notes argentines vibrèrent très haut au-dessus de la foule et firent courir des frissons dans le dos des assistants.

> *Hourra! Hourra! pour les droits du Sud, hourra!*
> *Hourra! pour le beau drapeau bleu*
> *Qui n'a qu'une seule étoile!*

Le second vers fut entonné avec encore plus de force que les autres et Scarlett qui chantait comme tout le monde entendit monter derrière elle l'harmonieux soprano de Mélanie, clair, sincère, et émouvant comme les notes du clairon. Elle se retourna et vit que Mélanie avait les mains ramenées sur sa poitrine, les yeux fermés et que de petites larmes perlaient au coin de ses paupières. Quand la musique s'arrêta, elle adressa à Scarlett un petit sourire bizarre et fit la moue pour s'excuser, tout en essuyant ses larmes avec son mouchoir.

— Je suis si heureuse, murmura-t-elle, et si fière des soldats que je ne peux pas m'empêcher de pleurer.

Dans ses yeux brillait une lueur ardente, passionnée, qui, pendant un instant, éclaira son petit visage banal et le rendit magnifique.

Toutes les femmes se tournèrent vers les hommes qu'elles aimaient, les amantes vers leurs amoureux, les mères vers leurs fils, les femmes vers leurs maris; toutes avaient la même expression sur le visage, les mêmes larmes de fierté sur leurs joues roses ou ridées, le même sourire aux lèvres, la même lueur brûlante dans les yeux. Toutes étaient belles de cette aveugle beauté qui transfigure même la plus laide des femmes quand un homme l'aime et la protège et qu'elle lui rend son amour au centuple.

Elles les aimaient, ces hommes, elles croyaient en eux, elles leur feraient confiance jusqu'à leur dernier souffle. Comment un désastre pourrait-il jamais fondre sur ces femmes quand se dressait entre elles et les Yankees l'héroïque rempart des uniformes gris ? Avait-on jamais vu hommes plus valeureux, plus intrépides, plus nobles, plus tendres, depuis que le monde était monde ? La victoire pouvait-elle faire autrement que sourire à une cause aussi juste, aussi légitime que la leur ? Une cause que ces femmes aimaient autant qu'elles chérissaient leurs hommes, une cause qu'elles servaient de leurs deux mains, de tout leur cœur, une cause à laquelle elles ne cessaient de penser, dont elles rêvaient... une cause à laquelle elles sacrifieraient leurs hommes s'il le fallait, pour laquelle elles porteraient aussi fièrement le deuil que les hommes portaient leurs étendards dans la bataille.

Leurs cœurs étaient gonflés de ferveur et d'orgueil, l'astre de la Confédération était à son zénith, car la victoire finale était proche. Les succès de Stonewall Jackson [1] et la défaite des Yankees après la bataille des Sept Jours autour de Richmond l'indiquaient clairement. Comment pouvait-il en être autrement avec des chefs comme Lee et Jackson ? Encore une victoire et les Yankees, à deux genoux, imploreraient grâce, les hommes rentreraient chez eux à cheval et l'on s'embrasserait et l'on se réjouirait.

Évidemment, il y avait bien des places vides dans les foyers, bien des bébés qui ne connaîtraient jamais leur père, bien des tombes anonymes entre les contreforts des monts de Virginie et dans les montagnes du Tennessee. Pourtant, était-ce donc payer trop cher le triomphe d'une pareille cause ? Les femmes avaient du mal à se procurer de la soie, le thé et le sucre

---

1. Stonewall, qui veut dire « Muraille de pierre », était le beau surnom donné au général Jackson (N. d. T.).

étaient rares, mais c'étaient là sujets de plaisanteries. D'ailleurs, les intrépides forceurs de blocus réussissaient quand même à faire entrer ces marchandises au nez et à la barbe des Yankees furieux. Bientôt Raphaël Semmes et la flotte confédérée allaient se charger des canonnières yankees et les ports seraient grands ouverts au commerce. Et puis l'Angleterre était sur le point de venir en aide à la Confédération parce que le manque de coton réduisait ses filatures au chômage et que la noblesse anglaise éprouvait une sympathie naturelle pour les Confédérés, comme il se devait entre aristocrates qui méprisaient la race des Yankees amateurs de dollars.

Le plaisir inaccoutumé de se trouver à une réunion mondaine avait d'abord fait battre le cœur de Scarlett, mais quand elle vit, sans très bien en pénétrer le sens, l'expression reflétée par le visage de ceux qui l'entouraient, sa joie commença à se dissiper. Toutes les femmes manifestaient une émotion qu'elle ne ressentait pas. Elle fut à la fois surprise et consternée. Elle n'aurait su dire pourquoi, mais la salle ne lui semblait plus aussi jolie ni les jeunes filles aussi séduisantes, enfin cet enthousiasme pour la Cause, dont chaque visage était encore empreint lui parut... oui, absolument stupide !

A sa grande stupeur, elle se rendit compte soudain qu'elle ne partageait pas l'orgueil farouche de ces femmes, leur désir de se sacrifier à la Cause. Avant même que sa conscience horrifiée lui eût dit : « Non... non ! Il ne faut pas penser des choses pareilles. C'est mal... C'est un péché », elle comprit que la Cause ne signifiait rien pour elle et qu'elle était excédée d'entendre les gens en parler avec ce regard extatique. Pour elle, la Cause n'avait rien de sacré. Pour elle, la guerre n'avait aucun caractère de sainteté. Ce n'était qu'un fléau qui massacrait aveuglément les hommes, qui coûtait cher et rendait difficile l'acquisition des objets de luxe. Elle comprit qu'elle en avait assez de s'abîmer les doigts à tricoter, de rouler des bandes de pansement et de faire de la charpie. Et puis, elle en

239

avait tellement assez de l'hôpital ! Elle était écœurée par l'odeur de la gangrène, elle ne pouvait plus supporter les gémissements continuels des blessés, elle avait peur de cette expression que l'approche de la mort peignait sur les visages ravagés.

Craignant qu'on ne pût lire sur son front les pensées impies qui se pressaient dans son esprit, elle regarda furtivement autour d'elle. Oh ! pourquoi n'éprouvait-elle donc pas les mêmes sentiments que ces femmes ? Elles étaient dévouées corps et âme à la Cause. Tout ce qu'elles disaient était sincère. Et si quelqu'un pouvait jamais se douter qu'elle, Scarlett... non, non, personne ne saurait jamais ! Il fallait qu'elle continuât de simuler pour la Cause un enthousiasme et une fierté qu'elle était incapable de ressentir, il fallait qu'elle se conduisît comme la veuve d'un officier confédéré, en femme qui portait stoïquement sa douleur et pour qui la mort de son mari ne comptait pas, puisqu'elle avait contribué au triomphe de la Cause.

Oh ! pourquoi était-elle si différente, si éloignée de ces femmes aimantes ? Jamais elle ne serait capable d'aimer quelqu'un ou quelque chose avec le même désintéressement qu'elles. A quel point elle prenait conscience d'être délaissée, elle qui jamais auparavant ne s'était sentie seule ! Elle essaya d'abord d'étouffer ces pensées, mais sa rude franchise ne le lui permit pas. Alors, tandis que la fête se déroulait et qu'elle et Mélanie servaient les clients arrêtés devant le comptoir, elle s'efforça de se justifier à ses propres yeux, tâche qu'elle avait rarement trouvée difficile.

Les autres femmes étaient tout bonnement stupides et folles avec leurs histoires de patriotisme et avec leur Cause ; quant aux hommes, ils ne valaient guère mieux avec leurs histoires de coups décisifs et de droits des États. Elle seule, Scarlett O'Hara Hamilton, était douée de bon sens, d'une solide tête d'Irlandaise. Elle n'avait pas l'intention de se rendre grotesque pour la Cause, mais elle n'avait pas l'intention non plus de se rendre grotesque en révélant sa véritable façon de penser. Elle avait assez de jugement pour envisager la situation sous un angle pratique, et personne ne saurait jamais à quoi s'en tenir sur ses sentiments. Quelle ne serait pas la surprise de l'assistance si l'on savait à quoi elle pensait vraiment ! Quelle ne serait pas l'indignation des gens si elle montait sur l'estrade des musiciens pour déclarer qu'à son avis la guerre devait cesser afin que chacun rentrât chez soi pour s'occuper de son coton, et qu'on pût donner de nouvelles réceptions où l'on reverrait quantité de soupirants et de robes vert pâle.

Pendant un instant, convaincue de la justesse de ses vues, elle se sentit réconfortée ; pourtant, elle n'en continua pas moins à promener un regard haineux sur la salle. Comme l'avait indiqué Mme Merriwether, le comptoir des petites Mac Lure n'attirait pas beaucoup l'œil et il se passait de longs moments sans que personne y vînt. Scarlett, n'ayant rien à faire, avait tout le temps d'observer la foule joyeuse. Mélanie devina sa mauvaise humeur, mais, l'attribuant au chagrin que Scarlett devait ressentir à ne pas avoir Charlie auprès d'elle, elle ne chercha pas à engager la conversation. Au contraire, elle déploya tout son zèle à mettre plus en valeur les objets étalés sur le comptoir, tandis que sa belle-sœur restait assise et regardait d'un air lugubre devant elle. Même les fleurs amoncelées sous les portraits de M. Davis et de M. Stephens déplaisaient à Scarlett.

« On dirait un autel, se dit-elle en ricanant. A la façon dont on se comporte avec ceux-là, on dirait qu'il s'agit de Dieu le Père et de son Fils ! »

Alors, effrayée de son irrévérence, elle voulut faire un signe de la croix pour s'excuser, mais elle se retint à temps.

« Voyons, c'est vrai, continua-t-elle au cours d'un dialogue muet avec sa conscience. Tout le monde les traite comme des saints et ce ne sont que des hommes, et par-dessus le marché ils sont rudement laids. »

Bien entendu, M. Stephens n'y pouvait rien, car toute sa vie il était resté infirme, mais M. Davis... Scarlett étudia le visage altier, aux traits nets comme

241

ceux d'un camée. C'était son bouc qui la contrariait le plus. Pour les hommes, il n'y avait de seyant que le visage rasé, la moustache ou la barbe.

« Cette petite touffe, on dirait qu'il n'a pas pu faire mieux », se dit-elle sans voir sur ce visage le reflet de la ferme intelligence qui supportait tout le poids d'une nation nouvelle.

Non, Scarlett n'était pas heureuse. Elle assistait bien à la fête, mais elle n'y participait pas. Personne ne faisait attention à elle. Elle était la seule jeune femme sans mari qui n'eût point de cavalier. Toute sa vie, elle avait pourtant adoré occuper le centre de la scène. Ce n'était pas juste ! Elle avait dix-sept ans. Ses pieds caressaient le plancher. Ils voulaient sauter, danser. Elle avait dix-sept ans et son mari reposait au cimetière d'Oakland. Son bébé dormait dans son berceau chez tante Pittypat et tout le monde s'imaginait qu'elle devait être satisfaite de son sort. Elle avait la gorge plus blanche, la taille plus fine, le pied plus menu que n'importe laquelle des autres jeunes filles présentes à la fête, mais, pour l'importance que cela avait, mieux eût valu qu'elle fût couchée à côté de Charles sous une dalle portant gravés ces mots : « et son épouse bien-aimée ».

Elle n'était plus une jeune fille pour se permettre de danser et de flirter, et elle n'était plus mariée pour s'asseoir en compagnie des épouses et critiquer les jeunes filles. Elle n'était pas assez âgée pour être veuve. Les veuves devaient être vieilles, si terriblement vieilles qu'elles n'avaient pas envie de danser, de flirter, ou de se faire admirer. Oh ! ce n'était pas juste d'être obligée de rester là, digne et compassée, veuve modèle à dix-sept ans ! Ce n'était pas juste d'être obligée de baisser la voix et les yeux quand de beaux hommes s'arrêtaient à son comptoir.

Toutes les jeunes filles d'Atlanta avaient des hommes pour leur faire la cour. Même les plus laides se comportaient comme des beautés et, ce qui était pire, elles avaient toutes de si jolies toilettes !

Elle, elle avait l'air d'un corbeau dans son épaisse

242

robe de taffetas noir boutonnée jusqu'au cou et jusqu'aux poignets, sans le moindre ornement, sans le moindre bijou que la broche en onyx d'Ellen. Et elle était condamnée à regarder des jeunes filles maigres comme des coucous se promener au bras de beaux garçons. Tout cela parce que Charles Hamilton avait eu la rougeole et n'avait même pas su mourir en héros pour permettre à sa femme d'en tirer un peu de vanité !

Révoltée, Scarlett s'appuya des deux coudes au comptoir. Mama avait eu beau lui répéter cent fois que les coudes se ridaient et devenaient horribles quand on s'appuyait dessus, ça lui était bien égal. Elle n'aurait sans doute plus jamais l'occasion de les montrer. Elle observa rageusement les toilettes qui passaient devant elle : soies jaune paille rehaussées de guirlandes roses ; satins rosés garnis de volants et de petits rubans de velours noir ; taffetas bleu pâle, jupes énormes, cascades de dentelle, gorges découvertes, fleurs pleines d'attraits. Maybelle Merriwether se dirigea vers le comptoir voisin au bras du zouave. Elle portait une robe de tarlatane vert pomme venue de Charleston par le dernier bateau, et Maybelle en était si fière qu'on eût dit que c'était elle et non pas le fameux capitaine Butler qui avait forcé le blocus.

« Comme je serais bien dans cette robe ! » pensa Scarlett, folle de rage et de jalousie. « Maybelle est grosse comme une vache. Ce vert-là, c'est juste ma couleur, mes yeux en paraîtraient... Pourquoi les blondes veulent-elles porter cette couleur ? Ça leur donne une peau verte comme un vieux fromage. Et dire que je ne porterai plus jamais cette couleur, même quand j'aurai quitté le deuil ! Non, même si je m'arrange pour me remarier. Je serai obligée de porter des gris, des marron ou des mauves repoussants. »

Pendant un court moment, Scarlett pensa à l'injustice de tout cela. Qu'il passait donc vite, le temps des plaisirs, des belles toilettes, de la danse et du flirt ! Quelques années seulement, quelques années trop brèves ! Alors, la jeune fille se mariait, portait des robes ternes, avait des enfants qui lui déformaient la taille. Au bal, elle s'asseyait dans un coin en compagnie des autres femmes et ne se levait que pour aller danser avec son mari ou avec de vieux messieurs qui lui marchaient sur les pieds. Si elle ne se conformait pas à ces usages, les autres épouses disaient du mal d'elle, elle était perdue de réputation et sa famille était mise à l'index. Cela semblait si terriblement vain de passer sa jeunesse à apprendre l'art d'être belle et de séduire les hommes, puis à n'user de son savoir que pendant un an ou deux. Scarlett réfléchit à l'éducation qu'Ellen et Mama lui avaient donnée et elle se dit qu'elle avait été excellente et fort complète, puisqu'elle avait fait ses preuves en toutes circonstances. Elle se composait d'un ensemble de règles bien définies et, si on les suivait, on était sûr de voir le succès couronner ses efforts.

Avec les vieilles dames, il s'agissait d'être gentille et naïve, de paraître aussi simple d'esprit que possible, car les vieilles dames avaient l'œil vif et guettaient les jeunes filles comme des chats, toutes prêtes à bondir au moindre écart de langage ou de tenue. Avec les vieux messieurs, il s'agissait d'être hardie, bavarde, un tantinet coquette, afin de chatouiller la vanité de ces vieux fous. Ça les rajeunissait, ils se sentaient tout ragaillardis, alors ils vous pinçaient la joue et déclaraient que vous étiez une coquine. Naturellement, en ces occasions, il fallait toujours rougir, sans quoi ils vous auraient pincée avec plus de plaisir qu'il ne convenait et ils seraient allés raconter à leurs fils que vous étiez une dévergondée.

Avec les jeunes filles et les jeunes femmes, il importait d'être tout miel et d'échanger des baisers chaque fois qu'on les rencontrait, même si c'était dix fois par jour. On les prenait par la taille, on les laissait vous en faire autant, quel que fût l'ennui que cela vous causât. On admirait indifféremment leurs robes ou leurs bébés, on les taquinait sur leurs soupirants, les complimentait sur leurs maris, on riait modestement et l'on déclarait qu'auprès d'elles on était dépourvue de tout charme. Et surtout il fallait faire comme elles et ne jamais dire ce qu'on pensait.

Il fallait aussi rigoureusement ignorer les maris des autres jeunes femmes, même si c'étaient d'anciens soupirants qu'on avait repoussés, même si on les trouvait tout à fait à son goût. Si une jeune fille se montrait trop aimable avec les jeunes maris, leurs femmes disaient qu'elle se tenait mal. La jeune fille avait une mauvaise réputation et elle ne trouvait jamais plus personne pour la courtiser.

Mais avec les jeunes gens... oh ! c'était bien diffé-rent ! On pouvait rire sous cape en les regardant et, quand ils venaient tourner autour de vous pour voir ce qui vous faisait rire, on avait le droit de ne pas le leur dire et d'éclater de rire. Avec ses yeux on pouvait promettre toutes sortes de choses qui incitaient les hommes à manœuvrer pour obtenir un tête-à-tête. Et, quand l'un d'eux était parvenu à ses fins, on pouvait être très, très offensée ou très, très fâchée s'il avait essayé de vous embrasser. On pouvait si gentiment lui pardonner ou l'amener à s'excuser de son imperti-nence qu'il cherchait par tous les moyens à dérober un second baiser. Parfois, mais pas souvent, on se laissait embrasser. (Ellen et Mama n'avaient pas enseigné cela à Scarlett, mais elle s'était aperçue que ça donnait de bons résultats.) Alors on pleurait et l'on déclarait qu'on ne savait pas ce qui vous avait prise et que le monsieur ne vous respecterait plus jamais. Il séchait lui-même vos larmes et généralement il vous demandait en mariage, rien que pour vous montrer jusqu'où allait son respect pour vous. Et puis il y avait... oh ! il y avait tant de choses à faire avec les jeunes gens, et Scarlett les savait toutes : le long regard de côté, le demi-sourire derrière l'éventail, le balancement des hanches pour que la crinoline prît un mouvement de cloche, les larmes, le rire, la flatterie, la douceur et la compréhension. Oh ! toutes ces ruses qui ne manquaient jamais de réussir... sauf avec Ashley !

Non, ce n'était pas bien d'apprendre toutes ces roueries, de s'en servir si peu de temps et d'y renoncer pour toujours. Que ce serait donc magnifique de ne jamais se marier, mais de toujours rester aussi jolie en robe vert pâle et de toujours se laisser faire la cour par de beaux hommes. Pourtant, si ça durait trop longtemps, on risquait de devenir une vieille fille comme India Wilkes dont tout le monde disait « pauvre petite » avec un air de fausse commisération. Non, en somme, il valait mieux se marier et conserver sa dignité, même si l'on ne devait plus jamais s'amuser.

Oh! que la vie était donc compliquée! Pourquoi avait-elle été assez bête pour épouser Charles et avoir sa vie terminée à seize ans?

Sa rêverie, où entrait autant de révolte que de désespoir, fut interrompue par un brusque remous dans la foule. Les gens se rangèrent le long des murs, les femmes serrèrent précautionneusement leurs crinolines pour éviter qu'un contact maladroit n'en dérangeât l'ordonnance et ne découvrît un peu trop leurs jambes de pantalon. Scarlett se dressa sur la pointe des pieds et vit le capitaine de la milice escalader l'estrade. Il lança quelques ordres brefs, et la moitié de la compagnie se mit en ligne. Pendant quelques minutes, les soldats se livrèrent à un exercice rapide qui fit perler des gouttes de sueur à leur front et souleva les bravos de l'assistance. Scarlett battit des mains comme tout le monde et lorsque, l'exercice terminé, les soldats se furent dirigés vers le comptoir où l'on servait du punch et de la limonade, elle se tourna vers Mélanie, estimant qu'il valait mieux commencer plus tôt que plus tard à feindre l'enthousiasme pour la Cause.

— Ils sont beaux à voir, n'est-ce pas? dit-elle.

Mélanie était fort occupée à mettre en ordre les objets au tricot entassés sur son comptoir.

— La plupart d'entre eux seraient bien mieux s'ils

portaient l'uniforme gris en Virginie, répondit-elle sans prendre la peine de baisser la voix.

Un certain nombre de dames, fières d'avoir leurs fils dans la milice, surprirent sa remarque. Mme Guinan devint écarlate, puis pâlit, car son Willie, qui avait vingt-cinq ans, faisait partie de la compagnie.

Scarlett fut abasourdie d'entendre Melly proférer de telles paroles.

— Voyons, Melly !

— Tu sais que j'ai raison, Scarlett. Je ne parle pas des tout jeunes gens ni des messieurs âgés, mais des quantités de miliciens seraient fort capables de manier un fusil et c'est ce qu'ils devraient faire en ce moment.

— Mais... mais..., commença Scarlett, qui n'avait jamais réfléchi à cela auparavant. Il faut bien qu'il en reste pour... (Était-ce donc là ce que lui avait dit Willie Guinan pour excuser sa présence à Atlanta ?) Il faut bien que quelqu'un reste ici pour protéger l'État contre les envahisseurs.

— Personne ne nous envahit et personne ne nous envahira, déclara Melly d'un ton froid tout en observant un groupe de miliciens. D'ailleurs le meilleur moyen de nous défendre contre les envahisseurs est d'aller en Virginie écraser les Yankees. Quant à toutes ces histoires sur la nécessité de garder les miliciens ici pour empêcher les nègres de se soulever, eh bien ! c'est la chose la plus bête que j'aie jamais entendue. Pourquoi nos gens se soulèveraient-ils ? C'est une trop belle excuse pour les lâches. Je parie que nous écraserions les Yankees en un mois si tous les miliciens de tous les États étaient envoyés en Virginie. Voilà !

— Voyons, Melly ! s'écria de nouveau Scarlett, stupéfaite.

Les yeux noirs et doux de Melly brillaient de colère.

— Mon mari n'a pas eu peur de partir, le tien non plus. Et j'aimerais mieux les voir morts tous les deux... Oh ! pardon, ma chérie. Je suis cruelle, je ne sais pas ce que je dis.

Elle saisit le bras de Scarlett d'un geste suppliant et

Scarlett la regarda fixement, mais ce n'était point à Charles qu'elle pensait. C'était à Ashley. Et s'il allait mourir ? Elle se retourna et sourit machinalement au docteur Meade qui s'approchait du comptoir.

— Eh bien ! mes petites, fit-il, c'est gentil à vous d'être venues. Je sais combien il a dû vous en coûter, mais tout cela, c'est pour la Cause. Et puis, je m'en vais vous confier un secret. J'ai préparé une surprise pour faire gagner encore plus d'argent à l'hôpital, mais je crains que ça ne choque les dames.

Il s'arrêta et pouffa de rire en tirant sur sa barbiche grise.

— Qu'est-ce que c'est ? Dites-le-nous !

— Réflexion faite, je crois que je vais vous laisser deviner. Pourtant, mes petites, il faudra que vous preniez ma défense si les gens bien-pensants veulent me chasser de la ville. Enfin, c'est pour l'hôpital. Vous verrez. On n'a encore jamais rien fait de pareil.

Il s'en alla pompeusement rejoindre un groupe de dames assises dans un coin et, aussitôt après, deux vieux messieurs vinrent demander à haute voix dix mètres de broderie. En somme, pensa Scarlett, mieux valait de vieux messieurs que pas de messieurs du tout et elle se mit en devoir de mesurer la broderie tandis qu'un des acheteurs lui prenait le menton. Les deux vieux compères se ruèrent ensuite vers le buffet et furent remplacés par d'autres. Le comptoir de Scarlett et de Mélanie n'avait pas autant de succès que ceux d'où l'on entendait monter le rire musical de Maybelle Merriwether, les ricanements de Fanny Elsing ou les reparties des sœurs Whiting qui déchaînaient l'hilarité. Melly vendait aux hommes des objets inutiles avec le calme et la sérénité d'une marchande, et Scarlett modelait sa conduite sur celle de sa belle-sœur.

Bavardant, pérorant, achetant sans cesse, les gens s'entassaient devant tous les comptoirs, sauf devant le leur. Les quelques clients qu'elles avaient leur racontaient qu'ils s'étaient trouvés à l'Université avec Ashley, s'extasiaient sur ses vertus militaires, ou parlaient sur un ton plein de respect et de Charles et de la perte que sa mort avait été pour Atlanta.

Alors l'orchestre attaqua *Johnny Booker, aid' moi c' nèg'*, un morceau plein d'entrain et de gaieté. Scarlett eut l'impression qu'elle allait hurler. Elle voulait danser. Elle mourait d'envie de danser. Son pied battit la mesure, ses yeux verts étincelèrent. En face d'elle, de l'autre côté de la salle, un homme qui venait d'arriver se tenait debout auprès de la porte. Il eut un sursaut de surprise en reconnaissant Scarlett et se mit à observer les yeux bridés et le visage renfrogné de la rebelle. Puis il sourit en lui-même, car il venait de surprendre dans ces yeux et sur ce visage l'invite que tout homme pouvait y lire.

C'était un homme de haute stature, dominant de la tête les officiers qui l'entouraient. Massif d'épaules, il avait la taille fine, et ses pieds chaussés de souliers vernis étaient ridiculement petits. Sa veste d'habit, noire et sévère, sa fine chemise à jabot, son élégant pantalon à sous-pieds contrastaient curieusement avec son aspect physique et son expression, car, s'il était vêtu avec la plus extrême recherche, ses habits de dandy recouvraient un corps doué d'une force dangereuse, malgré sa grâce nonchalante. Il avait les cheveux d'un noir de jais et, avec sa petite moustache coupée ras, on aurait pu le prendre pour un étranger, surtout auprès des officiers de cavalerie aux moustaches conquérantes. A le voir, on devinait l'homme sensuel, avide de jouissances, et l'on ne se trompait pas. Son assurance avait quelque chose d'insolent et de désagréable. De ses yeux hardis, où brillait une lueur de malice, il fixa Scarlett jusqu'à ce que celle-ci, sentant qu'on l'observait, finît par tourner son regard vers lui.

Au fond de sa mémoire elle entendit tinter la cloche du souvenir, mais pendant un moment elle fut incapable de se rappeler qui était cet homme. Pourtant, comme il avait été le premier depuis des mois à lui témoigner un intérêt quelconque, elle lui adressa un sourire enjoué. Il s'inclina, elle lui répondit par une petite révérence. Il se redressa de toute sa taille et se dirigea vers elle d'une démarche particulièrement souple, pareille à celle des Indiens. Alors, d'un geste horrifié, Scarlett porta la main à sa bouche. Maintenant, elle savait *qui* il était !

Frappée de stupeur, elle demeura paralysée, tandis qu'il se frayait un chemin à travers la foule. Soudain, sans réfléchir, elle s'élança tête baissée. Elle voulait fuir, se cacher dans l'une des salles où l'on servait des rafraîchissements, mais, au passage, sa jupe s'accrocha à un clou du comptoir. Elle se débattit furieusement pour se dégager, déchira le tissu de sa robe et, en un instant, l'homme se trouva près d'elle.

— Permettez-moi, dit-il en se baissant et en détachant le volant retenu par le clou. Je n'espérais guère que vous me reconnaîtriez, mademoiselle O'Hara.

Sa voix, chaude et bien timbrée, la voix d'un homme du monde, son accent de Charleston lent et traînant étaient étrangement agréables à l'oreille.

Rouge de honte au souvenir de la scène de la bibliothèque, Scarlett leva vers lui un regard suppliant et rencontra les yeux les plus noirs qu'elle eût jamais vus, des yeux qui pétillaient d'une gaieté impitoyable. Pourquoi, alors qu'il y avait tant de gens sur terre, fallait-il donc se trouver en présence de cet être redoutable, témoin de cet entretien avec Ashley qui lui donnait encore des cauchemars, de cet odieux individu qui compromettait les jeunes filles et que les gens convenables ne recevaient pas chez eux, de cet être abject qui avait dit, et à juste titre, qu'elle n'était pas une femme du monde ?

Au son de sa voix, Mélanie se retourna et, pour la première fois de sa vie, Scarlett remercia Dieu d'avoir une belle-sœur.

— Mais... c'est... c'est M. Rhett Butler, n'est-ce pas ? fit Mélanie avec un petit sourire, et elle lui tendit la main. Je vous ai rencontré...

— En cet heureux jour où l'on a annoncé vos fiançailles, acheva-t-il en se baissant pour lui baiser la main. C'est fort aimable à vous de vous souvenir de moi.

— Et que faites-vous si loin de Charleston, monsieur Butler ?

— Les affaires, madame Wilkes, et c'est bien fastidieux. Désormais je viendrai souvent dans votre ville. Je m'aperçois qu'il faut non seulement que j'importe des marchandises, mais aussi que j'en surveille la distribution.

— Importer... commença Mélanie le front plissé, puis, soudain, son visage s'illumina. Mais ça... ça doit être vous le célèbre capitaine Butler, celui dont nous avons tant entendu parler... le forceur de blocus. Toutes les jeunes filles portent des robes que vous avez amenées. Scarlett, tu ne trouves pas cela passionnant... que se passe-t-il, ma chérie ? Tu ne te sens pas bien ? Je t'en prie, assieds-toi.

Scarlett s'effondra sur un tabouret. Sa respiration était si précipitée qu'elle eut peur que son corset n'éclatât. Oh ! quelle chose épouvantable ! Elle n'avait jamais pensé qu'elle pourrait, de nouveau, rencontrer cet homme ! Il prit sur le comptoir l'éventail noir de Scarlett et, plein d'une sollicitude manifestement exagérée, il se mit à éventer la malheureuse avec un sérieux que démentaient ses yeux.

— Il fait très chaud ici, dit-il. Ce n'est pas étonnant que Mlle O'Hara se sente mal. Puis-je vous conduire jusqu'à une fenêtre ?

— Non, fit Scarlett si brutalement que Melly en sursauta.

— Elle ne s'appelle plus Mlle O'Hara, expliqua-t-elle. Elle s'appelle Mme Hamilton, elle est ma sœur désormais, et Melly enveloppa Scarlett d'un regard affectueux.

Devant l'expression qui se peignit sur le visage boucané du capitaine Butler, Scarlett pensa étouffer.

— Je suis sûr que c'est là un grand avantage pour deux femmes charmantes, dit-il en s'inclinant légèrement. (Tous les hommes faisaient des remarques de ce genre, mais Scarlett eut l'impression qu'il avait voulu dire tout le contraire.) Je suppose que vos maris sont ici ce soir, en cette heureuse occasion ? Je serai ravi de renouer connaissance avec eux.

— Mon mari est en Virginie, déclara Melly en relevant fièrement la tête. Mais Charles...

Sa voix tomba.

— Il est mort dans un camp, annonça Scarlett d'un ton catégorique et en martelant presque chaque mot.

Cet individu ne s'en irait-il donc jamais ? Melly, étonnée, regarda sa belle-sœur, et le capitaine esquissa un geste de regret.

— Mesdames... comment ai-je pu ? Veuillez me pardonner. Pourtant, permettez à un inconnu de vous dire, pour vous consoler, que mourir pour son pays c'est vivre éternellement.

Mélanie lui sourit à travers ses larmes, mais Scarlett sentit que la colère et une haine impuissante lui dévoraient les entrailles. Il avait fait de nouveau une remarque gracieuse, un compliment analogue à celui que ferait n'importe quel homme bien élevé en pareilles circonstances, mais il n'en pensait pas un mot. Il était en train de se moquer d'elle. Il savait qu'elle n'avait pas aimé Charles ; et Melly était assez sotte pour ne pas lire dans son jeu ! Oh ! que Dieu ait la bonté de ne jamais laisser personne lire dans son jeu ! se dit Scarlett, soudain prise de terreur. Irait-il jusqu'à dire ce qu'il savait ? Naturellement, ce n'était pas un galant homme et l'on ne savait jamais à quoi s'en tenir avec les gens mal élevés. Elle le regarda et vit, à la façon dont il plissait la lèvre inférieure, et même à la façon dont il agitait l'éventail, qu'il s'amusait à feindre la compassion. Quelque chose dans son regard ranima son courage et ses forces lui revinrent dans un sursaut de haine. Elle lui arracha brusquement l'éventail.

— Je vais tout à fait bien, dit-elle d'un ton méchant. C'est inutile de me décoiffer.

— Scarlett, ma chérie ! Capitaine Butler, pardonnez-lui. Elle... elle n'est plus elle-même quand elle entend prononcer le nom du pauvre Charlie... et puis, après tout, nous n'aurions peut-être pas dû venir ici ce soir. Nous sommes encore en deuil, vous le voyez, et c'est un peu trop lui demander... Toute cette gaieté, cette musique, la pauvre petite !

— Je comprends parfaitement, fit-il avec une gravité de commande.

Néanmoins, quand il se tourna pour lancer à Mélanie un regard pénétrant qui descendit jusqu'au fond des yeux doux et tristes de la jeune femme, son expression changea ; malgré lui, on put voir se peindre sur son visage sombre du respect et de la douceur.

— Je crois que vous êtes une vaillante petite femme, madame Wilkes.

« Pas un mot pour moi ! » pensa Scarlett, indignée, tandis que Melly souriait de confusion et répondait :

— Mon Dieu, non, capitaine Butler ! Il fallait bien que le comité de notre hôpital fît appel à nous parce qu'à la dernière minute... Une taie d'oreiller ? En voici une bien jolie avec un drapeau dessus.

Mélanie se tourna vers trois cavaliers qui s'étaient arrêtés devant son étalage. Pendant un moment elle pensa à la gentillesse du capitaine Butler, puis elle se dit qu'elle aimerait bien qu'il y eût quelque chose de plus solide qu'un simple morceau d'étamine entre sa jupe et le crachoir qu'on avait placé juste sous le comptoir, car les cavaliers visaient avec un peu moins de précision quand ils lançaient de longs jets de salive tout jaunis par le tabac que quand ils tiraient avec leurs longs pistolets. Enfin, de nouveaux clients se présentèrent et elle en oublia le capitaine, Scarlett et le crachoir.

Scarlett, assise sur son tabouret, continuait tranquillement à s'éventer, mais elle n'osait pas relever les yeux et souhaitait que le capitaine Butler retournât sur le pont de son bateau qu'il n'aurait jamais dû quitter.

— Votre mari est mort depuis longtemps ?

— Oh ! oui, il y a presque un an.

— Avez-vous été mariés longtemps ? Excusez mes

253

questions, mais j'ai été absent de ces parages pendant un si long moment.

— Deux mois, répondit Scarlett de mauvaise grâce.

— C'est une tragédie pour le moins, continua le capitaine du même ton dégagé.

« Oh ! que le diable l'emporte, pensa Scarlett, folle de rage. Avec n'importe quel autre homme je saurais bien m'y prendre, je le traiterais de haut, je lui ordonnerais de me laisser, mais lui, il est au courant de l'histoire d'Ashley, il sait que je n'aimais pas Charlie. J'ai les mains liées. »

Elle ne dit rien et se contenta de regarder son éventail.

— Et c'est là votre première sortie dans le monde ?

— Je sais, ça paraît bizarre, s'empressa-t-elle d'expliquer ; mais les demoiselles Mac Lure qui devaient tenir ce comptoir ont été appelées au loin et il n'y avait personne d'autre ; alors Mélanie et moi...

— Il n'y a pas de trop grand sacrifice pour la Cause.

Tiens ! mais c'était ce qu'avait dit Mme Elsing, seulement, elle, elle y avait mis un autre accent. Scarlett eut envie d'être grossière, pourtant elle se retint. Après tout, si elle était là, ce n'était pas pour la Cause, mais parce qu'elle en avait assez de rester chez elle.

— J'ai toujours pensé, dit le capitaine d'un air songeur, que cette façon de porter le deuil, d'emprisonner les femmes dans le crêpe pour le restant de leurs jours et de leur interdire toute distraction normale était aussi barbare que la satî hindoue.

— La satire ?

Il rit et Scarlett rougit de son ignorance. Elle avait horreur des gens qui employaient des mots qu'elle ne connaissait pas.

— Aux Indes, lorsqu'un homme meurt, on le brûle au lieu de l'enterrer et sa femme monte toujours sur le bûcher funéraire pour être brûlée avec lui.

— C'est terrible ! Pourquoi fait-on ça ? La police n'intervient donc pas ?

— Mais non, bien sûr. Une épouse qui ne se laisserait pas brûler serait mise au ban de la société. Toutes les dames comme il faut pousseraient les hauts cris parce qu'elle ne se serait pas comportée en dame... Tenez, exactement comme ces respectables personnes là-bas dans le coin pousseraient les hauts cris si vous vous montriez ce soir en robe rouge et si vous conduisiez un quadrille. Je crois que la satî est bien plus humaine que nos charmantes coutumes du Sud qui consistent à enterrer vives les veuves.

— Comment osez-vous prétendre que je suis enterrée vive ?

— Que les femmes se cramponnent donc à leurs chaînes ! Vous trouvez barbare cette coutume hindoue... mais auriez-vous eu le courage de venir ici ce soir si la Confédération ne vous avait pas réclamée ?

Ce genre de discussion embarrassait toujours Scarlett. Elle se sentait d'autant plus gênée qu'elle se disait qu'il y avait du vrai dans tout cela. Mais cette fois il était temps d'en finir avec le capitaine.

— Bien entendu, je ne serais pas venue. Ç'aurait été... voyons, un manque de respect... on aurait pu croire que je n'aim...

Il guettait les mots sur ses lèvres, ses yeux brillaient d'un plaisir cynique et elle fut incapable de continuer. Il savait qu'elle n'avait pas aimé Charlie et il se refuserait à lui attribuer les beaux sentiments qu'elle voulait exprimer. Quelle chose terrible d'avoir affaire à un homme qui n'était pas un homme du monde. Un homme du monde avait toujours l'air de croire une dame, même quand il savait qu'elle mentait. Cela, c'était l'esprit chevaleresque du Sud. Un homme du monde se conformait toujours aux usages, disait ce qu'il fallait, aplanissait les difficultés. Mais cet homme semblait fort peu se soucier des usages et il se complaisait manifestement à parler de choses dont personne ne parlait jamais.

— Je suis suspendu à vos lèvres !

— Vous êtes abominable, dit Scarlett, à bout d'arguments. Et elle baissa les yeux.

Il se pencha sur le comptoir jusqu'à ce que sa

bouche fût tout près de l'oreille de la jeune femme et, parodiant les acteurs que l'on voyait à l'Athénée, dans les rôles de traîtres, il murmura :

— Ne craignez rien, belle dame! Le secret de votre faute est bien gardé par moi!

— Oh! murmura Scarlett nerveusement, comment pouvez-vous dire des choses pareilles?

— J'ai seulement voulu vous mettre plus à l'aise. Que voudriez-vous que je vous dise? « Sois à moi, créature magnifique ou je dis tout. »

Malgré elle, elle rencontra ses yeux et vit qu'ils avaient une lueur espiègle comme ceux d'un jeune garçon. Tout d'un coup, elle se mit à rire. En somme, la situation était tellement bête! Il rit à son tour, et il rit même si fort qu'un certain nombre de dames assises dans un coin se tournèrent vers eux. Remarquant le bon temps que prenait la veuve de Charles Hamilton avec un parfait inconnu, elles se rapprochèrent les unes des autres et entamèrent une conversation qui ne laissait aucun doute sur leurs sentiments.

On entendit un roulement de tambour, des voix crièrent « chut » et le docteur Meade, montant sur l'estrade, étendit les bras pour réclamer le silence.

— Nous devons tous des remerciements sincères aux charmantes dames dont les efforts inlassables et le patriotisme non seulement ont fait de cette vente de charité un succès financier, mais encore ont transformé cette salle en un séjour enchanteur, en un jardin digne des charmants boutons de rose que je vois autour de moi, dit-il en guise d'exorde.

Tout le monde applaudit.

— Ces dames se sont surpassées, non seulement elles ont donné le meilleur de leur temps, mais elles ont travaillé de leurs mains, et ces objets magnifiques qu'on voit sur les comptoirs sont d'autant plus beaux qu'ils sortent des mains de nos charmantes femmes sudistes.

On applaudit avec encore plus de chaleur, et Rhett

Butler, négligemment appuyé au comptoir de Scarlett, chuchota à l'oreille de celle-ci :

— Quel vieux bouc prétentieux, hein !

Horrifiée, d'abord par ce crime de lèse-majesté contre le citoyen le plus vénéré d'Atlanta, Scarlett sursauta et lança un regard chargé de reproches au capitaine, mais, avec sa barbiche et ses côtelettes, le docteur ressemblait bien à un bouc et Scarlett se retint pour ne pas éclater de rire.

— Mais tout cela n'est rien. Les excellentes dames du comité dont les mains fraîches ont apaisé tant de fronts tourmentés par la souffrance, ces dames, qui ont arraché aux griffes de la mort nos nobles soldats blessés pour la plus noble des causes, connaissent nos besoins. Je ne les énumérerai pas. Il nous faut encore plus d'argent pour acheter du matériel sanitaire en Angleterre et, ce soir, nous comptons parmi nous l'intrépide capitaine qui, depuis un an, force avec un si rare bonheur le blocus et le forcera encore pour nous apporter les médicaments que réclame notre hôpital, le capitaine Butler !

Bien que pris au dépourvu, le forceur de blocus fit un salut gracieux, trop gracieux même, se dit Scarlett en essayant de l'analyser. On avait l'impression qu'il exagérait sa révérence par mépris pour l'assistance. Une salve d'applaudissements crépita, les vieilles dames allongèrent le cou pour mieux le voir. C'était donc avec le capitaine Butler que bavardait la veuve du pauvre Charles Hamilton ! Et dire que Charlie était mort depuis un an à peine.

— Nous avons besoin d'or et je m'en vais vous en demander, poursuivit le docteur. Je m'en vais vous demander un sacrifice, mais un sacrifice si petit par rapport aux sacrifices de nos vaillants uniformes gris que vous serez les premières à en rire. Mesdames, je vous demande vos bijoux. Moi ? Non, la Confédération vous demande vos bijoux, la Confédération vous lance cet appel et je sais qu'aucune de vous n'y restera sourde. Que c'est donc joli de voir étinceler une gemme à un joli poignet ! Que c'est donc beau de voir briller l'or des broches sur la poitrine de nos femmes patriotes ! Mais le sacrifice n'est-il pas infiniment plus beau que tout l'or et tous les joyaux des Indes ? L'or sera fondu, les pierres précieuses seront vendues et avec cet argent on achètera des médicaments et du matériel sanitaire. Mesdames, parmi vous vont passer deux de nos héroïques blessés. Ils porteront des corbeilles et..., mais le reste du discours se perdit dans une tempête d'applaudissements et de voix qui criaient bravo !

La première pensée de Scarlett fut de se féliciter que son deuil l'ait empêchée de porter ses précieuses boucles d'oreilles, la lourde chaîne d'or qui avait appartenu à la grand-mère Robillard, son bracelet d'émail noir en or et sa broche en grenats. Elle vit le petit zouave, une corbeille posée sur son bras valide, faire le tour des gens qui se trouvaient de son côté. Elle vit des femmes, vieilles et jeunes, se dépouiller de leurs bracelets en riant, s'acharner sur leurs boucles d'oreilles en simulant la souffrance, s'aider à ouvrir les fermoirs rebelles de leurs colliers, ôter les broches épinglées à leur corsage. On ne cessait d'entendre les bijoux tomber les uns sur les autres avec un petit cliquetis et des voix s'écrier : « Attendez... attendez. Ça y est, je l'ai ! Le voilà ! » Maybelle Merriwether fit glisser les deux adorables bracelets qui lui serraient le bras au-dessus et au-dessous du coude. Fanny Elsing s'écria : « Maman, est-ce que je peux ? » et arracha le diadème en perles et en or massif qui était dans sa famille depuis des générations.

Le petit homme grimaçant s'approcha du comptoir. Sa corbeille était pleine. Rhett Butler, d'un geste nonchalant, y lança un magnifique étui à cigares en or. Lorsque le zouave arriva devant Scarlett, celle-ci secoua la tête et ouvrit les mains pour montrer qu'elle n'avait rien à donner. C'était fort désagréable d'être la seule à ne rien donner. Alors elle vit briller sa grosse alliance en or.

Troublée, elle essaya de se rappeler le visage de Charles, de revoir son mari lui passer cet anneau au doigt. Elle n'y parvint pas ; sa mémoire s'embrouilla comme elle le faisait toujours sous l'empire de la rage qui s'emparait d'elle quand elle évoquait ce souvenir. Charles... c'était à cause de lui que sa vie était finie, à cause de lui qu'elle n'était plus qu'une vieille femme.

Soudain, de toutes ses forces, elle tira sa bague, mais l'anneau résista. Le zouave se dirigeait déjà vers Mélanie.

— Attendez ! lança Scarlett. J'ai quelque chose pour vous !

Elle finit par retirer son alliance et, au moment où elle s'apprêtait à la poser dans la corbeille où s'amoncelaient les chaînes, les montres, les bagues, les épingles de cravate et les bracelets, elle surprit le regard de Rhett. Alors, d'un geste de défi, elle jeta l'anneau dans la corbeille.

— Oh ! ma chérie ! murmura Mélanie en se cramponnant à son bras, les yeux brillants d'amour et de fierté. Ma brave, ma brave petite ! Attendez... attendez, s'il vous plaît, lieutenant Picard. J'ai quelque chose pour vous, moi aussi !

A son tour Mélanie essaya d'ôter son alliance, cette alliance qui n'avait jamais quitté son doigt depuis le jour où Ashley la lui avait passée. Scarlett le savait comme elle savait mieux que quiconque le prix que Mélanie y attachait. Enfin la jeune femme parvint à s'en débarrasser et pendant un instant serra la bague dans sa petite main. Puis elle la posa délicatement sur la pile de bijoux. Scarlett et Mélanie regardèrent le zouave se diriger vers le coin où se tenait le groupe des vieilles dames. Scarlett avait un air de défi, Mélanie était plus émouvante que si elle avait pleuré. Ni l'une ni l'autre de leurs expressions n'échappa à l'homme qui se trouvait auprès d'elles.

— Si tu n'avais pas eu le courage de le faire, je ne l'aurais jamais eu non plus, déclara Mélanie en prenant gentiment Scarlett par la taille.

Scarlett eut bonne envie de se dégager et de lancer un « Bon Dieu ! » retentissant, mais elle surprit de nouveau le regard de Rhett Butler et esquissa un sourire aigre-doux. C'était tout de même bien ennuyeux de voir Melly continuellement se méprendre sur ses intentions... mais ça valait encore beaucoup mieux que de la voir soupçonner la vérité.

— Quel geste magnifique! dit Rhett Butler d'une voix douce. Ce sont des sacrifices comme le vôtre qui donnent du courage à nos braves troupiers.

Scarlett eut bien du mal à s'empêcher d'être grossière. Tout ce que disait le capitaine était empreint de raillerie. Pourquoi ne s'en allait-il pas? Elle en avait assez de sa pose nonchalante, elle le détestait de tout son cœur. Pourtant il se dégageait de lui quelque chose de stimulant, quelque chose de chaud et de vivant. Ces yeux noirs qui la provoquaient réveillèrent en Scarlett ses instincts irlandais. Elle décida de faire rabattre à cet homme un peu de sa superbe. Puisqu'il connaissait son secret et que cela lui conférait un avantage sur elle, il fallait chercher un autre moyen de le prendre en défaut. Elle se retint donc pour ne pas lui dire exactement ce qu'elle pensait de lui. Mama lui avait souvent démontré qu'on attrapait plus de mouches avec du miel qu'avec du vinaigre, et elle avait bien l'intention d'attraper celle-là pour ne plus jamais retomber entre ses pattes.

— Merci, répondit-elle d'un ton suave en faisant semblant de ne pas comprendre ce qu'il y avait de sarcastique dans sa remarque. Un compliment comme celui-là a encore plus de valeur quand il vient d'un homme aussi célèbre que le capitaine Butler.

Il renversa la tête en arrière et se mit à rire sans contrainte... « Il aboie plutôt », se dit Scarlett, furieuse, en rougissant de nouveau.

— Pourquoi ne dites-vous pas ce que vous pensez vraiment? demanda-t-il en baissant la voix pour n'être entendu que d'elle seule. Pourquoi ne me dites-vous pas que je suis une belle canaille et que je n'ai rien d'un galant homme? Dites-moi donc de débarrasser le plancher et ajoutez que si je ne m'exécute pas de bonne grâce vous chargerez l'un de ces héros en gris d'aller me demander des explications dehors.

Scarlett fut sur le point de riposter d'une manière cinglante, mais elle fit appel à tout son courage et parvint à dire :

— Voyons, capitaine Butler ! Qu'allez-vous chercher ? Comme si l'on ne savait pas combien vous êtes célèbre, combien vous êtes brave et quel... quel...

— Vous me décevez, dit-il.

— Vous décevoir ?

— Oui. Lors de notre première rencontre si mouvementée, je m'étais dit que je connaissais enfin une jeune fille non seulement fort belle, mais courageuse. Et maintenant je m'aperçois que vous n'êtes que belle.

— Insinueriez-vous que je suis lâche ? interrogea Scarlett hérissée comme une poule.

— Précisément. Vous n'avez pas le courage de dire ce que vous pensez. Quand je vous ai vue pour la première fois, je me suis dit : « Voilà une jeune fille comme il n'y en a pas une sur un million. Elle ne ressemble pas à ces autres petites sottes qui croient tout ce que disent leurs mamas et agissent en conséquence, quels que soient leurs sentiments. Et elles les cachent, leurs sentiments, elles les dissimulent derrière un tas de paroles bien gentilles tout comme leurs désirs et leurs pensées. » Je me suis dit : « Mlle O'Hara est douée d'un caractère comme on en rencontre peu. Elle sait ce qu'elle veut et ça lui est bien égal de dire ce qu'elle a en tête... ou de lancer des vases. »

— Oh ! fit Scarlett qui n'en pouvait plus de colère. Eh bien ! vous allez voir... Je m'en vais vous dire ce que j'ai dans la tête. Si vous étiez un tant soit peu bien élevé vous ne seriez jamais venu ici me parler. Vous auriez dû savoir que je ne voulais plus jamais vous revoir ! Mais vous n'êtes pas un homme du monde ! Vous n'êtes qu'un mufle ! Et vous vous imaginez que, parce que vos sales petits bateaux peuvent narguer les Yankees, vous avez le droit de venir ici vous moquer d'hommes qui sont braves et de femmes qui sacrifient tout à la Cause...

— Assez ! assez ! fit-il en souriant. C'est un très joli début et vous avez dit ce que vous pensiez, mais ne commencez pas à me parler de la Cause. Je suis fatigué d'entendre rabâcher ce sujet et je parie que vous l'êtes aussi...

— Comment avez-vous dev..., murmura Scarlett, décontenancée, mais elle s'arrêta aussitôt.

Elle était folle de rage d'être tombée dans ce piège.

— Avant que vous ne m'aperceviez, j'étais là-bas, près de cette porte, et je vous observais. J'observais aussi les autres jeunes femmes. Leurs visages semblaient tous avoir été coulés dans le même moule. Le vôtre faisait exception. C'est facile de lire sur votre visage. Vous aviez l'esprit ailleurs et je gage que vous ne songiez ni à votre Cause, ni à l'hôpital. Tout votre visage exprimait l'envie de danser, de vous amuser et le regret de ne pouvoir le faire. Et vous étiez dans une belle fureur. Dites la vérité. N'ai-je pas raison ?

— Je n'ai rien d'autre à vous dire, capitaine Butler, fit-elle du ton le plus solennel qu'elle put et en essayant de ramener à elle les restes de sa dignité effondrée. Ce n'est pas parce que vous êtes tout fier d'être le « grand forceur de blocus » qu'il faut vous arroger le droit d'insulter les femmes.

— Le grand forceur de blocus ! C'est une plaisanterie. Je vous en prie, accordez-moi encore une parcelle de votre temps précieux avant de me rejeter dans les ténèbres. Je m'en voudrais qu'une petite patriote aussi charmante conservât une fausse idée de ma contribution à la Cause confédérée.

— Vos fanfaronnades ne m'intéressent nullement.

— Pour moi, forcer le blocus n'est qu'une façon de faire des affaires et de gagner de l'argent. Quand ça ne me rapportera plus rien, je quitterai ce métier. Qu'en dites-vous ?

— Je dis que vous êtes une canaille, un mercenaire... tout comme les Yankees.

— C'est bien cela. Et les Yankees m'aident à gagner de l'argent. Tenez, le mois dernier, je suis entré avec mon bateau en plein port de New York et j'y ai embarqué une cargaison.

— Hein! s'écria Scarlett, impressionnée malgré elle. On ne vous a pas tiré dessus?

— Pauvre innocente! Mais non, naturellement. Il y a quantité de farouches partisans de l'Union qui ne répugnent pas à gagner de l'argent en vendant des marchandises à la Confédération. Je conduis donc mon bateau à New York, j'achète ce qu'il me faut à des maisons de commerce yankees, sous le manteau, bien entendu, et puis je m'en vais. Quand ça devient un peu dangereux, je me rends à Nassau où les mêmes patriotes de l'Union m'ont apporté de la poudre, des obus et des crinolines. C'est plus pratique que d'aller en Angleterre. Parfois il est assez difficile de rallier Charleston ou Wilmington... mais vous seriez surprise des vertus d'une poignée d'or.

— Oh! je savais que les Yankees étaient des êtres vils, mais je ne savais pas...

— Pourquoi blâmer les Yankees de gagner honnêtement leur vie en vendant des marchandises à la Confédération? Dans cent ans ça n'aura plus aucune importance. Le résultat sera le même. Ils savent que la Confédération finira par être battue, aussi pourquoi ne profiteraient-ils pas des bonnes occasions?

— Battus... nous?

— Bien sûr.

— Voulez-vous me laisser, s'il vous plaît... ou bien faut-il que je demande ma voiture et que je rentre chez moi pour me débarrasser de vous?

— Vous êtes chauffée à blanc, petite rebelle, dit-il en souriant de nouveau.

Il s'inclina et, sans se presser, quitta Scarlett dont la gorge palpitait de colère et d'indignation. Pourtant elle sentait en elle une sorte de brûlure, un sentiment de regret qu'elle ne pouvait analyser, la déception d'un enfant qui voit ses illusions s'effondrer. Comment le capitaine osait-il dépouiller les forceurs de blocus de leur prestige? Comment osait-il dire que la Confédération serait battue? Il méritait d'être fusillé pour cela... fusillé comme un traître. Scarlett chercha des yeux les gens qu'elle connaissait. Ils avaient l'air si certains du succès, si braves, si fervents. Alors, sans en comprendre la cause, elle sentit un petit frisson glacé s'insinuer dans son cœur. Battus ? Ces gens-là... Voyons, ce n'était pas possible, c'était déloyal d'y penser.

— Que chuchotiez-vous donc tous les deux ? demanda Mélanie en se tournant vers Scarlett, tandis que ses acheteurs s'éloignaient. J'ai bien été forcée de remarquer que Mme Merriwether ne te quittait pas des yeux, et, ma chère, tu sais combien elle est bavarde.

— Oh ! cet homme est odieux... c'est un rustre sans aucune éducation. Quant à Mme Merriwether, eh bien ! qu'elle bavarde. J'en ai assez de me conduire comme une bécasse pour lui faire plaisir.

— Voyons, Scarlett, s'écria Mélanie, scandalisée.

— Chut...ut ! fit Scarlett. Le docteur Meade va encore parler.

L'assistance se tut pour écouter le docteur, qui commença par remercier les dames d'avoir donné leurs bijoux de si bon gré.

— Et maintenant, mesdames et messieurs, je vais vous faire une surprise... une innovation qui risque de choquer certains d'entre vous, mais je vous demande de vous rappeler que tout cela n'est que pour notre hôpital et nos petits soldats qui y sont soignés.

Chacun chercha à deviner ce que le brave docteur pouvait bien avoir imaginé de choquant.

— Le bal est sur le point de s'ouvrir et, bien entendu, la première danse sera un quadrille. Puis on jouera une valse. Ensuite on dansera des polkas, des scottishes et des mazurkas qui, toutes, seront précédées de courts quadrilles. Je sais quelle aimable rivalité existe entre les amateurs pour bien conduire un quadrille, aussi..., le docteur s'épongea le front et jeta un regard oblique du côté de sa femme. Messieurs, si vous voulez conduire un quadrille avec la dame de votre choix, il faudra y mettre le prix. C'est moi qui dirigerai les enchères dont le montant ira à l'hôpital.

Les éventails s'arrêtèrent de battre et des murmures

s'élevèrent dans la salle. Le coin des chaperons était sens dessus dessous et Mme Meade, désireuse de soutenir son mari alors qu'elle désapprouvait sincèrement son idée, se trouvait en fâcheuse posture. Mme Elsing, Mme Merriwether et Mme Whiting étaient rouges d'indignation. Mais tout à coup les gardes civils poussèrent un hourra auquel s'associèrent immédiatement les autres assistants en uniforme. Les jeunes filles battirent des mains et trépignèrent de joie.

— N'est-ce pas, on dirait... on dirait un peu une vente d'esclaves ? murmura Mélanie, les yeux fixés sur le docteur que, jusqu'à ce jour, elle avait trouvé parfait.

Scarlett ne répondit rien, mais son cœur se serra. Si seulement elle n'était pas veuve ! Si seulement elle était encore Scarlett O'Hara ! Elle porterait sa robe vert pomme garnie de rubans de velours vert foncé qui sautilleraient sur sa poitrine. Elle aurait des tubéreuses dans les cheveux et ce serait elle qui ouvrirait le bal. Oui, sûrement ! Une douzaine d'hommes se la disputeraient et donneraient de l'argent au docteur pour la faire danser. Oh ! être obligée de rester là ! de faire tapisserie ! de regarder Fanny ou Maybelle conduire ce premier quadrille en reine d'Atlanta !

Par-dessus le tumulte retentit la voix du petit zouave à l'accent créole fort prononcé : « Si je peux... vingt dollars pour Mlle Maybelle Merriwether. »

Toute rougissante, Maybelle alla blottir sa tête contre l'épaule de Fanny et, tandis qu'on lançait d'autres noms et que les enchères montaient, les deux jeunes filles, se cachant mutuellement le visage, se mirent à rire nerveusement. Dédaigneux des soupirs poussés par les dames du comité, le docteur Meade s'était remis à sourire.

Mme Merriwether avait d'abord commencé à déclarer à haute et intelligible voix que sa Maybelle ne se prêterait jamais à une telle comédie, mais, comme le nom de Maybelle revenait le plus souvent et que les enchères s'élevaient déjà à soixante-quinze dollars, ses protestations perdirent peu à peu de leur vigueur. Scarlett s'appuya des deux coudes au comptoir. Elle était presque fascinée par la foule joyeuse des hommes qui se pressaient en riant autour de l'estrade, les mains pleines de papier-monnaie.

Maintenant tout le monde allait danser sauf elle et les vieilles dames. Tout le monde allait s'amuser sauf elle. Elle vit Rhett Butler. Il se tenait juste au-dessous du docteur. Avant qu'elle ait eu le temps de modifier l'expression de son visage, il l'aperçut, plissa les lèvres et releva les sourcils. Le menton arrogant, Scarlett se détourna et, tout d'un coup, elle entendit son nom... son nom prononcé avec un accent de Charleston sur lequel on ne pouvait se méprendre, son nom qui dominait le tumulte des voix.

— Mme Charles Hamilton... cent cinquante dollars... en or !

A la double mention du nom et de la somme, un silence soudain s'abattit sur l'assistance. Scarlett était si stupéfaite qu'elle ne pouvait pas bouger. Le menton entre les mains, les yeux agrandis par la surprise, elle resta assise sur son tabouret. Tout le monde se détourna pour la regarder. Elle vit le docteur se pencher et glisser quelque chose à l'oreille de Rhett Butler. Il lui disait sans doute qu'elle était en deuil et qu'il lui était impossible de se montrer au milieu des danseurs. Elle vit Rhett hausser négligemment les épaules.

— Une autre de nos belles, peut-être ? questionna le docteur assez haut.

— Non, fit Rhett d'une voix nette tout en promenant un regard nonchalant sur la foule, Mme Hamilton.

— Je vous dis que c'est impossible, insista le docteur, Mme Hamilton ne voudra pas...

Scarlett entendit une voix que, tout d'abord, elle ne reconnut pas... sa propre voix !

— Si, je veux !

Elle se dressa d'un bond. Son cœur battait si fort qu'elle eut peur de chanceler. Son cœur battait follement à l'idée d'être de nouveau le centre de tous les regards, d'être la jeune femme la plus désirée et surtout, surtout à l'idée de se remettre à danser.

— Oh ! ça m'est égal ! ça m'est égal ! Qu'ils disent ce qu'ils voudront ! murmura-t-elle entre ses lèvres tandis qu'une frénésie délicieuse s'emparait d'elle.

Elle rejeta la tête en arrière, fit le tour du comptoir. Ses talons claquaient sur le plancher comme des castagnettes. Elle déploya le plus largement possible son éventail de soie noire. Elle aperçut dans un éclair le visage incrédule de Mélanie, les vieilles dames abasourdies, les jeunes filles frémissantes, les soldats qui manifestaient leur enthousiasme.

Alors, elle se trouva au milieu de la salle de bal. Fendant la foule, Rhett Butler s'avança vers elle. Il avait toujours son détestable sourire moqueur. Mais tant pis !... ça lui était aussi égal que si elle avait eu affaire à Abe Lincoln en personne ! Elle allait danser. Elle allait conduire le quadrille. Elle gratifia son cavalier d'une profonde révérence et d'un sourire radieux. A son tour, il s'inclina, la main posée sur son jabot. Levi, horrifié, sauva aussitôt la situation en hurlant : « Choisissez vos danseuses pour le quadrille de Virginie ! »

— Comment osez-vous attirer tous les regards sur moi, capitaine Butler ?

— Mais, ma chère madame Hamilton, vous désiriez si manifestement attirer tous les regards sur vous !

— Comment avez-vous pu mentionner mon nom devant tout le monde ?

— Vous auriez pu refuser.

— Mais... je me dois à la Cause... je n'avais plus le droit de songer à moi-même quand vous avez offert une telle somme. Cessez de rire, tout le monde nous regarde.

— Quoi que nous fassions, on nous regardera. N'essayez pas d'entamer le couplet de la Cause avec moi. Vous vouliez danser, et je vous en ai fourni l'occasion. Cette marche, c'est bien la dernière figure du quadrille, n'est-ce pas ?

— Oui, c'est vrai. Il va falloir que j'aille me rasseoir, maintenant.

— Pourquoi ? Vous ai-je marché sur les pieds ?

— Non, mais on va jaser.

— Franchement, est-ce que ça vous fait quelque chose... au fond du cœur ?

— C'est-à-dire...

— Vous ne commettrez pas un crime, n'est-ce pas ? Alors, pourquoi ne pas danser la valse avec moi ?

— Mais si ma mère...

— Je vois, vous n'avez pas encore quitté les jupons de votre mama.

— Oh ! c'est horrible, la façon dont vous ridiculisez la vertu !

— Mais la vertu est bête. Vraiment, ça vous ennuie que les gens jasent ?

— Non... mais... allons, n'en parlons plus. Dieu merci ! la valse commence. Les quadrilles, ça m'a toujours coupé le souffle.

— Ne vous dérobez pas à mes questions. L'opinion des autres femmes a-t-elle jamais compté pour vous ?

— Tenez, puisque vous me mettez au pied du mur, non ! Mais une jeune fille est censée y attacher de l'importance. Pourtant, ce soir, je m'en moque.

— Bravo ! Ça y est, vous commencez à réfléchir vous-même au lieu de laisser les autres réfléchir pour vous. C'est le commencement de la sagesse.

— Oh ! mais...

— Quand on aura autant jasé sur vous qu'on a jasé sur moi, vous vous rendrez compte du peu d'importance que ça présente. Songez donc, il n'y a pas une maison à Charleston où je sois reçu. Ma contribution à notre juste et sainte Cause n'a même pas levé l'interdit qui pèse sur moi.

— C'est terrible.

— Pas du tout. Jusqu'à ce qu'on ait perdu sa bonne réputation, on ne comprend ni quel fardeau on avait sur les épaules, ni ce qu'est la liberté.

— Vous tenez des propos scandaleux !

— Scandaleux et véridiques. A condition d'avoir assez de courage... ou assez d'argent... on peut toujours se passer d'une bonne réputation.

— On peut tout acheter avec de l'argent.

— Quelqu'un a dû vous dire ça. Vous n'arriveriez jamais à trouver de telles platitudes vous-même. Et que peut-on acheter avec de l'argent ?

— Eh bien !... je ne sais pas, moi... en tout cas, ni le bonheur, ni l'amour.

— Si, en général. Et quand on n'y parvient pas, avec de l'argent on peut s'acheter quelques-unes des meilleures compensations.

— Vous avez donc tant d'argent, capitaine Butler ?

— Voilà une question qui dénote une personne bien mal élevée, madame Hamilton. Je suis surpris. Mais oui. Pour un homme auquel on a coupé les vivres dans sa prime jeunesse, je n'ai pas trop mal réussi. Et je suis certain de devenir millionnaire avec ce blocus.

— Oh ! non !

— Oh ! si ! La plupart des gens n'ont pas l'air de se rendre compte qu'il y a exactement autant d'argent à tirer du naufrage que de l'édification d'une civilisation.

— Et que veut dire cela ?

— Vos parents, les miens et tous les gens qui sont ici ont gagné leur fortune en créant une civilisation là où il y avait le désert. Cela, ça s'appelle construire un empire. Ça rapporte, la construction des empires, mais le naufrage des empires rapporte encore plus.

— De quel empire parlez-vous ?

— De cet empire où nous vivons... le Sud... la Confédération... le Royaume du Coton... de cet empire qui se disloque, là, sous nos pieds. Seuls les imbéciles ne veulent pas le voir et refusent de profiter de la situation créée par cet écroulement. Moi, je vais tirer une fortune du naufrage.

— Alors, vous croyez pour de bon que nous allons être battus ?

— Oui. Pourquoi faire comme l'autruche ?

— Oh! mon Dieu, que ça me fatigue des conversations comme celle-ci. Ne vous arrive-t-il donc jamais de dire de jolies choses, capitaine Butler?

— Cela vous ferait-il plaisir si je vous disais que vos yeux ressemblent à deux vasques où nagent des poissons rouges, deux vasques remplies jusqu'aux bords de l'eau verte la plus limpide et que quand les poissons rouges remontent à la surface, comme ils le font maintenant, vous êtes diablement jolie?

— Oh! je n'aime pas ça... Cet air est magnifique n'est-ce pas? Oh! je pourrais valser sans jamais m'arrêter. Je ne savais pas que la danse me manquait à ce point.

— Vous êtes la plus belle danseuse que j'aie jamais tenue dans mes bras.

— Capitaine Butler, ne me serrez pas comme ça. Tout le monde nous regarde.

— Si personne ne nous regardait, est-ce que ça vous ennuierait?

— Capitaine Butler, vous dépassez les bornes.

— Non, pas une minute. Comment pourrais-je être grossier quand je vous ai dans mes bras?... Quel est cet air? C'est nouveau?

— Oui. C'est merveilleux, n'est-ce pas? C'est un air que nous avons volé aux Yankees.

— Comment s'appelle cette chanson?

— *Quand cette guerre cruelle aura enfin cessé.*

— Quelles sont les paroles? Chantez-les-moi.

> *Te souviens-tu, mon bien-aimé,*
> *Du dernier rendez-vous*
> *Quand tu me dis à deux genoux*
> *A quel point tu m'aimais?*
> *Oh! que tu étais fier*
> *Sous ton beau dolman gris*
> *Quand tu fis le serment*
> *De ne jamais trahir*
> *Ni moi ni le pays.*
> *Triste et abandonnée,*
> *Je pleure et je m'afflige.*
> *Mes larmes sont bien vaines*

Et bien vains mes soupirs !
Quand cette guerre cruelle
Aura enfin cessé
Prie Dieu qu'il nous accorde
Un autre rendez-vous !

— Bien entendu, il était question de « dolman bleu », mais on a changé cela en « dolman gris »... Oh! vous valsez si bien, capitaine Butler. Pourtant, la plupart des hommes grands dansent mal. Et dire qu'il va falloir que j'attende des années et des années avant de danser de nouveau !

— Vous n'allez attendre que quelques minutes. Je m'en vais vous demander de m'accorder le prochain quadrille... et puis le suivant et encore le suivant.

— Oh! non! C'est impossible! Il ne faut pas. Je serai perdue de réputation.

— Elle est déjà en loques, alors, qu'est-ce que peut bien faire une danse de plus? Quand j'aurai dansé cinq ou six fois avec vous, je permettrai peut-être aux autres cavaliers de tenter leur chance, mais il faut que vous m'accordiez la dernière danse.

— Eh bien! c'est entendu. Je sais que je suis folle, mais tant pis. Je me moque pas mal de ce que diront les gens. J'en ai tellement assez de rester à la maison. Je vais danser, danser...

— Et ne plus porter de vêtements noirs. J'ai le crêpe en horreur.

— Oh! je ne pourrai pas quitter le deuil. Capitaine Butler, ne me serrez pas comme ça. Je vais me mettre en colère.

— Vous êtes splendide quand vous êtes en colère. Tenez, je vous écrase dans mes bras... là... rien que pour voir si vous vous mettrez vraiment en colère. Vous ne pouvez vous imaginer combien vous étiez charmante ce jour-là, aux Douze Chênes, quand vous étiez en colère et que vous lanciez des vases.

— Oh! voyons... vous n'oublierez donc jamais cela ?

— Non, c'est un des souvenirs auxquels je tiens le plus... le tempérament irlandais perçant sous l'éducation raffinée d'une belle jeune femme du Sud... Vous êtes très Irlandaise, n'est-ce pas ?

— Oh ! mon Dieu ! Voilà la fin de la danse et tante Pittypat qui accourt ! Je suis sûre que Mme Merri-wether l'a prévenue. Oh ! pour l'amour de Dieu, emmenez-moi jusqu'à une fenêtre. Nous regarderons dehors. Je ne veux pas qu'elle mette la main sur moi maintenant. Elle a les yeux gros comme des soucoupes.

X

Le lendemain matin à l'heure du petit déjeuner, Pittypat larmoyait, Mélanie se taisait et Scarlett était dressée sur ses ergots.

— Ça m'est égal si l'on parle. Je parie que j'ai fait gagner plus d'argent à l'hôpital que n'importe quelle jeune fille... Plus que n'en a rapporté la vente de tout notre vieux bric-à-brac.

— Oh ! mon Dieu ! Qu'importe l'argent ? gémit Pittypat en se tordant les mains. Je n'en pouvais croire mes yeux, et ce pauvre Charlie, mort depuis un an à peine... Et cet horrible capitaine Butler attirant tous les regards sur toi. C'est un être terrible, terrible, Scarlett. La cousine de Mme Whiting, Mme Coleman, dont le mari est de Charleston, m'en a parlé. C'est la brebis galeuse d'une famille charmante... Oh ! comment les Butler ont-ils pu donner le jour à une créature pareille ? Personne ne le reçoit à Charleston. Il passe pour un noceur et il a eu une histoire avec une jeune fille... c'est si laid que Mme Coleman elle-même ne sait pas de quoi il s'agit.

— Oh ! je ne pense pas qu'il soit aussi noir que cela, intervint Mélanie avec sa gentillesse habituelle. Il semble être un parfait homme du monde et quand on songe à sa bravoure, à la façon dont il force le blocus...

— Il n'est pas brave, coupa méchamment Scarlett

en versant la moitié du sirop sur ses gaufres. Il fait ça pour gagner de l'argent. C'est lui qui me l'a dit. Il se moque pas mal de la Confédération, et il prétend que nous serons battus. Pourtant, il danse à ravir.

L'horreur rendit muettes ses deux parentes.

— Et puis j'en ai assez de rester à la maison. C'est fini. Si l'on jase sur moi à propos d'hier soir, c'est que je suis déjà perdue de réputation ; aussi, tout ce qu'on pourra dire d'autre n'a pas grande importance.

Scarlett ne se rendit pas compte que l'idée émanait de Rhett Butler. Elle lui était venue si à propos et s'adaptait si bien à sa tournure d'esprit !

— Oh ! que dira ta mère quand elle saura cela ? Que pensera-t-elle de moi ?

Le cœur de Scarlett se serra. Un remords l'assaillit en songeant combien Ellen serait peinée si elle venait à apprendre la conduite scandaleuse de sa fille ; mais l'idée que Tara était à vingt-cinq milles d'Atlanta la réconforta. Mlle Pitty ne dirait certainement rien à Ellen. Ce serait éclairer d'un bien triste jour son chaperonnage. Et, pourvu que Pitty tînt sa langue, elle était sauvée.

— Je crois... fit Pitty, oui... je crois que je ferais mieux d'écrire une lettre à Henry... encore qu'il m'en coûte énormément... mais il est le seul homme de la famille et il faut qu'il fasse des remontrances au capitaine Butler... Oh ! mon Dieu ! Si seulement Charlie était là... Il ne faut plus jamais, jamais adresser la parole à cet homme, Scarlett.

Jusque-là, Mélanie était restée tranquillement assise les mains croisées sur ses genoux, tandis que ses gaufres refroidissaient. Elle se leva et, passant derrière Scarlett, elle lui entoura le cou de ses bras.

— Ma chérie, dit-elle, ne te mets pas martel en tête. Je te comprends. Tu as fait une chose courageuse hier soir et tu as bien aidé l'hôpital. Et si les gens osent dire le moindre mot contre toi, ils trouveront à qui parler... Tante Pitty, ne pleure pas. C'était dur pour Scarlett de ne jamais sortir. C'est encore une toute petite fille.

De ses doigts elle ne cessait de jouer avec les cheveux de Scarlett.

— Et puis, nous ferions peut-être mieux d'aller de temps en temps dans le monde. Nous avons peut-être été fort égoïstes à rester ici avec notre chagrin. La guerre change tout. Quand je songe à tous ces soldats si loin de chez eux... sans un ami à aller voir le soir... à tous ces blessés dans les hôpitaux, assez bien pour se lever et pas assez guéris pour retourner aux armées, oui, nous avons été égoïstes. En ce moment nous devrions, comme tout le monde, avoir trois convalescents chez nous et tous les dimanches soir nous devrions recevoir quelques soldats à dîner. Allons, Scarlett, ne pleure pas comme ça. Les gens ne diront rien quand ils comprendront. Nous savons que tu aimais Charlie...

Scarlett n'avait nulle envie de pleurer, mais le doux contact des mains de Mélanie l'irritait au plus haut point. Elle aurait voulu pouvoir donner des coups de tête et crier « Parlez toujours ! ». Elle se rappelait encore trop bien la façon dont, la veille au soir, les gardes civils, les miliciens et les soldats de l'hôpital s'étaient disputé le plaisir de danser avec elle. Pour rien au monde elle ne voulait de Mélanie comme défenseur. Elle était bien de taille à se défendre toute seule et si les vieilles chipies poussaient les hauts cris... eh bien ! elle s'en moquait. Il y avait trop de beaux officiers pour qu'elle se souciât des racontars de bonnes femmes.

Pittypat se tamponnait les yeux de son mouchoir tout en écoutant les paroles apaisantes de Mélanie quand Prissy entra avec une lettre volumineuse.

— Pou' vous, ma'ame Melly. C'est un pitit Noi' qui l'a appo'tée.

— Pour moi ? fit Melly, surprise.

Elle déchira l'enveloppe et Scarlett était si occupée à manger ses gaufres qu'il fallut que Melly éclatât en sanglots et que tante Pittypat portât la main à son cœur pour qu'elle remarquât quelque chose.

— Ashley est mort ! hurla Pittypat dont la tête roula en arrière et dont les bras retombèrent inertes.

— Oh ! mon Dieu ! cria Scarlett, qui sentit son sang se glacer dans ses veines.

— Non ! non ! s'exclama Mélanie. Vite ! les sels, Scarlett ! Là, là, ma chérie, tu te sens mieux ? Respire à fond. Non, ce n'est pas Ashley. Je suis désolée de t'avoir fait peur. Je pleurais parce que je suis si heureuse. (Tout d'un coup elle ouvrit la main et embrassa un objet qu'elle y tenait caché.) Je suis si heureuse, et de nouveau elle fondit en larmes.

Scarlett surprit l'éclat fugitif d'un gros anneau d'or.

— Lis, fit Melly en montrant la lettre qu'elle avait laissée tomber par terre. Oh ! qu'il est gentil, qu'il est bon.

Scarlett, intriguée, ramassa la feuille de papier et lut ces lignes tracées d'une main ferme : « La Confédération peut avoir besoin du sang de ses hommes, mais elle ne réclame pas encore le cœur de ses femmes. Acceptez, chère madame, ce gage de mon respect pour votre courage et ne croyez pas que votre sacrifice aura été vain, car cette bague a été rachetée à dix fois sa valeur. Capitaine Rhett Butler. »

Mélanie glissa l'anneau à son doigt et l'enveloppa d'un regard d'adoration.

— Je vous avais bien dit que c'était un galant homme, n'est-ce pas ? fit-elle en tournant vers Pittypat un visage radieux sous ses larmes. Seul un homme du monde pouvait être assez délicat, assez prévenant pour comprendre que ça me brisait le cœur de... J'enverrai ma chaîne d'or à la place. Tante Pittypat, écris-lui et invite-le à dîner dimanche afin que je puisse le remercier.

Au milieu de l'émotion générale, ni Mélanie, ni Pittypat ne semblèrent remarquer que le capitaine Butler n'avait pas renvoyé aussi la bague de Scarlett. Pourtant Scarlett s'en aperçut et cela la contraria. Elle savait que ce n'était pas la délicatesse qui avait dicté son geste au capitaine Butler, mais bien le désir d'être invité chez Pittypat qui lui avait suggéré ce moyen infaillible d'arriver à ses fins.

« J'ai été peinée d'apprendre ta récente conduite », écrivait Ellen, et Scarlett, qui lisait sa lettre à table, se rembrunit. A coup sûr, les mauvaises nouvelles se répandaient vite. Elle avait souvent entendu dire à Charleston et à Savannah que les gens d'Atlanta étaient, de tout le Sud, ceux qui aimaient le mieux faire des commérages, et maintenant elle en était persuadée. La vente de charité avait eu lieu le lundi soir et l'on n'était qu'au jeudi. Laquelle des vieilles chipies avait pris l'initiative d'écrire à Ellen ? Pendant un instant Scarlett soupçonna Pittypat, mais elle rejeta aussitôt cette idée. La pauvre était dans ses petits souliers ! Elle avait une peur bleue qu'on ne la tînt pour responsable des imprudences de Scarlett et elle eût été la dernière à informer Ellen du piètre résultat de sa surveillance. C'était probablement Mme Merriwether. « J'ai peine à imaginer que tu puisses oublier à ce point ton éducation. Je fermerai les yeux sur l'inconvenance que tu as commise en paraissant en public alors que tu étais en deuil, car je me rends compte du désir que tu avais de venir en aide à ton hôpital. Mais danser, et avec un homme comme le capitaine Butler ! J'ai beaucoup entendu parler de lui (qui n'en a entendu parler ?). Et Pauline m'a écrit pas plus tard que la semaine dernière qu'il avait fort mauvaise réputation et qu'à Charleston ses propres parents ne le recevaient même pas, sauf bien entendu sa pauvre mère, dont il a brisé le cœur. C'est un être foncièrement mauvais qui aimerait profiter de ta jeunesse et de ton innocence pour te compromettre et attirer le déshonneur sur toi et ta famille. Comment Mlle Pittypat a-t-elle pu négliger ses devoirs envers toi ? »

Scarlett lança un regard à sa tante par-dessus la table. La vieille demoiselle avait reconnu l'écriture d'Ellen et sa petite bouche aux lèvres charnues dessi-

276

nait une moue effrayée comme celle d'un bébé qui craint d'être grondé et espère éviter le châtiment en pleurant.

« Je me ronge de chagrin à la pensée que tu peux si vite oublier les principes qui t'ont été inculqués. J'ai eu envie de te rappeler à la maison sur-le-champ, mais je laisserai à ton père le soin de trancher cette question. Il sera à Atlanta vendredi. Il ira parler au capitaine Butler et te ramènera chez nous. Je redoute sa sévérité pour toi malgré mes objurgations. J'espère que seules ta jeunesse et ta légèreté sont causes de ta conduite et je prie le Seigneur qu'il en soit ainsi. Nulle plus que moi ne désire servir notre Cause et je souhaite que mes filles partagent ce sentiment, mais attirer ce déshonneur... »

La lettre continuait longtemps sur ce ton, mais Scarlett ne l'acheva pas. Pour une fois, elle éprouvait une terreur véritable. Sa témérité et son arrogance avaient disparu. Elle se sentait aussi petite, aussi coupable qu'à dix ans, quand, à table, elle avait lancé un gâteau à la tête de Suellen. Dire que sa mère, pourtant si gentille, pouvait lui adresser des reproches aussi cinglants et que son père allait venir parler au capitaine Butler. Elle se rendait de mieux en mieux compte du sérieux de l'affaire. Gérald allait se montrer sévère. Elle savait que, cette fois, elle n'échapperait pas au châtiment en s'asseyant sur ses genoux et en se montrant câline avec lui.

— Ce ne sont pas de mauvaises nouvelles ? demanda Pittypat d'une voix chevrotante.

— Papa arrive demain. Il va me sauter dessus comme un canard sur un hanneton, répondit Scarlett douloureusement.

— Prissy, trouve-moi mes sels, bredouilla Pittypat en repoussant son assiette. Je... je sens que... que je m'évanouis.

— Y sont dans la poche de vot' jupe, fit Prissy, qui se réjouissait d'assister à un drame sensationnel.

Voir « Missié Gé'ald » en colère, c'était toujours un beau spectacle, à condition que le courroux du maître

277

ne prît point les joues de Prissy pour objectif. Pitty fouilla dans sa poche et en retira la petite fiole dont elle respira le contenu.

— Il faut que vous preniez toutes deux mon parti, et que vous ne me quittiez pas d'une minute, s'écria Scarlett. Il vous aime toutes les deux. Si vous restez avec moi, il n'osera pas me chercher noise.

— Je ne pourrai pas, dit Pittypat en se levant. Je... je ne me sens pas bien. Il faut que j'aille m'étendre. Je resterai allongée toute la journée de demain. Tu lui présenteras mes excuses.

« Lâche ! » pensa Scarlett, les yeux flamboyants.

Melly se rangea à ses côtés bien qu'elle fût toute blanche d'effroi à la perspective d'avoir à affronter le bouillant M. O'Hara.

— Je t'aid... je t'aiderai à expliquer que tu l'as fait pour l'hôpital. Il comprendra sûrement.

— Non ! dit Scarlett. Il ne comprendra pas. Oh ! si jamais je retourne en disgrâce à Tara, comme me le laisse entrevoir maman, je crois que j'en mourrai.

— Mais tu ne peux pas retourner chez toi ! s'exclama Pittypat en fondant en larmes. Si tu t'en allais je serais forcée... oui, forcée de demander à Henry de venir habiter avec nous, et tu sais bien que je ne peux pas vivre avec lui. Avec tous ces étrangers qu'il y a en ville, j'ai si peur la nuit quand je suis seule à la maison avec Melly. Toi, tu es si brave, ça m'est bien égal de vivre ici sans homme !

— Oh ! il ne pourra pas te ramener à Tara, fit Melly qui, elle aussi, semblait sur le point de fondre en larmes. Ici, tu es chez toi maintenant. Que deviendrions-nous sans toi ?

« Vous seriez bien aises de vous passer de moi si vous saviez ce que je pense de vous », se dit Scarlett, qui eût préféré un autre concours que celui de Mélanie pour affronter la colère de Gérald.

— Nous pourrions peut-être décommander le capitaine Butler... commença Mlle Pittypat.

— Ah ! non. C'est impossible, s'écria Mélanie, désespérée. Ce serait la pire des grossièretés !

— Aide-moi à me coucher. Je vais être malade, gémit Pittypat. Oh ! Scarlett, comment as-tu pu m'attirer tous ces ennuis ?

Le lendemain après-midi, quand Gérald arriva, Pittypat malade était couchée. A travers la porte elle lui renouvela maintes fois ses excuses et laissa les deux jeunes femmes effrayées présider au dîner. Gérald observait un silence plein de menaces, bien qu'il eût embrassé Scarlett et qu'il eût pincé la joue de Mélanie en l'appelant « Cousine Melly ». Scarlett aurait mille fois mieux aimé qu'il éclatât en imprécations. Fidèle à sa promesse, Mélanie restait cramponnée à Scarlett comme une petite ombre soyeuse et bruissante, et Gérald était trop bien élevé pour faire une scène à sa fille devant elle. Scarlett fut obligée de reconnaître que Mélanie s'y prenait fort bien. Elle fit celle qui ne savait rien et parvint même à engager la conversation avec Gérald quand le dîner eut été servi.

— Je voudrais savoir ce qui se passe dans le comté, commença-t-elle en adressant à Gérald un sourire délicieux. India et Honey sont de si piètres correspondantes et je sais que vous êtes au courant de tout. Je vous en prie, parlez-nous du mariage de Joe Fontaine.

Touché par le compliment, Gérald raconta que la cérémonie s'était déroulée dans le calme, « pas comme pour vos mariages, mes petites », car Joe n'avait eu que quelques jours de permission. Sally, la petite Munroe, était très jolie. Non, il ne se souvenait pas de sa toilette de mariée ; néanmoins il avait entendu dire qu'elle n'avait pas porté une robe de « lendemain de noces ».

— Non, vraiment ! s'exclamèrent les jeunes femmes, scandalisées.

— Forcément, elle n'a pas eu de lendemain de noces, expliqua Gérald qui se tordit de rire avant de s'apercevoir que de telles remarques n'étaient peut-être pas faites pour des oreilles féminines.

Son rire fit mal à Scarlett et choqua Mélanie.

— Le lendemain, Joe est reparti pour la Virginie, se hâta d'ajouter Gérald. Il n'y a donc eu ni visites, ni bals après le mariage. Les jumeaux Tarleton sont rentrés chez eux.

— Nous avons entendu dire cela. Sont-ils guéris ?

— Ils n'étaient pas très grièvement blessés. Stuart a reçu une balle dans le genou et Brent a eu l'épaule traversée. Saviez-vous aussi qu'ils avaient été cités dans les communiqués pour leur bravoure ?

— Non ! Racontez-nous cela.

— Ce sont des cerveaux brûlés... tous les deux. Je commence à croire qu'il y a du sang irlandais en eux. J'ai oublié ce qu'ils ont fait, mais, en tout cas, Brent est lieutenant maintenant.

Scarlett se sentit tout heureuse d'entendre célébrer leurs exploits et en éprouva une sorte de satisfaction de propriétaire. Quand elle avait eu un jeune homme pour soupirant, elle conservait toujours l'impression qu'il lui appartenait et que ses hauts faits rejaillissaient sur elle.

— J'ai encore du nouveau à vous apprendre, reprit Gérald. On prétend que Stu va de nouveau faire sa cour aux Douze Chênes.

— Honey ou India ? interrogea Melly tout émue, tandis que Scarlett jetait à son père un regard indigné.

— Oh ! mademoiselle India, bien sûr. Est-ce qu'elle ne lui avait pas fait des avances avant que ma vaurienne de fille ne lui fasse de l'œil ?

— Oh ! dit Mélanie, gênée par la verdeur du langage de Gérald.

— Et bien plus fort que ça, le jeune Brent s'est mis à rôder autour de Tara. Voyez-moi ça !

Scarlett ne pouvait pas parler. La façon dont ses soupirants l'abandonnaient était presque une insulte, surtout quand elle se rappelait avec quelle violence les jumeaux avaient réagi en apprenant qu'elle allait épouser Charles. Stuart avait même été jusqu'à menacer de tuer soit Charles, soit Scarlett, soit lui-même, soit tous les trois. Ç'avait été passionnant.

— Suellen ? risqua Melly avec un sourire. Mais je croyais que M. Kennedy...

— Oh ! lui ! Il fait toujours des tas de chichis, il a

peur de son ombre. Je m'en vais lui demander ses intentions un de ces jours s'il ne se déclare pas. Non, c'est ma toute petite.

— Carreen ?

— Mais c'est une enfant ! lança Scarlett, qui avait retrouvé sa langue.

— Elle a à peine un an de moins que vous quand vous vous êtes mariée, petite fille, riposta son père. Est-ce que tu reprocherais par hasard à ta sœur de te prendre ton ancien soupirant ?

Melly rougit. Elle n'était pas habituée à une telle franchise et elle fit signe à Peter de passer l'entremets. Elle fit appel à toutes les ressources de son imagination pour découvrir un sujet de conversation un peu moins personnel qui pût faire oublier à M. O'Hara le but de son voyage. Elle ne trouva rien, mais, une fois lancé, Gérald n'avait plus besoin que d'un auditoire. Il parla des vols commis par l'intendance militaire dont les exigences augmentaient tous les mois, de la bêtise de Jefferson Davis, de la canaillerie des Irlandais qui s'engageaient dans l'armée yankee pour toucher des primes.

Lorsqu'on eut servi le porto et que les deux jeunes femmes se furent levées pour laisser leur hôte boire en paix, Gérald fronça les sourcils et, décochant un coup d'œil sévère à sa fille, il lui ordonna de rester avec lui quelques minutes. Scarlett lança un regard désemparé à Mélanie, qui se mit à tortiller son mouchoir et finit par sortir en refermant doucement sur elle la double porte à glissière.

— Allons, à nous deux, ma petite, glapit Gérald en se versant un verre de porto. Jolie façon de se conduire ! C'est un autre mari que tu cherches à décrocher ? Il n'y a pourtant pas longtemps que tu es veuve !

— Pas si haut, papa, les domestiques...

— Je suis bien sûr qu'ils savent à quoi s'en tenir. Tout le monde sait que tu es déshonorée. Ta pauvre mère en est malade. Elle est au lit. Et moi, je n'ose pas regarder les gens en face. C'est une honte. Non, ma chatte, cette fois-ci il ne faut pas songer à m'attendrir avec des larmes, dit Gérald d'une voix un peu angoissée tandis que Scarlett commençait à battre des paupières et à se contorsionner la bouche. Je te connais. Tu trouverais encore le moyen de flirter à la veillée mortuaire de ton mari. Ne pleure pas. Allons, je n'en dirai pas plus ce soir, car je m'en vais voir ce joli capitaine Butler qui a si peu d'égards pour la réputation de ma fille. Mais demain matin... Allons, ne pleure pas. Ça ne te servira à rien. Ma décision est prise. Demain tu repartiras pour Tara avant d'avoir pu nous déshonorer une fois de plus. Ne pleure pas, ma mignonne. Regarde-moi ce que je t'ai apporté! N'est-ce pas un beau cadeau? Mais regarde donc. Comment peux-tu me donner tant de tracas, m'obliger à faire tout ce voyage quand je suis si occupé? Ne pleure pas voyons!

Mélanie et Pittypat étaient allées se coucher depuis des heures, mais Scarlett, le cœur lourd d'angoisses, veillait dans la pénombre tiède. Quitter Atlanta alors que la vie venait juste de recommencer! Retourner chez elle et affronter Ellen! Elle aimerait mieux mourir que de revoir sa mère en ce moment. Oui, elle aurait voulu mourir sur-le-champ. Comme ça, tout le monde aurait regretté d'avoir été si méchant pour elle. Elle ne cessait de remuer et de se retourner sur son lit quand, soudain, un bruit lointain vint frapper ses oreilles. Malgré la distance et son imprécision, elle crut le reconnaître. C'était un bruit étrangement familier. Elle se glissa hors de son lit et alla à la fenêtre. Sous un ciel semé d'étoiles, sous la voûte des arbres qui la bordaient, la rue s'allongeait, tranquille et noire. Le bruit se rapprocha. Des roues grincèrent, un cheval martela le sol de ses sabots, des voix s'élevèrent. Et tout d'un coup Scarlett sourit, car une voix qu'elle connaissait bien, une voix empâtée par le whisky et alourdie par un accent irlandais entonna *Peg s'en va-t-en voiture*. On avait beau ne pas être au jour de la fête de Jonesboro, Gérald n'en rentrait pas moins chez lui dans le même état.

Elle vit la masse sombre d'un buggy se ranger devant la maison. Des silhouettes indistinctes descendirent de la voiture. Son père n'était pas seul. Deux personnes s'arrêtèrent devant la grille. Scarlett entendit cliqueter le loquet, et en même temps la voix de Gérald se fit plus nette.

— Maintenant, je m'en vais vous chanter la *Complainte de Robert Emmet*. C'est une chanson que vous devriez savoir, mon garçon.

— Ça me ferait grand plaisir, répondit son compagnon dont le ton traînant laissait percer une légère envie de rire. Mais pas maintenant, monsieur O'Hara.

« Oh ! mon Dieu ! C'est cet abominable Butler ! » se dit d'abord Scarlett. Puis elle reprit courage. Au moins, les deux hommes ne s'étaient pas entre-tués. Et puis, il fallait qu'ils fussent en bons termes pour rentrer à cette heure-là et dans cet état.

— Si, si, je vous la chanterai et vous serez bien obligé de l'écouter, sans ça, je vous tue, espèce d'orangiste.

— Non, je ne suis pas orangiste... je suis charlestonien.

— Ça ne vaut pas mieux. C'est même pire. J'ai deux belles-sœurs à Charleston, et je sais à quoi m'en tenir.

« Il ne va tout de même pas réveiller tous les voisins ? » se demanda Scarlett prise de panique tout en cherchant son peignoir. Mais que pouvait-elle faire ? Elle ne pouvait pas descendre à cette heure-là de la nuit et faire rentrer son père.

Sans autre avertissement, Gérald, cramponné à la grille, renversa la tête en arrière et entonna la *Complainte* d'une voix de basse. Les coudes posés sur l'appui de la fenêtre, Scarlett écouta et rit malgré elle. Que cette chanson aurait pu être belle si seulement son père avait été capable de chanter juste. C'était l'une de ses chansons préférées et pendant un moment elle suivit ces vers pleins d'une exquise mélancolie.

Elle est loin de la terre où dort son jeune héros,
Et les amants se pressent autour d'elle en soupirant.

Gérald continua de chanter et Scarlett entendit remuer dans les chambres de Pittypat et de Melly. Les pauvres, elles allaient être toutes bouleversées. Elles n'étaient point habituées à des hommes du tempérament de Gérald. Lorsque la chanson fut achevée, les deux silhouettes se fondirent en une seule, remontèrent l'allée et gravirent le perron. On frappa discrètement à la porte d'entrée.

« Je crois qu'il faut que je descende, se dit Scarlett. Après tout, c'est mon père, et la malheureuse Pitty serait morte avant d'être arrivée en bas. » D'ailleurs, Scarlett ne tenait pas à ce que les domestiques découvrissent l'état de Gérald. Et puis, si Peter essayait de le mettre au lit, il risquait de perdre toute mesure. Pork était le seul qui sût comment s'y prendre.

Elle ferma soigneusement le décolleté de son peignoir à l'aide d'une broche, prit le bougeoir sur sa table de nuit, descendit l'escalier sombre et s'engagea dans le vestibule. Là, elle posa son bougeoir sur une console, tourna le verrou, ouvrit la porte et, à la lueur vacillante de la bougie, elle vit Rhett Butler qui, le jabot impeccable, soutenait son père. La *Complainte* avait été, sans aucun doute, le chant du cygne de Gérald, qui maintenant s'abandonnait complètement entre les bras de son compagnon. Il avait perdu son chapeau, ses longs cheveux bouclés formaient une sorte de crinière blanche ébouriffée, sa cravate lui était remontée sous l'oreille et son plastron de chemise était maculé de taches de liqueurs.

— C'est votre père, je pense ? dit le capitaine Butler, les yeux rieurs.

Il avait tout de suite remarqué que la jeune personne était en tenue légère et Scarlett eut l'impression qu'il voyait à travers son peignoir.

— Rentrez-le, fit-elle sèchement.

Elle se sentait gênée et elle était furieuse contre

Gérald de l'avoir mise dans une situation aussi ridicule.

Rhett poussa Gérald en avant.

— Vous aiderai-je à le monter ? Vous ne vous en tirerez pas toute seule. Il est lourd.

Scarlett fut frappée de stupeur devant une telle audace. Mieux valait ne pas s'imaginer ce que penseraient Pittypat et Mélanie, tremblantes de peur dans leur lit, si le capitaine Butler montait.

— Sainte Vierge, non ! Portez-le sur le canapé du salon.

Le capitaine s'exécuta.

— Là. Allongez-le.

— Faut-il lui retirer ses bottes ?

— Non, il a déjà dormi avec.

Scarlett aurait bien voulu rattraper cette remarque, car le capitaine se mit à rire doucement en croisant les jambes de Gérald.

— Je vous en prie, partez maintenant.

Il sortit dans le vestibule sombre et ramassa son chapeau qu'il avait laissé tomber par terre.

— Je vous verrai dimanche soir au dîner, dit-il. Et il s'en alla en refermant avec précaution la porte sur lui.

Scarlett se leva à cinq heures et demie avant que les domestiques eussent quitté le bâtiment où ils logeaient au fond de la cour. Elle descendit l'escalier et arriva au rez-de-chaussée encore plongé dans le silence. Gérald était réveillé. Il se tenait la tête à pleines mains comme s'il eût voulu l'écraser. A l'entrée de sa fille, il releva les yeux, mais ce simple geste lui fit tellement mal qu'il poussa un gémissement.

— Vous avez eu une jolie conduite, papa, commença Scarlett, furieuse, tout en ayant bien soin de ne pas élever la voix. On n'a pas idée de rentrer chez soi à une heure pareille et de réveiller tous les voisins en chantant.

— Moi, j'ai chanté ?

— Oui, chanté. Vous avez hurlé à tue-tête la *Complainte*.

— Je ne me souviens de rien.

— Les voisins, eux, s'en souviendront jusqu'au jour de leur mort et Mlle Pittypat et Mélanie aussi.

— Mère de Douleur ! se lamenta Gérald, qui passa avec peine sa langue pâteuse sur ses lèvres parcheminées. Je ne me rappelle plus grand-chose après le début de la partie.

— La partie ?

— Cette fripouille de Butler a prétendu qu'il était le meilleur joueur de poker de...

— Combien avez-vous perdu ?

— Moi ? Mais j'ai gagné, naturellement. Un verre ou deux, ça aide à jouer.

— Regardez donc dans votre portefeuille.

Comme si chaque mouvement le mettait au supplice, Gérald tira son portefeuille de sa veste et l'ouvrit. Il était vide et le malheureux le contempla d'un œil hagard.

— Cinq cents dollars, dit-il. C'était pour acheter différentes choses aux forceurs de blocus pour Mme O'Hara. Et maintenant je n'ai même plus de quoi reprendre mon billet pour Tara.

Tandis qu'indignée Scarlett considérait le portefeuille vide, une idée germa dans son esprit et grandit aussitôt.

— Je n'oserai plus regarder les gens en face dans cette ville, commença-t-elle. Vous nous avez tous déshonorés.

— Tiens ta langue, ma chatte. Tu ne vois pas que ma tête va éclater.

— Rentrer chez soi complètement ivre avec un homme comme le capitaine Butler, chanter à pleins poumons pour que tout le monde entende et perdre son argent. C'est du beau !

— Ce type-là joue trop bien aux cartes pour être un homme du monde. Il...

— Que dira mère en apprenant cela ?

Gérald parut frappé d'une angoisse soudaine.

— Tu ne diras rien à ta mère pour ne pas la mettre sens dessus dessous, hein !

Scarlett ne répondit rien, mais elle fit une moue inquiétante.

— Songe au mal que ça lui ferait en ce moment, et elle qui est si bonne.

— Et dire, papa, que pas plus tard qu'hier soir vous m'avez déclaré que j'avais déshonoré la famille ! Moi qui n'ai fait que danser un peu pour permettre à l'hôpital de recueillir plus d'argent. Oh ! j'en pleurerais !

— Non, je t'en prie, supplia Gérald. C'en serait trop pour ma pauvre tête. Elle va sûrement éclater cette fois-ci.

— Et vous avez dit que moi...

— Voyons, ma chatte, voyons, ne sois pas blessée par les paroles de ton pauvre vieux père. Il ne voulait pas te faire de la peine. Il n'a rien compris. Mais oui, j'en suis sûr, tu es une brave petite, tu étais pleine de bonnes intentions.

— Et vous voulez me ramener à la maison pour me punir ?

— Ah ! ma chérie, je ne pourrais pas faire cela. C'était pour te taquiner. Tu ne parleras pas de cet argent à ta mère, qui est déjà dans tous ses états parce qu'elle trouve qu'on dépense trop.

— Non, dit Scarlett avec franchise. Je ne dirai rien si vous me laissez ici et si vous dites à ma mère que toutes ces histoires à mon sujet ne sont que purs commérages d'une bande de vieilles chipies.

Gérald lança à sa fille un regard navré.

— C'est du chantage, ni plus ni moins.

— Et la nuit dernière, ça a été un scandale, ni plus ni moins.

— Allons, nous oublierons tout. Dis-moi, crois-tu qu'une aussi charmante personne que Mlle Pittypat ait du cognac chez elle ?

Scarlett sortit, traversa le vestibule silencieux sur la pointe des pieds et alla dans la salle à manger chercher la bouteille de cognac qu'elle et Mélanie appelaient entre elles « la bouteille aux vapeurs », parce que Pittypat en prenait toujours une petite gorgée quand elle allait s'évanouir... ou faisait semblant. Le visage de Scarlett exprimait le triomphe et non point le remords d'avoir traité Gérald avec si peu de piété filiale. Désormais on calmerait Ellen à l'aide de mensonges au cas où une autre bonne âme lui écrirait. Désormais elle resterait à Atlanta et n'en ferait presque qu'à sa tête étant donné la faiblesse de Pittypat. Elle referma la cave à liqueurs et, pendant un instant, demeura immobile, la bouteille et le verre pressés contre sa poitrine.

Elle vit s'ouvrir devant elle une longue perspective de pique-niques au bord des eaux bondissantes de la rivière du Pêcher, de réceptions et de bals, de matinées dansantes, de promenades en buggy, de soupers froids le dimanche soir. Elle allait se trouver là, en plein cœur de toutes les réjouissances, au beau milieu d'une foule d'hommes. Et les hommes s'éprenaient si facilement quand on leur avait rendu quelques menus services à l'hôpital. Elle n'aurait plus une telle horreur de son métier d'infirmière désormais. Les hommes se laissaient si bien prendre quand ils avaient été malades. Ils tombaient entre les mains des jeunes femmes habiles tout comme tombaient les pêches mûres quand on donnait une petite secousse aux arbres.

Chargée du vivifiant breuvage, elle retourna auprès de son père et, tout en remerciant le Ciel que la fameuse tête des O'Hara eût été incapable de résister à la beuverie de la nuit, elle se demanda soudain jusqu'à quel point Rhett Butler était étranger à tout cela.

XI

Un après-midi de la semaine suivante, Scarlett rentra de l'hôpital fourbue et indignée. Elle était lasse d'être restée debout toute la matinée et elle était de mauvaise humeur parce que Mᵐᵉ Merriwether l'avait vertement réprimandée en la voyant assise sur le lit d'un soldat dont elle était en train de panser le bras. Tante Pitty et Mélanie, habillées de pied en cap, attendaient sous la véranda, avec Wade et Prissy, l'heure de partir pour leur tournée hebdomadaire de visites. Scarlett s'excusa de ne pas les accompagner et monta dans sa chambre.

Lorsque le roulement de la voiture se fut évanoui, Scarlett considéra qu'elle était à l'abri des regards indiscrets de la famille, puis, sans se presser, elle s'introduisit dans la chambre de Mélanie et referma la porte à clé. C'était une petite chambre de jeune fille rangée avec un soin méticuleux. Le calme y régnait. Les rayons obliques du soleil de quatre heures y versaient leur chaleur. Le plancher brillait. Il était nu à l'exception de quelques carpettes aux teintes vives. Les murs blancs étaient nus aussi, mais, dans un coin, Mélanie avait arrangé une sorte de reliquaire.

Là, sous le drapeau confédéré aux plis bien disposés, était accroché le sabre à poignée d'or dont le père de Mélanie s'était servi lors de la campagne du Mexique, ce même sabre que Charles avait emporté à la guerre. Pour faire pendant au sabre, Mélanie avait suspendu au mur le baudrier et le ceinturon de Charles sans oublier le revolver dans son étui. Entre le sabre et le revolver était fixé un daguerréotype représentant Charles fier et guindé dans son uniforme gris, ses grands yeux noirs si brillants qu'ils semblaient devoir sauter hors du cadre, un sourire timide aux lèvres.

Scarlett n'adressa même pas un regard au portrait, mais, sans la moindre hésitation, elle traversa la pièce et s'arrêta auprès du lit étroit devant une table de chevet sur laquelle était posé un classeur en palissandre. Elle en sortit un paquet de lettres attachées par un ruban bleu. C'étaient les lettres d'Ashley à Mélanie. Scarlett prit celle du dessus qui était arrivée le matin et l'ouvrit.

Lorsque Scarlett s'était mise à lire ces lettres en cachette, elle avait eu de tels remords et avait eu si

289

peur d'être découverte qu'elle pouvait à peine ouvrir les enveloppes tant elle tremblait. Maintenant, sa conscience qui n'avait jamais été alourdie par les scrupules, s'était apaisée à mesure que la faute se renouvelait et ses craintes elles-mêmes avaient diminué. Parfois, le cœur serré, elle se demandait : « Que dirait Maman si elle savait ? » Ellen aimerait certainement mieux la voir morte plutôt que de la savoir coupable d'une pareille infamie. Cela avait d'abord tourmenté Scarlett, qui voulait encore ressembler en tous points à sa mère, mais la tentation de lire ces lettres avait été trop forte et elle avait banni de son esprit la pensée d'Ellen. Ces derniers temps elle était d'ailleurs devenue experte en l'art d'écarter les pensées gênantes. Elle avait appris à se dire : « Non, pas maintenant, je réfléchirai à cela demain. » Le lendemain, en général, ou bien elle ne songeait plus du tout à ce qui l'avait préoccupée, ou bien la pensée avait tellement perdu de sa force dans l'intervalle qu'elle n'avait plus rien d'embarrassant. Ainsi elle en était arrivée à ne plus guère se reprocher de lire les lettres d'Ashley.

Mélanie se montrait toujours généreuse. Elle lisait tout haut certains passages de ses lettres à tante Pitty et à Scarlett. Mais c'étaient les passages qu'elle ne lisait pas qui mettaient Scarlett au supplice, qui la poussaient à lire en cachette le courrier de sa belle-sœur. Elle voulait savoir si Ashley avait appris à aimer sa femme depuis qu'il l'avait épousée, ou s'il faisait semblant de l'aimer. Lui donnait-il des noms tendres ? Quels sentiments exprimait-il et avec quelle intensité ?

Elle déplia soigneusement la lettre.

Elle dévora des yeux le « ma chère femme » écrit par Ashley de son écriture fine et régulière, puis elle poussa un soupir de soulagement. Il n'appelait pas encore Mélanie « chérie » ou « ma bien-aimée ».

« Ma chère femme. Vous m'écrivez pour me dire que vous redoutez que je vous cache mes véritables pensées et vous me demandez ce qui fait l'objet de mes préoccupations ces jours-ci... »

« Sainte Vierge ! » se dit Scarlett, frappée d'épouvante. « Il lui cache ses véritables pensées ! Se peut-il que Melly ait lu en lui ? Se peut-il qu'elle ait lu en moi ? Se doute-t-elle que lui et moi... »

Elle rapprocha la lettre de ses yeux. Ses mains tremblaient, mais la lecture du paragraphe suivant la tranquillisa.

« Chère femme, si je vous ai caché quelque chose, c'est parce que je ne voulais point accabler vos épaules d'un nouveau fardeau, ajouter aux soucis de me savoir en danger ceux de me savoir en proie à une grande agitation. Mais je ne puis rien vous dissimuler, car vous me connaissez trop bien. Ne vous alarmez pas ! Je ne suis pas blessé. Je n'ai pas été malade. Je mange à ma faim et parfois je dors dans un lit. Un soldat ne peut en exiger davantage. Pourtant, Mélanie, mon cœur abrite de lourdes pensées et je m'en vais vous l'ouvrir.

« En ces nuits d'été je demeure éveillé, bien après que le camp s'est endormi et, fixant les étoiles, je ne cesse de me demander " Pourquoi es-tu ici, Ashley Wilkes ? Pour quelle cause te bats-tu ? "

« A coup sûr, ni pour l'honneur ni pour la gloire. La guerre est une chose répugnante et j'ai horreur de ce qui est sale. Je ne suis pas un soldat et je n'ai nul désir de moissonner de vains lauriers sous la gueule des canons. Néanmoins, me voilà à la guerre... moi que Dieu avait destiné à n'être qu'un gentilhomme campagnard appliqué à l'étude. Car, Mélanie, les clairons ne fouettent point mon enthousiasme, les tambours ne me rendent point le pas plus léger et je vois trop clairement que nous avons été trahis, trahis par nousmêmes, Sudistes prétentieux, qui nous imaginions qu'un seul d'entre nous pouvait venir à bout d'une douzaine de Yankees et que le coton pouvait régenter le monde. Trahis aussi par des mots, par des phrases creuses, des préjugés, des haines, les affirmations des gens haut placés, de ces hommes que nous respections et que nous vénérions... " Le Coton roi, l'Esclavage, les Droits des États, Maudits Yankees ! "

« Et alors, quand, allongé sur ma couverture, je regarde les étoiles et je me dis " Pour quelle cause te bats-tu ? " je songe aux droits des États, au coton, aux Noirs, aux Yankees qu'on nous a appris à haïr, et je sais que je ne trouverai là aucune des raisons pour lesquelles je me bats. Au contraire, ma rêverie m'emporte, je revois les Douze Chênes et je me rappelle comment la lune se joue en rayons obliques entre les colonnes blanches, je me rappelle l'aspect surnaturel des magnolias s'ouvrant au clair de lune, la véranda que les roses grimpantes protègent des midis les plus chauds. Et je revois ma mère tricotant sous cette véranda comme elle le faisait lorsque j'étais petit. Et j'entends les Noirs rentrer des champs le soir au crépuscule. Ils sont fatigués, mais ils chantent et ils ont faim. J'entends grincer le treuil tandis que le seau s'enfonce dans la citerne. Et puis voici le vaste paysage, la route qui descend à la rivière à travers les champs de coton et le brouillard qui monte des bas-fonds à la tombée du jour. Voilà pourquoi je suis ici, moi qui n'aime ni la mort, ni la douleur, ni la gloire, moi qui ne hais personne. L'amour de son foyer et du pays où l'on vit, c'est peut-être cela qu'on appelle le patriotisme. Cependant, Mélanie, c'est un sentiment encore plus profond. Car, Mélanie, ces choses que j'ai nommées ne sont que les symboles de celle pour laquelle je risque ma vie, les symboles du genre d'existence que j'aime. Car je me bats pour les jours d'autrefois, pour les coutumes d'autrefois, que j'aime tant, mais qui, je le crains, sont mortes, quelle que soit la façon dont retomberont les dés. Car, battus ou vainqueurs, nous perdrons quand même. Si nous gagnons cette guerre et que nous ayons le Royaume du Coton de nos rêves, nous aurons encore perdu, car nous deviendrons des gens différents, et les mœurs paisibles de jadis ne seront plus. Le monde se pressera à nos portes réclamant du coton et nous imposerons nos prix. Alors, j'en ai peur, nous deviendrons comme les Yankees dont aujourd'hui nous méprisons le sens des affaires, l'esprit de lucre et la rapacité. Et si nous perdons, Mélanie, si nous perdons !...

« Je ne redoute ni la captivité, ni les blessures, ni même la mort si la mort doit venir, mais je crains par-dessus tout qu'une fois cette guerre terminée nous ne connaissions plus jamais le vieux temps. Et moi, j'appartiens à ce vieux temps. Je n'appartiens pas à ce présent frénétique où l'on tue, et, quels que soient mes efforts, j'ai peur de ne jamais m'adapter à aucun futur. Ni vous non plus, ma chère, car vous et moi nous sommes du même sang. J'ignore ce que nous appor-tera l'avenir, mais il ne pourra être ni aussi beau, ni aussi satisfaisant que le passé.

« Je reste étendu et je regarde dormir mes cama-rades autour de moi et je me demande si les jumeaux, ou Alex, ou Cade nourrissent les mêmes pensées. Je me demande s'ils savent qu'ils se battent pour une Cause perdue dès l'instant où l'on a tiré le premier coup de feu. Mais je ne crois pas qu'ils réfléchissent à ces choses-là et c'est heureux pour eux.

« Je ne pensais point à cela quand je vous ai demandé de m'épouser. J'envisageais de mener une existence telle qu'on en avait toujours menée aux Douze Chênes, une vie paisible, facile, sans heurts. Nous nous ressemblons, Mélanie, nous aimons les mêmes choses tranquilles, et je voyais s'étendre devant nous une longue suite de calmes années que nous aurions passées à lire, à écouter de la musique et à rêver. Mais cela ! Que cela puisse nous arriver à tous, ce naufrage du passé, cette boucherie sanglante, cette haine ! Mélanie, rien ne justifie cela... Rien ne justifie ce qui nous arrive et ce qui nous arrivera peut-être, car, si les Yankees nous battent, d'affreuses épreuves nous attendent. Et, ma chère, il se peut qu'ils nous battent !

« Je ne devrais pas écrire ces mots. Je ne devrais même pas me les dire. Mais vous m'avez demandé ce qu'il y avait dans mon cœur et il s'y trouve la peur de la défaite. Vous rappelez-vous qu'au pique-nique, le jour où l'on a annoncé nos fiançailles, un certain Butler, un Charlestonien sans doute d'après son accent, a failli provoquer une bataille par ses réflexions sur l'ignorance des Sudistes? Vous souvenez-vous que les jumeaux voulaient tirer sur lui parce qu'il disait que nous n'avions guère de fonderies, d'usines, de minoteries, de bateaux ou d'arsenaux? Vous souvenez-vous qu'il disait que la flotte yankee pourrait si étroitement bloquer nos ports que nous serions hors d'état d'exporter notre coton? Il avait raison. Nous opposons aux nouveaux fusils yankees des mousquets datant de la Révolution et bientôt le blocus sera si effectif que nous ne pourrons même plus introduire chez nous des médicaments. Nous aurions mieux fait d'écouter des cyniques comme Butler! Il a dit, en effet, que, pour mener la guerre, le Sud n'avait pour lui que son coton et son arrogance. Notre coton ne nous sert plus à rien et il ne nous reste plus que ce qu'il appelait notre arrogance. Mais, moi, j'appelle cette arrogance un courage inégalable. Si... »

Mais Scarlett, gagnée par l'ennui, replia soigneusement la lettre sans l'achever et la remit dans son enveloppe. Après tout, elle ne lisait pas la correspondance de Mélanie pour savoir à quoi s'en tenir sur les idées biscornues et inintéressantes d'Ashley. C'était déjà bien beau d'avoir eu à l'écouter parler jadis sous la véranda de Tara.

Elle voulait uniquement savoir s'il écrivait des lettres d'amour à sa femme. Elle avait lu toutes les lettres contenues dans le classeur et jusque-là il n'avait rien écrit à Mélanie qu'un frère n'aurait pu écrire à sa sœur. Ses lettres étaient tendres, spirituelles, pleines de longs développements, mais ce n'étaient point là les lettres d'un amant. Scarlett avait reçu bien trop de lettres brûlantes pour ne pas discerner la véritable note de passion là où il y en avait une. Et cette note faisait défaut dans les lettres d'Ashley.

Après avoir lu en cachette le courrier de sa belle-sœur elle éprouvait toujours un sentiment de satisfaction, car elle était renforcée dans la certitude qu'Ashley continuait à l'aimer... Elle se demandait toujours en ricanant comment Mélanie faisait pour ne pas se rendre compte qu'Ashley ne l'aimait qu'en ami. Évidemment Mélanie ne s'apercevait pas qu'il manquait quelque chose aux missives de son mari, mais Mélanie n'avait jamais reçu d'autres lettres d'amour pour les comparer à celles d'Ashley.

« Il écrit des choses si bêtes, se dit Scarlett. Si jamais mon mari s'avisait de m'écrire de pareilles sornettes, il aurait affaire à moi ! Voyons, Charlie lui-même écrivait mieux que cela ! »

Elle reprit la liasse, la feuilleta, regarda les dates, se rappela chaque lettre. Aucune ne contenait de belles descriptions de bivouacs et de charges comme celles que Darcy Meade écrivait à ses parents ou que le pauvre Dallas Mac Lure avait écrites à ses sœurs. Les Meade et les Mac Lure étaient fiers de lire ces lettres à tous leurs voisins, et Scarlett avait souvent ressenti une honte secrète à la pensée que Mélanie n'avait rien d'Ashley qu'elle pût lire à haute voix dans les cercles de couture.

On eût dit qu'en écrivant à Mélanie, Ashley s'efforçait d'ignorer complètement la guerre et cherchait à tracer, autour de sa femme et de lui, un cercle magique où ils vivraient en dehors du temps, en dehors des événements qui s'étaient déroulés depuis l'affaire du fort Sumter. A le lire on aurait pu croire qu'il essayait de se persuader qu'il n'y avait pas de guerre du tout. Il parlait des livres que Mélanie et lui avaient lus, des airs qu'ils avaient chantés, de leurs amis, des endroits qu'il avait vus lors de son Grand Voyage. A travers ses lettres perçait le désir d'être de retour chez lui aux Douze Chênes. Pendant des pages et des pages, il n'était question que de chasse, de longues chevauchées dans la forêt tranquille sous un ciel d'automne, étoilé et froid, de pique-niques, de parties de pêche, de clairs de lune et du charme serein de la vieille demeure.

Scarlett réfléchit à ces mots qu'elle venait de lire :

« Mais cela, jamais ! » C'était là le cri d'une âme tourmentée aux prises avec une épreuve pour laquelle elle n'était pas faite et qu'il lui faudrait pourtant surmonter. Scarlett était intriguée. S'il ne redoutait ni les blessures ni la mort, de quoi avait-il donc peur ? Nullement douée pour l'analyse, elle se débattit avec cette idée complexe.

« La guerre le gêne et il... il n'aime pas ce qui le gêne... Moi, par exemple... Il m'aimait, mais il avait peur de m'épouser parce que... parce qu'il redoutait que je ne vienne jeter le trouble dans sa vie et dans ses pensées. Non, ce n'était pas tout à fait de cela qu'il avait peur. Ashley n'est pas un lâche. C'est impossible, ou alors il n'aurait pas été cité dans les communiqués et le colonel Sloan n'aurait pas écrit cette lettre à Mélanie pour lui signaler la bravoure avec laquelle il avait mené ses hommes à l'assaut. Une fois qu'il s'est décidé, il n'y a pas plus brave, pas plus résolu que lui, mais... Il vit en lui au lieu de vivre dans le monde, et il a horreur de sortir de sa coquille... Oh ! je n'arrive pas à comprendre ce que c'est. Si j'avais seulement compris cela autrefois, je sais qu'il m'aurait épousée. »

Scarlett demeura un instant immobile, les lettres pressées contre sa poitrine. Elle pensait à Ashley. Ses sentiments n'avaient pas changé depuis le jour où, de la véranda de Tara, le souffle coupé par l'émotion, elle l'avait vu remonter l'allée à cheval et s'était éprise de lui. Il souriait et, au soleil du matin, ses cheveux avaient des reflets argentés. Son amour n'était encore qu'une naïve adoration de jeune fille pour un homme qu'elle ne comprenait pas, un homme doué de toutes les qualités dont elle était dépourvue, mais qu'elle admirait. Ashley était encore pour elle le beau chevalier des rêves de jeunes filles et le rêve de Scarlett n'exigeait pas plus que l'espoir d'un baiser.

Après avoir lu ces lettres, Scarlett était certaine qu'Ashley l'aimait, bien qu'il eût épousé Mélanie, et cette certitude était à peu près tout ce qu'elle désirait, tant restaient grandes sa jeunesse et son innocence. Si

Charles avec sa maladresse et ses caresses empruntées était parvenu à éveiller quelques-unes des ardeurs qui sommeillaient en elle, elle ne se fût point bornée dans ses rêves à souhaiter un baiser. Mais les brèves nuits qu'elle avait passées avec Charles n'avaient pas vraiment fait d'elle une femme. Charles ne lui avait même pas laissé entrevoir ce que pouvaient être les plaisirs de la chair, la tendresse, ou la véritable intimité des corps et des esprits.

Pour elle, les plaisirs de la chair consistaient à se soumettre à l'inexplicable délire de l'homme sans le partager, à accomplir une suite d'actes douloureux et gênants qui aboutissaient infailliblement aux douleurs encore plus grandes de l'enfantement. Que le mariage fût ainsi, cela ne l'étonnait pas. Avant ses noces, Ellen lui avait laissé entendre que, pour supporter le mariage, les femmes devaient s'armer de dignité et de courage, et depuis son mariage les propos qui avaient échappé aux autres femmes mariées l'avaient confirmée dans cette idée. Scarlett était enchantée d'en avoir fini avec les plaisirs de la chair et le mariage.

Elle en avait fini avec le mariage, mais pas avec l'amour, car son amour pour Ashley était bien différent et n'avait rien de commun avec ce qu'apportait le mariage. C'était quelque chose de sacré, de beau, de bouleversant. Son émotion grandissait chaque jour à son insu, se nourrissait du silence qu'elle était obligée d'observer, des souvenirs qu'elle égrenait souvent, des espoirs qu'elle caressait.

Elle soupira et rattacha soigneusement le ruban autour du paquet. Pour la centième fois elle se demanda ce qui, en Ashley, pouvait bien lui échapper ainsi. Elle s'efforça de découvrir une solution satisfaisante, mais comme toujours son esprit se refusa à cette tâche. Elle remit les lettres en place, puis son front se rembrunit. Elle venait de se rappeler le dernier passage qu'elle avait lu, celui où Ashley parlait du capitaine Butler.

Comme c'était étrange qu'Ashley pût se souvenir de

ce que cette crapule avait dit un an plus tôt. Mais oui, le capitaine Butler avait beau danser comme un dieu, c'était une crapule. Seule une crapule pouvait dire de la Confédération ce qu'il en avait dit à la vente de charité.

Scarlett traversa la pièce, s'approcha de la glace et se lissa les cheveux d'un air approbateur. Sa bonne humeur revint comme toujours quand elle contemplait sa peau blanche et ses yeux verts. Elle sourit pour voir ses fossettes et ne pensa plus du tout au capitaine Butler, car elle se rappelait combien Ashley aimait ces fossettes. Nul remords d'aimer le mari d'une autre femme ou de lire la correspondance de celle-ci ne vint troubler le plaisir qu'elle éprouvait à se sentir jeune et belle, à savoir une fois de plus qu'Ashley l'aimait.

Elle tourna la clé dans la serrure, ouvrit la porte et, le cœur léger, s'engagea dans l'escalier. A mi-chemin elle se mit à fredonner *Quand cette guerre cruelle aura enfin cessé.*

XII

Les opérations se poursuivaient, avec succès la plupart du temps, mais les gens avaient perdu l'habitude de dire « Encore une victoire et la guerre est terminée », tout comme ils avaient perdu l'habitude de traiter les Yankees de lâches. Désormais tout le monde se rendait compte que les Yankees étaient loin d'avoir peur et qu'il faudrait plus d'une victoire pour en venir à bout. Pourtant les victoires confédérées remportées dans le Tennessee par le général Morgan et le général Forrest, le triomphe qu'avait été la deuxième bataille de Bull Run étaient des résultats tangibles, visibles comme des scalps de Yankees devant lesquels on aurait pu danser de joie. Mais ces scalps avaient coûté cher. Les hôpitaux regorgeaient de blessés et de malades, un nombre sans cesse croissant de femmes prenait le deuil, chaque jour s'allongeaient les monotones rangées de tombes militaires au cimetière d'Oakland.

L'argent confédéré s'était déprécié d'une manière alarmante, le prix des aliments et des vêtements avait monté en proportion. L'intendance avait de telles exigences que les tables d'Atlanta commençaient à en souffrir. La farine blanche était si rare et si chère que le pain de maïs avait partout remplacé les biscuits, les petits pains et les gaufres. Les boucheries ne vendaient pour ainsi dire plus de bœuf ; quant au mouton il y en avait si peu et il coûtait un tel prix que seuls les riches pouvaient s'en offrir. Néanmoins, il y avait encore de la viande de porc en abondance ainsi que des volailles et des légumes.

Les Yankees avaient resserré le blocus des côtes confédérées et les articles de luxe comme le thé, le café, la soie, les corsets baleinés, l'eau de Cologne, les journaux de mode et les livres coûtaient aussi cher qu'ils étaient rares. Même les cotonnades de la dernière qualité avaient atteint des prix astronomiques et, à leur grand regret, les femmes étaient contraintes de porter leurs robes de la saison passée. On avait sorti des greniers des métiers à tisser, couverts d'une poussière amoncelée par les années et dans presque tous les salons on trouvait des pièces d'étoffe qu'on y avait faites. Les soldats, les civils, les femmes, les enfants et les nègres, tout le monde se mettait à porter du tissu confectionné à la maison.

Dans les hôpitaux, on s'inquiétait déjà de la pénurie de quinine, de calomel, d'opium, de chloroforme et d'iode. Les pansements en fil ou en coton étaient désormais bien trop précieux pour qu'on les jetât, aussi toutes les femmes qui étaient infirmières dans les hôpitaux rapportaient-elles chez elles des corbeilles remplies de linges sanglants qu'elles devaient faire laver et repasser afin qu'on pût s'en servir de nouveau.

Cependant pour Scarlett, fraîchement sortie de la chrysalide du veuvage, la guerre n'était pas autre chose qu'une époque où l'on prenait du bon temps. Elle était si heureuse de se retrouver dans le monde qu'elle acceptait de bon cœur les petites privations d'ordre vestimentaire ou alimentaire.

Lorsqu'elle songeait à la façon monotone dont s'était écoulée l'année précédente, il lui semblait que la vie avait adopté un rythme incroyablement plus rapide. Chaque aube nouvelle renfermait la possibilité d'une aventure passionnante, chaque jour elle faisait la connaissance d'hommes qui lui demandaient la permission de venir chez elle, qui lui disaient combien elle était jolie et quel honneur ce serait pour eux de se battre ou peut-être de mourir pour elle. Quoiqu'elle aimât Ashley du plus profond de son cœur, elle faisait tant et si bien que les hommes finissaient par la demander en mariage.

La guerre prêtait aux relations mondaines un agréable laisser-aller, un sans-gêne que les gens d'un certain âge considéraient avec angoisse. Les mères voyaient venir en visite chez leurs filles des hommes étranges qui n'avaient point de lettres d'introduction et dont on ignorait les antécédents. Horrifiées, elles trouvaient leurs filles la main dans la main de ces inconnus. Mme Merriwether, qui n'avait jamais embrassé son mari avant d'être unie à lui, put à peine en croire ses yeux quand elle surprit Maybelle en train d'embrasser le petit zouave, René Picard, et sa consternation fut à son comble quand Maybelle eut refusé d'exprimer ses regrets. René eut beau demander aussitôt la jeune fille en mariage, cela n'arrangea pas les choses. Mme Merriwether estimait que le Sud courait à une complète déchéance morale et elle ne se faisait pas faute de le dire devant d'autres mères, qui l'approuvaient chaudement et en rejetaient tout le blâme sur la guerre.

Mais des hommes qui risquaient de mourir la semaine ou le mois suivant ne pouvaient se permettre d'attendre un an avant de demander à une jeune fille la faveur de les appeler par leur petit nom. Ils n'avaient pas le temps non plus de se conformer aux usages d'avant la guerre, qui exigeaient qu'un homme fît une cour prolongée avant de se déclarer. Ces hommes-là, eux, se déclaraient au bout de trois ou quatre mois et les jeunes filles, qui savaient pertinemment qu'une femme comme il faut devait toujours repousser les trois premières demandes d'un monsieur, accordaient d'emblée leur main la première fois qu'on leur parlait mariage.

Ce laisser-aller rendait la guerre fort amusante pour Scarlett. S'il n'y avait pas eu son rebutant métier d'infirmière et l'obligation fastidieuse de rouler des bandes, ça lui aurait été bien égal que la guerre durât tout le temps. D'ailleurs elle supportait l'hôpital maintenant parce qu'il constituait pour elle un merveilleux terrain de chasse. Les malheureux blessés succombaient sans résistance à ses charmes. Elle n'avait qu'à changer leur pansement, leur laver la figure, remonter leur oreiller ou les éventer pour qu'ils tombassent amoureux d'elle. C'était divin après une année de vie lugubre.

Scarlett était revenue au point où elle se trouvait avant de se marier. On avait l'impression qu'elle n'avait jamais épousé Charles, qu'elle n'avait jamais eu la douleur de le perdre, qu'elle n'avait pas donné le jour à Wade. La guerre, le mariage, la maternité avaient glissé sur elle sans rien éveiller de profond en son cœur et elle était restée la même. Elle avait un enfant, mais il était si bien soigné dans la maison de briques rouges qu'elle pouvait presque l'oublier. Elle était de nouveau Scarlett O'Hara, la reine du comté. Ses pensées et ses occupations étaient les mêmes qu'autrefois, mais le champ de son activité s'était considérablement accru. Sans se soucier d'encourir la désapprobation des amies de tante Pitty, elle se conduisait exactement comme elle s'était conduite avant son mariage, allait à des réunions, dansait, montait à cheval avec des soldats, flirtait, faisait tout ce qu'elle faisait quand elle était jeune fille, mais elle n'avait pas cessé de porter le deuil. Elle savait que cela eût été la goutte d'eau qui aurait fait déborder le vase. Elle était aussi délicieuse, veuve, qu'elle l'avait été jeune fille. Charmante quand on lui laissait la bride sur le cou, serviable aussi longtemps qu'on ne la dérangeait pas, elle était fière de sa beauté et de ses succès.

Maintenant elle nageait dans la joie alors que, quelques semaines auparavant, elle se morfondait. Elle était ravie d'avoir autour d'elle une cour d'admirateurs, ravie d'exercer de nouveau sa séduction sur les hommes. Bref, elle était aussi heureuse qu'elle pouvait l'être sachant qu'Ashley était marié à Mélanie et que sa vie était en danger. Néanmoins, elle trouvait que l'éloignement aidait à supporter l'idée qu'Ashley appartenait à une autre. Ashley était en Virginie, à plusieurs centaines de milles d'Atlanta, et, parfois, il semblait à Scarlett qu'il était autant à elle qu'à Mélanie.

Pour Scarlett, qui, en dehors de ses brèves visites à Tara, consacrait tout son temps à l'hôpital, à la danse, aux promenades ou à la confection des pansements, l'hiver de 1862 passa très vite. Elle revenait toujours déçue de ses visites, car là-bas, elle n'avait guère l'occasion d'avoir avec sa mère les longues conversations dont elle rêvait à Atlanta. Ellen n'avait plus le temps de tirer l'aiguille et Scarlett ne pouvait plus rester assise auprès d'elle à humer le léger parfum de citronnelle qui se dégageait de sa robe de soie ou à tendre sa joue à la main douce et caressante de sa mère.

Ellen avait maigri. Elle était préoccupée. Debout dès l'aube, elle se couchait bien après que tout le monde se fut endormi. Les exigences de l'intendance augmentaient de mois en mois et Ellen avait pour mission de faire rendre à la plantation tout ce qu'elle pouvait. Pour la première fois depuis des années, Gérald avait du travail ! Comme il ne pouvait trouver personne pour remplacer Jonas Wilkerson, l'ancien régisseur, il était bien forcé de surveiller lui-même son domaine et de passer ses journées à parcourir ses champs à cheval. Privée de la compagnie de son père et de sa mère, Scarlett s'ennuyait à périr! Suellen s'était « mise d'accord » avec Frank Kennedy et chantonnait *Quand cette guerre cruelle* en y mettant une telle méchanceté que Scarlett en était exaspérée. Quant à Carreen, elle était trop plongée dans ses rêves d'amour avec Brent Tarleton pour être d'une société agréable.

Bien que Scarlett partît toujours pour Tara d'un cœur joyeux, elle n'éprouvait jamais aucun chagrin quand arrivaient les lettres de Pitty et de Mélanie qui la suppliaient de revenir. Ellen soupirait. Elle était toujours triste à l'idée que sa fille aînée et son unique petit-enfant allaient la quitter.

— Mais je n'ai pas le droit d'être égoïste et de te retenir ici quand on a besoin de toi comme infirmière à Atlanta, disait-elle. Seulement... seulement, ma chérie, il me semble que je n'ai jamais le temps de bavarder avec toi avant ton départ et de sentir que tu es de nouveau ma petite fille à moi.

— Je suis toujours votre petite fille, répondait Scarlett, prise de remords en blottissant sa tête contre la poitrine d'Ellen.

Elle ne disait pourtant pas à sa mère que c'étaient la danse et ses admirateurs qui la ramenaient à Atlanta et non pas son devoir envers la Confédération. Il y avait bien des choses qu'elle cachait désormais à sa mère, mais ce qu'elle dissimulait surtout c'étaient les fréquentes visites de Rhett Butler chez Pittypat.

Durant les mois qui suivirent la vente de charité, Rhett Butler ne manqua jamais de venir chez Pittypat chaque fois qu'il se trouva à Atlanta. Il emmena Scarlett faire des promenades dans sa voiture, l'accompagna au bal et à des ventes de charité, attendant devant l'hôpital pour la ramener chez elle. Elle n'avait plus peur qu'il révélât son secret, mais elle n'arrivait pas à oublier qu'il l'avait surprise dans un moment où elle était fort à son désavantage et qu'il savait à quoi s'en tenir sur ses sentiments à l'égard d'Ashley. C'était cela qui l'empêchait de dire ce qu'elle pensait quand il l'agaçait, et il l'agaçait souvent.

Rhett était un homme d'environ trente-cinq ans. Scarlett, qui n'avait jamais eu d'admirateurs ou de soupirants de cet âge, était aussi désarmée devant lui qu'un enfant. Rien ne semblait l'étonner, il n'avait jamais l'air de prendre les choses au sérieux, et Scarlett devinait qu'il ne s'amusait jamais autant que lorsqu'il l'avait mise dans une rage muette. Souvent, sous les mille pointes dont il la criblait d'une main experte, elle se laissait emporter par la colère, car, chez elle, le tempérament irlandais de Gérald allait de pair avec cette douceur apparente qu'elle avait héritée d'Ellen. Jusque-là, sauf en présence de sa mère, elle ne s'était jamais donné la peine de prendre sur elle. Maintenant, elle trouvait pénible d'avoir à ravaler les mots qui l'étouffaient, de peur de voir apparaître son sourire ironique. Si seulement il pouvait se mettre quelquefois en colère lui aussi, la partie serait au moins un peu plus égale.

Après des joutes avec Rhett, dont elle sortait rarement victorieuse, Scarlett jurait ses grands dieux qu'il n'était pas fréquentable, que ce n'était pas un gentleman et que désormais elle ne le verrait plus. Mais tôt ou tard il revenait à Atlanta, se présentait chez tante Pitty soi-disant pour rendre visite à la vieille dame, et offrait à Scarlett, avec une galanterie exagérée, une boîte de bonbons qu'il avait rapportée pour elle de Nassau. Ou bien il retenait une place près d'elle au concert, ou il l'invitait à danser et, en général, son impudence amusait tant Scarlett qu'elle riait et en oubliait ses torts passés jusqu'au jour où il commettait de nouvelles incartades.

Malgré tous ses défauts apparents, elle en arrivait à attendre ses visites avec impatience. Il y avait en lui quelque chose d'attirant qu'elle ne parvenait pas à analyser, quelque chose qui le différenciait de tous les hommes qu'elle avait rencontrés. Il y avait en lui un troublant mélange de grâce et de force. Quand il entrait dans une pièce on en éprouvait un brusque choc physique. Dans ses yeux noirs, moqueurs et effrontés, Scarlett lisait un défi et elle entendait bien le relever et montrer à cet homme qu'elle saurait le mater.

« C'est presque comme si j'étais amoureuse de lui ! se disait-elle, intriguée. Mais je ne l'aime pas, je n'y comprends plus rien. »

Scarlett n'était pas la seule à avoir d'étranges réactions en sa présence. Chaque fois qu'elle le voyait, tante Pitty était dans tous ses états. Pourtant, elle avait beau savoir qu'Ellen serait fâchée d'apprendre qu'il rendait visite à sa fille et se dire que les gens de Charleston ne lui avaient pas fermé leur porte pour rien, elle ne pouvait pas résister à ses compliments bien tournés et à ses baisements de main. D'ailleurs, la plupart du temps, il lui rapportait de petits présents de Nassau, des épingles et des aiguilles, des boutons, des bobines de soie ou des épingles à cheveux, qu'il prétendait avoir achetés spécialement pour elle et passés à travers le blocus au péril de sa vie. Il était devenu pour ainsi dire presque impossible de se procurer ces menus articles de luxe. Les dames en étaient réduites à porter des épingles à cheveux taillées dans du bois et à recouvrir des glands d'étoffe pour faire des boutons. La pauvre Pitty n'avait pas assez de force morale pour refuser ces cadeaux et, comme elle avait en outre une passion enfantine pour les paquets dont elle ignorait le contenu, elle était incapable de résister au plaisir d'ouvrir ceux que lui apportait le capitaine. Une fois qu'elle les avait ouverts, elle estimait qu'elle ne pouvait plus refuser le cadeau et, ayant accepté celui-ci, elle n'avait pas le courage de dire à Rhett qu'étant donné sa mauvaise réputation il n'avait plus le droit de continuer à fréquenter trois femmes qui n'avaient point d'homme pour les protéger. Lorsque Rhett Butler était chez elle, tante Pitty regrettait toujours de ne pas avoir d'homme pour la protéger.

— Je ne sais pas ce qu'il a, disait-elle en poussant un soupir accablé, mais... eh bien ! je le trouverais tout à fait bien, tout à fait séduisant si seulement je sentais... eh bien ! qu'au fond, il a du respect pour les femmes.

Depuis que son alliance lui avait été rendue, Mélanie estimait que Rhett était un homme d'une rare délicatesse et ce genre de remarque la choquait. Il était plein de déférence pour elle, mais il l'intimidait un peu ; néanmoins cela tenait surtout à ce qu'elle ne s'était jamais sentie à l'aise auprès des hommes qu'elle ne connaissait pas depuis son enfance. Elle le plaignait en secret, ce qui l'eût bien amusé s'il avait pu s'en douter. Elle était persuadée qu'un amour malheureux avait brisé sa vie, l'avait rendu méchant et amer, et qu'il avait besoin de la tendresse d'une femme. Elle avait vécu à l'abri du mal et pouvait à peine en soupçonner l'existence, et lorsqu'elle entendait des commères raconter l'histoire de Rhett et de la jeune fille de Charleston, elle était indignée et n'en croyait pas un mot. Au lieu de se détourner de lui, elle redoublait de gentillesse malgré sa timidité, car elle s'imaginait qu'il était victime d'une monstrueuse injustice.

Scarlett se taisait, mais elle partageait l'opinion de tante Pitty. Elle aussi trouvait que Rhett n'avait de respect pour aucune femme, sauf peut-être pour Mélanie. Chaque fois qu'il l'examinait de la tête aux pieds, elle avait l'impression d'être nue devant lui. Si encore il lui avait tenu des propos inconvenants, elle l'aurait remis vertement à sa place, mais elle ne pouvait rien contre ces yeux effrontés, contre cette insolence d'homme qui avait l'air de s'approprier toutes les femmes pour en tirer son plaisir à sa fantaisie. Il n'y avait que Mélanie qu'il ne regardait pas ainsi. Devant Melly, ses yeux perdaient leur expression moqueuse et quand il lui adressait la parole, sa voix avait une intonation particulière, courtoise et respectueuse.

— Je ne comprends pas pourquoi vous êtes beaucoup plus gentil avec elle qu'avec moi, lui dit Scarlett un après-midi qu'elle était restée seule avec lui après le départ de Pitty et de Mélanie, montées faire leur sieste.

Pendant une heure elle avait regardé Rhett tenir l'écheveau que Mélanie dévidait, elle avait remarqué son air figé et impénétrable quand Mélanie lui avait parlé avec fierté d'Ashley et du nouveau grade qu'il avait obtenu. Scarlett savait que Rhett n'avait pas une trop haute opinion d'Ashley et se souciait fort peu qu'il fût passé commandant; cela ne l'avait pas empêché de répondre ce qu'il fallait et de murmurer des choses très bien sur la bravoure d'Ashley.

« Et moi, avait pensé Scarlett en colère, si j'ai le malheur de prononcer le nom d'Ashley, il relève les sourcils et il sourit de son méchant sourire entendu. »

— Je suis bien mieux qu'elle, poursuivit-elle, et je me demande parfois pourquoi vous êtes plus gentil avec elle.

— Oserais-je espérer que vous êtes jalouse ?

— Oh ! ne faites pas le fat.

— Allons bon ! un nouvel espoir qui s'en va. Si je suis plus « gentil » avec Mme Wilkes, c'est qu'elle le mérite. Elle est l'une des très rares femmes bonnes, sincères et dénuées d'égoïsme que j'aie jamais connues. Mais, vous ne vous êtes peut-être pas aperçue de ses qualités. De plus, en dépit de sa jeunesse, elle est l'une des très rares grandes dames que j'aie jamais eu le privilège d'approcher.

— Voudriez-vous dire que vous ne me considérez pas, moi aussi, comme une grande dame ?

— Je crois que, lors de notre première entrevue, nous avons convenu que vous n'aviez rien d'une dame.

— Oh ! vous n'allez tout de même pas recommencer. Comment pouvez-vous encore me faire grief d'un geste de colère enfantine ? Il y a si longtemps de cela. J'ai grandi depuis, et j'aurais tout oublié si vous n'étiez pas là à me ressasser tout le temps cette histoire.

— Je ne pense pas qu'il se soit agi d'un geste de colère enfantine, et je ne pense pas non plus que vous ayez changé. Vous seriez encore fort capable de lancer des vases à la tête des gens si on ne vous laissait pas en faire à votre tête. Mais maintenant vous n'en faites en général qu'à votre tête, aussi est-ce inutile de briser du matériel.

— Oh! vous êtes... je voudrais être un homme. Je me battrais en duel avec vous... et...

— Et vous seriez tuée pour votre peine. Je fais mouche à cinquante mètres. Tenez-vous-en donc aux armes dont vous disposez... les fossettes, les vases et le reste.

— Vous n'êtes qu'un malappris.

— Auriez-vous la prétention de me mettre en colère en me disant cela? Je suis navré de vous décevoir. Vous ne me ferez pas sortir de mes gonds en me gratifiant de noms dont je reconnais la justesse. Mais certainement, je suis une fripouille, et pourquoi pas? Nous vivons dans un pays libre et un homme peut bien être une fripouille s'il en a envie. Il n'y a que les hypocrites comme vous, chère madame, il n'y a que les gens dont l'âme est aussi noire que la vôtre pour prendre la mouche quand on leur dit leurs vérités.

Son sourire placide, ses remarques prononcées sur un ton traînant la réduisaient à l'impuissance. Jamais elle n'avait rencontré un homme aussi invulnérable. Le mépris, la froideur, l'insulte, toutes les armes s'émoussaient contre lui. Scarlett savait par expérience que les menteurs étaient les plus acharnés à défendre leur franchise, les poltrons leur courage, les mal élevés leur bonne éducation, les goujats leur honneur. Mais il n'en allait pas de même avec Rhett. Il reconnaissait sans fard tout ce qu'elle lui reprochait, il riait et l'incitait à en dire davantage.

Au cours de ces mois-là il apparut et disparut à plusieurs reprises. Il arrivait sans prévenir et s'en allait sans prendre congé. Scarlett ne découvrit jamais quel genre d'affaires l'amenait au juste à Atlanta, car bien peu de forceurs de blocus jugeaient à propos de s'éloigner à ce point de la côte. Ils débarquaient leurs cargaisons à Wilmington ou à Charleston où ils étaient accueillis par des nuées de trafiquants et de spéculateurs venus de tous les points du Sud pour acquérir aux enchères les marchandises introduites en dépit des Yankees. Scarlett eût été ravie de pouvoir se dire qu'il faisait ces voyages exprès pour la voir, mais sa vanité démesurée elle-même se refusait à y croire. Si seulement il lui avait fait un peu la cour, s'il s'était montré jaloux des hommes qui se pressaient autour d'elle, s'il avait essayé de lui prendre la main ou s'il lui avait demandé un portrait ou un mouchoir en souvenir d'elle, elle aurait pu chanter victoire et se dire qu'il avait succombé à ses charmes ; mais il n'avait rien d'un homme épris et le pire c'était qu'il semblait fort bien se rendre compte qu'elle manœuvrait pour le séduire.

Lorsqu'il arrivait à Atlanta, l'émoi régnait parmi les femmes. Non seulement il était tout auréolé de cette gloire romantique qui s'attachait aux intrépides forceurs de blocus, mais il apportait avec lui un élément de perversité et le parfum capiteux des choses défendues. Il avait si mauvaise réputation ! Et puis, chaque fois que les dames respectables se réunissaient, il était si malmené que son prestige auprès des jeunes filles ne faisait que grandir. D'ailleurs, comme ces dernières étaient fort innocentes pour la plupart, elles savaient uniquement qu'il était « très entreprenant avec les femmes », mais quant à savoir au juste en quoi cela consistait, c'était une autre affaire. Elles avaient entendu dire qu'aucune jeune fille n'était en sûreté avec lui. C'était étrange qu'avec une telle réputation il n'eût même pas baisé la main d'une jeune fille depuis qu'il s'était montré à Atlanta pour la première fois ; mais cela ne faisait que le rendre plus mystérieux et plus attirant.

En dehors des gloires militaires de la ville, c'était l'homme dont on parlait le plus à Atlanta. Tout le monde savait qu'on l'avait chassé de West Point pour ivresse et pour « une histoire de femmes ». L'abominable scandale qu'il avait causé en compromettant une jeune fille de Charleston et en tuant le frère de celle-ci était de notoriété publique. On tenait de bonne source qu'à vingt ans il avait été renvoyé de chez lui sans un sou par son père, un vieux monsieur charmant, mais qui ne badinait pas et était même allé jusqu'à rayer le nom de son fils de la bible de la famille. A la suite de cela, il était parti pour la Californie, où il avait pris part à la ruée vers l'or en 1849. Puis il avait gagné l'Amérique du Sud et Cuba, et l'on racontait qu'il n'y avait pas laissé un bien bon souvenir. Il était revenu aux oreilles des gens d'Atlanta que sa carrière avait été émaillée d'aventures fâcheuses avec des femmes, d'un certain nombre de coups de feu, de trafic d'armes pour les révolutionnaires de l'Amérique centrale et, ce qui était plus grave, on prétendait qu'il avait joué pour gagner sa vie.

En Georgie, il n'y avait guère de familles dont un représentant masculin n'eût perdu au jeu des terres, des maisons ou des esclaves. Mais c'était différent. Un homme pouvait se ruiner aux cartes, il n'en restait pas moins un monsieur. Tandis qu'un joueur professionnel n'était pas autre chose qu'un paria.

Sans les bouleversements apportés par la guerre et les services qu'il rendait au gouvernement confédéré, Rhett Butler n'aurait jamais été reçu à Atlanta. Mais maintenant les gens les plus collet monté estimaient que le patriotisme leur imposait d'avoir des idées plus larges. Les gens les plus sentimentaux inclinaient à penser que la brebis galeuse de la famille Butler était prise de remords et s'efforçait de faire oublier ses péchés. Les femmes trouvaient qu'elles avaient le devoir de faire un effort en faveur d'un homme qui forçait le blocus avec tant de hardiesse. Tout le monde savait désormais que le sort de la Confédération dépendait autant des marins et de leur habileté à éviter la flotte yankee que des soldats au front.

Le bruit courait que le capitaine Butler était un des meilleurs pilotes du Sud et qu'il était doué d'une audace folle et d'un sang-froid à toute épreuve. Élevé à Charleston, il connaissait tous les îlots, toutes les criques, tous les hauts-fonds et tous les récifs de la côte de Caroline dans les parages de ce port, il connaissait également à merveille la côte aux alentours de Wilmington. Il n'avait jamais perdu un bateau ni même été obligé de jeter sa cargaison pardessus bord. Au début des hostilités, il était sorti de l'ombre avec de l'argent en suffisance pour acheter un petit bateau rapide, et maintenant que les marchandises introduites en dépit du blocus rapportaient du deux mille pour cent, il en possédait quatre. Il avait de bons pilotes et les payait bien. Par nuit noire, ses bâtiments sortaient de Charleston ou de Wilmington et s'en allaient porter du coton à Nassau, en Angleterre et au Canada. Comme les filatures anglaises étaient réduites au chômage et que leurs ouvriers mouraient de faim, les forceurs de blocus qui parvenaient à dépister la flotte yankee imposaient leurs prix à Liverpool. Les navires de Rhett avaient un rare bonheur et portaient le coton confédéré à l'étranger sans plus d'encombres qu'ils ramenaient le matériel de guerre dont le Sud avait grand besoin. Oui, les femmes avaient l'impression qu'elles étaient en droit de pardonner bien des choses à un homme aussi intrépide.

Nulle part il ne pouvait passer inaperçu, et l'on se retournait sur lui dans la rue. Il dépensait sans compter, caracolait sur un fougueux étalon noir, était toujours vêtu à la dernière mode. Ses vêtements de coupe impeccable auraient suffi à le faire remarquer, car les soldats ne portaient plus que des uniformes sales et usés, et les civils, même en tenue de gala, des habits soigneusement rapiécés et reprisés. Scarlett se disait qu'elle n'avait jamais rien vu de plus élégant que ses pantalons mastic, écossais ou à petits carreaux noirs et blancs. Quant à ses gilets, leur beauté défiait toute description, surtout son gilet de soie blanche semé de petits boutons de roses brodés à la main. Et il portait la toilette avec d'autant plus d'élégance qu'il avait l'air d'ignorer la splendeur de sa mise.

Fort peu de femmes pouvaient lui résister quand il voulait bien se mettre en frais, et Mme Merriwether elle-même finit par céder et l'invita à dîner chez elle un dimanche.

Marybelle Merriwether attendait la prochaine permission de son petit zouave pour l'épouser et elle ne cessait de se lamenter, car elle avait décidé de se marier en satin blanc, et il n'y avait plus de satin blanc dans la Confédération. Il lui était également impossible d'emprunter une robe, car les toilettes de mariée d'autrefois avaient toutes servi à faire des drapeaux. La patriotique Mme Merriwether essaya en pure perte de démontrer à sa fille qu'une mariée confédérée se devait de porter une toilette dont l'étoffe aurait été tissée chez elle. Maybelle voulait du satin. Elle était libre de sortir sans épingles à cheveux, sans boutons, sans chaussures fines, et de se passer de bonbons et de thé pour le bien de la Cause, mais elle voulait à tout prix se marier en satin blanc.

Rhett, ayant appris son désir par Mélanie, lui rapporta d'Angleterre des mètres et des mètres de satin blanc brillant ainsi qu'un voile de dentelle et les lui offrit en cadeau de noces. Il s'y prit de telle sorte que nul ne songea à lui demander combien on lui devait et que Maybelle faillit lui sauter au cou. Mme Merriwether savait qu'il était indécent d'offrir un cadeau de ce genre et de ce prix, mais il lui fut impossible de refuser lorsque Rhett lui eut déclaré dans un langage des plus fleuris que rien n'était trop beau pour parer la fiancée d'un héros. Il ne resta donc plus à Mme Merriwether qu'à l'inviter à dîner tout en estimant que cette concession compensait largement la valeur du présent.

Rhett apporta non seulement le satin à Maybelle, mais il fut en mesure de donner d'excellents conseils pour la confection de la robe de mariée. A Paris, les crinolines se portaient plus larges et les robes plus courtes cette saison-là, découvrant des jupons à soutache. Il dit aussi qu'il n'avait pas vu de pantalons dans les rues et qu'il en concluait qu'ils étaient « finis ». Par la suite, Mme Merriwether confia à Mme

Elsing que, si elle avait un peu insisté, il lui aurait décrit par le menu les dessous des Parisiennes.

S'il avait été moins courageux, on lui aurait reproché d'être bassement efféminé tant il excellait à se rappeler les détails d'une robe, d'une capote ou d'une coiffure. Les femmes se sentaient toujours un peu drôles quand elles le harcelaient de questions sur ce qui se portait, mais ça ne les arrêtait pas. Elles étaient aussi isolées du monde des élégances que des marins naufragés, car il ne passait guère de journaux de mode à travers le blocus. Les Françaises auraient pu se raser la tête et porter des casquettes de raton qu'elles n'en auraient rien su, aussi, à défaut du *Journal des Dames*, la mémoire de Rhett pour les falbalas était-elle d'un secours précieux. Il notait toutes sortes de détails chers au cœur des femmes et, chaque fois qu'il revenait de l'étranger, on le trouvait au milieu d'un groupe de dames auxquelles il racontait que cette année-là on portait les capotes plus petites et plus en arrière, qu'elles étaient garnies de plumes et non pas de fleurs, que l'Impératrice de France avait renoncé au chignon pour aller en soirée et ramenait ses cheveux presque sur le sommet de sa tête, que sa nouvelle coiffure lui dégageait entièrement les oreilles, enfin que les robes de bal étaient de nouveau décolletées d'une manière indécente.

Pendant quelques mois, malgré sa fâcheuse réputation, malgré qu'on commençât à chuchoter qu'il ne se contentait pas de forcer le blocus mais qu'il spéculait, il fut l'homme le plus fêté et le personnage le plus marquant de la ville. Ceux qui ne l'aimaient pas prétendaient qu'après chacun de ses voyages à Atlanta les prix montaient de cinq dollars. Pourtant, en dépit des bruits qui circulaient sous le manteau, il aurait pu conserver ses relations s'il avait estimé qu'elles en valaient la peine. Au contraire, on avait l'impression, qu'après avoir goûté la compagnie des citoyens guindés et patriotes, après avoir forcé leur respect et gagné leur sympathie, le côté pervers de sa nature le poussait à changer d'attitude, à braver les gens, à leur montrer que sa conduite n'avait été qu'une mascarade qui ne l'amusait plus.

On eût dit qu'il méprisait sans distinction tout ce qui se rattachait au Sud, mais surtout la Confédération, et il ne prenait pas la peine de dissimuler ses sentiments. Ce furent ses réflexions sur la Confédération qui amenèrent les gens d'Atlanta à lui témoigner d'abord de la surprise, puis de la tiédeur, enfin de la colère. Avant même que 1862 eût cédé la place à 1863, les hommes se mirent à le saluer avec une froideur affectée et les mères à rappeler leurs filles près d'elles quand il paraissait dans une réunion.

Il semblait prendre plaisir non seulement à ridiculiser l'esprit foncièrement loyaliste des habitants d'Atlanta, mais aussi à se présenter sous le jour le plus défavorable. Lorsqu'on le complimentait sur sa bravoure, il répondait qu'en face du danger il avait toujours aussi peur que les braves qui se battaient au front. Comme tout le monde savait bien qu'il n'y avait jamais eu un poltron parmi les soldats confédérés, on trouvait ce genre de réponse particulièrement irritant. Il ne parlait jamais des soldats sans les appeler « nos braves » ou « nos héros en gris », mais dans sa bouche ces qualificatifs sonnaient plutôt comme une injure. Lorsque des jeunes femmes qui avaient envie d'engager un flirt avec lui le remerciaient d'être un de ces héros qui se battaient pour elles, il s'inclinait et déclarait que ce n'était pas son cas, car il ferait la même chose pour des femmes yankees à condition que ça lui rapportât autant d'argent.

Il n'avait cessé de tenir à Scarlett des propos de ce genre depuis le soir où il l'avait revue à la vente de charité, mais maintenant c'était avec tout le monde qu'il s'exprimait sur ce ton d'ironie à peine voilée. Si l'on vantait les services qu'il rendait à la Confédération, il répondait invariablement que le blocus était pour lui le seul moyen de faire des affaires. Il avait coutume de dire, en cherchant des yeux parmi ses auditeurs ceux qui avaient passé marché avec le gouvernement, que s'il pouvait gagner autant d'argent à livrer des fournitures aux autorités, il renoncerait certainement aux risques du blocus et ne ferait que vendre à la Confédération du drap de mauvaise qualité, de la cassonade, de la farine avariée et du cuir pourri.

Il était en général impossible de lui répondre, ce qui aggravait la portée de ses remarques. De petits scandales avaient déjà éclaté à propos des marchés de fournitures. Du front, les hommes ne cessaient de se plaindre dans leurs lettres. C'étaient des chaussures qui s'usaient au bout d'une semaine, de la poudre qui ne s'enflammait pas, des harnais qui cédaient au moindre effort, de la viande pourrie, de la farine pleine de charançons. Les gens d'Atlanta essayaient de se persuader que les hommes qui avaient l'audace de livrer pareille camelote au gouvernement devaient être des adjudicataires de l'Alabama, de la Virginie ou du Tennessee, mais pas des Géorgiens. Les fournisseurs géorgiens ne comprenaient-ils pas des hommes appartenant aux meilleures familles ? N'étaient-ils pas les premiers à verser des fonds pour les hôpitaux et à secourir les orphelins laissés par les soldats ? N'étaient-ils pas les premiers à applaudir *Dixie* et n'étaient-ils pas, en paroles tout au moins, les plus assoiffés du sang yankee ? La colère contre les profiteurs était encore loin d'avoir atteint son paroxysme, et l'on imputait les réflexions de Rhett uniquement à sa mauvaise éducation.

Non seulement il se mettait la ville à dos en accusant de vénalité les hommes les plus haut placés et en faisant des restrictions sur le courage des combattants, mais il prenait un malin plaisir à jouer de bons tours aux dignes citoyens et à les plonger dans l'embarras et la confusion. Il ne pouvait pas plus résister au besoin de rabattre l'amour-propre et le patriotisme cocardier de ceux qui l'entouraient qu'un gamin ne peut résister à l'envie d'enfoncer une épingle dans un ballon. Il ne manquait jamais de démasquer les hypocrites, les ignorants et les bigots, et il s'y prenait avec tant de finesse, il attirait si sûrement ses victimes dans le piège que les malheureux ne savaient jamais très bien de quoi il en retournait jusqu'au moment où ils se voyaient exposés à tous les regards et se sentaient légèrement ridicules.

Pendant les mois où la ville lui avait fait bon accueil, Scarlett n'avait nourri aucune illusion sur son compte. Elle savait que toutes ses galanteries, tous ses beaux discours dissimulaient une arrière-pensée. Elle savait qu'il ne jouait le rôle de l'intrépide et patriote forceur de blocus que parce que cela l'amusait. Parfois il lui rappelait les garçons du comté avec lesquels elle avait été élevée, les fougueux jumeaux Tarleton, obsédés par l'idée d'attraper les gens, les Fontaine, de vrais démons, taquins, malfaisants, les Calvert, capables de passer une nuit entière à monter une mystification. Mais ce n'était pas la même chose, car sous la légèreté apparente de Rhett il y avait quelque chose de méchant, de sinistre et de brutal.

Scarlett avait beau savoir à quoi s'en tenir sur son manque de sincérité, elle le préférait de beaucoup dans son rôle romantique de forceur de blocus, rôle qui rendait ses rapports avec lui bien plus faciles qu'ils n'avaient été au début. Elle fut donc extrêmement ennuyée quand il leva le masque et entreprit de gaieté de cœur une campagne pour s'aliéner toute la sympathie d'Atlanta. Cela la contraria d'une part parce qu'elle trouvait sa conduite insensée, d'autre part parce qu'un certain nombre de reproches adressés à Rhett rejaillissaient sur elle.

Ce fut lors du concert donné par Mme Elsing au bénéfice des convalescents que Rhett acheva d'attirer sur lui l'ostracisme d'Atlanta. Cet après-midi-là, la demeure des Elsing était pleine de soldats en permission, de blessés, de membres de la garde locale et de la milice, de mères de famille, de veuves et de jeunes filles. Toutes les chaises étaient prises et le long escalier lui-même était encombré de gens. Deux fois la large coupe de verre que tenait le majordome des

Elsing avait été vidée de son contenu de pièces d'argent. Cela suffisait en soi pour assurer le succès de cette fête, car désormais un dollar en argent valait soixante dollars en papier confédéré.

Toutes les jeunes femmes passant pour avoir du talent avaient chanté ou joué du piano et les tableaux vivants avaient été accueillis par des applaudissements flatteurs. Scarlett était fort contente d'elle. Non seulement elle avait chanté avec Mélanie un touchant duo : *Lorsque la rosée recouvre la fleur* qu'on avait bissé, mais elle avait été choisie pour représenter le génie de la Confédération dans le dernier tableau.

Drapée dans une sorte de péplum blanc, à ceinture rouge et bleue, tenant d'une main des étoiles et les barres symboliques, brandissant de l'autre le sabre à poignée d'or qui avait appartenu à Charles et à son père, tandis que le capitaine Carey Ashburn de l'Alabama était agenouillé devant elle, elle avait soulevé l'enthousiasme de l'assistance.

Le tableau terminé, elle ne put s'empêcher de chercher Rhett des yeux pour voir s'il avait apprécié le beau spectacle qu'elle venait d'offrir. Furieuse, elle s'aperçut qu'il discutait et que probablement il n'avait même pas dû la remarquer. A en juger par l'expression des gens qui l'entouraient, elle devina que les choses tournaient mal.

Elle s'approcha du groupe et, grâce à l'un de ces étranges silences qui s'abattent parfois sur les assemblées, elle entendit un milicien, Willie Guinan, lui demander :

— Dois-je comprendre, monsieur, que, d'après vous, la Cause pour laquelle nos héros sont morts n'est pas sacrée ?

— Si vous étiez écrasé par un train, votre mort ne sanctifierait pas la compagnie de chemins de fer, n'est-ce pas ? rétorqua Butler dont la voix sonnait comme s'il avait prié son interlocuteur de lui fournir un renseignement.

— Monsieur, fit Willie, un tremblement dans la gorge, si nous n'étions pas sous ce toit...

— Je tremble à l'idée de ce qui pourrait arriver, dit Butler, car on connaît trop bien votre bravoure.

Willie devint écarlate et tout le monde se tut. Chacun se sentait gêné. Sain et vigoureux, Willie était de plus en âge de faire un soldat et pourtant il n'était pas au front. Naturellement, sa mère n'avait que lui comme fils et, après tout, il fallait bien que quelqu'un restât dans la milice pour protéger l'État. Seulement, lorsque Rhett eut parlé de bravoure, quelques officiers en convalescence ne purent s'empêcher de ricaner.

« Oh! il ne peut donc pas se taire! pensa Scarlett, indignée. Il est en train de gâcher toute cette fête. »

Le docteur Meade fronça les sourcils d'une manière menaçante.

— Il se peut que rien ne soit sacré pour vous, jeune homme, dit-il de la voix dont il se servait toujours pour faire un discours, mais il y a beaucoup de choses qui sont sacrées pour les patriotes du Sud. Libérer notre patrie de l'usurpateur, en voici une. Les droits des États, en voici une autre. La...

Rhett avait adopté son air nonchalant. « Toutes les guerres sont sacrées, fit-il d'un ton sous lequel perçait une note d'agacement. Elle sont toutes sacrées pour ceux qui doivent se battre. Si les gens qui les ont déclenchées ne leur donnaient pas ce caractère, qui serait assez fou pour combattre? Mais peu importent les cris de ralliement que lancent les orateurs aux idiots qui prennent les armes, peu importent les nobles fins qu'ils assignent aux guerres, les guerres n'obéissent jamais qu'à une seule cause, à l'argent. En réalité, toutes les guerres ne sont que des querelles d'argent. Mais il y a si peu de gens qui s'en rendent compte. Les clairons, les tambours, les belles paroles des orateurs qui ne partiront pas résonnent trop bien à leurs oreilles. Parfois on donne comme cri de ralliement : " Arrachez le tombeau du Christ aux infidèles! " Parfois : " A bas le Papisme! " parfois " Liberté ", parfois " le Coton, l'Esclavage, les Droits des États ". »

« Que diable le Pape et le tombeau du Christ

viennent-ils faire dans tout cela ? » se demanda Scarlett.

Mais, comme elle se précipitait vers le groupe échauffé, elle vit Rhett saluer d'un air dégagé, fendre la foule et se diriger vers la porte. Elle voulut courir après lui, mais Mme Elsing la retint par sa jupe.

— Laissez-le partir, fit-elle d'une voix claironnante qui vibra à travers la pièce où régnait un silence inquiétant. Laissez-le partir. C'est un traître, un spéculateur ! C'est une vipère que nous avons réchauffée dans notre sein !

Rhett était déjà dans le vestibule, le chapeau à la main. Il entendit ces paroles qui, d'ailleurs, lui étaient destinées. Alors il se retourna, examina un instant l'assistance, puis ses yeux fixèrent la poitrine plate de Mme Elsing, il sourit brusquement, salua et s'en alla.

Pour rentrer chez elle, Mme Merriwether emprunta la voiture de Pittypat. A peine les quatre dames furent-elles assises qu'elle éclata.

— Allons, Pittypat Hamilton ! J'espère que vous voilà satisfaite maintenant !

— Satisfaite de quoi ? s'écria Pittypat avec appréhension.

— De la conduite de cette canaille de Butler que vous avez hébergé.

Pittypat rougit. Elle était trop bouleversée par cette accusation pour se rappeler que Mme Merriwether avait, elle aussi, reçu Rhett Butler à plusieurs reprises. Scarlett et Mélanie y pensèrent bien, mais élevées dans le respect des personnes plus âgées elles gardèrent leurs réflexions pour elles et se mirent à examiner leurs mitaines.

— Il nous a insultés ainsi que la Confédération, reprit Mme Merriwether tandis que son buste opulent palpitait sous les passementeries brillantes qui garnissaient son corsage. Prétendre que nous nous battons pour de l'argent ! Prétendre que nos chefs nous ont menti ! On devrait le mettre en prison. Oui, on devrait. Il faudra que j'en parle au docteur Meade. Si seulement M. Merriwether était encore de ce monde, il se chargerait vite de lui! Voyons, Pitty Hamilton, écoutez-moi. Il ne faut plus jamais recevoir ce mufle chez vous.

— Oh! marmotta Pitty désemparée qui, après un regard suppliant aux deux jeunes femmes, sentit son espoir renaître en fixant le dos bien droit de l'oncle Peter.

Elle savait qu'il ne perdait pas un mot de ce qu'on disait et elle souhaitait qu'il se retournât et prît part à la conversation comme il le faisait souvent. Elle espérait qu'il allait dire : « Voyons, ma'ame Dolly, laissez mam'zelle Pitty fai'e ce qu'elle veut! » mais Peter ne broncha pas. Il avait Rhett Butler en horreur et la pauvre Pitty ne l'ignorait point. Elle soupira et dit :

— Eh bien! Dolly, si vous croyez...

— J'en suis sûre, rétorqua M\u1d50\u1d49 Merriwether avec vigueur. Je me demande ce qui a bien pu vous prendre d'être la première à l'inviter. En tout cas, à partir d'aujourd'hui, on ne le recevra plus dans aucune maison respectable. Arrangez-vous comme vous pouvez, mais interdisez-lui votre porte.

Elle lança un coup d'œil acéré aux deux jeunes femmes.

— J'espère que vous faites bien attention toutes les deux à ce que je dis, poursuivit-elle. Tout cela, c'est en partie votre faute. Vous avez été trop gentilles pour lui. Faites-lui entendre poliment mais fermement que sa présence et ses propos déloyaux sont indésirables chez nous.

Scarlett bouillait. Elle était prête à ruer comme un cheval qui sent une main étrangère et brutale tirer sur ses guides. Mais elle redoutait de parler. Elle ne voulait pas s'exposer à ce que M\u1d50\u1d49 Merriwether écrivît une seconde lettre à sa mère.

« Espèce de vieux bison! pensa-t-elle, le visage cramoisi à force de contenir sa rage. Ce serait divin de pouvoir te dire ce que je pense de toi et de tes airs de gendarme! »

— Je n'aurais jamais pensé qu'il fût possible de

parler en termes pareils de notre Cause, reprit Mme Merriwether en proie à une colère légitime. Tout homme qui ne considère pas notre Cause comme juste et sainte devrait être pendu ! Vous, mes petites, je ne veux pas entendre dire que vous lui adressez encore la parole... au nom du Ciel, Melly, qu'as-tu ? Es-tu souffrante ?

Mélanie était blême. Ses yeux semblaient hagards.

— Si, je continuerai de lui parler, fit-elle d'une voix assourdie. Je ne serai pas grossière avec lui. Je ne lui interdirai pas la maison.

Mme Merriwether perdit le souffle comme si elle avait reçu un coup de poing en pleine poitrine. Les lèvres charnues de tante Pitty s'entrouvrirent. L'oncle Peter se retourna.

« C'est moi qui aurais dû trouver ça, songea Scarlett en qui se mêlaient la jalousie et l'admiration. Comment cette petite fouine a-t-elle assez de cran pour se dresser contre la vieille Mme Merriwether ? »

Mélanie tremblait, mais elle se hâta de continuer comme si elle avait craint de perdre courage en s'arrêtant.

— Je n'ai pas à lui en vouloir de ce qu'il a dit... il a eu tort de dire tout haut ce qu'il pensait... ce n'était pas une chose à faire, mais c'est... mais Ashley pense comme lui. Et je ne peux pas interdire ma maison à un homme qui pense comme mon mari. Ce serait injuste.

Mme Merriwether avait repris haleine et elle avait passé à l'attaque.

— Melly Hamilton, de ma vie, je n'ai entendu pareil mensonge. Chez les Wilkes, il n'y a jamais eu de lâche...

— Je n'ai jamais dit qu'Ashley était un lâche, riposta Mélanie dont les yeux étincelaient. J'ai dit qu'Ashley était du même avis que le capitaine Butler, seulement il s'exprime en d'autres termes. Et j'espère bien qu'il n'irait pas raconter cela à un concert, mais c'est ce qu'il m'a écrit.

Scarlett éprouva un remords, cependant elle n'en chercha pas moins à se rappeler ce qu'avait bien pu écrire Ashley pour permettre à Mélanie de faire une pareille sortie. Quand elle avait lu les lettres d'Ashley, elle s'empressait d'oublier le contenu de la plupart de celles qu'elle avait parcourues et elle en fut réduite à se dire que Mélanie avait dû perdre la tête.

— Ashley m'a dit que nous ne devrions pas nous battre contre les Yankees. Il m'a écrit que nous avions été trahis par des hommes d'État, par des orateurs qui faisaient des phrases ronflantes, déclara Melly tout d'une traite. Il a dit que rien ne justifiait le mal que cette guerre allait nous faire. Il a dit que ça n'avait rien de glorieux... que ce n'étaient que misères et horreurs.

« Oh ! cette lettre, pensa Scarlett. Était-ce bien cela qu'il voulait dire ? »

— Je n'en crois pas un mot, trancha M\ᵐᵉ Merriwether d'un ton ferme.

— Je ne me trompe jamais quand il s'agit d'Ashley, je le comprends parfaitement, répondit posément Mélanie malgré le tremblement de ses lèvres. Je sais qu'il a voulu dire exactement la même chose que le capitaine Butler, mais lui, il n'a pas été grossier.

— Tu devrais avoir honte. On n'a pas idée de comparer un homme comme Ashley Wilkes à une crapule comme ce capitaine Butler ! Je suppose que, pour toi aussi, la Cause n'est rien !

— Je... je ne sais pas ! commença Mélanie. — Elle perdait pied, sa franchise l'épouvantait. — Je... je mourrais pour la Cause, tout comme Ashley. Mais... je... je veux dire... je laisse aux hommes le soin de réfléchir, ils sont bien plus intelligents.

— Je n'ai jamais entendu chose pareille, ricana M\ᵐᵉ Merriwether. Arrêtez, oncle Peter. Vous avez dépassé ma maison.

Tout à la conversation, l'oncle Peter avait effectivement été trop loin et il fit reculer le cheval. M\ᵐᵉ Merriwether descendit. Les rubans de sa capote battaient comme des voiles dans une tempête.

— Tu le regretteras, dit-elle.

L'oncle Peter fouetta la bête.

— Vous dev'iez avoi' honte, mes petites madames, de met' mam'zelle Pitty dans cet état-là, déclara-t-il sur un ton de reproche.

— Mais ça va très bien, dit Pitty dont la remarque surprit tout le monde, car souvent elle s'était évanouie pour bien moins que cela. Melly, mon chou, je savais que tu faisais ça pour prendre ma défense et vraiment je n'ai pas été fâchée de voir quelqu'un remettre Dolly à sa place. Elle aime tant commander. Comment as-tu eu ce courage ? Mais crois-tu que tu aurais dû dire cela d'Ashley ?

— Mais c'est la vérité, répondit Mélanie qui se mit à pleurer doucement. Je n'ai pas honte qu'il pense ainsi. Il estime que la guerre est injuste, seulement il est prêt à se battre et à mourir quand même, et il faut beaucoup plus de courage pour se battre dans ces conditions-là que lorsqu'une cause vous paraît juste.

— Mon Dieu, ma'ame Melly, n'allez pas pleu'er ici dans la 'ue du Pêcher, grommela l'oncle Peter en pressant son cheval. Les gens y vont di'e qu'y a un scandale. Attendez qu'on soit 'ent'é.

Scarlett se taisait. Elle ne serra même pas la main que Mélanie avait glissée sous la sienne. Elle n'avait vu les lettres d'Ashley que dans un seul but... s'assurer qu'il l'aimait encore. Maintenant Mélanie venait d'éclairer d'un jour nouveau les passages auxquels Scarlett s'était à peine arrêtée. Elle était choquée de penser qu'un être aussi accompli qu'Ashley pût avoir les mêmes idées qu'un paria comme Rhett Butler. « Ils voient tous deux ce qu'il y a de vrai dans cette guerre, se dit-elle, mais Ashley est disposé à mourir tandis que Rhett ne l'est pas. Je crois que ça prouve le bon sens de Rhett. » Elle s'arrêta un instant de réfléchir, horrifiée d'avoir eu une telle pensée envers Ashley. « Ils voient tous deux la même vérité déplaisante, mais Rhett aime à la regarder en face et à mettre les gens hors d'eux en en parlant... tandis qu'Ashley peut à peine en supporter la vue. »

XIII

A l'instigation de Mme Merriwether, le docteur Meade passa à l'action et adressa une lettre au journal local dans laquelle, sans mentionner le nom de Rhett, il prenait nettement position. Flairant un drame mondain, le rédacteur en chef inséra la lettre en deuxième page, ce qui, en plus, était une innovation sensationnelle, car les deux premières pages du journal étaient toujours réservées aux annonces d'esclaves, de mulets, de charrues, de cercueils, de maisons à vendre ou à louer, aux réclames de traitements pour maladies honteuses, de drogues pour faire avorter ou pour reconstituer les forces perdues.

La lettre du docteur fut le prélude d'un concert d'imprécations qui n'allaient pas tarder à s'élever dans tout le Sud contre les spéculateurs, les profiteurs et les fournisseurs du Gouvernement. A Wilmington, le port sudiste le plus actif, maintenant que Charleston était pratiquement fermé par les canonnières yankees, les choses avaient pris la proportion d'un véritable scandale. Wilmington était infesté de spéculateurs, et comme ceux-ci avaient de l'argent liquide ils raflaient toutes les cargaisons et attendaient la hausse des cours pour les revendre. La hausse se produisait toujours car les objets de première nécessité se faisaient de plus en plus rares et les prix augmentaient de mois en mois. La population civile était obligée soit de restreindre ses besoins, soit d'acheter au prix fixé par les spéculateurs. Les pauvres et les gens ne disposant que de faibles ressources avaient à supporter des épreuves de plus en plus pénibles. A mesure que les prix montaient, l'argent confédéré se dépréciait et sa chute rapide semblait entraîner une folie de luxe. Les forceurs de blocus avaient reçu l'ordre de ramener tout le matériel indispensable et accessoirement on leur avait permis de se livrer au commerce des articles de luxe, mais maintenant ces articles qui rapportaient davantage composaient seuls la cargaison de leurs navires à l'exclusion des marchandises dont la Confédération avait un besoin vital. On se ruait sur ces objets de luxe, on dépensait pour les acquérir tout l'argent qu'on avait le jour même dans la crainte que, le lendemain, les prix ne montassent et que l'argent ne se dépréciât davantage.

Il y avait plus grave encore. Wilmington n'était relié à Richmond que par une seule ligne et, tandis que des milliers de barils de farine et de caisses de lard pourrissaient dans les gares intermédiaires faute de wagons pour les transporter, les spéculateurs en vins, en taffetas, en café trouvaient toujours le moyen de livrer leurs marchandises à Richmond deux jours après leur débarquement à Wilmington.

Désormais, on ne se gênait plus pour dire que non seulement Rhett Butler revendait les cargaisons de ses quatre bateaux à des prix fabuleux, mais qu'il accaparait les chargements des autres navires et attendait la hausse des cours pour s'en défaire. On prétendait qu'il était à la tête d'une entreprise au capital d'un million de dollars qui, ayant Wilmington pour centre d'opérations, acquérait sur place les marchandises introduites en dépit du blocus. On racontait que la société possédait une douzaine d'entrepôts, tant à Wilmington qu'à Richmond, et que ses magasins regorgeaient de vivres et de vêtements. Les militaires et les civils commençaient à en avoir assez et les murmures contre lui et les spéculateurs de son espèce se faisaient de plus en plus violents.

« Il y a beaucoup d'hommes et de patriotes parmi les marins auxquels la Confédération a confié le soin de forcer le blocus, écrivait le docteur, beaucoup d'hommes désintéressés qui risquent leur vie et leur fortune pour que survive la Confédération. Leur nom est gravé dans le cœur de tous les Sudistes loyaux et personne ne leur fait grief de tirer un bénéfice pécuniaire des dangers auxquels ils s'exposent. Ces hommes-là, nous les respectons, d'ailleurs ce n'est pas d'eux que je veux parler.

« Mais il y en a d'autres, des canailles qui s'affublent d'un manteau de forceur de blocus pour s'enrichir. J'appelle le juste courroux et la juste vengeance d'un peuple qui se bat pour la plus juste des causes sur ces vautours qui introduisent dans le pays du satin et de la dentelle quand nos hommes meurent par manque de quinine, qui remplissent leurs bateaux de thé et de vins quand nos héros se tordent de douleur par manque de morphine. J'exècre ces vampires qui sucent le sang des hommes rangés derrière Robert Lee... J'exècre ces individus qui font du nom même de forceur de blocus un objet de répulsion pour tous les patriotes. Comment pouvons-nous supporter que ces êtres méprisables se pavanent parmi nous en bottes vernies pendant que nos enfants pataugent, pieds nus, dans la boue des batailles ? Comment pouvons-nous tolérer qu'ils boivent du champagne et mangent des pâtés de Strasbourg pendant que nos soldats grelottent autour des feux de camp et se nourrissent de lard pourri. J'en appelle à tous les loyaux confédérés pour les chasser. »

Les citoyens d'Atlanta lurent la lettre, comprirent que l'oracle s'était prononcé et, en loyaux confédérés, s'empressèrent de chasser Rhett.

De toutes les personnes qui l'avaient reçu au cours de l'automne 1862, Mlle Pittypat restait, en 1863, presque la seule à lui ouvrir sa porte. Et, sans Mélanie, elle n'en eût probablement rien fait. Lorsqu'on signalait la présence de Rhett en ville, tante Pitty était sens dessus dessous. Elle savait parfaitement ce que disaient ses amies quand elle lui permettait de venir chez elle, mais elle n'avait pas encore le courage de lui dire qu'il était indésirable. Chaque fois qu'il arrivait à Atlanta, elle pinçait les lèvres, puis déclarait aux jeunes femmes qu'elle le recevrait devant sa porte et lui interdirait d'entrer. Et chaque fois elle devait s'avouer vaincue, car il arrivait un petit paquet à la main et la complimentait sur son charme et sa beauté.

— Je ne sais pas que faire, gémissait-elle. Il me regarde et je... j'ai une peur bleue de ce qu'il me ferait si je le lui disais. Il a si mauvaise réputation. Croyez-vous qu'il irait jusqu'à me frapper... ou, ou.. Oh! là! là! si seulement nous avions Charlie! Scarlett, il faut que tu lui dises de ne plus se montrer ici. Tourne-lui cela gentiment. Oh! mon Dieu! je suis sûre que tu l'encourages à venir, et toute la ville qui jase! Si ta mère arrive à le savoir, que pensera-t-elle de moi? Melly, ne sois pas aussi gentille avec lui. Sois froide, sois distante, il comprendra. Oh! Melly, crois-tu qu'il faille que j'écrive un mot à Henry pour lui demander de parler au capitaine Butler?

— Non, je ne crois pas, répondit Mélanie. En tout cas, je me refuse à être grossière avec lui. Je suis persuadée que tout le monde se monte la tête à son sujet. Il n'est sûrement pas aussi mauvais que le docteur Meade et Mme Merriwether veulent bien le prétendre. Il est incapable de laisser les gens mourir de faim en accaparant les vivres. Voyons, il m'a donné cent dollars pour les orphelins. On ne m'ôtera pas de l'idée qu'il est aussi patriote que n'importe lequel d'entre nous, seulement il est trop fier pour se défendre. Tu sais combien les hommes sont entêtés quand ils sont en colère.

Tante Pitty ignorait tout des hommes, qu'ils fussent en colère ou autrement, et elle ne savait que battre désespérément l'air de ses petites mains grassouillettes. Quant à Scarlett, elle s'était résignée depuis longtemps à la manie qu'avait Melly de voir le bien partout. Mélanie était une sotte, mais personne n'y pouvait rien.

Scarlett savait que Rhett n'était pas patriote et, bien qu'elle eût mieux aimé mourir que de l'avouer, ça lui était absolument égal. Seuls comptaient pour elle les petits présents que Rhett lui apportait de Nassau. Étant donné la hausse des prix, où diable aurait-elle pu se procurer des aiguilles, des bonbons et des épingles à cheveux, si elle lui avait consigné sa porte? Non, il était plus facile de rejeter toutes les responsabilités sur tante Pitty qui, en somme, dirigeait la maison, était le chaperon de ses nièces et leur censeur. Scarlett savait bien que les visites de Rhett faisaient jaser et qu'elle-même n'était pas à l'abri des critiques, mais elle savait également qu'aux yeux d'Atlanta Mélanie Wilkes était incapable de faire le mal et que, si Mélanie défendait Rhett, ses visites étaient empreintes d'une note de respectabilité.

Néanmoins, la vie eût été bien plus agréable si Rhett avait abjuré ses hérésies. Cela lui eût épargné l'ennui de voir les gens tourner délibérément la tête quand elle descendait la rue du Pêcher en sa compagnie.

— Même si vous pensez ces choses-là, pourquoi les dites-vous ? demandait-elle sur un ton de reproche. Pensez ce que vous voudrez, mais taisez-vous. Cela n'en ira que beaucoup mieux.

— C'est votre système, hein, ma petite fourbe aux yeux verts ? Scarlett ! Scarlett ! J'attendais de vous une conduite plus courageuse. Je croyais que les Irlandais ne cachaient pas leur façon de penser. Dites-moi franchement, vous n'êtes jamais sur le point d'éclater à force de vous taire ?

— Eh bien !... si, avouait Scarlett à contrecœur. J'en ai plein le dos d'entendre parler de la Confédération du matin au soir. Mais, bonté divine, Rhett Butler, si je racontais cela, personne ne voudrait plus m'adresser la parole et je ne trouverais plus de danseurs !

— Ah ! je vois ! Et l'on veut danser coûte que coûte. Allons, j'admire votre maîtrise, mais je suis forcé de reconnaître que je ne m'en sens pas capable. Quel que soit le bénéfice que je pourrais en tirer, je ne veux pas endosser comme ça le manteau romantique du patriote. Il y a bien assez de patriotes imbéciles qui risquent jusqu'à leur dernier centime dans le blocus et qui sortiront ruinés de cette guerre. Il est inutile que je me joigne à eux, soit pour battre le record du patriotisme, soit pour allonger la liste des pauvres. A eux les lauriers. Ils les méritent — et pour une fois je suis sincère — et puis d'ailleurs les lauriers, c'est tout ce qu'il leur restera dans un an ou deux.

— Je trouve que vous êtes ignoble d'insinuer des choses pareilles quand vous savez fort bien que l'Angleterre et la France se joindront à nous d'ici peu et...

— Voyons, Scarlett! Vous avez encore dû lire un journal! Vous me surprenez. Ne recommencez pas. Cela fausse l'esprit des femmes. Pour votre gouverne, il n'y a pas un mois j'étais en Angleterre, et je m'en vais vous dire ceci. L'Angleterre n'aidera jamais la Confédération. L'Angleterre ne mise jamais sur le mauvais cheval. C'est cela qui fait d'elle l'Angleterre. En outre, la grosse Hollandaise qui est assise sur le trône de Grande-Bretagne craint Dieu et n'approuve point l'esclavage. Que les ouvriers anglais du textile meurent de faim, parce qu'ils ne peuvent plus travailler notre coton, mais qu'on ne rompe jamais une lance en faveur de l'esclavagisme. Quant à la France, cette pâle imitation de Napoléon qui la gouverne est bien trop occupée au Mexique pour se soucier de nous. En fait, l'Empereur se félicite de cette guerre qui nous accapare trop pour mettre ses troupes à la porte du Mexique... Non, Scarlett, l'intervention étrangère n'est qu'une invention de journalistes pour remonter le moral du Sud. La Confédération est vouée à l'échec. En ce moment, elle imite le chameau, elle vit sur ses réserves, mais les réserves les plus importantes ne sont pas inépuisables. Je me donne encore six mois de blocus, après ça, je me retire, ce serait trop dangereux. Je revendrai mes bateaux à quelque Anglais sans jugement qui s'imaginera pouvoir encore passer à travers les mailles du filet, mais je ne me ferai pas de bile pour si peu. J'ai gagné assez d'argent comme ça. J'ai déposé mes fonds dans une banque anglaise, et je les ai convertis en or. Moi, je ne veux plus entendre parler de ce papier sans valeur.

Comme toujours lorsqu'il parlait, ce qu'il disait paraissait fort plausible. D'aucuns auraient pu préten-dre que ses déclarations étaient forgées de toutes pièces, mais pour Scarlett elles avaient toujours l'air marquées au coin du bon sens et de la vérité. Pourtant elle savait que tout cela était faux, qu'elle aurait dû protester et se fâcher. Au fond, elle n'en avait nulle envie, mais elle faisait semblant pour se sentir plus respectable.

— Je crois que ce que le docteur Meade a écrit de vous était exact, capitaine Butler. Le seul moyen de vous racheter, ce sera de vous engager quand vous aurez revendu vos bateaux. Vous avez fait l'école de West Point et...

— Vous parlez comme un prédicateur baptiste, en mal de prosélytisme. Et si je ne voulais pas me racheter ? Pourquoi combattrais-je pour défendre un système qui m'a banni ?

— Je n'ai jamais entendu parler d'aucun système.

— Non ? Et cependant vous en faites partie, tout comme j'en faisais partie. Et je mettrais ma main au feu que vous ne l'aimez pas plus que moi. Voyons, pourquoi suis-je la brebis galeuse de la famille Butler ? Pour une seule raison, parce que je n'ai pas pu me conformer aux usages de Charleston. Et Charleston, c'est le Sud en plus exagéré. Je me demande si vous vous rendez bien compte des inconvénients que ça représente ? Tant de choses qu'il faut faire parce qu'on les a toujours faites, tant de choses absolument inoffensives qu'il ne faut pas faire pour le même motif, tant de choses qui m'exaspéraient par leur bêtise. Mon refus d'épouser la jeune personne dont vous avez sans doute entendu parler a été la goutte d'eau qui a fait déborder le vase. Pourquoi aurais-je épousé une petite oie insipide pour la seule raison qu'un accident m'avait empêché de la ramener chez elle avant la nuit ? Pourquoi aurais-je permis à son frère, qui avait les yeux hagards, de me tirer dessus et de me tuer alors que je visais mieux ? Oh ! bien sûr, si j'avais été un homme du monde, je l'aurais laissé me tuer et ça aurait lavé la tache de l'écusson des Butler. Mais... j'aime la vie. Alors j'ai vécu et j'ai pris du bon temps... Lorsque je songe à mon frère qui vit au milieu des

330

vaches sacrées de Charleston et qui est plein de respect pour elles, lorsque je me rappelle sa massive épouse, ses bals de la Sainte-Cécile, ses rizières toujours les mêmes... eh bien! je sais ce que j'ai gagné en brisant avec ce système. Scarlett, le genre de vie que nous menons dans le Sud est aussi désuet que le système féodal. Ce qui est étonnant, c'est qu'il ait duré aussi longtemps. Il fallait bien qu'il disparût un jour et c'est maintenant qu'il s'en va. Et vous voudriez que j'écoute des orateurs comme le docteur Meade me dire que notre cause est juste et sainte. Vous voudriez que les roulements de tambour m'enivrent au point que j'empoigne un mousquet et que je coure verser mon sang en Virginie? Pour qui me prenez-vous? pour un imbécile? Baiser le fouet qui me cingle, ce n'est pas mon genre. Le Sud et moi, nous sommes quittes à présent. Autrefois le Sud m'a rejeté. J'aurais pu mourir de faim, je ne suis pas mort et j'entends bien tirer assez d'argent de l'agonie du Sud pour compenser la perte de mon droit d'aînesse.

— Je crois que vous êtes un être méprisable et vénal, disait Scarlett, pas très convaincue.

— Vénal, moi? Non, je suis seulement prévoyant. C'est peut-être cela d'ailleurs qu'on appelle de la vénalité. En tout cas, c'est ce que ne manqueront pas de dire les gens qui n'auront pas vu aussi clair que moi. Tout honnête confédéré disposant d'un millier de dollars en 1861 aurait pu faire comme moi, mais combien ont été assez vénaux pour profiter de l'occasion qui s'offrait à eux? Tenez, juste après la chute du fort Sumter et avant que le blocus fût établi, j'ai acheté plusieurs milliers de balles de coton pour une bouchée de pain et je les ai fait passer en Angleterre. Elles sont encore entreposées à Liverpool. Je n'en ai pas vendu une seule. Je les garde jusqu'à ce que les filatures anglaises aient un tel besoin de coton qu'elles acceptent mes prix. Je ne serais pas surpris d'obtenir un dollar par livre.

— Vous obtiendrez un dollar par livre quand les poules auront des dents!

— Je ne crois pas. Le coton est déjà à soixante-douze *cents* la livre. A la fin de cette guerre, Scarlett, je serai riche, parce que j'aurai été prévoyant... pardon, parce que j'aurai été vénal. Je vous ai déjà dit que, pour faire fortune, il fallait ou bien contribuer au développement d'un pays ou bien participer à sa ruine. Cela va lentement dans le premier cas, dans le second, cela n'est pas long. Souvenez-vous de ce que je vous dis. Cela vous servira peut-être un jour.

— J'aime tant les bons conseils, disait Scarlett avec toute l'ironie dont elle était capable. Mais je me passerai fort bien des vôtres. Prendriez-vous papa pour un gueux ? Il aura toujours assez d'argent pour subvenir à mes besoins, du reste je possède ce que m'a laissé Charles.

— J'imagine que les aristocrates français se sont dit à peu près la même chose jusqu'au jour où on les a fait monter dans des charrettes.

Rhett s'efforçait souvent de démontrer à Scarlett combien il était contradictoire de porter des vêtements de deuil et de mener une vie mondaine. Il aimait les couleurs vives, et les robes funèbres de Scarlett ainsi que son voile de crêpe qui lui descendait jusqu'aux talons l'amusaient et le choquaient tour à tour. Néanmoins, Scarlett ne voulait renoncer ni à ses robes ni à son voile. Elle savait que, si elle se mettait à porter des couleurs claires, sans attendre encore quelques années, la ville serait déchaînée contre elle. Et puis, comment expliquer ce changement à sa mère ?

Rhett lui déclara un beau jour que son voile de crêpe la faisait ressembler à un corbeau et que ses robes noires la vieillissaient de dix ans. Sous l'effet de ce compliment à rebours, Scarlett se précipita devant un miroir pour voir si elle ne portait réellement pas vingt-huit ans au lieu de dix-huit.

— Je pensais que vous placiez votre fierté ailleurs et que vous n'aspiriez pas à ressembler à Mme Merriwether, railla-t-il. J'espérais que vous aviez plus de tact que cela et que vous ne teniez pas à porter ce voile pour afficher un chagrin que, j'en suis sûr, vous n'avez jamais ressenti. Tenez, je vous fais un pari. Dans deux mois, vous aurez remplacé cette capeline et ce voile par une création de Paris.

— Certainement pas et abandonnons ce sujet, fit Scarlett, ennuyée par l'allusion à Charles.

Rhett, qui était sur le point de se rendre à Wilmington pour préparer un nouveau voyage à l'étranger, s'en alla, un sourire aux lèvres.

Quelques semaines plus tard, par une radieuse matinée d'été, il revint avec un élégant carton qu'il ouvrit après s'être aperçu que Scarlett était seule. « Oh ! l'amour de chose ! » s'écria celle-ci en sortant un chapeau de son enveloppe de soie. Scarlett était plus privée de ne pas voir de nouveautés que de n'en pas porter, et ce modèle lui parut la création la plus exquise qu'elle eût jamais contemplée. C'était une capeline de taffetas vert foncé doublée de soie jade clair. Les rubans destinés à être noués sous le menton étaient vert pâle et larges comme la main. Enfin le bord en était garni de plumes d'autruche vertes qui frisaient de l'air le plus impertinent du monde.

— Essayez-la, dit Rhett en souriant.

Scarlett fila comme une flèche vers la glace, enfonça la capeline sur sa tête, ramena ses cheveux en arrière pour dégager ses boucles d'oreilles et attacha les rubans sous son menton.

— Elle me va ? lança-t-elle en pirouettant sur ses talons pour se montrer à Rhett et en relevant la tête d'un geste qui fit danser les plumes.

Mais, avant même d'en avoir lu la confirmation dans ses yeux, elle savait qu'elle était ravissante. Elle avait un air délicieusement effronté, ses yeux auxquels le vert de la doublure donnait une teinte émeraude foncée pétillaient.

— Oh ! Rhett ! A qui appartient cette capeline ? Je veux l'acheter. Je vous donnerai jusqu'à mon dernier *cent* pour l'avoir.

— Elle est à vous. A qui, en dehors de vous, pourrait aller cette teinte de vert ? Croyez-vous donc que je ne sais pas me rappeler la couleur de vos yeux ?

— Vraiment ? Vous l'avez commandée pour moi ?

— Oui, et il y a marqué « rue de la Paix » sur le carton, est-ce que cela éveille quelque chose en vous ?

Ce nom n'éveillait rien en elle. Elle était bien trop occupée à sourire à l'image que lui renvoyait la glace. Pour le moment rien ne comptait, sinon qu'elle se trouvait tout à fait à son goût et que c'était le premier joli chapeau qu'elle portait depuis deux ans. Que ne pourrait-elle pas faire avec ce chapeau ? Alors son sourire s'effaça.

— Vous ne l'aimez pas.

— Oh ! si, il est ravissant, mais... quelle horreur, il va falloir recouvrir ce beau vert de crêpe et teindre les plumes en noir.

En un clin d'œil Rhett fut auprès d'elle et, de ses doigts habiles, se mit à défaire le nœud du ruban. Quelques secondes plus tard le chapeau avait réintégré son carton.

— Que faites-vous ? Vous avez dit qu'il était à moi !

— Oui, mais je ne veux pas qu'on en fasse un chapeau de deuil. Je saurai bien trouver une autre charmante femme aux yeux verts pour apprécier mon bon goût.

— Oh ! vous ne ferez pas cela ! J'en mourrais ! Oh ! Rhett, je vous en supplie, ne soyez pas méchant. Laissez-le-moi.

— Pour que vous en fassiez un épouvantail à moineaux comme vos autres chapeaux ! Non.

Scarlett se cramponna au carton. Donner à une autre femme cette chose exquise qui la rendait si jeune, si séduisante. Oh ! jamais ! Pendant un instant elle pensa au sentiment d'horreur qu'éprouveraient Pitty et Mélanie. Elle pensa à Ellen et à ce qu'elle dirait et elle frissonna. Pourtant, la vanité fut la plus forte.

— Je n'y toucherai pas. Je vous le promets. Maintenant, donnez-le-moi.

334

Rhett lui abandonna le carton et, un sourire ironique aux lèvres, la regarda essayer de nouveau le
chapeau et faire la roue.

— Combien vous dois-je? demanda soudain
Scarlett, le visage altéré. Je n'ai que cinquante dollars, mais le mois prochain...

— Il reviendrait à environ deux mille dollars en
argent confédéré, fit Rhett, amusé par son air
pitoyable.

— Oh! mon Dieu! Allons, si je vous donnais mes
cinquante dollars maintenant et quand j'aurai...

— Je ne veux rien accepter. C'est un cadeau.

Scarlett en resta bouche bée. La limite était si bien
tracée qu'il ne fallait pas dépasser lorsqu'il s'agissait
d'accepter des cadeaux offerts par des hommes.

— Des bonbons et des fleurs, ma chérie, avait
répété Ellen mainte et mainte fois. Peut-être un
recueil de poèmes, un album, ou un petit flacon d'eau
de Floride, c'est là tout ce qu'une femme peut accepter
d'un homme. Jamais, jamais de cadeaux coûteux,
même de ton fiancé. Et jamais de bijoux ou de choses
qui se portent, pas même des gants ou des mouchoirs.
Si tu acceptais des cadeaux de ce genre, les hommes se
diraient que tu n'es pas une dame et essaieraient de
prendre certaines libertés avec toi.

« Oh! mon Dieu! se dit Scarlett en se mirant
d'abord dans la glace, puis en regardant Rhett dont le
visage était impénétrable. Je ne peux pourtant pas lui
dire que je n'en veux pas. Il est si joli... Je... j'aimerais
encore mieux qu'il prenne quelques privautés avec
moi, à condition que ça n'aille pas loin du tout. »

Alors épouvantée d'avoir pu nourrir pareille pensée,
elle devint écarlate.

— Je... vous donnerai ces cinquante dollars...

— Si vous faites ça, je les jette au ruisseau. Non, je
ferai dire des messes pour le salut de votre âme. Je
suis sûr que votre âme s'accommoderait fort bien de
quelques messes.

Scarlett eut un rire embarrassé.

— Où voulez-vous en venir avec moi ?

— J'essaie de vous séduire par de beaux cadeaux afin d'étouffer en vous tous vos scrupules de petite fille et de vous avoir un jour à ma merci. « N'accepte des hommes que des bonbons et des fleurs, ma chérie », fit-il en parodiant le ton d'une mère inculquant de bonnes manières à sa fille.

Et Scarlett pouffa de rire.

— Vous êtes une canaille, Rhett Butler, vous avez l'âme bien noire, mais vous êtes malin et vous savez parfaitement que cette capeline est trop jolie pour que je refuse.

— Bien entendu, vous pouvez dire à Mlle Pitty que vous m'aviez donné un échantillon de taffetas et de soie verte, que vous aviez fait un croquis de la capeline et que j'ai réussi à vous extorquer cinquante dollars pour vous la procurer.

— Non. Je dirai que vous m'avez pris cent dollars et Pitty ira le raconter à tout le monde. Les gens en feront une jaunisse et n'arrêteront pas de parler de mon extravagance. Seulement, Rhett, il ne faut plus me rapporter des choses aussi coûteuses. Vous êtes excessivement gentil, mais, croyez-moi, je ne pourrai plus rien accepter.

— Vraiment ? Eh bien ! cela ne m'empêchera pas de vous faire des cadeaux tant que j'en aurai envie et tant que je trouverai des objets qui rehausseront votre beauté. Je vous rapporterai de la soie vert foncé pour aller avec la capeline. Et je vous préviens que je ne suis pas gentil du tout. Je continuerai à vous tenter avec des capelines et des bijoux pour mieux vous prendre au piège. Rappelez-vous bien que je ne fais rien sans obéir à une raison précise et que je ne donne rien sans espérer quelque chose en retour. D'ailleurs, j'ai toujours obtenu satisfaction.

Les yeux noirs de Rhett se posèrent sur les lèvres de Scarlett qui, troublée, battit des cils. C'était maintenant qu'il allait prendre quelques libertés ainsi qu'Ellen l'avait prédit. Il allait l'embrasser ou essayer de l'embrasser, dans son émoi, elle ne savait pas au juste. Si elle le repoussait il pourrait très bien lui arracher la capeline et la donner à une autre femme. D'un autre côté, si elle permettait un baiser, il lui rapporterait peut-être d'autres jolis cadeaux dans l'espoir d'en obtenir un autre. Les hommes attachaient un tel prix aux baisers. Dieu seul du reste savait pourquoi. Et, très souvent, après un baiser, ils s'éprenaient pour de bon d'une femme et se laissaient mener par le bout du nez pourvu que la femme fût adroite et avare de ses baisers après le premier. Ce serait si passionnant de rendre Rhett amoureux, de le lui faire avouer, de le voir implorer un baiser ou un sourire. Oui, elle voulait bien qu'il l'embrassât.

Pourtant, il ne fit aucun geste pour l'embrasser. Scarlett lui coula un long regard oblique et murmura pour l'encourager :

— Ainsi, vous avez toujours obtenu satisfaction, n'est-ce pas ? Et qu'espérez-vous obtenir de moi ?

— Cela reste à voir.

— Eh bien ! si vous vous figurez que je vais vous épouser pour vous remercier, vous vous trompez, dit-elle d'un ton provocant.

Les dents blanches de Rhett étincelèrent sous sa petite moustache.

— Vous vous flattez, madame. Je n'ai nulle envie de me marier avec vous ni avec une autre. Je ne suis pas fait pour le mariage.

— Vraiment ! s'exclama Scarlett qui, prise au dépourvu, n'en était pas moins décidée à permettre à Rhett certaines privautés. Je n'ai même pas envie de vous embrasser.

— Alors, pourquoi votre bouche dessine-t-elle cette moue ridicule ?

— Oh ! fit Scarlett en remarquant dans la glace que ses lèvres rouges semblaient évidemment inviter au baiser. Oh ! s'écria-t-elle de nouveau en tapant du pied. Vous êtes l'homme le plus épouvantable que j'aie jamais rencontré et cela me serait bien égal de ne plus jamais vous revoir.

— Moi, si c'étaient là mes véritables sentiments, j'écrabouillerais ce chapeau. Sapristi, vous voilà dans une belle colère. D'ailleurs, ça vous va fort bien, comme vous le savez sans doute. Allons, Scarlett, foulez donc ce chapeau aux pieds pour me montrer ce que vous pensez de moi et de mes cadeaux.

— N'essayez pas de toucher à cette capeline, dit Scarlett en battant en retraite, les mains crispées sur les rubans de sa coiffure.

Rhett la rejoignit. Il riait doucement. Il lui prit les mains.

— Oh ! Scarlett ! Vous êtes si jeune, vous me fendez le cœur, fit-il. Je vous embrasserai puisque vous avez l'air de le désirer.

Alors, se penchant nonchalamment, il lui effleura la joue de sa moustache.

— Bon, maintenant, allez-vous me gifler pour me rappeler aux convenances ?

La lèvre mutine, elle le regarda droit dans les yeux et lut en lui tant de gaieté qu'elle éclata de rire. Qu'il était donc agaçant ! S'il ne voulait pas l'épouser, s'il ne voulait même pas l'embrasser, que diable cherchait-il ? S'il n'était pas amoureux d'elle, pourquoi venait-il si souvent et lui apportait-il des cadeaux ?

— Voyez-vous, Scarlett, commença-t-il, j'ai une mauvaise influence sur vous et, si vous êtes un tant soit peu raisonnable, vous me flanquerez à la porte... si vous pouvez. On ne se débarrasse pas de moi comme cela. Mais mon commerce ne vous vaut rien.

— Comment ?

— Vous ne le voyez pas ? Depuis que je vous ai retrouvée à cette vente de charité, vous vous êtes conduite on ne peut plus mal et c'est moi qui en suis responsable. Qui vous a poussée à danser ? Qui vous a forcée à reconnaître que vous ne trouviez notre glorieuse Cause ni glorieuse ni sacrée ? Qui vous a fait admettre que vous jugiez les hommes bien bêtes de mourir pour des principes ronflants ? Qui vous a aidée à fournir aux vieilles dames d'innombrables sujets de conversation ? Qui va vous mener à quitter le deuil plusieurs années avant les délais normaux ? Enfin, qui

338

vous a tentée au point d'accepter un cadeau qu'aucune femme ne peut accepter tout en restant honnête ?

— Vous vous flattez, capitaine Butler. Je n'ai rien fait de tellement scandaleux et, en tout cas, j'aurais pu faire tout ce que vous venez de dire sans vous.

— J'en doute, déclara-t-il le visage subitement assombri. Vous seriez encore la veuve inconsolable de Charles Hamilton et l'on vanterait vos mérites d'infirmière ! Néanmoins, il se pourrait...

Mais Scarlett n'écoutait plus, car, de nouveau, elle s'admirait dans la glace tout en projetant d'aller l'après-midi à l'hôpital avec sa nouvelle coiffure et de porter des fleurs aux officiers convalescents.

Qu'il y eût du vrai dans les dernières paroles de Rhett, elle ne s'en était même pas aperçue. Elle ne se rendait pas compte que Rhett lui avait ouvert les portes de la prison du veuvage et lui avait permis d'éclipser les jeunes filles alors que l'époque de ses succès aurait dû être passée depuis longtemps. Elle ne se rendait pas compte non plus que, sous son influence, elle s'était fort éloignée de l'enseignement d'Ellen. Le changement s'était opéré peu à peu. Sans se douter que Rhett en était la cause, elle avait fait des entorses successives à de petites conventions sans importance qui semblaient n'avoir aucun lien entre elles. Elle ne comprenait pas du tout que, poussée par lui, elle avait négligé un grand nombre de principes rigides inculqués par sa mère et qu'elle avait oublié le mal qu'Ellen s'était donné pour faire d'elle une dame.

Elle se rendait seulement compte que la capeline était la plus seyante que celles qu'elle avait jamais eues, qu'elle ne lui avait rien coûté et que Rhett, qu'il l'admît ou non, était amoureux d'elle. Et elle était bien décidée à trouver le moyen de le lui faire admettre.

Le lendemain, campée devant la glace, un peigne à la main et la bouche pleine d'épingles à cheveux, Scarlett essayait une nouvelle coiffure qui, au dire de Maybelle, faisait rage dans la capitale. Cette coiffure, intitulée « les chats, les rats et les souris », présentait maintes difficultés. Les cheveux étaient séparés en deux et disposés de chaque côté de la tête en trois rouleaux de taille décroissante. Le rouleau le plus près de la raie était le plus gros et s'appelait « le chat ». « Le chat » et « le rat » étaient faciles à faire, mais « la souris » était exaspérante et ne se laissait jamais emprisonner par les épingles. Néanmoins Scarlett était résolue à se coiffer ainsi, car Rhett devait venir dîner et il remarquait toujours en la commentant une innovation de robe ou de coiffure.

Tandis que, le front couvert de sueur, elle se battait avec ses mèches épaisses et rebelles, elle entendit en bas quelqu'un traverser le vestibule d'un pas léger et se dit que Mélanie était rentrée de l'hôpital. Puis, s'apercevant que sa belle-sœur montait les marches de l'escalier deux par deux, elle demeura un instant immobile. Il y avait certainement quelque chose d'anormal, car, en général, Mélanie se déplaçait avec la gravité d'une douairière. Elle alla ouvrir la porte et Mélanie entra en coup de vent, le visage rouge et effrayé comme celui d'un enfant qui a fait une bêtise.

Ses joues étaient mouillées de larmes. Sa capote rejetée en arrière ne tenait plus que par ses brides. Sa crinoline avait de violents soubresauts. Elle tenait un objet fortement serré dans sa main et, en même temps qu'elle, l'odeur lourde d'un parfum bon marché pénétra dans la chambre.

— Oh ! Scarlett ! s'écria-t-elle en refermant la porte et en allant se jeter sur le lit. Tantine est-elle rentrée ? Non. Oh ! Dieu merci ! Scarlett, j'ai tellement honte, j'en mourrai ! J'ai failli m'évanouir et l'oncle Peter m'a menacée de tout raconter à tante Pitty.

— Raconter quoi ?

— Que j'ai parlé à cette... à mademoiselle... madame... (Mélanie s'éventa avec son mouchoir.) Cette femme aux cheveux roux qui s'appelle Belle Watling.

— Voyons, Melly ! s'exclama Scarlett, si choquée qu'elle ne pouvait que regarder fixement sa belle-sœur.

Belle Watling était cette rousse que Scarlett avait vue dans la rue le jour de son arrivée à Atlanta et qui, depuis ce temps, était devenue la femme la plus célèbre de la ville. A la suite des armées, une ruée de prostituées s'était abattue sur Atlanta, mais Belle se distinguait d'elles toutes par sa chevelure flamboyante et ses robes trop élégantes. On la voyait rarement dans la rue du Pêcher ou dans les quartiers comme il faut, mais, lorsqu'elle y faisait son apparition, les dames respectables s'empressaient de changer de trottoir afin de ne pas se trouver près d'elle. Et Mélanie lui avait adressé la parole. Il ne fallait pas s'étonner que l'oncle Peter fût indigné !

— Si tante Pitty le sait, j'en mourrai ! Tu comprends, elle fondra en larmes, elle ira raconter cela à tout le monde et je serai déshonorée, sanglota Mélanie. Mais ce n'était pas ma faute. Je... je ne pouvais pas me mettre à courir pour échapper à cette femme. C'eût été trop grossier. Scarlett, je... j'ai tellement de chagrin pour elle. Crois-tu que j'aie tort de penser ainsi ?

Mais la solution du problème laissait Scarlett indifférente. Pareille à la plupart des femmes innocentes et bien élevées, elle était dévorée par la curiosité d'en connaître davantage sur les prostituées.

— Que voulait-elle ? Comment t'a-t-elle parlé ?

— Oh ! elle a fait d'horribles fautes de grammaire, mais je voyais si bien qu'elle faisait de son mieux pour paraître distinguée, la pauvre. Je sortais de l'hôpital et l'oncle Peter n'était pas encore là avec la voiture, alors j'ai pensé rentrer à pied à la maison. Juste comme je passais devant le jardin des Emerson, elle était là, cachée derrière une haie. Oh ! Dieu merci, les Emerson sont à Macon ! Alors elle m'a dit : « S'il vous plaît, madame Wilkes, voulez-vous m'accorder une minute de conversation. » Je ne sais pas comment elle a appris mon nom. Je sais que j'aurais dû m'enfuir à toutes jambes, mais, tu comprends, Scarlett, elle avait l'air si triste et... en somme elle me suppliait. Et puis elle portait une robe et une capote noires. Elle n'était pas maquillée du tout et, sans ses cheveux rouges, elle aurait paru très convenable. Alors, avant que j'aie pu répondre, elle a dit : « Je sais bien que je ne devrais pas vous parler, mais j'ai essayé de parler à cette vieille dinde de Mme Elsing, et elle m'a fichue à la porte de l'hôpital. »

— Elle l'a vraiment traitée de dinde ? demanda Scarlett mise en joie.

— Oh ! ne ris pas. Ce n'est pas drôle. Il paraît que cette demoiselle... cette femme voulait faire quelque chose pour l'hôpital... peux-tu imaginer cela ? Elle a proposé de venir soigner les malades tous les matins et, bien entendu, rien qu'à cette idée Mme Elsing a dû sentir les affres de la mort et elle a donné l'ordre de la reconduire dehors. Alors, elle m'a dit . « Je veux pourtant faire quelque chose. Est-ce que je ne suis pas aussi bonne confédérée que vous ? » Et, tu comprends, Scarlett, son offre m'a été droit au cœur. Elle ne peut tout de même pas être si mauvaise que ça, puisqu'elle veut aider la Cause ! Crois-tu que j'aie eu tort de penser ainsi ?

— Pour l'amour de Dieu, Melly, qu'est-ce que ça peut bien faire que tu aies raison ou non ? Que t'a-t-elle dit encore ?

— Elle m'a dit qu'elle avait regardé les dames aller à l'hôpital et qu'elle avait pensé que j'avais une... figure sympathique et que c'était pour ça qu'elle m'avait arrêtée. Elle avait préparé de l'argent et elle a voulu que je le prenne pour l'hôpital sans dire à personne d'où il venait. Elle a dit que Mme Elsing refuserait cet argent si elle en connaissait la provenance. La provenance ! C'est en pensant à cela que j'ai failli m'évanouir ! J'étais tellement bouleversée, j'avais tellement hâte de m'en aller que je lui ai juste répondu : « Oh ! oui vraiment, comme vous êtes gentille », ou quelque chose d'aussi idiot. Alors elle a souri et elle a dit : « Vous êtes une vraie chrétienne » et elle m'a mis de force ce mouchoir sale dans la main. Pouah ! sens-moi ce parfum ! — Mélanie exhiba un mouchoir d'homme maculé de taches dans lequel étaient enfermées quelques pièces de monnaie. — Elle était en train de me remercier et de m'annoncer qu'elle m'apporterait un peu d'argent toutes les semaines quand l'oncle Peter est arrivé et m'a aperçue ! — Melly éclata en sanglots, posa la tête sur l'oreiller. — Et quand il a vu avec qui j'étais, il... oh ! Scarlett, il m'a parlé sur un tel ton... Personne ne m'avait encore parlé sur ce ton. Il m'a littéralement crié : « Vous allez monter tout de suite, dans cet' voitu' ! » Naturellement je lui ai obéi et, tout le long du chemin, il n'a cessé de me maudire sans vouloir entendre mes explications et de dire qu'il raconterait tout à tante Pitty. Scarlett, je t'en prie, descends et va le supplier de ne pas le faire. Il t'écoutera peut-être. Cela tuerait Tantine de savoir que j'ai seulement regardé cette femme en face. Veux-tu ?

— Oui, je veux bien. Mais voyons un peu combien il y a d'argent là-dedans. Cela paraît lourd.

Mélanie défit les nœuds du mouchoir et une poignée de pièces d'or roula sur le lit.

— Scarlett, il y a cinquante dollars ! et en or ! s'exclama Mélanie, stupéfaite. Dis-moi, penses-tu qu'on ait le droit d'employer pour nos malades de l'argent... voyons, de l'argent gagné de cette façon ? Tu ne crois pas que Dieu comprendra peut-être que cette femme a voulu faire le bien et que ça lui sera égal que cet argent soit souillé ? Quand je pense à tout ce dont l'hôpital a besoin.

Mais Scarlett n'écoutait plus. Envahie par la rage et l'humiliation, elle avait les yeux rivés sur le mouchoir sale dont un des coins était marqué aux initiales « R. K. B. ». Dans le premier tiroir de la commode de Scarlett, il y avait un mouchoir exactement pareil à celui-là, un mouchoir que Rhett Butler lui avait prêté la veille pour lier les tiges des fleurs sauvages qu'ils avaient cueillies ensemble et qu'elle comptait lui rendre le soir même, quand il viendrait dîner.

Ainsi Rhett voyait cette rien du tout et lui donnait de l'argent. C'était donc de là que provenait le don de l'hôpital. De l'or du blocus. Et dire que Rhett avait encore l'aplomb de regarder une honnête femme en face après avoir passé son temps avec cette créature ! Et dire qu'elle s'imaginait qu'il était amoureux d'elle !

Les femmes de mauvaise vie et tout ce qui les entourait appartenaient à un domaine mystérieux dont la pensée révoltait Scarlett. Elle savait que les hommes fréquentaient ces femmes pour des raisons auxquelles une femme comme il faut ne devait jamais faire allusion... ou bien dont elle ne devait parler qu'à demi-mot. Scarlett avait toujours pensé que seuls les hommes vulgaires recherchaient la compagnie de ces femmes. Mais, jusque-là, il ne lui était jamais venu à l'esprit que des hommes bien, c'est-à-dire ceux qu'elle rencontrait chez les gens bien et avec qui elle dansait, fussent capables de faire des choses pareilles. Cela ouvrait un champ entièrement nouveau à ses réflexions et elle en était horrifiée. Tous les hommes se comportaient peut-être de cette manière ! C'était déjà bien assez qu'ils contraignissent leurs épouses à se livrer à des actes aussi indécents sans aller chercher des femmes de bas étage et les payer pour cela ! Oh ! les hommes étaient si répugnants et Rhett Butler était le pire de tous !

Il allait voir ça ! Elle lui jetterait son mouchoir à la figure, elle lui montrerait la porte et jamais, jamais plus elle ne lui adresserait la parole. Mais non, naturellement, elle ne pouvait pas faire cela. Il ne fallait pour rien au monde lui laisser entendre qu'elle savait qu'il existait des femmes de mauvaise vie et encore moins qu'il les fréquentait. Une dame ne pouvait pas se permettre cela.

« Oh ! pensa-t-elle en colère. Si je n'étais pas une femme du monde, qu'est-ce que je ne dirais pas à cette vermine ! »

Alors, froissant le mouchoir dans sa main, elle descendit l'escalier pour aller chercher l'oncle Peter à la cuisine. En passant devant le fourneau elle lança le mouchoir dans le feu et, en proie à une rage impuissante, elle le regarda brûler.

XIV

Au début de l'été 1863, l'espérance fleurissait dans tous les cœurs sudistes. Malgré les privations et les épreuves, malgré les spéculateurs et les divers fléaux du même genre, malgré la mort, la maladie et la souffrance qui avaient frappé la plupart des familles, le Sud disait de nouveau : « Encore une victoire, et la guerre est finie », et il le disait même avec plus d'entrain et plus d'assurance que l'été précédent. Les Yankees se montraient coriaces, mais ils étaient à bout de souffle.

La Noël 1862 avait été un jour de fête pour Atlanta et pour le Sud tout entier. La Confédération avait remporté une victoire éclatante à Fredericksburg et l'on comptait par milliers les morts et les blessés yankees. Tout le monde avait profité de cette période de vacances pour s'amuser et se féliciter de la tournure des événements. L'armée avait pris maintenant ses quartiers d'hiver, mais comme ses généraux avaient donné des preuves de leur mérite, tout le monde savait que, lorsque les hostilités reprendraient au printemps, les Yankees seraient écrasés une fois pour toutes.

Le printemps vint et la bataille recommença. En mai, la Confédération remporta une autre grande victoire à Chancellorsville. Le Sud trépigna de joie. En Georgie même, un raid de la cavalerie de l'Union s'était transformé en triomphe pour les Confédérés. Les gens en riaient encore et se donnaient de vigoureuses tapes dans le dos en disant : « Oui, monsieur ! Dès l'instant que le vieux Nathan Bedfort Forrest s'est lancé à leurs trousses, ils ont été fichus. » Vers la fin du mois d'avril, le colonel Streigh, à la tête de 1 800 cavaliers yankees, était entré en Georgie et avait voulu tenter un coup de main sur Rome, petite ville à soixante milles au nord d'Atlanta. Il avait eu la prétention de couper la voie ferrée d'importance vitale qui reliait Atlanta au Tennessee, puis de pousser une pointe jusqu'à Atlanta et de détruire les usines de guerre et les magasins concentrés dans cette ville considérée comme la clé de la Confédération.

C'était un coup hardi et qui, sans Forrest, eût coûté cher au Sud. Forrest s'était lancé à la poursuite des Yankees, les avait rejoints avant qu'ils eussent atteint Rome, les avait harcelés nuit et jour et avait fini par les faire tous prisonniers.

L'annonce de ce succès parvint à Atlanta presque en même temps que la nouvelle de la victoire de Chancellorsville, et la ville, exultant, s'était laissée aller à une douce hilarité. Chancellorsville était peut-être une victoire plus importante, mais la capture des cavaliers de Streigh rendait les Yankees positivement ridicules.

« Non, non, ils auraient mieux fait de ne pas se frotter au vieux Forrest », ne cessait-on de répéter à Atlanta en se tordant de rire.

Évidemment les Yankees de Grant assiégeaient Vicksburg depuis le milieu du mois de mai. Évidemment le Sud avait subi une perte sensible avec Stonewall Jackson, mortellement blessé à Chancellorsville. Évidemment la Georgie avait perdu l'un de ses fils les plus braves et les plus brillants avec le général T. R. R. Cobb, tué à Fredericksburg. Pourtant les Yankees n'étaient plus en état de supporter une défaite comme Fredericksburg ou comme Chancellorsville. Ils seraient bien forcés de céder, et cette guerre cruelle pourrait enfin cesser.

Les premiers jours de juillet arrivèrent et bientôt circula le bruit, plus tard confirmé par les dépêches, que Lee avait envahi la Pennsylvanie. Lee en territoire ennemi ! Lee forçant la victoire ! C'était le dernier combat de la guerre !

Atlanta ne se sentait plus de joie et brûlait d'une ardente soif de vengeance. Désormais les Yankees allaient savoir ce que c'était que d'avoir la guerre chez soi. A leur tour leurs champs ravagés, leurs chevaux et leur bétail volés, leurs maisons incendiées, leurs vieillards et leurs jeunes gens jetés en prison, leurs femmes et leurs enfants réduits à la famine.

Tout le monde savait ce que les Yankees avaient fait au Missouri, au Kentucky, au Tennessee et en Virginie. Les petits enfants eux-mêmes, pleins de haine et d'effroi, pouvaient raconter les horreurs que les Yankees avaient commises en territoire conquis. Atlanta était déjà envahie par les réfugiés du Tennessee de l'Est et avait appris de première main quel genre de souffrances ils avaient enduré. Dans cette région les partisans de la Confédération étaient en minorité et le poids de la guerre était lourdement retombé sur eux comme cela se produisait dans tous les États frontières où le voisin dénonçait son voisin, où le frère tuait son frère. Ces réfugiés ne demandaient qu'à voir la Pennsylvanie à feu et à sang, et cette perspective semblait procurer une joie farouche même aux vieilles dames les plus tranquilles

Cependant, lorsqu'on apprit que Lee avait interdit de toucher aux biens des particuliers en Pennsylvanie, qu'il avait décrété que tout acte de pillage serait puni de mort et que l'armée verserait une indemnité pour chaque chose réquisitionnée, il fallait tout le prestige qu'avait acquis le général pour que celui-ci conservât sa popularité. Empêcher les hommes de piller les riches entrepôts de cet État florissant ! Où le général Lee avait-il donc la tête ? Et nos petits soldats qui avaient si faim, qui avaient tant besoin de chaussures, de vêtements et de chevaux !

Un billet hâtif de Darcy Meade au docteur, le seul renseignement de source sûre que reçut Atlanta durant ces premiers jours de juillet, passa de main en main et souleva une indignation croissante. « Papa, pouvez-vous vous arranger pour me trouver une paire de bottes ? Je suis pieds nus depuis deux semaines et je ne vois guère comment je m'en procurerais une. Si je n'avais pas d'aussi grands pieds, je ferais comme les camarades, j'en prendrais aux Yankees morts, mais jusqu'ici je n'ai pas encore trouvé un Yankee qui eût des pieds comme les miens. Si vous trouvez des bottes,

347

ne me les expédiez pas par la poste. On me les volerait en route et je ne pourrais pas en tenir rigueur au voleur. Mettez Phil dans le train et envoyez-le-moi avec les bottes. Je vous écrirai sous peu où je serai. Pour le moment, je ne sais rien si ce n'est que nous marchons vers le Nord. Nous sommes au Maryland et tout le monde dit que nous allons entrer en Pennsylvanie...

« Papa, j'espérais que nous aurions un peu fait goûter aux Yankees notre misère, mais le général dit non, et quant à moi je n'ai aucune envie de me faire tuer pour le plaisir de brûler une maison yankee. Papa, aujourd'hui, nous traversons les plus vastes champs de maïs que j'aie jamais vus. Nous n'avons pas de maïs comme ça chez nous. Je suis bien forcé d'avouer que nous avons fait quelques petits ravages dans ce maïs, car nous avions tous joliment faim, et ce que le général ne sait pas ne peut pas lui faire de peine. Mais ce maïs vert ne nous a pas fait grand bien. Tous les camarades ont la dysenterie et le maïs a aggravé leur état. Papa, essayez de me trouver des bottes. Maintenant, je suis capitaine et un capitaine se doit d'avoir des bottes, même s'il n'a ni uniforme neuf ni épaulettes. »

Néanmoins, l'armée était en Pennsylvanie, et c'était ce qui importait. Encore une victoire et la guerre serait finie. Darcy Meade pourrait avoir toutes les bottes qu'il voudrait, les hommes rentreraient dans leur foyer et de nouveau tout le monde serait heureux. Mme Meade avait les larmes aux yeux à la pensée que son soldat, son fils, allait enfin rentrer chez lui, chez lui pour ne plus en partir.

Le 3 juillet, un silence soudain s'abattit sur la ligne télégraphique du Nord, un silence qui dura jusqu'au lendemain midi, heure à laquelle des nouvelles fragmentaires et tronquées commencèrent à arriver à l'état-major d'Atlanta. Il y avait eu un violent combat en Pennsylvanie, près d'une petite ville appelée Gettysburg, une grande bataille à laquelle avait pris part toute l'armée de Lee. On manquait de précisions, les transmissions étaient lentes, car le combat s'était déroulé en territoire ennemi et les rapports venus du Maryland passaient par Richmond pour être expédiés de là à Atlanta.

L'incertitude grandit et l'angoisse s'empara peu à peu de la ville. Rien n'était aussi terrible que de ne pas savoir à quoi s'en tenir. Les familles dont les fils étaient au front priaient avec ferveur que leurs enfants ne fussent point en Pennsylvanie, mais ceux qui savaient que leurs parents étaient dans le même régiment que Darcy Meade se raidissaient et déclaraient que c'était un grand honneur de participer à la bataille où les Yankees seraient définitivement écrasés.

Chez tante Pitty, les trois femmes se regardaient sans parvenir à dissimuler leur inquiétude. Ashley et Darcy étaient dans le même régiment.

Le 5, de mauvaises nouvelles arrivèrent non point du Nord, mais de l'Ouest. Vicksburg était tombé après un siège long et pénible et, de Saint Louis à La Nouvelle-Orléans, tout le Mississippi était pratiquement aux mains des Yankees. La Confédération était coupée en deux. A tout autre moment, l'annonce de ce désastre eût plongé Atlanta dans la crainte et la consternation, mais maintenant les habitants de la ville n'avaient guère le loisir de songer à Vicksburg. Ils songeaient à Lee qui, en Pennsylvanie, forçait la victoire. La perte de Vicksburg ne serait pas une catastrophe si Lee triomphait dans l'Est. L'Est, c'était Philadelphie, New York, Washington. La prise de ces cités paralyserait le Nord et ferait mieux que compenser la défaite sur le Mississippi.

Les heures passaient et l'ombre noire des calamités s'étendait sur la ville, obscurcissant le soleil au point que les gens levaient la tête et s'étonnaient de voir au-dessus d'eux un ciel clair et bleu au lieu d'un ciel sombre et chargé de nuages. Partout, sous les vérandas, sur les trottoirs, ou même au milieu de la rue, les femmes se rassemblaient, se groupaient, se disaient que le manque de nouvelles était bon signe, cherchaient à se rassurer, essayaient de se montrer braves. Mais, pareils à des chauves-souris parcourant la rue de leur vol rapide, d'horribles bruits se répandaient. On racontait que Lee était tué, la bataille perdue, qu'on allait recevoir une énorme liste de morts et de blessés. Partout les gens qui, cependant, s'efforçaient de ne pas croire au désastre, se laissaient gagner par la panique, se ruaient vers le centre de la ville, vers les journaux, vers les états-majors et réclamaient des nouvelles, n'importe quelles nouvelles, même des mauvaises.

La foule se massait devant la gare dans l'espoir que les trains attendus apporteraient des renseignements, devant le bureau du télégraphe, devant les quartiers généraux harcelés de demandes, devant la porte fermée des journaux. C'était une foule étrangement calme, une foule qui, sans heurt, grossissait de minute en minute. Personne ne parlait. De temps en temps, un vieillard implorait des nouvelles d'une voix de fausset, et la foule, au lieu de s'énerver, ne faisait qu'observer un silence plus intense chaque fois qu'elle s'entendait répéter : « On n'a encore reçu aucune dépêche du Nord, on sait seulement qu'il y a eu une bataille. » La file des femmes venues à pied ou en voiture s'allongeait de plus en plus. La chaleur dégagée par tous ces corps serrés les uns contre les autres et la poussière soulevée par tous ces gens qui piétinaient le sol devenaient intolérables. Les femmes se taisaient, mais leurs visages pâles, graves, plaidaient leur cause avec une éloquence muette plus émouvante qu'un gémissement.

Il n'y avait guère de maisons d'où un fils, un frère, un père, un fiancé ou un mari ne fût parti pour prendre part à cette bataille. Toutes ces femmes étaient prêtes à apprendre que la mort était venue chez elles. Toutes s'y attendaient. Aucune ne s'attendait à la défaite. Cette pensée, elles la chassaient de leur esprit. En ce moment, leurs hommes râlaient peut-être sur l'herbe brûlée par le soleil des collines de Pennsylvanie. Les rangs sudistes s'abattaient peut-être comme des récoltes sous un orage de grêle, mais la Cause pour laquelle ils luttaient ne sombrerait jamais. Ils mourraient peut-être par milliers, mais des milliers d'hommes vêtus de gris surgiraient du sol et prendraient leur place en poussant le cri des rebelles. D'où viendraient ces hommes, nulle ne le savait. Elles savaient seulement, et c'était pour elles une chose aussi certaine que la présence dans les cieux d'un Dieu juste, que Lee était prodigieux et l'armée de Virginie invincible.

La voiture avait fait halte devant les bureaux du *Bulletin Quotidien* et, comme la capote était baissée, Scarlett, Mélanie et Mlle Pittypat avaient dû ouvrir leurs ombrelles. Scarlett tremblait tellement que son ombrelle oscillait au-dessus de sa tête. Pitty était si émue que son nez frémissait au milieu de sa figure ronde, comme celui d'un lapin, mais Mélanie, les yeux de plus en plus hagards à mesure que le temps passait, observait une immobilité de statue. En deux heures, elle ne desserra les dents qu'au moment où, sortant un flacon de sels de son réticule, elle le tendit à sa tante et, pour la première fois de sa vie, s'adressa à la vieille demoiselle sur un ton dénué de tendresse :

— Prends ceci, ma tante, tu t'en serviras, si tu sens que tu vas t'évanouir. Je te préviens que, si ça ne va pas, il faudra seulement compter sur l'oncle Peter pour te ramener à la maison, car je n'ai pas l'intention de m'en aller avant d'avoir appris... avant d'avoir appris quelque chose. Et puis, je n'ai pas l'intention non plus de me séparer de Scarlett.

Scarlett n'avait nulle envie de partir, nulle envie d'être ailleurs que là où elle pourrait avoir des nouvelles d'Ashley. Non, même si Mlle Pittypat rendait l'âme, elle ne s'en irait pas. Ashley se battait sûrement quelque part, peut-être était-il en train de mourir, et le bureau du journal était le seul endroit où elle pouvait apprendre la vérité.

Elle parcourut la foule des yeux, reconnut des

amies, des voisines : Mme Meade avec sa capote tout
de travers et le bras passé sous celui de Phil, son
garçon de quinze ans ; les demoiselles Mac Lure
s'évertuant à masquer d'une lèvre tremblante leurs
dents qui avançaient ; Mme Elsing, raide comme une
mère spartiate et dont seules les mèches grises échap-
pées de son chignon trahissaient l'agitation intérieure,
enfin Fanny Elsing, pâle comme un linge. Ce n'était
sûrement pas pour son frère Hugh que Fanny était si
inquiète ! Avait-elle donc au front un soupirant sans
qu'on s'en doutât ? Mme Merriwether, assise dans sa
voiture, caressait la main de Maybelle. La grossesse de
Maybelle était si avancée que c'en était une honte de
s'exhiber dans cet état, même avec un châle soigneusement drapé autour de soi. Pourquoi se faisait-elle
tant de tracas ? Personne n'avait entendu dire que les
troupes de Louisiane étaient en Pennsylvanie. Son
petit zouave poilu devait être bien en sûreté à Richmond.

Il y eut un remous dans la foule et l'on se recula
pour laisser passer Rhett Butler qui, à cheval, se
frayait lentement un chemin vers la voiture de tante
Pitty. « Il a du courage de venir ici en ce moment », se
dit Scarlett. « Il suffirait d'un rien pour que la
populace le mette en pièces parce qu'il n'est pas en
uniforme », et elle pensa aussi qu'elle serait volontiers
la première à lui faire un mauvais parti. Comment
osait-il se pavaner sur ce beau cheval, en bottes
vernies dans un élégant costume de toile blanche, avec
sa mine florissante et son cigare à la bouche, quand
Ashley et tous les autres garçons se battaient contre
les Yankees, pieds nus, couverts de sueur, morts de
faim, les entrailles rongées par la maladie ?

Accompagné de regards haineux, il avançait avec
précaution. Des vieillards grommelaient dans leurs
barbes et Mme Merriwether, qui n'avait peur de rien,
se souleva un peu sur son siège et, d'une voix claire,
lança la plus cinglante et la plus venimeuse des
injures : « spéculateur ». Rhett sembla ne remarquer

personne, mais il salua Melly et tante Pitty, puis, se portant du côté de Scarlett, il se pencha et chuchota :

— Vous ne trouvez pas que ce serait le moment pour le docteur Meade de nous gratifier d'un de ses discours coutumiers où il est question de la victoire venue se poser comme un aigle sur nos drapeaux ?

Les nerfs tendus par l'émotion, Scarlett se retourna avec la prestesse d'un chat en colère. Elle était sur le point de l'injurier, mais il la retint d'un geste.

— Je suis venu vous dire, mesdames, que j'arrive du quartier général et qu'on a reçu les premières listes de morts et de blessés, annonça-t-il à haute voix.

Un murmure s'éleva parmi les gens assez près pour avoir entendu sa remarque et la foule s'agita avant de faire demi-tour et de se ruer dans la rue de Whitehall pour aller au quartier général.

— Ne bougez pas ! cria Rhett dressé sur sa selle, la main tendue. On a envoyé la liste aux deux journaux. On est en train de l'imprimer. Restez où vous êtes !

— Oh ! Capitaine Butler ! s'exclama Melly en se tournant vers lui, les larmes aux yeux. Comme vous êtes bon d'être venu nous prévenir. Quand va-t-on afficher ces listes ?

— D'une minute à l'autre, madame. Elles ont été distribuées aux journaux depuis une demi-heure, seulement l'officier qui s'occupe de cela n'a pas voulu qu'on le sache de peur que la foule ne saccage les bureaux, en essayant d'avoir des nouvelles. Tenez ! Regardez !

Une des fenêtres du journal s'ouvrit. Une main apparut, brandissant une liasse d'épreuves longues et étroites, barbouillées de taches d'encre fraîche et couvertes de noms serrés les uns contre les autres. Les gens se les arrachaient. Ceux qui en avaient obtenu essayaient de reculer pour lire, ceux qui étaient derrière poussaient en criant « laissez-moi passer ! ».

— Tenez mon cheval, dit Rhett qui venait de sauter à terre et avait jeté la bride à l'oncle Peter.

Par-dessus la foule, on vit ses épaules massives tandis qu'il se frayait un chemin en écartant brutalement les gens autour de lui. Au bout d'un instant, il revint, tenant une demi-douzaine d'épreuves à la main. Il en lança une à Mélanie et distribua le reste aux femmes qui se trouvaient dans les voitures les plus proches, les demoiselles Mac Lure, Mme Meade, Mme Merriwether, Mme Elsing.

— Vite, Melly, s'écria Scarlett, la gorge serrée.

La rage la gagnait de voir que Melly tremblait au point d'être incapable de lire.

— Prends-la, murmura Melly, et Scarlett s'empara de la feuille.

Les W. Où étaient les W ? Là ! dans le bas, tout souillés d'encre. « White », elle lisait d'une voix brisée, « Wilkins... Wim... Zebulon... Oh ! Melly, il n'y est pas ! Il n'y est pas ! Oh ! tante, pour l'amour de Dieu ! Melly, les sels ! Retiens-la, Melly. »

Melly, pleurant de joie devant tout le monde, souleva la tête de Pitty qui était retombée sur son épaule et porta le flacon de sels à son nez. De son côté, Scarlett, le cœur inondé de bonheur, soutenait la vieille et plantureuse demoiselle. Ashley était vivant ! Il n'était même pas blessé. Que Dieu était bon de ne pas l'avoir rappelé à lui ! Que...

Elle entendit un gémissement étouffé. Elle se retourna et vit Fanny Elsing poser la tête sur la poitrine de sa mère, elle vit la liste des morts et des blessés tournoyer et retomber sur le plancher de la voiture, elle vit trembler les lèvres minces de Mme Elsing, qui prit sa fille dans ses bras et dit à son cocher d'une voix calme : « A la maison ! Vite ! » Scarlett parcourut rapidement la liste. Hugh Elsing n'y figurait pas. Fanny devait être fiancée et maintenant son fiancé était mort. La foule s'écarta en silence pour laisser passer la voiture des Elsing, que suivit le petit cabriolet en osier des demoiselles Mac Lure. Mlle Confiance conduisait, le visage durci comme un roc et, pour une fois, ses lèvres lui recouvraient les dents. Mlle Espérance, la mort peinte sur le visage, la main crispée sur la jupe de sa sœur, se raidissait à côté d'elle. On les eût prises pour de très vieilles femmes.

Elles adoraient leur jeune frère Dallas, le seul parent que les deux vieilles filles eussent au monde. Dallas n'était plus.

— Melly! Melly! lança Maybelle d'un ton joyeux. René est sain et sauf! et Ashley aussi! Oh! que Dieu soit béni! — Le châle avait glissé de ses épaules et son état était encore plus apparent, mais, pour une fois, ni elle ni Mme Merriwether ne s'en soucièrent.

— Oh! madame Meade! René... (Sa voix s'altéra.) Melly, regarde!... Madame Meade, je vous en prie! Darcy n'est pas...?

Mme Meade baissait obstinément la tête et ne bougea pas quand on l'appela, mais le visage du petit Phil était un livre grand ouvert que tous pouvaient lire.

— Voyons, voyons, maman, dit-il désemparé.

Mme Meade releva la tête. Ses yeux croisèrent ceux de Mélanie.

— Il n'aura plus besoin de ses bottes maintenant, fit-elle.

— Oh! ma chérie, s'écria Melly en sanglotant.

Elle repoussa tante Pitty vers Scarlett, descendit de sa voiture et se dirigea vers celle de la femme du docteur.

— Maman, vous m'avez encore, murmura Phil dans un effort désespéré pour consoler la femme aux traits décomposés qu'il avait près de lui. Et, si vous me laissez, j'irai tuer tous les Yank...

Mme Meade se cramponna à son bras comme si elle voulait le retenir. « Non! » fit-elle d'une voix étouffée. « Phil Meade, tu vas te taire! » ordonna Mélanie, qui monta s'asseoir près de Mme Meade et la prit dans ses bras. « Tu te figures que cela servira à ta mère que tu ailles te faire tuer, toi aussi? Je n'ai jamais rien entendu de plus bête. Allons, dépêche-toi. Ramène-nous chez toi. »

Elle se tourna vers Scarlett tandis que Phil prenait les guides.

— Dès que tu auras reconduit tante à la maison, viens me rejoindre chez Mme Meade. Capitaine Butler, vous ne pourriez pas aller prévenir le docteur ? Il est à l'hôpital.

La voiture avança au milieu de la foule qui se dispersait. Quelques femmes pleuraient de joie, mais la plupart paraissaient trop hébétées pour se rendre compte du coup terrible qui s'était abattu sur elles. Scarlett se pencha sur les listes maculées pour y relever des noms d'amis. Maintenant qu'Ashley était sain et sauf, elle pouvait songer aux autres. Oh ! que la liste était longue ! Qu'il était lourd, le tribut payé par Atlanta, par la Georgie tout entière.

Grand Dieu ! « Calvert, Raifort, lieutenant Raif ! » Soudain Scarlett se rappela le jour, il y avait si longtemps, où ils s'étaient sauvés tous les deux, mais où, la nuit, ils avaient décidé de rentrer parce qu'ils avaient faim et que le noir leur faisait peur.

« Fontaine, Joseph K., simple soldat. » Le petit Joe, qui avait si mauvais caractère ! Et Sally à peine relevée de ses couches !

« Munroe... La Fayette, capitaine. » Lafe, le fiancé de Cathleen Calvert. Pauvre Cathleen ! Perdre en même temps un frère et un fiancé. Mais Sally, elle, avait perdu un frère et un mari.

Oh ! c'était trop affreux. Scarlett redoutait presque de continuer. Sur son épaule, tante Pitty soufflait et soupirait, alors, sans plus de façon, Scarlett la repoussa dans un coin de la voiture et reprit sa lecture.

Voyons... voyons... il ne pouvait tout de même pas y avoir trois fois le nom de « Tarleton » sur cette liste. Peut-être l'imprimeur, dans sa hâte, avait-il répété le nom par erreur. Mais non. C'étaient bien eux. « Tarleton Brenton, lieutenant. » « Tarleton Stuart, caporal. » « Tarleton Thomas, simple soldat. » Et Boyd, mort dès la première année de la guerre, était enterré, Dieu seul savait où, en Virginie. Tous les Tarleton disparus. Tom et les jumeaux avec leurs longues jambes, leur nonchalance, leur amour des potins et des plaisanteries absurdes, et Boyd qui avait la grâce d'un maître-à-danser et une langue de vipère.

Scarlett ne pouvait plus lire. Elle ne voulut plus savoir s'il y avait sur cette liste d'autres jeunes gens avec lesquels elle avait grandi, dansé, flirté, qu'elle avait embrassés. Elle aurait voulu pleurer, faire n'importe quoi pour desserrer cette griffe qui s'enfonçait dans sa gorge.

— Je suis désolé, Scarlett, fit Rhett.

Elle le regarda. Elle avait oublié qu'il était encore là.

— Il y a beaucoup de vos amis.

Elle hocha la tête et essaya de parler.

— Presque toutes les familles du comté... et les... les trois Tarleton.

Il avait le visage calme, un peu assombri. Ses yeux avaient perdu leur expression narquoise.

— Et ce n'est pas fini, reprit-il. Ce ne sont que les premières listes et elles sont incomplètes. Demain il y en aura une plus longue. (Il baissa la voix afin que ceux qui se trouvaient dans les voitures voisines n'entendissent pas.) Scarlett, le général Lee doit avoir perdu la bataille. J'ai entendu dire au quartier général qu'il avait battu en retraite dans le Maryland.

Scarlett leva vers lui des yeux effrayés, mais sa crainte ne provenait point de la défaite de Lee. Demain, il y aurait une plus longue liste ! Demain ! Elle n'avait pas pensé au lendemain, tant elle avait été heureuse qu'Ashley ne se trouvât pas sur cette première liste. Demain ! Comment ! il était peut-être mort et elle n'en saurait rien avant le lendemain ou même avant une semaine.

— Oh ! Rhett ! pourquoi faut-il donc qu'il y ait des guerres ? Il aurait tellement mieux valu que les Yankees consentent à nous dédommager pour les nègres... ou même que nous leur ayons donné les nègres gratuitement plutôt que d'assister à cela.

— Il ne s'agit pas des nègres, Scarlett. Ils ne sont que le prétexte. Il y aura toujours des guerres parce que les hommes aiment la guerre. Les femmes ne l'aiment pas, mais les hommes l'adorent... oui-da ! ils la font encore passer avant l'amour des femmes.

Il ébaucha un sourire. Son visage avait perdu sa gravité. Il souleva son large panama.

— Au revoir. Je m'en vais à la recherche du docteur Meade. J'imagine que, sur le moment, il ne goûtera pas l'ironie de se faire annoncer la mort de son fils par moi. Mais, plus tard, il sera sans doute fou de rage à la pensée qu'un spéculateur est venu lui apporter la nouvelle de la mort d'un héros.

Scarlett coucha Mlle Pitty, laissa la cuisinière et Prissy à son chevet, puis se rendit chez les Meade. Mme Meade était au premier en compagnie de Phil et attendait le retour de son mari. En bas, dans le salon, Mélanie discutait à voix basse avec un groupe de voisins venus marquer leur sympathie à la famille plongée dans l'affliction. A coups d'aiguille et de ciseaux, elle retouchait une robe de deuil prêtée par Mme Elsing à Mme Meade. Déjà la maison était tout imprégnée de l'odeur âcre des vêtements qui bouillaient à la cuisine dans l'énorme lessiveuse remplie d'un bain de teinture noire où la cuisinière brassait en sanglotant les robes de Mme Meade.

— Comment va-t-elle ? interrogea doucement Scarlett.

— Pas une larme, fit Mélanie. C'est terrible quand les femmes n'arrivent pas à pleurer. Je me demande comment font les hommes pour supporter une douleur sans pleurer. Je crois que c'est parce qu'ils sont plus forts et plus braves que les femmes. Elle dit qu'elle ira elle-même en Pennsylvanie pour le ramener ici. Le docteur ne peut pas abandonner l'hôpital.

— Ce sera épouvantable pour elle. Pourquoi Phil n'irait-il pas ?

— Elle a peur qu'il ne s'engage si elle n'a plus les yeux sur lui. Il est grand pour son âge, tu sais, et maintenant on les prend à seize ans.

Un à un, les voisins se retirèrent, peu disposés à être là quand le docteur rentrerait chez lui. Scarlett et Mélanie restèrent seules à coudre dans le salon. Mélanie avait l'air triste, mais bien que ses larmes coulassent sur son ouvrage elle respirait le calme.

Évidemment elle était à cent lieues de se douter que la bataille continuait peut-être et qu'à ce moment même Ashley pouvait être tué. Le cœur serré d'angoisse, Scarlett ne savait pas s'il fallait répéter à Mélanie les paroles de Rhett et obtenir un réconfort relatif à sa détresse ou bien s'il fallait les garder pour elle. Elle se décida enfin à ne rien dire. Ce n'était pas la peine que Mélanie se rendît compte que le sort d'Ashley la tourmentait à ce point. Elle remercia Dieu de ce que, ce matin-là, tout le monde, y compris Melly et Pitty, eût été trop préoccupé pour remarquer son attitude.

Après avoir cousu un certain temps en silence, Scarlett et Mélanie entendirent du bruit dans la rue. Elles écartèrent les rideaux et virent le docteur Meade descendre de cheval. Les épaules voûtées, il baissait tellement la tête que sa barbe grise s'étalait en éventail sur sa poitrine. Il entra lentement, posa par terre son chapeau sans mot dire, puis il gravit l'escalier d'un pas fatigué. Au bout d'un instant, Phil descendit. Tout en jambes et en bras, il avait des gestes balourds. Les deux jeunes femmes voulaient l'inviter à se joindre à elles, mais il passa sous la véranda et, s'asseyant sur la première marche du perron, il se prit la tête à deux mains.

Melly soupira.

— Il est furieux parce qu'on ne veut pas qu'il aille se battre contre les Yankees. Quinze ans ! Oh ! Scarlett, ce serait merveilleux d'avoir un fils comme ça !

— Pour qu'il soit tué ? demanda Scarlett, qui pensait à Darcy.

— Il vaudrait mieux avoir un fils, même pour qu'il soit tué que de ne jamais en avoir, fit Mélanie d'une voix coupée par l'émotion. Tu ne peux pas comprendre, Scarlett, parce que tu as le petit Wade, mais moi... Oh ! Scarlett ! je voudrais tant avoir un bébé. Tu dois trouver honteux que je l'avoue si crûment, mais c'est vrai et c'est là ce que veulent toutes les femmes, tu le sais bien.

Scarlett se retint pour ne pas ricaner.

— Si Dieu veut que... s'il rappelle Ashley à lui, je
pense que j'aurai la force de surmonter cette épreuve,
et pourtant s'il mourait j'aimerais mieux mourir
aussi. Mais Dieu me donnerait le courage nécessaire.
En tout cas, je ne pourrais pas supporter sa mort si...
si je n'avais pas un enfant de lui pour me consoler.
Oh ! Scarlett, comme tu as de la chance ! Tu as beau
avoir perdu Charlie, tu as un fils. Et si Ashley s'en va,
je n'aurai rien. Scarlett, pardonne-moi, mais il m'est
arrivé d'être jalouse de toi.

— Jalouse... de moi ? s'écria Scarlett qui, brusquement, se sentit coupable.

— Parce que tu as un fils et pas moi. Parfois, je suis
même allée jusqu'à traiter Wade comme s'il était à
moi, tant c'est affreux de ne pas avoir d'enfant.

— Pfft ! fit Scarlett, soulagée.

Elle jeta un regard rapide à la petite femme menue
et rougissante, penchée sur son ouvrage. Mélanie
pouvait bien désirer des enfants, mais elle n'était
certainement pas faite pour en porter. Elle était à
peine plus grande qu'une gamine de douze ans, elle
avait les hanches étroites comme celles d'un enfant et
elle était très plate de poitrine. Scarlett ne voulut
même pas s'arrêter à l'idée que Mélanie pourrait avoir
un enfant. Si Mélanie avait un enfant d'Ashley, ce
serait comme si on lui enlevait quelque chose qui
n'appartenait qu'à elle seule.

— Ne m'en veuille pas de ce que je t'ai dit au sujet
de Wade. Je l'aime tant. Tu n'es pas fâchée contre moi,
au moins ?

— Ne fais pas la sotte, déclara sèchement Scarlett.
Va donc plutôt sous la véranda t'occuper de Phil. Il
pleure.

XV

Repoussée en Virginie, l'armée, une armée harassée, épuisée par la défaite de Gettysburg, établit ses quartiers d'hiver sur le Rapidan et, comme la Noël approchait, Ashley revint chez lui en permission. Scarlett, qui ne l'avait pas vu depuis deux ans, fut effrayée par la violence de ses propres sentiments. Lorsque, dans le grand salon des Douze Chênes, elle avait assisté à son mariage avec Mélanie, elle avait pensé que jamais son cœur brisé ne pourrait l'aimer avec plus d'intensité. Mais maintenant elle savait que les sentiments qu'elle avait éprouvés au cours de cette soirée lointaine étaient ceux d'une enfant gâtée à qui l'on confisque un jouet. Maintenant elle aimait d'un amour aiguisé par ses longues rêveries, décuplé par le silence qu'elle avait été forcée d'observer.

Dans son uniforme passé, rapiécé, avec ses cheveux blonds auxquels le soleil d'été avait donné une teinte filasse, Ashley Wilkes était un homme bien différent de l'indolent garçon aux yeux langoureux qu'elle avait éperdument aimé avant la guerre, et il était mille fois plus séduisant. Il avait maigri, il était bronzé et sa longue moustache blonde dont les pointes retombaient selon la mode en vigueur chez les officiers de cavalerie achevait de faire de lui le type parfait du soldat.

Portant son uniforme usé avec une raideur toute militaire, un vieil étui à revolver au côté, le fourreau cabossé de son sabre battant fièrement contre ses hautes bottes, les éperons ternis, tel était le commandant Ashley Wilkes de l'armée confédérée. L'habitude de commander lui avait donné un air de tranquille assurance et d'autorité. De petits plis sévères commençaient à se dessiner aux coins de ses lèvres. Il y avait quelque chose de nouveau, d'inattendu dans sa carrure et dans le froid reflet de ses yeux brillants. Sa lenteur et son indolence d'autrefois avaient fait place à une vivacité de chat aux aguets, à l'inquiète vigilance de quelqu'un dont les nerfs sont perpétuellement tendus comme des cordes de violon. Dans ses yeux une expression de lassitude trahissait ses préoccupations et l'ossature délicate de son visage saillait sous sa peau hâlée... C'était bien son bel Ashley, mais si différent !

Scarlett avait projeté de passer la Noël à Tara. Cependant, après le télégramme d'Ashley, nulle force au monde, pas même une invitation directe d'Ellen, déçue, ne put l'arracher à Atlanta. Si Ashley avait eu l'intention de se rendre aux Douze Chênes, elle se serait précipitée à Tara pour être près de lui, mais il avait écrit à sa famille de venir le rejoindre à Atlanta, et M. Wilkes, Honey et India étaient déjà arrivés. Aller à Tara et ne pas le voir après deux si longues années ! Ne pas entendre le son de sa voix, ne pas lire dans ses yeux qu'il ne l'avait pas oubliée ? Jamais ! Pas même pour toutes les mères du monde !

Ashley revint chez lui quatre jours avant la Noël avec un groupe de garçons du comté eux aussi en permission, groupe tristement réduit depuis Gettysburg. Cade Calvert, maigre, décharné, avec une toux qui ne le quittait pas, en faisait partie ainsi que deux des fils Munroe, fous de joie d'être enfin permissionnaires depuis 1861, et Alex et Tony Fontaine, magnifiquement ivres, bruyants et d'humeur querelleuse. Le groupe avait deux heures à tuer avant son train et, comme les membres sobres de la bande étaient obligés d'user à chaque instant de diplomatie pour empêcher les Fontaine de se battre dans la gare avec des inconnus, Ashley les emmena tous chez tante Pittypat.

— On dirait qu'ils ne se sont pas battus en Virginie, remarqua Cade d'un ton amer en regardant les deux frères qui se hérissaient comme des coqs et se disputaient l'honneur d'être le premier à embrasser tante Pitty, à la fois inquiète et flattée. Mais non. Ils boivent et se disputent depuis notre arrivée à Richmond. Les gendarmes les ont pincés et, sans Ashley qui est un malin, ils auraient passé leur Noël en prison.

Mais Scarlett n'entendait pour ainsi dire rien, tant elle était heureuse d'être de nouveau dans la même pièce qu'Ashley. Comment, au cours de ces deux années, avait-elle pu trouver d'autres hommes aimables, beaux ou séduisants ! Comment même avait-elle pu supporter qu'ils lui fissent la cour alors qu'Ashley existait ? Il était de retour chez lui. Seule la largeur du tapis du salon les séparait. Il lui fallait toute son énergie pour ne pas fondre en larmes chaque fois qu'il la regardait du sofa où il était assis entre Melly et India, tandis que Honey, passée par-derrière, s'appuyait sur son épaule. Si seulement elle avait le droit d'aller s'asseoir là, le bras passé sous le sien ! Si seulement elle pouvait caresser sa manche pour s'assurer qu'il était bien là, lui tenir la main, se servir de son mouchoir pour essuyer des larmes de joie. Mélanie, elle, se permettait tout cela et elle n'avait pas honte. Son bonheur avait eu raison de sa timidité et de sa réserve. Elle était blottie contre son mari et, dans ses yeux, dans ses sourires, dans ses larmes chacun pouvait lire qu'elle l'adorait. Et Scarlett était trop contente pour en prendre ombrage, trop heureuse pour être jalouse. Ashley était enfin de retour !

De temps en temps elle portait la main à sa joue, là où il l'avait embrassée. Elle sentait de nouveau l'émotion que lui avait communiquée le contact de ses lèvres et, à ce souvenir, elle lui adressa un sourire. Bien entendu, ce n'était pas elle qu'il avait embrassée la première. Melly s'était jetée dans ses bras en tenant des propos incohérents et s'était cramponnée à lui comme si elle n'allait plus jamais le laisser partir. Après l'avoir presque arraché à l'étreinte de Mélanie, India et Honey l'avaient serré contre elles. Ensuite il avait embrassé son père avec une dignité et une ferveur qui indiquaient combien était forte la sereine affection de ces deux hommes. Puis ç'avait été le tour de tante Pitty, qui sautillait d'émotion sur ses petits pieds. Enfin il s'était tourné vers elle, entourée par tous les garçons qui réclamaient un baiser, et il avait dit : « Oh ! Scarlett, ma jolie, ma jolie ! » Et il l'avait embrassée sur la joue.

Avec ce baiser tout ce qu'elle avait eu l'intention de lui dire s'était envolé à tire-d'aile. Ce ne fut que plusieurs heures plus tard qu'elle se rappela qu'il ne l'avait pas embrassée sur la bouche. Alors elle se demanda anxieusement ce qui se serait passé s'ils s'étaient trouvés seuls, s'il se serait penché vers elle, s'il l'aurait tenue longuement contre lui. Et, comme cela la rendait heureuse, elle s'imagina que c'était ce qu'il ferait. Mais chaque chose viendrait en son temps, ils avaient toute une semaine devant eux. D'ailleurs elle découvrirait certainement un moyen d'avoir un tête-à-tête avec lui et de lui dire : « Vous rappelez-vous les promenades à cheval que nous faisions le long de ces sentiers connus de nous seuls ? Vous rappelez-vous comme la lune nous regardait ce soir où nous étions assis sur les marches de Tara et où vous m'avez récité ce poème ? (Grand Dieu ! comment s'appelait-il, ce poème ?) Vous rappelez-vous cet après-midi où je me suis foulé la cheville et où vous m'avez portée dans vos bras jusqu'à la maison tandis que la nuit tombait ? »

Oh ! il y avait tant de phrases qu'elle pourrait commencer par « Vous rappelez-vous ? », tant de chers souvenirs qui lui feraient évoquer ces jours exquis où ils parcouraient le comté comme des enfants insouciants, le temps où Mélanie Hamilton n'était pas encore entrée en scène. Et, pendant qu'ils bavarderaient, elle lirait peut-être dans ses yeux un aveu, elle devinerait peut-être qu'en dépit de la barrière dressée par son affection conjugale pour Mélanie il continuait de l'aimer, de l'aimer aussi passionnément qu'en ce jour du pique-nique où il avait laissé échapper la vérité. Elle ne songea même pas à envisager ce qu'ils feraient tous deux au cas où Ashley lui déclarerait sa flamme. Elle se contenterait déjà de savoir qu'il l'aimait... Oui, elle pouvait attendre, elle pouvait laisser Mélanie se blottir contre

Ashley et pleurer de bonheur. Son heure viendrait. En somme, qu'est-ce qu'une petite comme Mélanie connaissait de l'amour ?

— Chéri, vous voilà accoutré comme un voleur, remarqua Mélanie lorsque l'émotion générale se fut un peu calmée. Qui a raccommodé votre uniforme et pourquoi l'a-t-on rapiécé avec du tissu bleu ?

— Moi qui me croyais suprêmement élégant, répondit Ashley en jetant un regard sur sa tenue. Faites-donc un peu la comparaison avec ces canailles-là et vous me trouverez plus à votre goût. C'est Mose qui a raccommodé mon uniforme et je pensais qu'il s'y était fort bien pris, étant donné qu'il n'avait jamais tenu l'aiguille avant la guerre. Quant aux pièces bleues, lorsqu'il s'agit de choisir entre porter une culotte avec des trous ou la ravauder avec des morceaux d'un uniforme pris à un Yankee, eh bien ! ça ne s'appelle même pas avoir le choix. Enfin pour ce qui est du reste, vous devriez vous estimer heureuse de ne pas avoir vu votre mari rentrer chez lui pieds nus. La semaine dernière mes vieilles bottes m'ont quitté et je serais revenu avec de la toile à sac ficelée autour de mes pieds si nous n'avions pas eu la bonne fortune de tuer deux éclaireurs yankees. Les bottes de l'un m'allaient à merveille.

Il étendit ses longues jambes pour faire admirer ses bottes dont le cuir était écorché.

— Malheureusement les bottes de l'autre éclaireur ne me vont pas du tout, fit Cade. Elles sont de deux pointures trop petites et je souffre le martyre en ce moment. Cela ne m'empêchera pourtant pas de revenir chez moi sur mon trente et un.

— Et dire que cet immonde égoïste ne veut pas les passer à l'un de nous, intervint Tony. Quand je pense qu'elles iraient si bien à nos petits pieds d'aristocrates. J'ai honte de me présenter devant Maman avec ces godillots. Avant la guerre, elle n'en aurait même pas voulu pour nos négros.

— Ne te tracasse pas, dit Alex en lorgnant les bottes de Cade. On les lui retirera dans le train. Moi ça m'est

égal pour Maman, mais, nom de... enfin je ne tiens pas
à ce que Dimity Munroe voie mes doigts de pied sortir
de mes chaussures.

— Eh! là, ce sont mes bottes. C'est moi qui les ai
revendiquées le premier, s'écria Tony en regardant
son frère de travers.

Alors Mélanie, tout émue à l'idée que les frères
Fontaine étaient capables de donner un échantillon de
leurs célèbres disputes, s'interposa et rétablit la paix.

— J'avais un beau collier de barbe à vous montrer,
mes petites, annonça Ashley en se frottant tristement
le menton où des entailles faites par un barbier
maladroit achevaient de se cicatriser. C'était une
barbe magnifique et je maintiens que ni Jeb Stuart, ni
Nathan Bedfort Forrest n'en ont eu de pareilles. Mais
quand nous sommes arrivés à Richmond, les deux
Fontaine, ces animaux, ont décidé de supprimer leur
barbe et, par la même occasion, d'anéantir la mienne.
Ils m'ont jeté par terre et ils m'ont rasé de force. C'est
miracle que ma tête ne soit pas venue avec la barbe.
Ma moustache n'a été sauvée que par l'intervention
d'Evan et de Cade.

— Ne l'écoutez pas, madame Wilkes! Vous devriez
nous remercier. Vous ne l'auriez pas reconnu et vous
ne l'auriez jamais laissé entrer chez vous, fit Alex.
Nous avons fait cela pour lui montrer combien nous
lui étions reconnaissants d'avoir empêché les gendarmes de nous mettre en prison. Quant à toi, ajouta-
t-il en se tournant vers Ashley, encore un mot et nous
supprimons ta moustache séance tenante.

— Oh! non, merci! s'empressa de dire Mélanie en
se cramponnant d'un air effrayé au bras d'Ashley, car
les deux petits hommes boucanés semblaient fort
capables de se livrer à n'importe quel acte de violence.
Je trouve qu'il est charmant comme ça.

— Ça, c'est de l'amour, déclarèrent les Fontaine en
échangeant un salut plein de gravité.

Lorsque Ashley sortit dans la rue froide pour aller
reconduire les jeunes gens à la gare dans la voiture de
tante Pitty, Mélanie saisit Scarlett par le bras.

— Son uniforme est dans un état épouvantable, hein ? Tu ne crois pas que ma tunique sera une surprise ? Oh ! si seulement j'avais assez de tissu pour la culotte !

La tunique destinée à Ashley était un sujet douloureux pour Scarlett, car elle aurait tant voulu que ce fût elle et non pas Mélanie qui lui en fît cadeau pour son Noël. Le tissu de laine grise pour uniformes en était littéralement arrivé à valoir plus cher que les rubis, et Ashley, comme tous ses camarades, portait une étoffe grossière tissée sur des métiers à tisser à main. Encore cette étoffe n'était-elle pas tellement courante et nombre de soldats arboraient des uniformes yankees teints au brou de noix. Cependant Mélanie avait eu le rare bonheur d'entrer en possession d'une pièce de drap gris suffisante pour y tailler une tunique... une tunique plutôt courte, mais enfin une tunique tout de même. Elle avait soigné à l'hôpital un garçon de Charleston et lorsque celui-ci était mort elle avait envoyé à sa mère une mèche de ses cheveux accompagnée du maigre contenu de ses poches et d'un récit émouvant de ses dernières heures dans lequel elle s'était bien gardée de mentionner les souffrances qu'il avait endurées. Une correspondance s'était établie entre les deux femmes et la mère du jeune homme, apprenant que Mélanie avait un mari au front, lui avait envoyé le drap gris et les boutons de cuivre qu'elle avait achetés pour son fils. C'était une magnifique étoffe, épaisse, chaude et légèrement brillante. Elle provenait à coup sûr du blocus, et avait dû coûter fort cher. Mélanie l'avait confiée à un tailleur qu'elle harcelait pour que la veste fût prête le matin de Noël. Scarlett aurait donné n'importe quoi pour compléter l'uniforme, mais il était absolument impossible de se procurer à Atlanta le tissu nécessaire.

Elle avait bien préparé un cadeau de Noël pour Ashley ; malheureusement il était par trop insignifiant à côté de la splendide tunique grise de Mélanie. C'était une petite « ménagère » en flanelle dans laquelle elle avait mis le précieux paquet d'aiguilles que Rhett lui avait rapporté de Nassau, trois de ses mouchoirs de batiste provenant de la même source, deux bobines de fil et une paire de petits ciseaux. Mais elle désirait lui offrir quelque chose de plus personnel, quelque chose qu'une femme aurait pu offrir à son mari, une chemise par exemple, ou une paire de gants à crispin, ou un chapeau. Oui, il lui fallait à tout prix un chapeau. Ce petit bonnet de police à fond plat que portait Ashley avait l'air ridicule. Scarlett avait toujours eu horreur de ces calots. Qu'importait que Stonewall Jackson les eût préférés aux feutres mous ? Ils n'en étaient pas plus jolis pour cela. Malheureusement, les seuls chapeaux qu'on pouvait se procurer à Atlanta étaient en laine rugueuse et semblaient encore plus laids que les bonnets de police déjà tout juste bons pour affubler des singes.

Le problème du chapeau amenait toujours Scarlett à penser à Rhett Butler. Il avait tant de larges panamas pour l'été, de hauts-de-forme de castor pour les cérémonies, de chapeaux de chasse, de feutres marron, noirs ou bleus. Pourquoi avait-il besoin de tant de chapeaux alors que son Ashley chéri marchait sous la pluie, trempé par les gouttes qui lui ruisselaient dans le cou ?

« Je vais m'arranger pour que Rhett me donne son nouveau chapeau de feutre noir, décida-t-elle. Je le garnirai d'un ruban gris et je coudrai dessus les insignes d'Ashley. Ce sera ravissant. »

Elle s'arrêta et réfléchit qu'il serait peut-être bien difficile d'obtenir le chapeau sans fournir quelques explications. Elle ne pouvait pourtant pas dire à Rhett qu'elle voulait son chapeau pour le donner à Ashley. Il la regarderait, relèverait les sourcils de cette manière odieuse qu'il adoptait chaque fois qu'elle prononçait le nom d'Ashley et il finirait par refuser. Eh bien ! tant pis, elle inventerait une histoire émouvante et lui raconterait qu'un soldat de l'hôpital avait le plus grand besoin de son chapeau. Après tout, Rhett n'était pas forcé de savoir la vérité.

Tout cet après-midi elle manœuvra pour se trouver

seule avec Ashley, ne fût-ce que quelques instants, mais Mélanie ne le quitta pas d'une semelle et India et Honey, dont brillaient les yeux pâles et dépourvus de cils, les suivirent partout dans la maison. John Wilkes lui-même, qui visiblement était fier de son fils, fut dans l'impossibilité d'avoir avec lui un entretien.

Il en alla de même au dîner où tous l'assaillirent de questions sur la guerre. La guerre ! Qui se souciait de la guerre ? Scarlett pensa qu'Ashley, lui non plus, ne tenait pas outre mesure à aborder ce sujet. Néanmoins il ne cessa de parler, riant souvent, menant la conversation avec encore plus de brio qu'autrefois, mais malgré cela il semblait en dire fort peu. Il raconta des blagues de soldats, des anecdotes amusantes, plaisanta sur les moyens de fortune auxquels avaient recours les hommes, évita de dramatiser les souffrances dues à la faim et aux longues marches sous la pluie, et brossa un portrait détaillé du général Lee passant à cheval auprès de son bataillon pendant la retraite de Gettysburg et criant aux soldats : « Messieurs, faites-vous partie des troupes de Georgie ? Eh bien ! les Géorgiens, nous ne pouvons pas nous passer de vous... »

Scarlett avait l'impression qu'il parlait sans arrêt pour empêcher qu'on ne lui posât des questions auxquelles il ne voulait pas répondre. Lorsqu'elle le vit baisser les yeux sous le long regard troublé de son père, elle se demanda avec inquiétude ce qu'Ashley pouvait bien cacher au fond de son cœur. Mais cela passa vite, car en elle il n'y avait place que pour un bonheur radieux et un désir effréné de se trouver seule avec lui.

Ce bonheur persista jusqu'à ce que la famille réunie en cercle autour du feu se mît à bâiller et que M. Wilkes et ses filles se levassent pour regagner leur hôtel. Alors, tandis qu'Ashley, Mélanie, Pittypat et Scarlett éclairés par l'oncle Peter s'engageaient dans l'escalier, Scarlett sentit son âme se glacer. Jusqu'à ce moment-là, Ashley lui avait appartenu, n'avait appartenu qu'à elle seule, bien que de tout l'après-midi elle

eût été incapable d'avoir le moindre tête-à-tête avec
lui. Mais maintenant qu'il fallait se dire bonne nuit,
elle voyait trembler Mélanie devenue cramoisie. Elle
avait beau ne pas quitter le tapis des yeux et avoir l'air
d'être en proie à une terreur indéfinissable, on devinait que sa joie l'emportait sur sa timidité. Elle ne
releva même pas les yeux lorsque Ashley ouvrit la
porte de la chambre à coucher où elle entra précipitamment. Ashley brusqua les adieux et n'adressa pas
un regard à Scarlett.

La porte se referma sur eux. Bouche bée, Scarlett
éprouva soudain une impression d'effondrement.
Ashley ne lui appartenait plus, il appartenait à Mélanie. Et tant que Mélanie vivrait, elle aurait le droit
d'entrer dans une chambre avec Ashley et de refermer
la porte... de s'isoler avec lui du reste du monde.

Maintenant Ashley était sur le point de repartir, de
repartir pour la Virginie, de s'en aller retrouver les
longues marches sous la pluie, les bivouacs sans pain
dans la neige, de s'en aller exposer sa belle tête dorée
et son corps mince et fin au risque de disparaître de la
surface de la terre comme une fourmi écrasée par une
roue insouciante.

La semaine avait passé avec une rapidité de rêve, de
rêve tout imprégné du parfum des branches de sapin
et des arbres de Noël, tout illuminé par le reflet des
petites bougies et l'éclat des ornements faits à la
maison, un rêve où chaque minute s'était enfuie aussi
vite que les battements du cœur. Semaine trépidante
au cours de laquelle un sentiment entremêlé de
douleur et de plaisir avait poussé Scarlett à peupler, à
surcharger les minutes d'incidents qu'elle se rappellerait après le départ d'Ashley, qu'elle pourrait examiner à loisir pendant les longs mois à venir, d'événements dans lesquels elle puiserait la moindre parcelle
de réconfort... elle avait dansé, chanté, elle avait ri,
elle s'était mise en quatre pour Ashley, elle avait
prévenu tous ses désirs, souri quand il avait souri,

s'était tue quand il avait parlé, elle ne l'avait pas quitté des yeux afin que le moindre détail de sa silhouette bien dégagée, le moindre froncement de ses sourcils, le moindre plissement de ses lèvres restât gravé en elle d'une manière indélébile... elle avait glané le plus de souvenirs possible, car une semaine passe si vite et la guerre ne finit jamais.

Assise sur le divan du salon, son cadeau d'adieu posé sur les genoux, elle attendait qu'il eût fini de dire au revoir à Mélanie et priait le Ciel qu'il fût seul lorsqu'il descendrait l'escalier et qu'elle pût lui parler un peu sans témoins. L'oreille tendue, elle cherchait à entendre ce qui se passait en haut, mais la maison était étrangement calme, si calme qu'elle avait l'impression de respirer trop fort. Tante Pitty, enfermée chez elle, inondait son oreiller de ses larmes, car Ashley avait pris congé d'elle une demi-heure auparavant. Pas un murmure, pas un sanglot ne passait à travers la porte de la chambre de Mélanie. Il semblait à Scarlett qu'Ashley était dans cette chambre depuis des heures. Elle pensait à tout ce qu'elle avait eu l'intention de lui dire. Mais elle n'avait pas eu l'occasion de lui parler à son gré et maintenant elle savait que cette occasion ne se présenterait peut-être plus jamais.

Elle avait tant de petites choses bien bêtes à lui dire : « Ashley, vous serez très prudent, n'est-ce pas ? — Je vous en prie, évitez d'avoir les pieds mouillés. Vous vous enrhumez si facilement. N'oubliez pas de vous mettre un journal sur la poitrine. Cela protège si bien du vent. » Mais il y avait aussi tant de choses plus importantes qu'elle aurait voulu lui confier ou lui entendre dire, tant de choses qu'elle aurait voulu lire dans ses yeux à défaut de les lui entendre prononcer.

Tant de choses que maintenant elle n'avait plus le temps de dire. Même les quelques minutes qui lui restaient, Mélanie pouvait les lui ravir en accompagnant son mari jusqu'à la porte, jusqu'à la voiture. Pourquoi donc n'avait-elle pas su trouver une occasion favorable au cours de la semaine qui venait de s'écouler? Pourquoi? Mais Mélanie ne l'avait pas quitté, n'avait pas cessé de le couver des yeux. La maison avait toujours été remplie d'amis, de voisins, de parents. Du matin au soir Ashley n'était jamais resté seul. Et puis, chaque soir la porte de la chambre à coucher s'était refermée sur Mélanie et sur lui. Pas une fois durant ces derniers jours le moindre de ses regards, la moindre de ses paroles n'avait permis à Scarlett de soupçonner qu'il nourrissait pour elle autre chose que l'affection d'un frère envers sa sœur ou d'un ami envers une amie de toujours.

Elle ne pouvait pas le laisser partir, pour toujours peut-être, sans savoir s'il l'aimait encore. Alors, même s'il mourait, il lui resterait jusqu'à la fin de ses jours la chaude consolation de l'amour qu'il lui avait porté en secret.

Après une attente qui lui parut une éternité, elle entendit le bruit de ses bottes dans la chambre au-dessus. La porte s'ouvrit et se referma. Elle l'entendit descendre l'escalier. Seul! Béni soit Dieu! Mélanie devait être trop anéantie par le chagrin pour sortir de sa chambre. Elle allait l'avoir à elle seule pendant quelques précieuses minutes.

Il descendait lentement les marches. Ses éperons sonnaient. Son sabre battait contre ses hautes bottes. Il entra dans le salon, le regard assombri. Il s'efforçait de sourire, mais son visage était aussi livide, aussi décomposé que celui d'un homme dont saigne une blessure invisible. Scarlett se leva. Elle pensait avec une fierté de propriétaire qu'elle n'avait jamais vu plus beau soldat. Bien astiqués par l'industrieux oncle Peter, son étui à revolver et son ceinturon brillaient, ses éperons et le fourreau de son sabre étincelaient. Sa nouvelle tunique n'allait pas très bien, car le tailleur s'était trop pressé et un certain nombre de coutures étaient de travers. Le luisant du drap tout neuf contrastait piteusement avec la culotte rapiécée et les bottes éraflées, mais même s'il avait porté une armure d'argent, Scarlett n'aurait pas trouvé plus beau son Ashley.

— Ashley, fit-elle brusquement, puis-je vous accompagner au train ?

— Non, je vous en prie, Père et les petites y seront. D'ailleurs, je préfère que nous nous disions au revoir ici plutôt qu'à la gare où vous grelotteriez de froid.

Aussitôt, Scarlett renonça à son projet. Si India et Honey, qui la détestaient tant, assistaient aux adieux, elle n'aurait aucune chance d'avoir là-bas un tête-à-tête avec lui.

— Eh bien ! je n'irai pas, fit-elle. Tenez, Ashley ! J'ai un autre cadeau pour vous.

Un peu intimidée maintenant que le moment était venu de le lui offrir, elle ouvrit le paquet. C'était une longue écharpe d'officier en soie de Chine jaune et garnie d'une lourde frange. Plusieurs mois auparavant, Rhett Butler lui avait rapporté de La Havane un châle jaune aux somptueuses broderies bleues et rouges représentant des oiseaux et des fleurs. Pendant toute la semaine elle avait eu la patience de défaire les broderies puis, taillant à même le carré de soie, elle l'avait transformé en écharpe.

— Scarlett, c'est splendide ! C'est vous qui l'avez faite ? Alors je n'y attacherai que plus de valeur. Mettez-la-moi, ma chère. Les camarades vont pâlir de jalousie quand ils me verront dans toute la gloire de ma tunique neuve et de mon écharpe.

Elle lui ceignit la taille juste au-dessous du ceinturon et noua amoureusement les bouts de l'étoffe chatoyante. Mélanie pouvait bien lui avoir donné sa tunique neuve, elle, elle lui avait fait cadeau de cette écharpe pour qu'il la portât dans les combats et se souvînt d'elle chaque fois qu'il la regarderait. Elle se recula et le contempla avec orgueil en se disant que Jeb Stuart [1] lui-même, avec sa plume et sa superbe écharpe, ne pouvait pas rivaliser d'élégance avec son cavalier.

— C'est splendide, répéta Ashley en jouant avec la

1. Général confédéré plein d'entrain et de brio, célèbre par une plume d'autruche noire qu'il portait à son chapeau (N. d. T.).

frange. Mais je suis certain que vous avez coupé une robe ou un châle pour la faire. Vous n'auriez pas dû, Scarlett. On a trop de mal à se procurer de jolies choses aujourd'hui.

— Oh! Ashley, je coupe...

Elle avait failli s'écrier : « Je couperais mon cœur en deux pour vous le donner à porter si vous le vouliez », mais elle se reprit et dit :

— Je ferais n'importe quoi pour vous.

— Vraiment? (Et son visage s'éclaira un peu.) Alors, voici quelque chose que vous pouvez faire pour moi, Scarlett. Quelque chose qui me rassurera quand je serai parti.

— Qu'est-ce que c'est? demanda-t-elle d'un ton joyeux, toute prête à promettre monts et merveilles.

— Scarlett, veillerez-vous sur Mélanie pour moi ?

« Veiller sur Mélanie ? »

Son cœur se serra. Elle était cruellement déçue. C'était donc sa dernière requête, alors qu'elle brûlait de promettre quelque chose de magnifique, de grandiose. Alors elle s'emporta. Elle n'avait que cet instant à consacrer à Ashley et quoique Mélanie fût absente, son ombre falote trouvait le moyen de se glisser entre eux. Comment pouvait-il prononcer son nom au moment de leurs adieux? Comment pouvait-il lui demander une chose pareille ?

Ashley ne remarqua point la déception qui se peignait sur ses traits. Comme autrefois, il la fixait de son regard lointain, la regardait sans la voir.

— Oui, surveillez-la, prenez soin d'elle. Elle est si fragile, et elle ne s'en rend pas compte. Elle va s'épuiser à soigner les malades et à tirer l'aiguille. Elle est si gentille, si timide. En dehors de tante Pittypat, de l'oncle Henry et de vous, elle n'a pas de proches parents, sauf les Burr de Macon et encore ils sont cousins au troisième degré. Quant à tante Pitty... Vous savez bien, Scarlett, c'est une enfant. L'oncle Henry, lui, est vieux. Mélanie vous aime tant, non pas seulement parce que vous étiez la femme de Charles, mais parce que... eh bien! parce que c'est vous et qu'elle vous aime comme une sœur. Scarlett, j'en ai des cauchemars quand je pense à ce qu'elle deviendrait si j'étais tué et si elle n'avait personne vers qui se retourner. Voulez-vous me le promettre ?

Elle n'entendit même pas qu'il renouvelait sa requête tant elle était épouvantée par ces mots de mauvais augure : « Si j'étais tué. » Chaque jour, la gorge serrée, elle avait lu la liste des morts sachant fort bien que ce serait la fin de tout s'il lui arrivait quelque chose. Mais toujours, au fond d'elle-même, elle avait pensé que, même si l'armée confédérée était anéantie, Ashley serait épargné. Et maintenant, il venait de prononcer les mots redoutables. Elle en eut la chair de poule et elle fut envahie par une frayeur superstitieuse que sa raison était impuissante à combattre. Elle avait assez de sang irlandais dans les veines pour croire aux présages, aux intersignes qui annoncent la mort, et, dans les yeux d'Ashley, elle lisait une profonde tristesse qui, pour elle, ne pouvait être que le reflet de la douleur d'un homme qui a senti les doigts glacés sur son épaule et a entendu le gémissement de la fée Banshee[1].

— Vous n'avez pas le droit de dire cela. Vous n'avez pas le droit d'y penser. Cela porte malheur de parler de la mort. Oh ! vite, dites une prière.

— Vous la direz pour moi. Et vous ferez également brûler des cierges, dit Ashley en souriant de son ton angoissé.

Mais Scarlett ne pouvait pas répondre tant elle était impressionnée par la vision que son imagination lui offrait, d'Ashley gisant loin d'elle, dans les neiges de Virginie. Il continua de parler et sa voix était empreinte d'une tristesse et d'une résignation qui accrurent son angoisse jusqu'à ce que toute trace de colère ou de désappointement eût disparu.

— Je vous demande cela, Scarlett, pour la bonne raison que je suis incapable de dire ce qui m'arrivera

1. La fée Banshee, du folklore irlandais, dont les cris annoncent un décès prochain (N. de T.).

ou ce qui arrivera à l'un quelconque d'entre nous. Lorsque la fin surviendra, même si je suis en vie, il se peut que je sois fort loin d'ici, trop loin pour m'occuper de Mélanie.

— La... la fin ?

— La fin de la guerre... et la fin du monde.

— Mais, Ashley, vous ne croyez sûrement pas que les Yankees vont nous battre ? Pendant toute cette semaine, vous avez montré combien le général Lee était...

— J'ai menti toute la semaine, menti comme tous les hommes qui viennent en permission. A quoi bon avoir effrayé Mélanie et tante Pitty avant que ce soit nécessaire ? Si, Scarlett, je crois que les Yankees nous tiennent. Gettysburg a été le commencement de la fin. Les gens de l'arrière ne le savent pas encore. Ils ne se rendent pas compte de ce qui se passe chez nous... Tenez, Scarlett, en ce moment-ci, un certain nombre de mes hommes marchent pieds nus dans la neige, et la neige est épaisse en Virginie. Quand je vois leurs pauvres pieds enveloppés dans des guenilles et de vieux sacs, quand je vois les traînées sanglantes qu'ils laissent sur la neige et que je sais que moi j'ai une vraie paire de bottes... eh bien ! je me dis que je devrais les jeter et marcher pieds nus moi aussi.

— Oh ! Ashley, promettez-moi de ne pas jeter vos bottes !

— Quand je vois des choses pareilles et que je regarde du côté des Yankees... je sens que tout s'écroule... Voyons, Scarlett, les Yankees achètent des soldats en Europe par milliers ! La plupart des prisonniers que nous avons faits ces temps derniers ne savent même pas l'anglais. Ce sont des Allemands, des Polonais, de farouches Irlandais qui parlent le gaélique. Mais nous, quand nous perdons un homme, nous ne pouvons pas le remplacer. Quand nos chaussures sont usées, nous n'en avons pas d'autres. Nous sommes bloqués, Scarlett, nous ne pouvons pas lutter contre le monde entier.

« Que la Confédération s'effondre dans la poussière,

se dit Scarlett avec frénésie. Que ce soit la fin du monde, mais qu'il ne meure pas ! Je ne pourrais pas survivre à sa mort ! »

— J'espère que vous ne répéterez pas ce que je vous ai dit, Scarlett. Je ne veux pas alarmer les autres. Et puis, ma chère, je ne vous aurais point alarmée en vous parlant de ces choses si je ne m'étais vu obligé de vous expliquer pourquoi je vous ai demandé de veiller sur Mélanie. Elle est si frêle, si faible, et vous, vous êtes si forte, Scarlett. Ce sera un réconfort pour moi de savoir que vous serez toutes les deux si jamais il m'arrive quoi que ce soit. Vous me le promettez, n'est-ce pas ?

— Oh ! oui ! s'écria Scarlett, car à ce moment elle voyait la mort se pencher sur lui et elle aurait promis n'importe quoi. Ashley ! Ashley ! Je ne veux pas que vous partiez ! Je n'en aurai pas le courage.

— Il faut être brave, fit-il, un changement subtil dans le ton.

Il s'exprimait maintenant d'une voix mieux timbrée, plus chaude, et ses mots tombaient rapides comme s'il avait été poussé par quelque élan du cœur.

— Il faut être brave, sans quoi comment résisterai-je ?

Elle le regarda transportée et se demanda s'il avait voulu dire que la séparation lui brisait le cœur tout comme elle brisait le sien. Son visage était aussi défait que lorsqu'il était descendu après avoir dit au revoir à Mélanie, mais elle ne put rien lire dans ses yeux. Il se pencha, lui prit le visage à deux mains et lui posa un baiser léger sur le front.

— Scarlett ! Scarlett ! Vous êtes si parfaite, si forte, si bonne. Si belle, ma chère, et ce n'est pas seulement votre doux visage qui est beau, mais vous tout entière, votre corps, votre esprit, votre âme.

— Oh ! Ashley, murmura-t-elle, inondée de bonheur et grisée autant par ses paroles que par le contact de ses mains. Personne d'autre que vous n'a jamais...

— J'ai la prétention de vous connaître mieux que la plupart des gens et de voir au fond de vous-même des choses magnifiques que les autres sont trop négligents et trop pressés pour remarquer.

Il se tut. Ses mains retombèrent, mais ses yeux étaient toujours rivés aux siens. Le souffle coupé, elle attendit un moment qu'il continuât et se dressa sur la pointe des pieds pour l'entendre prononcer les paroles magiques. Mais elles ne vinrent pas. Les lèvres frémissantes, elle scruta son visage, le regarda comme une folle, car elle devinait qu'il n'avait plus rien à dire.

Ce second écroulement de ses espérances fut plus que son cœur n'en put supporter et, poussant un soupir d'enfant, elle se rassit, les larmes aux yeux. Alors elle entendit dans l'allée un bruit sinistre, un bruit qui lui rappela encore plus cruellement que le reste le départ d'Ashley. L'oncle Peter, emmitouflé dans un couvre-pied, arrivait avec la voiture pour conduire Ashley au train.

Ashley dit « au revoir » d'une voix très douce, ramassa sur la table le large feutre que Scarlett avait obtenu par ruse de Rhett et sortit dans le vestibule. La main sur le bouton de la porte, il se retourna et lança à Scarlett un long regard douloureux comme s'il avait voulu emporter avec lui le moindre détail de son visage et de son corps. A travers les larmes qui l'aveuglaient, elle le vit et, la gorge broyée comme dans un étau, elle comprit qu'il s'en allait loin d'elle, loin de l'abri sûr de cette maison, qu'il sortait de sa vie, pour toujours peut-être, qu'il partait sans avoir prononcé les mots qu'elle avait un tel désir de lui entendre dire. Le temps s'enfuyait comme l'eau qui saute le barrage d'un moulin et maintenant il était trop tard. Elle courut après lui, en trébuchant, traversa le salon, le rejoignit et s'agrippa à son écharpe.

— Embrassez-moi, murmura-t-elle, embrassez-moi pour me dire au revoir.

Il la prit doucement dans ses bras et s'inclina vers son visage. Dès que ses lèvres eurent effleuré les siennes, elle lui étreignit le cou à l'étrangler. Pendant un instant il la pressa contre lui. Alors elle sentit soudain qu'il la repoussait de toutes ses forces. Il laissa tomber son chapeau par terre et, les mains libres, il détacha de son cou les bras de Scarlett.

— Non, Scarlett, non, fit-il, à voix basse tout en lui meurtrissant les poignets.

— Je vous aime, dit-elle d'une voix étouffée. Je vous ai toujours aimé. Je n'ai jamais aimé personne d'autre. J'ai juste épousé Charlie pour... pour essayer de vous faire du mal. Oh! Ashley, je vous aime tant que j'irais à pied jusqu'en Virginie pour être près de vous! Je vous ferais à manger, je cirerais vos bottes, je soignerais votre cheval... Ashley, dites-moi que vous m'aimez! Ça me suffira pour le reste de ma vie!

Il se baissa brusquement pour ramasser son chapeau et Scarlett entrevit son visage. Jamais elle n'avait vu visage plus malheureux, plus éloquent. Sur ce visage étaient peints son amour pour elle, la joie de savoir qu'elle l'aimait, mais on y reconnaissait aussi les traces du combat que leur livraient la honte et le désespoir.

— Au revoir, dit-il d'un ton rauque.

La porte s'ouvrit avec un bruit sec. Une bouffée de vent froid s'engouffra dans la maison et souleva les rideaux. Scarlett toute frissonnante le regarda descendre l'allée au pas de course et gagner la voiture. Son sabre brillait au pâle soleil d'hiver. La frange de son écharpe dansait allègrement.

XVI

Janvier et février 1864 passèrent. La pluie froide, les bourrasques firent rage. Le découragement s'empara des esprits comme de sombres nuages s'emparaient du ciel. En plus des défaites de Gettysburg et de Vicksburg, les lignes sudistes avaient été enfoncées au centre. Après de farouches combats, le Tennessee presque tout entier était tombé aux mains des troupes de l'Union. Mais, en dépit de cette perte venue s'ajouter aux autres, le Sud n'avait point perdu courage. Quoique les espérances les plus justifiées eussent cédé la place à une tragique volonté de résistance, les gens voyaient encore une lueur argentée franger le nuage noir qui planait sur leur tête. Les Yankees avaient été énergiquement repoussés, lorsque, désireux d'exploiter leur succès au Tennessee, ils s'étaient avancés en Georgie.

Pour la première fois depuis le début de la guerre, on s'était battu en territoire géorgien, à Chickamauga, localité située à l'extrémité nord-ouest de l'État. Les Yankees s'étaient emparés de Chattanooga, puis, s'aventurant dans la montagne, ils avaient franchi les cols et s'étaient engagés plus avant en Georgie, seulement ils en avaient été chassés avec de lourdes pertes.

Atlanta et ses voies ferrées avaient contribué pour une bonne part à transformer Chickamauga en une grande victoire sudiste. Empruntant les voies qui conduisaient de Virginie à Atlanta, puis de là au Tennessee, les troupes du général Longstreet s'étaient portées en toute hâte sur le théâtre des opérations. Sur un parcours de plusieurs centaines de milles on avait dégagé les voies et l'on avait mobilisé tout le matériel roulant du Sud-Est pour participer au mouvement.

Pendant des heures, Atlanta avait vu passer des files de wagons de voyageurs ou de marchandises chargés d'hommes vociférant. Ils s'étaient embarqués sans avoir mangé ni dormi. Ils n'avaient avec eux ni chevaux, ni ambulances, ni convois de vivres et, sans avoir pris le temps de se reposer, ils étaient descendus du train pour se lancer dans la mêlée. Et les Yankees, chassés de Georgie, avaient été repoussés dans le Tennessee.

C'était le plus bel exploit de la guerre et Atlanta s'enorgueillissait et se réjouissait à la pensée que ses chemins de fer avaient rendu la victoire possible.

Cependant le Sud avait eu grand besoin de Chickamauga pour passer l'hiver sans se laisser aller au désespoir. Maintenant tout le monde reconnaissait que les Yankees savaient se battre et qu'ils avaient enfin de bons généraux. Grant avait beau être un boucher qui se souciait fort peu du nombre d'hommes massacrés, il entendait bien remporter la victoire. Le seul nom de Sheridan semait l'effroi dans les cœurs sudistes. Et puis, il y avait un certain général Sherman dont on parlait de plus en plus. Il s'était mis en vedette lors des campagnes du Tennessee et dans l'Ouest, et sa réputation d'adversaire impitoyable grandissait de jour en jour.

Bien entendu, aucun de ces hommes ne pouvait soutenir la comparaison avec le général Lee. Le général et l'armée jouissaient toujours de la confiance de tous. On continuait d'avoir foi en la victoire finale. Mais la guerre traînait tellement en longueur. Il y avait tant de morts, tant de blessés et de mutilés, tant de veuves et d'orphelins. Et l'on avait encore devant soi la perspective d'une lutte longue et âpre qui se traduirait par de nouveaux morts, de nouveaux blessés, de nouvelles veuves, de nouveaux orphelins.

Pour comble de malheur, une vague méfiance à l'égard des personnes haut placées commençait à se répandre dans la population civile. De nombreux journaux prenaient ouvertement à partie le général Davis lui-même et critiquaient la façon dont il menait la guerre. La mésentente régnait au sein du cabinet confédéré, des discussions s'élevaient entre le président Davis et ses généraux. L'argent se dépréciait rapidement. Les souliers et les vêtements pour l'armée étaient rares, les fournitures militaires et les médicaments encore plus rares. Il aurait fallu de nouveaux wagons de chemin de fer pour remplacer les anciens, de nouveaux rails pour rétablir les lignes détruites par les Yankees. Les généraux des unités combattantes réclamaient des troupes fraîches à cor et à cri et il leur était de plus en plus difficile d'en obtenir. Enfin, ce qui était pire, certains gouverneurs d'États, parmi lesquels Brown, le gouverneur de Georgie, refusaient de fournir à l'armée, qui en avait un tel besoin, des armes ou des miliciens. Bien qu'il y eût dans les milices des milliers d'hommes en état de faire d'excellents soldats, le gouvernement était impuissant à en obtenir le départ pour le front.

À mesure que l'argent se dépréciait, les prix s'enflaient. Le bœuf et le porc, ainsi que le beurre coûtaient 35 dollars la livre, la farine 1 400 dollars le baril, la soude 100 dollars la livre, le thé 500 dollars. Les vêtements chauds, lorsqu'on pouvait s'en procurer, avaient atteint des prix tellement prohibitifs que les dames d'Atlanta doublaient leurs vieilles robes avec des chiffons et les renforçaient avec des journaux pour se protéger contre le vent. Les chaussures coûtaient de 200 à 800 dollars la paire, selon qu'elles étaient en « carton » ou en cuir véritable. Les dames portaient désormais des guêtres confectionnées à l'aide de leurs vieux châles ou découpées dans des tapis. On ne marchait plus que sur des semelles de bois.

La vérité était que le Nord tenait virtuellement le Sud en état de siège, quoiqu'un grand nombre de gens ne s'en rendissent pas compte. Les canonnières yankees avaient resserré le blocus devant les ports et bien peu de bateaux réussissaient à se faufiler entre les mailles du filet.

Le Sud avait toujours vécu de la vente de son coton, contre lequel il achetait ce qu'il ne produisait pas, mais désormais il ne pouvait plus ni vendre ni acheter. A Tara, sous le hangar près du cellier, Gérald O'Hara avait entassé la récolte de trois années, mais tout ce coton ne lui servait pas à grand-chose. A Liverpool, il en eût tiré 150 000 dollars, seulement il ne fallait pas songer à l'expédier à Liverpool. D'homme riche, Gérald s'était mué en un homme qui se demandait comment il allait pouvoir nourrir sa famille et ses nègres au cours de l'hiver.

Dans tout le Sud la plupart des planteurs étaient logés à la même enseigne. Avec le blocus, qui se faisait de plus en plus étroit, il n'y avait pas moyen de vendre son coton sur le marché anglais, pas moyen de faire venir les marchandises indispensables qu'on se procurait naguère à l'aide des bénéfices réalisés. Et le Sud agricole, en guerre contre le Nord industriel avait besoin de tant de choses, de choses qu'il n'avait jamais eu l'idée d'acheter en temps de paix.

On ne pouvait rêver conditions plus favorables pour les spéculateurs et les profiteurs, et certains hommes ne se faisaient pas faute d'en tirer parti. A mesure que les denrées alimentaires et les vêtements devenaient plus rares et que les prix montaient, les protestations du public contre les spéculateurs redoublaient d'intensité et de violence. En ce début de 1864, il était impossible d'ouvrir un journal sans tomber sur un article de tête dénonçant les spéculateurs en termes cinglants, les traitant de vautours, de sangsues altérées et exigeant du gouvernement qu'il n'hésitât pas à mettre un terme à leurs agissements. Le gouvernement faisait de son mieux, mais n'aboutissait à rien, car trop de problèmes l'accablaient en même temps.

Personne n'excitait plus la haine que Rhett Butler. Il s'était débarrassé de ses navires lorsque courir le blocus était devenu trop périlleux et, maintenant, il spéculait sur les produits alimentaires au vu et au su de tout le monde. On racontait sur lui des histoires qui faisaient frémir de honte ceux qui, à une autre époque, l'avaient reçu chez eux.

Malgré toutes ces épreuves et ces tribulations, Atlanta avait doublé le chiffre de sa population, passée de dix mille âmes à vingt mille. Même le blocus avait continué à augmenter le prestige de la ville. De temps immémoriaux, les cités du littoral avaient dominé le Sud sous tous les rapports, y compris celui du commerce. Mais, maintenant, comme les ports qui n'étaient pas pris ou assiégés étaient soumis à un blocus en règle, le Sud ne devait plus chercher son salut qu'en lui-même. Si le Sud voulait gagner la guerre, il ne devait plus compter que sur l'intérieur, et Atlanta en était devenu le grand centre. Ses habitants enduraient mille souffrances, mille privations, la maladie et la mort les frappaient aussi sévèrement que le reste de la Confédération, mais Atlanta, en tant que ville, avait plutôt bénéficié de la guerre. Ce cœur solide de la Confédération battait sur un rythme puissant tandis que, pareilles à des artères, les voies ferrées charriaient un flot incessant d'hommes, de munitions et de matériel.

En d'autres temps, Scarlett se fût lamentée sur ses robes en guenilles et ses chaussures éculées, mais maintenant ça lui était égal, car la seule personne qui comptât pour elle n'était pas là pour les voir. Au cours de ces deux mois, elle connut un bonheur qu'elle n'avait pas éprouvé depuis des années. N'avait-elle pas senti battre plus vite le cœur d'Ashley lorsqu'elle lui avait entouré le cou de ses bras ? N'avait-elle pas vu sur son visage cette expression de désespoir, aveu plus éloquent que n'importe quel mot ? Il l'aimait. Elle en était sûre désormais, et cette certitude était si agréable qu'elle en trouvait même le moyen d'être plus aimable avec sa belle-sœur. Il lui arrivait de plaindre Mélanie, de s'apitoyer, non sans un peu de mépris, sur son aveuglement et sa stupidité.

« Quand la guerre sera finie ! se disait-elle. Quand ce sera fini... alors... »

Parfois il lui arrivait de se dire avec une légère angoisse : « Alors que se passera-t-il ? » mais elle chassait aussitôt cette pensée de son esprit. Quand la guerre serait finie, il faudrait bien que tout s'arrangeât d'une manière ou d'une autre. Si Ashley l'aimait, ce serait simple, il ne pourrait pas continuer à vivre avec Mélanie.

Pourtant, il ne fallait pas songer au divorce. Fervents catholiques, comme ils l'étaient, Ellen et Gérald ne permettraient jamais à leur fille d'épouser un divorcé ! Alors, il faudrait donc quitter le sein de l'Église ! Scarlett réfléchit et décida qu'entre l'Église et Ashley, elle choisirait Ashley. Oui, mais ça ferait un tel scandale ! Les divorcés étaient mis au ban non seulement de l'Église, mais de la société. Personne ne recevait les gens divorcés. Néanmoins, pour Ashley, elle consentirait à aller jusque-là. Pour Ashley, elle sacrifierait n'importe quoi !

Elle eût été incapable de dire pourquoi, mais elle était persuadée qu'à la fin de la guerre tout irait pour le mieux. Si Ashley l'aimait tant, il saurait bien découvrir une solution. Elle lui en ferait trouver une. Et chaque jour qui passait la renforçait dans la certitude qu'Ashley l'adorait et qu'il réglerait au mieux les questions épineuses quand les Yankees seraient battus. Naturellement il avait dit que les Yankees « tenaient » le Sud, Scarlett pensa que ce n'était là qu'une réflexion en l'air. Ashley devait être fatigué et troublé quand il l'avait faite. D'ailleurs peu lui importait que les Yankees fussent ou ne fussent pas vainqueurs. Ce qui comptait, c'était que la guerre prît fin rapidement et qu'Ashley rentrât chez lui.

Alors, tandis que les giboulées de mars obligeaient tout le monde à rester chez soi, Scarlett apprit l'affreuse nouvelle. Les yeux brillants de joie, baissant la tête pour dissimuler sa fierté, Mélanie lui annonça qu'elle allait avoir un enfant.

— Le docteur Meade m'a dit que ce serait pour la fin d'août ou le début de septembre, fit-elle. J'en avais bien l'impression... Mais jusqu'à aujourd'hui je n'en étais pas sûre. Oh ! Scarlett, n'est-ce pas merveilleux ? J'étais si jalouse de ton Wade, je voulais tant avoir un enfant. J'avais si peur de ne pas pouvoir et, ma chérie, j'en veux une douzaine !

Scarlett était en train de se peigner avant de se coucher quand Mélanie lui apprit l'événement. Elle s'arrêta, le bras à demi levé.

— Mon Dieu ! s'exclama-t-elle.

Et pendant un moment elle ne comprit pas très bien ce que cela signifiait. Enfin elle revit brusquement se fermer la porte de la chambre à coucher de Mélanie et elle eut l'impression d'avoir reçu un coup de poignard. Elle éprouvait une peine aussi déchirante que si Ashley avait été son propre mari et qu'il l'eût trahie ! Un enfant ! l'enfant d'Ashley ! Oh ! comment avait-il pu, quand c'était elle qu'il aimait et non pas Mélanie ?

— Je sais que ça t'étonne, reprit Mélanie, le souffle court. N'est-ce pas trop beau ? Oh ! Scarlett, je me demande comment je pourrai l'écrire à Ashley ! Ce ne serait pas aussi gênant si je pouvais le lui dire ou... ou... Tiens, ne rien dire du tout, mais simplement lui laisser remarquer petit à petit, enfin tu sais...

— Mon Dieu ! répéta Scarlett, presque dans un sanglot.

Elle lâcha le peigne et s'appuya au dessus du marbre de la coiffeuse.

— Ma chérie, ne fais pas cette tête-là. Ça n'a rien de laid d'avoir un enfant. Tu l'as dit toi-même. Et puis, ne te tracasse pas pour moi. Oh ! je sais bien, tu es si bonne que tu vas te mettre martel en tête. Naturellement, le docteur Meade a dit que j'étais... que j'étais..., bafouilla Mélanie en rougissant, que j'étais très étroite, mais que peut-être je n'aurais pas d'ennuis, et... Scarlett, dis-moi, as-tu écrit à Charlie quand tu as su pour Wade, ou bien est-ce ta mère ou M. O'Hara qui ont écrit pour toi ? Oh ! chérie, si seulement j'avais ma mère ce serait elle qui écrirait. Moi, je ne vois pas du tout...

— Tais-toi ! lança Scarlett avec violence. Tais-toi !

— Oh ! Scarlett, je suis bête. Je suis désolée. Je crois que tous les gens sont égoïstes. J'avais oublié, Charlie... le...

— Tais-toi ! lança de nouveau Scarlett en s'efforçant de ne pas trahir son émotion.

Pour rien au monde Mélanie ne devait voir ou deviner ce qui se passait en elle.

Mélanie, la plus délicate des femmes, pleurait de sa propre méchanceté. Comment avait-elle pu faire évoquer à Scarlett d'aussi terribles souvenirs, lui rappeler que Wade était né des mois après la mort du pauvre Charlie. Comment avait-elle pu être étourdie à ce point ?

— Laisse-moi t'aider à te déshabiller, ma chérie, demanda-t-elle d'un ton humble. Je te masserai la tête.

— Laisse-moi tranquille, fit Scarlett, le visage durci.

Honteuse de sa maladresse, Mélanie éclata en sanglots et quitta la chambre précipitamment. Restée seule, Scarlett, jalouse, déçue, blessée dans son orgueil, se mit au lit sans une larme.

Elle pensa qu'il lui serait impossible de vivre plus longtemps sous le même toit que la femme grosse de l'enfant d'Ashley. Elle se dit qu'elle allait retourner chez elle à Tara, dans ce foyer qui était le sien. Elle ne voyait pas comment elle pourrait se trouver de nouveau en présence de Mélanie sans trahir son secret. Et le lendemain matin elle se leva avec la ferme intention de faire ses malles aussitôt après le petit déjeuner. Mais tandis que Scarlett, sombre et silencieuse, Pitty intriguée et Mélanie désespérée étaient assises autour de la table, on apporta un télégramme. Il était signé de Mose, l'ordonnance d'Ashley, et était adressé à Mélanie.

Ai cherché partout. N'ai pu le trouver. Faut-il venir ?

Personne ne savait ce que ça voulait dire, mais les trois femmes se regardèrent, les yeux agrandis par la peur, et Scarlett en oublia du même coup son désir de rentrer chez elle. Sans achever leur repas, elles se firent conduire en ville pour télégraphier au colonel d'Ashley. Mais ce fut inutile, car, au bureau de poste, elles trouvèrent un télégramme de cet officier.

Regret vous informer commandant Wilkes porté manquant depuis reconnaissance il y a trois jours. Vous tiendrai au courant.

Le retour fut lugubre, Tante Pitty sanglotait dans son mouchoir. Mélanie, livide, se raidissait. Scarlett, effondrée dans un coin de la voiture, demeurait hébétée. Arrivée à la maison, Scarlett monta l'escalier d'un pas mal assuré, pénétra dans sa chambre, puis, prenant son rosaire sur la table, elle tomba à genoux et s'efforça de prier. Mais les prières ne venaient pas.

Il n'y avait place en elle que pour une terreur démesurée. Elle devinait confusément que Dieu s'était détourné d'elle, à cause de son péché. Elle avait aimé un homme marié, elle avait essayé de le ravir à sa femme et Dieu l'avait punie en tuant cet homme. Elle voulait prier, mais elle ne pouvait pas lever les yeux vers le ciel. Elle voulait pleurer, mais les larmes ne venaient pas. Elle sentait monter en elle le flot des larmes chaudes qui lui brûlaient la poitrine, mais elles se refusaient à couler.

La porte s'ouvrit et Mélanie entra. Son visage ressemblait à un cœur qu'on eût découpé dans une feuille de papier blanc et encadré de cheveux noirs. Elle avait les yeux hagards comme ceux d'un enfant perdu dans l'obscurité.

— Scarlett, fit-elle en tendant les mains. Pardonne-moi ce que je t'ai dit hier, car tu es... tu es tout ce qui me reste maintenant. Oh! Scarlett, je le sais, mon Ashley chéri est mort!

Alors, sans savoir comment, Mélanie se retrouva dans les bras de Scarlett, ses seins menus soulevés par les sanglots et les deux belles-sœurs s'étendirent sur le lit, blotties l'une contre l'autre, les larmes de l'une mouillant les joues de l'autre, car Scarlett pleurait aussi, le visage pressé contre celui de Mélanie. Cela faisait si atrocement mal de pleurer, mais c'était encore moins douloureux que de ne pas pouvoir. « Ashley est mort... mort, se dit-elle, et mon amour l'a tué! » Elle fut secouée d'une nouvelle crise de larmes et Mélanie, puisant une sorte de réconfort dans ses pleurs, serra davantage ses bras autour de son cou.

— Au moins, murmura-t-elle, j'ai... j'ai son enfant.

« Et moi, pensa Scarlett trop cruellement atteinte pour nourrir un sentiment aussi mesquin que la jalousie, et moi, je n'ai rien... rien... rien que l'expression de son visage quand il m'a dit au revoir. »

Les premiers rapports mentionnèrent « disparu — considéré comme tué », et ainsi le nom d'Ashley figura à la liste des morts. Mélanie télégraphia une douzaine de fois au colonel Sloan pour finir par recevoir une lettre de condoléances dans laquelle son chef expliquait qu'Ashley et une escouade de cavaliers étaient partis faire une reconnaissance et n'étaient point revenus. On signalait qu'il y avait eu une brève escarmouche à l'intérieur des lignes yankees, et Mose, fou de douleur, avait risqué sa vie pour chercher le corps d'Ashley, mais n'avait rien trouvé. Mélanie, étrangement calme maintenant, pria Mose de venir la voir et lui envoya un mandat télégraphique.

Lorsqu'on apprit par un nouveau bulletin qu'Ashley était considéré comme prisonnier, la joie et l'espérance renaquirent dans la triste demeure. On pouvait à grand-peine arracher Mélanie du bureau du télégraphe et elle allait à l'arrivée de chaque train dans l'espoir de recevoir une lettre. Sa santé laissait fort à désirer, sa grossesse se manifestait par de nombreux inconvénients, mais elle refusait de suivre les instructions du docteur Meade et de rester couchée. Possédée par une énergie fiévreuse, elle ne voulait pas se reposer et, la nuit, longtemps après s'être couchée, Scarlett l'entendait arpenter sa chambre.

Un après-midi, elle revint de la ville conduite par l'oncle Peter, effrayé, et soutenue par Rhett Butler. Elle s'était évanouie au bureau du télégraphe. Rhett passait justement par là et, comme la foule s'était attroupée, il s'était approché et avait raccompagné Mélanie chez elle. Il la porta jusque dans sa chambre à coucher et, tandis que la maisonnée alarmée s'affairait pour trouver des briques chaudes, des couvertures et du whisky, il la déposa lui-même sur son lit.

— Madame Wilkes, demanda-t-il à brûle-pourpoint, vous allez avoir un bébé, n'est-ce pas ?

Moins souffrante, le cœur moins chaviré, Mélanie se fût écroulée en entendant pareille question. Même en présence de ses amies, elle était gênée lorsqu'on parlait de son état et ses visites au docteur Meade étaient un véritable supplice pour elle. En temps

389

normal, il ne lui serait même pas venu à l'idée qu'un homme, et surtout Rhett Butler, ait pu lui poser pareille question. Mais, allongée sans forces sur son lit, elle se contenta d'un signe d'approbation. Après qu'elle eut fait oui de la tête, Rhett eut l'air si gentil, si ému, que la chose ne lui sembla plus aussi terrible.

— Alors, il faut être plus prudente ; toutes ces courses, tous ces tracas ne vous serviront à rien et risquent de nuire au bébé. Si vous me permettez, madame Wilkes, j'userai de mon influence à Washington pour savoir ce qu'est devenu M. Wilkes. S'il est prisonnier, son nom doit être porté sur les listes fédérales, et s'il ne l'est pas... allons, rien n'est pire que l'incertitude. Mais il faut que j'obtienne votre promesse. Soyez prudente, sans quoi, je le jure devant Dieu, je ne lèverai pas le petit doigt.

— Oh ! vous êtes si gentil, s'écria Mélanie. Comment les gens peuvent-ils raconter des choses si horribles sur votre compte ?

Alors, accablée par son manque de tact et horrifiée soudain de s'être entretenue de son état avec un homme, elle se mit à pleurer faiblement. Et Scarlett qui venait de monter l'escalier quatre à quatre avec une brique chaude enveloppée de flanelle trouva Rhett occupé à lui caresser la main.

Il tint parole. Les trois femmes ne surent jamais quelle ficelle il tira et n'osèrent pas l'interroger de peur qu'il ne fût amené à reconnaître qu'il entretenait des rapports trop étroits avec les Yankees. Il leur fallut attendre un mois avant que Rhett obtînt des nouvelles qui, au premier abord, les transportèrent d'aise, mais qui, par la suite, leur rongèrent le cœur d'inquiétude.

Ashley n'était pas mort ! Il avait été blessé et fait prisonnier, et les rapports indiquaient qu'il se trouvait à Rock Island, un camp de prisonniers dans l'Illinois. Dans leur joie de savoir Ashley vivant, les trois femmes n'avaient pas pensé à autre chose, mais lorsqu'elles eurent un peu recouvré leur calme, elles se regardèrent et dirent « Rock Island » du même ton qu'elles eussent dit « en enfer ! ». Car, si les Nordistes avaient un haut-le-corps chaque fois qu'on prononçait le nom d'Andersonville, le seul nom de Rock Island inspirait la terreur à tous les Sudistes.

Lorsque Lincoln eut refusé d'échanger les prisonniers en s'imaginant que d'imposer à la Confédération l'entretien et la garde des prisonniers de l'Union hâterait la fin de la guerre, des milliers d'uniformes bleus furent réunis à Andersonville, en Georgie. Les Confédérés étaient à la portion congrue et n'avaient pratiquement ni médicaments ni pansements pour leurs propres malades ou leurs blessés. Ils n'avaient pas grand-chose à partager avec leurs prisonniers auxquels ils donnaient à manger, tout comme à leurs soldats, du lard et des pois séchés. A ce régime, les Yankees mouraient comme mouches, parfois au rythme d'une centaine par jour. Exaspérés par les renseignements qui leur parvenaient, les Nordistes appliquaient un traitement encore plus sévère aux prisonniers confédérés et nulle part ailleurs les conditions d'existence n'étaient pires qu'à Rock Island. La nourriture était à peine suffisante, trois hommes devaient se partager la même couverture, et la variole, la pneumonie et la typhoïde y faisaient d'effroyables ravages. Les trois quarts des hommes qui y furent envoyés n'en revinrent pas.

Et Ashley se trouvait dans cet horrible camp ! Ashley vivait, mais il était blessé, il était à Rock Island et la neige avait dû tomber dru en Illinois quand on l'y avait transporté. N'était-il pas mort de sa blessure depuis que Rhett avait eu de ses nouvelles ? N'avait-il pas succombé à la variole ? N'était-il pas atteint de pneumonie ? N'était-il pas en train de délirer sans couverture pour le protéger ?

— Oh ! capitaine Butler, n'y a-t-il pas un moyen... ne pouvez-vous pas user de votre influence et obtenir qu'il soit échangé ? s'écria Mélanie.

— M. Lincoln, le juste, le miséricordieux, qui a versé de grosses larmes sur les cinq fils de Mme Bixby, ne peut en accorder aux milliers de Yankees qui se meurent à Andersonville, fit Rhett avec une moue railleuse. Ça lui est bien égal qu'ils meurent tous. L'ordre est formel. Pas d'échange de prisonniers. Je... je ne vous l'avais pas dit plus tôt, madame Wilkes, votre mari a eu l'occasion de quitter le camp, mais il a refusé.

— Oh! non! s'exclama Mélanie incrédule.

— Si, c'est vrai. Les Yankees recrutent des hommes pour se battre à la frontière contre les Indiens et ils les recrutent parmi les prisonniers confédérés. Tout prisonnier qui prête serment et s'enrôle pour deux ans est relâché et envoyé dans l'Ouest. M. Wilkes a refusé.

— Oh! comment a-t-il pu? fit Scarlett. Pourquoi n'a-t-il pas prêté serment et n'a-t-il pas déserté pour rentrer chez lui dès sa sortie de prison?

Mélanie se tourna vers Scarlett comme une petite furie.

— Comment peux-tu même suggérer qu'il ferait une chose pareille? Trahir sa Confédération en prêtant ce serment dégradant, puis trahir la parole qu'il aurait donnée aux Yankees! J'aimerais mieux qu'il fût mort à Rock Island plutôt que d'apprendre qu'il a prêté ce serment. Je serais fière de lui s'il mourait en prison. Mais s'il faisait cela, je ne le reverrais jamais. Jamais! Mais bien sûr, il a refusé.

Lorsque Scarlett alla reconduire Rhett à la porte, elle lui demanda avec indignation:

— A sa place, ne vous seriez-vous pas enrôlé pour ne pas mourir là-bas, et ensuite n'auriez-vous pas déserté?

— Mais si, naturellement, dit Rhett dont les dents étincelèrent sous sa petite moustache.

— Alors pourquoi Ashley ne l'a-t-il pas fait?

— C'est un galant homme, répondit Rhett, et Scarlett se demanda s'il était possible de mettre plus de cynisme et de mépris dans cet honorable qualificatif.

TROISIÈME PARTIE

XVII

Le mois de mai arriva, un mois de mai chaud et sec qui flétrissait les boutons de fleurs, et les Yankees, sous les ordres du général Sherman, étaient de nouveau en Géorgie, au-dessus de Dalton, à cent milles au nord-ouest d'Atlanta. Le bruit circulait qu'une grande bataille était imminente de ce côté, le long de la frontière de la Géorgie et du Tennessee. Les Yankees concentraient leurs effectifs en vue d'une attaque contre la ligne Ouest-Atlantique, celle qui reliait Atlanta au Tennessee, puis contre celle de l'Ouest, que les troupes sudistes avaient empruntée l'automne précédent pour courir à la victoire de Chickamauga.

Néanmoins, la perspective d'une bataille aux environs de Dalton n'impressionnait pas outre mesure les habitants d'Atlanta. Le point de ralliement des Yankees se trouvait seulement à quelques milles au sud-est du champ de bataille de Chickamauga. Ils avaient déjà été repoussés, lorsqu'ils avaient tenté de franchir les cols de cette région montagneuse et ils seraient à coup sûr repoussés une fois encore.

Atlanta et toute la Géorgie avec elle savaient que la Confédération attachait bien trop d'importance à cet État pour que le général Joe Johnston laissât les Yankees s'y éterniser. Le vieux Joe et son armée ne toléreraient même pas qu'un seul Yankee s'aventurât au sud de Dalton, car il était indispensable que les Sudistes eussent leurs coudées franches en Géorgie. Cet État qui n'avait point souffert de la guerre était le grenier, l'atelier et l'entrepôt de la Confédération. C'était lui qui fabriquait en grande partie la poudre et les armes dont se servait l'armée, ainsi que la plupart des tissus de coton ou de laine. Entre Atlanta et Dalton s'élevait la ville de Rome avec sa fonderie de canons et ses autres industries et les villes d'Etowah et d'Allatoona avec les plus grandes aciéries au sud de Richmond. Enfin, à Atlanta même étaient groupés non seulement des usines où l'on fabriquait des revolvers et des selles, des tentes et des munitions, mais aussi les laminoirs les plus importants de tout le Sud, les ateliers des principales compagnies de chemin de fer et de gigantesques hôpitaux. Et c'était à Atlanta que se croisaient quatre lignes dont dépendait l'existence même du Sud.

Ainsi personne ne prenait les choses au tragique. Après tout, Dalton était loin, là-haut du côté du Tennessee. On s'était battu pendant trois ans dans le Tennessee et les gens s'étaient habitués à considérer cet État comme un champ de bataille éloigné, presque aussi éloigné que la Virginie ou le Mississippi. D'ailleurs, entre les Yankees et Atlanta, le vieux Joe et ses hommes faisaient rempart et tout le monde savait qu'après le général Lee il n'y avait pas de plus grand général que Johnston, maintenant que Stonewall Jackson était mort.

Par une chaude soirée de mai, le docteur Meade, assis sous la véranda de tante Pitty, résuma le point de vue de la population civile, en déclarant qu'Atlanta n'avait rien à redouter, car le général Johnston se dressait dans les montagnes comme un bastion de fer. Son auditoire l'écouta avec des sentiments divers, car tous ceux qui, réunis sous cette véranda, se balançaient tranquillement dans leur rocking-chair et suivaient dans le crépuscule le vol magique des premières lucioles de la saison, nourrissaient de lourdes pensées. La main posée sur le bras de Phil, Mme Meade souhaitait que son mari eût raison. Elle savait que Phil serait obligé de partir si la zone de combat se rapprochait. Il avait seize ans maintenant et on l'avait enrôlé dans la garde locale. Fanny Elsing, pâle et les yeux cernés depuis Gettysburg, essayait de repousser loin d'elle l'image déchirante qui l'obsédait depuis plusieurs mois, l'image du lieutenant Dallas Mac Lure agonisant sous la pluie, pendant la longue et terrible retraite du Maryland, dans une charrette cahotante tirée par un bœuf.

Le capitaine Carey Ashburn souffrait de son bras invalide et broyait du noir en constatant une fois de plus que la cour qu'il faisait à Scarlett en était au point mort. Il en était ainsi depuis qu'on avait appris qu'Ashley Wilkes était prisonnier, mais il ne venait pas à l'idée du capitaine d'établir un rapprochement entre les deux événements. Scarlett et Mélanie songeaient toutes deux à Ashley comme elles le faisaient toujours quand des devoirs urgents ou la nécessité d'entretenir la conversation ne les détournaient pas de leur rêverie. « Il doit être mort, sans quoi nous aurions eu de ses nouvelles », se disait douloureusement Scarlett. « Il ne peut pas être mort. Je le saurais... je sentirais bien en moi s'il était mort », ne cessait de se répéter Mélanie, qui luttait désespérément contre la peur. Ses longues jambes nonchalamment croisées comme pour mieux montrer ses bottes élégantes, Rhett Butler, le visage impénétrable, se prélassait dans l'ombre. Pelotonné dans ses bras, Wade sommeillait tout en serrant entre ses petits doigts une aile de volaille bien grattée. Scarlett autorisait toujours Wade à se coucher tard quand Rhett venait, car le timide enfant raffolait de lui et Rhett — qui l'eût dit ? — semblait raffoler de Wade. D'ordinaire, la présence de l'enfant importunait Scarlett, mais dans les bras de Rhett il était d'une sagesse exemplaire. Quant à tante Pitty, elle avait grand-peine à étouffer un hoquet, car le coq qu'on avait servi au dîner était un vieil oiseau coriace.

Ce matin-là, tante Pitty avait décidé à regret qu'il valait mieux tuer le patriarche avant qu'il mourût de vieillesse ou s'ennuyât trop de son harem mangé depuis longtemps. Depuis des jours il se promenait la crête basse dans le poulailler désert, et bien trop abattu pour avoir la force de chanter. Après que l'oncle Peter lui eut tordu le cou, tante Pitty, prise de remords à la pensée qu'elle allait se régaler en famille alors que tant de ses amis n'avaient pas mangé de poulet depuis des semaines, proposa de lancer des invitations à dîner. Mélanie, qui en était maintenant à son cinquième mois de grossesse et avait depuis des semaines renoncé à se montrer ou à recevoir, fut horrifiée de ce projet. Mais, pour une fois, tante Pitty déploya de l'énergie. Ce serait tout de même trop égoïste de manger seules le coq et, pour peu que Mélanie voulût bien remonter légèrement l'arceau supérieur de sa crinoline, on ne remarquerait rien du tout, d'autant moins que Mélanie était fort plate de poitrine.

— Mais voyons, tante, je ne veux voir personne quand Ashley...

— Ce n'est pas comme si Ashley était... avait disparu, fit tante Pitty d'une voix chevrotante, car, en elle-même, elle était certaine de la mort d'Ashley. Il respire aussi bien que toi et ça ne te fera pas de mal de voir du monde. Tiens, je m'en vais inviter Fanny Elsing. Mme Elsing m'a suppliée de faire quelque chose pour la distraire un peu et lui faire voir des gens...

— Mais, tante, c'est cruel de la forcer à sortir, alors que le pauvre Dallas n'est mort que depuis...

— Voyons, Mélanie, tu vas me vexer, je vais pleurer si tu te mets à discuter avec moi. Je suis ta tante et je sais ce que je veux. J'entends donner une réception.

Ainsi tante Pitty donna sa réception et, à la dernière minute, se présenta un invité sur lequel elle ne comptait point et qu'elle ne désirait pas davantage. Au moment précis où l'odeur du coq rôti se répandait dans la maison, Rhett Butler, de retour d'un de ses

mystérieux voyages, frappa à la porte, une grosse
boîte de bonbons sous le bras et la bouche pleine de
compliments à l'adresse de tante Pitty. Il ne restait
plus qu'à l'inviter, et pourtant la vieille demoiselle
savait ce que le docteur et Mme Meade pensaient de lui
et combien Fanny en voulait à tous ceux qui ne
portaient pas l'uniforme. Ni les Meade ni les Elsing ne
lui eussent adressé la parole dans la rue, mais dans
une maison amie ils étaient contraints d'être polis
avec lui. D'ailleurs, il se trouvait plus que jamais sous
la protection de la fragile Mélanie. Après qu'il se fut
employé à obtenir des nouvelles d'Ashley, elle avait
annoncé à tout le monde qu'elle le recevrait chez elle
jusqu'à la fin de ses jours, et quoi qu'on pût lui
reprocher.

Les appréhensions de tante Pitty s'apaisèrent quand
elle s'aperçut que Rhett était dans un bon jour. Il
entoura Fanny de tant de prévenances délicates que la
jeune fille finit par lui sourire ; et le dîner se passa fort
bien. Ce fut un repas princier. Carey Ashburn avait
apporté un peu de thé qu'il avait trouvé dans la blague
à tabac d'un prisonnier yankee, et tout le monde en
but une tasse légèrement imprégnée d'un arrière-goût
de nicotine. Chacun mangea un petit morceau du vieil
oiseau coriace qu'entourait une garniture fort honnête
de maïs et d'oignons et eut un bol de pois séchés, du
riz et de la sauce en abondance, quoique celle-ci fût
restée trop claire faute de farine pour la lier. Au
dessert on servit une charlotte de patates douces que
suivirent les bonbons apportés par Rhett et, lorsque
Rhett eut offert aux messieurs de véritables cigares de
La Havane qu'ils se mirent à fumer tout en dégustant
un verre de vin de mûres, tout le monde convint que
c'était là un festin digne de Lucullus.

Après que les messieurs eurent rejoint les dames
sous la véranda, on se mit à parler de la guerre.
Désormais on ne faisait plus que parler de la guerre.
Quels que fussent les sujets de conversation, il était
toujours question de la guerre, de la guerre sous tous
les aspects qu'elle revêtait : idylles, mariages, décès

dans les hôpitaux, morts sur le champ de bataille, incidents survenus dans les champs, pendant les marches ou en plein combat, actes de bravoure ou de lâcheté, gaieté, tristesse, privations, espoirs. L'espoir, toujours l'espoir. L'espoir ferme, inébranlable malgré les défaites de l'été passé.

Lorsque le capitaine Ashburn eut annoncé que, sur sa demande, on lui avait accordé la permission de rejoindre l'armée à Dalton, les dames contemplèrent son bras ankylosé avec des regards extasiés et dissimulèrent leur fierté d'avoir pour ami un homme aussi brave en déclarant qu'il ne pouvait pas partir, sans quoi elles n'auraient plus personne pour chevalier servant.

— Bah! il ne sera pas absent longtemps, fit le docteur Meade en prenant le jeune Carey par l'épaule. Une petite escarmouche et les Yankees s'enfuiront à la débandade dans le Tennessee. Et, une fois là-bas, le général Forrest se chargera d'eux. Vous, mesdames, n'ayez aucune crainte, le général Johnston et son armée se dressent dans les montagnes comme un rempart de fer. Oui, comme un rempart de fer, répéta-t-il en savourant sa phrase. Sherman ne passera jamais. Il ne pourra jamais déloger le vieux Joe.

Les dames sourirent en signe d'approbation, car la moindre des affirmations du docteur Meade passait pour vérité incontestable. Après tout, les hommes s'entendaient bien mieux à ces questions-là que les femmes et, s'il disait que le général Johnston était un rempart de fer, ce devait être exact. Seul Rhett prit la parole, il n'avait rien dit depuis le dîner, et, assis dans la pénombre, il s'était contenté de suivre la conversation tandis que l'enfant dormait contre son épaule.

— Ne dit-on pas que Sherman dispose de plus de cent mille hommes maintenant qu'il a reçu ses renforts ?

Le docteur lui répondit sèchement. Depuis qu'il s'était vu obligé de dîner avec cet homme pour lequel il avait une farouche antipathie, sa patience était soumise à rude épreuve. Sans le respect qu'il devait à tante Pittypat, il n'aurait pas pris la peine de déguiser ses sentiments.

— Eh bien, monsieur ?

— Je crois que le capitaine Ashburn a dit il y a un instant que le général Johnston n'avait que quarante mille hommes, y compris les déserteurs que la dernière victoire a incités à reprendre du service.

— Monsieur ! s'exclama Mme Meade, indignée. Il n'y a pas de déserteurs dans l'armée confédérée.

— Je vous prie de m'excuser, dit Rhett avec une feinte humilité. Je voulais parler de ces milliers de permissionnaires qui ont oublié de rejoindre leurs régiments et de ceux qui, guéris de leurs blessures depuis six mois, sont restés chez eux à s'occuper de leurs affaires ou à faire les labours de printemps.

Ses yeux étincelaient et Mme Meade se mordit la lèvre. Scarlett eut envie de rire de sa mine déconfite et de la façon dont Rhett lui avait rabattu le caquet. Des centaines d'hommes cachés dans les marais et dans les montagnes échappaient à la prévôté. C'étaient ceux qui prétendaient que la guerre était déclarée par les riches mais faite par les pauvres. Mais, encore bien plus nombreux étaient ceux qui, bien que figurant comme déserteurs aux rôles des compagnies, n'avaient pas l'intention de déserter d'une manière permanente. C'étaient ceux qui avaient attendu en vain une permission depuis trois ans et qui recevaient de chez eux des lettres remplies de fautes d'orthographe : « On a fin. Y aura pas de récolte cet année... Y a personne pour charuer. On a fin... Les hommes de l'intendance y z'ont pris les cochons de lait... On n'a pas eu d'argent de toi depuis des moi... On mange que des pois sec. »

Le chœur se faisait plus insistant : « Nous avons faim, ta femme, tes enfants, tes parents ont faim. Quand cela finira-t-il ? Quand rentreras-tu ? Nous avons faim, nous avons faim. » Lorsqu'on refusait aux soldats de partir en permission, de quitter les rangs de l'armée qui s'éclaircissaient rapidement, les hommes se passaient d'autorisation et rentraient chez eux labourer leur lopin de terre, planter leur récolte, réparer leur maison, relever leurs clôtures. Lorsque leurs officiers, qui comprenaient la situation, prévoyaient une bataille sérieuse, ils leur écrivaient et leur demandaient de rejoindre leur compagnie tout en promettant de ne pas les inquiéter. En général, les hommes revenaient quand ils s'étaient assurés que leur famille ne mourrait pas de faim pendant quelques mois encore. Les « permissions de labours » n'étaient pas considérées du même œil que la désertion en face de l'ennemi, mais elles n'en affaiblissaient pas moins l'armée.

Le docteur Meade, sur un ton glacial, mit un terme au silence gênant.

— Capitaine Butler, la différence numérique entre nos troupes et les troupes yankees n'est jamais entrée en ligne de compte. Un Confédéré vaut douze Yankees.

Les dames approuvèrent de la tête. Tout le monde savait cela.

— C'était exact au début des hostilités, remarqua Rhett. Il se peut que ce soit encore vrai à condition que les soldats confédérés aient des cartouches, des chaussures et le ventre plein. Qu'en pensez-vous, capitaine Ashburn ?

Sa voix restait douce et conservait son accent d'humilité. Carey Ashburn avait l'air bien malheureux. Lui aussi avait une profonde antipathie pour Rhett Butler, et il eût bien volontiers épousé la cause du docteur, mais il ne pouvait pas mentir. La raison pour laquelle il avait demandé son transfert au front, malgré son bras estropié, c'était qu'à l'encontre de la population civile, il comprenait fort bien la gravité de la situation. Bon nombre d'hommes clopinant sur un pilon de bois, bon nombre de borgnes, d'amputés d'un bras ou de plusieurs doigts quittaient sans bruit les services d'intendance, les hôpitaux, les chemins de fer ou les postes pour rejoindre leurs anciennes unités combattantes. Ils savaient que le vieux Joe avait besoin du concours de tous.

Carey Ashburn se tut et le docteur Meade, perdant

son sang-froid, gronda : « Nos hommes ont déjà combattu sans chaussures et le ventre vide et ils ont remporté des victoires ! Ils continuent de se battre et de remporter des victoires ! Je vous le dis. On ne peut déloger le général Johnston. Depuis les temps les plus reculés, les montagnes ont toujours été le refuge et les forteresses des peuples envahis. Pensez-y... Pensez aux Thermopyles ! »

Scarlett eut beau réfléchir, le nom des Thermopyles n'évoqua rien en elle.

— N'ont-ils pas péri jusqu'au dernier, aux Thermopyles, docteur ? questionna Rhett avec une moue qui trahissait une forte envie de rire.

— Est-ce une insulte, jeune homme ?

— Docteur ! Je vous en prie ! Vous ne me comprenez pas. Je cherchais simplement à me renseigner. Mes souvenirs d'histoire ancienne sont plutôt vagues.

— S'il le faut, notre armée périra jusqu'au dernier homme avant de permettre aux Yankees de pénétrer plus loin en Georgie, dit le docteur d'un ton aigre. Mais ce ne sera pas nécessaire. Une escarmouche, et nos soldats les balaieront hors de Georgie.

Tante Pitty se leva en hâte et demanda à Scarlett de vouloir bien chanter quelque chose. Elle voyait que la conversation prenait rapidement une tournure orageuse. En invitant Rhett à dîner, elle s'était bien doutée que les choses se gâteraient. Les choses se gâtaient toujours quand il était là. Mon Dieu ! Mon Dieu ! Mais qu'est-ce que Scarlett pouvait bien trouver d'attirant chez cet homme ? Comment la chère petite Melly pouvait-elle bien prendre sa défense ?

Tandis que Scarlett, docile, se dirigeait vers le salon, le silence s'abattit sous la véranda. A travers ce silence on sentait une lourde hostilité contre Rhett. Comment pouvait-on ne pas croire de tout son cœur, de toute son âme à l'invincibilité du général Johnston et de ses hommes ? Croire était un devoir sacré. Et ceux qui étaient assez traîtres pour ne pas croire devaient au moins avoir la décence de se taire.

Scarlett plaqua quelques accords sur le piano et

d'une voix douce et triste, se mit à chanter les couplets d'une chanson populaire :

> *Dans la salle blanche d'un hôpital de guerre*
> *Où gisent sur le dos les morts et les mourants*
> *Blessés par une balle ou l'éclat d'un obus,*
> *Un jour, on apporta l'amoureux d'une femme.*

> *L'amoureux d'une femme ! Si vaillant et si jeune !*
> *Il avait sur le front, sur son visage pâle*
> *Que bientôt voilerait la poudre du tombeau*
> *Le reflet attardé de sa grâce enfantine.*

« *Les boucles d'or s'emmêlent et se trempent de sueur* », larmoya Scarlett de sa voix de soprano mal assurée. Fanny se leva à demi et murmura d'un ton plaintif : « Chantez-nous autre chose ! »

Le piano se tut brusquement. Puis, Scarlett, revenue de sa gêne et de sa surprise, entonna les premières mesures de *La tunique grise* et s'arrêta sur une fausse note en se rappelant que ce morceau était lugubre lui aussi. Elle ne savait que jouer. Dans tout son répertoire, il n'était question que de mort, d'adieux et de larmes.

Rhett se dressa d'un bond, posa Wade sur les genoux de Fanny et passa au salon.

— Jouez-nous *Mon vieux pays de Kentucky* [1], proposa-t-il, et Scarlett, reconnaissante, ne se fit pas prier.

Accompagnée par l'excellente basse de Rhett, elle attaqua le premier couplet, et ceux qui étaient sous la véranda se sentirent soulagés, bien que ce chant ne fût pas particulièrement gai lui non plus.

La prédiction du docteur Meade se réalisa... dans une certaine mesure. Johnston se dressa bien comme

---

1. Célèbre chanson américaine composée par Stephen C. Foster (*N. d. T.*).

un rempart de fer dans les montagnes au-dessus de Dalton. Il résista avec tant de fermeté, il s'opposa si farouchement au désir de Sherman de déboucher dans la vallée qui menait vers Atlanta qu'enfin les Yankees se retirèrent et se concertèrent. Comme ils ne pouvaient songer à forcer les lignes grises en les attaquant de front, ils se déployèrent en éventail et franchirent les cols à la faveur de la nuit dans l'espoir de prendre Johnston à revers et de couper la voie ferrée derrière lui à Resaca, localité à quinze milles au-dessous de Dalton.

Le précieux ruban d'acier était en danger. Les Confédérés abandonnèrent les positions auxquelles ils s'étaient désespérément accrochés et, à la lueur des étoiles, gagnèrent Resaca à marches forcées par la route la plus directe. Lorsque les Yankees, dévalant les collines, fondirent sur eux, les Sudistes les attendaient. Ils avaient eu le temps de se retrancher derrière des parapets hâtivement construits, leurs batteries étaient en place, leurs baïonnettes luisaient tout comme elles avaient lui à Dalton.

Quand les premiers blessés de Dalton arrivèrent et annoncèrent d'une manière pas toujours cohérente que le vieux Joe avait battu en retraite sur Resaca, Atlanta fut surprise et un peu troublée. On eût dit qu'un petit nuage venait d'apparaître au nord-ouest, un nuage noir, signe avant-coureur d'un orage d'été. Où le général avait-il donc la tête ? Comment pouvait-il laisser les Yankees avancer encore de dix-huit milles en Georgie ? Ainsi que l'avait dit le docteur Meade, les montagnes étaient une forteresse naturelle. Pourquoi le vieux Joe n'y avait-il pas retenu les Yankees ?

Johnston se battit comme un lion à Resaca et repoussa une fois de plus les Yankees, mais Sherman, employant le même mouvement tournant, déploya son armée en demi-cercle, traversa l'Oostanaula, prit de nouveau les Confédérés de flanc et atteignit la voie ferrée. Les soldats gris abandonnèrent les trous qu'ils avaient creusés à même la terre rouge et volèrent au secours de leur chemin de fer. Épuisés par le manque de sommeil, harassés par les marches et les combats, le ventre creux, toujours le ventre creux, ils descendirent la vallée le plus vite qu'ils purent. Ils atteignirent la petite ville de Calhoun, à six milles au-dessous de Resaca, avant les Yankees, s'y retranchèrent et furent de nouveau en état de subir leur assaut quand les ennemis se présentèrent. On se battit. Il y eut de farouches engagements. Les Yankees furent repoussés. Les Confédérés n'en pouvaient plus. Ils imploraient qu'on leur laissât un peu de répit, un peu de repos. Mais il n'y eut point de trêve. Inexorable, Sherman avançait toujours. Son armée dessinait une large courbe autour de l'armée confédérée. Pas à pas Sherman avançait, obligeant encore les Sudistes à battre en retraite pour défendre la voie ferrée derrière eux.

Les Confédérés dormaient en marchant. La plupart étaient trop anéantis par la fatigue pour avoir la force de penser, mais, lorsqu'ils pensaient, ils faisaient confiance au vieux Joe. Ils savaient bien qu'ils battaient en retraite, mais ils savaient qu'ils n'avaient pas essuyé de défaite. Ils manquaient tout simplement d'hommes pour maintenir leurs positions et empêcher le mouvement tournant de Sherman. Ils avaient le dessus chaque fois que les Yankees acceptaient le combat. Comment se finirait cette retraite, ils n'en savaient rien. Mais le vieux Joe, lui, savait ce qu'il faisait et cela leur suffisait. Il avait effectué sa retraite de main de maître, car ils n'avaient pas perdu beaucoup d'hommes et les pertes des Yankees en tués et en prisonniers atteignaient un chiffre élevé. Ils n'avaient même pas perdu un fourgon et n'avaient dû abandonner que quatre canons. Et puis ils avaient toujours le chemin de fer derrière eux, ils ne l'avaient pas encore perdu. Malgré toutes ses attaques de front, ses charges de cavalerie et ses mouvements tournants, Sherman n'avait pas réussi à mettre la main dessus.

Le chemin de fer ! Il était encore à eux, ce mince ruban d'acier qui serpentait le long de la vallée ensoleillée et descendait vers Atlanta. Là où les hommes se couchaient pour dormir un peu ils voyaient luire faiblement les rails à la clarté des étoiles. Là où les hommes se couchaient pour mourir dans la buée de chaleur qui montait autour d'eux, leurs yeux hagards apercevaient avant de se refermer les rails étincelants sous le soleil implacable.

A mesure qu'ils reculaient dans la vallée, ils entraînaient dans leur marche une armée de réfugiés. Planteurs et fermiers, riches et pauvres, blancs et noirs, femmes et enfants, vieillards, moribonds, infirmes, blessés, femmes à la veille d'accoucher, tous refluaient vers Atlanta, en train, à pied, à cheval, dans des voitures et des chariots où s'entassaient les malles, les meubles et les ustensiles de ménage. Précédant de cinq milles l'armée en retraite, les réfugiés firent halte à Resaca, à Calhoun, à Kingston, espérant à chacune de ces étapes apprendre qu'on avait repoussé les Yankees et qu'ils pourraient retourner chez eux. Mais il n'était pas question de reprendre en sens inverse la route ensoleillée. Les troupes grises passaient devant des maisons vides, des fermes désertes, des cases abandonnées dont les portes étaient entrebâillées... De-ci de-là, des femmes demeurées chez elles avec une poignée d'esclaves effrayés s'avançaient sur la route pour encourager les soldats, apporter des seaux d'eau tirée du puits à ceux qui avaient soif, panser les blessés, enterrer les morts dans la sépulture de famille. Mais la vallée ensoleillée était entièrement abandonnée, désolée, et les récoltes privées de soins se desséchaient dans les champs.

De nouveau pris de flanc à Calhoun, Johnston se replia sur Adairsville, où il y eut de vifs engagements, puis sur Cassville, puis au sud de Cartersville. Et l'ennemi, parti de Dalton, avait ainsi fait un bond de cinquante-cinq milles. A New Hope Church, à quinze milles au-delà, le long de la route chaudement disputée, les soldats gris, bien décidés à résister, se mirent à creuser des retranchements. Sans trêve ni repos, pareilles à un serpent monstrueux déroulant ses anneaux et jetant son venin, les lignes bleues se lancèrent à l'assaut et frappèrent, frappèrent, au mépris des files de blessés qu'elles étaient obligées d'évacuer. Pendant onze jours, à New Hope Church, on ne cessa de se battre avec l'énergie du désespoir. Tous les assauts yankees furent repoussés avec des pertes sanglantes. Pourtant Johnston, une fois encore pris de flanc, retira à quelques milles en arrière ses troupes qui s'amenuisaient.

Les Confédérés perdirent beaucoup d'hommes à New Hope Church. Des trains entiers déversèrent à Atlanta leurs chargements de blessés et la ville fut épouvantée. Jamais, même après la bataille de Chickamauga, la ville n'avait vu tant de blessés. Les hôpitaux étaient combles et l'on entassait les hommes à même le plancher dans les boutiques vides ou sur des balles de coton dans les entrepôts. Les hôtels, les pensions de famille, les maisons particulières étaient remplis de malades. Tante Pitty avait beau protester qu'il était inconvenant d'héberger des inconnus chez elle alors que Mélanie était dans une position délicate et que la vue de toutes ces misères risquait de faire accoucher sa nièce avant terme, elle dut faire comme tout le monde. Mélanie remonta un peu le dernier arceau de sa crinoline pour dissimuler sa taille qui s'alourdissait et les blessés envahirent la maison de briques. Pendant des heures et des heures on cuisina, on souleva les hommes sur leur lit, on les changea de place, on les éventa. Pendant des heures et des heures, on enroula des bandes, on fit de la charpie ; les nuits moites se succédèrent sans qu'il fût possible de dormir à cause des hommes qu'on entendait délirer. Finalement, la ville qui étouffait se trouva dans l'impossibilité de soigner un plus grand nombre de blessés dont le surplus fut dirigé sur les hôpitaux de Macon et d'Augusta.

Cette avalanche de blessés qui ramenaient de mauvaises nouvelles, le flot grandissant de réfugiés qui se répandait dans une ville déjà surpeuplée mirent le comble à l'effervescence d'Atlanta. Le petit nuage noir à l'horizon n'avait pas tardé à se transformer en un gros nuage lugubre, annonciateur d'un orage prochain.

Personne n'avait perdu sa foi en l'invincibilité des troupes, mais les civils tout au moins avaient perdu confiance dans le général. New Hope Church n'était qu'à trente-cinq milles d'Atlanta. En trois semaines le général avait dû reculer de trente-cinq milles. Pourquoi ne résistait-il pas aux Yankees au lieu de battre continuellement en retraite ? C'était un fou, pire qu'un fou. Les vieux barbons de la garde locale et les membres de la milice, bien en sûreté à Atlanta, déclaraient avec force qu'ils auraient beaucoup mieux mené la campagne et, à l'appui de leurs dires, dessinaient des cartes sur les nappes. Comme ses rangs se clairsemaient et qu'il était contraint de reculer encore, le général lança un appel pathétique au gouverneur Brown pour lui demander ces mêmes hommes, mais les troupes de l'État n'eurent pas lieu de s'alarmer. Après tout, le gouverneur avait refusé ses hommes à Jeff Davis, pourquoi donnerait-il satisfaction au général ?

Se battre, reculer! Se battre, reculer! Pendant vingt-cinq jours et sur une distance de soixante-dix milles, les Confédérés s'étaient battus presque sans arrêt. Maintenant les troupes grises tournaient le dos à New Hope Church, souvenir noyé dans une brume hallucinante de souvenirs analogues : chaleur, poussière, faim, fatigue, clac-clac des pas sur les routes aux ornières rouges, floc-floc des pas dans la boue rouge, retraite, retranchement, bataille... bataille, retranchement, bataille. New Hope Church fut une vision d'enfer ainsi que Big Shanty où les Confédérés firent front aux Yankees et luttèrent comme des démons. Mais on avait beau combattre les Yankees jusqu'à ce que les champs fussent bleus de morts, il y avait toujours d'autres Yankees, de nouveaux Yankees ; au sud-est, les lignes bleues dessinaient toujours cette courbe sinistre qui menaçait l'arrière-garde confédérée, la voie ferrée et Atlanta !

De Big Shanty, les troupes exténuées et privées de

sommeil se replièrent vers les monts Kennesaw, non loin de la petite ville de Marietta et là, sur un front de dix milles, se déployèrent en demi-cercle. Le long des pentes abruptes du mont, elles creusèrent des trous pour les fantassins, et établirent leurs batteries sur la hauteur. Jurant, sacrant, les hommes en nage hissèrent les lourds canons au sommet de précipices que les mules ne pouvaient remonter. Des courriers et des blessés apportèrent des nouvelles rassurantes aux habitants d'Atlanta saisis de peur. Les hauts de Kennesaw étaient imprenables. Il en allait de même pour le mont du Pin et le mont Perdu, qu'on avait également fortifiés. Les Yankees ne pourraient pas déloger les hommes du vieux Joe et il leur serait presque impossible maintenant de les prendre de flanc, car les batteries postées sur les montagnes commandaient toutes les routes dans un rayon de plusieurs milles. Atlanta respira, mais...

Mais les monts Kennesaw n'étaient qu'à vingt-deux milles.

Le jour où les premiers blessés des monts Kennesaw arrivèrent à Atlanta, la voiture de Mme Merriwether s'arrêta devant la maison de tante Pitty à l'heure inouïe de sept heures du matin, et le noir oncle Levi fit dire à Scarlett de s'habiller immédiatement pour se rendre à l'hôpital. Fanny Elsing et les sœurs Bonnel, tirées d'un sommeil bienfaisant, bâillaient sur la banquette arrière et la mama des Elsing, un panier de bandes fraîchement lavées sur les genoux, était assise près du cocher et bougonnait. Scarlett se leva de mauvaise grâce. Elle avait dansé jusqu'à l'aube au bal de la Garde locale et ses pieds étaient las. Elle maudit en silence l'infatigable Mme Merriwether, les blessés, la Confédération du Sud en entier, tandis que Prissy boutonnait sur elle sa robe de calicot la plus vieille et la plus délabrée, celle qu'elle portait pour travailler à l'hôpital. Après avoir avalé l'amer brouet de maïs et les patates douces séchées qui tenaient lieu de petit déjeuner, elle descendit et alla rejoindre les jeunes femmes.

Scarlett en avait par-dessus la tête de soigner les malades. Ce jour-là, sans plus tarder, elle dirait à Mme Merriwether qu'Ellen lui avait écrit de venir la voir. Peine perdue, car cette estimable dame, les manches retroussées, sa plantureuse personne drapée dans un vaste tablier, lui décocha un regard sévère et dit :

— Je ne veux plus entendre ces sornettes, Scarlett Hamilton. Je vais écrire aujourd'hui à votre mère et je lui dirai combien nous avons besoin de vous. Je suis sûre qu'elle comprendra et qu'elle vous permettra de rester. Maintenant, mettez-moi ce tablier et filez chez le docteur Meade. Il lui faut quelqu'un pour l'aider à faire les pansements.

« Oh ! mon Dieu ! pensa tristement Scarlett, voilà bien ce qui me tracasse. Maman va vouloir que je reste ici et je mourrai à renifler plus longtemps ces puanteurs. Je voudrais bien être une vieille dame pour pouvoir tyranniser les jeunes femmes au lieu de me laisser tyranniser... et pour dire à ces vieilles chipies comme Mme Merriwether d'aller au diable ! »

Oui, elle en avait par-dessus la tête de l'hôpital, des odeurs écœurantes, des poux, des souffrances, des corps mal lavés. Si jamais son métier d'infirmière avait eu pour elle l'attrait de la nouveauté et un certain charme romanesque, depuis un an elle en avait rabattu. D'ailleurs, les blessés de la retraite n'étaient point aussi séduisants que les autres. Ils ne lui prêtaient pas la moindre attention et n'avaient pas grand-chose à dire en dehors de : « Quelles sont les nouvelles du front ? Que fait le vieux Joe maintenant ? Un type rudement malin, le vieux Joe. » Elle, elle ne trouvait pas le vieux Joe un type rudement malin. Tout ce qu'il avait su faire, c'était de laisser les Yankees s'enfoncer à quatre-vingt-huit milles en Georgie. Non, ces blessés n'étaient pas bien appétissants. Et puis, bon nombre d'entre eux mouraient et mouraient vite, silencieusement, avec le peu de forces qui leur restait pour combattre l'empoisonnement du sang, la gangrène, la fièvre typhoïde et la pneumonie, tous ces maux contractés avant qu'ils eussent atteint Atlanta et vu un docteur.

La journée était chaude et, par les fenêtres, entraient des essaims de mouches, de grosses mouches paresseuses qui avaient raison de la résistance des hommes alors que, sur eux, la douleur n'avait pas prise. Comme une marée montante, les odeurs, les souffrances assaillirent Scarlett et la serrèrent de plus en plus près. Une cuvette à la main, elle suivit le docteur Meade autour des lits, et la sueur se mit à traverser sa robe fraîchement amidonnée.

Qu'elle était donc dégoûtée de rester près du docteur, de prendre sur elle pour ne pas vomir quand le bistouri à la lame brillante entaillait les chairs gangrenées. Que c'était donc horrible d'entendre les hurlements monter de la salle d'opération où l'on amputait. Et cet écœurant sentiment de pitié dont on ne pouvait se défendre devant les visages blêmes et crispés des hommes aux corps déchiquetés, de ces hommes qui guettaient le docteur et attendaient les paroles terribles : « Désolé, mon garçon, mais il va falloir enlever cette main. Oui, oui, je sais ; mais regarde-moi ça. Tu vois ces marques rouges, hein ? Il va bien falloir en passer par là. »

Le chloroforme était devenu si rare qu'on n'y avait plus recours que pour les pires amputations, et l'opium était si précieux qu'on ne s'en servait que pour rendre plus douces les agonies, mais non point les souffrances. Il n'y avait ni iode, ni quinine. Oui, Scarlett en avait par-dessus la tête de tout cela et, ce matin-là, à l'exemple de Mélanie, elle eût bien voulu invoquer une grossesse. En ces jours, c'était à peu près la seule excuse valable pour ne plus aller à l'hôpital.

Vers midi, Scarlett enleva son tablier et s'esquiva en profitant de ce que Mme Merriwether était occupée à écrire une lettre pour un montagnard illettré. Scarlett était à bout de nerfs. Soigner était pour elle une véritable punition, et elle savait qu'après l'arrivée du train de blessés de midi elle aurait probablement du travail jusqu'au soir, sans même trouver le temps de manger quelque chose.

Elle remonta la rue du Pêcher d'un pas rapide et respira l'air pur aussi profondément que le lui permettait son corset. Elle s'arrêta au coin d'une rue pour réfléchir à ce qu'elle allait faire. Elle avait honte de rentrer chez tante Pitty, mais elle ne voulait pas retourner à l'hôpital. Elle en était là de ses réflexions quand Rhett arrêta sa voiture à sa hauteur.

— Vous avez l'air d'un enfant de chiffonnier, remarqua-t-il en examinant la robe de calicot lavande reprisée en maints endroits, maculée de sueur et tachée par les éclaboussures de la cuvette qu'avait tenue Scarlett. La gêne et l'humiliation mirent la jeune femme hors d'elle. Pourquoi donc Rhett faisait-il toujours attention à la toilette des femmes et avait-il la grossièreté de faire allusion au négligé de la sienne ?

— Abstenez-vous de m'adresser la parole. Descendez donc plutôt, aidez-moi à monter et conduisez-moi quelque part où personne ne puisse me voir. Dût-on me pendre, je ne retournerai pas à l'hôpital. Sapristi, ce n'est tout de même pas moi qui ai entrepris cette guerre, et je ne vois pas pourquoi je me crèverais à la tâche, du reste...

— Vous trahissez notre Cause glorieuse !

— Tant va la cruche... Aidez-moi à monter. Peu importe où vous alliez. Emmenez-moi faire une promenade.

Il sauta sur le sol et brusquement Scarlett pensa combien il était agréable de voir un homme qui n'était ni aveugle, ni amputé, dont le visage n'était pas blêmi par la souffrance, ni jauni par la malaria, un homme qui avait l'air sain et bien nourri. Et puis, il était si bien habillé ! Sa veste et son pantalon étaient coupés dans le même tissu et, ni trop larges, ni trop ajustés, lui allaient dans la perfection. Enfin ils étaient neufs et n'avaient pas de ces trous à travers lesquels on apercevait un morceau de chair tuméfiée ou des jambes poilues. On eût dit qu'il n'avait aucune préoccupation et, alors que tant d'hommes paraissaient

soucieux et renfrognés, ce seul fait était extraordinaire. Son visage hâlé était empreint d'une expression
débonnaire et, lorsqu'il aida Scarlett à monter, la
bouche sensuelle, aux lèvres rouges et d'un modelé
presque féminin, esquissa un sourire nonchalant.

Lorsqu'il monta à son tour et s'assit à côté d'elle,
Scarlett vit saillir ses muscles sous l'étoffe et, comme
toujours, elle éprouva une sorte de choc en devinant
son extrême vigueur.

Fascinée, troublée, un peu effrayée, elle suivit le
contour de ses épaules puissantes. Il devait avoir le
corps aussi ferme et aussi dur que l'esprit. Et puis, sa
force avait tant de grâce. Il avait une nonchalance de
panthère qui s'étire au soleil, une souplesse de
panthère qui va bondir et frapper.

— Petite masque! lui dit-il après un claquement de
langue à l'adresse de son cheval. Vous avez passé la
nuit à danser avec des soldats, à leur donner des roses
et des rubans, à leur raconter que vous voudriez
mourir pour la Cause et, quand il s'agit de panser
quelques blessures et d'ôter quelques poux, ouste,
vous décampez!

— Vous ne pourriez pas changer de conversation et
conduire un peu plus vite? Ce serait bien de ma veine
que le grand-papa Merriwether sorte de cette bouti-
que. Il me verrait et s'en irait le raconter à la vieille...
je veux dire à Mme Merriwether.

Rhett toucha la jument du bout de son fouet. La
bête se mit à trotter et traversa à bonne allure la voie
ferrée qui coupait la ville en deux. Le train de blessés
était déjà en gare et, sous le soleil brûlant, les
brancardiers hissaient les blessés dans les voitures
d'ambulance et dans les fourragères bâchées. En les
voyant, Scarlett n'eut aucun remords, bien au
contraire elle éprouva un immense soulagement à
l'idée de s'être enfuie.

— J'en ai par-dessus la tête de ce maudit hôpital,
fit-elle en étalant sa crinoline et en resserrant les
brides de sa capote. Chaque jour il y a de plus en plus
de blessés. Tout ça c'est la faute du général Johnston.

S'il avait tenu les Yankees en échec à Dalton, ils n'auraient...

— Mais il les a tenus en échec, pauvre enfant ignorante ! Seulement, s'il était resté sur ses positions, Sherman l'aurait pris de flanc et l'aurait écrasé entre les deux ailes de son armée. Enfin, il aurait perdu le contrôle de la voie ferrée et c'est pour elle que Johnston se bat.

— Oui, oui, reprit Scarlett, absolument inaccessible à la stratégie, n'empêche que c'est sa faute. Il aurait dû s'y prendre d'une autre façon et je trouve qu'on devrait le relever de son commandement. Pourquoi n'a-t-il pas résisté au lieu de battre en retraite ?

— Vous êtes comme les autres. Vous hurlez : « Qu'on lui coupe la tête » parce qu'il n'a pas pu faire l'impossible. A Dalton, il a été Jésus le Sauveur. Aux monts Kennesaw, le voilà Judas le Traître. Tout cela en six semaines. Pourtant il lui suffirait de repousser les Yankees de vingt milles pour être de nouveau Jésus. Mon enfant, Sherman a deux fois plus d'hommes que Johnston, et il peut se permettre de sacrifier deux hommes à chacune de nos courageuses dames. Johnston, lui, n'a pas un seul homme à perdre. De plus, il a fichtrement besoin de renforts et que va-t-on lui envoyer ? Les petits chouchous de Joe Brown. Joli renfort !

— C'est vrai, on va envoyer la milice au front ? et la Garde locale aussi ? Je n'en ai pas entendu parler. Comment le savez-vous ?

— Il en est fortement question. Le bruit en a couru ce matin après l'arrivée du train de Milledgeville. La milice et la Garde locale iront renforcer les troupes du général Johnston. Oui, les petits chéris du gouverneur Brown vont enfin respirer l'odeur de la poudre et j'imagine que la plupart seront bien étonnés. Ils ne s'attendaient sûrement pas à prendre part aux opérations. Le gouverneur le leur avait promis. La plaisanterie n'est pas mauvaise ! Ils se croyaient à l'abri des bombes parce que le gouverneur avait résisté à Jeff Davis lui-même et avait refusé de les expédier en

Virginie. Il prétendait qu'il avait besoin d'eux pour défendre son État. Qui aurait pu se figurer qu'on allait se battre dans la cour de leur maison et qu'ils seraient pour de bon obligés de défendre leur État ?

— Comment pouvez-vous rire ? Vous êtes cruel. Songez aux vieux messieurs et aux jeunes garçons de la Garde locale. Mais voyons ! Le petit Phil Meade va partir et le vieux Merriwether et l'oncle Henry Hamilton aussi !

— Je ne parle pas des garçonnets ou des vétérans de la guerre du Mexique. Je parle de ces braves jeunes gens comme Willie Guinan qui aiment à porter de beaux uniformes et à brandir un sabre...

— Et vous ?

— Ma chère, ça me laisse froid. Je ne porte pas d'uniforme, je ne brandis pas de sabre et le sort de la Confédération m'est absolument égal. D'ailleurs, je n'ai nulle envie d'être compté parmi les morts soit dans la Garde locale, soit dans les rangs d'une autre armée. Les choses militaires, à West Point, j'en ai eu assez pour le restant de mes jours... Allons, je souhaite bonne chance au vieux Joe. Le général Lee ne peut lui être d'aucun secours, parce que les Yankees le retiennent en Virginie. C'est pour cela que les troupes de l'État de Georgie sont les seuls renforts dont il puisse disposer. Il mérite mieux, car c'est un grand stratège. Il s'arrange toujours pour se trouver au bon endroit avant les Yankees. Néanmoins, il sera forcé de battre encore en retraite s'il veut protéger la voie ferrée. Et, retenez bien mes paroles, quand les Yankees l'auront délogé des montagnes et l'auront amené près d'ici en terrain plat, ce sera une boucherie.

— Près d'ici ? s'écria Scarlett. Vous savez très bien que les Yankees n'avanceront pas jusqu'ici.

— Les monts Kennesaw ne sont qu'à vingt-deux milles et je vous parie...

— Rhett, regardez là-bas, au bout de la rue ! Cette foule d'hommes ! Ce ne sont pas des soldats. Ça par exemple... mais ce sont des Noirs !

Un gros nuage de poussière rouge remontait la rue

et, du nuage, s'élevait le bruit d'innombrables pieds martelant le sol et les voix basses, nonchalantes, d'une centaine de nègres chantant un hymne, Rhett rangea la voiture le long du trottoir et Scarlett regarda avec curiosité les nègres en sueur qui, pelle et pioche sur l'épaule, étaient encadrés par un officier et un peloton d'hommes revêtus des insignes du génie.

— Ça, par exemple..., fit de nouveau Scarlett.

Alors ses yeux se posèrent sur un grand gaillard noir au premier rang. Dépassant presque six pieds six pouces, c'était une sorte de géant couleur d'ébène. Il marchait avec la grâce souple d'un animal puissant et l'on voyait étinceler ses dents blanches, tandis qu'il chantait à pleins poumons *Descends, Moïse*, pour entraîner ses camarades. A l'exception de Big Sam, le contremaître de Tara, il n'y avait sûrement aucun nègre au monde qui fût aussi grand et eût pareille voix. Mais que pouvait bien faire là Big Sam, si loin de la maison, surtout en ce moment où, à défaut de régisseur, il était le bras droit de Gérald ?

Comme Scarlett se soulevait de son siège pour mieux voir, le géant l'aperçut, la reconnut et un rire joyeux fendit son visage en deux. Il s'arrêta, laissa tomber sa pelle, puis se dirigea vers Scarlett en appelant les nègres les plus près de lui : « Dieu tout-puissant ! C'est ma'ame Sca'lett ! Hé, Elisée ! Hé, l'Apôt' ! Hé, le P'ophète : c'est ma'ame Sca'lett ! »

La confusion régna dans les rangs. La troupe s'arrêta, ne sachant plus que faire. Grimaçant, Big Sam traversa la route, suivi de trois autres grands nègres aux trousses desquels l'officier se lança en vociférant :

— Rentrez dans les rangs, les gars ! Rentrez, je vous dis, sans ça... Tiens, mais c'est Mme Hamilton. Bonjour, madame, bonjour, monsieur. Comment, vous voilà en train d'inciter mes hommes à l'indiscipline ! Vous voulez donc fomenter une mutinerie ? Dieu sait pourtant si j'en ai du mal avec ces chenapans depuis ce matin.

— Oh ! capitaine Randall, ne les punissez pas. Ce sont nos gens. Celui-là, c'est Big Sam, notre contremaître, et voici Elisée, l'Apôtre et le Prophète. Ils sont tous de Tara. Voyons, ils ne pouvaient pas faire autrement que de venir me dire bonjour. Comment ça va, mes amis ?

Scarlett serra les mains qui se tendaient autour d'elle. Sa petite main blanche disparut dans les grosses pattes noires, et les quatre nègres, ravis de cette rencontre et tout farauds de montrer à leurs camarades quelle jeune et jolie maîtresse ils avaient, se mirent à gambader comme des fous.

— Que faites-vous si loin de Tara ? Vous vous êtes sûrement sauvés, j'en mettrais ma main au feu. Vous ne savez donc pas que les gendarmes vont vous attraper ?

Ce badinage les combla d'aise et ils rirent bruyamment.

— Sauvés ? répondit Big Sam. Non, ma'ame, nous, on s'est pas sauvés. Ils nous ont envoyé ché'cher, à cause que c'est nous les plus g'ands et les plus fo'ts à Ta'a. C'est moi su'tout qu'ils voulaient, à cause que je chante si bien. Oui, ma'ame, missié F'ank Kennedy, il est venu nous ché'cher.

— Mais pourquoi, Big Sam ?

— Seigneu', ma'ame Sca'lett. Vous savez pas ? Nous aut' on va c'euser des fossés pou' que les missiés blancs s'y cachent dedans quand les Yankees ils viend'ont.

Le capitaine Randall et les occupants de la voiture réprimèrent un sourire en entendant cette naïve définition des tranchées.

— Pou' sû', missié Gé'ald il a failli avoi' une attaque quand ils m'ont emmené, et il a dit qu'il pouvait pas fai' ma'cher la plantation sans moi. Mais ma'ame Ellen elle a dit : « Emmenez-le, missié Kennedy. La Confédé'ation, elle a plus besoin de Big Sam que nous. » Et elle m'a donné un dolla' et elle m'a dit de fai' tout ce que les missiés blancs ils nous di'ont. Alo' on est venu ici.

— Que signifie tout ceci, capitaine Randall ?

— Oh ! c'est fort simple. Nous avons besoin de

creuser plusieurs milles de tranchées nouvelles pour renforcer la défense d'Atlanta, et le général n'a pas un homme à distraire du front. Alors nous avons réquisitionné les nègres les plus solides pour effectuer ce travail.

— Mais...

Le cœur de Scarlett se serra sous l'empire d'une peur froide et insidieuse. Plusieurs milles de tranchées nouvelles ! Pour quoi faire ? Dans le courant de l'année précédente on avait construit tout autour d'Atlanta une série de larges redoutes en terre avec des emplacements pour les canons. Ces grands ouvrages étaient reliés entre eux par des tranchées qui encerclaient complètement la ville. De nouvelles tranchées ?

— Mais... pourquoi fortifier plus que nous ne le sommes déjà ? Nous ne nous servirons même pas de ce que nous avons. Le général ne laissera sûrement pas...

— Nos fortifications actuelles ne se trouvent qu'à un mille de la ville, dit le capitaine Randall. C'est trop près. On construira celles-ci beaucoup plus loin. Vous comprenez, il se peut qu'une nouvelle retraite amène les nôtres à Atlanta.

Aussitôt il regretta sa dernière remarque en voyant les yeux de Scarlett agrandis par la crainte.

— Bien entendu, il n'y aura pas de nouvelle retraite, s'empressa-t-il d'ajouter. Les lignes du Kennesaw sont imprenables. Les batteries sont établies au sommet des montagnes et commandent les routes. Il est impossible que les Yankees puissent passer.

Mais Scarlett vit le capitaine baisser les yeux devant le regard lent et pénétrant que lui adressa Rhett, et elle fut effrayée. Elle se rappela la remarque de Rhett. « Quand les Yankees l'auront amené par ici, en terrain plat, ce sera une boucherie. »

— Oh ! capitaine, pensez-vous que...

— Mais non, bien sûr. Ne vous mettez pas martel en tête. Le vieux Joe aime seulement à prendre ses précautions. C'est l'unique raison pour laquelle nous nous mettons à creuser de nouveaux retranchements... Allons, il est temps que je vous quitte. Ça a été un

Autant en emporte le vent, T. I.   14.

plaisir pour moi de bavarder avec vous... Dites au revoir à votre maîtresse, les gars, et en route.

— Au revoir, mes amis, si vous êtes malades, ou si vous avez des ennuis, faites-le-moi savoir. J'habite juste au bas de la rue du Pêcher, presque la dernière maison de la ville. Attendez une minute... (Elle fouilla dans son réticule.) Oh! mon Dieu, je n'ai pas un *cent*. Rhett, donnez-moi un peu d'argent. Tiens, Big Sam, achète du tabac pour toi et tes camarades. Et puis, soyez gentils et faites ce que le capitaine Randall vous dira.

Les rangs disloqués se reformèrent et le nuage de poussière rouge s'éleva de nouveau tandis que les nègres se remettaient en marche, entraînés par Big Sam qui chantait :

De-escends, Mo-oïse! De-escends en Égy-ipte
Et dis au vieux Pha'a-on
De laisser pa'ati' mon peu-euple!

— Rhett, le capitaine Randall m'a menti... comme tous les hommes nous mentent à nous autres femmes de peur que nous ne nous évanouissions. Oh! Rhett, s'il n'y a aucun danger, pourquoi creuse-t-on ces nouveaux retranchements? L'armée est-elle donc si à court d'hommes qu'on est obligé d'employer des Noirs?

Rhett claqua la langue et la jument partit.

— Oui, l'armée est diablement à court d'hommes, sans quoi on ne ferait pas appel à la Garde locale. Quant à la question des retranchements, eh bien! on attribue une certaine valeur aux fortifications en cas de siège. Le général se prépare à livrer ici son ultime bataille.

— Un siège! Oh! faites demi-tour. Je rentre chez moi, chez moi à Tara, tout de suite!

— Qu'est-ce qui vous prend?

— Un siège! Oh! mon Dieu, un siège! J'en ai entendu parler. Papa a assisté à un siège, à moins que ce ne soit son père, et papa m'a dit...

— Quel siège ?

— Le siège de Drogheda lorsque Cromwell a battu les Irlandais. Ils n'avaient rien à manger. Papa m'a dit qu'ils mouraient de faim dans la rue et qu'ils ont fini par manger des chats et des rats et même des cancrelats. Et il m'a dit qu'avant de se rendre ils se sont mangés entre eux. Il est vrai que je n'ai jamais su s'il fallait croire ça ou non. Et quand Cromwell a pris la ville, toutes les femmes ont été... Un siège ! Sainte Vierge !

— Vous êtes la jeune personne la plus affreusement ignorante que j'aie jamais vue. Le siège de Drogheda a eu lieu en seize cent et quelque chose et M. O'Hara ne pouvait pas être né à cette époque-là. D'ailleurs Sherman n'est pas Cromwell...

— Non, mais il est pire. On dit...

— Quant aux viandes que les Irlandais ont mangées pendant le siège... pour ma part je préférerais un rat bien juteux aux victuailles qu'on m'a servies récemment à l'hôtel. Je crois que je vais être obligé de retourner à Richmond. On mange bien là-bas, à condition d'y mettre le prix.

On voyait dans ses yeux qu'il se moquait de la frayeur peinte sur le visage de sa compagne.

Vexée d'avoir montré son trouble, Scarlett s'écria :

— Je ne vois pas pourquoi vous restez ici ! Vous ne pensez qu'à votre confort, qu'à manger et... et aux choses du même ordre.

— Je ne connais pas de façon plus agréable de passer le temps que de manger et, hum... les choses du même ordre. Maintenant, si vous voulez savoir pourquoi je reste, eh bien ! j'ai lu pas mal d'histoires sur les sièges, mais je n'en ai pas vu un seul. Aussi, je pense que je resterai ici en curieux. N'étant pas combattant, je ne risque guère d'être blessé, du reste je tiens à tenter cette expérience. Il ne faut jamais refuser une expérience, Scarlett, ça enrichit l'esprit.

— J'ai l'esprit assez riche comme ça.

— Vous savez peut-être mieux que moi à quoi vous en tenir sur ce point, mais... mais non, je ne dirai rien, ce ne serait pas galant. Je reste peut-être aussi pour voler à votre secours quand le siège aura commencé. Je n'ai encore jamais sauvé de jeune femme en péril. Ça aussi, ce sera une nouvelle expérience.

Scarlett savait qu'il la taquinait, mais elle devina qu'au fond il parlait sérieusement. Elle hocha la tête.

— Je n'aurai pas besoin de vous pour me sauver. Merci, je suis assez grande pour me tirer d'affaire toute seule.

— Ne dites pas cela, Scarlett. Pensez-le si ça vous fait plaisir, mais ne le dites jamais à un homme ! C'est ça qui est agaçant chez les jeunes filles yankees. Elles seraient délicieuses si elles ne passaient pas leur temps à vous dire merci et à ajouter qu'elles sont assez grandes pour se tirer d'affaire toutes seules. En général elles disent vrai, Dieu leur vient en aide. Aussi les hommes les laissent-ils se débrouiller toutes seules.

— Vous avez une façon d'arranger les choses, fit Scarlett sèchement, car il n'y avait pas pire insulte que d'être comparée à une jeune fille yankee. Je suis persuadée que vous mentez à propos du siège. Vous savez très bien que les Yankees n'arriveront pas jusqu'à Atlanta.

— Je vous parie qu'ils seront ici avant un mois. Je vous parie une boîte de bonbons contre... (Ses yeux sombres errèrent jusqu'à ses lèvres.) Contre un baiser.

Quelques instants auparavant, la crainte d'une invasion yankee lui avait étreint le cœur, mais au mot « baiser » Scarlett s'empressa d'oublier tout cela. Elle se retrouvait sur un terrain familier, bien plus intéressant que celui des opérations militaires. Elle eut peine à réprimer un sourire de satisfaction. Depuis le jour où il lui avait offert la capeline verte, Rhett ne lui avait fait aucune avance. Malgré les efforts qu'elle avait déployés, il avait toujours évité les sujets personnels, mais maintenant, sans qu'elle eût déployé le moindre artifice, il se mettait à parler de baiser.

— Je n'aime pas beaucoup ce genre de conversations, fit-elle d'un ton froid tout en l'accompagnant d'un froncement de sourcils. D'ailleurs j'aimerais encore mieux embrasser un porc.

— Les goûts ne se discutent pas et j'ai toujours entendu dire que les Irlandais avaient un faible pour les cochons, qu'ils allaient même jusqu'à les faire coucher sous leur lit. Pourtant, Scarlett, vous avez grand besoin qu'on vous embrasse. C'est là que le bât vous blesse. Tous vos soupirants ont eu trop de respect pour vous, Dieu seul sait pourquoi. Ou bien ils ont eu trop peur de vous pour faire ce qu'il fallait. Le résultat, c'est que vous êtes d'une arrogance insupportable. Il faudrait que vous soyez embrassée par quelqu'un qui sache s'y prendre.

La conversation ne prenait pas du tout la tournure que Scarlett avait souhaitée. Il en était toujours ainsi quand elle se trouvait avec Rhett. C'était toujours un duel dans lequel elle avait le dessous.

— Et je suppose que vous vous figurez être la personne qu'il me faut ? railla-t-elle, bien qu'elle eût du mal à se contenir.

— Oui, si je voulais m'en donner la peine, fit-il avec indolence. On prétend que j'embrasse fort bien.

— Oh ! commença-t-elle, indignée par cet affront à ses charmes. Comment, vous..., mais, dans sa confusion, elle s'arrêta court.

Rhett souriait et cependant, au fond de ses yeux, une petite flamme dure avait lui pour s'éteindre aussitôt.

— Bien entendu, vous vous êtes sans doute demandé pourquoi je n'avais pas essayé de profiter de mon avantage après le chaste baiser dont je vous ai gratifiée le jour où je vous ai apporté cette capeline.

— Je ne me suis jamais...

— Eh bien ! vous n'êtes pas gentille, Scarlett, et je suis navré de l'apprendre. Toutes les jeunes personnes vraiment gentilles s'étonnent quand les hommes n'essaient pas de les embrasser. Elles savent qu'elles ne devraient pas désirer qu'on les embrasse et qu'elles doivent jouer l'indignation si on le fait, mais enfin, elles souhaitent que les hommes les embrassent...

Allons, ma chère, du courage. Un de ces jours, je vous embrasserai et ça vous fera plaisir. Mais pas maintenant, aussi vous prierai-je de ne pas vous impatienter.

Scarlett savait qu'il la taquinait, mais comme toujours ses taquineries la mettaient hors d'elle. Il y avait toujours trop de vrai dans ce qu'il disait. En tout cas, il ne fallait pas qu'il songeât aller plus loin. Si jamais il était assez mal élevé pour essayer de prendre des libertés avec elle, elle lui montrerait de quel bois elle se chauffait.

— Seriez-vous assez aimable pour faire demi-tour, capitaine Butler ? J'aimerais retourner à l'hôpital.

— Vraiment, mon ange de charité ? Les poux et les eaux sales valent donc ma conversation ? Allons, loin de moi la pensée d'empêcher une paire de mains bénévoles de travailler pour notre glorieuse Cause.

Il fit faire demi-tour au cheval et la voiture repartit vers le passage à niveau.

— Maintenant, poursuivit-il d'un ton suave, comme si Scarlett ne lui avait pas signifié que le sujet était clos, si vous voulez savoir pourquoi je n'ai pas profité de la situation, c'est parce que j'attends que vous ayez encore un peu grandi. Vous comprenez, ce ne serait pas très drôle pour moi de vous embrasser en ce moment, et je suis très égoïste dans mes plaisirs. Embrasser des enfants ne m'a jamais rien dit.

Du coin de l'œil il vit la poitrine de Scarlett se soulever sous l'empire d'une rage contenue et il réprima un sourire.

— Et puis, continua-t-il d'une voix douce, j'attendais aussi que s'effaçât le souvenir de l'estimable Ashley Wilkes.

Au nom d'Ashley, Scarlett se sentit traversée par une douleur subite et des larmes brûlantes lui montèrent aux yeux. S'effacer ? Le souvenir d'Ashley ne s'effacerait jamais, même s'il était mort depuis un millier d'années. Elle pensa à Ashley. Elle le vit blessé ; il se mourait loin d'elle, dans une geôle yankee ; il n'avait pas de couvertures pour se réchauffer ; personne n'était là pour lui tenir la main. Scarlett

422

éprouva une haine violente pour l'homme repu assis à ses côtés, pour cet homme dont le sarcasme perçait sous un ton doucereux.

Elle était trop en colère pour parler et, pendant un certain temps, ils roulèrent en silence.

— Maintenant, reprit Rhett, je lis à peu près claire- ment votre jeu à vous et à Ashley. J'ai commencé à comprendre le jour de la scène peu élégante que vous avez faite aux Douze Chênes, et depuis j'ai glané bien des choses en ouvrant les yeux. Quelles sont ces choses ? Eh bien ! que vous continuez de nourrir pour lui une passion romantique de collégienne et qu'il vous rend la pareille dans la mesure où le lui permet son honorable nature. Que Mme Wilkes ne sait rien et qu'en cela, à vous deux, vous lui avez joué un joli tour. Je comprends pratiquement tout, sauf une chose et qui pique ma curiosité. L'honorable Ashley a-t-il jamais exposé son âme immortelle en vous embras- sant ?

Pour toute réponse, Scarlett détourna la tête.

— Oh ! c'est parfait, alors, il vous a embrassée. Je suppose que ça s'est passé lorsqu'il était en permis- sion. Et maintenant qu'il est probablement mort vous vous repaissez de ce baiser. Mais j'ai la conviction que vous prendrez le dessus et, quand vous aurez oublié ce baiser, je...

Scarlett se retourna, furieuse.

— Vous, vous... allez au diable ! dit-elle avec vio- lence, ses yeux verts brillants de rage. Laissez-moi descendre de cette voiture avant que je saute sur les roues. Je ne veux plus vous adresser la parole.

Rhett arrêta la voiture, mais avant qu'il ait pu sauter à terre pour l'aider à descendre, Scarlett s'élança. Sa crinoline s'accrocha à la roue et, pendant un moment, les passants aperçurent un flot de jupons et de jambes de pantalons. Alors Rhett intervint et dégagea rapidement la jupe. Scarlett s'éloigna sans un mot, sans même se retourner. Rhett se mit à rire

doucement et, d'un claquement de langue, fit repartir
son cheval.

XVIII

Pour la première fois depuis le début de la guerre,
Atlanta entendit le bruit de la bataille. Au petit matin,
avant que la ville s'éveillât, on distingua dans le
lointain, du côté des monts Kennesaw, un faible
grondement, le roulement sourd du canon qu'on
aurait pu prendre pour le roulement du tonnerre en
été. Vers midi, le bruit fut parfois assez fort pour
dominer la rumeur du trafic. Les gens essayèrent de
ne pas écouter, s'efforcèrent de bavarder, de rire, de
vaquer à leurs occupations, comme si les Yankees
n'étaient pas à vingt-deux milles, mais, sans cesse, le
canon revenait bourdonner à leurs oreilles. La ville
entière avait un aspect inquiet. Tout le monde écoutait le cœur battant. Le grondement augmentait-il
d'intensité ? ou bien n'était-ce qu'un effet de l'imagination ? Le général Johnston les tiendrait-il en échec
cette fois-ci ? Résisterait-il ?

Il s'en fallait de peu que la ville ne fût prise de
panique. Les nerfs qui, chaque jour depuis la retraite,
se tendaient davantage, menaçaient de céder. Personne n'exprimait ses craintes. C'était là un sujet
tabou, mais la tension nerveuse se manifestait dans
les critiques qu'on n'épargnait pas au général. L'opinion était fiévreuse, Sherman, en somme, était aux
portes d'Atlanta. Un autre repli et les Confédérés
seraient en ville.

— Donnez-nous un général qui ne recule pas !
Donnez-nous un homme qui résistera et se battra !

Au son lointain du canon, la milice, « les chouchous
de Joe Brown », et la Garde locale sortirent d'Atlanta
pour défendre les ponts et les gués et la rivière
Chattahoochee dans le dos de Johnston. Il faisait un

temps lourd et gris, et lorsque les troupes eurent dépassé les Cinq Fourches et quitté l'avenue Marietta une grosse pluie se mit à tomber. Toute la ville était dehors pour les voir passer et maintenant, serrés les uns contre les autres, sous les auvents de bois des boutiques de la rue du Pêcher, les gens essayaient de manifester leur enthousiasme.

Scarlett et Maybelle Merriwether Picard avaient obtenu la permission de quitter l'hôpital et d'assister au départ des hommes parce que l'oncle Henry Hamilton et le grand-père Merriwether faisaient partie de la Garde locale et, en compagnie de Mme Meade, elles se laissaient écraser par la foule et se dressaient sur la pointe des pieds pour mieux voir. Bien qu'elle éprouvât, comme tout le Sud, le désir de n'envisager le développement de la bataille que sous l'angle le plus favorable et le plus rassurant, Scarlett eut froid dans le dos en regardant défiler devant elle les rangs bigarrés. Il fallait vraiment que la situation fût désespérée pour qu'on fît appel à ce ramassis de vieux et de gamins. Évidemment, on découvrait parmi eux, un certain nombre d'hommes jeunes et bien portants, qui, sous l'uniforme étincelant de la milice, arboraient plumes et écharpes. Mais il y avait tant de vieillards et de jeunes garçons et, en les voyant, Scarlett sentit son cœur se serrer de pitié et de peur. Au son des fifres et des tambours, des hommes à la barbe grise, plus âgés que son père, essayaient de marcher au pas sous la pluie drue. Le meilleur châle de Mme Merriwether sur les épaules pour se protéger de l'averse, le grand-papa Merriwether s'avançait au premier rang et adressa un sourire aux jeunes femmes. Celles-ci agitèrent leurs mouchoirs et lui crièrent au revoir ; mais Maybelle se cramponna au bras de Scarlett et murmura : « Oh ! le pauvre ! Encore une averse et ce sera la fin ! Son lumbago... » Le col de son long manteau noir remonté jusqu'aux oreilles, deux pistolets datant de la guerre du Mexique passés à la ceinture, un sac de voyage en tapisserie à la main, l'oncle Henry Hamilton emboîtait le pas au grand-papa Merriwether. A ses côtés marchait un domestique, presque aussi vieux que lui, et le nègre brandissait un parapluie grand ouvert au-dessus de leur tête à tous deux. Épaule contre épaule avec leurs aînés venaient les jeunes. Aucun d'eux ne semblait avoir plus de seize ans... Beaucoup d'entre eux s'étaient sauvés de l'école pour s'engager. De-ci, de-là, on remarquait des groupes de jeunes gens portant l'uniforme des cadets des académies militaires. Leurs casquettes grises trempées s'ornaient d'une plume de coq noire, et un baudrier bien blanc barrait leur poitrine. Au milieu d'eux Phil Meade, le chapeau crânement incliné sur l'oreille, exhibait le sabre de son frère mort et ses pistolets de cavalier. Jusqu'à ce qu'il fût passé Mme Meade sourit et lui fit signe de la main, puis, pendant un moment, elle appuya sa tête sur l'épaule de Scarlett comme si ses forces l'avaient soudain trahie.

Un grand nombre d'hommes étaient sans armes, car la Confédération n'avait eu ni fusils ni munitions à leur remettre. Ils espéraient s'équiper en dépouillant les Yankees tués ou prisonniers. Beaucoup avaient glissé un coutelas dans leur botte et tenaient à la main de longues perches terminées par une pointe de fer qu'on appelait « les piques de Joe Brown ». Ceux que le sort avait favorisés portaient en bandoulière de vieux mousquets à pierre et des poires à poudre accrochées à leur ceinture.

Johnston avait perdu environ dix mille hommes au cours de la retraite. Il avait besoin de dix mille hommes de troupes fraîches. « Et voilà ce qu'on lui envoie ! » se dit Scarlett, épouvantée.

Comme l'artillerie passait dans un bruit de tonnerre en faisant gicler la boue sur les spectateurs, Scarlett aperçut un nègre qui cheminait sur une mule auprès d'un canon. C'était un jeune nègre à visage grave dont la peau avait une couleur de harnais. « C'est Mose ! Le Mose d'Ashley ! Que peut-il bien faire ici ? » Elle se fraya un chemin à travers la foule, arriva au bord du trottoir et lança : « Mose ! Arrête ! »

Le jeune homme la vit et s'apprêta à mettre pied à terre. Un sergent ruisselant de pluie l'interpella :

— Eh ! reste sur ta mule, mon gars, sans ça je te mets le feu quelque part. Va tout de même falloir qu'on y arrive à ces montagnes.

Mose ne savait plus que faire et regardait alternativement le sergent et Scarlett. Alors, la jeune femme, pataugeant dans la boue, évitant les roues des canons, s'avança et empoigna la courroie de l'étrier de Mose.

— Oh ! une petite minute, sergent. Ne descends pas, Mose. Que peux-tu bien faire ici ?

— Mais j'y vais enco' à la gue' ! Ma'ame Sca'lett ! Mais cet' fois avec le vieux missié John au lieu de missié Ashley !

— M. Wilkes !

Scarlett n'en pouvait croire ses oreilles. M. Wilkes approchait de soixante-dix ans.

— Où est-il ?

— De'ié, avec le de'nier canon, ma'ame Sca'lett. Là-bas.

— Excusez, madame. Allons, avance, mon gars !

Scarlett resta un moment immobile, enfoncée dans la boue jusqu'à la cheville tandis que les canons continuaient de cahoter sur la chaussée. « Oh ! non ! pensa-t-elle, ce n'est pas possible. Il est trop vieux ! Et il n'aime pas plus la guerre qu'Ashley. » Elle recula de quelques pas vers le bord du trottoir et dévisagea tous les hommes qui passaient. Alors, comme le dernier caisson et le dernier canon arrivaient dans un fracas de roues et un déluge de boue, elle vit M. Wilkes. Mince, élancé, ses longs cheveux argentés sur le cou, il montait avec désinvolture une petite jument qui, de fondrière en fondrière, choisissait son chemin avec une grâce de dame portant robe de satin.

— Mais... cette jument, c'est Nellie ! La Nellie de Mᵐᵉ Tarleton ! Le petit trésor de Béatrice Tarleton !

Lorsque John Wilkes aperçut Scarlett, il arrêta sa monture, mit pied à terre et se dirigea vers la jeune femme un sourire aux lèvres.

— J'espérais bien te voir, Scarlett. Tes parents

m'ont chargé de tant de choses pour toi. Mais je n'ai pas eu le temps. Nous sommes arrivés ce matin et aussitôt on nous a fait partir, comme tu le vois.

— Oh! monsieur Wilkes! s'écria Scarlett sans lui lâcher la main. Ne partez pas! Pourquoi faut-il que vous partiez?

— Alors tu me trouves trop vieux! (Il sourit. C'était le sourire d'Ashley sur un visage plus vieux.) Je suis peut-être trop vieux pour accomplir des marches, mais pas pour monter à cheval ou pour tirer. Et comme Mme Tarleton a été assez aimable pour me prêter Nellie, me voilà bien monté. J'espère qu'il n'arrivera rien à Nellie, car, s'il lui arrivait quelque chose, je ne pourrais plus me présenter chez Mme Tarleton. Nellie était le dernier cheval qui lui restait.

Il riait maintenant et son rire dissipait les craintes de Scarlett.

— Ta mère, ton père et les petites vont bien. Ils t'envoient tous leur souvenir affectueux. Ton père a failli venir avec nous aujourd'hui!

— Oh! non, pas papa! s'écria Scarlett, terrorisée. Papa, papa! Il ne va pas partir à la guerre, n'est-ce pas?

— Non, mais il s'en est fallu de peu. Naturellement il ne peut pas aller bien loin, avec son genou ankylosé, mais il voulait à toutes forces partir à cheval avec nous. Ta mère a accepté à condition qu'il soit capable de sauter la clôture du champ, car, a-t-elle dit, à l'armée, il y aura des moments durs pour les cavaliers. Ton père pensait que c'était facile, mais... le croirais-tu? Lorsque son cheval s'est présenté devant la barrière, il s'est arrêté pile et ton père est passé par-dessus sa tête. C'est miracle qu'il ne soit pas rompu le cou! Tu sais comme il est entêté. Il s'est relevé et a essayé de nouveau. Eh bien! Scarlett, il s'y est repris à trois fois avant que Mme O'Hara et Pork l'emmènent se coucher. Il était dans une belle colère. Il jurait que ta mère avait jeté un sort au cheval. Non, Scarlett, il n'est pas bon pour le service armé. Ça n'a rien de honteux, tu sais. Après tout, il faut bien que quelqu'un reste chez soi à faire pousser les récoltes pour l'armée.

Scarlett n'éprouvait pas la moindre honte, elle ne ressentait qu'un immense soulagement.

— J'ai envoyé India et Honey à Macon, chez les Burr, et M. O'Hara s'occupera à la fois des Douze Chênes et de Tara... Il faut que je m'en aille, ma chère. Laisse-moi embrasser ta jolie frimousse.

La gorge serrée, Scarlett lui rendit son baiser. Elle aimait tant M. Wilkes. Autrefois, il y avait bien longtemps, elle avait espéré devenir sa belle-fille.

— Et tu embrasseras Pittypat et Mélanie pour moi, ajouta-t-il en posant deux autres baisers légers sur les joues de Scarlett. Comment va Mélanie ?

— Elle va bien.

— Ah !

Ses yeux se posèrent sur elle, mais sans s'arrêter, comme s'ils la traversaient, comme si les yeux gris et rêveurs pareils à ceux d'Ashley fixaient un autre monde.

— J'aurais pourtant bien aimé voir mon premier petit enfant ! Au revoir, ma chère petite.

Il sauta en selle et s'éloigna au trot, le chapeau à la main, sa chevelure argentée offerte à la pluie. Scarlett avait rejoint Maybelle et Mme Meade avant d'avoir saisi la portée des dernières paroles de M. Wilkes. Alors, ayant soudain compris, elle se signa avec une frayeur superstitieuse et s'efforça de prier. Il avait parlé de la mort, tout comme Ashley l'avait fait, et maintenant Ashley... personne ne devrait jamais parler de la mort ! C'était tenter la Providence. Tandis que, sous la pluie, les trois jeunes femmes reprenaient en silence le chemin de l'hôpital, Scarlett disait une prière : « Épargnez-le, mon Dieu ! Épargnez-les, lui et Ashley ! »

La retraite de Dalton aux monts Kennesaw avait duré du début de mai à la mi-juin, et comme le mois de juin s'écoulait chaud et pluvieux et que Sherman n'arrivait pas à déloger les Confédérés des hauteurs abruptes, l'espoir renaissait. Tout le monde reprenait courage et parlait en meilleurs termes du général Johnston. L'humide mois de juin céda la place à un mois de juillet plus humide encore. Désespérément accrochés à leurs retranchements, les Confédérés tenaient toujours Sherman en échec. Alors, Atlanta fut prise d'un accès de folie joyeuse. L'espérance montait à la tête des gens comme du champagne. Hurrah! Hurrah! Nous les tenons! Une épidémie de réceptions et de bals éclata. Chaque fois que des hommes descendaient en groupes des lignes et venaient passer la nuit en ville, on donnait en leur honneur des dîners suivis de sauteries et les jeunes filles, dix fois plus nombreuses qu'eux, se les arrachaient et se battaient pour danser avec eux.

Atlanta était encombrée de visiteurs, de réfugiés, de parents des blessés soignés dans les hôpitaux, de femmes et de mères qui souhaitaient être au chevet de leurs maris ou de leurs fils s'ils étaient blessés dans les montagnes. Enfin, de tous les comtés environnants où il ne restait plus que des hommes au-dessous de seize ans ou au-dessus de soixante, des nuées de jeunes filles s'abattaient sur la ville. Tante Pitty désapprouvait hautement cet état de choses, car, d'après elle, ces personnes ne venaient à Atlanta que pour y décrocher un mari et, en constatant ce manque de pudeur, elle se demandait à quel abîme courait le monde. Scarlett partageait sa façon de voir. Elle ne se souciait guère de la concurrence des tendrons de seize ans dont les joues fraîches et les belles couleurs faisaient oublier que leurs robes avaient été retournées deux fois et que leurs chaussures étaient rapiécées. Elle-même possédait des toilettes plus neuves et plus jolies que la plupart d'entre elles, grâce aux étoffes que Rhett lui avait rapportée à son dernier voyage; mais, en somme, elle avait dix-neuf ans, elle prenait de l'âge, et les hommes avaient une prédilection marquée pour la chasse aux oies blanches.

Elle se disait qu'une veuve avec un enfant était désavantagée auprès de ces aguichantes péronnelles. Pourtant, en ces jours de fièvre, son veuvage et sa maternité pesaient moins lourd qu'auparavant. Entre son service à l'hôpital, où elle se rendait dans la journée, et les réceptions le soir, elle ne voyait presque jamais Wade. Parfois, elle en arrivait à oublier pendant un certain temps qu'elle avait un enfant!

Dans la moiteur des nuits d'été, les demeures d'Atlanta restaient ouvertes aux soldats, aux défenseurs de la ville. Les grandes maisons qui s'étendaient de la rue Washington à la rue du Pêcher resplendissaient de lumières. C'était là qu'on fêtait les combattants arrachés pour un moment à la boue des tranchées. La brise nocturne emportait au loin le bruit des banjos et des violons, le martèlement du pas des danseurs. Des groupes se formaient autour des pianos et chantaient avec conviction les tristes paroles de « *Ta lettre est venue, mais elle est venue trop tard* » tandis que des galants en loques faisaient les yeux doux à des jeunes filles qui minaudaient derrière des éventails en plumes de paon et les suppliaient de ne point attendre qu'il fût trop tard. Aucune jeune fille n'attendait. Emportées par la vague de plaisirs qui déferlait sur la ville, elles se ruaient vers le mariage. Pendant le mois que dura la résistance de Johnston sur les hauts de Kennesaw, on célébra d'innombrables unions où la mariée, parée de fanfreluches empruntées à une douzaine d'amies, rougissait de bonheur, où le fiancé portait un sabre qui battait contre les jambes rapiécées de sa culotte. On s'amusa tant, il y eut tant de réunions, tant de minutes émouvantes! Hurrah! Johnston résiste aux Yankees à vingt-deux milles d'Atlanta!

Oui, les lignes établies autour des monts Kennesaw étaient imprenables. Après vingt-cinq jours de combat, Sherman lui-même en eut la certitude, car ses pertes étaient énormes. Au lieu de s'acharner à attaquer de front, il déploya de nouveau son armée en un large cercle et essaya de s'insinuer entre les Confédérés et Atlanta. Une fois de plus la manœuvre réussit. Johnston fut contraint d'abandonner les hauteurs où il avait opposé une si belle résistance afin de protéger ses derrières. Il avait perdu un tiers de ses effectifs au cours de cette bataille et le reste de ses hommes fatigués se dirigea sous la pluie vers les rives de Chattahoochee. Les Confédérés ne pouvaient plus compter sur de nouveaux renforts, tandis que les Yankees, qui contrôlaient désormais la voie ferrée du Tennessee méridional jusqu'au front, recevaient chaque jour des troupes fraîches et des vivres. Ainsi, les soldats gris, reculant à travers les champs boueux, se replièrent sur Atlanta.

Lorsqu'on apprit l'abandon des positions supposées imprenables, une seconde vague de terreur balaya la ville. Pendant vingt-cinq jours de liesse, les gens s'étaient persuadés que la chose ne pourrait pas se produire. Et maintenant, elle s'était produite ! Mais, sans aucun doute, le général s'établirait sur l'autre rive et s'opposerait à l'avance des Yankees. Pourtant Dieu savait que la rivière n'était pas loin de la ville ; à sept milles !

Mais Sherman de nouveau prit les Confédérés de flanc, passa la rivière en amont d'eux et les troupes grises, exténuées, durent traverser en hâte les eaux jaunâtres pour se placer une fois de plus entre les envahisseurs et Atlanta. Elles s'empressèrent de creuser des abris précaires au nord de la ville dans la vallée de la petite rivière du Pêcher. Atlanta, prise de panique, était à l'agonie.

Se battre, reculer ! Se battre, reculer ! A chaque repli les Yankees se rapprochaient de la ville. La rivière du Pêcher n'était qu'à cinq milles ! Où le général avait-il donc la tête ?

Les cris de « Donnez-nous un homme qui résiste et qui se batte ! » furent entendus de Richmond. Richmond savait qu'Atlanta perdue, la guerre serait perdue et, après que l'armée eut traversé le Chattahoochee, le général Johnston fut relevé de son commandement. Le général Hood, un de ses subalternes, prit l'armée en main et Atlanta respira un peu. Hood, lui, ne battrait pas en retraite ! Non, ce n'était pas cet homme du Kentucky, ce grand gaillard à la barbe flottante et aux yeux de braise qui reculerait. Il passait pour être méchant comme un dogue. Il repousserait les Yankees au-delà de la rivière, oui, il la leur ferait repasser et, mille par mille, il reprendrait tout le terrain jusqu'à Dalton. Mais l'armée s'écriait : « Rendez-nous le vieux Joe ! » car les soldats n'avaient pas quitté le vieux Joe depuis Dalton et, à l'encontre des civils, ils savaient à quoi s'en tenir.

Sherman n'attendit pas que Hood fût prêt à prendre l'offensive. Un jour après le changement de commandement, le général yankee fondit sur la petite ville de Decatur, à six milles d'Atlanta, s'en empara et coupa la voie ferrée. C'était précisément cette voie-là qui reliait Atlanta à Augusta, à Charleston, à Wilmington et à la Virginie. Sherman avait porté un coup redoutable à la Confédération. Il était temps d'agir ! Atlanta réclamait à cor et à cri qu'on fît quelque chose !

Alors, par un étouffant après-midi de juillet, les vœux d'Atlanta furent exaucés. Le général Hood fit mieux que résister et se battre. Entraînant ses hommes hors de leurs retranchements, les lançant contre les lignes bleues, contre les soldats de Sherman deux fois plus nombreux, il livra un assaut furieux aux Yankees du côté de la rivière du Pêcher.

Épouvantés, priant pour que Hood parvînt à repousser les Yankees, les habitants d'Atlanta écoutèrent gronder le canon et crépiter les milliers de fusils qui faisaient un tel vacarme que, malgré la distance, on aurait pu croire que le combat se déroulait en pleine ville. On pouvait entendre le fracas des batteries, voir la fumée raser la cime des arbres comme des nuages, mais pendant des heures personne ne sut quelle tournure prenait la bataille.

Vers la fin de l'après-midi, les premières nouvelles arrivèrent. Elles étaient alarmantes, mais comme elles émanaient d'hommes blessés aux premières heures du combat, elles se contredisaient et n'offraient aucune certitude. Seuls ou par groupes, les moins gravement atteints soutenant ceux qui boitaient ou qui chancelaient, les blessés commencèrent à pénétrer en ville. Bientôt leur flot se mit à couler sans arrêt. Ils cherchaient péniblement à gagner les hôpitaux. La face noircie par la poudre, ils étaient couverts de boue et de sueur. Le sang se caillait sur leurs blessures à nu. Les mouches tourbillonnaient autour d'eux.

La maison de tante Pitty fut une des premières qu'atteignirent les blessés entrant en ville par le nord. Un à un ils trébuchèrent devant la grille, s'affaissèrent sur le gazon vert et gémirent : « De l'eau. »

Tout au long de ce brûlant après-midi, tante Pitty et les siens, blancs et noirs, restèrent en plein soleil à verser à boire et à panser des blessures, jusqu'à ce que les bandes fussent épuisées et qu'on ne trouvât plus dans la maison ni draps ni serviettes à déchirer. Tante Pitty oublia complètement qu'elle s'évanouissait toujours à la vue du sang et ne cessa de travailler qu'au moment où ses petits pieds, chaussés de souliers trop étroits, enflèrent et refusèrent de la supporter davantage. Mélanie elle-même dont la grossesse était fort avancée oublia sa pudeur naturelle et, les traits aussi tirés que ceux des blessés, se dépensa fiévreusement aux côtés de Prissy, de Cookie et de Scarlett. Lorsque, n'en pouvant plus, elle s'évanouit, on ne trouva que la table de la cuisine pour la coucher, car tous les lits, toutes les chaises, tous les sofas de la maison étaient occupés par les blessés.

Oublié au milieu de l'agitation, le petit Wade, pelotonné derrière la balustrade de la véranda, hoquetait en suçant son pouce et, les yeux agrandis par l'épouvante, regardait la pelouse comme un lapin apeuré regarde à travers les barreaux de sa cage. Scarlett l'aperçut et lui cria d'un ton sec « Wade Hampton, va jouer dans la cour ! » mais il était trop effrayé, trop fasciné par le spectacle qui s'offrait à lui pour obéir.

La pelouse était couverte d'hommes anéantis, trop épuisés pour aller plus loin, trop affaiblis par leurs

434

blessures pour faire un mouvement. Ceux-là, l'oncle Peter les chargeait dans la voiture et les emmenait à l'hôpital au pas du vieux cheval fourbu et couvert d'écume à force d'effectuer le trajet. Mme Meade et Mme Merriwether envoyèrent leurs voitures, qui s'éloignèrent, les ressorts pliés sous le poids des blessés.

Plus tard, dans la tiédeur du long crépuscule d'été, les ambulances et les fourgons de l'intendance aux bâches maculées de boue revinrent du champ de bataille et dévalèrent la route avec un bruit de tonnerre. Puis ce furent des charrettes de ferme, des tombereaux traînés par des bœufs et même des voitures particulières réquisitionnées par le corps médical. Cahotant sur la chaussée défoncée, pleins à craquer de blessés et de moribonds, laissant couler le sang dans la poussière rouge, tous ces attelages passèrent devant chez tante Pitty. A la vue des femmes avec des seaux et des louches, les conducteurs firent halte et aussitôt s'élevèrent les cris et les murmures : « De l'eau ! »

Scarlett soutint des têtes inertes afin de faire boire des hommes aux lèvres desséchées, elle versa des seaux d'eau sur des corps couverts de poussière, rongés par la fièvre. Elle en versa à même des blessures afin de procurer aux hommes un bref instant de répit. Elle se hissa sur la pointe des pieds et tendit à boire aux conducteurs d'ambulance, demandant à chacun d'eux, la gorge serrée :

— Quoi de nouveau ? Quoi de nouveau ?

De chacun elle obtint la même réponse. « On n' sait encore rien, ma p'tite dame. C'est encore trop tôt. »

La nuit vint, suffocante. On ne sentait pas le moindre souffle d'air et les torches de sapin tenues par les nègres rendaient l'atmosphère encore plus lourde. La poussière collait aux narines de Scarlett, lui desséchait les lèvres. Sa robe de calicot lavande, si propre et si bien amidonnée le matin, était souillée de sang, de crasse et de sueur. C'était bien cela qu'Ashley avait voulu dire en écrivant que la guerre n'avait rien de glorieux, qu'elle n'était que saleté et souffrances.

La fatigue ajoutait une touche d'irréalité, de cauchemar à la scène. Non, ça ne pouvait être vrai... ou alors, si c'était vrai, le monde était devenu fou. Pourquoi, en effet, se trouverait-elle là, au milieu du paisible jardin de tante Pitty, en pleine nuit, à la lueur vacillante des torches, à donner à boire à tant de moribonds encore épris d'elle. Car, parmi les blessés, elle avait d'innombrables soupirants qui souriaient en la voyant. Parmi les hommes que les voitures cahotaient le long de la route noire et poussiéreuse, il y en avait tant qu'elle connaissait. Parmi les hommes qui agonisaient sous ses yeux, leur face sanglante dévorée par les moustiques, il y en avait tant avec lesquels elle avait dansé et échangé des plaisanteries, fait de la musique ou chanté des romances, tant qu'elle avait taquinés, auxquels elle avait remonté le moral, qu'elle avait aimés... un petit peu.

Elle découvrit Carey Ashburn sous un tas de blessés dans une charrette à bœufs. Il avait reçu une balle dans la tête et respirait à peine. Comme Scarlett ne pouvait pas le sortir de sa position sans déranger six autres blessés, elle le laissa partir pour l'hôpital. Plus tard, elle apprit qu'il était mort avant d'avoir été examiné par un médecin et qu'on l'avait enterré quelque part, personne ne savait exactement où. Ce mois-là, au cimetière d'Oakland, on avait enterré tellement d'hommes dans de maigres fosses, hâtivement creusées ! Mélanie fut profondément peinée de savoir qu'on n'avait même pas pu couper une mèche de cheveux à Carey pour l'envoyer à sa mère dans l'Alabama.

La nuit chaude s'avançait, la fatigue meurtrissait le dos et les genoux de Scarlett et de Pitty, mais les deux femmes ne cessaient de demander à chaque nouvel arrivant : « Quoi de nouveau ? Quoi de nouveau ? »

Et, à mesure que les longues heures s'écoulaient, elles recevaient des réponses qui les faisaient blêmir.

« Nous reculons. » « Nous avons dû reculer. » « Ils sont des milliers de plus que nous. » « Les Yankees ont cerné les cavaliers de Wheeler près de Decatur. Il faut que nous allions à leur secours. » « Les nôtres seront bientôt en ville. »

Scarlett et Pitty se blottirent l'une contre l'autre.

— Est-ce que... est-ce que les Yankees arrivent ?

— Oui, ils arrivent, mais ils n'iront pas loin, ma p'tite dame. — Vous en faites pas, ils pourront pas prendre Atlanta. — Non, m'dame, il y a des milles et des milles de retranchements autour de la ville. — J'ai entendu moi-même le vieux Joe dire : « Je peux tenir indéfiniment dans Atlanta. » Mais voilà, nous n'avons plus le vieux Joe avec nous... — Ta gueule, imbécile ! Tu veux donc fiche la frousse aux dames ? — Les Yankees ne prendront jamais la place, m'dame. — Mesdames, pourquoi n'iriez-vous pas à Macon ou dans un endroit plus sûr ? Vous n'avez pas de parents, là-bas ? — D'accord, les Yankees, ils prendront pas Atlanta, mais quand ils essaieront, il y fera pas trop bon pour les dames. — Ça tombera dur, les obus.

Le lendemain, sous une pluie chaude, dans une atmosphère d'étuve, l'armée vaincue fit son entrée à Atlanta. Les hommes étaient épuisés par la faim, la fatigue et soixante-six jours de lutte et de retraite. Les chevaux squelettiques ressemblaient à des épouvantails. Les canons et les camions étaient attelés avec n'importe quoi, des bouts de cordes ou des lanières de cuir. Mais ce n'était pas là une foule indisciplinée, en pleine déroute. Portant crânement leurs haillons, les loques rouges de leurs fanions déployées sous la pluie, les hommes défilaient en bon ordre. Le vieux Joe leur avait appris à se replier, le vieux Joe qui avait fait de la retraite un chef-d'œuvre de stratégie. Marchant au pas cadencé, les combattants hirsutes, déguenillés, descendirent la rue du Pêcher aux accents de *Maryland ! Mon Maryland !* et tous les gens sortirent de chez eux pour les admirer. Vainqueurs ou vaincus, ces soldats étaient les leurs.

Les miliciens qui avaient quitté la ville si peu de temps auparavant dans des uniformes flambant neufs se différenciaient à peine du reste des troupes régulières tant ils étaient sales et en lambeaux. Dans leurs yeux brillait une flamme nouvelle. Ils avaient effacé d'un seul coup trois années passées à se dérober, à expliquer pourquoi ils n'étaient pas au front. Ils avaient troqué la sécurité de l'arrière contre les rigueurs du combat. Nombre d'entre eux avaient troqué une vie facile contre la mort. Désormais ils étaient des vétérans, des vétérans sans états de service bien longs, mais des vétérans tout de même, et ils s'étaient honorablement comportés. Ils cherchaient des visages amis dans la foule et adressaient un regard conquérant aux gens qu'ils connaissaient. Maintenant, ils avaient le droit de relever la tête.

Vieux et jeunes, les gardes locaux défilèrent à leur tour. Les vieux à la barbe grisonnante avaient à peine la force de lever les pieds, les jeunes avaient des figures fatiguées d'enfants auxquels on a soumis des problèmes de grandes personnes. Scarlett aperçut Phil Meade et eut du mal à le reconnaître tant son visage était noirci par la poudre et par la crasse, tant ses traits étaient tirés. Sans chapeau sous la pluie, la tête passée dans un trou pratiqué au milieu d'une vieille toile cirée, l'oncle Henry avançait en traînant la jambe. Ses pieds nus entourés de lambeaux d'édredon, le vieux monsieur Merriwether était juché sur un affût de canon. Cependant, malgré ses efforts, Scarlett ne réussit pas à découvrir John Wilkes.

Quant aux vétérans de Johnston, ils trouvaient encore le moyen de marcher de cette allure dégagée qui avait été la leur pendant trois ans, de sourire aux jolies filles et de décocher des traits grossiers aux hommes en civil. Ils s'en allaient occuper les retranchements établis autour de la ville. Ce n'étaient plus des tranchées hâtivement creusées qui les attendaient, mais de solides ouvrages de terre avec des parapets à hauteur de poitrine renforcés par des sacs de sable et surmontés de pieux de bois terminés en pointe. Failles rouges couronnées de monticules rouges, mille après mille, les tranchées encerclaient la ville.

La foule acclamait les troupes comme elle les eût acclamées dans la victoire. La crainte régnait au fond de chaque cœur, mais maintenant qu'on savait à quoi s'en tenir, maintenant que le pire s'était produit et que la guerre était aux portes, la ville avait changé d'esprit. Il n'était plus question de panique, de folie collective. Quel que fût le sentiment de chacun, personne ne se trahissait. Tout le monde voulait paraître gai même au prix d'acclamations forcées. Chacun prenait sur soi pour se montrer brave et confiant en face des troupes. Tout le monde répétait ce qu'avait dit le vieux Joe juste avant d'être relevé de son commandement : « Je peux tenir indéfiniment dans Atlanta. »

Maintenant que Hood avait dû battre en retraite, un certain nombre de gens souhaitaient à l'exemple des soldats qu'on leur rendît le vieux Joe, mais ils évitaient de manifester leur opinion et prenaient courage en se répétant la remarque du vieux Joe : « Je peux tenir indéfiniment dans Atlanta. »

La prudente tactique du général Johnston n'était point faite pour Hood. Il attaqua les Yankees à l'est, il les attaqua à l'ouest. Pareil à un lutteur cherchant une nouvelle prise, Sherman encerclait la ville et Hood n'entendait pas rester derrière ses retranchements à attendre l'assaut des Yankees. Il fit plusieurs sorties téméraires et se lança sur eux à corps perdu. En l'espace de quelques jours, eurent lieu les batailles d'Atlanta et d'Ezna Church, engagements si importants qu'à côté d'elles le combat livré au bord de la rivière du Pêcher passa pour une simple escarmouche.

Pourtant les Yankees n'en accentuèrent pas moins leur pression. Ils avaient subi de lourdes pertes, mais ils pouvaient se permettre cela. Et, sans arrêt, leurs batteries canonnèrent Atlanta, tuant des gens chez eux, décapitant les maisons, creusant de vastes cratères dans les rues. Les habitants s'abritaient tant bien que mal dans les caves, dans les trous, dans des tunnels peu profonds creusés au flanc des tranchées du chemin de fer. Atlanta était assiégée.

Onze jours après avoir pris le commandement, le général Hood avait perdu presque autant d'hommes que Johnston en soixante-quatre jours de bataille et de retraite, enfin Atlanta était investie sur trois côtés.

La voie ferrée d'Atlanta au Tennessee était désormais au pouvoir de Sherman sur toute sa longueur. Son armée barrait la ligne de l'Est et il avait coupé la ligne qui s'en allait vers l'Alabama en direction sud-ouest. Seule la ligne du Sud, celle de Macon et de Savannah, était encore libre. La ville regorgeait de soldats couverts de blessures et de réfugiés, aussi cette unique voie était-elle insuffisante pour les besoins de la cité aux abois. Toutefois, tant qu'on pourrait tenir cette ligne, Atlanta résisterait.

Scarlett fut terrifiée quand elle se rendit compte de l'importance prise par cette voie ferrée, et quand elle comprit avec quel acharnement Sherman lutterait pour s'en emparer, avec quelle rage désespérée Hood se battait pour la défendre. Car c'était la ligne qui traversait le comté, qui passait par Jonesboro. Et Tara n'était qu'à cinq milles de Jonesboro. Tara semblait un havre de grâce par comparaison avec l'enfer d'Atlanta, mais Tara n'était qu'à cinq milles de Jonesboro.

Le jour de la bataille d'Atlanta, Scarlett et un certain nombre d'autres dames, protégées du soleil par leurs minuscules ombrelles, s'installèrent sur les toits des magasins et suivirent les péripéties du combat. Mais lorsque les obus se mirent à tomber dans les rues pour la première fois, elles descendirent précipitamment à la cave, et ce même soir commença l'exode des femmes, des enfants et des vieillards. Ils se dirigèrent tous sur Macon. Parmi ceux qui prirent le train ce soir-là, un grand nombre avaient suivi la retraite de Johnston depuis Dalton et en étaient déjà à leur cinquième et sixième lieu de refuge. Maintenant ils étaient moins chargés qu'en arrivant à Atlanta. La plupart ne portaient qu'un sac en tapisserie et un casse-croûte enveloppé dans un mouchoir de couleur. Par-ci, par-là, des domestiques effrayés serraient contre eux de la vaisselle d'argent, des couteaux, des fourchettes ou un portrait de famille sauvés lors du premier départ.

Mme Merriwether et Mme Elsing refusèrent de s'en aller. On avait besoin d'elles à l'hôpital et d'ailleurs, déclarèrent-elles fièrement, elles n'avaient pas peur et ce n'étaient pas les Yankees qui les mettraient à la porte de chez elles. Néanmoins, Maybelle et son bébé partirent pour Macon avec Fanny Elsing. Pour la première fois, Mme Meade désobéit à son mari et refusa catégoriquement de céder au docteur qui lui ordonnait de prendre le train. Elle argua que le docteur ne pouvait se passer d'elle et qu'elle voulait rester là près de Phil au cas où, dans les tranchées...

Mais Mme Whiting partit et, avec elle, beaucoup de dames parmi les relations de Scarlett. Après avoir été la première à flétrir la pusillanimité du vieux Joe, tante Pitty fut une des premières à faire ses malles. Elle prétendit qu'elle avait les nerfs fragiles et qu'elle ne pouvait supporter le bruit. Elle craignait de s'évanouir en entendant une explosion et d'être incapable de se réfugier à la cave. Non, elle n'avait pas peur, disait-elle en essayant en vain d'imprimer à sa bouche un contour martial ! Elle irait à Macon chez sa cousine, la vieille Mme Burr, et les jeunes femmes l'accompagneraient.

Scarlett ne voulait pas aller à Macon. Malgré sa crainte du bombardement elle aimait encore mieux rester à Atlanta que de se réfugier à Macon, car elle détestait cordialement la vieille Mme Burr. Quelques années auparavant, celle-ci l'avait traitée de « dévergondée » après l'avoir surprise en train d'embrasser son fils Willie à une réception donnée par les Wilkes.

— Non, dit-elle à tante Pitty, j'irai chez moi à Tara et Melly pourra aller avec vous à Macon.

Sur ce, Mélanie fondit en larmes comme une femme que rien ne peut consoler. Lorsque tante Pitty se fut précipitée chez le docteur Meade, Mélanie prit les

441

mains de Scarlett dans les siennes et dit d'un ton suppliant :

— Chérie, ne t'en va pas à Tara, ne me laisse pas seule ! Je me sentirais si désemparée sans toi. Oh ! Scarlett, si tu n'es pas là à la naissance de mon petit, je mourrai. Oui... oui, je sais bien, j'ai tante Pitty et elle est charmante. Mais quoi, elle n'a jamais eu d'enfants, et parfois elle me porte tellement sur les nerfs que j'ai envie de hurler. Ne m'abandonne pas, chérie. Tu as été une vraie sœur pour moi, et puis ajouta-t-elle avec un faible sourire, tu as promis à Ashley de veiller sur moi. Il m'a dit qu'il allait te le demander.

Stupéfaite, Scarlett considéra sa belle-sœur. Comment Melly pouvait-elle l'aimer à ce point, alors qu'elle-même avait tant de mal à dissimuler son antipathie pour cette femme ? Comment Melly pouvait-elle être stupide au point de ne pas pénétrer le secret de son amour pour Ashley ? Au cours de ces mois torturants, où elle guettait des nouvelles d'Ashley, elle s'était trahie une centaine de fois. Mais Mélanie ne voyait rien, Mélanie ne voyait que ce qu'il y avait de bon chez ceux qu'elle aimait... Oui, elle avait promis à Ashley de veiller sur Mélanie. « Oh ! Ashley ! Ashley ! Tu dois être mort depuis des mois et c'est maintenant que je suis tenue par ma promesse ! »

— Allons, fit-elle sèchement. Je lui ai promis de veiller sur toi et je ne reviens pas sur ce que j'ai promis. Mais je n'irai pas à Macon chez cette vieille chipie de Burr. Je lui arracherais les yeux au bout de quelques minutes. Je veux aller à Tara. Tu peux m'accompagner. Maman sera heureuse de t'avoir près d'elle.

— Oh ! comme ça me ferait plaisir ! Ta mère est si gentille, mais tu sais bien que ce serait un coup mortel pour Tantine si elle n'était pas auprès de moi quand j'aurai mon enfant, et je sais qu'elle ne voudra pas aller à Tara. C'est trop près du champ de b..taille et Tantine tient à être en sûreté.

Le docteur Meade arriva hors d'haleine. Tante Pitty

lui avait paru tellement affolée qu'il s'attendait pour le moins à trouver Mélanie en train d'accoucher prématurément. Ainsi, en présence de la réalité, son indignation fut-elle grande et il ne se fit pas faute de la montrer. Enfin, lorsqu'on lui eut appris la cause de tout ce tohu-bohu, il trancha le problème avec des arguments qui ne laissaient pas place à la réplique.

— La question d'aller à Macon ne se pose pas pour vous, ma petite Melly. Si vous bougez, je ne réponds pas de vous. Les trains sont pleins à craquer. On ne sait pas quand ils partent et, si jamais on en a besoin pour transporter des blessés, des troupes ou du matériel, on n'hésitera pas à débarquer les voyageurs dans les bois. Dans votre état...

— Mais si je vais à Tara avec Scarlett...

— Je vous dis que je vous interdis de bouger. Pour aller à Tara on prend le train de Macon, par conséquent les conditions sont les mêmes. Du reste, personne ne sait exactement où se trouvent les Yankees, mais il y en a partout. Votre train pourrait fort bien être capturé. Enfin, même si vous atteigniez Jonesboro, vous auriez encore à faire cinq milles sur une mauvaise route avant d'arriver à Tara. Ce n'est pas un voyage pour une femme dans une situation délicate. Et puis, tenez, depuis que le vieux docteur Fontaine est parti aux armées, il n'y a plus de médecin dans le comté.

— Mais il y a des sages-femmes.

— J'ai dit un médecin, répondit le docteur avec brusquerie en posant machinalement les yeux sur le corps frêle de Mélanie. Je ne veux pas que vous bougiez. Ça pourrait être dangereux. Vous ne tenez pas à avoir votre enfant dans le train ou dans un buggy, hein ?

Cette franchise toute médicale réduisit les dames au silence.

— Il faut rester ici, où je pourrai vous suivre, et demeurer au lit. Vous allez me faire le plaisir de ne plus passer votre temps à dégringoler et à grimper l'escalier de la cave. Non, même si les obus entrent par la fenêtre. Après tout, on ne court pas tellement de risque ici. Nous allons repousser les Yankees sous peu... Allons, mademoiselle Pitty, vous allez filer à Macon et laisser les jeunes dames ici.

— Sans chaperon? s'exclama la vieille demoiselle, affolée.

— Ce sont des femmes mariées, fit le docteur, agacé, et Mme Meade habite à deux maisons plus loin. En tout cas, étant donné l'état de Melly, elles ne vont pas s'amuser à recevoir des messieurs. Grands dieux, mademoiselle Pitty, nous sommes en temps de guerre. Nous ne pouvons plus penser aux convenances. Il faut avant tout penser à Melly.

Il quitta la chambre d'un pas nerveux et attendit Scarlett sous la véranda.

— Je vais vous parler franchement, madame Scarlett, commença-t-il en tiraillant sa barbe grise. Vous me paraissez douée de bon sens, aussi faites-moi la grâce de ne pas piquer un fard. Je ne veux plus entendre parler du départ de Melly. Je doute qu'elle soit en mesure de supporter un voyage. Elle va au-devant d'une épreuve pénible... même si tout se passe pour le mieux. Comme vous le savez, elle est très étroite de hanches. On sera peut-être obligé d'employer les fers pour la délivrer, aussi je ne veux pour rien au monde qu'elle soit entre les mains d'une sage-femme nègre. Les femmes comme elle ne devraient jamais avoir d'enfants, mais... En tout cas, bouclez la malle de Mlle Pitty et expédiez votre tante à Macon. Elle a une telle peur qu'elle impressionnera Melly et ça ne donnera rien de bon. Et maintenant, madame — il posa sur Scarlett un regard perçant —, je ne veux pas entendre parler non plus de votre retour chez vos parents. Vous resterez auprès de Melly jusqu'à la naissance du bébé. Vous n'avez pas peur, n'est-ce pas?

— Oh! non! mentit vaillamment Scarlett.

— Vous êtes une courageuse petite femme. Mme Meade vous servira de chaperon autant que vous voudrez et je vous enverrai notre vieille Betsy pour vous faire la cuisine si Mlle Pitty veut emmener ses domestiques. Ça ne devrait pas tarder. Le bébé devrait être ici dans cinq semaines, mais on ne peut rien dire quand il s'agit d'un premier et, avec tout ce bombardement, l'enfant peut venir d'un jour à l'autre.

Ainsi tante Pitty partit pour Macon dans un déluge de larmes et emmena avec elle l'oncle Peter et Cookie. Dans un élan de patriotisme qu'elle regretta aussitôt et qui lui causa une nouvelle crise de larmes, elle fit cadeau à l'hôpital de sa voiture et de son cheval. Scarlett et Mélanie restèrent seules avec Wade et Prissy dans une maison infiniment plus calme malgré la canonnade persistante.

XIX

En ces premiers jours du siège, alors que les Yankees allaient s'écraser en différents endroits contre les défenses de la cité, Scarlett était si effrayée par l'éclatement des obus qu'elle ne pouvait que bosser du dos et se coller les mains aux oreilles en s'attendant d'un moment à l'autre à être lancée dans l'éternité. Quand elle entendait le sifflement qui signalait l'arrivée des projectiles, elle se précipitait dans la chambre de Mélanie, se jetait sur son lit à côté d'elle, et les deux jeunes femmes s'enfouissaient la tête dans l'oreiller en criant : « Oh ! oh ! » Prissy et Wade se réfugiaient à la cave tendue de toiles d'araignée et se pelotonnaient dans l'obscurité. Prissy hurlait à pleins poumons, Wade sanglotait et hoquetait.

Suffoquée par l'oreiller de plumes tandis que la mort passait au-dessus de sa tête, Scarlett maudissait en elle-même Mélanie de la tenir éloignée des régions plus sûres de la maison. Mais le docteur avait interdit à Mélanie de se lever, et Scarlett était obligée de rester auprès d'elle. A sa terreur d'être volatilisée s'ajoutait celle de voir arriver à l'improviste le bébé de Mélanie. Chaque fois que cette idée lui effleurait l'esprit, elle se

445

sentait inondée d'une sueur froide. Que ferait-elle si le bébé avait des velléités de naître ? Elle savait qu'elle aimerait mieux laisser mourir Mélanie plutôt que de sortir dans la rue pour chercher le docteur sous des obus qui tombaient dru comme une pluie d'avril. Et elle savait aussi qu'on pourrait fouetter Prissy jusqu'à ce que mort s'ensuivît avant de lui faire mettre le nez dehors. Que ferait-elle si le bébé venait ?

Un soir, elle discuta la question à voix basse avec Prissy pendant qu'elles préparaient toutes deux le plateau de Mélanie et d'une manière assez inattendue, Prissy calma les craintes de sa maîtresse.

— Ma'ame Sca'lett, même si nous pouvons pas t'ouver le docteu', quand ça viendra pou' Ma'ame Melly, vous f'appez pas. Moi je peux m'a'anger. Je sais y fai' pou' les accouchements. Ma maman elle est une sage-femme, pas ? Et elle m'a élevée pou' que je sois une sage-femme aussi, pas ? Alo' ayez confiance en moi.

Scarlett se sentit soulagée de savoir qu'elle avait sous la main une personne experte, mais elle n'en souhaita pas moins d'être arrivée au bout de cette épreuve. Elle avait une envie folle de se sauver là où les obus n'exploseraient plus, elle aspirait désespérément à se retrouver au calme à Tara et, tous les soirs, elle demandait au Ciel que le bébé arrivât le lendemain afin d'être déliée de son serment et de pouvoir quitter Atlanta. Tara lui paraissait un asile si sûr, à l'abri de toute misère humaine.

Scarlett avait une impatience de revoir sa mère et son foyer qu'elle n'avait jamais éprouvée auparavant. Auprès d'Ellen, et quoi qu'il arrivât, elle n'aurait pas peur. Chaque soir, après avoir eu toute la journée les oreilles déchirées par les obus, elle allait se coucher, bien décidée à déclarer le lendemain matin à Mélanie qu'elle ne resterait pas à Atlanta un jour de plus, qu'elle repartirait chez elle et que Mélanie n'aurait qu'à aller chez Mme Meade. Mais, lorsqu'elle avait posé sa tête sur l'oreiller, elle revoyait Ashley tel qu'il lui était apparu pour la dernière fois, les traits tirés comme sous l'effet d'une douleur intérieure, mais un petit sourire aux lèvres : « Vous veillerez sur Mélanie, n'est-ce pas ? Vous êtes si forte... promettez-moi. » Et elle avait promis. Quelque part Ashley gisait en terre. Où qu'il fût, il l'observait, il la ramenait à sa promesse. Vivant ou mort, elle ne pouvait le décevoir, quoi qu'il lui en coûtât. Et ainsi, jour après jour, elle resta.

En réponse à Ellen qui la suppliait de revenir, elle écrivit des lettres dans lesquelles elle atténuait les dangers du siège, expliquait la mauvaise santé de Mélanie et promettait de revenir dès que l'enfant serait né. Sensible à tout ce qui touchait les liens de famille, Ellen répondit le cœur gros qu'elle comprenait les raisons de Scarlett, mais qu'elle demandait qu'on lui envoyât aussitôt Wade et Prissy. Cette suggestion rencontra l'approbation complète de Prissy que le moindre bruit suspect rendait folle de terreur. Elle passait la majeure partie de son temps dans la cave, si bien que les jeunes femmes eussent été fort gênées sans la vieille Betsy des Meade.

Scarlett tenait autant que sa mère à ce que Wade quittât Atlanta, non seulement pour la sécurité de l'enfant, mais encore parce que ses frayeurs continuelles l'irritaient. Le bombardement causait une telle peur à Wade qu'il ne pouvait plus parler, et même pendant les accalmies il restait cramponné aux jupes de Scarlett, trop épouvanté pour pleurer. Le soir, il avait peur d'aller au lit, peur de l'obscurité, peur de s'endormir et d'être enlevé la nuit par les Yankees, et Scarlett n'en pouvait plus de l'entendre geindre nerveusement quand il était couché. En secret, elle était aussi effrayée que lui, mais le visage angoissé, les traits tirés de l'enfant la mettaient hors d'elle. Oui, Tara était bien ce qu'il fallait à Wade. Prissy l'y conduirait et reviendrait immédiatement afin d'être là pour la naissance du bébé.

Cependant, avant que Scarlett eût fait partir la bonne et l'enfant, on apprit que les Yankees avaient progressé au sud et escarmouchaient le long de la voie ferrée entre Atlanta et Jonesboro. Et si les Yankees s'emparaient du train où seraient Wade et Prissy... à cette seule pensée Scarlett et Mélanie blêmirent, car tout le monde savait que les atrocités auxquelles se livraient les Yankees sur les enfants sans défense étaient encore plus effroyables que celles auxquelles ils se livraient sur les femmes. Scarlett redouta donc d'envoyer son fils chez elle et il resta à Atlanta, petite ombre silencieuse et apeurée, trottant partout derrière sa mère dans la crainte de lâcher sa jupe un seul instant.

Les chaudes journées de juillet virent la continuation du siège, journées assourdissantes qui succédaient aux nuits lugubres pleines d'un silence de mauvais augure. Et la ville commençait à se faire au siège. On eût dit que, le pire s'étant produit, les habitants n'avaient plus rien à craindre. Ils avaient redouté un siège et maintenant ils l'avaient et ce n'était pas si terrible. L'existence était la même. Les gens savaient qu'ils vivaient sur un volcan, mais jusqu'à ce que le volcan fît éruption, il n'y avait rien à faire. Alors, à quoi bon se tracasser ? Et puis, le volcan ne ferait probablement jamais éruption. Il n'y avait qu'à voir la façon dont Hood tenait les Yankees en respect hors de la cité. Et la cavalerie ne lâchait pas la ligne de Macon ! Sherman ne s'en emparerait jamais.

Pourtant on avait beau feindre l'insouciance devant les obus et les rations de plus en plus maigres, on avait beau ignorer que les Yankees étaient à un demi-mille et avoir une confiance illimitée dans les lignes grises de soldats en loques terrés au fond de leurs abris, l'incertitude du lendemain mettait les nerfs d'Atlanta à fleur de peau. L'attente, l'inquiétude, les chagrins, la faim, le supplice sans cesse renouvelé de l'espoir qui renaissait pour s'évanouir et renaître encore usaient la résistance nerveuse de la ville.

Petit à petit, Scarlett puisa du courage dans l'attitude résolue de ses amies et dans cet état de grâce que la nature clémente inspire aux gens quand il faut supporter ce qui ne peut guérir. Évidemment le bruit des explosions la faisait encore sursauter, mais elle ne courait plus s'enfouir la tête dans l'oreiller de Mélanie. Maintenant elle avalait sa salive et disait d'une voix faible : « Celui-là n'est pas tombé bien loin, n'est-ce pas ? »

Elle avait également moins peur parce que la vie avait pris une allure de rêve, de rêve trop effrayant pour être vrai. C'était impossible qu'elle, Scarlett O'Hara, se trouvât en aussi dangereuse posture, exposée à être frappée d'une minute à l'autre par la mort qui rôdait. C'était impossible que le rythme calme de l'existence se fût transformé aussi radicalement en un si bref espace de temps !

Ça ne pouvait pas être vrai, c'était grotesque que le ciel d'un bleu si tendre à l'aube naissante fût profané par la fumée des canons qui flottait sur la ville comme une nuée d'orage. C'était grotesque que l'heure chaude de midi tout imprégnée de l'odeur pénétrante du chèvrefeuille et des roses grimpantes fût rendue aussi terrible par les obus qui sifflaient dans les rues, éclataient dans un fracas de jugement dernier, projetaient au loin leurs éclats métalliques, déchiquetaient bêtes et gens.

Bien que parfois s'apaisât le tumulte de la bataille, il avait fallu renoncer aux siestes paisibles de l'après-midi, car la rue du Pêcher connaissait à toute heure une animation intense. Des canons et des voitures d'ambulance passaient dans un grondement de tonnerre, des blessés se traînaient vers les hôpitaux, des régiments quittant leurs retranchements s'en allaient au pas gymnastique défendre, à l'autre extrémité de la ville, une redoute menacée par l'ennemi. Des estafettes dévalaient la rue ventre à terre et se ruaient vers les états-majors comme si le sort de la Confédération eût été entre leurs mains.

Les nuits tièdes apportaient un calme relatif mais sinistre. Lorsque la nuit était tranquille, elle était trop tranquille... comme si les rainettes, les sauterelles et les moqueurs étaient trop effrayés pour mêler leurs voix au chœur habituel des nuits d'été. De temps en temps le calme était brusquement rompu par le crépitement d'un feu de mousquet en première ligne.

Souvent, dans les dernières heures de la nuit, alors que les lampes ne brûlaient plus, que Mélanie reposait et qu'un silence de mort pesait sur la ville, Scarlett, éveillée, entendait cliqueter le loquet de la grille et frapper à petits coups étouffés contre la porte d'entrée.

C'étaient toujours des soldats dont on ne pouvait distinguer le visage. Ils se postaient sous la véranda et leurs voix épousaient les accents les plus divers. Parfois montait de l'ombre une voix distinguée : « Madame, je vous fais mille excuses pour vous déranger à pareille heure, mais pourrais-je avoir de l'eau pour moi-même et pour mon cheval ? » Parfois c'était le parler dur et confus d'un montagnard, parfois le timbre étrange d'un homme de l'extrême Sud qui semblait. parler du nez, parfois la voix chantante du littoral qui rappelait celle d'Ellen et faisait battre le cœur de Scarlett.

« Mam'zelle, j'ai un copain qui disait comme ça qui voulait aller à l'hôpital, mais j' pense bien qui pourra pas aller jusque-là. Vous pouvez pas l' prendre chez vous ? »

« M'dame, sûr que j' boufferais bien quèque chose. Sûr que j' m'arrangerais bien d'un bout d' maïs si ça vous fait pas faute. »

« Madame, excusez mon intrusion, mais... pourrais-je passer la nuit sous votre véranda ? J'ai vu les roses, j'ai senti l'odeur du chèvrefeuille et ça m'a tellement rappelé la maison, que j'ai eu la hardiesse... »

Non, ces nuits n'avaient rien de réel ! C'étaient des cauchemars et les hommes entraient dans ce cauchemar, des hommes sans corps ni visages, seulement des voix qui s'élevaient de l'obscurité moite. Puiser de l'eau, donner à manger, étendre des oreillers sous la véranda, panser des blessures, tenir les têtes sales des mourants. Non, ce n'était pas possible !

Une fois, vers la fin du mois de juillet, ce fut l'oncle Hamilton qui vint frapper en pleine nuit. L'oncle

Henry n'avait plus ni parapluie ni sac de voyage en tapisserie et sa bedaine avait également disparu. La peau de ses joues autrefois grasses et roses pendait comme les bajoues d'un bouledogue et sa longue chevelure blanche était d'une malpropreté incroyable. Il était presque pieds nus, grouillant de poux, mourant de faim, mais son caractère n'avait pas changé et restait toujours aussi emporté.

Malgré sa remarque : « C'est une guerre insensée quand on envoie de vieux fous comme moi tripoter des canons », les jeunes femmes eurent l'impression que l'oncle Henry ne trouvait pas la chose désagréable. On avait besoin de lui, tout comme d'un jeune homme, et il abattait une besogne de jeune homme. D'ailleurs il se montrait à la hauteur des jeunes et, ainsi qu'il le déclara avec allégresse, c'était bien plus que n'en pouvait faire le vieux M. Merriwether. Le grand-père avait toutes sortes d'ennuis avec son lumbago et le capitaine voulait se débarrasser de lui, mais le grand-père refusait. Il avouait franchement qu'il préférait les jurons et les brimades du capitaine aux prévenances de sa bru, qui n'arrêtait pas de lui demander de renoncer à chiquer et de se nettoyer la barbe tous les jours.

La visite de l'oncle Henry fut courte, car il n'avait qu'une permission de quatre heures dont il était obligé de consacrer la moitié au trajet aller et retour de son retranchement à la maison.

— Mes petites, je ne vais pas vous voir pendant un moment, annonça-t-il une fois qu'il fut entré dans la chambre à coucher de Mélanie et qu'il eut trempé voluptueusement ses pieds meurtris dans une bassine d'eau froide préparée par Scarlett. Notre compagnie s'en va dans la matinée.

— Où cela ? interrogea Mélanie en se cramponnant à son bras.

— Ne me touche pas, fit l'oncle Henry furieux, je suis couvert de poux. Sans les poux et la dysenterie, la guerre serait une partie de campagne. Où je vais ? Eh bien ! on ne me l'a pas dit, mais je m'en doute. Nous

451

mettons cap au sud, en direction de Jonesboro, à moins que je ne me trompe grossièrement.

— Oh! pourquoi en direction de Jonesboro?

— Parce que ça va chauffer de ce côté-là, ma petite. Les Yankees vont essayer de s'emparer de la ligne de chemin de fer et, s'ils la prennent, adieu Atlanta!

— Oh! oncle Henry, pensez-vous qu'ils la prendront?

— Fi, mesdames! Comment voulez-vous qu'ils y arrivent quand, moi, je serai là? (L'oncle Henry sourit de leurs mines effrayées, puis, redevenant sérieux :) Ça sera dur là-bas, mes petites. Il faut que nous soyons vainqueurs. Vous savez, bien entendu, que les Yankees sont maîtres de toutes les voies ferrées excepté celle qui va à Macon, mais ce n'est pas tout ce qu'ils ont en leur pouvoir. Vous ne le savez peut-être pas, mes petites, mais ils tiennent toutes les routes, tous les chemins carrossables, toutes les sentes cavalières, sauf la route Mac Donough. Atlanta est au fond d'un sac et c'est à Jonesboro que s'en trouvent les ficelles. Si les Yankees parviennent à s'emparer de la voie ferrée là-bas, ils pourraient tirer les ficelles du sac et nous attraper comme dans une souricière. Vous comprenez donc que nous n'avons pas l'intention de leur laisser prendre cette ligne. Je pourrais bien être absent un certain temps, mes petites. Je suis venu simplement pour vous dire au revoir et m'assurer que Scarlett était encore auprès de toi, Melly.

— Bien sûr, elle reste auprès de moi, dit Mélanie dans un élan de tendresse. Ne vous faites pas de soucis pour nous, oncle Henry, et soyez prudent.

L'oncle Henry s'essuya les pieds à la carpette et gémit en enfilant ses chaussures délabrées.

— Il faut que je m'en aille, dit-il. J'ai cinq milles à faire. Scarlett, préparez-moi quelque chose à manger. N'importe quoi.

Après avoir embrassé Mélanie, il descendit à la cuisine où Scarlett enveloppait un épi de maïs et quelques pommes dans une serviette.

— Oncle Henry, est-ce... est-ce... aussi grave que ça ?

— Grave ! Fichtre oui ! Ne faites pas la sotte. Nous sommes au bord du fossé.

— Croyez-vous qu'ils arriveront jusqu'à Tara ?

— Allons... commença l'oncle Henry irrité par cette manie qu'ont les femmes de ne penser qu'à ce qui les touche quand il va se passer des événements d'une importance capitale.

Puis, voyant le visage terrifié et pitoyable de Scarlett, il se radoucit.

— Mais non, ils n'arriveront pas jusque-là. Tara est à cinq milles de la voie ferrée et c'est elle qu'ils veulent. Vous n'avez pas plus de cervelle qu'un hanneton, ma petite. (Il détourna brusquement le cours de la conversation.) Je n'ai pas fait tout ce chemin ce soir uniquement pour vous dire au revoir. Je suis venu apporter de mauvaises nouvelles à Melly, mais, au moment de parler, je n'ai pas pu. Alors, je vous laisse ce soin.

— Ashley n'est pas... vous n'avez pas entendu dire... que..., qu'il est mort ?

— Voyons, comment aurais-je pu entendre parler d'Ashley quand je passe ma vie dans des trous à patauger dans la boue jusqu'aux cuisses ? demanda le vieux monsieur avec aigreur. Non, il s'agit de son père. John Wilkes est mort.

Scarlett s'assit sur le premier siège venu.

— Je voulais prévenir Melly... mais je n'ai pas pu. Ça va être à vous de le faire. Et vous lui donnerez ceci.

Il sortit de sa poche une lourde montre en or, une petite miniature de Mme Wilkes morte depuis longtemps et une paire de boutons de manchettes massifs. Devant la montre qu'elle avait vue si souvent entre les mains de John Wilkes, Scarlett finit par comprendre enfin que le père d'Ashley était bien mort. Elle demeura inerte, trop accablée pour pleurer ou parler. L'oncle Henry, ne sachant plus quelle contenance adopter, toussa, mais évita de regarder Scarlett de peur d'apercevoir des larmes qui l'eussent bouleversé.

— Il était brave, Scarlett. Dites-le à Melly. Dites-lui de l'écrire aux petites. C'était un bon soldat, malgré son âge. Il a été atteint par un obus. C'est tombé en plein sur lui et sur son cheval. Le cheval était... je l'ai achevée moi-même, la pauvre bête. Une belle petite jument. Écrivez donc à Mme Tarleton pour la prévenir. Elle était folle de cette jument. Finissez d'envelopper mon casse-croûte, mon enfant. Il faut que je m'en aille. Allons, mon petite, n'ayez pas tant de chagrin. Connaissez-vous plus belle mort pour un vieux que de tomber en accomplissant une besogne de jeune homme ?

— Oh ! il n'aurait pas dû mourir ! Il n'aurait jamais dû aller à la guerre. Il aurait dû vivre pour voir grandir son petit-fils et alors il serait mort tranquillement dans son lit. Oh ! pourquoi est-il parti ? Il n'avait pas foi en la sécession. Il avait horreur de la guerre et...

— Parmi nous, il y en a des quantités qui pensent ainsi, mais qu'y pouvons-nous ? (L'oncle Henry se moucha d'un air bourru.) Croyez-vous que ça me fasse plaisir, à mon âge, de servir de cible aux tireurs yankees ? Mais aujourd'hui un gentleman n'a pas le choix. Embrassez-moi, mon enfant, et ne vous tracassez pas pour moi. Je sortirai sain et sauf de cette guerre.

Scarlett l'embrassa, l'entendit descendre les degrés du perron dans l'obscurité, entendit cliqueter le loquet de la grille. Elle demeura un instant immobile à contempler les souvenirs de John Wilkes qu'elle tenait à la main, puis elle remonta annoncer la nouvelle à Mélanie.

A la fin de juillet, la mauvaise nouvelle prédite par l'oncle Henry se répandit. Les Yankees avaient de nouveau attaqué en direction de Jonesboro. Ils avaient coupé la ligne sur une longueur de quatre milles, mais la cavalerie confédérée les avait repoussés, et les hommes du génie, ruisselant de sueur sous un soleil cuisant, avaient réparé la voie.

Scarlett était folle d'anxiété. Pendant trois jours elle attendit, le cœur de plus en plus serré par la peur. Enfin elle reçut une lettre rassurante de son père. L'ennemi n'avait pas poussé jusqu'à Tara d'où l'on avait bien entendu le bruit de la bataille, mais où l'on n'avait pas vu de Yankees.

La lettre de Gérald était si pleine de rodomontades, et racontait avec un tel luxe de détails la façon dont les Yankees avaient perdu le contrôle de la voie ferrée qu'on aurait pu croire que Gérald avait accompli cet exploit à lui tout seul. Il avait consacré trois pages à décrire la bravoure des troupes et, dans un petit paragraphe à la fin de sa lettre, il annonçait que Carreen était malade. D'après Mme O'Hara, c'était la fièvre typhoïde. Ça n'était pas bien grave et Scarlett ne devait pas s'alarmer, mais il ne fallait, sous aucun prétexte, qu'elle vînt en ce moment, même si le voyage ne présentait plus de risques. Mme O'Hara se réjouissait maintenant que Scarlett et Wade ne se fussent point réfugiés à Tara au début du siège. Mme O'Hara faisait dire à Scarlett d'aller à l'église réciter quelques rosaires pour la guérison de Carreen.

En lisant cela, Scarlett fut prise de remords, car elle n'était pas allée à l'église depuis des mois. Jadis elle aurait considéré cette omission comme un péché mortel, mais maintenant, sans savoir pourquoi, elle ne trouvait plus la chose tellement répréhensible. Néanmoins, elle obéit à sa mère et monta dans sa chambre égrener rapidement son chapelet. Lorsqu'elle se releva, elle n'éprouva pas le sentiment de réconfort qu'elle éprouvait autrefois après avoir prié. Depuis quelque temps, elle se disait qu'en dépit des millions de prières qui, chaque jour, montaient vers Lui, Dieu se désintéressait d'elle, des Confédérés et du Sud.

Ce soir-là, elle s'assit sous la véranda après avoir glissé la lettre de Gérald dans son corsage afin de pouvoir de temps en temps la toucher et se sentir ainsi plus près de Tara et d'Ellen. Une lampe brûlait au salon et, par la fenêtre ouverte, se répandaient d'étranges lueurs dorées sous la véranda tapissée de feuillages. Autour de Scarlett, les touffes emmêlées du chèvrefeuille et des rosiers grimpants dressaient leur muraille odorante. La nuit était absolument silencieuse. Depuis le coucher du soleil on n'avait même pas entendu claquer un coup de fusil et le monde entier semblait se perdre au loin. Scarlett se laissait aller au balancement de son fauteuil. Depuis qu'elle avait lu la lettre de Tara, elle se sentait abandonnée, désemparée. Elle aurait voulu que quelqu'un, n'importe qui, même Mme Merriwether, lui tînt compagnie. Mais Mme Merriwether accomplissait son service la nuit à l'hôpital, Mme Meade était chez elle à dorloter Phil, revenu du front, et Mélanie dormait. Il ne fallait pas espérer la moindre visite. Au cours de cette dernière semaine, les visites étaient réduites à néant, car tous les hommes en état de marcher étaient retenus dans les tranchées ou occupés à faire la chasse aux Yankees du côté de Jonesboro.

Il arrivait rarement à Scarlett de se trouver aussi seule, et elle n'aimait pas cela. Lorsqu'elle était seule, elle était obligée de réfléchir et, en ces jours, les pensées ne prenaient pas un tour trop agréable. Comme tout le monde, elle s'était mise à évoquer le passé, à songer à ceux qui étaient morts.

Ce soir-là, tandis qu'Atlanta reposait dans un silence si complet, elle ferma les yeux, s'imagina qu'elle goûtait de nouveau le calme agreste de Tara et que la vie n'avait pas changé. Mais elle savait que la vie dans le comté ne serait plus jamais la même. Elle pensa aux quatre Tarleton, aux deux jumeaux aux cheveux rouges, à Tom, à Boyd, et une bouffée de chagrin la prit à la gorge. Stu ou Brent aurait pu être son mari. Mais maintenant, quand la guerre serait finie et qu'elle se retrouverait de nouveau à Tara, elle ne les entendrait plus jamais crier en remontant l'allée de cèdres au triple galop. Et Raiford Calvert qui dansait divinement. Jamais plus il ne la choisirait pour cavalière. Et les fils Munroe, et le petit Joe Fontaine, et... « Oh! Ashley! fit-elle dans un sanglot en enfouissant la tête dans ses mains. Je ne m'habituerai jamais à te savoir parti! »

Elle entendit grincer la porte de la grille, releva vivement la tête et s'essuya les yeux d'un revers de la main. Elle se leva et vit Rhett Butler remonter l'allée, son large panama à la main. Elle ne l'avait pas revu depuis le jour où elle avait quitté si précipitamment sa voiture et, ce jour-là, elle avait exprimé le désir de ne plus jamais le rencontrer. Cependant, elle était si heureuse d'avoir quelqu'un à qui parler, quelqu'un qui l'empêcherait de penser à Ashley, qu'elle s'empressa de chasser tous ses souvenirs de son esprit. Rhett avait dû oublier leur querelle, ou tout au moins il feignait de l'avoir oubliée, car il s'assit sur la dernière marche, aux pieds de Scarlett, comme si rien ne s'était passé.

— Alors, vous ne vous êtes pas réfugiée à Macon! J'ai entendu dire que Mlle Pittypat avait battu en retraite, et naturellement je pensais que vous l'aviez imitée. C'est pourquoi, quand j'ai vu votre lampe, je suis venu aux renseignements. Pourquoi êtes-vous restée ?

— Pour tenir compagnie à Mélanie. Vous comprenez, elle... eh bien! elle ne peut pas s'en aller en ce moment.

— C'est ahurissant, dit-il, et, à la lueur de la lampe, Scarlett vit qu'il fronçait les sourcils. Vous voulez dire que Mme Wilkes est ici? Je n'ai jamais entendu pareille imbécillité. C'est très dangereux, dans son état.

Scarlett observa un silence gêné. L'état de Mélanie n'était point un sujet qu'elle pouvait discuter avec un homme. Elle était également gênée que Rhett sût à quoi s'en tenir sur les dangers courus par Mélanie. Cette science était de mauvais aloi chez un célibataire.

— Ce n'est pas très galant de votre part de ne pas penser que, moi aussi, je pourrais être blessée, fit-elle sèchement.

Il sourit.

— Vous, allons donc, je parie qu'un de ces jours c'est vous qui donnerez du fil à retordre aux Yankees.

— Je ne crois pas que ce soit là un compliment, déclara Scarlett d'un ton évasif.

— Non, ce n'en est pas un. Dites-moi, quand aurez-vous fini de chercher un compliment dans tout ce que disent les hommes ?

— Quand je serai sur mon lit de mort, répliqua Scarlett, qui sourit en songeant qu'il y aurait toujours des hommes pour lui adresser des compliments, à défaut de Rhett.

— Vanité des vanités, dit-il. Vous avez au moins le mérite d'être franche.

Il ouvrit son étui et en sortit un cigare dont il aspira l'arôme. Une allumette flamba. Rhett s'appuya à la balustrade, puis, croisant les mains autour de ses genoux, il fuma un moment en silence. Scarlett se remit à se balancer sur son fauteuil et l'obscurité sereine de la nuit tiède les enveloppa plus complète-ment. Le moqueur, qui avait son nid au beau milieu des roses et du chèvrefeuille, sortit de sa torpeur et lança une note timide. Puis, comme s'il avait changé d'avis, il se tut.

De l'ombre de la véranda, on entendit soudain monter le rire de Rhett, un rire grave et doux.

— Alors, vous êtes restée pour tenir compagnie à Mme Wilkes ! C'est la situation la plus extraordinaire que j'aie jamais rencontrée !

— Je ne vois rien d'extraordinaire là-dedans, répondit Scarlett aussitôt sur le qui-vive.

— Non ? Mais alors, vous êtes incapable de vous placer à un point de vue objectif. Depuis quelque temps j'avais l'impression que vous pouviez à peine tolérer Mme Wilkes. Vous la trouvez bête et stupide, ses sentiments patriotiques vous assomment. Vous manquez rarement l'occasion de glisser une remarque désobligeante à son endroit, il est donc tout naturel que je sois surpris de vous voir adopter cette attitude désintéressée et rester avec elle pendant le bombarde-ment. Allons, pourquoi avez-vous fait ça ?

— Parce qu'elle est la sœur de Charlie... qu'elle est comme une sœur pour moi, répondit Scarlett avec toute la dignité dont elle était capable malgré le rouge qui commençait à lui monter aux joues.

— Vous voulez dire parce qu'elle est la veuve d'Ashley Wilkes.

Scarlett se dressa d'un bond. Elle avait du mal à retenir sa colère.

— J'étais sur le point de vous pardonner votre conduite grossière de la dernière fois, mais maintenant c'en est trop. Je ne vous aurais jamais laissé vous introduire sous cette véranda si je n'avais pas tant broyé de noir et...

— Asseyez-vous et lissez votre fourrure ébouriffée, dit Rhett sur un ton tout différent. Il se souleva à demi, saisit la main de Scarlett et força la jeune femme à se rasseoir. Pourquoi broyez-vous du noir ?

— Oh ! j'ai reçu une lettre de Tara aujourd'hui. Les Yankees sont tout près de chez moi et ma petite sœur a la fièvre typhoïde et... et... maintenant, même si je voulais retourner à la maison comme j'en ai envie, maman ne me le permettrait pas de peur que je n'attrape la fièvre typhoïde, moi aussi. Oh ! mon Dieu, j'ai tant envie de retourner à la maison !

— Voyons, ne pleurez pas, fit Rhett d'une voix plus affectueuse. Vous êtes bien plus en sûreté à Atlanta, même si les Yankees arrivent, que vous ne le seriez à Tara. Les Yankees ne vous feront pas de mal, tandis que la fièvre typhoïde ne vous vaudrait rien.

— Les Yankees ne me feront pas de mal ! Comment pouvez-vous dire pareil mensonge ?

— Ma chère petite, les Yankees ne sont pas des démons. Ils n'ont ni cornes ni sabots comme vous semblez le croire. Ils ressemblent beaucoup aux Sudistes... si ce n'est qu'ils sont moins bien élevés, naturellement, et qu'ils ont un accent épouvantable.

— Voyons, les Yankees me...

— Vous violeront ? Je ne le pense pas. Pourtant, ce n'est pas l'envie qui leur en manquera.

— Si vous vous mettez à dire des horreurs, je

rentre, s'écria Scarlett, heureuse que l'obscurité dissimulât son visage cramoisi.

— Soyez franche. N'était-ce pas à cela que vous pensiez?

— Oh! sûrement pas!

— Oh! mais si! Inutile de vous mettre dans tous vos états parce que je déchiffre vos pensées. C'est ce à quoi songent toutes nos dames sudistes si pures et si bien élevées. Elles ne pensent qu'à cela. Je parierais que même les douairières du genre de Mme Merriwether...

Scarlett ravala sa malice sans mot dire et se rappela qu'en ces tristes jours, chaque fois que deux ou plusieurs femmes mariées se réunissaient, elles abordaient ce sujet en catimini et racontaient toujours ce qui se passait en Virginie, au Tennessee, en Louisiane, mais jamais plus près de chez elles. Les Yankees violaient les femmes, transperçaient les enfants à coups de baïonnettes, incendiaient les maisons où ils avaient enfermé les vieillards. Tout le monde savait qu'on avait beau ne pas crier cela sur les toits, c'était quand même la pure vérité. Et puis, si Rhett avait un tant soit peu de pudeur, il ne parlerait pas de ces choses et se rendrait compte qu'elles ne prêtaient point à se gausser.

Scarlett pouvait l'entendre rire sous cape. Parfois il était odieux. En fait, il était odieux presque tout le temps. C'était horrible pour un homme de savoir ce que pensaient les femmes et ce qu'elles racontaient. On avait l'impression d'être nue devant lui. Et jamais les hommes ne tenaient ce savoir des femmes respectables. Scarlett était indignée que Rhett eût lu en elle. Elle aimait à se figurer qu'elle était un objet mystérieux pour les hommes, mais elle savait que pour Rhett, elle était transparente comme du verre.

— Puisque nous sommes sur ce chapitre, continuat-il, avez-vous un protecteur ou un chaperon dans cette maison? L'admirable Mme Merriwether ou Mme Meade, par exemple? Elles me regardent toujours comme si je venais ici faire un mauvais coup.

— En général, Mme Meade vient nous voir le soir, répondit Scarlett, heureuse de changer de conversation. Mais, aujourd'hui, elle n'a pas pu. Phil, son fils, est là.

— Quelle chance de vous trouver seule, fit Rhett d'une voix douce.

Quelque chose dans son intonation accéléra agréablement les battements de son cœur et Scarlett sentit son visage s'empourprer. Elle avait assez souvent entendu cette intonation dans la voix des hommes pour savoir qu'elle était le prélude d'une déclaration d'amour. Oh ! que c'était donc amusant ! Si seulement il pouvait lui dire qu'il l'aimait, comme elle saurait le faire souffrir et lui faire payer toutes les remarques sarcastiques dont il l'avait accablée depuis trois ans. Elle lui mènerait la vie dure jusqu'à ce qu'elle fût pleinement vengée de l'effroyable humiliation qu'il lui avait infligée le jour où il l'avait vue gifler Ashley. Et puis, elle lui déclarerait d'un ton suave qu'elle ne pouvait être qu'une sœur pour lui et elle se retirerait avec tous les honneurs de la guerre. Devant une perspective aussi charmante, elle fut prise d'un petit rire nerveux.

— Ne ricanez pas sottement, lui dit Rhett, et après s'être emparé de sa main il la retourna et en pressa la paume de ses lèvres.

Au contact de sa bouche tiède, quelque chose de vivant, d'électrique se transmit de lui à elle, quelque chose qui émut le corps de la jeune femme comme une caresse. Les lèvres de Rhett remontèrent à son poignet et Scarlett devina qu'il sentait battre son pouls tant son cœur s'affolait pendant qu'elle cherchait à retirer sa main. Elle n'avait pas prévu l'attaque de ce flot chaud et traître qui lui donnait envie de passer la main dans les cheveux de Rhett, de sentir ses lèvres se coller à sa bouche.

Dans son émoi, elle se disait qu'elle n'aimait pas Rhett, que c'était Ashley qu'elle aimait ; mais comment expliquer cette sensation, ce froid au creux de l'estomac, ses mains tremblantes.

Il rit doucement.

— Ne vous sauvez pas ! Je ne vous ferai pas de mal !

— Me faire mal ! Je n'ai pas peur de vous, Rhett Butler. Je n'ai peur d'aucun homme, s'écria-t-elle, furieuse de constater que sa voix tremblait elle aussi.

— Voilà de bien beaux sentiments, mais je vous en prie, parlez plus bas, Mme Wilkes pourrait nous entendre. De grâce, remettez-vous.

A l'entendre, on eût dit que le trouble de Scarlett l'enchantait.

— Scarlett, vous m'aimez, n'est-ce pas ?

Cela était bien plus dans la note de ce qu'elle attendait.

— Eh bien ! oui, de temps en temps, répondit-elle prudemment. Lorsque vous ne vous comportez pas comme une fripouille.

Il rit de nouveau et appuya la paume de sa main contre sa joue dure.

— Je crois que vous m'aimez parce que je suis une fripouille. Vous avez rencontré si peu de fripouilles bon teint au cours de votre vie calfeutrée que vous trouvez un charme étrange dans le contraste que j'offre.

La conversation ne prenait pas du tout le tour qu'elle avait escompté et Scarlett, de nouveau, tenta vainement de dégager sa main.

— Ce n'est pas vrai ! J'aime les hommes comme il faut... ceux dont on est sûr qu'ils se conduiront en gens bien élevés.

— Vous entendez par là ceux que vous pouvez tourmenter à votre guise. Ce n'est qu'une question de définition. Mais peu importe.

Il lui embrassa de nouveau le creux de la main et de nouveau Scarlett éprouva un chatouillement délicieux derrière la nuque.

— Mais vous m'aimez. Seriez-vous capable de m'aimer toujours, Scarlett ?

« Ah ! pensa-t-elle, triomphante. Maintenant, je le tiens ! » et elle répondit avec une froideur étudiée :

— A vrai dire, non... à moins que vous ne modifiiez considérablement votre manière d'être.

— Et je n'ai nullement l'intention de la modifier. Ainsi vous vous sentez incapable de m'aimer ? C'est bien ce que j'espérais. Car, j'ai beau avoir une immense sympathie pour vous, je ne vous aime pas et ce serait tragique que vous soyez deux fois la victime d'un amour non partagé, n'est-ce pas, chérie ? Puis-je vous appeler « chérie », madame Hamilton ? D'ailleurs, je vous appellerai « chérie » que vous le veuilliez ou non, mais enfin il faut observer les convenances.

— Vous ne m'aimez pas ?

— Non, franchement. L'espériez-vous ?

— Ne soyez pas aussi présomptueux.

— Si, vous l'espériez ! Hélas ! il me faut ruiner vos espérances. Je devrais vous aimer, car vous êtes charmante et vous possédez maints talents qui ne servent à rien ; mais tant de femmes ont du charme et des talents et sont tout aussi inutiles que vous. Non, je ne vous aime pas. Mais j'ai une sympathie folle pour vous... pour l'élasticité de votre conscience, pour l'égoïsme que vous prenez rarement la peine de dissimuler, pour votre esprit retors et votre sens pratique que vous avez hérités, je le crains, de quelque paysan irlandais, un ancêtre pas tellement éloigné.

Paysan ! Mais il était en train de l'insulter ! Elle se mit à bredouiller d'une manière incompréhensible.

— Ne m'interrompez pas, fit-il en lui écrasant la main. J'ai de la sympathie pour vous parce que je possède quelques-unes de ces qualités et que j'aime assortir ce qui se ressemble. Je me rends compte que vous chérissez encore le souvenir de ce dieu à la tête de bois, de ce M. Wilkes qui est sans doute en terre depuis six mois. Mais il doit y avoir de la place pour moi dans votre cœur. Cessez de vous tortiller comme un ver. Je vous fais une déclaration d'amour. Je vous ai désirée dès que je vous ai vue pour la première fois, dans le vestibule des Douze Chênes, lorsque vous étiez en train d'ensorceler le pauvre Charlie Hamilton. Je vous désire plus que je n'ai jamais désiré une autre

463

femme... et, pour vous, j'ai attendu plus longtemps que je n'ai jamais attendu pour une autre femme.

La surprise lui coupa le souffle. Malgré toutes ses injures, il l'aimait, mais il était si mauvaise tête qu'il ne voulait pas le reconnaître franchement et qu'il n'osait pas parler de peur qu'elle n'éclatât de rire. Eh bien! elle allait lui montrer de quel bois elle se chauffait, et ça n'allait pas tarder.

— Est-ce une demande en mariage?

Il lui lâcha la main et rit si fort que Scarlett se recroquevilla dans son fauteuil.

— Grands dieux, non! Ne vous ai-je pas dit que je n'étais pas fait pour le mariage?

— Mais... mais... que...

Il se leva et, la main sur le cœur, il fit une révérence comique.

— Chérie, déclara-t-il d'un ton placide, je m'en vais rendre hommage à votre intelligence en vous demandant d'être ma maîtresse sans vous avoir séduite au préalable.

Sa maîtresse!

Le mot retentit en elle comme une injure. Pourtant, au premier abord, elle n'eut pas l'impression d'avoir été insultée. Elle n'éprouva qu'une furieuse bouffée d'indignation à l'idée qu'il avait pu la croire aussi bête. Il fallait vraiment qu'il la considérât comme bien bête pour lui faire pareille proposition, au lieu de la demander en mariage comme elle l'avait escompté. La rage, l'orgueil piqué au vif, la déception lui firent perdre la tête, et avant même d'avoir songé à se placer sur un plan hautement moral pour accabler Rhett de reproches elle laissa échapper les premiers mots qui lui vinrent aux lèvres...

— Votre maîtresse? Quel bénéfice en tirerais-je, en dehors d'une nichée de marmots?

Alors, bouche bée, elle se rendit compte de l'horreur de ses paroles. Rhett se tordit de rire à en étouffer et, dans l'ombre, regarda fixement Scarlett qui se rasseyait, frappée de stupeur, en pressant son mouchoir contre sa bouche.

— Voilà pourquoi j'ai de la sympathie pour vous. Vous êtes la seule femme sincère que je connaisse, la seule femme qui envisag₃ les choses par le côté pratique, sans tout embrouiller par ses petites réflexions sur le péché et la morale. N'importe quelle femme aurait d'abord eu une faiblesse, puis m'aurait montré la porte.

Scarlett se dressa d'un bond, le visage rouge de honte. Comment avait-elle pu dire pareille énormité ? Comment, elle, la fille d'Ellen, avec l'éducation qu'elle avait reçue, avait-elle pu prêter l'oreille à des propos aussi dégradants et faire une réponse aussi honteuse ? Elle aurait dû crier. Elle aurait dû s'évanouir. Elle aurait dû tourner les talons d'un air digne et quitter la véranda sans rien dire. Maintenant, il était trop tard.

— Je m'en vais vous la montrer, la porte ! s'exclama-t-elle sans se soucier si Mélanie ou les Meade, un peu plus bas dans la rue, pouvaient l'entendre. Sortez ! Comment osez-vous me dire des choses pareilles à moi ? Qu'ai-je donc fait pour vous inciter... pour vous faire supposer... Sortez et ne remettez plus jamais les pieds ici. Cette fois, c'est pour de bon. Ne revenez plus jamais ici avec vos épingles et vos rubans en vous figurant que, grâce à eux, je vous pardonnerai. Je... je le dirai à mon père, et il vous tuera !

Il ramassa son chapeau, s'inclina et, au reflet de la lampe, Scarlett vit ses dents briller sous sa moustache. Il n'avait pas honte du tout, il s'amusait de ce qu'elle avait dit et il l'observait avec un intérêt enjoué.

Oh ! qu'il était exécrable ! Scarlett tourna les talons et rentra dans la maison. Au passage, elle voulut claquer la porte sur elle, mais celle-ci était retenue par un lourd crochet. Haletante, elle s'y attaqua sans succès.

— Puis-je vous aider ? demanda Rhett.

Sentant qu'elle aurait une crise de nerfs si elle restait une minute de plus, Scarlett s'engouffra dans l'escalier. En arrivant au premier, elle entendit Rhett claquer obligeamment la porte pour elle.

XX

Alors que les chaudes et bruyantes journées d'août touchaient à leur fin, le bombardement cessa d'un seul coup. Le calme qui s'abattit sur la ville fut saisissant. Les gens sortirent sur le pas de leur porte et se mirent à échanger de longs regards inquiets, comme s'ils redoutaient ce qui allait se passer. Après le tumulte des jours précédents, cette tranquillité, au lieu d'apaiser les esprits, les excita davantage. Personne ne savait pourquoi les batteries yankees s'étaient tues. On n'avait aucune nouvelle de l'armée. On savait seulement qu'on avait dégarni les redoutes autour de la ville et qu'on avait dirigé de nombreux contingents vers le sud afin de défendre la voie ferrée. Personne ne savait où l'on se battait, à condition toutefois qu'il y eût combat, ni même si l'on se battait réellement.

En dehors des rumeurs qui circulaient de bouche en bouche, on n'avait absolument aucune nouvelle. Privés de papiers, d'encre et de personnel, les journaux avaient suspendu leur publication depuis le début du siège et les bruits les plus extravagants se répandaient à travers la ville. Au milieu de ce calme angoissant, la foule, avide de renseignements, assiégeait le quartier général de Hood, se massait devant le bureau du télégraphe ou autour de la gare dans l'espoir d'obtenir des nouvelles, de bonnes nouvelles, car tout le monde espérait que le silence des canons de Sherman signifiait que les Yankees étaient en pleine déroute et que les Confédérés leur donnaient la chasse sur la route de Dalton. Mais aucune nouvelle n'arrivait. Les fils du télégraphe restaient muets, aucun train venu du Sud par l'unique voie demeurée libre n'entrait en gare et le service postal était interrompu.

Précédé d'une chaleur accablante, l'automne poussiéreux approchait à grands pas et menaçait d'étouffer

466

la ville, infligeant aux cœurs déjà las et oppressés un surcroît d'épreuves. Bien qu'elle s'efforçât de conserver un visage stoïque, Scarlett était folle d'inquiétude de ne pas avoir de nouvelles de Tara, et il lui semblait que le siège durait depuis une éternité, qu'elle avait toute sa vie entendu vibrer à ses oreilles le bruit du canon jusqu'au jour où ce silence lugubre s'était brusquement abattu sur Atlanta. Et pourtant le siège ne durait que depuis trente jours ! Trente jours de siège ! Trente jours que les retranchements creusés à même l'argile rouge enserraient la ville et que, sans relâche, grondait la canonnade monotone. Trente jours que les longues théories de voitures d'ambulance et de chariots traînés par des bœufs éclaboussaient de sang les rues poudreuses qui menaient aux hôpitaux. Trente jours que les escouades de fossoyeurs accablés de besogne ramassaient les cadavres à peine refroidis, pareils à des souches, et les alignaient sans fin dans des fosses hâtivement ouvertes. Trente jours seulement !

La ville, à bout de nerfs, reçut enfin des nouvelles du Sud, des nouvelles alarmantes, surtout pour Scarlett. De nouveau le général Sherman s'attaquait au quatrième côté de la ville et portait ses efforts sur la voie ferrée à Jonesboro. Désormais les Yankees, en masses compactes, menaçaient ce quatrième côté. Il ne s'agissait plus de petites unités de tirailleurs ou de détachements de cavalerie, mais bien du gros des forces yankees. On avait dégarni les défenses immédiates de la ville pour lancer contre l'ennemi des milliers d'hommes qui les occupaient, et cela expliquait le brusque silence.

« Pourquoi Jonesboro ? se dit Scarlett, le cœur serré d'angoisse à la pensée que Tara était si près du champ de bataille. Pourquoi s'en prennent-ils toujours à Jonesboro ? Ils ne sont donc pas capables de trouver un autre endroit pour attaquer la voie ferrée ? »

Pendant une semaine elle n'avait rien reçu de Tara et le dernier billet laconique de Gérald n'avait fait qu'augmenter ses frayeurs. L'état de Carreen s'était aggravé et la petite était très, très malade. Maintenant, il lui faudrait attendre des jours et des jours avant que le courrier réussît à franchir les lignes, des jours et des jours avant de savoir si Carreen était morte ou vivante. Oh ! si seulement elle était retournée chez elle dès le début du siège, avec ou sans Mélanie.

On se battait à Jonesboro... là se bornait le savoir d'Atlanta. Personne n'aurait su dire quelle tournure prenaient les événements et les bruits les plus abracadabrants mettaient la ville au supplice. Un messager venu de Jonesboro finit tout de même par apporter la nouvelle que les Yankees avaient été repoussés. Toutefois, avant de battre en retraite, ils avaient réussi un coup de main sur Jonesboro, incendié la gare, coupé les fils télégraphiques et démoli la voie sur une longueur de trois milles. Les hommes du génie travaillaient comme des forcenés à tout remettre en état, mais il leur faudrait un certain temps, car les Yankees avaient arraché les traverses, en avaient fait des bûchers sur lesquels ils avaient entassé les rails tordus, puis, lorsque ceux-ci avaient été portés au rouge, ils les avaient enroulés autour des poteaux télégraphiques qu'on aurait pu prendre ainsi pour des tire-bouchons géants. Et il était si difficile de remplacer les rails, de remplacer tous les objets de fer.

Non, les Yankees n'étaient pas arrivés jusqu'à Tara. Le courrier qui avait apporté des dépêches au général Hood en donna lui-même l'assurance à Scarlett. Il avait rencontré Gérald à Jonesboro après la bataille, juste au moment où il s'apprêtait à partir pour Atlanta, et Gérald l'avait prié de remettre une lettre à sa fille.

« Mais qu'est-ce que papa faisait donc à Jonesboro ? » Le jeune messager parut gêné de répondre. Gérald était à la recherche d'un médecin militaire qu'il voulait ramener à Tara avec lui.

Debout, en plein soleil sous la véranda, Scarlett remercia le jeune homme et sentit ses jambes flageoler. Il fallait que Carreen fût à l'agonie pour que la science d'Ellen fût prise en défaut et que Gérald recherchât un médecin! Tandis que le messager s'éloignait en soulevant derrière lui un petit nuage de poussière rouge, Scarlett décacheta la lettre de Gérald d'une main tremblante. La pénurie de papier était si grande à l'intérieur de la Confédération que Gérald avait écrit entre les lignes de la dernière lettre que lui avait envoyée sa fille et la lecture en était rendue malaisée.

« Ma chère fille. Ta mère et les deux petites ont la typhoïde. Elles sont très malades, mais il faut espérer qu'elles s'en tireront. Lorsque ta mère s'est alitée, elle m'a prié de t'écrire que, sous aucun prétexte, tu ne devais venir à la maison exposer Wade et toi-même à la contagion. Elle t'envoie son souvenir affectueux et te demande de prier pour elle. »

« Prier pour elle! » Scarlett monta quatre à quatre dans sa chambre et, tombant à genoux au pied de son lit, elle pria comme elle n'avait jamais prié auparavant. Renonçant aux rosaires trop conventionnels, elle ne cessa de répéter les mêmes mots. « Mère de Dieu, ne la laissez pas mourir! Vous seriez si bonne de ne pas la laisser mourir! Je vous en supplie, ne permettez pas qu'elle meure! »

Guettant le courrier, sursautant chaque fois qu'elle entendait le pas d'un cheval, se précipitant la nuit dans l'escalier sombre lorsqu'un soldat frappait à la porte, Scarlett, toute la semaine qui suivit, erra dans la maison comme une bête traquée, et rien ne venait de Tara. Ce n'étaient pas vingt-cinq milles de route poussiéreuse qui la séparaient de chez elle, mais l'étendue de tout un continent.

Les services postaux ne fonctionnaient toujours pas, personne ne savait où étaient les Confédérés ni ce que les Yankees préparaient. On ne savait rien, si ce n'est que des milliers de soldats gris et bleus se trouvaient quelque part entre Atlanta et Jonesboro. En une semaine, pas le moindre mot de Tara.

Scarlett avait vu assez de typhoïdes à l'hôpital pour savoir l'importance d'une semaine dans cette redoutable maladie. Ellen était malade, elle se mourait peut-être et Scarlett, pieds et poings liés, restait là, à Atlanta, au chevet d'une femme sur le point d'accoucher tandis que deux armées se dressaient entre elle et son foyer. Elle était malade... elle se mourait peut-être. Mais non. Ellen ne pouvait pas être malade. Elle n'avait jamais été malade. Cette seule pensée dépassait l'entendement, frappait à la base tout ce qui représentait un élément de sécurité dans la vie de Scarlett. Tout le monde tombait malade un jour ou l'autre, mais pas Ellen. Elle soignait les malades et les guérissait. Elle ne pouvait être atteinte à son tour. Scarlett voulait retourner chez elle. Elle voulait retrouver Tara avec le désir forcené d'un enfant pris de peur qui ne songe qu'au seul refuge qu'il ait jamais connu !

Sa maison ! La blanche demeure aux blancs rideaux palpitants, la pelouse au trèfle épais où butinaient les abeilles, le petit négrillon posté sur le perron empêchant par ses cris les canards et les dindons de piller les massifs de fleurs, les champs rouges empreints de sérénité et les milles et les milles de coton blanchissant au soleil ! Sa maison !

Si seulement elle était rentrée chez elle au commencement du siège, alors que tout le monde s'enfuyait ! Elle aurait même pu emmener Mélanie avec elle sans aucun risque.

« Oh ! cette maudite Mélanie ! se dit-elle mille fois. Pourquoi n'est-elle donc pas partie pour Macon avec tante Pitty ? Elle est faite pour y vivre avec ceux de sa race, elle n'est pas faite pour vivre avec moi. Moi, je ne suis pas de son sang. Pourquoi se cramponne-t-elle si dur à moi ? Si seulement elle était partie pour Macon, j'aurais pu retourner auprès de Maman. Même maintenant... même maintenant, j'essayerais bien de rentrer à la maison malgré les Yankees, s'il n'y avait pas son bébé. Le général Hood me donnerait peut-être une escorte. C'est un homme charmant, le général Hood, et je sais que je parviendrais à obtenir de lui une escorte et un drapeau blanc pour franchir les lignes.

Mais il faut attendre ce bébé !... Oh ! Maman, Maman. Ne meurs pas !... pourquoi ce bébé n'arrive-t-il donc pas ? Je vais aller voir le docteur Meade aujourd'hui et je lui demanderai s'il n'y a pas moyen de hâter la venue des bébés... comme ça je pourrai rentrer chez moi... si j'obtiens une escorte. Le docteur Meade a dit que ça serait pénible. Mon Dieu, et si elle en mourait ! Mélanie morte. Mélanie morte. Et Ashley !... Non, il ne faut pas que je pense à cela, ce n'est pas beau. Mais Ashley... Non, il ne faut pas que je pense à cela parce qu'Ashley est probablement mort. C'est un péché. Et j'ai promis au bon Dieu d'être gentille s'il empêchait Maman de mourir. Oh ! si seulement le bébé arrivait. Si seulement je pouvais m'en aller d'ici... être à la maison... être n'importe où, mais pas ici. »

Après l'avoir tant aimée, Scarlett avait pris en horreur la ville plongée désormais dans un silence de mauvais augure. Atlanta n'avait plus rien de commun avec la ville follement gaie qu'elle avait chérie. C'était une ville horrible comme une cité frappée par la peste, et calme, si effroyablement calme, après le vacarme du siège. Dans le fracas et les dangers du bombardement, il y avait eu quelque chose de stimulant. Dans le calme qui avait suivi, il ne restait place que pour l'épouvante. Les gens avaient le visage anxieux et les rares soldats que voyait Scarlett avaient cet aspect exténué de coureurs ralliant le reste de leurs forces pour franchir les derniers mètres d'une course perdue d'avance.

La fin du mois d'août arriva et en même temps le bruit courut avec persistance que se déroulait le combat le plus furieux depuis la bataille d'Atlanta. Cela se passait quelque part au sud. Dans l'attente de l'issue de la bataille, Atlanta n'essaya même plus de rire ou de plaisanter. Tout le monde savait maintenant ce que les soldats savaient depuis des semaines. Atlanta était acculée au bord du fossé. Si la voie ferrée de Macon tombait aux mains de l'ennemi, Atlanta y tomberait aussi.

Le premier septembre au matin, Scarlett s'éveilla
en proie à un sentiment de crainte qu'elle avait déjà
éprouvé la veille en se mettant au lit. « Qu'est-ce qui
n'allait donc pas hier soir quand je me suis couchée, se
demanda-t-elle, encore tout engourdie par le sommeil.
Ah! oui, j'y suis, la bataille. Hier on se battait quelque
part. Oh! qui a gagné? » Elle se dressa sur son séant,
se frotta les yeux et son cœur angoissé reprit le
fardeau légué par le jour précédent.

En dépit de l'heure matinale, l'atmosphère était
étouffante et annonçait déjà les ardeurs du ciel bleu de
midi et le soleil implacable. La rue était silencieuse.
Nul grincement de roue. Nulle troupe en marche ne
venait soulever la poussière rougeâtre. Des cuisines
environnantes on n'entendait point monter la voix
paresseuse des nègres, on n'entendait pas non plus les
bruits agréables qui accompagnent les préparatifs des
petits déjeuners, car, à l'exception de Mme Meade et de
Mme Merriwether, tous les voisins s'étaient réfugiés à
Macon. Plus loin, vers le bas de la rue, le quartier des
affaires était mort. Bon nombre de magasins et de
bureaux restaient fermés tandis que leurs occupants
se trouvaient quelque part, à la campagne, un fusil à
la main.

Le calme qui accueillit Scarlett lui parut encore
plus lugubre ce matin-là que les autres jours de la
semaine étrangement paisible qui venait de s'écouler.
Renonçant à s'étirer comme elle le faisait d'ordinaire,
elle se leva précipitamment et gagna la fenêtre dans
l'espoir d'apercevoir le visage d'un voisin ou quelque
spectacle réconfortant. Mais la rue était déserte.
Scarlett remarqua que les feuilles des arbres avaient
conservé leur teinte vert foncé mais qu'elles étaient
desséchées et couvertes d'une large couche de poussière rouge. Elle remarqua aussi combien les fleurs du
jardin, privées de soins, paraissaient tristes.

Comme elle demeurait là, accoudée à la fenêtre, elle
distingua au loin une rumeur sourde et sinistre

comme les premiers coups de tonnerre d'un orage qui approche.

« La pluie », pensa-t-elle d'abord, et son esprit de campagnarde ajouta : « Nous en avons bien besoin. » Mais aussitôt elle se corrigea : « La pluie ? Non ! pas la pluie ! le canon ! »

Le cœur battant, elle se pencha au-dehors. L'oreille aux aguets, elle s'efforça de découvrir de quelle direction venait le bruit du canon. Mais le grondement était si confus, si lointain, que, pendant un moment, elle fut incapable de le dire. « Seigneur, pria-t-elle, faites que ce bruit vienne de Marietta, ou de Decatur, ou de la Rivière du Pêcher, mais pas du Sud ! Non ! Pas du Sud ! » Elle serra plus fort l'appui de la fenêtre, écouta de toutes ses oreilles et la rumeur parut augmenter d'intensité. Elle venait du Sud.

On tirait le canon au sud. Et au sud, c'était Jonesboro, et Tara... et Ellen.

Les Yankees étaient peut-être à Tara en ce moment, à cette minute même ! Scarlett écouta de nouveau, mais le sang affluant à ses oreilles brouillait le son de la canonnade. Non, les Yankees ne pouvaient pas être déjà à Jonesboro. S'ils étaient aussi loin que cela, on entendrait moins bien, moins distinctement. Mais ils devaient être au moins à dix milles de Jonesboro, probablement auprès du petit hameau de Rough and Ready.

On tirait le canon au sud, et les artilleurs sonnaient peut-être le glas d'Atlanta. Mais, pour Scarlett dévorée d'inquiétude en songeant à Ellen, se battre au sud, c'était se battre près de Tara. Elle se mit à arpenter la chambre, se tordit les mains et pour la première fois elle eut pleinement conscience que les troupes grises risquaient d'être battues. La pensée que les troupes de Sherman étaient si près de Tara la ramena chez elle, lui fit mesurer toute l'horreur de la guerre mieux que ne l'avaient jamais fait le fracas du canon ébranlant les vitres, les privations de toutes sortes, les interminables rangées de mourants. L'armée de Sherman à quelques milles de Tara ! Et même si les Yankees essuyaient une défaite, ils pouvaient fort bien se rabattre sur la route de Tara. Et, avec ses trois malades, Gérald serait incapable de se mettre hors de leur portée.

Oh ! si seulement elle était à Tara, avec ou sans les Yankees. Elle marchait pieds nus, sa chemise de nuit plaquée contre les jambes et, plus elle allait, plus sa nervosité grandissait. Elle aurait voulu être chez elle, au chevet d'Ellen.

De la cuisine lui parvint un bruit de vaisselle, mais elle n'entendit point la Betsy des Meade. Prissy préparait le petit déjeuner en chantonnant d'une voix pointue et mélancolique :

Quelques jou's enco' à po'ter la lou'de cha'ge...

Scarlett grinça des dents. La chanson était triste et le sens de ses paroles l'effrayait. Elle enfila un peignoir, sortit sur le palier, se pencha au-dessus de l'escalier de service et lança : « Assez chanté comme ça, Prissy ! »

Un maussade « Oui, ma'ame » monta jusqu'à elle et Scarlett poussa un profond soupir de soulagement tout en ayant brusquement honte de son attitude.

— Où est Betsy ?
— J' sais pas. Elle est pas venue.

Scarlett s'approcha de la porte de Mélanie et l'entrouvrit juste assez pour jeter un regard dans la pièce inondée de soleil. Les yeux fermés et cerclés de noir, le visage bouffi, son corps frêle, hideux et déformé, Mélanie reposait sur son lit en chemise de nuit. Scarlett souhaita méchamment qu'Ashley pût la voir en ce moment. Elle était plus effrayante que toutes les femmes enceintes qu'elle avait rencontrées. Tandis qu'elle la regardait ainsi, Mélanie ouvrit les yeux et un sourire doux et chaud illumina son visage.

— Entre donc, invita-t-elle tout en se tournant avec maladresse sur le côté. Je suis réveillée depuis l'aube. Je réfléchis et, Scarlett, je voudrais te dire quelque chose.

Scarlett entra et s'assit sur le lit qui renvoyait toute la lumière du soleil cuisant.

Mélanie allongea le bras et s'empara de la main de Scarlett qu'elle serra dans un geste plein de confiance.

— Ma chérie, dit-elle, cette canonnade me fait de la peine. Ça se passe du côté de Jonesboro, n'est-ce pas ?

Scarlett fit « hum », et son cœur se mit à battre la charge.

— Je sais combien tu es inquiète. Je sais que, sans moi, tu serais retournée chez toi la semaine dernière quand tu as eu de mauvaises nouvelles de ta mère. C'est vrai, n'est-ce pas ?

— Oui, répondit Scarlett sans aménité.

— Scarlett, ma chérie, tu as été si bonne pour moi. Une sœur n'aurait su être ni plus douce ni plus courageuse. C'est pour cela que je t'aime. Je m'en veux d'être une telle gêne pour toi.

Scarlett sursauta. Elle l'aimait pour de bon ? Quelle imbécile !

— Et puis, Scarlett, je passe mon temps sur mon lit à réfléchir et je voudrais te demander une grande faveur. (Son étreinte se resserra.) Si je meurs, prendras-tu soin de mon enfant ?

Dans les yeux agrandis et brillants de Mélanie se lisait un appel plein de tendresse.

— Le feras-tu ?

Scarlett se dégagea d'une secousse. La peur s'emparait d'elle, la peur lui fit répondre d'un ton rauque :

— Oh ! ne fais pas la sotte, Melly. Tu ne vas pas mourir. A leur premier enfant, toutes les femmes s'imaginent qu'elles vont rendre l'âme. Je sais que j'en ai fait autant.

— Non, ce n'est pas vrai. Tu n'as jamais eu peur de rien. Tu dis cela uniquement pour me remonter le moral. Je n'ai pas peur de mourir, mais j'ai si peur de laisser l'enfant, si Ashley est... Scarlett, promets-moi de te charger de mon bébé si je meurs. Comme ça, je n'aurai plus peur. Tante Pitty est trop vieille pour élever un enfant. Honey et India sont bien gentilles, mais... je veux que ce soit toi qui aies mon enfant.

Promets-le-moi, Scarlett. Si c'est un garçon, élève-le comme l'a été Ashley, et si c'est une fille... ma chérie, j'aimerais beaucoup qu'elle te ressemblât.

— Sacrebleu! s'écria Scarlett en sautant à bas du lit. Tu trouves qu'on n'a pas assez de sujets d'inquiétude? Il faut que, par-dessus le marché, tu viennes parler de ta mort!

— Excuse-moi, ma chérie. Mais promets-le-moi. Je crois que c'est pour aujourd'hui. J'en suis persuadée. Je t'en supplie, promets-le-moi.

— Eh bien! oui, ça va. Je te le promets, dit Scarlett, médusée.

Mélanie était-elle donc bête au point d'ignorer son penchant pour Ashley? Ou bien savait-elle à quoi s'en tenir et considérait-elle qu'en raison même de son amour Scarlett prendrait un soin jaloux de l'enfant d'Ashley? Scarlett éprouva une envie irrésistible de poser une foule de questions qui, pourtant, expirèrent sur ses lèvres quand Mélanie, reprenant possession de sa main, la dressa un instant contre sa joue. Ses yeux avaient recouvré leur expression de sérénité.

— Qu'est-ce qui te fait penser que c'est pour aujourd'hui, Melly?

— Je ressens des douleurs depuis l'aube... mais ce n'est pas bien pénible.

— Tu souffres? Mais voyons, pourquoi ne m'as-tu pas appelée? Je vais envoyer Prissy chercher le docteur Meade.

— Non, pas encore, Scarlett. Tu sais combien il est pris, combien tout le monde est sur les dents. Mets-lui seulement un mot pour lui dire que nous aurons besoin de son concours aujourd'hui. Envoie quelqu'un chez Mme Meade et fais-lui demander de venir me garder. Elle saura quand il faudra prévenir son mari.

— Oh! quand auras-tu fini de penser aux autres? Tu sais très bien que tu as autant besoin d'un docteur que n'importe quel malade à l'hôpital. Je vais le faire chercher tout de suite.

— Non, je t'en prie. Il faut quelquefois attendre un jour entier avant d'être délivrée et je ne peux tout de même pas garder le docteur près de moi pendant des heures quand tous ces pauvres diables le réclament avec tant d'insistance. Envoie chercher Mme Meade. Elle saura comment s'y prendre.

— Eh bien! c'est entendu, fit Scarlett.

Impression Bussière à Saint-Amand (Cher),
le 3 juin 1991.
Dépôt légal : juin 1991.
1er dépôt légal dans la collection : mars 1972.
Numéro d'imprimeur : 1835.
ISBN 2-07-036740-1./Imprimé en France.